grafit

Dieses Buch ist ein Roman. Handlungen und Personen sind frei erfunden.
Ähnlichkeiten mit lebenden oder toten Personen sind nicht gewollt
und rein zufällig.

Bibliografische Information der Deutschen Nationalbibliothek
Die Deutsche Nationalbibliothek verzeichnet diese Publikation
in der Deutschen Nationalbibliografie; detaillierte bibliografische Daten sind
im Internet über http://dnb.d-nb.de abrufbar.

MIX
Papier | Fördert
gute Waldnutzung
FSC® C083411
FSC
www.fsc.org

Cäcilienstraße 48, D-50667 Köln
Internet: http://www.grafit.de
E-Mail: info@grafit.de

Dieser Roman wurde vermittelt durch die
Literarische Agentur Kossack GbR, Hamburg.
Umschlaggestaltung: shutterstock/FlashMovie
Gestaltung Innenteil: DÜDE Satz und Grafik, Odenthal
Lektorat: Lothar Strüh
Druck und Bindearbeiten: CPI – Clausen & Bosse, Leck
ISBN 978-3-98659-018-5
1. Auflage 2024

Lucie Flebbe

Bad Business. Deal mit dem Tod

Kriminalroman

grafit

Lucie Flebbe kam 1977 in Hameln zur Welt. Sie ist Physiotherapeutin und lebt mit ihrer Familie in Bad Pyrmont. Mit ihrem Krimidebüt »Der 13. Brief« mischte sie 2008 die deutsche Krimiszene auf. Folgerichtig wurde sie mit dem »Friedrich-Glauser-Preis« als beste Newcomerin in der Sparte »Romandebüt« ausgezeichnet.

Für alle, die in ihren Jobs im Gesundheitswesen jeden Tag
ihr Bestes geben, weil ihnen die ihnen anvertrauten Menschen
am Herzen liegen – nicht der Profit

Prolog

1994

Eigentlich stand er nicht drauf, angebaggert zu werden.

Auf ihre dreisten Annäherungsversuche war er eingegangen, weil er letzte Woche »Pulp Fiction« im Kino gesehen hatte, mit der kinnlangen schwarzen Ponyfrisur sah sie nämlich original aus wie Uma Thurman als Misses Wallace. Vielleicht kam sie ihm deshalb bekannt vor. Und ihr schwarzer Minirock und die Overknees waren verdammt heiß.

Sie packte ihn im Nacken, kaum dass sie im Wohnheim waren, wollte die Führung übernehmen. Na warte! Er verzichtete darauf, die Haustür ordnungsgemäß wieder abzuschließen, drängte sie stattdessen gegen die Wand und steckte ihr die Zunge in die Kehle.

Im gleichen Moment spürte er ihre Hand zwischen seinen Beinen. Okay, prüde war sie definitiv nicht, das kleine Kräftemessen versprach interessant zu werden. Eine echte Chance hatte sie natürlich nicht, aber das würde sie schon noch merken.

»Lass uns hochgehen.« Sie zerrte ihn zur Treppe. Anscheinend hatte sie es eilig. Sollte ihm recht sein.

Sie stolperten in den dritten Stock, die gläserne Treppenhaustür quietschte, das Flurlicht war immer noch kaputt.

Sie krallte die Finger in seine Haare, damit er den Kuss nicht unterbrechen konnte, während er in seiner Hosentasche nach dem Zimmerschlüssel wühlte.

Es dauerte einen Moment, bis er registrierte, dass das Quietschen ausgeblieben war, mit dem die Flurtür normalerweise wieder zufiel.

Irritiert versuchte er, sich umzusehen, sie hielt ihn an den Haaren fest. Deshalb nahm er die große, dunkel gekleidete Gestalt, die lautlos neben ihm auftauchte, nur aus dem Augenwinkel wahr.

»Was …?« Er schaffte es nicht, sich aus ihrem Klammergriff zu befreien.

Plötzlich war ihre Zunge weg, stattdessen drückte ihm jemand grob ein Stück Stoff in den Mund. Er wollte sich wehren, doch seine Arme wurden festgehalten. Zwei Personen drängten ihn in sein Zimmer.

Uma Thurman folgte ihnen, schloss leise die Tür.

Niemand sprach ein Wort. Das war gespenstisch.

Die anderen beiden waren kräftig. Schwarz gekleidet. Trugen Sturmmasken. Sie rangen ihn neben dem Bett zu Boden, der Größere setzte sich auf seine Oberschenkel und presste seinen linken Arm auf den Teppich. Er war schwer. Der Kleinere fixierte seinen rechten Unterarm mit dem Knie.

Scheiße.

Er brüllte gegen den Knebel an, doch der Stofffetzen erstickte jeden Laut. Er musste würgen, husten, Tränen traten in seine Augen. Er bekam keine Luft.

Als er wieder klarer sah, stand Uma Thurman neben ihm. Sie sah auf ihn herunter, während sie Plastikhandschuhe über ihre schlanken Finger streifte. Aus ihrer Handtasche zog sie einen Kabelbinder, ein Teelicht, ein Feuerzeug, einen Löffel, ein Päckchen mit weißem Pulver und eine Spritze. Legte alles auf seinen Schreibtisch.

Sein Herz raste. Er atmete laut durch die Nase.

»Was zum Teufel wollt ihr von mir?«, wollte er fragen, brachte jedoch nur unverständliche Laute zustande.

Uma Thurman sah ihn kurz an. Dann griff sie an ihre Stirn und zog sich die schwarze Ponyfrisur vom Kopf.

Ihr echtes Haar hatte sie sorgfältig abgeklebt, aber er wusste, dass es blond war. Jetzt erkannte er sie.

Er würde sterben. Heute. Jetzt.

Ihre letzte Begegnung war Monate her, aber dass er nicht gecheckt hatte, wer sie war, lag nicht nur an der Perücke, sondern auch am extravaganten Make-up mit dem schwarzen Lidschatten und den dunklen Lippen.

Sie hatte ihn absichtlich getäuscht. Und absichtlich verführt.

Um ihn zu töten.

Mit aller Kraft begann er, sich zu winden, zu treten. Er musste sich befreien, doch die Typen hielten ihn eisern fest.

Die Frau schnürte ihm mit dem Kabelbinder seinen Arm ab, bevor sie ohne Eile die Drogen aufkochte. Dann klopfte sie auf die Venen in seiner Ellenbeuge und setzte routiniert die Spritze.

Ocean

Sie war so ein Opfer. Echt erbärmlich.

Daran änderten ein paar Millionen auf dem Konto genauso wenig wie die Tatsache, dass das hier ihre eigene Veranstaltung war. Sie war einundfünfzig Jahre alt, seit Jahrzehnten im Geschäft und fühlte sich trotzdem noch immer fehl am Platz unter so vielen Menschen. Sie hasste das Make-up und das elfenbeinfarbene Kleid, das einen aufsehenerregenden Kontrast zu ihrer dunklen Haut bildete. Sie wollte kein Aufsehen erregen, normalerweise versuchte sie, genau das unter allen Umständen zu vermeiden.

Oceans Herz klopfte gegen den Glücksbringer. Die Silberkette, an der er hing, verschwand im Ausschnitt ihres Kleides, sodass der Anhänger nicht zu sehen war. Tatti hatte ihr den Schutzengel geschenkt. Ocean drückte eine Hand auf den Talisman. Von seiner Wirkung merkte sie nichts. Am liebsten würde sie aufstehen und weglaufen, nur weil ihr gerade ein Mann einen Drink spendiert hatte.

Sie starrte das hohe Cocktailglas an, das die Frau vom Catering-Service vor ihr auf den Tresen geschoben hatte. Mit Hinweis auf den attraktiven Typ auf der anderen Seite der Bar, der ihr nun zuprostete.

Ocean wurde schlecht. Sie bereute, den abgesperrten VIP-Bereich verlassen zu haben.

Sex on the Beach. Die orangerote Flüssigkeit mit Schirmchen und Kirsche war unverwechselbar. Scheiß auf die Konfrontationstherapie, von der die Psychotante immer faselte. Die empfahl, dass sie sich beängstigenden Situationen so lange aussetzen sollte, bis die Panik nachließ. Jetzt konnte sie nur noch versuchen, nicht durchzudrehen. Doch die Übelkeit stieg weiter in ihr auf. Sie krallte die Finger um das Engelchen aus schwarzem Stein. Natürlich konnte es das Gewitter in ihrem Kopf nicht verhindern.

Denkst du, du kannst mich erst scharfmachen und dann abblitzen lassen? Das läuft nicht!

Plötzlich sitzt er auf ihr, seine Hose hängt bereits auf seinen

Knien. Er zerrt ihre Arme an den Handgelenken über ihren Kopf. Sie will sich wehren, schafft es nicht. Sie ist zu betrunken, und er ist stärker.

Das Klirren rettete sie, holte sie zurück in die Gegenwart. Als sie blinzelte, erkannte sie ihr Cocktailglas, das neben dem Tresen auf dem Hallenboden zerplatzt war. Das Catering-Mädchen bückte sich bereits nach den Scherben. Doch auch der Typ kam um die Theke herum auf sie zu. Er war Brillenträger. Groß, schlank, blond. Und er konnte einen Smoking tragen, ohne wie ein steif gefrorener Pinguin auszusehen.

Ocean wurde eiskalt.

»War das eine Abfuhr, oder darf ich Ihnen einen neuen Drink bestellen?« Der Blonde lächelte.

Ocean wollte sich umdrehen und rennen, schaffte es aber nicht.

»Ich glaube, Sie haben sich vertan.« Billes Stimme klang schneidend scharf. Sie legte eine kräftige, warme Hand auf Oceans zitternden Unterarm.

»Sie können davon ausgehen, dass ich weiß, was ich tue«, entgegnete der Blonde, blieb aber trotzdem stehen.

Bille war in der Lage, eine furchteinflößende Aura wie einen unsichtbaren Schutzschild zu erzeugen. In diesem Moment hüllte ihr Schutzschirm Ocean mit ein. Das war Magie. Ocean drückte sich an sie.

»Wollen Sie ernsthaft Ocean O'Donn anbaggern, Luuk?«, erkundigte sich Bille belustigt.

Die Lippen des Mannes formten ein O – offensichtlich schnallte er erst in diesem Augenblick, wen er vor sich hatte. »Ich wollte lediglich meine Hilfe beim Aufräumen anbieten«, wich er geschmeidig aus und deutete auf die Scherben sammelnde Hostess.

»Davon möchte ich Sie keinesfalls abhalten«, antwortete Bille. Ocean wünschte sich, ein einziges Mal mit der Schlagfertigkeit ihrer Freundin reagieren zu können, statt zu glotzen wie ein erschrockenes Schaf.

Bille war dreist genug, tatsächlich zu warten, bis der Möchtegern-Märchenprinz neben der Catering-Frau in die Knie ging.

Keine Sekunde hatte der ernsthaft vorgehabt, in seinem Smoking zusammen mit dem Personal Scherben aufzusammeln.

Bille zwinkerte Ocean zu. »Ich bin gerade im Gespräch mit dem Ministerpräsidenten und Sophie von Bitterfeld-Berlinghof. Erinnerst du dich noch an Sophie?«

Natürlich erinnerte sich Ocean, aber sie begriff, dass Bille sie diskret in Sicherheit bringen wollte. Sie ließ sich zurück in den abgetrennten VIP-Bereich schieben, zu dem nur wenige ausgewählte Gäste Zutritt hatten.

Die Frauen am Tisch kannte Ocean. Der Ministerpräsident war zum Glück nicht nur der einzige Mann, sondern auch die kleinste Person in der Runde – ein dünner Zwerg mit einem an den Enden hochgezwirbelten Schnurrbart, der beinahe lustig aussah.

»Tenwegen liebt dein Konzept von NoVictim«, raunte Bille. »Es wäre schön, wenn du selbst ein bisschen darüber erzählen könntest. Ich helfe unterdessen beim Scherbenaufsammeln.« Sie kehrte zur Bar zurück.

Oceans Verkrampfung löste sich allmählich. Sie strich ihr Kleid glatt, versuchte zu lächeln und trat an den Tisch.

MIEKE

»Ganz ehrlich, Herr Blumental, eine hundertprozentige Patientenzufriedenheit kann nur ein Betriebswirtschaftler fordern, der keine Ahnung von Medizin hat. Wir machen Menschen wieder fit fürs Arbeitsleben, aber es gibt immer Leute, die ohne medizinischen Grund in Rente wollen. Dass die keine Dankesrede schreiben, wenn wir sie arbeitsfähig entlassen, ist verständlich, oder?«

Genau wie die Rehaklinik, die sie leitete, war auch die Chefärztin eine etwas altmodische Erscheinung mit kurzen grauen Haaren und einem Strickpullunder unter dem Kittel.

Schorsch seufzte. Er hatte gerade erklärt, warum die Patientenzufriedenheit in Zukunft für die Klinik existenziell wichtig sein würde. Und Dr. Bösingfelds Einwand bewies, dass sie nichts davon verstanden hatte. Oder nicht verstehen wollte.

Mieke tippte gereizt ihren Kugelschreiber auf den Protokollblock. Sie konnte voraussagen, was jetzt passieren würde: Schorsch würde den Vortrag wiederholen. Und trotzdem keine Einsicht bei der Klinikchefin erzeugen. Die nahm ihn nämlich nicht ernst. Sein Faible für Krawatten mit Comic-Helden-Aufdruck war auch nicht gerade geeignet, Ehrfurcht bei Göttern in Weiß zu erzeugen. Heute zierten debil grinsende gelbe Schwämme mit Beinen seinen Schlips.

»In wenigen Monaten tritt ein Gesetz in Kraft, das der Rentenversicherung verbietet, ihre arbeitsunfähigen Versicherten zur Behandlung in ihre eigenen Kliniken zu schicken«, begann Schorsch geduldig noch einmal von vorn. Vielleicht würde Bösingfeld besser zuhören, wenn er mal mit der Faust auf den Tisch schlug. Oder zumindest etwas lauter wurde.

Mieke jedenfalls kribbelten ein paar spitze Bemerkungen darüber, dass sie bei Leuten mit Hochschulstudium ein gewisses Textverständnis voraussetzte, auf der Zunge.

»Der Europäische Gerichtshof hat vor einigen Jahren entschieden, dass private Kliniken im Wettbewerb benachteiligt werden, wenn die Rentenversicherung eigene Kliniken betreibt und ihre Versicherten vorzugsweise dort behandeln lässt. In Zukunft sollen die Patienten selbst entscheiden, wo sie sich behandeln lassen wollen.«

Mieke unterdrückte ein Gähnen. Sie musste zugeben, dass es auch ihr schwerfiel, Schorsch zuzuhören. Und das lag nicht daran, dass sie den Vortrag geschrieben hatte und auswendig kannte. Sein brummender Tonfall hatte eine sedierende Wirkung.

»Die Patienten werden sich an Empfehlungen ihres Hausarztes, von Bekannten oder auch an Kundenbewertungen im Internet orientieren. Ich weiß, dass Sie medizinisch hervorragende Arbeit leisten, Dr. Bösingfeld. Aber in Zukunft wird eine qualifizierte Behandlung allein nicht mehr ausreichen. Sie werden aktiv um Kunden werben müssen. Um Social-Media-Marketing, Kooperation mit Krankenhäusern und aktive Akquise von Onlinebewertungen werden wir nicht herumkommen.«

An dieser Stelle wünschte sich Mieke regelmäßig ein bisschen mehr Begeisterung für die Möglichkeiten der neuen Medien von ihrem Chef. Kreativ eingesetzt war Onlinemarketing eine kostengünstige und effektive Werbemaßnahme.

»Die meisten Menschen beziehen heutzutage nun mal ihre Informationen aus dem Internet«, referierte Schorsch unmotiviert weiter. »Werbung kann für die Marktfähigkeit des Rehazentrums entscheidend sein.«

Mieke verkniff sich ein unzufriedenes Kopfschütteln. Schorsch fehlte einfach der Biss. Als Leiter des Dezernats Kliniken war er der Vorgesetzte der Chefärzte, die sich stur stellten wie schlecht gelaunte Maultiere. Mieke hätte an seiner Stelle auf den Punkt gebracht, dass die Kliniken leer stünden, wenn sie sich nicht bewegten. Aber Mieke war nur für das Protokoll zuständig. Und Schorsch war zweiundsechzig und hatte kurz vor der Rente ungefähr genauso viel Lust auf Modernisierungen wie die Klinikleitungen.

»Wir behandeln unsere Patienten nach wissenschaftlichen Erkenntnissen, Herr Blumental«, giftete Chefärztin Bösingfeld. »Untersuchungen belegen, dass körperliche Aktivität depressive Erkrankungen langfristig bessert. Fangopackungen und Massagen hingegen haben keinen nachweisbaren Effekt – auch wenn sie für mehr Zufriedenheit sorgen.«

Bösingfelds Tonfall wurde mit jedem Wort spitzer. »Vielleicht können wir mit einem All-you-can-eat-Büfett noch ein paar Pluspunkte erzielen. Allerdings würde das bei unseren übergewichtigen Patienten nicht zu einer Verbesserung des Gesundheitszustandes führen.«

Jemand in der Runde lachte. Wahrscheinlich die dicke Krankenschwester links hinten.

Schorsch fummelte an seinem Weihnachtsmannbart herum. Am liebsten hätte Mieke eine große Schere genommen und den Krümelfänger abgeschnitten. Leider käme dann seine SpongeBob-Krawatte noch besser zur Geltung.

»Frau Jentsch und ich haben ein Konzept erarbeitet, das Ihnen helfen soll, die Belegung Ihrer Kliniken auch in Zukunft zu sichern.«

Mieke horchte auf, als Schorsch ihren Namen nannte. Tatsächlich hatte *sie* das Konzept erstellt, das Schorsch bei den Klinikbesuchen vorstellte, doch Schorsch vergaß regelmäßig, das zu erwähnen.

Wenig begeistert klickte er sich durch die Präsentation, die mittlerweile zweiundvierzig Maßnahmen aufzählte, mit denen Reha-Willige auf das Rehazentrum im Ruhrtal aufmerksam gemacht werden konnten. Mieke hatte klassische Werbemaßnahmen wie Zeitungsannoncen, Tage der offenen Tür und Flyer aufgenommen. Außerdem Networking mit ärztlichen und psychologischen Praxen und Krankenhäusern der Umgebung, Messebesuche, PR durch Veranstaltungen und Vorträge, Social-Media-Marketing und über dreißig weitere Punkte.

Sie kämpfte gegen den Impuls an, sich die Haare zu raufen, denn obwohl ihre Präsentation einen dramaturgischen Spannungsaufbau enthielt, gelang es Schorsch, die Abteilungsleitungen zum Gähnen zu bringen.

Zwischen den grauen Brauen der Chefärztin bildete sich allmählich eine steile Falte. Die Arbeit, die durch Miekes Marketingkonzept auf die Kliniken zukam, sorgte nicht für Begeisterung.

Die Lethargie der Behörde nervte. Denn dass mündige Versicherte sich ihre Rehaeinrichtung aussuchen durften, fand Mieke grundsätzlich in Ordnung. Das Problem waren die Kliniken, die sich nach Jahrhunderten im öffentlichen Dienst nicht im knallharten Kapitalismus des freien Marktes auskannten. Probeberechnungen hatten ergeben, dass nach Inkrafttreten des Gesetzes in neun der zwölf Kliniken der Rentenversicherung Ruhr die Belegung dramatisch zurückgehen könnte. Es war von vierzig bis sechzig Prozent Leerstand die Rede. Nach den bisherigen Gesprächen mit den Klinikleitungen war Mieke geneigt, diese Einschätzung zu teilen. Dummerweise war es ihr Job, die sinkende Flotte wieder seetüchtig zu machen.

Ihr Diensthandy summte in der Tasche ihres Blazers. Sie warf einen kurzen Blick auf das Display und runzelte die Stirn. »Van Hoorn«, vermeldete das Gerät den Anruf des Geschäftsführers, ihres obersten Bosses. Mieke entschuldigte sich mit einem Handzeichen und verließ den Besprechungsraum, um den Anruf auf dem Flur anzunehmen.

»Rentenversicherung Ruhr, Referat Kliniken, Jentsch«, meldete sie sich vorschriftsmäßig.

»Büro van Hoorn, Höller«, antwortete eine der beiden Sekretärinnen der Geschäftsführung. »Herr van Hoorn möchte Sie um vierzehn Uhr in seinem Büro sehen.«

Mieke schluckte. Plötzlich war ihr Mund trocken, und ihr Magen zog sich zusammen wie ein schlecht verknoteter Luftballon. Als wäre sie eine Siebtklässlerin, die zum Rektor zitiert wurde. Das war albern.

»Worum geht es denn?«, versuchte sie, souverän zu reagieren.

»Eine Fortbildungsmaßnahme.« Die Sekretärin beendete das Telefonat ohne Verabschiedung.

Mieke starrte noch ein paar Sekunden auf das dunkle Display. Das mulmige Gefühl begleitete sie zurück in den Besprechungsraum.

Marva

Sie legte der schluchzenden Frau das in ein weiches Handtuch gewickelte Bündel in den Arm. Von dem leblosen kleinen Körper war nicht viel zu erkennen. Nur das unnatürlich dunkle Köpfchen und ein verfärbtes Händchen.

Der Gynäkologe war längst verschwunden. Die rothaarige Hebamme lehnte noch immer kreidebleich an der Wand. Sie war ein paar Jahre älter als Marva, Ende zwanzig bestimmt, doch über ihre fleckigen Wangen rannen Tränen. In Deutschland verstarben nicht viele Kinder während einer Geburt. Sie war nicht daran gewöhnt.

Marva machte es nichts aus. Sie war freiwillig im Kreißsaal eingesprungen, als die Kollegen wegen der Streiks und des hohen Krankenstandes um Unterstützung gebeten hatten. Marva beobachtete die Hebamme mit den roten Zöpfen verstohlen. Sie gehörte nicht zum Team des Lindenhospitals, sondern arbeitete selbstständig. Die Geburt war als Hausgeburt geplant gewesen, und wahrscheinlich wünschte sie sich gerade, sie hätte eher den Rettungswagen gerufen. Als die Gebärende im Krankenhaus eingetroffen war, war es zu spät für einen Kaiserschnitt gewesen. Die Herztöne des Kleinen waren bereits verstummt.

Wirre Haarsträhnen hatten sich aus dem Zopf der verzweifelten Mutter gelöst und klebten an ihrem fleckigen Gesicht. Der Anblick der Frau legte unerwartet seine kalten Finger um Marvas Herz. Sie hatte nicht damit gerechnet und ärgerte sich darüber. Sie war noch in der Probezeit, und es durfte auf keinen Fall aussehen, als wäre sie ihrem Job nicht gewachsen. Marva atmete flach und kämpfte gegen den Impuls an, sich zusammenzukrümmen.

Es war nicht der Tod des fremden Babys, der ihr Angst machte. Es war die Vorstellung, Arya irgendwann tot im Arm zu halten. Oder die Vorstellung, Arya könnte sterben, ohne dass Marva sie im Arm halten konnte.

Ein halbes Jahr hatte sie ihr Baby nicht mehr gesehen. Für eine Dreijährige war das eine Ewigkeit. Und bei Emeli war sie nicht sicher. Auch Emeli war nicht sicher. Allein die Verwandtschaft mit Marva brachte sie in Lebensgefahr. Und wenn irgendjemand erfuhr, dass Arya ihre Tochter war …

Die Panik quetschte ihren Brustkorb zusammen, machte ihr das Atmen schwer. Unauffällig stützte sich Marva auf das blutverschmierte Kreißsaalbett.

Seit Wochen versuchte Frederike, Emeli und Arya nach Deutschland zu holen. Frederike war Integrationshelferin, die musste doch wissen, wie das ging. Aber es passierte nichts. Es passierte einfach nichts. Bis Marva selbst im Flieger gesessen hatte, hatte es Monate gedauert. Sie konnte nicht länger warten. Sie musste noch mal mit Frederike sprechen. Oder mit deren Chefin. Oder der Chefin der Chefin.

Sie war bereit zu betteln. Sie war auch bereit, Frederike unter Druck zu setzen. Sie hatte genug gefolterte Soldaten behandelt, um zu wissen, wie das ging. Und körperlich war sie der winzigen alten Frau überlegen. Sie würde alles tun, um Arya und Emeli wiederzubekommen, sie würde jeden Preis zahlen. Absolut jeden.

Aber in diesem Land ließen sich Probleme nicht mit Geld lösen. Und mit Gewalt auch nicht.

Mieke

Van Hoorn ließ sie absichtlich warten. Er hatte es nicht nötig, pünktlich zu sein. Und sie konnte nicht einfach verschwinden. Taktik. Damit sie gleich wusste, wer das Sagen hatte.

Es klappte. Sie fühlte sich wie vor dem Büro des Schuldirektors, nachdem sie der Geografielehrerin mit einem Filzstift-Blasrohr eine Papier-Spucke-Kugel in die Dauerwelle geschossen hatte.

»Teppichetage« nannten die Angestellten den Flur im obersten Stockwerk der Behörde, weil nur hier ein dunkler Flauschteppich sämtliche Geräusche dämpfte. In den anderen Etagen war unempfindliches PVC ausgelegt.

Die Sekretärin hatte Mieke in der Ledersitzgruppe geparkt und erklärt, der Geschäftsführer sei noch in einem Gespräch, sie würde gleich aufgerufen werden. Das war mittlerweile zwanzig Minuten her. Sie hasste diese Machtspielchen.

»Frau Jentsch?« Weil der Teppich Irene Höllers Schritte dämpfte und die Sekretärin ein Faible für Kleidung hatte, die an Fledermausflügel erinnerte, schien sie zu schweben. Sie war ein bisschen gruselig. »Folgen Sie mir«, sagte sie.

Sanna

Sie kochte vor Wut.

Ausnahmsweise waren heute nicht Bösingfeld und Käfer die

Ursache für ihre miese Laune, sondern die beiden Sesselfurzer aus der Hauptverwaltung, Blumental und »Mikaela«.

Ein Schreibtischtäter und ein Püppchen fürs Protokoll. Als Personalratsvorsitzende des Rehazentrums im Ruhrtal hatte Sanna den Auftritt der beiden Bürozombies live erleben dürfen. Die tauchten hier auf und meinten, ihnen erzählen zu können, wie Reha funktionierte.

Zum Glück hatte Bösingfeld ihnen gesagt, wohin sie sich ihre Marketingkonzepte schieben konnten. Nicht dass Sanna oft Bösingfelds Meinung wäre, aber dieses Mal hatte sie recht. Das hier war kein All-inclusive-Hotel am Ballermann.

»Reha vor Rente« war seit Jahrzehnten ihr Behandlungsauftrag – das bedeutete, dass die Rentenversicherung ihren Versicherten wieder auf die Beine half. Gemessen an der Wiederherstellung der Arbeitsfähigkeit lag ihre Erfolgsquote bei über neunzig Prozent.

Blumentals Drohung, die Klinik würde in ein paar Monaten leer stehen, war nur ein Versuch, die Beschäftigten unter Druck zu setzen und ihnen Mehrarbeit aufzuhalsen. Dass der Onlineauftritt des Rehazentrums im Ruhrtal seit Jahren veraltet war, war bekannt. Doch wenn sie Social-Media-Marketing betreiben wollten, sollten sie jemanden einstellen und bezahlen, der sich damit auskannte.

Natürlich hatte Sanna von dem neuen Gesetz gehört, doch im Moment benötigten so unglaublich viele Menschen eine psychosomatische Reha, dass die Klinik sechs Monate im Voraus ausgebucht war. Zweiundvierzig wilde Konzeptpunkte von den Angestellten nebenbei abarbeiten zu lassen kam gar nicht in Frage.

Sanna umgriff mit der linken Hand ihre rechte Faust und drückte sie zusammen, bis ihre Fingergelenke knackten.

»Entschuldigung«, lenkte sie in dem Moment ein dünner Junge mit strähnigen Haaren ab, der vor dem Tresen des Pflegestützpunktes stand. »Ich habe Schmerzen in der linken Brustseite, ausstrahlend in den Arm. Ich denke, es ist ein Infarkt. Es muss dringend noch mal ein EKG gemacht werden.«

Kevin Homeier, Zimmer 104, Angststörung nach dem frühen Infarkttod der Mutter. Sanna brauchte die elektronische Akte nicht aufzurufen, um die Daten nachzuschlagen. Homeiers letztes EKG war heute Morgen um sechs geschrieben worden.

Sie stützte sich auf den Schreibtisch und stemmte ihre zweieinhalb Zentner aus dem Bürostuhl, um an den Tresen zu treten. »Kommen Sie, wir schauen uns erst mal Ihren Puls und Ihren Blutdruck an. Hat Ihnen schon jemand erklärt, wie Sie Ihren Puls selbst ertasten können?«

MIEKE

Sie war neununddreißig Jahre alt, hatte einen Master in BWL und machte sich immer noch in die Hose, wenn sie zum Chef zitiert wurde. Als stellvertretende Leiterin des Referats Kliniken hatte Mieke Schorsch bereits zu einigen Gesprächen mit dem Geschäftsführer begleitet. Allerdings war sie noch nie allein und noch nie so plötzlich zu van Hoorn beordert worden.

Verdammt. Es war lächerlich, dass sie nervös war.

Ihre Hände waren kalt und schwitzig, als sie hinter der Sekretärin in den Besprechungsraum trat. Der Teppich verschluckte das Klappern der Absätze ihrer Pumps.

Zwei Sekunden lang verkniff sie es sich, die Finger an der Hose ihres anthrazitfarbenen Businesskostüms abzuwischen. Dann fiel ihr ein, dass sie van Hoorn vielleicht die Hand reichen müsste. Sie wischte doch, zupfte automatisch das schwarze Shirt unter ihrem Blazer zurecht und ärgerte sich im nächsten Moment darüber.

Dann entdeckte sie Schorsch am Tisch vor der Fensterfront. Sie stutzte. Er hatte mit keinem Wort erwähnt, dass auch er zum Chef beordert worden war. Doch wegen seiner gemütlichen Weihnachtsmannoptik hatte allein die Anwesenheit ihres Vorgesetzten eine beruhigende Wirkung. Dabei wusste sie, dass er den Rauschebart wegen seiner Harley-Davidson trug.

Van Hoorn saß mit zwei Stühlen Abstand zu Schorsch am Kopfende des Tisches. Seine Anwesenheit hatte keinen beruhigenden Effekt. Er war ein nicht mehr ganz jung-dynamischer Managertyp. Einer, der Lackschuhe tragen konnte, ohne albern zu wirken.

»Nehmen Sie Platz, Frau Jentsch.« Van Hoorn deutete auf einen Stuhl auf der freien Seite des Tisches, gegenüber von Schorsch und ihm.

Sie setzte sich, legte ihren Notizblock auf den Tisch, den Kugelschreiber parallel zur Papierkante, und sah den Geschäftsführer abwartend an.

»Ich habe gehört, Frau Dr. Bösingfeld sieht noch immer keinen Anlass, die Patientenzufriedenheit stärker zu berücksichtigen.«

Es ging doch um den Termin im Rehazentrum im Ruhrtal? Die Fledermaus hatte doch was von einer Fortbildung gesagt?

»Die Gesetzesänderung tritt bald in Kraft, uns läuft die Zeit davon. Wann werden Sie Bösingfeld von der Notwendigkeit der Maßnahmen zur Belegungssicherung überzeugt haben?«

Miekes Blick wanderte zu Schorsch. Er führte die Gespräche, sie nur das Protokoll.

Van Hoorn schnalzte unzufrieden mit der Zunge. »Ich mache es kurz, Frau Jentsch. Wir haben Sie vor vier Jahren mit der Option auf die Nachfolge von Herrn Blumental eingestellt. Mittlerweile bezweifle ich allerdings, dass Sie den nötigen Biss haben, um zwölf Chefärzte mit Stummfilmdiven-Mentalität zu den nötigen Reformen zu bewegen.«

Wie bitte?

Sie hatte nicht den nötigen Biss? Es war doch Schorsch, der die Chefärzte Miekes schicker Präsentation zum Trotz regelmäßig einschläferte.

»Bisher hat Herr Blumental die Gespräche geführt«, stellte Mieke klar.

»Und soweit ich weiß, haben Sie auch nicht versucht, sich einzubringen«, fügte van Hoorn kühl hinzu. »Wir haben mehr Initiative von Ihnen erwartet.«

Wir?

Miekes Blick flitzte zu Schorsch. Der pulte nicht vorhandenen Dreck unter seinen Fingernägeln weg und vermied es, sie anzusehen.

Hatte *er* van Hoorn etwa gesagt, sie hätte »nicht genug Biss«? Obwohl sie seit fast vier Jahren die Zettelstapel wegarbeitete, die sich auf seinem Schreibtisch türmten? Obwohl sie sämtliche Konzepte für ihn erstellte? Während Schorsch *ihre* Konzepte vorstellte und mit den Chefärzten Kanapees futterte?

Mieke spürte, wie ihr die Wut ins Gesicht stieg. Ziemlich sicher wechselten ihre Wangen gerade die Farbe.

Scheiße.

Sie hatte hier vier Jahre investiert. Sie war neununddreißig. Wenn sie nicht endlich eine Position mit Verantwortung bekam, würde das nie mehr klappen.

»Wie können Sie wissen, ob ich ›den nötigen Biss‹ habe, obwohl mir nie die Projektleitung übertragen wurde?«, krächzte sie.

»Die Beurteilung Ihrer Eignung lässt darauf schließen«, entgegnete van Hoorn kühl.

»Beurteilung?«

»Durch Ihren Vorgesetzten.«

Schorsch?

Schorsch schien gestern an seiner Harley geschraubt zu haben und jetzt jede Menge Motoröl unter seinen Fingernägeln zu entdecken. SpongeBob grinste psychopatisch von seiner Krawatte.

»Du glaubst, ich bin ungeeignet für die Leitung des Referates Kliniken?«, knirschte Mieke zwischen fest zusammengebissenen Zähnen hindurch. »Obwohl sämtliche Modernisierungs- und Marketingkonzepte von mir stammen?«

»Ich habe nie gesagt, dass du nicht fleißig wärst …«, ruderte Schorsch zurück.

»Herr Blumental hat seine Einschätzung mit Hilfe von Notizen und Verhaltensbeobachtungen schlüssig begründet.« Van Hoorn schlug das andere Bein über und beobachtete das Gespräch mit sportlichem Interesse.

Notizen und Verhaltensbeobachtungen? Ein eiskalter Schauer rieselte Miekes Rücken hinunter. Theoretisch wusste sie, dass die Behörde vor Beförderungen Leistungsbeurteilungen von den Vorgesetzten anforderte. Dass sich Schorsch hinter ihrem Rücken Notizen zu ihrem Verhalten machte, war ihr allerdings nicht klar gewesen.

»Dir fehlt … die Durchsetzungsstärke«, stammelte ihr so gar nicht durchsetzungsstarker Vorgesetzter.

Mieke atmete scharf ein. »Du hast mich nicht mal meine eigene Präsentation vorstellen lassen«, fauchte sie. Und trotzdem hatte er irgendwo notiert, dass sie nicht dazu in der Lage wäre.

Verräter.

Petze.

Denunziant.

Begegne mir im Dunkeln auf dem Parkplatz, und ich mach dich kalt.

»Du hast aber auch nicht gesagt, dass du sie selbst vorstellen möchtest«, erwiderte Schorsch.

Das stimmte, musste Mieke sich eingestehen. Zähneknirschend.

»Ich mache Ihnen ein Angebot, Frau Jentsch«, mischte sich van Hoorn ein. »Sie besuchen zeitnah noch einmal ein Führungskräftetraining. Da Sie die Grundkurse schon absolviert haben, schlage ich ein individuelles Personal Coaching vor. Wir übernehmen natürlich die Kosten. Frau Höller wird Ihnen die Seminartermine zur Abstimmung schicken.«

Er lehnte sich vor und fixierte Mieke wie eine Schlange eine Maus.

»Geben Sie sich Mühe, Mikaela«, flüsterte er. »Sonst werden Sie demnächst für ein sehr, sehr gutes Gehalt im Keller Akten digitalisieren.«

Marva

Die Hände der Frau zitterten, als sie ihre Turnschuhe schnürte. Irgendwas stimmte nicht mit ihr. So was konnte Marva wittern, doch im Fall ihrer Kollegin brauchte es keine besonders sensible Nase, die ganze Umkleidekabine roch nach ihrem Angstschweiß. Zweimal hatte die junge Frau es nicht geschafft, der verzweifelten Gebärenden den venösen Zugang zu legen, so sehr hatten ihre Finger gezittert. Schließlich hatte Marva ihr die Kanüle aus der Hand genommen und es erledigt.

Vor ein paar Tagen hatte sie die Rotblonde mit Frederike vor dem Krankenhaus gesehen. Genau wie Marva war sie also einer ihrer Schützlinge – wobei in ihrem Fall »einer ihrer Pflegefälle« wohl zutreffender wäre. Ihr Name war laut Dienstplan Alexandra Danilowa, und ihrem starken Akzent nach kam sie vielleicht aus Rumänien, Russland oder der Ukraine. Mit dem rotblonden Pferdeschwanz und den erschrockenen Augen hinter den Brillengläsern sah sie aus wie ein Teenager.

War sie nur hoffnungslos überfordert gewesen? Oder hatte sie aus einem anderen Grund Angst? Ihre Hände zitterten immer noch.

Bei Frederikes Pflegefällen konnte man nie ganz sicher sein, womit man es zu tun bekam, dafür war Marva selbst das beste Beispiel. Jede von ihnen hatte einen Preis dafür gezahlt, hier zu sein. Das Mädchen mit dem Pferdeschwanz definitiv ebenfalls.

Marva wandte sich ab, um ihre Haare zu kämmen. Im Spiegel beobachtete sie, wie ihre junge Kollegin den Moment nutzte, um ihr Shirt zu wechseln. Schämte sie sich etwa, sich vor Marva ausziehen? Marva blickte sich um, doch sie waren allein in der geräumigen Personalumkleide.

Das Mädchen griff nach seinem im Spind aufgehängten Pulli – und Marvas Blick fiel auf ihre Ellenbeuge. Oh Shit. Auf der hellen Haut hoben sich gut sichtbar Einstiche ab. Und es waren viele. Hastig schlüpfte Danilowa in einen Kapuzenpulli, dessen Ärmel bis über ihre Finger reichten.

Wow, die steckte echt in Schwierigkeiten.

Verdammt, das ging sie nichts an! Sie wollte es gar nicht wissen. Konzentriert kämmte Marva weiter, versuchte sich nichts anmerken zu lassen, während sie ihre Haare zum Zopf flocht. Sie steckte ja selbst bis zum Hals in Problemen.

Natürlich hatte sie keinen Bock, mit einem Junkie im Kreißsaal zu stehen – morgen waren sie wieder beide für die Frühschicht eingeteilt. Aber wenn die Klinikleitung von ihren zerstochenen Ellenbeugen erfuhr, würde das Danilowa den Job kosten. Den Job, der ziemlich sicher die Grundlage ihrer Aufenthaltsgenehmigung war …

Marva warf die Bürste in den Spind und griff ihren Bundeswehrparka und ihren Rucksack. Ob Danilowa zugedröhnt im Kreißsaal stand, interessierte sie nicht. Sie musste ihre eigenen Probleme lösen.

»Schönen Feierabend«, wünschte sie.

MIEKE

Sie ließ ihren dröhnenden Schädel auf das Lenkrad ihres metallicblauen Minis sinken. Ihr Blut rauschte in ihren Ohren.

Als sie endlich aus der Teppichetage raus war, war sie abgehauen. Ohne sich auszustempeln, denn sonst hätte das elektronische Zeiterfassungssystem registriert, dass sie nach dem Gespräch mit van Hoorn geflüchtet war. Und das wäre mit Sicherheit kein Zeichen von Konfliktfähigkeit und Führungskompetenz.

Am liebsten würde sie einfach losfahren, in den Wald oder ans Meer, irgendwohin, wo sie richtig laut brüllen konnte, ohne gleich in der Psychiatrie zu landen.

Sie hob den Kopf. Alle Autofenster waren zu. »Ich bring ihn um!« Sie schlug die Fäuste aufs Lenkrad. »Dieser Mistkerl! Verräter! Blödes Arschloch!«

Zwei Azubis, die ein paar Autoreihen weiter gerade in einen klapprigen Golf stiegen, sahen sich verwirrt um. Sie atmete tief durch. Ihre Hände krampften sich um das Lenkrad ihres Minis, obwohl ihr Wagen nach wie vor auf dem Parkplatz der Rentenversicherung stand. Sie rang um ihre Fassung. Sie konnte es sich nicht leisten, auszurasten. Wenn sie jetzt die Nerven verlor, würde sie ihre in Schieflage geratene Karriere endgültig versenken.

Das kam nicht in Frage. Seit vier Jahren leistete sie zweihundertprozentige Arbeit für die Behörde. Im wahrsten Sinne des Wortes: Neben ihrer eigenen Arbeit erledigte sie die von Schorsch nämlich mit. Und dieser intrigante Drecksack attestierte ihr zum Dank dafür fehlende Führungskompetenz? Weil sie seine Aufträge erledigt hatte? Statt darauf zu bestehen, die Konzepte und Präsentationen, die sie für ihn erarbeitet hatte, selbst vorzustellen?

Was sollte das? Hatte Schorsch Schiss, dass sie ihm den Chefsessel unterm Hintern wegsägte? Hätte sie mal machen sollen, bevor er sie ausgebootet hatte. Nie im Leben würde van Hoorn sie jetzt noch zur Referatsleiterin ernennen.

Moment.

Mieke schloss die Augen und zählte bis zehn, während sie ausatmete.

Cool bleiben. Sie musste sich zusammenreißen. Dieser Job war ihre letzte Chance. Nächstes Jahr wurde sie vierzig. Und mit über vierzig, ohne Referenzen in Leitungspositionen, würde sie immer die Assistentin vom Chef bleiben. Und dann würde ihre Mutter sie daran erinnern, dass sie schon immer gesagt hatte, sie solle lieber Kinder als Karriere machen.

Mieke presste ihre Stirn zwischen ihren Fäusten gegen das Lenkrad.

Sie hatte ihr Leben lang den Kopf geschüttelt über die unemanzipierte Einstellung ihrer Mutter. Die war vor dem Mauerfall trotz ihrer zwei kleinen Töchter stellvertretende Leiterin im örtlichen Konsum gewesen. Nach der Wiedervereinigung hatte sie in Teilzeit bei Aldi jobben müssen, weil Mieke und Jess keinen Hortplatz bekommen hatten. Deshalb war Mama bis heute der Meinung, dass das »System« keine Karriere für »Westfrauen« zuließ. Dass Mieke den Typen, der ihr ein sorgenfreies Mutti-Leben in einer überteuerten Altbauwohnung finanzieren wollte, vor vier Jahren in Hamburg zurückgelassen hatte, war in den Augen ihrer Mutter hochgradig dämlich gewesen.

Heute kamen Mieke zum allerersten Mal selbst Zweifel an der Entscheidung. Nicht dass sie mit Tom auf rosa Wolken geschwebt wäre, aber ihre Chance auf eine eigene Familie hatte sie damals zugunsten der Karriere verzockt.

Der Gedanke drückte ihr die Kehle zu. Heiraten und Kinder kriegen war kein Plan B mehr. Es war zu spät. Das wurde ihr zum ersten Mal bewusst. Ihre biologische Uhr stand auf fünf vor zwölf, ihre Figur hatte unter der jahrelangen Büroarbeit gelitten, und in ihrem bisherigen Leben war sie keinem Mann begegnet, mit dem eine Familie vorstellbar gewesen wäre.

Der Gelegenheitssex mit Raffael ließ sich nicht mal als Beziehung bezeichnen. Der Typ ging gar nicht.

Obwohl …

Nach diesem Tag hatte sie definitiv Ablenkung nötig.

Sie zog ihr Smartphone hervor und sendete Raffael ein Mittelfinger-Emoji und ein Fragezeichen. Dass er klare Ansagen am ehesten kapierte, machte vieles einfach. Beinahe sofort kam ein erhobener Daumen zurück, zusammen mit der knappen Frage: »20:00?«

Na also.

Sie atmete tief durch. Kapitulieren kam nicht in Frage. Von Schorsch und van Hoorn würde sie sich ihr Leben nicht kaputt machen lassen.

Marva

»Aber es muss eine Möglichkeit geben, sie da rauszuholen.« Sie spürte die Verzweiflung aufsteigen wie kaltes Wasser.

»Tut mir leid. Ihre Schwester hat noch immer keine Visa beantragt, Marva.« Die Frau mit den wirr vom Kopf abstehenden karottenroten Haaren hob entschuldigend die Schultern. Dass sie ratlos wirkte, machte Marva rasend. Normalerweise sprühte Frederike vor Tatendrang. Jetzt sah sie aus, als würde sie aufgeben.

»Emeli versteckt sich bei meinem Onkel.« Am liebsten hätte Marva die Alte über den Schreibtisch hinweg gepackt und geschüttelt. »Wenn sie ein Visum beantragt, wird sie festgenommen.«

»Sie haben doch gesagt, Emeli war nicht für die Bundeswehr tätig?« Frederike runzelte die Stirn.

Marva knallte die Hände auf den Schreibtisch. Eine Blechdose, in der ein paar Stifte steckten, hüpfte in die Höhe. Nein, Emeli hatte nicht als Ortskraft gearbeitet, das hatte sie Frederike schon mindestens drei Mal erklärt. Emeli war sechzehn. Hörte die ihr nicht zu, oder war sie senil?

Marva war Krankenschwester beim deutschen Militär gewesen. *Marva* hatte sich an der Waffe ausbilden lassen, um die instabile Demokratie zu verteidigen. *Marva* trug keinen Hidschab. Und *Marva* war Atheistin.

Warum kapierten die nicht, dass das reichte, um ihre Schwester und ihre Tochter in Lebensgefahr zu bringen?

Sie fixierte die kleine Frau drohend.

Frederike war früher Lehrerin gewesen, hatte Partnerschaften mit afrikanischen Schulen ins Leben gerufen. Jetzt arbeitete sie für FamilyTogether, eine Organisation, die Familien von Geflüchteten nach Deutschland holte.

Nachdem Marva es nach Deutschland geschafft hatte, hatte man ihr erklärt, dass nur Ortskräfte, die wie sie direkt bei der Bundeswehr angestellt gewesen waren, herkommen durften. All die Dolmetscher, Bürokräfte, Fahrer und Lieferanten, die jahrelang mit Marva zusammengearbeitet hatten und jetzt verfolgt wurden, waren einfach im Stich gelassen worden.

Die Bundeswehr hatte Marva an FamilyTogether verwiesen. Frederike war mit ihr zu den deutschen Ämtern gegangen, hatte ihr eine Wohnung besorgt und den Job im Krankenhaus. Jetzt versuchte sie seit Wochen, Arya und Emeli nachzuholen – doch Voraussetzung dafür waren die verfluchten Papiere.

Marva war klar, dass Frederike tat, was sie konnte. Die ganzen Vorschriften hatte sie nicht gemacht. Trotzdem breitete sich Kälte in ihr aus. Drohte sie zu lähmen. Das war inakzeptabel. Ihre Zähne schmerzten, so fest presste sie die Kiefer aufeinander. Sie konnte Frederikes ratloses Schulterzucken nicht einfach hinnehmen und gehen. Sie musste sie zwingen, ihr zu helfen.

Langsam erhob sich Marva und trat um den Schreibtisch herum auf die alte Frau zu.

Mieke

Mit einem Summen meldete ihr Handy eine eingehende Nachricht.

»Raffael«, las sie auf dem Display. »20:10 Uhr: Wo steckst du?«

Mist, sie hatte das Date nicht abgesagt.

Mit dem Smartphone in der Hand blieb sie stehen. Ihre Entschlossenheit zerbröselte wie ein alter Keks und rieselte um sie herum auf den Gehweg. Die Sache mit Raffael war das, was in ihrem Leben noch am ehesten irgendeiner Form von sozialem Kontakt ähnelte. Und sie vergeigte auch das noch.

Der Gedanke traf sie mit Wucht in den Magen. Tatsächlich lebte sie seit knapp vier Jahren in Bochum, und die einzige Form von Anschluss, die sie gefunden hatte, war der Gelegenheitssex mit dem Chauffeur des Geschäftsführers. Sie hatte Carla und Aishe genauso in Hamburg zurückgelassen wie Tom. Allerdings waren die beiden auch nicht wirklich ihre Freundinnen gewesen, sondern die von Toms Kumpeln. Und mit ihrer Schwester hatte sie seit Wochen nicht telefoniert. Wenn Jess Bilder der Kids schickte, antwortete Mieke meist nur mit einem Bussi-Emoji.

Zumindest ihre Mutter kam einmal im Monat aus Berlin angereist, um Mieke ein paar Tupperboxen voller Milchnudeln oder Grießbrei zu bringen. Aber was sagte es über sie aus, dass ihre beste Freundin ihre Mutter war?

Der Mensch, mit dem Mieke in den letzten vier Jahren mit Abstand die meiste Zeit verbracht hatte, war Schorsch. Der dicke, nette, lustige Schorsch. Der ihrem Chef geraten hatte, sie *nicht* zu seiner Nachfolgerin zu machen. Mieke hatte ihm einen derartigen Verrat einfach nicht zugetraut.

Vier Jahre lang hatte sie Georg Blumental zwar nicht für die fleißigste Biene in den Waben der Rentenversicherung gehalten, aber als Kollegen und Mensch hatte sie ihn gemocht. Nie im Leben hätte Mieke erwartet, dass ausgerechnet er ihr einen Stein in den Weg legen würde.

Einen Felsen. Von der Größe eines Kleinwagens.

Dabei wusste sie doch eigentlich, dass sie niemandem trauen konnte. Doch sie würde sich nicht einfach von Schorsch ins Aktenarchiv abservieren lassen.

Ohne auf Raffaels Nachricht zu antworten, ließ Mieke ihr Smartphone in der Tasche verschwinden und wandte sich wieder dem Haus zu. Schorsch wohnte im Grünen. Für Mitte März war es angenehm warm. Der Geruch von Gegrilltem hing über dem Wohnviertel, und hinter den Einfamilienhäusern waren Stimmen und Kinderlachen zu hören.

Na toll. Hoffentlich platzte Mieke nicht in eine Familienfeier. Schorsch hatte mal erwähnt, dass seine Kinder noch recht klein waren. Seine Frau war deutlich jünger als er.

Ein dreistimmiger Gong schallte durch das Haus, als Mieke den Knopf an der Klinkerfassade drückte. Hinter sonnenblumengelben Gardinen brannte Licht, der Gong war nicht zu überhören, doch drinnen blieb alles still.

Schade. Sie war gerade sauer genug, um Schorsch zusammenzufalten. Sie war sich nicht sicher, ob sie das morgen früh noch hinkriegen würde.

Vielleicht veranstaltete er tatsächlich eine Grillparty im Garten? Dann war sie in der richtigen Stimmung, um ihm den Abend zu versauen. Vorsichtig pirschte sie sich an die Hausecke heran. Hinter dem Haus stand eine kaputte Schaukel auf dem Rasen. Eines der Seile war gerissen, sodass eine Kante des Brettes auf dem Boden hing. Zwischen einigen Büschen konnte Mieke ein paar Stühle sehen, offenbar gab es eine Terrasse. Sie schlich weiter, obwohl Schleichen natürlich unangebracht war – sie wollte schließlich nicht einbrechen. Sie sollte sich lieber bemerkbar machen. Entschlossen trat sie an die Büsche heran, die eine erhöht gelegene Terrasse vor Blicken schützten, und – zuckte zusammen.

Neben einem verrosteten Grill war ein Teakholzstuhl umgekippt.

Daneben lag Schorsch.

Ocean

»Kommst du klar?« Bille stellte eine dampfende Tasse Tee und einen Teller mit Käsebroten vor ihr auf den Couchtisch.

Ocean trug bereits einen blau karierten Flanellpyjama und die Plüschpuschen, die wie Mäuse aussahen. Sie zog die Wolldecke um ihren Körper und nickte stumm.

Es war gelogen.

»Na schön.« Bille schob die Wärmflasche unter Oceans Kuscheldecke.

Ocean wusste, dass Bille lieber in ihrem eigenen Wasserbett schlief als auf ihrer Couch. Sie musterte ihre Freundin verstohlen. Bille war einundfünfzig Jahre alt, genau wie Ocean selbst, sah aber deutlich älter aus. Ihr Gesicht war spektakulär zerknittert. Ocean liebte jede ihrer Falten, besonders die Krähenfüße in ihren Augenwinkeln, wenn ihr Blick weich wurde und Ocean wusste, dass sie ihr keinen Wunsch abschlagen konnte.

Genau wie Ocean hatte Bille null Interesse daran, jünger oder hübscher auszusehen, als sie war. Da war sie ihr viel ähnlicher als zum Beispiel Tatti, die seit dem letzten Lifting linksseitig nicht mehr lächeln konnte.

Ocean legte absolut keinen Wert auf ihr Äußeres. Okay, mit Anfang zwanzig hatte sie sich überreden lassen, ihre Zähne und ihre Nase zu machen, weil Tatti meinte, die Lücke zwischen ihren Schneidezähnen und die breite Nase, die ihre afroamerikanischen Wurzeln verriet, würden einer Modelkarriere im Weg stehen. Heute käme das unter keinen Umständen mehr in Frage. Genau wie sie gern auf eine lange Mähne verzichtete. Ihre krausen schwarzen Locken trug sie raspelkurz, und sie freute sich, dass sie endlich grau wurden. Außerdem mied sie Sport und achtete überhaupt nicht auf ihre Figur. Dass sie trotzdem höchstens die Hälfte von Billes Gewicht auf die Waage brachte, lag daran, dass sie zu essen vergaß, wenn sie allein war. Das war einer der Gründe, aus denen Bille dauernd auf Oceans Sofa schlief.

Seit Jahren bettelte Ocean sie an, bei ihr einzuziehen. Das Haus war groß genug, sie könnte ihr problemlos eine ganze Wohnung einrichten. Aber auch wenn Bille ihr sonst nichts abschlagen konnte und ihre eigene Wohnung in der Innenstadt sowieso kaum benutzte, sie gab sie nicht auf. Da war sie ein bisschen einsamer Wolf, typisch Bille eben. Eigentlich hätte gerade Ocean Verständnis dafür haben müssen, dass Bille ab und zu Abstand brauchte.

Hatte sie aber nicht.

Sie wollte nicht allein sein. Dummerweise nahm Billes Rücken die Couchübernachtungen in letzter Zeit übel. Ocean würde ihr ein Wasserbett kaufen müssen.

Sie schlang ihre Kuscheldecke enger um ihre Schultern.

»Kannst du nicht doch bleiben?«

Ocean hasste es zu betteln, jedes Mal war es wieder ein Eingeständnis, dass sie allein nicht klarkam. Doch das Haus war groß und leer. Und sie wusste, dass Bille bleiben würde, wenn sie sie darum bat.

Bille rieb sich das Gesicht. Dann erschienen die Falten in ihren Augenwinkeln. »Klar«, brummte sie. »Ich verschiebe das Acht-Uhr-Meeting morgen früh auf neun. Ohne mich können die sowieso nicht anfangen.«

Ocean wurde warm, als Bille barfuß zum Wohnungseingang tappte, um die Riegel und Sicherheitsketten vorzulegen.

Mieke

Schorsch lag auf dem Rücken. Bewegungslos. Auf den Waschbetonplatten seiner Terrasse.

Ewig lange Sekunden stand Mieke wie gelähmt da. Schließlich sickerte die Erkenntnis, dass Schorsch Hilfe brauchte, durch den Pudding, in den sich ihr Hirn verwandelt zu haben schien. Oje. Ihr Erste-Hilfe-Kurs war zwanzig Jahre her. Jetzt verwandelten sich auch ihre Knie in Pudding, ihr Absatz versank im Rasen. Sie knickte um, fiel beinahe hin.

Zwei Stufen führten auf die Terrasse. Mieke ging neben Schorsch in die Knie. Verletzungen sah sie auf den ersten Blick keine. Doch statt des obligatorischen grauen Anzugs und einer Krawatte mit Comic-Aufdruck trug Schorsch ein ausgewaschenes Biker-T-Shirt und eine Jogginghose. War das wirklich Schorsch? Hatte er echt ein Totenschädel-Tattoo auf dem Oberarm?

Egal jetzt.

War er tot? Bewusstlos? Hatte er einen Herzinfarkt? Oder einen Schlaganfall?

Sie beugte sich über ihn, berührte mit klopfendem Herzen seine Schulter und – eine Wolke aus Alkoholgeruch hüllte sie ein.

Er war besoffen? Jetzt bemerkte sie auch die Getränkekiste neben der Terrassentür. Sie atmete auf. »Mann, Schorsch!« Mieke klopfte ihm kräftig auf die Wangen. »Wach auf!«

Schorsch gab ein Grunzen von sich und blinzelte.

Gott sei Dank.

»Geht's?« Mieke packte seinen Arm und richtete ihn auf. »Oder brauchst du einen Krankenwagen?«

»Was ist los? Hab ich verpennt?«, murmelte er und wischte ein paar Blätter aus seinem Bart. Sein Blick wanderte zum allmählich dunkel werdenden Himmel, als wollte er die Tageszeit abschätzen.

»Es ist zwanzig Uhr dreißig«, informierte ihn Mieke.

Schorsch stützte sich auf den umgekippten Stuhl, stemmte sich hoch, schwankte beunruhigend und plumpste auf das nächste Sitzmöbel. Das Ding ächzte unter seinen zwei bis drei Zentnern. Er rieb sich die Stirn, als hätte er Kopfschmerzen.

Mieke fiel wieder ein, weswegen sie hier war: weil Schorsch ein mieser Spitzel war.

Sie setzte sich ihm gegenüber, in einen schmutzigen Stuhl ohne

Polster, und schlug die Beine übereinander. »Seit fast vier Jahren arbeiten wir zusammen«, sagte sie kühl. »Wir wissen beide, dass ich seitdem alle Konzepte erstellt habe, die du präsentierst. Ich habe noch nie einen Abgabetermin überzogen. Ich decke dich sogar, wenn du nach dem Einstempeln erst mal wieder nach Hause fährst. Und du erzählst van Hoorn, ich bin nicht geeignet, das Referat Kliniken zu leiten, du Wichser?«

Mieke biss sich auf die Zunge, doch es war zu spät.

Echt jetzt? Hatte sie ihren Vorgesetzten wirklich einen Wichser genannt? Das war doch nicht möglich, dass ihr das herausgerutscht war. Selbst wenn sie in Gedanken Schimpfwörter benutzte, formulierte ihr Gehirn automatisch sachlich, sobald sie sich einstempelte. Offenbar hatte ihr Unterbewusstsein sich von Schorschs Freizeit-Outfit verwirren lassen und dieses Gespräch nicht als den Geschäftstermin eingeordnet, der es war. Dabei war sie hier, um ihre Karriere zu retten, nicht, um spektakulär zu kündigen.

Schorsch ließ den Kopf in die Hände sinken und presste sich die Daumenballen auf die Augen. Und in Miekes Brust breitete sich ein tiefschwarzes Triumphgefühl aus. Okay, es war nicht sein Totenkopf-Tattoo, das sie die Kontrolle verlieren ließ. Sie wollte ihm wehtun. Weil es ihr verdammt wehtat, dass er sie verraten hatte.

»Die Beurteilung durch den Vorgesetzten ist ein Standardverfahren bei der Besetzung von Führungspositionen«, nuschelte Schorsch undeutlich. »Schriftliche Beobachtungen sollen eine objektive Einschätzung ermöglichen.«

Schriftliche Beobachtungen? Ein Schauer kroch Miekes Rücken hinunter. Wie bei der Stasi, oder was?

»Ich habe nicht geahnt, dass van Hoorn ›übernimmt regelmäßig zusätzliche Aufgaben‹ oder ›ist jederzeit bereit, Mehrarbeit zu leisten‹ als negativ auslegt.«

Schriftliche Beobachtungen.

Ihr Kopf dröhnte, ihre Ohren rauschten. Sie würde den Scheißjob kündigen. In so einem kranken System wollte sie gar nicht arbeiten.

»… mich gefragt, ob du schon mal verlangt hast, das Marketingkonzept den Chefärzten selbst vorstellen zu dürfen.«

Schorschs Gestammel drang wie durch Watte zu ihr durch. Auf einmal drehte sich die ganze Terrasse.

»Was sollte ich sagen?« Schorsch zuckte die runden Schultern. »Dass ich selbst keinen Bock darauf habe?«

Mieke zwang ihre Aufmerksamkeit zu Schorschs Worten zurück. Gerissen hatte sie sich um die zähen Gespräche mit den Klinikleitungen tatsächlich nicht.

»Ich habe dich als meine Nachfolgerin empfohlen. Van Hoorn ist meiner Empfehlung nicht gefolgt.«

Wie bitte? Van Hoorn sollte derjenige sein, der ihre Beförderung zu verhindern versuchte? Das war doch eine Ausrede.

»Van Hoorn kennt mich gar nicht«, entgegnete sie misstrauisch. »Wieso sollte er was gegen mich haben?«

»Keine Ahnung. Vielleicht will sein Neffe den Job. Oder hast du deine Knutschkugel mal auf seinem Parkplatz geparkt?«

Was?

»Oder hast du ihn abblitzen lassen?«

Mieke wurde erst heiß, dann kalt.

Van Hoorn hatte was gegen sie? Bisher hatte sie das Gefühl gehabt, er könne sich nicht mal ihren Namen merken. Aber vielleicht lag es genau daran?

Oder …?

Sie musterte Schorsch nachdenklich. Sein T-Shirt spannte über seinem Bauch. Der Aufdruck eines auf einer Harley sitzenden Skeletts zog sich in die Breite.

Oder Schorsch log.

»Vielleicht kann ich van Hoorn von meiner Eignung überzeugen, wenn ich auch ein paar Beobachtungen notiere«, bemerkte sie kühl. »Wie, glaubst du, findet er es, dass du seit Monaten jeden Morgen nach dem Einstempeln wieder nach Hause fährst?«

Schorsch ernüchterte sichtbar. Regelmäßig tauchte er um halb acht im Büro auf, startete seinen Computer und verschwand wieder bis halb neun. Er funkelte sie an. Mieke verschränkte die Arme.

Ihr Boss zerrte an seinem Bart. »Seit Elfie ausgezogen ist, muss ich sehen, wie ich die Kids in die Schule kriege«, murrte er dann.

»Mittags nehmen sie den Bus, aber morgens pennen sie einfach weiter, wenn ich sie nicht in den Hintern trete. Teenager eben.«

Seine Frau war ausgezogen? Miekes Blick wanderte an dem zweistöckigen Einfamilienhaus hinauf. Er war für zwei Teenager verantwortlich und lag abends um halb neun volltrunken auf der Terrasse?

»Diese Woche sind sie bei ihrer Mutter«, beantwortete Schorsch ihre unausgesprochene Frage. Er kannte sie viel zu gut.

»Wie lange schon?«, erkundigte sich Mieke. »Ich meine, wie lange bist du schon … allein?«

»Das Trennungsjahr ist um. Sie will die Scheidung.«

Ein Jahr? Ein ganzes Jahr?

»Und du hast nichts gesagt?«

»Wahrscheinlich habe ich gehofft, sie kommt zurück«, murmelte Schorsch müde. »Aber sie hat einen Neuen, so einen glatt gebügelten Schnösel. Jetzt versucht sie, das Sorgerecht einzuklagen.«

Er wischte sich mit dem Handrücken über die haarigen Wangen. Weinte er etwa?

Mieke wusste nicht, was sie sagen sollte. Sie hatte nicht damit gerechnet, dass Schorsch in einem ähnlich kaputten Leben feststeckte wie sie selbst.

»Du hast recht«, sagte Schorsch in dem Moment. »Ich hätte van Hoorn sagen müssen, dass du die Beste für den Job bist und er ein Vollidiot ist, wenn er dich nicht nimmt.«

Hm. Mieke hob eine Braue.

Schorsch schwankte leicht auf dem Gartenstuhl hin und her.

»Das kannst du ja nachholen«, schlug sie vor.

Marva

Sie stemmte die Fäuste gegen ihre Schläfen.

Sie hatte die Nerven verloren. Sie war abhängig von Frederikes

Hilfe, außer ihr interessierte hier niemanden, was aus ihrem Baby und ihrer kleinen Schwester wurde. Und sie hielt ausgerechnet Frederike ein Skalpell unter die Nase und drohte, ihr ein Auge zu entfernen, wenn sie Arya nicht nach Deutschland holte?

Nun würde ihr auch Frederike nicht mehr helfen. Verständlicherweise. Wahrscheinlich würde sie sie anzeigen. Sie würde den Job verlieren und im Gefängnis landen.

Sie würde Arya und Emeli nie wiedersehen.

Mieke

Ihre Bürotür stand offen. Nur einen Spalt, kaum zu erkennen, wenn man nicht genau hinsah.

Sie blieb stehen. Ein flaues Gefühl breitete sich in ihrem Magen aus. Wahrscheinlich legte ihr bloß jemand eine Akte auf den Schreibtisch. Trotzdem konnte sie nicht verhindern, dass sich van Hoorn in ihre Gedanken drängte. Was, wenn er sie gestern zu erreichen versucht hatte? Wenn er gemerkt hatte, dass sie abgehauen war?

Quatsch. Sie arbeitete nicht bei der Mafia. Und sie konnte nicht wie schockgefroren vor ihrem eigenen Büro stehen bleiben. Sie gab sich einen Ruck und drückte die angelehnte Tür auf. Schorsch fuhr zusammen.

Schorsch?

Der Bärtige rückte hektisch ein paar Papiere in ihrer Ablage zurecht. Obenauf lag die Beschwerdemappe des Rehazentrums Emscherau. Die lag da allerdings schon länger, Mieke hatte sie bereits durchgesehen. Ganz sicher war Schorsch nicht hier, um den Hefter zu bringen.

»Mieke, ähm …« Er trat hinter ihrem Schreibtisch hervor und fuhr sich durch den Bart. »Ich … ähm … ich wollte dir nur Bescheid sagen, dass ich mit van Hoorn gesprochen habe.«

War Schorsch an ihrem Schreibtisch gewesen? Spionierte er etwa schon wieder? Hatte er geprüft, ob sie Ordnung hielt? Notierte er sich gleich »Frau Jentschs Arbeitsplatz ist verdächtig aufgeräumt. Vermutlich arbeitet sie gar nicht«?

Miekes Blick flitzte über die leere Arbeitsfläche. Computer, Tastatur, Stifthalter. Eine Ablage mit noch nicht erledigten Projekten. Ein Kugelschreiber, genau parallel zur Tischkante.

Miekes vielleicht ein klitzekleines bisschen zwanghafter Ordnungssinn kam ihr nun entgegen. Sie war sicher, dass Schorsch auf ihrer Arbeitsfläche nichts verändert hatte. Am PC konnte er auch nicht gewesen sein. Im Gegensatz zu den übrigen fünftausend Beschäftigten der Rentenversicherung Ruhr notierte Mieke ihre vierundzwanzig Passwörter nicht auf einem Zettel unter der Tastatur. Codewörter speicherte ihr Gehirn automatisch. Also war er an den Schubladen gewesen.

»Und was hat er gesagt?«, erkundigte sie sich lauernd. Sie kaufte Schorsch nicht ab, dass er ernsthaft versucht hatte, ihren Hintern zu retten.

»Er besteht auf dem Führungskräftetraining.« Schorsch zuckte die Achseln.

Er war hier, um ihr mitzuteilen, dass es rein gar nichts Neues gab? Wollte er sie verarschen? Bescheuert, dass ausgerechnet sie sich von seiner gemütlichen Weihnachtsmannoptik hatte täuschen lassen. Es hatte ihr gefallen, dass Schorsch von ihrer Arbeit begeistert gewesen war. Wie ein dressiertes Äffchen hatte sie Saltos geschlagen für seine verbalen Zuckerstückchen. Vermutlich hatte Schorsch sich insgeheim totgelacht, weil es so einfach gewesen war, Mieke die ganze Arbeit machen zu lassen und selbst die Beine auf den Schreibtisch zu legen.

Dabei hatte Mieke schon im Grundkurs des Führungskräftetrainings gelernt, dass man in einer leitenden Position Arbeit verteilen können musste. Schorsch war wirklich die Idealbesetzung für seinen Posten.

»Mit der Teilnahmebescheinigung ist die Sache dann aber vom Tisch«, versicherte Schorsch in dem Moment.

»Vom Tisch?« Mieke runzelte die Stirn.

»Hat mir van Hoorn zugesagt.« Ohne Mieke anzusehen, drückte Schorsch sich an ihr vorbei. Sie registrierte, dass er nach Schweiß roch. Rasch schob er sich zur Tür hinaus und zog sie hinter sich zu.

Sekundenlang starrte Mieke ihm nach. Kalte Schauer krabbelten ihre Wirbelsäule hoch und runter. Dann zog sie die oberste Schublade auf. Im Schreibtisch herrschte ebenfalls Ordnung.

Oberes Fach: Klarsichthüllen, leere Schnellhefter, Verbrauchsmaterial wie Büroklammern, Tackernadeln, Klebchen, Textmarker.

Mittleres Fach: Kontaktdaten in einem Register. Chefärzte und Verwaltungsleiter der eigenen Kliniken und von privaten Vertragskliniken. Adressen von Krankenhäusern, die regelmäßig Patienten nach Operationen zur Reha schickten. In der Spalte daneben ein paar Müsliriegel, damit ihr Magen in den Besprechungen nicht knurrte, wenn sie sich das Frühstück gespart hatte. Okay, vielleicht hatte er einen Müsliriegel geklaut. Das wäre ihm zuzutrauen, und sie hatte die Dinger nicht gezählt.

Unteres Fach: Briefumschläge.

Wonach hatte Schorsch gesucht?

Marva

Sie hätte Frederike nicht bedrohen dürfen.

Sie hatte gewusst, dass sie ihre Chance auf ein Leben in Deutschland riskierte. Und weil sich Frederike nicht gemeldet hatte, seit Marva die Nerven verloren hatte, hatte sie bereits geahnt, dass sie in der Scheiße steckte. Jetzt musste sie die Konsequenzen tragen, denn die Frau hinter dem Schreibtisch würde sich nicht einschüchtern lassen. Sie war ziemlich groß, kräftig gebaut. Ihr schulterlanges blondes Haar hatte sie im Nacken zum Zopf zusammengebunden, und unter ihrem ärmellosen schwarzen Shirt war nicht viel Busen zu erkennen. Dafür aber ein Tattoo an der Außenseite ihres linken Oberarms. Seeleute trugen so was. Marva hatte neben Anker,

Kompass und Sextant schon alle Arten von Seemonstern auf den Körpern von Soldaten gesehen, die mal bei der Marine gewesen waren.

»Frederike hat mir von Ihrem letzten … Gespräch erzählt, Marva«, sagte die Blonde ernst. Ihre Stimme klang weiblicher, als ihr Körperbau vermuten ließ. »Sie sagte, sie seien ziemlich … nachdrücklich gewesen.«

Marva senkte den Kopf.

»Sie wissen, dass Nötigung strafbar ist?«

Marvas Herz beschleunigte sein Tempo. Sie holte tief Luft, straffte die Schultern.

»Und nun? Hat Frederike mich angezeigt? Werde ich entlassen? Ausgewiesen? Verhaftet?«

Die Blonde erwiderte Marvas Blick, ohne zu lächeln.

»Ich spreche heute als Vertreterin von WomenForWomen mit Ihnen. WomenForWomen ist eine Schwesterorganisation von FamilyTogether. Wir unterstützen Frauen in akuten Notsituationen, und wir haben ein paar mehr … Mittel, um zu helfen. Sie haben als Sanitäterin für die Bundeswehr gearbeitet?«

Marva schwieg. In ihrem Hinterkopf schrillten die Alarmglocken. Da war etwas Lauerndes in ihrer Stimme, wie bei einer Katze, die schnurrend mit dem Schwanz peitschte.

»Wenn ich richtig informiert bin, verdanken Sie Ihre Existenz einer Affäre zwischen einer afghanischen Putzfrau und einem deutschen Unteroffizier. Die Vaterschaft hat er nie anerkannt, aber er hat Ihre deutsche Schule bezahlt.«

Marva würde Frederike töten. Das hatte sie im Vertrauen erzählt.

»Sie haben Frederike erschreckt. Sie glaubt, Sie könnten unter einer posttraumatischen Belastungsstörung leiden und würden eine Therapie benötigen.«

Marva presste die Zähne aufeinander. Kein einziges Wort würde sie mehr sagen.

»Unzurechnungsfähig kommen Sie mir allerdings nicht vor …« Die Frau musterte sie forschend. »Ich habe großen Respekt davor, wie entschlossen Sie um Ihre Tochter und Ihre Schwester kämpfen«, sagte sie zu ihrem Erstaunen. »Emeli Al-Ali ist Ihre Halbschwester. Deshalb gehe ich davon aus, dass ihr Vater ihr keinen Notsitz in einer Militärmaschine organisieren wird.«

Natürlich nicht.

Die Frau beugte sich vor. »WomenForWomen wird versuchen, Ihre Schwester und Ihre Tochter mit einer Privatmaschine auszufliegen.«

Bot die Fremde gerade an, Arya und Emeli illegal nach Deutschland zu holen? Genau das hatte Marva von Frederike verlangt. Dass die Rentnerin wirklich Kontakte zu Schleusern haben könnte, hätte sie allerdings nie gedacht.

Marva wurde heiß. Ihre Gesprächspartnerin war kein idealistischer Gutmensch wie Frederike, sie bot ihre Unterstützung nicht aus reiner Freundlichkeit an. Garantiert wollte sie eine Gegenleistung. Wenn Marva ihr Angebot annahm, wäre sie ihr etwas schuldig, und bestimmt sollte sie nicht nur ihren Hund Gassi führen.

»Was kostet Ihre Hilfe?«, erkundigte sie sich.

MIEKE

Das konnte nur ein schlechter Scherz sein. Sie prüfte noch mal die Adresse.

War korrekt. Trotzdem konnte das nicht stimmen. Führungskräftetrainings fanden gewöhnlich in Fortbildungsinstituten oder Tagungshotels statt. Sie wagte nicht, ihren Mini auf die unbefestigte Parkfläche zu lenken, auf der das Gras genauso hoch stand wie auf der Weide nebenan. Von dort aus glotzten sie zwei Ponys an. Die Straße im ländlichen Norden von Bochum besaß keinen Mittelstreifen. Und das Haus war … so was wie ein Bauernhof?

Nicht ganz. Eher ein alter Gutshof. Ein zweigeschossiges, von Efeu überwuchertes Fachwerkgebäude stand rechts vom geschotterten Innenhof. Gegenüber der Einfahrt ragte ein recht neuer

Hallenbau mit Wellblechdach auf. Der Gebäudeflügel links vom Hof ähnelte vom Baustil her dem Hauptgebäude: Fachwerk und Efeu mit Holztoren, durch die ein Elefant passte. Eine Scheune oder ein Stall.

Auf einem verwitterten Eichenbalken über der Hofeinfahrt stand »Lucky Pony Ranch«.

Ranch? Im Ernst?

Wollte van Hoorn sie verarschen? Oder war die Adresse ein Druckfehler?

Hinter ihr näherte sich ein Auto auf der sonst leeren Straße. Mieke scannte die Parkfläche nach der am wenigsten matschigen Stelle ab. Schließlich lenkte sie ihren Wagen dicht an den Elektrozaun. Die Ponys guckten zu.

Sie würde nachfragen müssen, ob es hier einen Tagungsraum gab, der für ein Führungskräftetraining angemietet worden war. Sie hielt es für beinahe ausgeschlossen. Egal, dann würde sie eben wieder fahren. Zu schade. Sie griff ihre Handtasche, stieg aus und versank mit dem Absatz ihres Pumps in einer Pfütze. Matsch schwappte in ihren Schuh.

»Shit!«

Fluchend versuchte Mieke, den Schlamm am Gras abzustreifen. Klappte nicht. Wenn sie gleich wieder zu Hause war, würde sie die Schuhe in der Dusche abspülen müssen. Für die Fortbewegung auf dem groben Schotter im Hof waren die Pfennigabsätze ähnlich ungeeignet. Bis zur Haustür hatte sie sich vermutlich einen Bänderriss zugezogen.

Drei ausgelatschte Steinstufen führten zum altmodischen Eingang hinauf. Es gab weder Klingel noch Türschild, nur einen faustgroßen Löwenkopf aus Messing. Das Raubtier hielt einen Metallring zwischen den Zähnen – ein Klopfer aus einer Zeit, in der es noch keine Türklingeln gegeben hatte.

Genervt griff Mieke nach dem grinsenden Löwen und fuhr zusammen, als das Metall unerwartet laut gegen das Holz krachte.

Alles blieb still, nur die Vögel zwitscherten.

Mieke klopfte erneut. Vermutlich wohnte in der Burg eine Hundertjährige, die Samstagmorgen um halb neun die Hörgeräte noch nicht drin hatte.

Sie wartete. Allerdings nicht besonders lange. Offensichtlich war niemand hier, jedenfalls kein übermotivierter Personality-Coach, der künftigen Managern beibrachte, wie man Untergebenen in den Hintern trat.

Sie wandte sich ab und prallte zurück. Beinahe hätte sie erschrocken gequietscht, denn der Typ stand direkt hinter ihr, vor der untersten der drei Treppenstufen und – na ja, er sah wild aus.

Hätte er auf gleicher Höhe mit ihr gestanden, hätte er sie trotz ihrer Siebeneinhalb-Zentimeter-Absätze überragt, war also über eins achtzig groß. Seine graue Latzhose war beeindruckend schmutzig, dazu trug er eine rot-schwarz karierte Holzfällerjacke und Gummistiefel, in denen sich vermutlich Stahlkappen verbargen. Und er hatte eine Mistgabel in der Hand. Eine *Mistgabel.*

Er war unrasiert und ungekämmt, seine Locken mehr grau als braun. Die Haare hatte er im Nacken zusammengebunden, der Pferdeschwanz reichte bis auf seinen Rücken. Er stand aufdringlich dicht vor ihr, und der harte Zug um seinen Mund ließ Mieke zurückweichen, bis sie mit dem Rücken gegen die Haustür stieß. Seine schlammbraunen Augen wanderten abschätzend an ihr herunter und blieben an ihrem schmutzigen linken Schuh hängen.

Der Kerl war unheimlich. Eine schwerhörige Hundertjährige wäre Mieke lieber gewesen. Nichts wie weg hier.

»Mikaela Jentsch?«, sagte der Mann in dem Moment.

Er kannte ihren Namen. Miekes Gehirn weigerte sich zu schlussfolgern, was das bedeutete.

»Moritz Blümel.« Er wischte seine Hand an seiner Latzhose ab, wodurch sie definitiv nicht sauberer wurde, und hielt sie ihr hin. »Die Rentenversicherung Ruhr hat drei Coaching-Termine zum Thema ›Authentisches Führen‹ für Sie vereinbart.« Er hielt ihr noch immer die Hand hin.

Mieke zwang sich, sie zu ergreifen. Sein Griff war genauso unangenehm wie seine Erscheinung: hart, rau, schwielig und so fest, dass sich die Begrüßung wie ein Kräftemessen anfühlte. Sie hasste solche Spielchen, hielt aber gegen.

»In der Seminarbeschreibung steht, dass wetterfeste Kleidung und festes Schuhwerk benötigt werden«, bemerkte Blümel mit einem weiteren Blick auf ihre Pumps.

Mieke biss sich auf die Zunge, um nicht zu fluchen. »Ich habe nur den Termin und die Adresse erhalten.«

Gelogen. Die Seminarbeschreibung lag vermutlich in dem noch ungeöffneten Umschlag in ihrer unteren Schreibtischschublade. Mieke hatte bereits vor zwei Jahren drei Wochenseminare absolviert und zu wissen geglaubt, was auf sie zukam. Offensichtlich ein Irrtum.

Blümel rieb sich das unrasierte Kinn. »Sie wohnen vermutlich nicht direkt um die Ecke?«, erkundigte er sich.

Blöde Frage, du Bauer.

»Nein«, sagte sie mit bemüht liebenswürdigem Lächeln. »Rein zufällig wohne ich nicht am Arsch der Welt.«

Blümels harter Blick wurde noch ein bisschen härter.

»Tja, Ihr schickes Outfit wird den Tag definitiv nicht überleben«, erklärte er.

»Was?«, schnappte Mieke. »Der Anzug ist von Victoria Beckham.« Und hatte schlappe fünfhundert Euro gekostet.

»Dann hätten Sie ihn nicht zu einem Seminar in einem Stall anziehen sollen«, entgegnete Blümel gleichgültig.

»Ich *wusste nicht*, dass das Seminar in einem *Stall* stattfindet.« Mieke wiederholte die Lüge, ohne mit der Wimper zu zucken.

Blümel verschränkte die Arme vor der Brust. Offensichtlich hatte er nicht vor, etwas zur Problemlösung beizutragen.

»Entweder starten wir theoretisch, oder das wird nichts mit unserem Coaching. Schade«, entgegnete Mieke schnippisch. »Mein Arbeitgeber wird Ihre Rechnung trotzdem begleichen.«

Blümel starrte so lange schweigend zurück, dass Mieke mulmig zumute wurde.

»Ich sehe mal nach, ob ich noch irgendwo Klamotten in Ihrer Größe finde«, sagte der Mann schließlich. »Setzen Sie sich und nehmen Sie sich einen Kaffee.« Er deutete auf eine Bierzeltgarnitur unter dem ausladenden Dachüberstand der Halle und verschwand im Haupthaus.

Mieke fiel auf, dass er hinkte.

Sie stöckelte durch den Schotter zum Tisch und stellte ihre Handtasche neben eine Thermoskanne und zwei bunte Kaffeetassen. Tisch und Bänke waren abgewischt, trotzdem wollte sie sich mit ihrer Fünfhundert-Euro-Hose nicht setzen.

Sie blieb stehen.

Sanna

»Wir arbeiten doppelt so viel wie früher, weil in den letzten zwanzig Jahren fünfunddreißig Prozent des Personals eingespart wurden. Dafür bekommen wir im Schnitt vierzig Prozent weniger Geld.« Bernie hielt Sanna einen Kaffeebecher mit Gewerkschaftsaufdruck hin. Der Dampf bildete Wölkchen. Es war früh und kalt, der Platz vor dem Eingang des Lindenhospitals lag noch im Schatten. Sie hatten den Stand gerade erst aufgebaut, doch es versammelten sich bereits ein paar Leute.

»Außerdem kriegen wir weniger Urlaub als ihr und kein Weihnachtsgeld mehr. Und Pflegehelfer, Küchenmitarbeiter und Hausmeister arbeiten für den Mindestlohn. Eure Rehakliniken sind die letzten Oasen im Gesundheitswesen, die noch in öffentlicher Hand sind«, meinte Bernie. »Ihr habt keine Ahnung, was draußen wirklich los ist.«

Sanna knirschte mit den Zähnen. Das Thema sorgte ständig für Zoff zwischen ihnen. Durch die Zugehörigkeit zur Rentenversicherung und den entsprechenden Tarifvertrag herrschten im Rehazentrum im Ruhrtal beinahe paradiesische Arbeitsbedingungen – verglichen mit dem Lindenhospital, das zum Medica-Konzern gehörte. Sanna bekam nicht nur mehr Geld und mehr Urlaub als Bernadette, sondern auch regelmäßige Gehaltserhöhungen, eine

Jahressonderzahlung und eine Betriebsrente und genoss zudem einigermaßen geregelte Arbeitszeiten.

Doch auch Bösingfeld und Käfer versuchten, Personal einzusparen, vorzugsweise in den niedrigen Lohngruppen, weil Putzfrauen und Küchenkräfte sich nicht wehrten, während Mediziner und Psychologen gleich mit einem Jobwechsel drohten. Und in Zeiten von Pandemien und Personalmangel bot sich endlich die Gelegenheit, auch für traditionell miserabel entlohnte Berufsgruppen wie Pflegekräfte, Ergo-, Sport- und Physiotherapeuten eine bessere Bezahlung zu erreichen.

Dass Bernie Sanna regelmäßig daran erinnerte, wie gut es ihr ging, ärgerte sie. Gute Arbeitsbedingungen mussten verteidigt werden, sonst wurden sie schlechter.

Sanna lehnte den Pappaufsteller an den Bierzelttisch, auf dem die Flyer auslagen, und nahm den Kaffee entgegen.

Blumental versuchte unfassbar plump, Druck aufzubauen. Dass die Betten nicht mehr belegt werden würden, glaubte der doch selbst nicht. In der Psychosomatik beantragten so viele Menschen wie noch nie eine Reha. Es war Sannas Aufgabe zu verhindern, dass den Leuten das Marketing-Tamtam als unbezahlte Mehrarbeit aufgedrückt wurde. Sie hatte bereits eine Stellungnahme verfasst, die würde sie Blumental am Montagmorgen in die Hauptverwaltung bringen – und ihm dabei noch mal erklären, was sie von ihm hielt.

Sie stürzte den Kaffee hinunter und positionierte den Pappaufsteller so vor dem Eingang des Hospitals, dass jeder, der hineinwollte, ihn umsegeln musste.

»Gesundheit ist keine Ware«, stand auf dem Schild.

Ein bisschen Neid auf Bernadette konnte Sanna allerdings nicht abstreiten, denn Bernadette war es gelungen, die komplette Belegschaft des Lindenhospitals gewerkschaftlich zu organisieren. Und die Kolleginnen und Kollegen in den anderen fünfzig Medica-Kliniken zogen gerade nach.

Das hier war die größte Gewerkschaftsaktion gegen einen Medizinkonzern, die je stattgefunden hatte. Wenn es gelänge, einen einheitlichen Tarifvertrag für alle einundfünfzig Kliniken abzuschließen, wäre das ein unglaublicher Erfolg. Womöglich würden sogar die Beschäftigten anderer Unternehmen nachziehen.

Ein Typ mit einem Smartphone in einer aufwendigen Halterung kam auf sie zu. Ein Presseausweis baumelte an einem Band um seinen Hals. Mit gerunzelter Stirn las er die Aufschrift auf Bernies Pappschild.

»OP-Quoten abschaffen!«, stand da.

Bernie hatte sein Interesse ebenfalls bemerkt.

»Wussten Sie, dass heute im Lindenhospital doppelt so viele künstliche Hüften eingesetzt werden wie vor der Übernahme durch Medica?«, erkundigte sie sich. »Grund dafür ist nicht, dass plötzlich mehr Hüftgelenke kaputtgehen. Die OP-Quoten müssen erfüllt werden, um das Equipment der Operationssäle rentabel zu machen.«

MIEKE

In einem ausgewaschenen Hoodie mit Lucky-Pony-Aufdruck und einer schlabberigen Latzhose stand sie in der riesigen Halle. Und in rosafarbenen Gummistiefeln.

Der Trottel machte sich lustig über sie.

Dummerweise brauchte sie die Dinger wirklich, denn der Hallenboden war mit einem Gemisch aus Sand und Sägespänen bedeckt. Die Wände bestanden aus Wellblech, eine brusthohe Holzbande umgab das Viereck. In der Mitte stand Blümel zusammen mit einem riesigen, schwarz-weiß gefleckten, unbeschreiblich haarigen Ungetüm, das er als »Goblin« vorgestellt hatte.

Mieke hielt Sicherheitsabstand. Der Goblin war kein Pony, sondern ein echtes Pferd. Mieke konnte gerade eben über seinen Rücken gucken. Seine Mähne hing über seine Stirn bis ans Maul, seine Augen waren nicht zu sehen. Fühlte sich an, als würde das Tier sie durch eine Sonnenbrille beobachten. Sein Fell war mit einer Kruste aus getrocknetem Schlamm überzogen. Mit gesenktem Kopf und hängenden Ohren stand das Pferd neben Blümel.

»Dann erzählen Sie mal.« Blümel verschränkte die Arme. »Was erwarten Sie von unserem Coaching?«

Mieke zuckte die Schultern. »Das Übliche.«

Es ärgerte sie, dass sie so offensichtlich falschlag. Üblicherweise versammelten sich bei Führungskräftetrainings Anzugträger und Frauen in Businesskostümchen in einem beheizten Seminarraum, es gab Kaffee und Kekse, und ein hyperaktiver Coach erklärte mit Hilfe bunt bemalter Flipcharts, dass eine Führungskraft Arbeit verteilen können musste.

»Und das ›Übliche‹ bedeutet …?«, bohrte Blümel nach.

Klang er etwa genervt? Offenbar hatte der Typ genauso wenig Bock auf das Theater wie sie.

Weil der Möchtegern-Cowboy lässig an das Pferd gelehnt darauf wartete, dass sie weitersprach, sagte sie: »Arbeit delegieren, leistungsstarke Leute optimal nutzen, Gesprächsführung, konstruktiv Kritik üben, Konfliktlösung, objektive Beurteilung von Arbeitsleistung und so weiter. Das alles zu wiederholen können Sie sich sparen, das weiß ich schon.«

Blümel runzelte die Stirn. »Denken Sie, wir werden in einer Reithalle konstruktiv Kritik üben?«

Was dann?

»Arbeitsschutz? Betriebliches Gesundheitsmanagement? Umgang mit Gefährdungsanzeigen?«, riet Mieke.

Blümels Mundwinkel zuckte. Sie spürte, wie etwas in ihr zu brodeln begann.

»Da Ihnen die Theorie offensichtlich bekannt ist, üben wir die Praxis.«

Hä?

»Bei der Umsetzung hakt es vermutlich, sonst hätte Ihr Chef Ihnen kein überteuertes Einzel-Coaching verordnet. Ein Schildchen am Victoria-Beckham-Outfit, auf dem ›Abteilungsleitung‹ steht, macht noch keine Chefin aus Ihnen.«

Was für ein Arsch! Dass ihr ausgerechnet ein Bauer mit einer

Mistgabel in der Hand erklären würde, wie sie die dominanten Chefärzte handzahm machte, glaubte der doch selbst nicht.

»Beim ›Authentischen Führen‹ geht es darum, Ihr Verhalten, Ihre Emotionen, Ihr Denken mit Ihren Worten in Einklang zu bringen.« Blümel tippte seinen Zeigefinger gegen seine Stirn. »Damit Ihr Team Ihnen eine verantwortungsvolle und umsichtige Führung zutraut, selbst wenn Sie in rosa Gummistiefeln hinter Ihrem Schreibtisch sitzen.«

Klang fast, als hätte er Miekes Gedanken gelesen. Sie unterdrückte ein Stöhnen.

Oh bitte, keine Rollenspiele. Der Cowboy wollte doch nicht ernsthaft den Chefarzt mit Starallüren mimen, dem Mieke beibiegen sollte, dass seine angestaubte Klinik ein Marketingkonzept nötig hatte?

»Glauben Sie, Ihnen traut im John-Wayne-Outfit jemand ein Führungskräfte-Coaching zu?«, erkundigte sie sich schnippisch.

Blümel hob eine Braue. »Ich zerstöre ungern Ihre Illusionen, aber Ihr Boss hat Sie ziemlich sicher nicht wegen Ihrer stylishen Outfits befördert. Und Ihre Untergebenen werden nicht Ihre Anweisungen befolgen, weil Sie in Ihren Designerklamotten so einen knackigen Arsch haben.«

Mieke schnappte nach Luft.

»Das pferdegestützte Coaching spiegelt Ihnen, ob Ihre Körpersprache klar und überzeugend ist. Goblin –«, er legte dem müden Gaul eine Hand auf den Rücken, »versteht nämlich nicht, was Sie sagen. Aber er weiß, ob Sie es ernst meinen.«

»Ach ja?« Mieke verschränkte die Arme.

»Praktischerweise funktionieren Pferdeherden genau wie Behörden – mit Hilfe einer Hierarchie. Pferde erkennen nicht zwangsläufig das größte Tier als Leitpferd an, sondern das klügste und willensstärkste – was man von einer Behörde leider nicht immer behaupten kann.«

Mieke biss sich auf die Zunge. Den Gefallen zu schmunzeln würde sie ihm nicht tun.

»Die ›Führungskraft‹ in einer Pferdeherde muss souverän und

kompetent sein. Sie muss Wasserstellen und Weideplätze kennen. Außerdem sind Pferde Fluchttiere, sie verlassen sich drauf, dass ihr Leitpferd bei Gefahr richtig reagiert. Bleibt das Leitpferd stehen, steht die Herde.«

Er deutete auf Goblin, der den Kopf gesenkt hatte und möglicherweise im Stehen eingeschlafen war.

»Geht das Leittier – na ja, dann gehen alle anderen auch.«

Blümel stieß sich von dem Pferd ab und trat ein paar Schritte zur Seite. Wieder hatte Mieke den Eindruck, dass er humpelte. Goblin drehte ein Ohr. Dann verlagerte er träge das Gewicht. Er machte zwei Schritte und blieb wieder neben Blümel stehen.

Mieke runzelte die Stirn. War das Zufall gewesen?

»Und das soll heißen …?«, erkundigte sie sich gereizt.

»Gobi folgt mir freiwillig. Weil er – platt ausgedrückt – glaubt, dass er bei mir satt und sicher ist.«

Der Gaul gähnte.

»Wollen Sie mir sagen, ich bin hier, um die Führungskraft Ihres Ponys zu werden?«

»Das würde nur klappen, wenn Sie ihn ohne Chefinnen-Outfit von Ihren Fähigkeiten überzeugen könnten.« Er zog eine schmutzige Bürste aus der Tasche seiner Holzfällerjacke und drückte sie Mieke in die Hand.

»Versuchen Sie es mal.«

Marva

»Geh bitte! Sofort!« Frederike richtete sich hinter ihrem klapprigen Schreibtisch zu ihrer vollen Größe auf, was Marva nicht sonderlich beeindruckte. Mit einer energischen Armbewegung wies die alte Frau zur Tür des spärlich eingerichteten Büros von FamilyTogether.

Ihr Zeigefinger begann zu zittern, als Marva die Geste ignorierte und näher kam.

»Ich möchte mich bedanken.« Sie trat an den Schreibtisch.

»Und ich möchte, dass du gehst!«, wiederholte Frederike schrill. Eigentlich seltsam, dass eine über Siebzigjährige Samstagmorgen allein in einem Büro saß, dessen Eingangstür ein Grundschüler eintreten könnte – und sie nicht mal eine Waffe in der Schublade liegen hatte.

»Die Sache mit dem Skalpell tut mir leid«, beteuerte Marva.

»Ich betreue dich nicht mehr«, fauchte Frederike. »WomenForWomen hat deinen Fall übernommen.«

Marva setzte sich auf den alten Stuhl vor Frederikes Schreibtisch. Er knackte bedenklich. Sie beugte sich vor und stützte die Ellenbogen auf die Oberschenkel.

»Aber du betreust Alexandra Danilowa, richtig?«

MIEKE

Was zum Teufel machte sie hier?

Sie kannte sich nicht aus mit Pferden. Heute ging gefühlt jedes Mädchen reiten, aber in ihrer Kindheit in Ost-Berlin hatte es weder Reiterhöfe noch Kinderserien gegeben, in denen Bibi und Tina durch den Wald galoppierten. Sie hatte bei den Jungpionieren Rasen gemäht. Und nach der Wende hatte sie für Führerschein, Abi und Studium jobben müssen. Da waren Reitstunden nicht drin gewesen.

Der Bauer, der sich als Personal Coach aufspielte, ließ sie den verkrusteten Schlamm von dem Sechshundert-Kilo-Goblin abkratzen. Wenn Mieke an der Schulter des Pferdes herumschrubbte, quoll ein Sandsturm in die Höhe. Obwohl sie so viel Abstand wie möglich hielt, knirschte der Dreck zwischen ihren Zähnen.

Und dummerweise war der Goblin plötzlich nicht mehr müde. Er schüttelte widerwillig den riesigen Kopf. Mieke wich vor der aufwirbelnden Staubwolke zurück. Sie hatte das Zeug schon in den Haaren. Genervt klemmte sie sich ihren kinnlangen Bob hinter die Ohren.

Blümel schnalzte unzufrieden mit der Zunge. »Denken Sie, Sie vermitteln Gobi Sicherheit, wenn Sie so weit entfernt wie möglich stehen und bei jeder seiner Bewegungen zurückzucken?«

Gut möglich, dass dieses Coaching mit einem Mord endete.

»Glauben Sie, das Ungeheuer legt Wert drauf, von mir beschützt zu werden?«

»Dass *Sie* es nicht glauben, ist das Problem.«

Blümel trat neben das Pferd.

Froh, dass die Putzaktion beendet schien, wich Mieke zurück. Der Hobbycowboy lehnte sich an die Schulter des Tieres, bückte sich und strich am haarigen Bein hinunter. Mieke bemerkte die schwarzen Dreckränder unter seinen Fingernägeln.

Das Pferd hob den Fuß an. Blümel kratzte mit einem Plastikhaken den Schmutz heraus.

»Pferde sind Fluchttiere«, referierte er unterdessen weiter. »Sie reagieren aus Prinzip mit Angst. Wenn Sie sein Bein festhalten, ist Gobi nicht mehr fluchtbereit. Er wird Sie nur seinen Huf säubern lassen, wenn er das Gefühl hat, Sie haben hier alles im Griff. Haben Sie Schiss, spürt er das und wird ebenfalls nervös. Er lässt sich nicht mit Rhetorikscheiße oder Fachchinesisch bequatschen. Er spiegelt Ihnen nur, ob Ihr Auftreten überzeugt.«

Mieke schluckte, als ihr die Idee hinter dem Pferdetraining dämmerte. Das Pferd sollte beurteilen, ob sie glaubhaft das Alphatierchen spielte?

Im Ernst?

Und was, wenn sie es nicht schaffte? Bewies das dann, dass van Hoorn recht hatte? Wenn Sie nicht mal ein müdes Pony dazu bringen konnte, ihre Anweisungen zu befolgen, wie sollte das dann bei über vierzig Beschäftigten des Klinikreferats funktionieren? Ganz zu schweigen von den Chefärzten?

Blümel stellte den Pferdehuf zurück auf den Boden und trat zur Seite.

Mieke wurde übel.

Mann, war er ein Arschloch.

Das Führungskräftetraining konnte witzig sein, zum Beispiel das Seminar mit den Abteilungsleitern vom Jobcenter neulich. Die waren echt schräg drauf gewesen, und Freitagmittag hatte der Chef den Kurs beendet, sie hatten Pizza bestellt und den ganzen Nachmittag am Lagerfeuer gesessen wie in den Kinderferien.

Dass es mit der Tussi nicht so entspannt laufen würde, hatte deren Chef schon bei der Seminarbuchung durchblicken lassen. Und ihr Supermodel-Style hatte Mos Vorurteile bestätigt, bevor sie sich überhaupt zu ihm umgedreht hatte. Als er ihr die rosa Gummistiefel hingehalten hatte, hätte sie ihn am liebsten gekillt.

Mo angelte seinen Kaffeebecher von der Bande der Reithalle.

Weil er die Schnepfe erst mal aus der Chefetage zurück auf den Boden der Tatsachen holen wollte, hatte er Gobi für die Einführung genommen. Der gab seine Hufe niemandem außer ihm.

Allerdings war Mo aus irgendeinem Grund davon ausgegangen, dass Blondie Pferdeerfahrung hatte. Noch ein Vorurteil, weil ihre Optik einfach zu gut zu einer Turnierreiterin passte, die ihrem Pferd Zöpfchen flocht und die Farbe ihres Pullovers auf die Satteldecke abstimmte. Ohne Pumps war Jentsch etwa eins siebzig groß, schlank, blond und perfekt gestylt. Dieser Typ Frau setzte seine blank polierten Reitstiefel gewöhnlich nur ein einziges Mal auf seinen Hof.

Im Fall der Rentenversicherungstussi hatte er sich allerdings verschätzt. Definitiv waren Pferde in ihrem Leben bisher nur in der Werbung ihres Parfüms vorgekommen.

Inzwischen hatte sie sich so oft gebückt, dass die am Hinterkopf kürzer geschnittenen Haare verschwitzt in alle Richtungen strubbelten. Doch sie hielt noch immer Sicherheitsabstand zu Gobi, wenn sie mit den Fingerspitzen sein Vorderbein antippte und »Fuß?« murmelte, als wäre es eine Frage.

Um überhaupt eine Chance zu haben, müsste sie sich gegen ihn lehnen und ihn zwingen, sein Gewicht zu verlagern. Und er müsste spüren, dass sie sauer wurde, wenn er sie nicht ernst nahm.

Mo würde die erste Einheit beenden, denn Gobi schlug gereizt mit dem Schweif. Noch ein, zwei Versuche, seinen Huf anzuheben, und der Wallach würde Jentsch in den Hintern beißen. Daran würde auch das Personal Training nichts ändern. Mo hatte genug Führungskräfte gecoacht, um das bereits nach der ersten Annäherung an das Pferd abschätzen zu können. Die Schickse spielte die toughe Karrierebraut, in Wahrheit war sie aber nur eine weitere Behördentante, die nicht den Arsch in der Hose hatte, Verantwortung für ihr Handeln zu übernehmen. Mo tippte auf Einser-Abi und BWL-Studium. Solche Managertypen saßen immer öfter auf Chefsesseln.

Er selbst war bei der Tussi schon unten durch, weil seine Hose Löcher hatte. Ihre Untergebenen konnte er nur bedauern. Leute wie Jentsch leisteten hervorragende Arbeit, wenn sie allein in einem Büro saßen und Budgets für halb Europa berechneten. Aber sie würden nie kapieren, dass es nicht der Sessel unter ihrem Arsch war, der eine Abteilung leitete. Das musste nun mal die Person machen, die drauf saß.

Seine Lust, sich und die Pferde zwei weitere Tage von der Zicke nerven zu lassen, hielt sich in Grenzen. Allerdings bezahlte die Rentenversicherung ihn unverschämt gut dafür. Er könnte Jentsch noch ein-, zweimal im Dreck landen lassen, dann tauchte sie nächsten Samstag vielleicht gar nicht erst auf. Und er konnte die Kohle trotzdem kassieren, wenn sie den Termin kurzfristig cancelte oder einfach schwänzte.

Jentsch tippte erneut halbherzig Gobis Fesselgelenk an. Der Wallach wandte den Kopf und betrachtete interessiert ihren Hintern. Gobi war auch aufgefallen, dass ihr Arsch definitiv das Erfreulichste an ihr war.

Als der Irish Tinker die Ohren nach hinten drehte, hob Mo rasch die Hand. Er erwischte den schweren Schädel an der Wange und schob ihn energisch weg, bevor er sich Jentschs Hose schnappen konnte. Gobis dunkle Augen glitzerten schelmisch unter seiner spektakulären Mähne, während Jentsch seine Attacke nicht mal bemerkt hatte.

Zum ersten Mal seit … keine Ahnung, wie lange, hatte Mo ganz kurz das Gefühl, lachen zu müssen.

»Wir machen mit einem Theorieblock weiter«, entschied er.

Ocean

»Sie haben die unglaubliche Summe von vierhunderttausend Euro für Gewaltopfer gesammelt, Frau O'Donn. Ihre Organisation No-Victim unterstützt Frauen wie Nika, die gerade hier im Lindenhospital behandelt wird.«

Gewaltopfer. Oceans Herz klopfte von unten gegen ihre Kehle. Plötzlich klebte ihre Zunge am Gaumen, ihr Mund war komplett ausgetrocknet.

Du solltest einfach nur in die Kamera lächeln, du hysterisches Huhn! Gerald kocht vor Wut. Er holt aus, Ocean duckt sich reflexartig. Ich denke, du bist Model? Wieso glotzt du wie ein Kaninchen, vor dem ein Raumschiff landet? Weißt du, was morgen in der Zeitung steht?

Sie tastete nach dem Hämatit-Engel unter ihrem Pullover. Nicht die Nerven verlieren.

Bille schob ihr unauffällig ein Glas Wasser hin, das schon bereitgestanden hatte. Gut, dass Bille Pressetermine genauso akribisch durchplante wie die Finanzen einer Klinik.

Ocean ignorierte das Mikrofon unter ihrer Nase und trank einen Schluck. Mittlerweile wusste sie, dass die Fernsehleute so was rausschneiden konnten. Sie sammelte sich.

»Wir stellen Frauen nicht nur medizinische Hilfe zur Verfügung«, begann sie dann. Ihre Stimme klang piepsig und dünn, und sie merkte zu spät, dass sie an den Ärmeln ihres Rollkragenpullis herumzupfte. Schnell ließ sie es bleiben. Dabei meinte Bille, dass gerade ihre Unsicherheit ihr jede Menge Sympathien einbrachte.

Ocean wäre lieber sicherer. Sie könnte schreien vor Wut, weil Geralds Worte nach zwanzig Jahren noch eine solche Macht über sie hatten, dass ein Pressetermin für einen Nervenzusammenbruch sorgen konnte. Den Triumph gönnte sie ihm nicht.

»NoVictim organisiert auch Rechtsbeistand und psychologische Hilfe«, sprach sie weiter. Sie musste es durchziehen, der Bericht des Vorabendmagazins eines privaten Senders sicherte NoVictim weitere Aufmerksamkeit und damit auch weiteres Geld.

Ihr Blick wanderte von der jungen Journalistin mit der dicken Brille zu Bille. Sie stand neben der Kamerafrau. Mit einem nach oben gerichteten Daumen deutete sie an, dass sie gut fand, was Ocean sagte.

Weiteratmen.

»Außerdem arbeiten wir mit Frauenhäusern in ganz Deutschland zusammen und nehmen gegebenenfalls Kontakt mit Spezialisten auf«, fuhr Ocean ruhiger fort. »Nikas Gesicht konnte durch die Unterstützung des renommierten Schönheitschirurgen Dr. Sascha Kohlmann-Bartel aus Koblenz wiederhergestellt werden. Ich freue mich sehr, dass auch die Politik Interesse zeigt. Von den Behörden werden die Betroffenen alleingelassen. Ehrenamtliche und Spendengelder sorgen für die Betreuung und Versorgung der Opfer, während die Täter oft ein kostenintensives Resozialisierungsprogramm durchlaufen. Langfristig muss eine politische Lösung her.«

»Reicht«, brach die Journalistin das Gespräch so abrupt ab, dass Ocean verwirrt verstummte. »Wenn wir noch ein paar Bilder bekommen und eine Psychologin als Expertenstimme vielleicht …«

Die Kamerafrau hatte den Blick auf das in einer Halterung montierte Smartphone gesenkt.

»Alles im Kasten«, sagte sie schließlich mit einem Nicken.

»Herzlichen Dank, dass Sie sich die Zeit genommen haben, Frau O'Donn«, verabschiedete sich die Reporterin, dann rauschten die beiden aus Billes Büro.

Bille ließ sich neben Ocean in einen der hellen Ledersessel in der Sitzecke fallen. Die Panoramafenster in der obersten Etage des Bürokomplexes am Lindenhospital hatten eine hübsche Kulisse geliefert.

»Das Internet quillt über von schicken Bildern aus der Starlight-Lounge.« Bille schien zufrieden. Sie trug ihre Business-Rüstung: einen Zweiteiler, heute brombeerfarben, das Jackett offen, darunter ein schlichtes schwarzes Shirt mit rundem Ausschnitt. Bille knöpfte ihre Blazer aus Prinzip nicht zu, sondern trug sie lässig nach hinten geschlagen, gern mit einer Hand in der Hosentasche, die Aktentasche in der anderen.

In ihrer Freizeit bevorzugte sie Jeans und Achselshirts, aber auch beruflich hatte sie schlicht keine Lust, Zeit mit der Kleiderauswahl zu verschwenden. Die blonden Haare trug sie zurückgekämmt, sodass die vier Piercings in ihrem linken Ohr zu sehen waren. Billes Kiefer war kantig, Wimpern und Brauen genauso blond wie ihre Haare. Ihr Gesicht wirkte herb, was sie für einen Vorteil hielt.

»Und ins Klatsch- und Tratsch-TV kommen die mit ihren Streiks auch nicht. Du siehst einfach dekorativer aus als dieses graue Gewerkschaftsmäuschen.«

»Darum geht es doch gar nicht«, protestierte Ocean. »Wir wollen auf die Opferhilfe aufmerksam machen.«

»Aber dass du nebenbei eine Menge positive Schlagzeilen für Medica geliefert hast, lässt mich auch nicht in Depressionen versinken«, entgegnete Bille pragmatisch.

Ocean versuchte, sich zu erinnern, was sie den Journalistinnen erzählt hatte, doch in ihrem Kopf herrschte schwarze Leere wie nach einem Brand. Hatte sie gestammelt? Unsinn erzählt? Was, wenn die Presse wieder ihre ganze Lebensgeschichte ans Licht zerrte, wenn sie nur nach Anzeichen einer psychischen Erkrankung suchten, statt über die Hilfe für Nika zu berichten?

Hysterisches Huhn!

Ocean presste sich die Hände an die Ohren. »Ich will das nicht hören, Bille.«

»Ist auch nicht nötig. Lächle einfach in eine Kamera, wenn ich es sage. Ich fahr dich jetzt nach Hause, du schaltest Fernseher, Radio und Handy aus, nimmst ein heißes Bad und liest ein Buch. Alles andere regele ich.«

Ocean nickte.

Heißes Bad.

Buch.

Das war in der Tat genau, was sie jetzt brauchte.

»Ich checke die Presse und berichte dir morgen früh. Ich kann aber jetzt schon verraten, dass NoVictim die Klatschspalten bereits mit der Starlight-Lounge gesprengt hat. Das Bild mit Sophie ist sogar in der Vogue gewesen, mit dem Titel ›Starke Frauen‹.« Bille schien zufrieden.

Ocean rang sich ein Lächeln ab.

Mieke

Raffael schmeckte nach Pfefferminzkaugummi. Er löste sich von ihr und stieß sie rückwärts aufs Bett.

Sie landete auf dem Rücken, sah sich selbst in der verspiegelten Decke. Ihre schwarzen Dessous hoben sich von den blütenweißen Laken ab. Sie musste unbedingt mal wieder zum Bauch-Beine-Po-Training ins Gym.

Eine Weichspüler-Duftwolke hüllte sie ein. Frisch bezogen. Wie immer. Natürlich war sie nicht die Einzige, mit der Raffael seinen Spaß hatte. Das konnte sie auch nicht ernsthaft erwarten. Van Hoorns Chauffeur war grade Mitte zwanzig. Er unterrichtete Hip-Hop und hatte als professioneller Tänzer einen lukrativen Nebenerwerb in verschiedenen Diskotheken am Laufen. Dementsprechend trainiert war er.

Mieke wäre nie auf die Idee gekommen, dass Raffael Interesse an ihr haben könnte, doch tatsächlich hatte *er* die Initiative ergriffen und sie auf der Weihnachtsfeier angebaggert.

Langsam knöpfte er sein Hemd auf. Nicht zum ersten Mal überlegte Mieke, ob er auch mit Strippen sein Gehalt aufbesserte, weil er aus dem Ablegen von Kleidung eine solche Show machte. Die Spiegel an den Wänden sorgten dafür, dass sie seinen trainierten Körper von allen Seiten bewundern konnte. Das schwarze Tribaltattoo, das sich von seiner Leiste aus über seine rechte Rumpfseite und die glatt rasierte Brust zog, betonte seine Muskeln. Heute ging ihr die Show allerdings auf die Nerven.

»Wir haben nicht ewig Zeit, oder habe ich da was falsch verstanden?«, erkundigte sie sich gereizt.

In einer halben Stunde müsse er los, hatte Raffael gesagt. Er war in der PartyArena gebucht, hatte aber trotzdem mit dem erhobenen Daumen geantwortet, als sie gefragt hatte, ob er sie vorher noch kurz – na ja, treffen wolle.

Über seiner breiten Nasenwurzel entstand eine Falte. »Mach mal keinen Stress, wir sind nicht im Dienst.«

Raffael besaß ein dominantes Kinn, markante Brauen und die breite, flache Nase eines Boxers. Im Bett war er rücksichtslos, und genau das hatte Mieke nach drei Jahren Blümchensex mit Tom erfrischend gefunden. Er riss die Plastikverpackung des Kondoms auf.

Gut. Sie wollte endlich den mürrischen Bauern vergessen, der ihr weiszumachen versuchte, dass sie für ihren Job nicht geeignet war, weil sie seine Ponys nicht dressieren konnte. Dem würde sie eine fiese Bewertung schreiben – allerdings erst, wenn sie die beiden nächsten Termine hinter sich und die Teilnahmebestätigung in der Tasche hatte. Sie würde sich nicht die Blöße geben abzusagen.

»In meinem Schlafzimmer hast du nicht das Kommando.« Raffael holte sie vom Ponyhof zurück, indem er ihre Beine spreizte und sich zwischen ihre Oberschenkel kniete.

Bevor Mieke begriff, was passierte, hatte er ihren Slip zur Seite geschoben und stieß zwei seiner Finger in sie hinein. Sie zuckte zusammen, schnappte nach Luft.

»Wie ich dich vögele, kannst du mir nicht vorschreiben.«

Plötzlich war etwas Brutales in seinen Augen. Er stieß so hart zu, dass es verdammt dicht am Schmerz war. Mieke keuchte, wollte die Beine zusammendrücken, doch Raffael ließ es nicht zu.

»Dass du bald Chefin bist und ich nur der Chauffeur, heißt nicht, dass ich springen muss, wenn du in die Hände klatschst«, knurrte er.

Was sollte das denn jetzt? Sie hatten Gelegenheitssex, mehr

nicht. Klar war er jünger, und sie stand ein paar Gehaltsstufen über ihm, aber das hatte nie eine Rolle gespielt. Oder?

Raffael schob seine Finger so grob in ihr nach oben, dass sie aufschrie.

»Dich muss wirklich mal einer bewusstlos bumsen, damit du wieder weißt, wo dein Platz ist. Der Chef sollte mir die Überstunde bezahlen«, grinste er.

Im Spiegel an der Decke sah Mieke die Panik in ihrem eigenen Gesicht. Das geriet außer Kontrolle.

»Hör auf!« Sie klang schrill.

»Was?« Raffael hielt inne, die Finger tief in ihr versenkt. »Du kommandierst mich per SMS zum Ficken ab, machst mich geil und überlegst es dir dann anders? Das läuft nicht!«

Wütend stieß er noch mal zu.

Mieke wand sich, versuchte, ihm auszuweichen.

»Hör auf!« Sie griff nach seinem Arm zwischen ihren Beinen, rutschte im Bett nach oben, kam endlich von ihm weg.

»Ich will nicht, Raffael!«, schrie sie ihn an.

Auf einmal war nichts an ihm mehr attraktiv. Sein Gesicht verzerrte sich, seine blauen Augen wurden eckig vor Zorn, sein Nacken spannte sich an. Seine körperliche Überlegenheit ließ Mieke am ganzen Körper zittern. Sie zog die Knie an die Brust, krabbelte von ihm weg, bis ihr Rücken gegen den Spiegel am Kopfende stieß. Das Fußende des Bettes, auf dem Raffael kniete, befand sich zwischen ihr und der Tür. Sie kam nicht an ihm vorbei, solange er das nicht zuließ.

Raffaels Fäuste zuckten, er sah aus, als wollte er sich auf sie stürzen.

»Verpiss dich«, knirschte er schließlich zwischen aufeinandergepressten Kiefern hindurch. »Und halt in Zukunft Abstand.«

Mieke kroch zur Bettkante. Ihr gesamter Körper bebte, ihre Knie wackelten so sehr, dass sie beinahe hinfiel. Raffael fixierte sie lauernd, als sie sich an ihm vorbeidrückte. Sie schnappte ihre am Boden liegende Hose, musste sich an der Wand anlehnen, um hineinzuschlüpfen. Ihr Herz hämmerte gegen ihre Rippen.

Dann floh sie aus dem Schlafzimmer, zog nur das T-Shirt über, das im Flur über dem Schuhregal hing, sammelte ihre Schuhe, die Handtasche und den Blazer ein und rannte barfuß aus der Wohnung. Die Treppe hinunter, aus dem Haus.

Es war noch nicht ganz dunkel, der Verkehr rauschte auf dem Nordring an ihr vorbei, ein paar Leute waren unterwegs. Ihr Mini stand ein Stück weiter am Straßenrand, doch sie fand den verdammten Autoschlüssel in ihrer Handtasche nicht.

Zwei Jungs auf Waveboards musterten im Vorbeirollen ihre nackten Füße.

Die Tasche rutschte ihr aus den Fingern, der Inhalt ergoss sich klirrend auf den Asphalt. Tränen schossen ihr in die Augen, als sie in die Knie ging und hastig ihre Sachen einsammelte, während sich die Kälte der Gehwegplatten in ihre Sohlen bohrte und eine ältere Dame einen Bogen um sie machte. Sie blinzelte, doch ihre Sicht verschwamm.

Da. Der Schlüssel. Na endlich.

Das elektronische Schloss klickte auf, Mieke sprang in den Wagen, warf ihre Schuhe auf den Beifahrersitz, riss die Tür zu und verriegelte sie von innen. Sie zitterte am ganzen Körper.

Der Mini sprang an, sie trat die Pedale barfuß durch und lenkte, ohne auf den Verkehr zu achten, auf die Straße. Hinter ihr drückte jemand auf die Hupe.

Tränen liefen ihr über die Wangen, als sie am Bahnhof Richtung Uni abbog. Hier beruhigte sich der Verkehr. Mieke fuhr rechts auf den Parkplatz eines Supermarktes, ließ die Stirn auf das Lenkrad sinken und heulte.

Ocean

Lavendel.

Sie atmete tief ein. Der Geruch sollte beruhigend wirken, aber ein paar Kräuter reichten nicht, um den Druck abzubauen.

Wieso glotzt du wie ein Kaninchen, vor dem ein Raumschiff landet? Weißt du, was morgen in der Zeitung steht?

Sie würde es gar nicht lesen. Der Pressetermin war überstanden, den Rest würde Bille regeln.

Bille würde es regeln.

Warm und weich hüllte das Wasser sie ein, ließ sie beinahe schwerelos werden. Die Kerze auf dem Badewannenrand spendete gedämpftes Licht, während Bille im Nebenraum mit gesenkter Stimme telefonierte.

Bille würde es regeln. Das war die Konstante, auf die sich Ocean schon ihr Leben lang verließ. Ohne Bille würde sie heute noch in der Psychoklinik hocken. Gerald hätte sie mit Medikamenten zudröhnen und wegsperren lassen, damit sie niemandem erzählen konnte, dass sie keine Treppe hinuntergefallen war.

Ohne Bille war sie nicht lebensfähig. Wieder kam das innere Zittern. Wieder fuhr Ocean mit der Klinge über ihren Arm.

Der Griff des Messers war aus beinahe schwarzem Ebenholz und lag samtweich in ihrer Hand. Auf Knopfdruck sprang mit einem leisen Klicken die Klinge auf. Sie war so lang, dass Ocean das Messer nicht auf der Straße mit sich herumtragen durfte, und die elf Lagen handgeschmiedeten Damaststahls zeichneten ein Muster darauf, das sie stundenlang betrachten konnte.

Rote Wolken verteilten sich im Wasser, lenkten sie ab. Ocean beobachtete, wie sie sich ausbreiteten, blasser wurden, das Wasser rosa färbten. Allmählich fiel die Anspannung von ihr ab.

Sie schob das Messer neben die Kerze auf den Wannenrand. Es war kein Küchenwerkzeug, sondern eine Waffe. Bille hatte es besorgt, damit sie sich sicherer fühlte. Wahrscheinlich würde sie es ihr wegnehmen, wenn sie wüsste, wofür sie es benutzte.

Ocean ließ sich tiefer ins heiße Wasser sinken. Sie konnte spüren, wie ihr Herzklopfen allmählich leiser wurde und sie wegdämmerte.

Mieke

Pünktlich um halb acht stempelte sie am Montagmorgen in der Eingangshalle der Hauptverwaltung ein. Ihre Schlüsselkarte öffnete die hüfthohen Plastikschranken, die den Bürotrakt vom öffentlich zugänglichen Bereich trennten.

Sie trug die dunkelblaue Esprit-Kombination. Ihren Lieblingshosenanzug von Victoria Beckham hatte sie nach dem Abend bei Raffael weggeschmissen. Zusammen mit den Dessous.

Ihr Herz rumpelte in ihrer Brust, als wäre es aus der Halterung gefallen, als zwei männliche Kollegen in dem Fahrstuhl standen, in den sie steigen wollte. Eine Sekunde lang war sie drauf und dran, die Treppe zu nehmen. Dann zwang sie sich, einzutreten und zu grüßen. Sie ließ sich ihr Leben nicht wegnehmen. Weder von van Hoorn noch von Raffael.

Dich muss wirklich mal einer bewusstlos bumsen, damit du wieder weißt, wo dein Platz ist. Der Chef sollte mir die Überstunde bezahlen.

Hatte er mit van Hoorn über sie gesprochen? Wusste van Hoorn, dass sie mit Raffael schlief?

Wer noch? Kalter Schweiß brach ihr aus. Verstohlen musterte sie die beiden Männer aus dem Auskunfts- und Beratungsdienst. Wer von ihren Kollegen fand noch, dass sie eine Karrierezicke war, die mal bewusstlos gebumst werden musste?

Oh Gott. Irgendwie hatte sie die Kontrolle verloren, beruflich wie privat.

Musst du echt immer das Sagen haben? Sogar im Bett?

Am liebsten hätte Mieke sich die Ohren zugehalten, doch es hätte nichts gebracht, denn Jess' Stimme ertönte im Innern ihres Kopfes. Seit gestern ließ ihre Schwester sie nicht mehr in Ruhe.

Im fünften Stock floh Mieke zu hastig aus dem Fahrstuhl. Ihre Ohren rauschten. Sie fokussierte ihre Tür gegenüber von Schorschs Büro, schlüpfte hinein und presste den Rücken dagegen.

Die Sache mit Raffael war eskaliert. Mieke hatte es nicht kommen sehen, obwohl das Ungleichgewicht in ihrer Affäre offensichtlich war. Sie war nicht nur fünfzehn Jahre älter, sondern besaß auch den höheren Bildungsabschluss und das dickere Gehalt. Eine ernsthafte Beziehung mit ihm hatte sie nie wirklich in Betracht gezogen.

Kannst du mir mal verraten, wieso du auf Deppen stehst?

Halt die Klappe, Jess! Dass Mieke nie mit einem Mann zusammen gewesen war, der mehr verdiente, besser qualifiziert oder zumindest etwas älter war als sie selbst, war reiner Zufall. Ihr erster Freund Raik hatte eine Ausbildung zum Kfz-Mechatroniker gemacht, Erik war beim Bauhof gewesen und Tom Bankkaufmann. Dazwischen hatte es ein paar Dates gegeben, hauptsächlich aber längere Zeiten ohne Beziehung, in denen sich Mieke auf Studium und Job konzentriert hatte. Drei Beziehungen waren eindeutig zu wenig, um daraus ein Beuteschema abzuleiten.

Musst du echt immer das Sagen haben? Sogar im Bett?

Musste sie das? Nun ja, auf einen Gott in Weiß, zu dem sie bewundernd aufsehen sollte, konnte sie jedenfalls verzichten.

Bereits gestern hatten die Worte ihrer Schwester sie heimgesucht wie ein Spuk. Dabei hatten Blümels Ponys gerade offiziell bestätigt, dass sie nicht das Sagen hatte. Und in einer Partnerschaft sollte so was auch überhaupt keine Rolle spielen!

Doch Raffael und sie waren eben nicht nur zwei Menschen, die sich auf einer Party kennengelernt hatten. Sie war zwar nicht direkt seine Vorgesetzte, aber nahe dran. Und tatsächlich war immer sie es gewesen, die die Termine vorgegeben hatte. Selbst wenn sie ihn versetzt hatte, hatte er sich nie beschwert. Weil er sich nicht getraut hatte?

Verdammt. Wenn sie nicht zufällig die Frau gewesen wäre und Raffael der Mann, sondern umgekehrt, hätte sie ihre Beziehung selbst ganz anders beurteilt.

Ihr wurde übel. Hatte Raffael Nachteile im Job befürchtet, wenn er sie abblitzen ließ? Hatte sich die Wut schon lange angestaut, bis er vorgestern die Kontrolle verloren hatte?

Sie musste würgen, sprang an den Schreibtisch, zog den Papierkorb hervor und spuckte hinein. Nur weil sie gestern nichts gegessen hatte, erbrach sie nicht wirklich.

Hinter ihr ging die Tür auf. Mieke fuhr zusammen, warf den Papierkorb unter den Schreibtisch zurück. Er kippte um und rollte gegen den Bürostuhl.

Schorschs Sekretärin Maria Meier steckte ihren grauen Lockenkopf ins Büro. »Ähm, Frau Jentsch?« Die rundliche Frau beugte den Oberkörper vor, um unter den Schreibtisch sehen zu können.

»Kleinen Moment.« Mieke tat, als wäre sie dabei, den Papierkorb wieder aufzustellen. Unauffällig wischte sie sich mit dem Ärmel über den Mund und wurschtelte ihre Haare hinter die Ohren. Dann erhob sie sich.

Meier musterte sie irritiert. Ziemlich sicher erkannte sie, dass Mieke neben der Spur war.

»Ja?«, erkundigte Mieke sich gereizter als beabsichtigt.

»Entschuldigung.« Meier räusperte sich. »Ich wollte eigentlich nur sehen, ob der Scho… Herr Blumental schon im Haus ist.«

Mieke warf einen Blick auf die Uhr.

Schon neun? Sie war um halb acht an der Stempeluhr gewesen und gerade erst in ihr Büro gekommen. Alles, was sie gemacht hatte, war, kurz an der Tür stehen zu bleiben. Waren ihre Gedanken wirklich für über eine Stunde abgedriftet? Das ging ja als Blackout durch.

»Er ist noch nicht da?«

»Nach acht war er jedenfalls nicht im Büro.« Meier zuckte die Achseln. »Dafür ist eine Frau Berthold da und möchte ihn sprechen. Einen Termin hat sie nicht, und ich kann ihn auch nicht erreichen. Kümmern Sie sich um sie?«

»Bin gleich da«, sagte Mieke mit knappem Nicken.

Kaum dass die Sekretärin das Büro verlassen hatte, nahm sie das mobile Telefon aus der Ladestation neben dem Computerbildschirm. Sie wählte Schorschs eingespeicherte Handynummer. Nach ein paar Freizeichen meldete sich eine Mailbox. Seine private Festnetznummer war ebenfalls gespeichert, doch niemand nahm den Anruf entgegen.

Als Mieke ihn wegtippte, erschien wieder das virtuelle Telefonbuch im Display. Es war noch ein dritter Kontakt angegeben. Offenbar auch eine Handynummer. Mieke hatte sie bisher gar nicht wahrgenommen, weil sie Schorsch immer über eine der ersten beiden erreicht hatte. Wahrscheinlich eine alte Nummer, die niemand aus dem System gelöscht hatte.

Probehalber tippte sie sie an. Ein Freizeichen erklang. Mieke trat ans Fenster und blickte auf den weitläufigen Parkplatz.

»Ja?«

Eine Frauenstimme meldete sich.

»Ähm … Rentenversicherung Ruhr, mein Name ist Mikaela Jentsch. Ich versuche, Georg Blumental zu erreichen.«

»Wenn Sie mit ihm sprechen, richten Sie ihm aus, dass besoffene Drohanrufe keine erwachsene Art sind, mit einer Trennung umzugehen«, fauchte die Frau am anderen Ende der Leitung. »Von mir aus kann er sich auf den Kopf stellen und Schlager singen: Die Kinder bleiben bei mir. Er soll es nicht wagen, sie von der Schule abzuholen.«

Mieke biss sich auf die Zunge. Das war dann wohl die Nummer der getrennt lebenden Ehefrau.

»Und wenn er noch mal vor meiner Haustür rumbrüllt, rufe ich die Polizei!«

Es klackte in der Leitung.

Aufgelegt. Mieke war offenbar nicht die Einzige, der das eigene Leben gerade um die Ohren flog. Gut möglich, dass Schorsch heute nicht mehr auftauchte. Aber er musste sich zumindest krankmelden, wenn er wieder betrunken auf seiner Terrasse lag. Bei unentschuldigter Abwesenheit vom Dienst verstand die Personalabteilung keinen Spaß.

Unten füllte sich der Parkplatz. Alle fuhren so dicht wie möglich ans Gebäude heran, obwohl das Gesundheitsmanagement zu einem längeren Fußweg riet. Nur Schorsch hatte es wegen seiner Hüftbeschwerden in der letzten Zeit durchgezogen und am hintersten Ende des Parkplatzes geparkt. Bis ins Büro war er dann etwa zehn Minuten zu Fuß unterwegs.

Mieke kniff die Augen zusammen. Tatsächlich stand im Schatten der Linden am hinteren Ende des Parkplatzes ein einzelner Wagen …

Die Absätze ihrer Pumps klackerten, als sie auf den Flur trat. Zum ersten Mal war ihr die Aufmerksamkeit, die ihre Schuhe auf sie lenkten, unangenehm.

Die übergewichtige Frau mit dem dicken braunen Zopf, die vor Schorschs Büro auf einem der Stühle an der Wand wartete, hob den Kopf.

Mieke wurde heiß. Sie hätte andere Schuhe anziehen sollen.

»Frau Jentsch!« Die Dicke sprang auf. Irgendwie kam sie Mieke bekannt vor.

»Da Herr Blumental nicht da ist, übergebe ich Ihnen unsere Stellungnahme.« Sie drückte Mieke einen Umschlag in die Hand. »Die Personalvertretung des Rehazentrums im Ruhrtal macht darauf aufmerksam, dass die von der Hauptverwaltung geplanten Marketingmaßnahmen nur mit entsprechender Personalaufstockung zu realisieren sind.«

Personalvertretung. Da klingelte etwas bei Mieke. Die Frau war beim Besuch im Rehazentrum dabei gewesen. In Krankenschwesterkleidung, wenn sie sich richtig erinnerte.

»Ihr Zweiundvierzig-Punkte-Programm können die Kolleginnen und Kollegen nicht nebenbei stemmen.« Die Wangen der Dicken waren gerötet, sie griff sich unter den Busen und schob ihren BH zurecht. Die Geste erinnerte an einen Boxer, der vor dem Kampf die Finger knacken ließ.

»Und ein ›Hotelcharakter‹ erfordert Umbaumaßnahmen.« Das Gesicht der Frau färbte sich immer dunkler, als sie laut wurde. Maria Meiers Kopf erschien in ihrer Bürotür, vorn im Flur blieb Klaas Greinert stehen.

»Wir beantragen, dass das Referat Kliniken die Personalvertretungen in die weiteren Planungen einbezieht.«

Das Rauschen in Miekes Ohren war wieder da. Sie wollte zurück in ihr Büro. Sie war nicht in der Verfassung für eine Auseinandersetzung.

»Wenn sich Blumental nicht mit mir in Verbindung setzt, besuche ich ihn zu Hause«, drohte die füllige Krankenschwester. »Das ist ein Versprechen.«

Sie stampfte in Richtung Fahrstuhl davon. Mieke meinte, den Boden unter ihren Schritten vibrieren zu spüren.

Meier und Greinert starrten sie an. Mieke konnte ihnen ansehen, was sie dachten: Sie hatte sich zusammenscheißen lassen und keinen Ton rausgebracht.

Mist. Mit wackligen Schritten trat sie auf Maria Meier zu und drückte ihr den Umschlag in die Hand. »Würden Sie Schorsch das bitte hinlegen?«

Die frische Luft tat gut. Als Mieke über den Parkplatz ging, ließ das Ohrensausen nach, ihre Schritte wurden wieder etwas sicherer.

Im Schatten der Linden, die den Parkplatz säumten, stand der dunkle Wagen, den Mieke von ihrem Büro aus bemerkt hatte. Er ähnelte tatsächlich Schorschs Limousine. Obwohl ihr Chef zu Hause drei Harleys in der Garage hatte, kam er immer mit dem Auto zur Arbeit. Sein Faible für laute Motorräder hielt er privat. Allerdings nicht ganz so privat wie das Scheitern seiner Ehe.

Die Scheiben des Wagens waren getönt, doch Mieke erahnte eine Silhouette hinterm Steuer. War Schorsch etwa betrunken gefahren? Und auf dem Parkplatz eingepennt? Verdammt, dann musste Mieke ihn wieder nach Hause schaffen, bevor es jemand bemerkte. So was verbreitete der Flurfunk innerhalb von Minuten in der ganzen Behörde.

Sie fluchte, als ihr Absatz in einer Fuge zwischen den Pflastersteinen stecken blieb und sie umknickte. Wütend kickte sie den Schuh vom Fuß und rieb sich den Knöchel, während sie an den Wagen trat und durchs Seitenfenster spähte.

Sie erkannte Schorsch, dessen Kopf nach hinten gegen die Kopfstütze gesunken war. Sein Mund stand offen.

Seine Augen auch.

Das Jackett seines Anzuges war ebenfalls geöffnet. Das weiße Oberhemd darunter von Blut durchtränkt. Der Griff eines Messers ragte aus seiner rechten Rumpfseite. Es steckte in der klaffenden Schnittwunde, die quer über seinen mächtigen Bauch verlief. Organe quollen hervor, zwischen seinen Beinen sammelte sich Blut auf dem Ledersitz.

Unfähig, sich zu rühren, starrte Mieke durch die Scheibe in den Wagen.

Das war's. Nervenzusammenbruch. Sekundenlang wartete sie darauf, dass der tote Schorsch sich als Halluzination entpuppte. Doch er blieb an Ort und Stelle.

Oh Gott.

Sie wich zurück, knickte mit dem noch verbliebenen Schuh um, streifte ihn wie in Trance von ihrem Fuß.

Schorsch war tot.

Oder war es möglich, dass er noch lebte? Der Gedanke durchzuckte sie wie ein Stromschlag. Abrupt löste sich ihre Starre. Sie trat an die Fahrertür, zog am Türgriff. Nicht abgeschlossen.

Ein Zittern durchlief ihren Körper, als sie Schorschs Bart zur Seite schob und die Finger an seinen Hals legte. Seine Haut war warm. Der Bart weicher, als er aussah.

Einen Puls fand sie nicht.

Atmung auch nicht.

Tot.

Langsam sickerte die Erkenntnis in ihr Bewusstsein. Sie tastete in ihrem Blazer nach ihrem Diensttelefon. Es besaß eine Notruftaste.

BILLE

Ocean mit dieser »Tatort«-Kommissarin.

Ocean mit dem Gesundheitsminister.

Ocean mit irgendeiner Schlagersängerin.

Ocean mit dem Ministerpräsidenten von NRW.

Ocean, Bille, Tatti, Wendy und Sophie von Bitterfeld-Berlinghof.

Ocean mit diesem Youtuber, dessen Gesicht voller Tattoos war.

Das waren eine Menge schicke Bilder. Und schöne Schlagzeilen:

»Opferhilfe im Mittelpunkt«.

»Prominenz unterstützt Hilfsorganisation«.

»Altkanzlerin Angela Merkel: ›Da muss dringend was getan werden.‹«

Zufrieden klickte sich Bille durch die Ergebnisse der Suchmaschine. Ocean war ein verdammter Medienmagnet. Wie eine Comic-Superheldin rettete sie die Welt, auf Fotos sah sie aus wie Halle Berry, und selbst die Paparazzi schienen zu merken, dass sie schnell kaputtgehen konnte, und behandelten sie dementsprechend behutsam. Lediglich ein Online-Klatschmagazin hatte noch mal ihren Lebenslauf vom Beginn ihrer Modelkarriere an durchgekaut. Ihrem Künstlernamen verdankte es Ocean, dass sie nicht noch Babyfotos ausgruben, auf denen sie auf dem Töpfchen saß.

Die paar Sätze von Ocean über die Behandlung von Gewaltopfern im Lindenhospital hatten jedenfalls sämtliche Negativschlagzeilen ausradiert. Wer jetzt Medica googelte, stieß erst mal auf das Interview und dann auf Bilder von Bille mit Ocean in der Starlight-Lounge. Der Streik war auf Seite zwei der Suchmaschine verschwunden.

Sah aus, als könnte sich Bille endlich wieder ums Geschäftliche kümmern. Das war nämlich ihre Superheldenfähigkeit. Ocean rettete die Welt, Bille sorgte dafür, dass das nötige Kleingeld dafür auf ihrem Konto landete. Zusammen waren sie unbesiegbar wie die X-Men oder The Avengers.

Na ja, vielleicht eher wie die Birds of Prey. Sie hob die Schreibtischunterlage an, unter der auf einem Klebezettel van Hoorns Durchwahl notiert war.

MIEKE

»Ich habe den Türgriff angefasst. Tut mir leid.« Mieke merkte, dass sie stammelte, ihr Kopf fühlte sich vollkommen leer an.

»Keine Sorge, Sie haben alles richtig gemacht, Frau Jentsch«, beruhigte sie der Polizist. Er war einfühlsam. Vorgestellt hatte er sich als Kriminalkommissar Pascal Sommer.

Kriminalkommissar.

Die Kriminalpolizei ermittelte. Weil Schorsch umgebracht worden war. Natürlich. Eine andere Erklärung gab es wohl kaum für das Messer in seinem Bauch.

Mieke schüttelte die Bilder aus ihrem Kopf. Das Blut. Die hervorquellenden Organe. Sie versuchte, sich auf den Polizisten zu konzentrieren. Sein Name passte zu ihm, Sommer sah aus, als würde er viel Zeit an einem Strand in Italien verbringen. Er war Anfang bis Mitte dreißig, sportlicher Typ, schwarze Haare, vielleicht italienische oder griechische Wurzeln. Seine Augen waren umrahmt von schwarzen Wimpern in einem attraktiven Gesicht mit männlichem Kinn und vollen Lippen.

Sommer hatte kurzerhand die gesamte Behörde stillgelegt. Im Eingangsbereich der Rentenversicherung herrschte Ausnahmezustand. Uniformierte riegelten sowohl den Parkplatz als auch die Ausgänge ab. Zwei Bullis der Spurensicherung standen in der hinteren Parkplatzecke.

Van Hoorn sprach mit einem Staatsanwalt, während Sommer mit Mieke im verglasten Rezeptionsbereich saß, den der Kommissar zum Befragungsraum umfunktioniert hatte. Die Rezeptionistinnen standen mit Kaffeebechern in den Händen hinter der Absperrung im Kantinenflur und beobachteten tuschelnd, was passierte.

»Ihre Aussage liefert uns schon einige Anhaltspunkte.« Sommer überflog seine Notizen.

Eingekreist waren die Worte »Ex-Frau« und »Personalrat Rehazentrum im Ruhrtal«.

»Verstehen Sie mich nicht falsch, das alles sind reine Routinefragen. Wenn ich Sie richtig verstanden habe, werden Sie nun die Nachfolgerin von Herrn Blumental, korrekt?« Sommer hob den Blick und beobachtete ihre Reaktion.

Mieke schluckte. Es war nicht schwer zu erraten, worauf diese Frage abzielte.

Sie nickte stumm.

Sommer umkreiste auch ihren Namen.

Sanna

»Nach sorgfältiger Recherche muss ich leider zugeben, dass Blumental ...«, Catherine Käfer zupfte einen Fussel von ihrer Bluse, »... also, ganz unrecht hat er nicht.«

Sanna hob den Blick von ihren Unterlagen.

Dr. Bösingfeld spitzte die Lippen und musterte die Verwaltungsdirektorin über die runden Gläser ihrer Brille hinweg.

Normalerweise war Bösingfelds skeptischer Blick im monatlichen Treffen mit der Personalvertretung Sanna vorbehalten. Gegen die Chefärztin hatte Sanna selten eine Chance, denn sie hatte nun mal in ihrer Ausbildung gelernt, Betten zu machen und Wunden zu reinigen, während Bösingfeld schon zu Studienzeiten Vorsitzende des Debattierclubs gewesen war. Sanna wurde regelmäßig laut, wenn sie merkte, dass ihr die Argumente ausgingen, und jedes Mal fühlte es sich wie eine Niederlage an.

Verwaltungsleiterin Käfer vertrat gewohnheitsmäßig die Meinung der Chefärztin, und die Belegschaft war nicht gewerkschaftlich organisiert wie im Lindenhospital.

Dass der Personalrat mit seinen Forderungen immer wieder mal Erfolg hatte, lag hauptsächlich daran, dass die Klinikleitung einen Amoklauf von Sanna befürchtete.

Doch heute hatte ausnahmsweise Käfer Bösingfelds Missfallen erregt. Das war bemerkenswert, und Käfer fühlte sich sichtlich unwohl. Sie zupfte einen weiteren Fussel weg, den Sanna beim besten Willen nicht erkennen konnte.

Damit weckte sie Sannas Beschützerinstinkt, denn tatsächlich war die zierliche, feminine Verwaltungschefin genau ihr Typ. Glücklicherweise ahnte Käfer nichts von Sannas Schwäche für sie.

»Blumentals Annahme, dass unsere Klinik – oder besser gesagt die meisten Kliniken der Deutschen Rentenversicherung – im Laufe der nächsten Jahre weniger belegt wird, liegt das sogenannte ›TRIO-‹ oder ›Transparenzgesetz‹ zugrunde«, erklärte Käfer. Sie schob Bösingfeld einen Stapel Papier zu. »Der EU-Beschluss, dass private Anbieter bei der Vergabe nicht benachteiligt werden dürfen, stammt bereits aus dem Jahr 2016. Jetzt tritt das Gesetz, das die Vergabe von Reha-Leistungen neu regelt, in Kraft. Schon immer durften sich die Patientinnen und Patienten, die aus gesundheitlichen Gründen nicht mehr arbeitsfähig sind, eine Klinik aussuchen, die zu ihren Beschwerden passte. Aber wenn sie dieses Wahlrecht nicht in Anspruch genommen haben, haben die Rentenversicherungen sie bisher in die Klinik geschickt, die ihrer Meinung nach am besten geeignet war, die Arbeitsfähigkeit wiederherzustellen. Die Rentenversicherungen betreiben traditionell eigene Rehakliniken, die darauf spezialisiert sind, Arbeitsfähigkeit zu erhalten oder wiederherzustellen. Dort haben sie ihre Versicherten am liebsten behandeln lassen. Private Klinikkonzerne fühlten sich im Wettbewerb um die zahlende Kundschaft benachteiligt, und die EU hat ihnen recht gegeben. Daraufhin ist das neue Gesetz entstanden. Es tritt im Juli in Kraft, und dann wird die Hauptverwaltung nicht mehr ihre eigenen – also unsere – Betten füllen. Die Patienten müssen sich aktiv für unser Rehazentrum entscheiden.«

Bösingfeld stieg das Blut in den Kopf, während Käfer immer leiser sprach.

»Wo ist das Problem?«, erkundigte sich die Medizinerin. »Unsere medizinische Qualität steht außer Frage.«

Käfer räusperte sich. »Leider kennen die Leute unsere medizinische Qualität nicht. Wenn sie sich informieren wollen, werden sie im Internet recherchieren. Dummerweise werden Kliniken von Median, Asklepios oder Medica nicht nur als Erstes von den Suchmaschinen angezeigt, sie haben auch sehr ansprechende Internetauftritte und …« Käfer war so leise geworden, dass nur noch ein unverständliches Gemurmel zu hören war.

»Und?«, fragten Sanna und Bösingfeld im Chor.

»Und Sie erhalten nur Fünf-Sterne-Rezensionen«, wiederholte Käfer kleinlaut. »Auf allen Portalen. Zu hundert Prozent.«

Bösingfelds Lippen spitzten sich immer weiter. Sah beinahe aus, als wollte sie Käfer küssen.

Auch das Rehazentrum im Ruhrtal wurde im Internet bewertet. Allerdings neigten vor allem unzufriedene Patienten dazu, sich öffentlich zu äußern.

Dass Bösingfeld ratlos schwieg, schien auch die Verwaltungsdirektorin zu irritieren. Beide wandten die Köpfe und sahen auf einmal Sanna an.

»Hundert Prozent sehr gute Rezensionen? Da stimmt doch was nicht. Wie kann das sein?«, wollte die Chefärztin von ihr wissen.

Sanna wurde bewusst, dass sie die Frage beantworten konnte. Bernie hatte ihr die Antwort verraten. In dem Moment klopfte es ans Chefarztbüro, und Bösingfelds Sekretär lugte herein.

»Wir sind im Monatsgespräch«, wedelte die Medizinerin ihn weg.

»Ich fürchte, die Angelegenheit kann nicht warten, Frau Doktor. Die Kriminalpolizei möchte Frau Berthold sprechen.«

Bille

»Wir wollen das Projekt zügig voranbringen, Luuk. Ich würde gern zeitnah den nächsten Termin vereinbaren.« Sie trommelte mit den Fingern auf ihre Schreibtischunterlage, als van Hoorn zögerte.

Mein Gott, es ging lediglich um einen Termin. Er sollte keinen Vertrag unterzeichnen. Aber diese Leute in den öffentlichen Verwaltungen waren allesamt chronisch verantwortungsscheu. Das war schon pathologisch. Eine Entscheidungsphobie. Und es schien ansteckend zu sein. Na ja, wenigstens würde das kleine Weichei ihr garantiert nicht dazwischengrätschen.

»Ich … das Referat Kliniken muss neu aufgestellt werden. Das wird ein paar Tage dauern«, erklärte van Hoorn lahm.

»Wie Sie wollen«, knurrte Bille. Der sollte ruhig merken, dass sie sauer war. »Allerdings verhandeln wir auch mit der Deutschen Rentenversicherung Bund und der DRV Saarland. Sollte sich dort eine Investitionsmöglichkeit ergeben, werden wir natürlich zugreifen.«

Am anderen Ende der Leitung herrschte Schweigen.

»Ich werde die Unterlagen zusammenstellen lassen und so schnell wie möglich einen Besichtigungstermin organisieren«, knirschte van Hoorn schließlich. »Sie hören von mir.«

»Lassen Sie mich nicht zu lange warten«, riet ihm Bille und beendete das Gespräch.

Na also. Lief doch.

MIEKE

Das ist ja schrecklich. Lass dich krankschreiben, nach so einem Schock kannst du unmöglich arbeiten. Ich würde zu einem Psychologen gehen an deiner Stelle.

Mit dem Schock hatte Jess wahrscheinlich recht. Gestern hatte sie ihren Dienst nach der Polizeibefragung beendet und erst im Auto bemerkt, dass sie keine Schuhe trug. Sie war arbeitsunfähig gewesen, sie konnte sich nicht mal erinnern, wann dies das letzte Mal vorgekommen war.

Heute ging es nicht besser. Wenn sie die Augen schloss, sah sie eine Blutpfütze auf einem Autositz, in der jeder andere Gedanke mit einem leisen »Plupp« versank.

Trotzdem war sie ins Büro gefahren. Als Schorschs Stellvertreterin war sie nun für das Referat Kliniken verantwortlich. Aber es fühlte sich an, als würde sie in einem Raumanzug durch die Flure schweben.

Der Parkplatz und die Eingangshalle waren wieder freigegeben, die Polizei verschwunden. Der gestrige Tag kam Mieke wie ein Alptraum vor, aus dem sie aufgewacht war und der nun allmählich verblasste.

Sie zuckte zusammen, als sich Schorschs Bürotür öffnete. Eine Sekunde lang erwartete sie, dass er herauskam. Was nicht passieren würde. Weil er tot war. Weil ihn jemand umgebracht hatte.

Maria Meier trat in den Flur. »Herr van Hoorn möchte Sie sehen.« Als die kleine Sekretärin vor Mieke stand, runzelte sie irritiert die Stirn. Dann senkte sie den Blick.

Ach so. Zu ihrem schwarzen Einteiler hatte Mieke sportliche Stiefeletten angezogen. Ohne Absatz. Sie war siebeneinhalb Zentimeter kleiner, als Meier es gewohnt war. Außerdem trug sie einen Parka. Es regnete und sie fror, doch ihr war bewusst, dass sie ihre Jacke normalerweise aufs Outfit abstimmte.

»Sofort?« Beim Gedanken an das letzte Zusammentreffen mit dem Geschäftsführer drehte sich ihr der Magen um. Sie war nicht in der Verfassung dafür.

Meier nickte.

»Meine Hochachtung, dass Sie trotz der … tragischen Ereignisse hier sind und die Dienstgeschäfte am Laufen halten.«

Schauer krochen unter dem dünnen Stoff des Jumpsuits Miekes Arme hinauf, aber sie konnte ja schlecht im Winterparka im Büro des Geschäftsführers sitzen. Sie zog die Schultern hoch, zupfte ihre Ärmel über die Hände und fühlte sich an dem langen Konferenztisch sehr klein.

Kurz dachte sie an das Pferde-Coaching. Ihre Unsicherheit war offensichtlich. Aber sie war nicht in der Lage, ihre Hände stillzuhalten.

Vor allem war sie heute ins Büro gefahren, weil sie Schorsch tot im Auto sitzen sah, sobald sie die Augen schloss. Den Gedanken, den Tag allein in ihrer Wohnung zu verbringen, ertrug sie nicht.

Van Hoorn hingegen sah völlig unberührt aus. Sein blondes Haar war wie immer lose gescheitelt und mit Haargel in Form gebracht, der Anzug gebügelt, die Krawatte akkurat gebunden. Wahrscheinlich besaß er das Outfit in fünffacher Ausführung und nahm jeden Tag ein neues, professionell gereinigtes Exemplar aus dem Schrank.

»Sie beweisen durchaus Stärke«, fand van Hoorn. »Deshalb möchte ich Ihnen die kommissarische Leitung des Referats Kliniken übertragen.«

Mieke schwieg. Die kommissarische Leitung übertrug er ihr doch nur, bis er jemand anderen gefunden hatte. Oder?

»Ist Ihr Führungskräftetraining angelaufen?«

Sie nickte wortlos.

»Dann können Sie Ihre offizielle Bewerbung um die Stelle einreichen. Wenn Sie die Weiterbildung beendet haben, leiten wir das Nachbesetzungsverfahren in die Wege. Natürlich haben auch andere Beschäftigte die Möglichkeit, sich zu bewerben, aber das ist reine Formsache. Ich kann Ihnen versichern, dass meiner Meinung nach niemand besser für den Job qualifiziert ist als Sie.«

Dumpf drangen seine Worte zu Mieke durch. *Bewerbung einreichen. Reine Formsache.* Klang, als wollte van Hoorn ihr den Posten ernsthaft anvertrauen.

»Sind Sie einverstanden mit diesem Vorgehen?«

Mieke hob den Kopf.

»Sind Sie bereit, die Referatsleitung kommissarisch zu übernehmen?«, wiederholte van Hoorn ungeduldig.

Mieke nickte mechanisch.

»Gut. Ich werde Frau Meier informieren, dass sie ab sofort für Sie zuständig ist.«

Die Referatsleitung. Wow. Das hieß, dass sie für die über zweitausend Beschäftigten in den Rehazentren zuständig war. Ab sofort. Jetzt. Das war der Moment, auf den sie vier Jahre hingearbeitet hatte.

Sie versuchte, ihre Gedanken zu ordnen. »Ich werde die Klinikbesuche fortsetzen, damit das Marketingkonzept anläuft«, stammelte sie. »Außerdem möchte ich eines unserer Prüfteams bei der Visitation privater Kliniken begleiten, um Strategien zur Verbesserung der Kundenzufriedenheit –«

Van Hoorn wischte ihre Worte mit einer Handbewegung vom Konferenztisch. »Das wird nicht nötig sein.«

Nein?

Der Geschäftsführer registrierte ihre Verwunderung. »Laut

Herrn Blumental ist bei den Klinikleitungen kein Wille zur Weiterentwicklung erkennbar«, erklärte er. »Eine Etablierung am Markt dauert Jahre und bedeutet hohe Werbekosten, das muss ich Ihnen ja nicht erklären. Da die Gesetzesänderung aber schon in wenigen Monaten in Kraft tritt, ist ein Leerstand absehbar. Zwölf leere Kliniken zu unterhalten stellt jedoch eine unzumutbare Verschwendung von Rentengeldern dar. Deshalb prüfen Vorstand, Geschäftsführung und Vertreterversammlung gerade, ob sich die Kliniken veräußern lassen.«

Was? Ein flaues Gefühl breitete sich in Miekes Magen aus, noch bevor sie die Bedeutung von van Hoorns Worten richtig erfasste. Ihr Hirn schien die Informationen nur verzögert zu verarbeiten.

»Ihre Aufgabe ist es, alle zwölf Kliniken potenziellen Investoren als attraktives Kaufobjekt zu präsentieren, Frau Jentsch«, fuhr van Hoorn fort. »Erarbeiten Sie ein ausführliches Exposé, in dem sämtliche Kliniken samt Wirtschaftsdaten vorgestellt werden. Dazu eine Aufstellung der aktuellen Wirtschaftspläne, der Indikationen und der personellen Ausstattung. Und ein Portfolio, das Interessenten einen ersten Einblick verschafft.«

Van Hoorn wollte die Kliniken verkaufen? Zwölf Kliniken? Mitsamt den zweitausendeinhundertneunzig Angestellten?

»Das Referat Kliniken wird natürlich trotzdem bestehen bleiben. Bereits jetzt belegen wir Rehakliniken privater Anbieter. In Zukunft wird die Reha komplett ausgelagert werden. Ihr Team wird weiterhin die Vertragskliniken prüfen, um die Qualität der Reha-Maßnahmen sicherzustellen.«

Van Hoorn wollte die Kliniken *verkaufen*? Im Ernst?

Van Hoorn senkte den Kopf und sah sie über seine Brille hinweg an. »Ein erster Investor hat bereits Interesse angemeldet. Der Klinikkonzern Medica betreibt deutschlandweit über fünfzig Krankenhäuser und möchte sein Reha-Angebot ausbauen. Ich stehe mit der Geschäftsführerin in Kontakt. Es wäre schön, wenn Sie Donnerstagvormittag eine erste Präsentation vorstellen könnten und danach die Besichtigung einer Klinik organisieren. Uns käme es entgegen, wenn wir die Kliniken im Verbund veräußern könnten.«

Mieke schluckte, als ihr die Tragweite von van Hoorns Worten klar wurde. Statt in den zwölf Rentenversicherungskliniken Modernisierungsprozesse einzuleiten, sollte sie die Rehazentren verkaufen?

Sie sollte die Kliniken verkaufen?

Es dauerte einen Augenblick, bis in ihrem Kopf die ersten Tabellen aufploppten, bis sie die Summen schätzen und addieren konnte. Zwölf Kliniken im Ruhrgebiet und Umland, jede mit hundertfünfzig bis dreihundertfünfzig Betten, Therapieräumen, recht gut instand gehaltener Bausubstanz, nicht selten mit einem kleinen Park dabei.

Das war ein Milliardenprojekt.

MARVA

»Was ist eigentlich mit der Danilowa? Arbeitet die nicht mehr hier?«

Marva vergaß, was sie in der Akte notieren wollte. Ihr wurde bewusst, dass sie Alexandra Danilowa schon eine ganze Weile nicht mehr begegnet war. Seit ihrem Gespräch mit Frederike, um genau zu sein. In dem sie Frederike erzählt hatte, dass Danilowa Drogenprobleme haben könnte. Aber Frederike hatte ihr versprochen, die junge Ärztin nicht zu melden.

Gespannt lauschte sie auf das Gespräch der beiden Hebammen in der Kaffeeküche neben dem Pflegepool.

»Die soll rausgeflogen sein. Angeblich wegen der Medikamente, die weggekommen sind.«

Verdammt, fluchte Marva innerlich, Frederike wollte Danilowa im Vertrauen ansprechen, Hilfe anbieten. Einen Entzug. Eine Reha-Maßnahme. Psychologische Betreuung oder so was.

War Danilowa aus einem anderen Grund entlassen worden? Wegen der Morphine, die auf der Gyn verschwunden waren? Hatte man sie beim Klauen erwischt? Oder hatte Frederike ihr Wort gebrochen und sie doch angezeigt? Hatte Danilowa ihren Job verloren? Wegen ihr? Sie musste Frederike fragen. Dummerweise würde die wohl die Polizei rufen, wenn Marva noch mal bei ihr auftauchte.

Ihr privates Handy summte. Ein Sirenenalarm hätte Marva nicht heftiger zusammenzucken lassen als das stumme Vibrieren in der Tasche ihres Kasacks – es hackte ihre Gedanken ab wie ein Schlag mit einer Axt. Sie sprang hinter dem Tresen hervor, rannte über den Flur und schlüpfte in den Lagerraum gegenüber.

Mit zitternden Fingern holte sie ihr Smartphone hervor. »Ja?«

»Marv?«

Emeli. »Wo seid ihr?«

»Wien. Von hier aus geht es morgen mit einem Linienflug weiter.«

Marva sank gegen ein mit Desinfektionsmittelkartons gefülltes Regal.

»Allah sei Dank«, rutschte ihr raus, obwohl sie die Religionen, die nur Unterdrückung, Krieg und Tod verursachten, aus tiefstem Herzen verabscheute.

»Wie geht es ihr?« Marvas Stimme versagte bei dem Gedanken an Aryas winzige Ärmchen, die sich um ihren Hals schlangen und sie an sich pressten.

»Alles in Ordnung, sie liegt auf meinem Schoß, sie schläft jetzt. Wir sind in einem Hotel am Flughafen. Morgen landen wir um dreizehn Uhr zwanzig in Dortmund.«

Sie würde nicht weinen. Sie war im Dienst.

»Bist du noch dran, Marv?«

Sie konnte nicht antworten. Der Kloß in ihrem Hals hinderte sie am Sprechen.

Es war falsch! Es war verboten. Illegal. So viele andere bekamen diese Möglichkeit nicht. Sie presste den Rücken gegen die Flurwand und ballte ihre Fäuste so fest, dass sich ihre Fingernägel in ihre Handflächen bohrten. Der Schmerz lenkte sie davon ab, dass sie vor Erleichterung am liebsten heulen würde.

MIEKE

»Wird Zeit, dass Sie umziehen.« Maria Meier deutete auf die Bürotür gegenüber. Das Büro der Referatsleitung.

Schorschs Büro.

War das Meiers Ernst? Es war Donnerstag, Schorsch war seit drei Tagen tot, noch nicht mal beerdigt. Unmöglich konnte Mieke einfach seinen Platz einnehmen und so tun, als könnte sie ihn ersetzen.

Schorschs Büro war doppelt so groß wie das von Mieke und besaß einen kleinen Besprechungstisch, einen unter der Decke angebrachten Beamer und eine Verbindungstür zum Sekretariat von Maria Meier.

Meier nervte es, ständig den Flur überqueren zu müssen, aber Mieke wurde schlecht bei dem Gedanken, hinter Schorschs Schreibtisch zu sitzen. Obwohl er natürlich nicht zurückkommen würde, wenn sie ihm seinen Platz frei hielt.

»Diese Woche werde ich das nicht mehr schaffen«, sagte sie. Wahrscheinlich würde sie es nie schaffen. »Und jetzt möchte ich mich gern auf den Termin vorbereiten.«

Die Sekretärin rümpfte die Nase, verzog sich aber tatsächlich.

Mieke trat vor den Spiegel neben dem Waschbecken, um noch mal ihr Outfit zu überprüfen. Ihr neuer Hosenanzug war schlicht schwarz, minimal oversized und ein kleines bisschen Buddy-Style. Normalerweise zu unweiblich für sie, doch nach der Sache mit Raffael hatte sie so gar keine Lust mehr, irgendetwas anderes als professionelle Aufmerksamkeit zu erregen.

Sie verdrängte den Gedanken.

Sie hatte sich genug geschminkt, um nicht blass zu wirken. Dummerweise hatte sie zu viel Kaffee getrunken, ihr Herz flatterte. Mit einem Papiertuch wischte sie ihre Hände trocken, bevor sie ihre Frisur noch einmal zurechtzupfte.

Konzentration jetzt. Die Geschäftsführerin von Medica würde jeden Moment eintreffen. Das hier war die Chance, auf die Mieke seit Jahren gewartet hatte. Sie hatte die Verantwortung für ein gewaltiges Projekt, und sie würde es rocken. Sie würde beweisen, dass sie genug Biss für den Job hatte – scheißegal, ob irgendein Pferd anderer Meinung war.

Die Ankündigung des Klinikverkaufs hatte sie aus dem tranceähnlichen Schockzustand gerissen, in den sie nach Schorschs Tod gerutscht war. Seit dem Gespräch mit van Hoorn hatte sie kaum noch Zeit gehabt, über den Mord oder das eskalierte Date mit Raffael nachzudenken. Was ihr irgendwie geholfen hatte zu funktionieren.

Den Restdienstag und den kompletten Mittwoch hatte sie an der Präsentation gearbeitet. Geschlafen hatte sie kaum, die Überdosis Koffein hielt sie wach. Fühlte sich an wie im Studium vor einer wichtigen Prüfung.

Wie immer war sie rechtzeitig zum Abgabetermin fertig. Sie hatte aktuelle Daten und Bilder der Kliniken besorgt und zu jedem Haus die wichtigsten Fakten zusammengetragen: Bettenzahl, Indikation, Stellenplan, Grundstücksgröße, Lage und nahe gelegene Sehenswürdigkeiten beziehungsweise Stadtanbindung. Glücklicherweise waren die Wirtschaftspläne übersichtlich. Da Einrichtungen eines öffentlichen Trägers keine Gewinne erwirtschaften durften, ergab die Bilanz bei allen Kliniken eine saubere schwarze Null.

Das gesamte Exposé würde mehrere hundert Seiten umfassen, doch beim heutigen Termin ging es nur darum, dieser Frau Sauer – Frau *Doktor* Sauer – einen ersten Eindruck zu vermitteln. Mieke machte sich auf ihren Notizen einen Kringel um den Doktortitel der Geschäftsführerin. Die Sache mit der Anrede nahmen die meisten Titelträger genau.

Ihre Präsentation hatte sie heute Morgen noch auswendig gelernt und die Folien als Handout ausgedruckt, um auch auf ein Versagen der Technik vorbereitet zu sein. Ihr Vortrag dauerte zweiundfünfzig Minuten. Danach war Zeit für Fragen eingeplant und anschließend eine Besichtigung des Rehazentrums im Ruhrtal. Die Klinik war schnell zu erreichen und aufgrund des dazugehörigen Parks, des großen Bewegungsbades und der Stadtnähe eines der attraktivsten Objekte im Portfolio.

Mieke spülte zwei Paracetamol mit einem Glas Wasser herunter und warf einen letzten kritischen Blick in den Spiegel.

Ihr Herz holperte, ihr war kalt, gleichzeitig schwitzte sie. Aber zu sehen war davon nichts. Make-up, Frisur und das neue Outfit saßen.

Sie würde es rocken.

Sanna

»Das habe ich Ihnen doch schon erzählt!«

Sanna wippte mit den Oberschenkeln.

»Ich würde es gern noch mal hören.« Der Schönling lächelte. Arschlecken. Mit seinem Charme war der schlecht rasierte Macho bei ihr an der falschen Adresse.

Und selbst wenn es anders gewesen wäre, wäre es ja wohl eine ganz miese Nummer, mit der dicken Verdächtigen zu flirten, um sie durcheinanderzubringen. Arschloch!

»Ich kannte Georg Blumental seit zweiundzwanzig Jahren«, knirschte sie. »Unsere Beziehung war eine rein berufliche. Wieso sollte ich ihn umbringen?«

»Keine Ahnung.« Sommer zuckte mit der entwaffnenden Hilflosigkeit eines Hundewelpen die Schultern, und Sanna musste zugeben, dass er für einen Mann recht niedlich war. Umso mehr nervte sie das Getue, denn er hätte sie heute Morgen nicht zum zweiten Mal zur »Befragung« aufs Polizeipräsidium bestellt, wenn er nicht glauben würde, dass sie etwas mit Blumentals Tod zu tun hatte. »Sagen Sie es mir.«

»Ich habe ihn nicht umgebracht, verdammt noch mal!«, fauchte Sanna.

»Trotzdem sind Sie am Montagmorgen um acht Uhr dreißig in der Hauptverwaltung der Rentenversicherung Ruhr gewesen, um ihn zu treffen.«

»Aber er war nicht da, das habe ich Ihnen auch schon gesagt!«

Sanna konnte nicht verhindern, dass sie lauter wurde. Sie biss sich auf die Zunge.

»Er war in seinem Wagen auf dem Parkplatz«, korrigierte Sommer eine Spur schärfer. »Den Parkplatz haben Sie ebenfalls benutzt. Und dort ist Blumental zwischen acht und neun Uhr gestorben. Sind Sie sicher, dass Sie nicht dort auf ihn gewartet haben?«

Gewartet? Boah!

»Ich habe vor seinem Büro auf ihn gewartet«, wiederholte Sanna ihre Aussage. »Weil ich ihm einen Brief übergeben wollte.«

»Den Sie genauso gut per Post hätten schicken können.«

Sanna verschränkte die Arme vor der Brust und kniff sich in den Unterarm, um nicht auszurasten. Auf den Polizisten loszugehen wäre unfassbar dämlich. Doch ihre Wut blähte sich in ihrer Brust auf wie eine Wasserbombe am Gartenschlauch.

Sommer beugte sich vor, um Sanna von unten herauf anzusehen. »Bisher haben Sie mir keine nachvollziehbare Begründung nennen können, warum Sie an diesem Morgen in der Hauptverwaltung waren, Frau Berthold. Das bedeutet, Sie waren zur Tatzeit am Tatort. Sie kannten Blumental, und körperlich wären Sie durchaus in der Lage, ihn zu töten.«

Die Gummihaut der Wasserbombe wurde immer dünner.

»Und seine Sekretärin sagt, Sie wären ziemlich sauer auf ihn gewesen.«

Die Bombe platzte mit einem Knall und überschwemmte Sannas Hirn mit einer Woge grellroter Wut. »Was?« Sie sprang auf und klatschte die Hände so heftig auf den Tisch, dass Sommer zurückzuckte.

»Seine Sekretärin? Die Meier? Oder meinen Sie die Jentsch? Die ist angepisst, weil ich sie vor versammelter Mannschaft zusammengeschissen habe. Deshalb würgt die Tussi mir eine rein.«

»Sie hatten also auch mit Mikaela Jentsch Streit?«, erkundigte sich Sommer interessiert.

Sanna biss sich auf die Lippen. Ihr wurde bewusst, dass sie die Hände auf den Tisch gestützt und sich zu Sommer hinübergebeugt hatte. Weil ihre Aussprache schon mal feucht wurde, wenn sie sich aufregte, hatte der Kommissar sich auf seinem Stuhl so weit wie möglich nach hinten gelehnt. Schlecht versteckter Triumph funkelte in seinen dunklen Augen.

»Nehmen Sie doch wieder Platz, es wird noch ein bisschen dauern«, sagte er. »Worum ging es denn bei Ihrer Auseinandersetzung mit Frau Jentsch? Und warum hat keine von Ihnen beiden es für nötig gehalten, den Streit zu erwähnen?«

MIEKE

»Medica ist es ein Anliegen, medizinische Versorgung auf höchstem Niveau zu gewährleisten. Im Bereich der Akutkrankenhäuser sammeln wir seit zwanzig Jahren Erfahrung. Den Personalmangel kompensieren wir durch standortübergreifenden Einsatz unserer hoch spezialisierten Fachkräfte. Unsere Chirurginnen und Chirurgen operieren nicht erst eine Bandscheibe, dann ein Knie, eine Hüfte oder einen Ellenbogen. Unser Bandscheibenspezialist operiert ausschließlich Bandscheiben, zum Beispiel zwei Tage die Woche in Bochum und drei Tage in Dortmund. So können unsere Kundinnen und Kunden sicher sein, von jemandem versorgt zu werden, der über extrem viel Erfahrung auf seinem Fachgebiet verfügt.«

Dr. Sybille Sauer war … eine Erscheinung.

Das dunkelblonde Haar im Nacken zusammengebunden, wirkte ihr eckiges Gesicht mit dem markanten Kinn und der deutlichen Faltenbildung an den Wangen noch … eckiger. Es war schwierig, Sauers Alter zu schätzen, weil sie absolut keinen Wert auf ein jugendliches oder feminines Auftreten zu legen schien. Irgendwo zwischen fünfzig und sechzig vielleicht.

Weil Mieke die flachen Stiefeletten trug, war Sauer größer als sie. Van Hoorn war sie mit der Körperhaltung einer Ringerin entgegengetreten – und hatte Miekes Ablaufplan schon vor der Begrüßung zertrampelt.

Ohne auf van Hoorns einleitende Worte zu warten, hatte Sauer sich selbst und auch gleich das Medica-Konzept vorgestellt. Damit hatte sie die ersten beiden Punkte von Miekes Tagesordnung übersprungen, und Mieke beschlich das mulmige Gefühl, Sauer genauso wenig dirigieren zu können wie ein stures Pony.

Allerdings unternahm auch van Hoorn keinen Versuch, Sauer zu unterbrechen, sondern nestelte nervös an seiner Krawatte. Als die Medica-Chefin am Konferenztisch Platz nahm, setzten sich auch van Hoorn und Mieke ganz automatisch.

Mieke blinzelte.

Irre. Sybille Sauer übernahm mit der Souveränität eines Leitpferdes die Gesprächsführung. Und van Hoorn und sie selbst trotteten artig hinter ihr her.

Ehrlich gesagt hatte Mieke nicht ganz kapiert, was Blümel mit »Verhalten, Emotionen und Denken mit Ihren Worten in Einklang bringen« meinte. Aber sie kapierte auf den ersten Blick, dass Sauer perfekt beherrschte, was Blümel ihr beizubringen versuchte. Würde Sauer den Goblin striegeln, würde er nicht wagen herumzuzappeln. Genauso wenig, wie van Hoorn es wagte, die Managerin zu unterbrechen.

Allerdings war es völlig verrückt zu glauben, Mieke könnte sich jemals eine ähnliche Ausstrahlung aneignen.

»Im Reha-Bereich sind wir mit bisher acht Kliniken noch nicht breit aufgestellt«, fuhr Sauer fort. »Sollte das Geschäft zustande kommen, hätte Medica selbstverständlich großes Interesse, das vorhandene Personal zu übernehmen. Niemand muss also um seinen Job fürchten.«

Van Hoorn nickte Mieke zu. Sie notierte sich diesen Punkt. Das klang gut.

»Neben dem Alltagsgeschäft der medizinischen Versorgung unterstützt Medica mehrere soziale Projekte«, ergänzte Sauer. »Wir arbeiten mit verschiedenen Hilfsorganisationen zusammen und haben Programme zum Beispiel zur Gleichstellung und beruflichen Integration von Menschen mit Migrationshintergrund entwickelt.«

Mieke notierte weiter. Klang alles ziemlich gut.

»Eine Arbeit von unschätzbarem Wert«, schleimte van Hoorn. »Frau Jentsch, wollen Sie Frau Dr. Sauer jetzt einen Überblick über unsere Rehazentren vermitteln?«

Mieke vermied es, ihren Blazer glatt zu streichen oder am Haar zu zupfen. Leitpferd-Souveränität war angesagt.

»Gern.« Sie griff nach der Fernbedienung des Beamers.

Sanna

Sie hatte Bauchschmerzen.

Grund dafür war jedoch nicht das fehlende Mittagessen, sondern der Vormittag auf dem Polizeipräsidium. Sie war Verdächtige in einem Mordfall.

»Fehlende Impulskontrolle«, hatte der Kommissar notiert. Dass er sie nach ihrem Gespräch von der Verdächtigenliste gestrichen hatte, konnte Sanna sich nicht vorstellen.

Und als sie eben ins Rehazentrum zurückgekehrt war, hatte sie durch Zufall mitbekommen, dass ein Besuch aus der Hauptverwaltung geplant war, über den Bösingfeld und Käfer sie nicht informiert hatten. Offenbar hatte die Jentsch als eine ihrer ersten Amtshandlungen als Blumentals Nachfolgerin einen Besuch im Rehazentrum im Ruhrtal angesetzt.

Sanna wüsste noch immer nichts davon, wäre sie nicht Thorsten Grotewohl, dem leitenden Sporttherapeuten, begegnet. Grotewohl wartete vor dem Haupteingang auf die Delegation, weil er die Gäste durch die Therapieabteilungen führen sollte.

Sanna hatte sich kurzerhand selbst zu dem Termin eingeladen und wartete jetzt mit Grotewohl zusammen. Sie kannte da keine Skrupel. Dass die Klinikleitung ihre Besprechungen lieber ohne die Personalvertretung abhielt, war nichts Neues. Und dass Sanna sich mit einem Hinweis auf das Informationsrecht des Personalrates trotzdem mit in die Runde setzte, waren Käfer und Bösingfeld ebenfalls gewohnt.

Eine schwarze Limousine fuhr in das Rondell vor dem Haupteingang ein, gefolgt von Jentschs metallicblauem Mini.

Tja, jetzt war die Jentsch wohl Sannas oberste Vorgesetzte. Das konnte lustig werden. Während Georg Blumentals gemütlich-unaufgeregte Art Sanna immer sympathisch gewesen war, ging ihr Jentschs Karriereweibchen-Stil tierisch auf den Geist. Ihre Kostümchen waren immer ein klitzekleines bisschen zu sexy für die konservative Behörde und das Klackern ihrer Pumps genauso wenig Zufall wie der Out-of-Bed-Look ihrer blondierten Bobfrisur. Jede Wette, dass die ihre Position nicht ihren guten Zeugnissen verdankte.

Beide Wagen kamen auf den Gästestellplätzen in der Ladezone zum Stehen, die eigentlich nur zum Kofferausladen gedacht waren.

Eine stämmige Blondine stieg aus dem dunklen Wagen. Sie war selbst gefahren. Die Mittagssonne hatte das Fahrzeug wohl aufgeheizt, sie hatte ihren Blazer ausgezogen, darunter trug sie ein ärmelloses Shirt mit rundem Ausschnitt.

Sannas Antennen richteten sich auf. Die Fremde gab sich keine Mühe, weiblich zu wirken. Zwar hatte Sanna eine Schwäche für feminine Frauen wie Catherine Käfer, aber zwingend war ihr Beuteschema nicht. Sie selbst war stabil, aber kurvig gebaut, und ihr explosives Temperament sorgte gewöhnlich dafür, dass in Beziehungen zu charakterlich ähnlich gestrickten Frauen so sehr die Fetzen flogen, dass sie nicht lange hielten.

Allerdings konnte das sehr spannend sein, und wenn die Liebe groß genug war, war Sanna durchaus kompromissbereit.

Weil die attraktive Fremde ihren Blazer über ihren Arm gelegt hatte, registrierte Sanna den Umfang ihres tätowierten Bizeps. Ihr Gesicht war markant, mit der steilen Falte über der Nasenwurzel, die Sanna selbst ebenfalls besaß und die Konfliktbereitschaft verriet. Außerdem gefiel Sanna, dass sie so alt aussah, wie sie tatsächlich war. Über fünfzig wahrscheinlich. Sie hatte Erfahrung und wollte, dass das jeder sah.

Der furchtlose Blick der Fremden sog sich an Sanna fest, und augenblicklich knisterte die Luft.

Wow.

Dass Jentsch ihren mageren Körper aus dem kleineren Wagen geschraubt hatte, bemerkte Sanna erst, als ihre neue Möchtegern-Chefin Thorsten Grotewohl die Hand reichte.

»Vielen Dank, dass Sie Dr. Sauer und mir so spontan einen kleinen Einblick in die Therapiemöglichkeiten vermitteln.«

Doktor Sauer also.

Ärztin? Der Ausstrahlung nach Chefärztin. Suchten sie etwa schon eine Nachfolgerin für Bösingfeld? Die hatte doch noch mindestens drei Jahre bis zur Rente.

Sanna gelang es, ihren Blick von der charismatischen Fremden loszureißen.

Jentsch musterte sie. Einen Augenblick schien »Mikaela« überlegen zu müssen, um zu checken, dass sie sich erst Montagmorgen in der Hauptverwaltung begegnet waren. Dann schaltete sie aber doch noch. »Frau Berthold.« Blondie reichte ihr die Hand. »Wollen Sie zu mir?«

Jentsch lächelte nicht. Und die dicke Make-up-Schicht konnte die Ringe unter ihren Augen nicht ganz verstecken. Für ihre Verhältnisse sah sie echt beschissen aus. Und irgendwie wirkte sie kleiner als sonst.

»Ich begleite Sie bei Ihrem Rundgang.« Sanna gelang das Lächeln besser. »Gern unterstütze ich Herrn Grotewohl bei der Beantwortung Ihrer Fragen.«

Jentsch wirkte nicht begeistert.

Sannas Blick wanderte auf die Füße der neuen Referatsleiterin. Sie trug flache Stiefel. Wo waren die obligatorischen Fick-mich-Stilettos?

Dr. Sauer lenkte Sanna ab. Sie reichte ihr ebenfalls die Hand, und ihr fester, warmer Griff kribbelte mächtig in Sannas Handfläche.

»Sybille Sauer, Geschäftsführerin Medica. Und Sie sind …?«

Sanna erstarrte zu Stein und fing an zu zerbröseln.

Medica?

Der Krankenhauskonzern? Der Träger vom Lindenhospital? Das Sklaventreiberunternehmen, gegen das Bernie und sie seit Wochen auf die Straße gingen?

Und Geschäftsführerin bedeutete, dass sie die Chef-Sklaventreiberin war? Die Heuschreckenkönigin? The Boss?

Sanna versuchte sich aufzurichten, Sauer überragte sie um zehn Zentimeter. »Susanna Berthold, Personalratsvorsitzende.«

Sauers Griff brannte in Sannas Hand, doch die Heuschreckenkönigin ließ nicht los. Sannas Phantasie verwandelte die Frau in ein gigantisches Insekt, das sie mit spinnenartigen Beinen umklammerte, um sie zu fressen.

»Freut mich.« Spott blitzte in Sauers stahlgrauen Augen, als sie Sannas Hand endlich freigab und sich wieder Jentsch und Grotewohl zuwandte.

Verstohlen knetete Sanna ihre Finger, während sie der Gruppe folgte. Geschäftsführerin Medica? What the fuck …? Was wollte die hier? Sannas Gedanken überschlugen sich, während Grotewohl sie in den Gerätepark führte und an ein paar Krafttrainingsgeräten die Prinzipien des Muskelaufbaus erläuterte.

Fieberhaft addierte Sanna die Informationen der letzten Wochen: die Gesetzesänderung plus Blumentals mehrfache Mahnung, dass ein modernes Marketingkonzept nötig sein würde, um am Markt bestehen zu können, plus Käfers Befürchtung, dass Blumental recht haben könnte, plus Dr. Sybille Sauer, die ihre Klinik besichtigte. Ist gleich …?

Scheiße.

Grotewohl führte sie weiter ins Bewegungsbad. Hitze, Chlorgeruch und das Rauschen des Überlaufs schlugen ihnen entgegen. Das Becken war verhältnismäßig groß und wurde von Unterwasserscheinwerfern in wechselnden Farben beleuchtet. Die Patientengruppe ließ bunte Poolnudeln über die Oberfläche gleiten.

Sannas Gedanken rotierten. Bösingfeld hatte Georg Blumentals Vorschläge abgeschmettert …

Sie musterte Sybille Sauer von der Seite. Die wachen Augen der Heuschrecke flitzten zur Fensterfront, hinaus in den Park. Auf den Sonnenliegen im Schatten der alten Bäume entspannten die Patienten oder lasen Bücher. Die Lage des Rehazentrums mitten im Ruhrgebiet war idyllisch. Grandios.

Scheiße, scheiße, scheiße!

Als Grotewohl in die Sporthalle vorausging, schob sich Sanna neben Sybille Sauer. »Darf ich nach dem Grund Ihres Besuches fragen?«, erkundigte sie sich.

»Natürlich.« Sauers Lächeln misslang. Sah aus, als trainierte sie es nicht oft. »Medica möchte sich im Reha-Bereich in Zukunft breiter aufstellen. Mit der veränderten Belegungssituation im nächsten Jahr rechnen wir uns bessere Chancen am Markt aus.«

Sauer hatte die Gesetzesänderung auf dem Schirm. Dass sich ein profitorientierter Konzern wie Medica »Chancen am Markt« versprach, war gar kein gutes Zeichen.

»Als Kostenträger setzt die Rentenversicherung die Maßstäbe für die Reha. Wo könnte ich mich besser informieren als hier?«

Veränderte Belegungssituation. Bessere Chancen am Markt. Das passte zu dem, was Blumental gesagt hatte. Und dass ein Heuschreckenkonzern wie Medica sich bereits auf die Gesetzesänderung vorbereitete, um sie zu seinem Vorteil zu nutzen, war mehr als beunruhigend.

»Medica will mehr Reha betreiben?«

Sauer musterte Sanna nachdenklich. »Die Arbeitsfähigkeit ist ein existenziell wichtiges Gut. Medica ist eine qualitativ hochwertige Reha ein wichtiges Anliegen.«

Sanna spürte das Brodeln, das in Sekundenschnelle hochschäumen, überkochen und explodieren würde.

»So hochwertig wie die Arbeit in Ihren Krankenhäusern?«, erkundigte sie sich spitz. Weil sie inzwischen in der leeren Sporthalle standen, hallte ihre Frage laut nach.

Jentschs Kopf zuckte zu ihr herum.

Dr. Sauer hob eine Braue.

»Betreiben Sie die Reha auch mit so wenig Personal wie möglich?« Sanna dachte nicht daran, leiser zu sprechen. »Wenn ein Therapeut krank ist, behandelt ein anderer einfach zwei Patienten gleichzeitig?« Ihre Stimme erzeugte ein Echo.

Grotewohl sah zu Jentsch, wusste offenbar nicht, ob er seinen Vortrag beginnen sollte.

»Es gibt personelle Vorgaben, das wissen Sie als Betriebsrätin doch genau, Frau Berthold«, gab Dr. Sauer provozierend gelassen zurück. »Unsere Häuser halten alle gesetzlichen Vorgaben ein.«

»Als Medica das Lindenhospital übernommen hat, haben Sie das Personal um ein Drittel reduziert, genau wie die Gehälter«, polterte Sanna.

»Das Lindenhospital ist kein sonderlich aktuelles Beispiel. Es gehört seit über fünfzehn Jahren zu Medica.«

»Und seit fünfzehn Jahren verschlechtern sich die Arbeitsbedingungen kontinuierlich.«

Aus dem Augenwinkel sah Sanna, wie Jentsch Grotewohl zum Weitermachen aufforderte.

»Ähem …« Grotewohl räusperte sich, um die Aufmerksamkeit wieder auf sich zu lenken. »In unserer Sporthalle bieten wir moderne Sporttherapie vom normalen Wirbelsäulen- und Alltagstraining über Aerobic, Zumba, Yoga, Tai-Chi und Drums Alive bis hin zum therapeutischen Klettern an. Durch die herunterfahrbare Trennwand«, Grotewohl deutete zur Hallendecke, »können bei zeitlichen Überschneidungen auch zwei Gruppen parallel laufen.«

Sauer ließ Sanna stehen. Die Hände in den Hosentaschen, schlenderte sie ein paar Schritte weiter, um zu dem gewaltigen Vorhang hinaufzusehen.

Sanna kaute auf ihrer Unterlippe. Die wirklich wichtige Frage hatte sie nicht gestellt. Nicht, weil sie Angst hatte, die millionenschwere Medica-Chefin zu verärgern. Sondern weil sie Angst vor der Antwort hatte.

Sie musste sich die Jentsch greifen. Allein. Dann würde sie dafür sorgen, dass sie eine Antwort bekam.

BILLE

Sie hatte keine Ahnung, wann sie zum letzten Mal wütend gewesen war. Normalerweise war das nicht mehr notwendig. Ihre Position sorgte dafür, dass alle auf Knien um sie herumkrochen und sie die meiste Zeit durch knöcheltiefen Schleim watete. Sie identifizierte Probleme, rechnete die Lösungsmöglichkeiten durch und setzte die beste um. Logisch, nicht emotional.

Normalerweise ärgerte sie sich nicht. Und es traute sich auch niemand, sie zu ärgern.

Nun, diese respektlose kleine Betriebsrätin kannte da offensichtlich keine Skrupel. Okay, klein war keine zutreffende Beschreibung. Susanna Berthold war zwar tatsächlich etwas kleiner als Bille selbst, kämpfte aber in der gleichen Gewichtsklasse.

Berthold war auf sehr weibliche Art füllig, ihre Zentner verteilten sich oberhalb und unterhalb der Taille. Weil sie einen anschmiegsamen Flauschpulli trug, hatte Bille das durchaus registriert. Die dunklen Haare trug Berthold zum Pferdeschwanz zusammengebunden, und obwohl die Falten in ihren Augenwinkeln verrieten, dass sie gern lachte, warnten die Kerbe über ihrer Stupsnase und die Art, wie Berthold den Rücken durchstreckte, davor, sich mit ihr anzulegen.

Dafür, dass sie nur eine Krankenschwester mit einem Ehrenamt war, hatte sie Bille gerade ordentlich ans Bein gepinkelt. Dass van Hoorns Arbeitsbienchen Jentsch gleich das Gewerkschaftstheater googelte, war nicht geplant gewesen.

Na ja, früher oder später wären die Fragen sowieso aufgetaucht. Und die Jentsch war Betriebswirtin, die wurde auch nicht für unangebrachten Idealismus bezahlt.

Bille nickte Berthold zum Abschied höflich zu.

Die erwiderte den Blick so finster, als wollte sie ihr einen Holzpflock ins Herz rammen. Bille gelang es nicht, die Herausforderung zu ignorieren. Sie hielt Bertholds Blick stand und zwang sich zu einem Lächeln.

Wenn die Übernahme zustande kommen sollte, werde ich dich mit Freude feuern, Honey. Vielleicht schon vorher. Sie könnte von van Hoorn verlangen, Berthold wegen dieser Dreistigkeit rauszuschmeißen. Das würde möglicherweise sogar noch mehr Spaß machen, denn im öffentlichen Dienst war es eigentlich nicht üblich, Betriebsräte zu entfernen, wenn sie zu dreist wurden. Es wäre interessant, herauszufinden, ob sie van Hoorn dazu bringen konnte.

Möglichkeiten gab es immer, wenn man genau hinsah. Vielleicht verließ Berthold das Klinikgelände, ohne sich auszustempeln. Oder sie hatte nach Feierabend zufällig noch einen Dienstkugelschreiber in der Tasche.

Zwischen Susanna Berthold und ihr flogen Funken, der Blickkontakt fühlte sich an wie ein Lichtbogen zwischen zwei Hochspannungsleitungen.

MIEKE

Sie fuhr sich mit beiden Händen durch die Haare, als die Limousine der Medica-Chefin endlich aus dem Rondell vor dem Klinikeingang rollte.

Feierabend. Scheiß auf die Frisur. Die Anspannung dieser Woche fiel von ihren Schultern, krachte zu Boden und schlug einen Krater ins Pflaster.

Wow. So war das nicht geplant gewesen. Obwohl Sauer sich absolut professionell verhalten hatte, hatte ihre Wut gefühlt die ganze Sporthalle vibrieren lassen, als die Berthold die Arbeitsbedingungen bei Medica in Frage gestellt hatte.

Diplomatie zählte definitiv nicht zu Bertholds Kernkompetenzen, doch als Personalvertretung galt ihr Hauptinteresse verständlicherweise den Beschäftigten.

Und dass Sauer die Frage nach den Arbeitsbedingungen nicht gefallen hatte, machte Mieke misstrauisch. Sie würde sich den Konzern noch mal genau ansehen müssen, denn sie sollte ja nicht nur die Immobilien verkaufen, sondern auch das Personal. Sie handelte sozusagen mit Menschen, denn medizinisches Personal war so knapp, dass die Ärzte, Pflegekräfte und Therapeuten in den Rehazentren einen beachtlichen Wert darstellten. Eine Klinik zu kaufen und dann auf einen Schlag eine komplette Belegschaft einzustellen war unmöglich.

Aber »das Personal« war eben keine Zahl, das waren nicht nur die hundertneunundachtzig Vollzeitstellen im Rehazentrum im Ruhrtal, sondern Leute wie Susanna Berthold und Thorsten Grotewohl. Und deren Arbeitsbedingungen könnten sich durch einen Verkauf der Klinik vielleicht stärker ändern, als Mieke zurzeit ahnte.

Berthold hingegen hatte offenbar eine Vorstellung davon, was es bedeutete, bei Medica beschäftigt zu sein.

Mieke starrte noch immer auf die Stelle, an der Sauers Limousine längst zwischen den Bäumen verschwunden war. Plötzlich wuchsen die Dimensionen des Projektes über ihr in die Höhe wie Wolkenkratzer, deren Dächer sich von Tag zu Tag weiter in den Himmel schoben.

Berthold hatte von weniger Personal und weniger Gehalt gesprochen. Mieke würde das recherchieren müssen.

Sie wandte sich um – und prallte zurück, weil Susanna Berthold direkt hinter ihr stand. Die Dicke hatte rote Flecken im Gesicht, sah aus, als würde sie jeden Moment explodieren.

»Sie wollen uns verkaufen.« Bertholds Brust hob und senkte sich, so aufgebracht war sie. »Geben Sie es zu!« Sie pikte Mieke den ausgestreckten Zeigefinger gegen das Brustbein.

Mieke hatte nicht damit gerechnet, dass sie sie wirklich berühren würde, und machte einen Schritt rückwärts.

Berthold folgte ihr prompt. »Sie führen die Medica-Chefin im Leben nicht aus reiner Kollegialität durch unsere Klinik!«

Mieke hob abwehrend die Hände, doch Berthold kümmerte sich nicht darum, drängte sie einfach weiter zurück. Die hatte sie nicht alle!

Mieke stieß mit dem Rücken gegen ihr Auto.

»Das habt ihr die ganze Zeit geplant, stimmt's?« Berthold kam ihr so nahe, dass Mieke ihren Atem im Gesicht spürte. Ihre Augen sprühten Funken vor Zorn. Das aufbrausende Temperament der Krankenpflegerin war Mieke bereits bei ihrer Begegnung am Montagmorgen aufgefallen.

»Euer Marketing-Gelaber war nur ein Alibi, damit ihr hinterher sagen könnt: Wir haben es euch ja gesagt, aber ihr wolltet nicht hören.«

Berthold hatte eine feuchte Aussprache. Den Rücken an das kalte Blech ihres Minis gepresst, hatte Mieke keine Chance auszuweichen. Sie verkniff es sich, sich durchs Gesicht zu wischen.

Mieke fiel ein, dass Kriminalkommissar Sommer die Personalrätin ebenfalls eingekreist hatte. Berthold war am Montag in der Hauptverwaltung gewesen, sie könnte Schorsch auf dem Parkplatz begegnet sein …

»Eigentlich praktisch, dass Blumental tot ist und Sie uns als Sklaven an diese Heuschrecke verhökern können, hm?« Berthold musterte sie mit zusammengekniffenen Augen. »Das macht sich sicher gut im Lebenslauf, oder? Lukrativer Klinikverkauf an menschenverachtenden Ausbeuterkonzern – Managerinnen, die keine Skrupel haben, so was durchzuziehen, sind bestimmt begehrt.«

Mieke schluckte. Berthold hatte sich vielleicht nicht unter Kontrolle, aber dumm war sie nicht.

»Wie kommen Sie darauf, dass Medica Sie schlechter bezahlen und Personal abbauen würde?« Mieke räusperte sich, weil ihre Stimme viel zu dünn klang. »Medizinisches Personal ist doch Mangelware, dachte ich?«

Berthold stutzte.

Dadurch ließ sie Mieke für einen kurzen Moment mehr Bewegungsfreiheit. Sie nutzte die Gelegenheit, um sich zwischen dem Busen der Dicken und dem Auto herauszuquetschen und etwas auf Abstand zu gehen.

Okay, jetzt könnte sie wegrennen. Mieke atmete auf. Einholen würde Berthold sie definitiv nicht. Gut, dass sie keine Stilettos trug.

Susanna Berthold musterte Mieke abschätzend. »Kommen Sie mit«, brummte sie dann und deutete mit dem Kopf in Richtung Klinik.

Marva

Sie wagte nicht, sich zu bewegen.

Arya drückte das Köpfchen an ihren Hals, ihre buschigen schwarzen Haare kitzelten sie in der Nase. Ihr gleichmäßiger Atem verriet, dass sie längst eingeschlafen war, während Frederike den Wagen über den Nordring lenkte.

Frederike war mit ihr zum Flughafen gefahren, weil sie sich um Emeli kümmern würde. Dass Marva Abstand halten sollte, hatte sie sehr deutlich gemacht. Doch seit Arya in Marvas Arme geflogen war, konnte sich Frederike ein gelegentliches Lächeln nicht ganz verkneifen.

Emeli schlief an Marvas Schulter angelehnt. Ihr Hidschab war heruntergerutscht. Obwohl sie längst wieder Jeans und Turnschuhe trug, hatte Emeli sich nicht getraut, das Kopftuch abzulegen.

Die Einreise hatte reibungslos geklappt, was den Reisepässen zu verdanken war. Der Pilot des viersitzigen Motorflugzeugs, in das sie auf einem afghanischen Acker eingestiegen waren, hatte Emeli die Papiere ausgehändigt. Wie WomenForWomen das hinbekommen hatte, war Marva ein Rätsel. Vermutlich mit sehr viel Geld.

Letztendlich war es ihr egal. Sie hatte kein schlechtes Gewissen. Arya und Emeli waren hier. Das war das Einzige, was zählte. Jetzt würde sie in die Zukunft schauen und alles vergessen, was gewesen war.

Mieke

Ihr Nacken kribbelte. Susanna Berthold in die Klinikkatakomben zu folgen war keine gute Idee. Die Dicke schien sich zwar beruhigt zu haben, doch wie schnell ihre Laune umschlagen konnte, hatte Mieke gerade erlebt.

»Personalrat«, stand an der Bürotür. Im Raum dahinter fiel die Nachmittagssonne durch Oberlichter auf einen Eckschreibtisch.

Berthold rückte ihr einen Stuhl mit altmodisch geblümtem Polster heran, bevor sie sich in den Bürostuhl fallen ließ, dessen Federung unter ihrem Gewicht ächzte.

»Kleiner Tipp: Informieren Sie sich über die Leute, an die Sie Ihre Beschäftigten verkaufen«, grollte Berthold. »Was passiert, wenn Medica eine Klinik übernimmt, ist kein Geheimnis.«

Die Dicke schob sich eine schmale Lesebrille auf die Stupsnase und begann, auf der Tastatur ihres Computers herumzuklicken. »Früher waren Krankenhäuser öffentliche Einrichtungen, dazu da, Menschen im Krankheitsfall zu helfen. Seit über zwanzig Jahren geht der Trend zur Privatisierung: Krankenhäuser werden von privaten Klinikkonzernen übernommen. Das entlastet die Kassen der Kommunen, aber die Konzerne wollen natürlich nicht nur die medizinische Versorgung im Krankheitsfall gewährleisten, sondern vor allem auch Gewinne für ihre Aktionäre erwirtschaften. Auf diese Art wird das Gesundheitswesen seit Jahrzehnten kommerzialisiert, mittlerweile dreht sich alles ums Geld. Am Personal, an der Hygiene, am Essen wird gespart, die Betten werden bis auf die letzte Besenkammer belegt, operiert werden soll am besten rund um die Uhr. Die Arbeitsbedingungen sind mittlerweile so miserabel, dass das Personal regelrecht aus den Gesundheitsberufen flüchtet. In den Medica-Kliniken läuft zurzeit der bisher größte Arbeitskampf im Krankenhausbereich. Am letzten Wochenende war ich zufällig bei einer Demonstration am Lindenhospital.«

Sie drehte den Bildschirm in Miekes Richtung, sodass sie die Bilder sehen konnte. Menschen mit roten Käppis und neonfarbenen Streikwesten hielten Plakate und Transparente hoch.

»Gesundheit ist keine Ware«, las Mieke.

»Warum müssen Krankenhäuser Profit machen?«

»Applaus reicht nicht!«

»Mehr Personal = Verlässliche Arbeitszeiten«

»Existenzsichernde Bezahlung in der Pflege!«

Im Hintergrund war der Eingang des Lindenhospitals zu sehen.

»Medica ist einer der Konzerne, die von der Privatisierungswelle am meisten profitiert haben.« Berthold klang so vorwurfsvoll, als wäre Mieke persönlich dafür verantwortlich. »Sie haben öffentliche Krankenhäuser gekauft und Wirtschaftsunternehmen draus gemacht. Als das Lindenhospital noch von der Stadt betrieben wurde, durfte es genau wie die Rehazentren der Rentenversicherung keinen Gewinn erwirtschaften. Deshalb konnten alle Einnahmen ins Personal fließen, das nach dem Tarifvertrag des öffentlichen Dienstes bezahlt wurde. Relativ gut also. Hier im Rehazentrum ist das bis heute so, allerdings sitzen wir in einer Art Oase, die bisher von der Kommerzialisierung verschont geblieben ist.«

Auch für Mieke galt der Tarifvertrag der Rentenversicherung, der an den des öffentlichen Dienstes angeglichen war.

»Um mit einer ehemals öffentlichen Klinik Gewinn zu machen, muss Medica das Personal reduzieren und die Löhne senken, denn bei der Übernahme ist der Betrieb so ausgerichtet, dass die Einnahmen nur die Ausgaben decken. Meist wird ein Übergangstarifvertrag vereinbart, dann behalten die Leute ihr angestammtes Gehalt noch ein Jahr lang. Danach gibt man sich entweder mit weniger Geld zufrieden oder sucht sich einen anderen Job.«

Mieke schluckte. Wie eine Firmenübernahme ablief, hatte sie im Studium gelernt. Es wurden Personalbedarfsermittlungen durchgeführt, Arbeitsabläufe gestrafft und Personalkosten reduziert, um zum Beispiel ein insolventes Unternehmen wieder wirtschaftlich zu machen.

»Im Lindenhospital sind in der Nachtschicht eine examinierte Krankenschwester und eine Helferin für drei Stationen zuständig. Das sind sechsundachtzig Patienten.«

Sechsundachtzig Patienten. Das klang wirklich nach zu viel.

»Woher wissen Sie das alles?«, fragte Mieke.

»Die Betriebsratsvorsitzende ist eine Freundin von mir. Deshalb weiß ich auch, dass dort außerdem die Küche, die Gebäudereinigung und die Physiotherapie ›outgesourct‹ wurden.«

Mieke biss sich auf die Unterlippe. Auch die Fremdvergabe von Arbeiten an Billiganbieter war ein beliebtes Mittel, um Kosten zu reduzieren.

»Statt eine eigene Küche zu betreiben und Menschen sozialversicherungspflichtig in einem sicheren Arbeitsverhältnis zu beschäftigen, wird das Essen günstig aus einer Großküche bezogen.« Berthold kannte sich offensichtlich in der Praxis aus. »Das läuft auf Nudeln mit Tomatensoße hinaus, die stundenlang warm gehalten werden.«

Logisch.

»Unsere Rehazentren betreiben eigene Küchen, oder?« Mieke war klar, dass sie das eigentlich wissen sollte. Sie arbeitete seit vier Jahren im Referat Kliniken. Sie meinte, in all den Stellenplänen, die sie in den letzten beiden Tagen analysiert hatte, Küchenpersonal gesehen zu haben, war sich aber plötzlich nicht mehr sicher.

Berthold hob eine Augenbraue. »Unser Frische-Küche-Konzept basiert auf lokalen Produkten. Für die Verpflegung sind im Pflegesatz sechs Euro fünfzig pro Tag vorgesehen. Eine gesunde Ernährung ist ein wichtiger Baustein für eine ganzheitliche Therapie, gerade in der Regenerationsphase braucht der Körper Nährstoffe.«

Mieke begriff, was Berthold zu erklären versuchte.

»Unsere Ärzte arbeiten nicht mehr als achtundvierzig Stunden pro Woche, die elektronische Zeiterfassung sorgt für eine korrekte Abrechnung von Überstunden«, fuhr die Personalratsvorsitzende fort. »Wir bieten Physiotherapie im Dreißig-Minuten-Takt anstelle der üblichen zwanzig Minuten, und wenn eine Einzeltherapie im Plan steht, dann ist das auch eine Einzeltherapie und keine Gruppe, weil zwei Kollegen krank sind. All diese Kleinigkeiten machen in der Summe den großen Unterschied zwischen Kliniken öffentlicher Träger und denen privater Konzerne aus.«

Berthold lehnte sich zurück und wippte in ihrem Bürostuhl. »Ohne Veränderungen kann Medica mit dem Rehazentrum im Ruhrtal keinen Gewinn erwirtschaften«, sprach sie weiter. »Ziel unserer Arbeit ist nicht Profit, sondern die Wiederherstellung der Arbeitsfähigkeit. Die Rentenversicherung betreibt die Reha traditionell, um die Versicherten fit zu halten und die Rentenkasse mit weniger Frührentnern zu belasten.«

Reha vor Rente. Das war das Erste gewesen, was Schorsch Mieke bei der Einarbeitung erklärt hatte.

Berthold fixierte Mieke scharf. »Meiner Meinung nach sollte Ziel der Medizin Gesundheit sein, nicht Geld. Die Reha ist einer der letzten Bereiche des Gesundheitswesens, in denen es tatsächlich noch so läuft. Eine Privatisierung wäre eine Katastrophe.«

Mieke kratzte mit ihrem Daumennagel an ihren unteren Schneidezähnen. Bevor sie zur Rentenversicherung gewechselt war, hatte sie Buchhaltung und Marketing für ein mittelständisches Pharmazieunternehmen gemanagt, dann für einen Sportgerätehersteller und zuletzt für die Krankenkasse. Mit Gewinnmaximierung in Kliniken hatte sie bisher nicht zu tun gehabt.

»Die Sauer will uns kaufen, stimmt's?«, fragte Berthold direkt.

Mieke zögerte. Wahrscheinlich müsste sie jetzt lügen. Dass die Personalvertreterin überhaupt von dem Besuch der Medica-Chefin erfahren hatte, war nicht vorgesehen gewesen.

Sie schwieg.

»Warum wir?« Berthold hatte kapiert, was Mieke nicht gesagt hatte. Dass sie es nicht schaffte, ihr Entsetzen zu verbergen, war keine Überraschung. Vorsichtshalber rutschte Mieke mit ihrem Stuhl ein Stück rückwärts.

»Warum nicht Zollern oder Emscherau? Weil Bösingfeld drei Wolken über Gott schwebt und glaubt, in einer digitalisierten Welt ohne Werbung auszukommen?« Bertholds dunkle Stimme überschlug sich in quietschenden Kieksern. »Ich bring die auf den Teppich, geben Sie mir zwei Wochen.«

Überrascht registrierte Mieke Bertholds Stimmungsumschwung. Sie bat sie um die Chance, das Marketingkonzept doch noch umzusetzen?

»Frau Käfer hat den Ernst der Lage begriffen, Bösingfeld nehme ich in den Schwitzkasten. Geben Sie mir eine Woche.«

Sie hatte wirklich Schiss.

»Bitte.«

Sie hatte Schiss vor *ihr*? Ein Schauer kroch über Miekes Arme. Berthold glaubte, *sie* wäre verantwortlich für die Verkaufspläne, und *sie* könnte die Katastrophe, die Berthold auf sich zurollen sah, abwenden.

Konnte sie sie abwenden?

Marva

»Tomm mit. Wir rutschen!« Arya ließ die pinkfarbene Plastikschaufel fallen und rannte dem kleinen Jungen mit den rotblonden Locken hinterher.

Marvas Augen begannen zu brennen, als die beiden Kinder auf den Spielturm kletterten, der neben der Sandkiste auf der Rasenfläche hinter ihrem Wohnblock stand.

Als sie in ihrer Wohnung angekommen waren, war Emeli auf die Matratze auf dem Wohnzimmerboden gesunken und sofort eingeschlafen. Kein Wunder nach der lebensgefährlichen Reise, bei der sie auch noch die Verantwortung für Arya getragen hatte und sich kaum verständigen konnte, denn sie sprach nur das bisschen Deutsch, das Marva ihr beigebracht hatte. Ihre kleine Schwester war unfassbar mutig.

Arya hingegen war nach der Autofahrt wieder wach geworden. Damit Emeli schlafen konnte, war Marva mit ihr hinausgegangen – und Arya hatte sofort angefangen, mit dem Jungen zu spielen. Dessen Mutter saß auf der Bank hinter dem Sandkasten, einen Coffee-to-go-Becher neben sich, vertieft in ein Buch mit rosa Einband.

Marva zog ihr Handy hervor und lief zur Rutsche des Kletterturms. Aryas dicke schwarze Locken flogen, als sie sich vergnügt quietschend in die Tiefe stürzte.

Das Foto hielt ihr ausgelassenes Lachen fest. Marva wischte sich durchs Gesicht. Arya war unversehrt. Und in Sicherheit.

Es fühlte sich unwirklich an, auf einer grünen Wiese zu stehen und ein Foto ihrer spielenden Tochter zu schießen.

Unecht.

Und falsch.

Sie machte Fotos, während Aryas Freundinnen nicht mehr draußen spielen durften. Vielleicht würden sie nie in die Schule gehen. Vielleicht würden sie weder Fahrrad- noch Autofahren lernen und nie eine Ausbildung machen und eigenes Geld verdienen können. Alles, wofür Marva ihr Leben lang gekämpft hatte, war verloren. Der Schmerz fraß sich wie ein schwarzes Geschwür in ihre Brust.

»Noch mal!« Arya und ihr neuer Freund rangelten darum, wer zuerst die Leiter hochkletterte.

Es war falsch, im Grünen zu sitzen und unbeschwert Fotos zu machen, während das Leben ihrer Tanten und Cousinen, ihrer Freundinnen und Kolleginnen quasi zu Ende war.

Aber verdammt, sie wollte es. Sie wollte, dass Arya lachen und rutschen konnte. Und sie selbst wollte ebenfalls hier sein. Sie wollte eigene Entscheidungen treffen. Sie wollte arbeiten gehen und eigenes Geld verdienen und Auto fahren. Sie wollte Kinder bekommen können, ohne heiraten zu müssen.

Und ja, sie wollte auf einer Spielplatzbank sitzen und Kaffee trinken und einen Liebesroman lesen, in dem die Welt rosa war.

Ocean

Du solltest einfach nur in die Kamera lächeln, du hysterisches Huhn! Gerald kocht vor Wut. Er holt aus, Ocean duckt sich reflexartig.

Du bist doch Model, wieso glotzt du wie ein Kaninchen, vor dem ein Raumschiff landet? Weißt du, was morgen in der Zeitung steht?

Ocean weicht zurück, Tränen laufen ihr übers Gesicht.

Du weißt es nicht? Ich aber: dass unsere Ehe vor dem Aus steht.

Ocean stößt mit dem Rücken gegen die Küchenzeile. Mit einem schnellen Griff packt Gerald ihren Hals.

Steht unsere Ehe vor dem Aus, Ocean?

Nein.

Ich kann dich nicht hören! Er drückt ihre Kehle zu, schlägt mit einem Ruck ihren Hinterkopf gegen den Küchenschrank.

Nächstes Mal werde ich es besser machen! Nächstes Mal lächle ich!

Ocean sank in der Ecke zwischen Kühlschrank und Herd zu Boden, die Arme schützend vor dem Gesicht verschränkt. Irgendwann registrierte sie die Betonoptik der Fliesen unter ihren Flauschpuschen. Das war nicht der schwarze Marmor von Geralds Villa am Chiemsee. Sie war in ihrer Wohnung.

Verflucht. Flashback. Sie zwang sich, ruhig zu atmen. Hierbleiben. In ihrer eigenen Küche.

Beruhigen Sie sich erst mal. Sie leiden unter paranoider Schizophrenie, Ocean. Ein Symptom davon ist Verfolgungswahn. Wir geben Ihnen was zur Beruhigung, und dann können Sie sich hier bei uns in aller Ruhe erholen.

Professor Dr. Buerli lächelt väterlich.

Oceans Augen füllen sich mit Tränen, als er die Spritze aufzieht. Buerli ist nicht nur einer von Geralds ältesten Freunden, er wird auch von ihm bezahlt.

Es war ein Fehler gewesen, die Scheidung zu verlangen. Gerald lässt sie nicht gehen. Buerli schuldet ihm garantiert einen Gefallen. Oder er attestiert ihr die Psychose aus alter Verbundenheit. Oder einfach, weil Männer sich nicht gegenseitig hängen lassen.

Buerli wird sie wegsperren. Niemand wird ihr glauben, dass Gerald zugeschlagen hat. Er hat Geld, Macht und Freunde.

Sie hat absolut niemanden, der ihr helfen würde. Mit ihren Freundinnen hat sie nicht mal mehr telefoniert, seit sie zu Gerald gezogen ist. Dabei hatten sie sich geschworen, immer füreinander da zu sein.

Ocean schloss die Finger ihrer rechten Hand fest um ihren linken Unterarm, während sie mit der linken Hand nach Tattis Schutzengel tastete.

Hierbleiben. Das hier war die Gegenwart. Es waren nur Nachwirkungen des Presserummels, die Sache mit Gerald war lange vorbei.

Was Gerald kann, können wir schon lange, Ocean.

Sie klammerte sich an das Tattoo auf der Innenseite ihres Unterarms.

Auch wenn uns das Leben in alle Himmelsrichtungen zerstreut, wir lassen einander nicht allein. Egal, was passiert.

Wir sind immer für dich da.

Sie hatte sich damals geirrt. Sie war nicht allein gewesen. Als Ocean sich endlich getraut hatte anzurufen, hatten ihre Freundinnen sie nicht nur aus der Klinik, sondern auch aus ihrer Ehe geholt.

Tatti machte sich heute noch Vorwürfe, weil Gerald ein Freund ihres Vaters gewesen war und sie persönlich Ocean mit ihm verkuppelt hatte.

Als Ocean wegen der Panikattacken ihr Studium abbrechen musste, hatte Tatti gemeint, dann bräuchte sie eben einen Mann, der ihr ein sorgenfreies Leben ermöglichte. Sie hatte ihr einen Termin zur Nasenkorrektur und Überkronung der Schneidezähne gemacht, ihr einen glamourösen Künstlernamen verpasst und sie auf allen möglichen Feiern als erfolgreiches Model vorgestellt, um sie zu verkuppeln. Ein Leben im Luxus war Tatti damals als ein vernünftiges Ziel erschienen – vermutlich dachte sie heute noch so.

Bis heute versuchte Tatti, das wiedergutzumachen. Würde Ocean sie anrufen, würde sie sich ins Auto setzen und wäre in zwei Stunden hier.

Der Gedanke half gegen die Panik. Sie war nicht allein.

Allerdings war es nicht Tatti, die Ocean als Erste anrief, wenn es ihr schlecht ging. Sie wühlte ihr Smartphone aus der Tasche ihrer Strickjacke und tippte Billes Nummer an.

Tatti

Ocean sah überirdisch gut aus. Mal wieder. Sie stand ganz links am Rand des Fotos, und es wirkte, als würde sie leuchten. Wie durch Magie zog sie alle Blicke auf sich. Ohne es zu wollen. Das war einfach verdammt unfair!

Und sie wirkte unfassbar natürlich. Sie brauchte weder Haare noch Brüste, geschweige denn Botox. Sie hatte sogar Falten! Und nicht mal wenige.

Sie beugte sich über das Hochglanzmagazin. Das Foto war messerscharf, die Krähenfüße in Oceans Augenwinkeln waren deutlich zu erkennen. Es waren viele. Aber es machte nichts. Ocean brauchte nur in eine Kamera lächeln und schaffte es damit in die Vogue.

Dabei interessierte sie sich für ihr eigenes Aussehen ungefähr so viel wie für die Börsenkurse. Sie färbte ihre Haare nicht mal, kaute ständig ihre Nägel ab und bekam Panikattacken bei dem Gedanken, ein Fitnessstudio zu betreten.

Für die Gala hatte Bille ihr eine Kosmetikerin und eine Nail-Designerin bestellt, und Tatti hatte das cremefarbene Kleid besorgt, das einen perfekten Kontrast zu Oceans dunkler Haut bildete.

Es war so gottverdammt unfair! Sie schämte sich dafür, aber sie hasste Ocean. Sie *hasste* sie. Weil sie so mühelos perfekt war, während sie selbst Schweiß, Schmerzen und zigtausend Euro in ihr Äußeres investierte und trotzdem aussah wie Frankensteins Monster.

Mit zitternden Fingern strich sie über ihre linke Gesichtshälfte, die sich tot anfühlte. Über die harten kleinen Narben vor ihrem Ohr. Über ihre Glatze.

Frankensteins Monster …

Sie hasste Ocean wirklich.

Himmel, was war sie für eine oberflächliche, selbstsüchtige Schlampe?

Wütend schlug sie die Zeitung zu.

MIEKE

»Selbstmord – Vermeintlicher Rentenversicherungs-Raubmord stellt sich als Suizid heraus«.

Mieke ließ ihre Kaffeetasse sinken. Ihre Küche verschwamm um sie herum, rückte in den Hintergrund. Ihr Bewusstsein stellte nur die Schlagzeile auf ihrem Handydisplay scharf.

Selbstmord? Ihr Schädel dröhnte. Wieder hatte sie bis nach Mitternacht an ihrem Rechner gesessen, diesmal nicht wegen der Präsentation, sondern um über Medica zu recherchieren. Dementsprechend groggy fühlte sie sich.

Im Halbschlaf war sie in die Küche geschlurft, hatte auf den Knopf des Kaffeevollautomaten gedrückt und den Nachrichtenticker auf ihrem Handy angeklickt. Der Algorithmus wusste, was sie interessierte, weil sie die Pressemitteilungen der Bochumer Polizei in den letzten Tagen beinahe stündlich gegoogelt hatte.

Suizid? Das konnte nicht sein. Selbstmörder nahmen Tabletten oder erhängten sich. Manche legten sich vor einen Zug. Aber man fuhr doch nicht Montagmorgen zur Arbeit, um sich auf dem Parkplatz mit einem Messer –

Das ganze Blut, die … Gedärme … So eine Verletzung konnte man sich doch gar nicht selbst zufügen, oder? Ging es in dem Artikel überhaupt um Schorsch?

Kommissar Sommers attraktives Gesicht blickte Mieke ernst von einem Foto entgegen.

Sie überflog die Zeilen.

Am Montagmorgen wurde auf dem Parkplatz der Rentenversicherung Ruhr ein Mitarbeiter der Behörde (63 J.) tot aufgefunden. Aufgrund einer Schnittverletzung ging die Polizei zuerst von einem Gewaltverbrechen aus. Die Ermittlungen ergaben allerdings keinen Hinweis auf Fremdeinwirkung. »Die Art der Verletzung ähnelt einem laienhaft durchgeführten rituellen japanischen Selbstmord. Diese Art des Suizides ist allgemein bekannt als Seppuku oder Harakiri«, erklärt Kriminalkommissar Pascal Sommer im Gespräch mit dieser Zeitung. Im Blut des Toten wurde Restalkohol nachgewiesen. Probleme im familiären Umfeld untermauern den Suizidverdacht.

Mieke hatte begonnen, den Kopf zu schütteln, obwohl sie allein in ihrer aufgeräumten Küche saß.

Das konnte doch nicht sein? Die Schlagzeile verschwamm vor ihren Augen. Natürlich war Schorsch verzweifelt gewesen. Seine Ehe war kurz vor der Rente gescheitert. Da war der Sorgerechtsstreit, der Alkohol.

Das Smartphone begann in ihren Händen zu zittern.

Sie hatte es gewusst. Sie hatte ihn besoffen auf der Terrasse gefunden, er hatte ihr erzählt, was los war. Sie hätte ihm helfen können.

Aber sie hatte nichts Besseres zu tun gehabt, als ihn zu erpressen, damit er ihre Beförderung bei van Hoorn durchsetzte.

Stöhnend griff sich Mieke an den Kopf. Ihre Tränen tropften auf Sommers Gesicht auf dem Display.

Mo

»Wann kommst du zurück?« Mo biss sich auf die Zunge. Er hatte nicht fragen wollen.

Er wandte sich ab und stellte seinen Teller in die Spüle, die eigentlich schon vor einem Monat mal hätte geputzt werden müssen. Es hatte nicht klingen sollen, als würde er sich Sorgen machen. Oder sie womöglich zurückhalten wollen. Als wäre sie verpflichtet, sich bei ihm abzumelden.

»Samstag, vielleicht auch erst Sonntag«, blockte Lana seine kleine Übergriffigkeit gekonnt ab, stopfte den Rest ihres Marmeladenbrötchens in den Mund und leckte ihre Finger ab.

Kurz streifte ihn ihr vernichtender Blick. Ihre Augen funkelten tiefschwarz hinter den großen, kreisrunden Gläsern ihrer Nerdbrille. Lana konnte es nicht leiden, eingeengt zu werden. Zu hart hatte sie sich ihre Freiheit erkämpft.

Mo hielt ihrem Blick stand. »Wie gefährlich ist es?«, fragte er weiter, wohl wissend, dass er ihr auf die Nerven ging.

»Mann, Mo«, knurrte Lana. »Ich recherchiere in einer Wohnungslosenunterkunft, nicht im Kriegsgebiet.« Lanas Augen verengten sich zu schwarzen Schlitzen. Neuerdings hatte sie ihre dunklen Haare zu einem gewagten Undercut frisiert. An ihrer kahl rasierten linken Kopfseite glitzerte ein Dutzend Stecker in ihrem Ohr. »Muss ich mich regelmäßig melden, damit du kein Sonderkommando losschickst?«

»Wäre das Beste.« Er nickte, obwohl sie beide wussten, dass sie sich nie meldete.

»Ihr werdet ohne mich klarkommen«, entschied sie auch prompt.

»Tun wir doch immer.« Mo konnte sich den Sarkasmus nicht verkneifen. Sami verdrehte genervt die Augen. Sein Sohn trug sogar beim Frühstück die Kapuze seines Skater-Hoodies tief ins Gesicht gezogen. Die Scheißkapuze machte ihn sauer.

Heute war Donnerstag. Bis Samstag waren es zwei Tage. Bis Sonntag drei.

Zwei oder drei Tage, die Sami und er sich anschweigen würden. Sami würde Onlinespiele zocken, bis Mo ausflippte. Der Streit war schon jetzt unvermeidbar.

Mo zupfte seinem Sohn die Kapuze vom Kopf, kastanienbraune Locken kamen zum Vorschein. Samis Haare hatten genauso dringend eine Reinigung nötig wie die Spüle. »Boah, nicht dein Ernst jetzt!«, schimpfte er. »Wann hast du das letzte Mal Shampoo benutzt?«

»Etwa zur gleichen Zeit wie du«, konterte Sami sofort. »Hast du in letzter Zeit mal in den Spiegel geguckt, Alter?« Sami sprang auf und funkelte Mo zornig an. Mit seinen dreizehn Jahren war er noch etwa zehn Zentimeter kleiner als Mo, was ihn zweifellos ärgerte. In zwei Jahren würde er ihm eine reinhauen. Heute wischte sich Sami die Kapuze wieder über die Haare und stürmte aus der Küche.

»Geht euch am besten aus dem Weg, solange ich weg bin. Das Haus ist ja groß genug«, schlug Lana vor.

»Keine Sorge, er hockt sowieso den ganzen Tag vor seinem Computer, und ich steh in der Reithalle.« Mo verlagerte sein Gewicht. Sein Bein schmerzte höllisch, eigentlich müsste er dringend mal wieder zur Physiotherapie. Seit über einem Jahr hatte er sich keine Verordnung mehr geholt. »Und Samstag kommt die Rentenversicherungstussi zum Coaching, da werden wir uns auch nicht über den Weg laufen.«

Lana stand auf, trat zu dicht an Mo heran und blickte mit großen, klugen Augen direkt in sein Gehirn. »Du wolltest am Wochenende doch keine Termine mehr annehmen?«

»Die Rentenversicherung zahlt zu gut«, grollte er, wehrte sich aber nicht, als sie ihn in den Arm nahm.

MIEKE

»Ich denke, Ihr Auftrag ist unmissverständlich formuliert: Machen Sie den Deal mit Medica.« Van Hoorns Gesicht färbte sich unter den blonden Haaren dunkel. »Die Klinikleitungen hätten ihr Marketing aufpolieren können, als noch Zeit dafür war. Jetzt ist es reichlich spät. Wenn die Betten erst leer bleiben, lassen sie sich sehr viel schlechter verkaufen.«

Ein flaues Gefühl breitete sich in Miekes Magen aus. Seit Jahren hatte sie auf diese Chance gewartet.

Aber mittlerweile hatte sie zu viel über Medica erfahren, als dass sie einfach nicken und weitermachen konnte.

Und hatte van Hoorn nicht selbst »mehr Biss« von ihr gefordert? Ein Geschäft einer solchen Größenordnung verlangte, dass sie mit größtmöglicher Sorgfalt vorging.

»Ob Medica der richtige Geschäftspartner ist, sollte genau geprüft werden«, wandte sie ein. »Die Beschäftigten gehen deutschlandweit auf die Straße. Wenn wir nicht aufpassen, können sich die Arbeitsbedingungen unserer Angestellten dramatisch verschlechtern.«

Als Mieke van Hoorns Blick bemerkte, verstummte sie.

Eine gefährliche Stille breitete sich im Büro aus. Ganz langsam beugte sich van Hoorn vor und stützte die Hände auf den Schreibtisch.

»Was Medica nach der Übernahme macht, ist nicht unser Problem. Und die Entscheidung, mit wem die Rentenversicherung Ruhr Geschäfte macht, treffen nicht Sie, Frau Jentsch. Vorstand und Geschäftsführung sind sich einig, dass das neue Vergabeverfahren einen schnellen Verkauf notwendig macht. Es ist die einzige Möglichkeit, einen Leerstand auf Kosten der Versicherten zu vermeiden. Sie sollen die Entscheidungen des Vorstandes nicht prüfen, Sie sollen sie lediglich umsetzen.«

Zack. Das war eine verbale Ohrfeige gewesen.

»Und natürlich darf niemand vorzeitig von den Verkaufsplänen erfahren.«

»Wie bitte?«

»Was glauben Sie, was sonst passiert?«, fuhr van Hoorn sie an. »Im schlimmsten Fall suchen sich die Leute andere Jobs. Aber die Belegschaft zählt zu unserem Kapital. Die Rehazentren sind für den potenziellen Käufer uninteressant, wenn es kein Personal gibt, um sie zu betreiben.«

Er atmete tief durch, demonstrativ bemüht, sich wieder zu sammeln.

»Die Beschäftigten werden erst in Kenntnis gesetzt, wenn das Geschäft abgewickelt ist«, erklärte er beherrscht. »Haben wir uns verstanden?«

Mieke wurde heiß. Susanna Berthold wusste längst Bescheid. Und die würde garantiert nicht die Klappe halten.

»Aber –«

Der Versuch eines Einwandes ließ van Hoorn explodieren. »Ich erwarte, dass Sie als Referatsleitung die Entscheidungen von Geschäftsführung und Vorstand mittragen, Frau Jentsch. Loyalität ist Grundvoraussetzung für einen solchen Posten.«

Loyalität. Das Wort traf Mieke wie eine Faust vor die Stirn.

Mitglieder des Gruppenrates müssen die Gebote nicht nur kennen, sie müssen sich auch daran halten, Mikaela, sagt Herr Voss.

Er schreibt ihren Namen nicht an die Tafel! Er schreibt ihn einfach nicht hin. Die Kinder hinter ihr fangen an zu tuscheln. Mieke läuft knallrot an.

Natürlich kennt sie die Gebote auswendig und hält sich auch an die meisten. Okay, Basteln, Singen und Tanzen mag sie nicht. Aber dafür lernt sie fleißiger, ist ordentlicher und disziplinierter als die anderen Kinder in ihrer Klasse. Und sie hilft immer überall tüchtig mit. Sogar Herrn Voss hilft sie. Sie wischt ganz oft freiwillig die Tafel ab. Na ja, in Zukunft nicht mehr so oft, nachdem Herr Voss sie für nicht geeignet für den Gruppenrat hält.

Nino, Gregor und Marvin hält er für geeignet, dabei sind die überhaupt nicht fleißig.

Du trägst dein Halstuch nicht, Mikaela, sagt Herr Voss.

Das Halstuch? Es geht um das blöde Halstuch? Woher soll sie wissen, dass ausgerechnet das doofe letzte Gebot so wichtig ist? Ihre Eltern mögen das Halstuch nicht, Paps sagt, die Farbe steht ihr nicht.

Verdammt, das ist ungerecht! Sie ist die Klassenbeste, ist immer hilfsbereit und nett und fleißig, und er lässt sie nicht beim Gruppenrat mitmachen? Wegen dem Halstuch?

Mit dem Halstuch zeigst du deine Loyalität, Mikaela. Loyalität ist Voraussetzung für einen solchen Posten.

Mieke blinzelte, und der dickliche Herr Voss in seinem braunen Sakko verwandelte sich in van Hoorn.

Plötzlich war ihr eiskalt.

Dass sie nicht im Gruppenrat der Jungpioniere hatte mitmachen dürfen, war über dreißig Jahre her. Sie hatte es völlig vergessen gehabt. Dabei hätte sie viel eher begreifen können, warum es nichts nutzte, dass sie fleißig, schnell und zuverlässig arbeitete. Entscheidend war bis heute, dass sie kein Halstuch trug.

BILLE

Sie lehnte sich mit einem Glas Rotwein in der Hand zurück, während Ocean die Unterlagen durchblätterte.

Ocean war nicht in der besten Verfassung, anscheinend hatte sie noch eine Panikattacke erlitten. Vielleicht hatte sie der Pressetermin kurz nach der Starlight-Gala doch überfordert. Sie musste mehr Rücksicht auf sie nehmen.

Im Ethanolkamin neben dem Sofa flackerte ein Feuer. Ocean fror einfach ständig. Billes Wangen hingegen glühten von der Wärme und vom Wein. Fühlte sich an, als hätte sie Fieber.

Wie immer trug Ocean übelsten Schlabberlook – Jogginghose, Wollsocken, eine Strickjacke, zwei Decken drüber. Und trotzdem war sie so hinreißend, dass Bille nicht hinsah, weil sie ihren Blick dann nicht wieder würde losreißen können.

»Was hältst du davon?« Sie deutete auf den dicken Ordner auf Oceans Schoß.

Ocean zuckte die Schultern. »Die Kliniken sehen gut aus, oder?«

Bille verkniff sich ein Kopfschütteln. »Mit zwölf Kliniken ist die Rentenversicherung Ruhr einer der größten Regionalträger. Nur die Deutsche Rentenversicherung Bund betreibt mehr eigene Kliniken. Wenn wir die beiden Verbunde übernehmen könnten, wären wir Marktführer, bevor die Konkurrenz überhaupt merkt, welche Möglichkeiten die neue Gesetzeslage eröffnet. Das ist ein Megadeal«, erklärte sie ihrer Freundin geduldig. »Im Moment fahren die Kliniken eine schwarze Null ein. Mit ein paar kleinen Kniffen mache ich innerhalb eines Jahres ein fettes Plus draus.«

»Klingt super«, fand Ocean.

Bille biss sich auf die Zunge, um nicht zu lächeln. Ocean interessierte sich nicht für Geld. Es war Billes Verdienst, dass sich die Millionen auf Oceans Konto wie Kaninchen vermehrten.

»Diese Frau Jentsch hat die Unterlagen ziemlich umfassend zusammengestellt.« Bille deutete auf den Ordner. Einen Moment überlegte sie, ob sie einen Platzwechsel riskieren konnte. Dann stemmte sie ihre hundertzehn Kilo aus dem Sessel, ließ sich neben Ocean in das Kissenchaos auf der Couch sinken und schlug wahllos das Werbefoto der nächsten Klinik auf, um Oceans Aufmerksamkeit darauf zu lenken.

Vor dem Rehazentrum Zollern ragte der zwei Stockwerke hohe Nachbau eines Förderturms auf. Die Rentenversicherung hatte sich Ruhrkunst vor der Haustür gegönnt. Das würde im Flyer was hermachen.

Bille blätterte weiter zu den Zahlen und Tabellen auf den folgenden Seiten. »Grundstücksdaten, Gebäudedaten, Indikation, Wirtschaftsplan, personelle Ausstattung, das verschafft mir schon einen guten ersten Überblick.« Ihre Wangen waren vermutlich knallrot. Sie hätte das zweite Glas Wein weglassen sollen. »Erstaunlich, dass Jentsch das in zwei Tagen so umfassend ausgearbeitet hat. Entweder hatte sie die Präsentation schon in der Schublade, oder sie hat die Nächte durchgearbeitet. Die sollten wir auf alle Fälle miteinkaufen.«

Ocean rutschte dichter heran und tippte zu Billes Überraschung oben auf die Seite. »Onkologie«, las sie vor. »Das ist eine Krebsklinik, oder?«

Typisch. Ocean interessierte mal wieder nur, wie man Menschen helfen konnte.

»Die Patienten könnten dann tatsächlich nach einer OP in einem Medica-Krankenhaus gleich in einer Medica-Rehaklinik weiterbehandelt werden. Die Kliniken könnten Hand in Hand arbeiten, Rücksprachen und Informationsaustausch wären kein Problem, die Therapien könnten genau aufeinander abgestimmt werden.«

Das ineinandergreifende Therapiekonzept war eine von Oceans unzähligen genialen Visionen, die eine deutliche Verbesserung der Behandlung versprachen.

Bille wagte einen kurzen Seitenblick.

Ocean dachte immer nur an andere.

Bille selbst hatte natürlich auch registriert, dass Oceans Idee die Betten der Rehakliniken problemlos füllen würde. Die operierenden Ärzte würden Order bekommen, die Patienten in die Medica-Reha zu schicken. Einer ärztlichen Empfehlung würde kaum jemand widersprechen.

Und dass Ocean selbst keine Ahnung davon hatte, dass sie ein Genie war, war unglaublich süß. Bille spürte die unmittelbare Nähe ihrer Freundin glühend heiß an ihrer Seite. Fühlte sich an, als würde sie direkt neben dem Kamin sitzen.

Irre, dass sie noch immer so auf sie reagierte. Nach so vielen

Jahren. Bille wollte nicht wegrücken, aber Ocean verwandelte ihre systematisch geordneten Gedanken in einen kochenden Strudel, der ihr Gehirn in den Abfluss spülte.

»Die …« Bille zwang ihre Konzentration auf die Akte. Auf keinen Fall durfte Ocean was merken. Sie hätte den zweiten Wein wirklich nicht trinken sollen. »Die Bausubstanz ist regelmäßig saniert worden, und die Rentenversicherung war nicht gerade geizig. Der Vorstand ist von der Notwendigkeit eines schnellen Verkaufs überzeugt, der Rest ist Formsache. Außerdem habe ich deine Starlight-Gala genutzt, um noch mal bei verschiedenen Ministerpräsidenten Werbung zu machen. Die Geschäftsführer der Rentenversicherungen Bund und Saarland sind ebenfalls nicht abgeneigt, mit uns ins Geschäft zu kommen. Ich habe schon Termine vereinbart.«

Die Bewunderung in Oceans Blick ließ Billes Herz stolpern. Sie redete sich gern ein, dass sie unbewusst noch immer ihren Bruder übertrumpfen wollte. Dass es ein Kindheitstrauma war, das sie zwang, immer höhere Profite einzufahren, immer größere Deals abzuschließen. Dass sie deshalb seit zehn Jahren besessen war von der Idee, die öffentlichen Rehakliniken zu schlucken und Medica mit diesem Coup zum größten Reha-Anbieter Deutschlands zu machen.

Aber mittlerweile glaubte Bille selbst nicht mehr daran, dass sie ihren Eltern zu beweisen versuchte, dass sie als Frau erfolgreicher sein konnte als ihr Bruder. Ihre Eltern waren tot und ihr Bruder gerade das zweite Mal insolvent. Wahrscheinlicher war, dass sie alles nur für einen bewundernden Blick von Ocean tat. Weil sie noch immer hoffnungslos verliebt war. Seit Jahrzehnten.

Mit Gewalt unterbrach Bille den Blickkontakt, der schon wieder viel zu lange gedauert hatte. Ocean durfte niemals erfahren, was in ihr vorging. Das wäre das Ende ihrer Freundschaft. Ocean konnte ihr nicht geben, was sie wollte.

Bille stand zu schnell auf, griff ihr halb volles Weinglas und stürzte den Inhalt hinunter, bevor sie mit leuchtenden Wangen und klopfendem Herzen wieder im Sessel Platz nahm. Mit ausreichend Sicherheitsabstand.

»Dann werde ich mit der Bank sprechen«, sagte sie.

Ocean nickte.

Normalerweise flutete die Aussicht auf einen solchen Megadeal Billes Körper mit kribbelndem Adrenalin. Doch heute ließ der Wein nur eine finstere Traurigkeit in ihr aufsteigen.

Mieke

Sie drückte die Tür hinter sich zu, lehnte sich dagegen und schlang die Arme um ihren Körper. Zum Glück trug sie keine Absatzschuhe mehr, sonst hätte sie es mit den wackelnden Knien nicht in ihr Büro geschafft.

Es war zu spät, die Verkaufspläne geheim zu halten. Susanna Berthold wusste davon. Das war nicht mehr rückgängig zu machen. Und Berthold würde sich nicht davon abhalten lassen, ihre Kolleginnen und Kollegen zu informieren.

Van Hoorn würde ausrasten.

Loyalität ist Grundvoraussetzung für einen solchen Posten.

Er würde Mieke die Referatsleitung wieder entziehen. Nach nicht mal einer Woche.

Oder … könnte er sie feuern?

Ein Zittern lief durch ihren Körper.

Klar konnte er. Sogar eine fristlose Kündigung war denkbar, wenn er behauptete, kein Vertrauen mehr zu ihr zu haben.

Ihr war noch nie gekündigt worden.

Sie musste die Berthold irgendwie zum Schweigen bringen. Allerdings würde die Personalvertreterin nicht die Klappe halten, nur weil Mieke freundlich darum bat.

Sie könnte höchstens versuchen, Susanna Berthold unter Druck zu setzen. Sie presste sich die Handballen gegen die Schläfen.

Sie war kurz vor dem Durchdrehen.

Sie war es, die sich von van Hoorn unter Druck setzen ließ. Dabei hatte Susanna Berthold recht.

Und warum trägst du das Halstuch nicht?, fragt Britt.

Mieke kniff sich in den Unterarm, bohrte die Fingernägel in ihre Haut. Daran wollte sie nicht denken. Nicht jetzt, nicht hier. Überhaupt nicht. Nie wieder. Doch der Schmerz reichte nicht aus, um die hervorquellenden Erinnerungen in die dunkle Ecke ihres Gehirns zurückzudrängen.

Weil ich das Halstuch nie trage, antwortet Mieke.

Aber das Halstuch zeigt, dass du stolz darauf bist, eine Jungpionierin zu sein. Britt klingt entsetzt.

Mieke ärgert sich darüber. Eigentlich soll ihre Freundin ihr bestätigen, dass Fleiß, Ordnung und Hilfsbereitschaft wichtiger sind als das Halstuch.

Blau steht mir nicht, erklärt sie bockig.

Quatsch. Es passt super zu deinen Augen, widerspricht Britt.

Britt hat das Halstuch um.

Wer sagt denn, dass dir Blau nicht steht? Die doofen Jungs aus deiner Klasse?

Sie ließ ihren Hinterkopf gegen die Bürotür sinken.

Aber die Tatsache, dass sie wusste, was passierte, wenn man das Halstuch nicht trug, änderte nichts daran, dass Susanna Berthold recht hatte. Mieke hatte gestern Abend nicht vollständig recherchieren können, aber die aktuellen Schlagzeilen über die Streiks ließen vermuten, dass eine Übernahme durch Medica fatale Folgen für die Beschäftigten hätte.

Warum ließ van Hoorn sie nicht versuchen, das Marketing doch noch zum Laufen zu kriegen? Vielleicht hätte sie mehr Erfolg als Schorsch.

Als Leitung des Referats Klinik erwarte ich von Ihnen, dass Sie Entscheidungen von Geschäftsführung und Vorstand mittragen, Frau Jentsch!

Mieke wurde übel, als sie begriff, dass sie van Hoorns Anweisung nicht würde ausführen können.

Sanna

»Hast du das Gewicht von Frau-Müller-Dreihundertvier nicht eingetragen, Sanna?«

Sanna merkte, dass sie aus dem Fenster in den Park starrte.

»Oder war die gar nicht da?« Die Azubine, die neben ihr am Computer saß, sah sie fragend an.

Verwirrt richtete Sanna den Blick auf die elektronische Patientenakte, die Doro aufgerufen hatte. Das Patientenfoto über den Daten zeigte Gesa Müller, Zimmer 304. Eine ältere Dame mit komplett tätowierten Armen.

Definitiv hatte Sanna ihr vorhin Blut abgenommen, direkt über der fauchenden Raubkatze in ihrer Ellenbeuge. Gewogen hatte sie sie dann höchstwahrscheinlich ebenfalls. Die Tabellenzeile, in der das aktuelle Gewicht hätte vermerkt sein müssen, war aber leer. Mist. Sie war neben der Spur.

Sie hatte sofort gewusst, dass ein Geheimbesuch der Medica-Geschäftsführerin nichts Gutes bedeuten konnte. Doch ein Klinikverkauf war der Super-GAU.

Dass Blumentals Deko-Blondine Sannas Verdacht nicht abgestritten hatte, war alarmierend. Wahrscheinlich ein reiner Anfängerinnenfehler, die Info war auf keinen Fall für Sanna bestimmt.

Jetzt war sie die Einzige, die ahnte, dass Hunderten von Leuten ihr existenzsicherndes Gehalt verloren zu gehen drohte. Sie war die Einzige, die etwas dagegen unternehmen konnte. Aber wie zum Teufel sollte sie das ganz allein verhindern?

»Also war die jetzt da oder nicht?« Doro verlor anscheinend die Geduld.

»Doch, klar.« Sanna konzentrierte sich auf die Akte. »Hab wohl nicht abgespeichert.«

Weil Sanna keinen Schimmer hatte, wie viel die Dame gewogen haben könnte, warf sie einen kurzen Blick auf die siebenundsiebzig Kilo von letzter Woche und trug dann sechsundsiebzig Kilo ein. Falls Frau Müller nicht noch mehr abgenommen hatte, würde sie sich nicht beschweren.

Jetzt konnte Sanna in ihr Büro gehen und überlegen, wie sie die Klinik rettete.

Ihr Mobiltelefon klingelte bereits auf der Kellertreppe. Der Apparat zeigte eine Nummer aus der Hauptverwaltung an.

»Rehazentrum im Ruhrtal, Berthold, Personalrat«, ratterte sie die Begrüßung herunter.

»Jentsch, Referat Kliniken.«

Sanna blieb auf der untersten Stufe stehen, als wäre sie gegen eine unsichtbare Wand geprallt.

»Haben Sie Zeit für mich?«

Sie hatte nicht damit gerechnet, dass Jentsch sich noch mal melden würde, nachdem sie ihre Klinikführung aufgemischt hatte. Der Grund für den Anruf war allerdings nicht schwer zu erraten: Sie hatte geschnallt, dass sie Mist gebaut hatte. Oder jemand hatte es ihr gesagt und sie beauftragt, den Schaden zu begrenzen. Jentsch wollte sie zum Schweigen bringen.

Mit einer dienstlichen Anweisung, oder was? Mit einem Luxushotel und Prostituierten würde sie kaum um die Ecke kommen, sie waren ja nicht in der Autoindustrie.

»Lassen Sie mich raten: Unser Gespräch gestern unterliegt im Rahmen der vertrauensvollen Zusammenarbeit der Schweigepflicht?«

Jentsch schwieg.

Fehlten Blondie etwa die Worte? Hatte Sanna sie überrumpelt? Herrje, wer hatte ausgerechnet die dusselige Tusse zur Chefin gemacht?

»Eigentlich wollte ich fragen, ob Sie eine Idee haben, wie der Verkauf verhindert werden kann«, antwortete Jentsch schließlich. »Sie haben sich doch sicher Gedanken gemacht.«

Hä?

»Glauben Sie ernsthaft, ich verrate Ihnen, was die Arbeitnehmervertretung vorhat, damit die Geschäftsführung Gegenmaßnahmen ergreifen kann?«

Wow, das war echt dreist.

Wieder herrschte Stille am anderen Ende der Leitung.

»Ich bin Referatsleiterin, nicht die Geschäftsführung«, sagte Jentsch dann bedacht. »Zufällig bin ich jetzt verantwortlich für die Leute in den Kliniken. Und ich habe nie gesagt, dass ich meine Beschäftigten an den Meistbietenden verkaufen will, um meinen Lebenslauf aufzuhübschen. Das waren Sie, wenn ich mich richtig erinnere.«

Erwischt. Objektiv betrachtet hatte Jentsch bisher gar nichts getan, was Sannas Abneigung ihr gegenüber begründete – außer Pumps zu tragen und in Kleidergröße achtunddreißig zu passen.

Im Gegenteil, sie hatte nicht einmal gelogen, als Sanna sie auf den Klinikverkauf angesprochen hatte, wozu sie eigentlich schon ihre Position verpflichtet hätte.

Und sie hatte der Polizei nicht gepetzt, dass Sanna am Morgen von Blumentals Tod auf hundertachtzig gewesen war. Das war die Meier gewesen.

»Touché«, murrte Sanna. Sie stieg die letzte Stufe hinunter, ging zu ihrem Büro und schloss die Tür hinter sich.

»Private Rehakliniken werden auch nicht automatisch belegt«, fuhr Jentsch unterdessen fort. »Die füllen ihre Betten mit Werbung, Mundpropaganda und guten Rezensionen. Mit einem durchdachten Marketingkonzept können wir das auch schaffen.«

Sanna strich sich eine verschwitzte Haarsträhne hinters Ohr. Es war keine kluge Idee, der Managerin, die das Rehazentrum an eine Heuschrecke verkaufen sollte, zu verraten, wie das Geschäft sabotiert werden konnte.

Gar nicht klug.

»Wenn Geschäftsführung und Vorstand die Kliniken verkaufen wollen, kann das nur die Politik verhindern«, sagte Sanna trotzdem. »Letztendlich sind wir eine öffentliche Einrichtung, Staatsdiener sozusagen.«

»Wie soll das funktionieren?«, fragte Jentsch.

»Ihnen ist schon klar, dass es nicht Ihre Aufgabe ist, einen Beschluss von Geschäftsführung und Vorstand zu verhindern?«, erkundigte sich Sanna direkt.

»Aber ich kann versuchen, sie umzustimmen«, erwiderte Jentsch.

Sanna konnte sich das Lachen nicht verkneifen. Offensichtlich war Jentsch noch nicht lange genug für die Behörde tätig. Den Glauben daran, dass sich jemand, der in der Hierarchie oben stand, von einem Untergebenen durch sinnvolle Argumente umstimmen ließ, hatte sie schon vor ein paar Jahrzehnten verloren.

Oder war sie einfach zynisch geworden? Wie armselig war sie denn, dass sie den Kampf verloren gab, bevor er überhaupt begonnen hatte?

»Gewerkschaftsarbeit«, sagte sie. »Seit Wochen bestreiken wir das Lindenhospital, das ebenfalls Medica gehört. Im Krankenhausbereich sind die Folgen der Kommerzialisierung seit zwanzig Jahren zu beobachten. Die Beschäftigten fordern nun einen dem öffentlichen Dienst angeglichenen Tarifvertrag, Personaluntergrenzen, das ganze Paket. Der Konzern weigert sich, darauf einzugehen.«

»Ich habe die Berichte gelesen«, murmelte Jentsch.

»Die Beschäftigten im Gesundheitsbereich begreifen gerade erst, dass sie bessere Arbeitsbedingungen erreichen können, wenn sie sich zusammenschließen. Durch die Coronapandemie ist die Öffentlichkeit auf die Missstände aufmerksam geworden, die Gewinnorientierung des Gesundheitssystems ist nicht mehr sonderlich populär. Wir demonstrieren wieder am Wochenende. Sie sind herzlich eingeladen, sich dort direkt bei den Medica-Beschäftigten über die Arbeitsbedingungen zu informieren.«

»Die Geschäftsführung will die Angestellten erst über die Verkaufsabsichten informieren, wenn die Übernahme geregelt ist«, bemerkte Jentsch.

Ha! Jetzt ruderte sie doch zurück. Das war so was von klar gewesen.

»Sorry, aber ich werde meine Klappe garantiert nicht halten!«, fauchte Sanna.

Sie hörte die Frau am anderen Ende der Leitung scharf einatmen.

»Sie haben keinen Ärger zu befürchten, wenn Sie die Beschäftigten informieren?« Jentschs Stimme wackelte. Was für eine Memme.

Sanna atmete tief durch. Durchaus möglich, dass sie eine Klage riskierte. In jedem Fall würde van Hoorn versuchen, sie loszuwerden. Pah, sollte er doch kommen.

Unbewusst rückte sie ihren BH zurecht. Sie war rechtsschutzversichert.

»Nicht so viel Ärger wie Sie«, sagte sie zu Jentsch.

Mo

Shrek schüttelte gereizt die Mähne, der Wallach hatte miese Laune.

Allerdings war Mos Laune mieser. Lana hatte sich seit Donnerstag nicht gemeldet. Sami hatte noch vor der PS4 gehangen, als Mo um halb sechs aufgestanden und in den Stall gegangen war.

Und er hatte so was von keinen Bock drauf, wieder den ganzen Samstag mit der Rentenversicherungstante zu verbringen. Das brachte sowieso nichts. Wenn die Schickse tatsächlich irgendwann mal aus Versehen grimmig geguckt haben sollte, war sie hinterher zum Beauty-Doc gerannt und hatte sich die Zornesfältchen mit Botox stilllegen lassen.

Shrek schlug gereizt mit seinem Schweif. Mo drehte ihm ruckartig den Rücken zu, und der graue Irish Tinker wich vor der Drohgebärde zurück.

Beim Pferd war die Rückseite die gefährliche Seite, denn die Hinterhufe waren seine wirkungsvollste Waffe. Obwohl Mo keine Hufe besaß, legte Shrek sich lieber nicht mit ihm an.

»Hoho«, lobte Mo und wandte ihm wieder seine »freundliche« Seite zu. Sofort spitzte das schwere Pferd die Ohren. Mo wuschelte ihm durch die Mähne.

Rangordnung ausdiskutiert. Trotzdem sollte er vermutlich lieber Teddy nehmen. Shrek würde ihn ganz schön ins Schwitzen bringen. Die Möchtegern-Managerin allerdings auch …

Tja, in einem anderen Leben könnte Mo jetzt noch im Bett liegen. Seit zehn Jahren hatte er nicht mehr ausgeschlafen. Vielleicht würde er morgen mal was ganz Gewagtes machen und nicht aufstehen. Einfach liegen bleiben statt Pferde füttern und Ställe ausmisten. Aber vielleicht schaffte er es dann nie wieder, aufzustehen.

BILLE

Der Gewerkschaftsstand vor dem Haupteingang des Krankenhauses nervte tierisch. Das Lindenhospital war aufgrund des angrenzenden Bürotraktes der Medica-Firmenzentrale Streik-Hotspot.

Die Marquart hatte sie schon entdeckt. Die farblose Betriebsratsvorsitzende, die das ganze Theater angezettelt hatte, war nur halb so breit und auch nur halb so schwer wie Bille. Trotzdem schob sie ihr knallrotes Käppi in den Nacken und stützte angriffslustig die Hände in die Seiten, als sie Bille auf den Bierzelttisch mit dem Gewerkschaftsbanner zukommen sah.

Bille setzte eine unbeteiligte Miene auf. Mit Sicherheit würde sie sich nicht zu einem spontanen Statement hinreißen lassen. Zu gern hätte sie der Arschabwischerin mal erklärt, dass es einen Grund gab, aus dem Leute, die Zeit, Schweiß und Geld in ihr Studium investiert hatten, mehr verdienten als sie.

Aber garantiert lungerten unter den Demonstranten auch wieder Journalisten herum. Irgendwer machte immer Fotos oder filmte per Handy, und dann wäre wieder der Streik in den Schlagzeilen und nicht mehr Oceans hübsches Gesicht.

Bevor sie die Eingangstür erreichte, blieb ihr Blick am Gewerkschaftstisch hängen. Neben der Marquart stand eine mollige Frau, die einer Besucherin einen Kaffee in einem Pappbecher ausschenkte. Ihre Wangen waren gerötet, ein paar braune Strähnen hatten sich aus ihrem Pferdeschwanz gelöst, und es war ihr Lächeln, das den billigen Tisch erhellte, als würde die Sonne daraufscheinen.

Gesichter speicherte Billes Gehirn normalerweise wie Fotos, trotzdem brauchte sie einen Moment, um die Frau zuzuordnen. Weil sie nicht ins Lindenhospital gehörte.

Shit! Das war die vorlaute Betriebsratsvorsitzende aus dem

Rehazentrum im Ruhrtal. Susanna Berthold. Sie musste van Hoorn noch auffordern, sie zu feuern.

»Dr. Sauer«, grüßte Berthold in dem Moment. Ihre Stimme war warm, angenehm. Mit einer Schärfe, die an Dreistigkeit grenzte.

Kein Kommentar. Einfach weitergehen.

»Wann wird Medica denn endlich die Forderungen seiner Beschäftigten nach einem fairen Tarif ernst nehmen?«

Wie dumm bist du, dich schon wieder mit mir anzulegen, Sonnenschein?

Die Eingangstür war keine zehn Meter entfernt. Bille konnte spüren, wie sich die Köpfe der Demonstranten in ihre Richtung drehten. Ihre Schritte wurden langsamer, als würden ihre Füße plötzlich in zähem Morast versinken.

Als sie sich umwandte, hielt die Pummelige ihr einen dampfenden Pappbecher entgegen. »Kaffee?«

Bille beobachtete ungläubig ihre Hand, die den Becher beinahe selbstverständlich entgegennahm. Aus dem Augenwinkel ahnte sie, dass Marquart ein Smartphone hob.

»Können Sie gut schlafen, während Ärzte in Ihren Kliniken in Doppelschichten im OP stehen?«, erkundigte sich Berthold.

»Sie werden sicher verstehen, dass ich hier keine Stellung dazu nehmen kann, Frau Berthold. Aber ich erkläre Ihnen gern mal unter vier Augen, warum die Qualität unserer Kliniken regelmäßig ausgezeichnet wird.«

Staunend beobachtete Bille ihre Hand, die Berthold ihre Karte entgegenhielt.

Berthold starrte das Pappkärtchen mit dem Medica-Logo an, als würde sie ihr einen toten Fisch anbieten. Plötzlich beschleunigte sich Billes Puls, und sie hielt einen Moment lang den Atem an, als es so aussah, als würde Berthold ihr einen Korb geben und die Karte einfach nicht annehmen.

Dann griff sie zu. »Da komme ich gern drauf zurück.«

»Das hoffe ich doch.«

Bertholds Schlagfertigkeit gefiel Bille.

Sie wandte sich ab und schlenderte mit dem Kaffee in der Hand ins Krankenhaus, ohne sich noch einmal umzusehen. Ihr Herz klopfte.

Ihr Herz klopfte? Was zum Teufel war da gerade passiert?

MIEKE

Sie kaute den Nagel ihres Zeigefingers ab und spuckte ihn in den Matsch. Sie hatte seit Jahren nicht mehr an den Nägeln gekaut. Weil abgekaute Nägel für eine Topmanagerin ein totales No-Go waren.

Doch jetzt konnte sie zusehen, wie das stabile Fundament, auf dem ihr Leben aufgebaut war, unter ihren Füßen Risse bekam, zerbröselte, wegbrach. Ohne dass sie den Prozess aufhalten konnte.

Endlich hatte sie die Karrierechance bekommen, auf die sie seit Jahren wartete. Und sie versagte. Nie im Leben hätte sie damit gerechnet, aber Blümels Ponys hatten richtig diagnostiziert: Sie war tatsächlich nicht geeignet für den Posten. Sie war zu weich. Eine verdammte Memme.

Sie wollte nicht dafür verantwortlich sein, dass Tausende von Menschen ihre sichere Anstellung verloren und in den prekären, unterbezahlten Jobs eines Klinikkonzerns landeten.

Sie missachtete van Hoorns Anweisungen vorsätzlich. Sobald er das mitbekam, würde er sie rausschmeißen.

Und wer stellte schon eine Managerin ein, die einen Milliardendeal in den Sand gesetzt hatte?

Ihr wurde bewusst, dass sie bereits eine Ewigkeit unter dem lächerlichen Torbogen der Lucky Pony Ranch stand.

Dass ausgerechnet heute der zweite Termin des Führungskräftetrainings anstand, kam ihr beinahe zynisch vor. Die Teilnahmebestätigung würde sie nicht mehr brauchen.

Und das Letzte, worauf sie Lust hatte, war, den Tag mit dem mürrischen Bauern und seinen ungezogenen Ponys zu verbringen. Sie war nur hier, weil der Arsch garantiert davon ausging, dass sie kniff.

Sie entdeckte Blümel sofort. Er putzte ein graues Pferd unter dem ausladenden Vordach der Reithalle. Zu einer zerrissenen Jeans trug er einen Hoodie mit Ranch-Logo und Gummistiefel. Eine Staubwolke hüllte ihn ein, während er die getrocknete Schlammkruste vom Pferd schrubbte. Dass er Mieke nicht bemerkte, lag vermutlich an der vom Dreck vernebelten Sicht.

Mieke blieb ein paar Meter hinter ihm stehen.

Bei dem Pferd handelte es sich dann wohl um ihren nächsten Gegner. Sie musterte das Tier misstrauisch. Es ähnelte Goblin, war ebenfalls schwer gebaut, mit üppiger Mähne. Der Rücken befand sich auf Höhe von Blümels Brust, woraus Mieke schloss, dass es größer sein musste, als es neben dem Typen wirkte. Ein Meter fünfzig Rückenhöhe bestimmt.

»Morgen«, murrte sie.

Blümel wandte den Kopf und sah als Erstes auf ihre Schuhe.

Ihre Laufschuhe waren vermutlich auch nicht das, was er unter »festem Schuhwerk« verstand, aber schon ziemlich abgelatscht. Sie würde sie hinterher wegwerfen. An der Jeans und dem beigefarbenen Oversizepulli, den sie eigentlich nur beim Seriengucken auf der Couch trug, gab es doch wohl nichts auszusetzen.

»Ich dachte schon, Sie tauchen erst auf, wenn ich Shrek sauber habe.« Blümels linke Augenbraue zuckte herausfordernd hoch, als er ihr die Bürste hinhielt.

»Weniger anspruchsvolle Arbeiten delegiere ich gewöhnlich«, konterte sie.

»Daran zweifele ich nicht. Wir starten beim Putzen mit einer Auffrischung der Übungseinheit zum Thema Konsequenz. Shrek soll einfach ruhig stehen bleiben.«

»Warum binden Sie ihn nicht an?« Mieke betrachtete die geflochtene Schnur, die über den Nasenrücken des Tieres lief. Der daran befestigte Zügel hing lose über seinem Hals.

»Nur weil Sie ein Pferd anbinden, steht es noch lange nicht still«, wischte Blümel ihren Einwand zur Seite. »Wissen Sie noch, worauf es ankommt?«

Mieke fuhr sich mit der Zunge über die plötzlich trockenen

Lippen. Sybille Sauers Auftritt bei van Hoorn ging ihr durch den Kopf.

»Körpersprache«, sagte sie. »Durch souveränes Auftreten vermittele ich ihm Sicherheit. Weil er ein Fluchttier ist und so.«

»Sie haben ja aufgepasst«, wunderte sich Blümel. »Korrekt. Allerdings ist Shrek anspruchsvoller als Gobi. Fokussieren Sie Ihre Gedanken darauf, dass er stehen bleiben wird. Etwas anderes darf gar nicht möglich sein.« Er tippte einen schmutzigen Zeigefinger gegen seine Schläfe.

Mieke schlug sich die Hand vor die Stirn. »Telepathie. Wieso sagen Sie das nicht gleich?«

Blümel neigte den Kopf zur Seite. »Schön, dass Sie es kapiert haben. In dem Moment, in dem Sie sich fragen, ob er einen Schritt machen wird, läuft er schon. Hindern Sie ihn, schon wenn er das Gewicht verlagert, mit einem Zupfen am Zügel daran. Schafft er einen Schritt, hat er gewonnen. Und dann stellt er Ihre Führungskompetenz in Frage.«

»Ach ja?«

»Jep. Dann werden Sie nicht nur eine eindeutige Körpersprache und fokussiertes Denken benötigen, sondern kommunizieren müssen, dass es Ärger gibt, wenn er nicht gehorcht. Irgendeine Idee, wie Sie ihm glaubhaft rüberbringen, dass Sie das Sagen haben?«

Das Sagen? Das Vieh war ein fünfhundert Kilo schweres Monster.

»Wie würden Sie es denn Ihrem Team vermitteln?«, erkundigte sich Blümel, als sie schwieg.

Mieke schluckte.

Blümel wartete auf ihre Antwort.

Ihr wurde heiß. Sie musste irgendwas sagen. »Ich mache darauf aufmerksam, dass es sich bei ›Stehen bleiben‹ um eine dienstliche Anordnung handelt?«, riet sie sarkastisch.

Blümels Mundwinkel zuckte.

»Für Ihr Team wäre das ein Lösungsansatz. In Shreks Fall stehen Sie wieder vor dem Problem, dass er Ihre Worte nicht versteht. Womit wir bei dem vielleicht wichtigsten Punkt angekommen sind.«

Nämlich?

»Der Kommunikation auf emotionaler Ebene. Authentisch führen meint: Verhalten, Denken und Emotionen mit Ihren Worten in Einklang zu bringen.«

Mieke war raus. Keine Ahnung, was Blümel von ihr wollte.

»Worte versteht Shrek nicht, aber er merkt, wenn Sie sauer sind, weil er nicht gehorcht«, erklärte Blümel weiter. »Wenn das Leitpferd fressen will, müssen die anderen aus dem Weg gehen. Sonst wird das ranghöhere Tier wütend und beißt sie in den Hintern.«

»Ich soll Shrek in den Hintern beißen?«

»Sie sollen sauer werden.«

Hm.

»Wollen Sie damit sagen, wenn mein Team nicht macht, was ich sage, soll ich rumbrüllen?«, erkundigte sie sich skeptisch.

»Ich verrate Ihnen ein Geheimnis: Wenn Sie wirklich wütend sind, brauchen Sie nicht zu brüllen«, entgegnete Blümel.

Mieke war schon dabei, verständnislos den Kopf zu schütteln, als sie sich daran erinnerte, dass Sybille Sauer eine Sporthalle, in der der Modellflugverein seine Übungsstunden abhalten konnte, mit Hilfe ihrer Wut regelrecht hatte vibrieren lassen.

Aber das würde *ihr* niemals gelingen.

»Wir üben es«, sagte Blümel, als hätte er ihre Gedanken gelesen. »Shrek verrät Ihnen, ob es klappt. Fokussieren Sie Ihre Gedanken. Er wird sich putzen lassen, etwas anderes kommt nicht in Frage.«

Mieke griff nach der Bürste.

»Und achten Sie drauf, dass sein Kopf vorn bleibt. Auf keinen Fall darf er in ihrer Kleidung nach Leckerlis suchen. Auch dabei ist Aufmerksamkeit wichtig, unterbinden Sie die Bewegung, bevor er Ihren Pulli im Maul hat.« Er legte seine flache Hand gegen den Bereich von Shreks Kopf, der am ehesten als Wange zu bezeichnen war. »Wenn er merkt, dass Sie nicht aufpassen, zweifelt er Ihre Kompetenz an – und frisst Sie.«

Blümel verzog keine Miene. Dabei verarschte er sie, Pferde waren Vegetarier, so viel wusste Mieke sicher. Idiot.

Sie trat so souverän wie möglich neben das Pferd.

»Er wird stehen bleiben«, sagte Blümel leise hinter ihr. »Und achten Sie auf jede Gewichtsverlagerung von ihm.«

Mieke strich mit der Bürste über das Fell. Staub wirbelte auf, sie musste husten.

Shrek latschte los. Sie erwischte gerade noch den Zügel und zog daran. Der Gaul hielt brav an, stand jetzt aber nur noch halb unter dem Vordach.

Blümel rieb sich die Nase.

Mieke ignorierte ihn und putzte weiter.

»Achten Sie auf den Kopf.«

Als könnte Blümel hellsehen, bewegte das Pferd den riesigen Schädel in Miekes Richtung.

Oje. Sie streckte die Hand aus, zögerte kurz, drückte dann aber doch mit den Fingerspitzen gegen die Wange des Pferdes.

»Das haben Sie nicht ernst gemeint. Wenn ich das erkenne, erkennt er es auch.«

Shrek drehte wieder den Kopf, Mieke bemerkte es zu spät, wich vor seiner riesigen Nase zurück. Er schnupperte an ihrem Pulli. Mieke stemmte die Bürste gegen seinen Kopf, um ihn wegzuschieben.

»Achten Sie auf seine Ohren. Die verraten Ihnen, wann er sich wieder umdrehen will.«

Die Muschel von Shreks linkem Ohr zeigte unverwandt in Miekes Richtung. Sie ließ ihn nicht aus den Augen.

»Wegschieben!«, kommandierte Blümel, dabei hatte sich das Pferd gar nicht bewegt.

In dem Moment schwenkte Shrek den Kopf mit Schwung herum, sie sprang zur Seite, er drehte sich hinter ihr her, schob die Nase in ihren Pullover und bewegte seine Oberlippe hin und her wie ein Ameisenbär auf der Jagd.

Mieke stolperte, das Pferd rammte ihr die Nase in den Bauch. Sie verlor das Gleichgewicht und landete auf dem Hintern im Kies.

»Schschsch!« Blümel drängte den Grauen zurück.

Mist. Miekes Herz raste.

»Führungskompetenz anzweifeln nennen Sie das?«, fauchte sie Blümel an. »Im Dienst hat bisher noch niemand versucht, mich zu fressen.«

»Nee. Da wird nur am Chefsessel gesägt«, konterte Blümel ihre Bemerkung und hob nebenbei die Hand, um Shreks nächste Kopfdrehung zu verhindern.

Sieben Stunden später rann Mieke der Schweiß in Bächen den Rücken hinab, ihr Pullover war schmutzig und hatte Flecke unter den Achseln.

Es war nach vier. Unterbrochen von zwei Theorieeinheiten und einer Mittagspause, in der Mieke in den Ort gefahren war und sich beim China-Imbiss eine Nudelbox besorgt hatte, stand sie zum dritten Mal heute mit Shrek in der Reithalle.

Mittlerweile konnte sie an seinen Ohren erkennen, wann er den Kopf drehen wollte. Er lauschte auf jede ihrer Bewegungen und wartete auf einen Moment der Unaufmerksamkeit, um loszulaufen oder nach ihrem Pulli zu schnappen.

»Achtung«, flüsterte Blümel.

Miekes Hand schnellte nach vorn, bereit, den Pferdeschädel zur Not mit voller Kraft wegzustoßen.

»Hey, das war eine ziemlich eindeutige Geste«, meinte Blümel.

Das Pferd drehte prompt das Ohr wieder nach vorn.

»Vorsicht«, keuchte Mieke. »Sonst klingt das noch wie ein Lob.«

»Sorry, war keine Absicht.«

Kurz zuckte Miekes Blick zu ihm hinüber. War das ein Scherz gewesen?

»Aufpassen!« Blümel machte einen Schritt auf sie zu, sein linkes Bein knickte weg.

Aus dem Augenwinkel sah Mieke den riesigen Pferdeschädel herumschnellen. Sie quietschte, als Shrek mit den Zähnen ihren Pulli packte.

Dann wurde sie zur Seite geschleudert, landete unsanft auf allen vieren – und sah die tellergroßen Hufe des Pferdes auf sich zukommen! Der Kies knirschte, das riesige Maul näherte sich ihrem Gesicht!

Panik ergriff sie, der scharfkantige Schotter schürfte ihre Hände auf, zerriss ihre Hose.

Blümel stoppte das Tier.

Mieke zitterte vor Schreck, ihr Herz trommelte gegen ihre Kehle, ihre rechte Hand blutete. Dabei hatte sie sich gerade eingebildet, es hinzukriegen.

Shrek blieb brav neben Blümel stehen.

»Lassen Sie sich bei Ihren Meetings von den blöden Sprüchen Ihrer Kollegen genauso leicht ablenken?«, erkundigte sich der Coach und wuschelte dem schlecht erzogenen Gaul durch die Mähne wie einem Zwergpudel.

Mieke spürte die Tränen unaufhaltsam aufsteigen. Blümels Ponys waren überdimensionale Schoßhündchen, aber sie kriegte es einfach nicht hin, war zu langsam, zu unaufmerksam, zu zögerlich. Zu glauben, dass sie sich eine Alphatier-Aura wie Sybille Sauer antrainieren könnte, war einfach lächerlich.

Letztendlich egal, denn die morschen Stufen ihrer Karriereleiter knackten sowieso gerade unter ihr weg. Wenn sie gefeuert wurde und niemand sie mehr einstellen wollte, konnte sie mit vierzig wieder in ihr Kinderzimmer bei ihrer Mutter einziehen.

Ihre Augen brannten. Auf gar keinen Fall wollte sie vor Blümel heulen. Sie rappelte sich auf und klopfte den Schmutz von ihrer Jeans, um nicht hochsehen zu müssen, doch die Tränen ließen sich nicht mehr zurückzwingen.

Die Schrammen an ihrer Hand hinterließen Blutflecken auf ihrer Hose, und bei dem Anblick brachen die Ereignisse der letzten Tage über ihr zusammen und begruben sie einfach unter sich.

Scheiß auf das bescheuerte Coaching. Sie drehte sich um und ging.

»Hey!«, rief der Cowboy. »Laufen Sie im Job auch heulend weg, wenn mal irgendwas schiefgeht?«

Ohne sich umzusehen, hob Mieke die rechte Hand mit ausgestrecktem Mittelfinger.

»Und was ist mit unserem Termin nächste Woche?«, brüllte Blümel hinter ihr her.

Mo

Das war absolut daneben gewesen. Überflüssig und unprofessionell.

Er ließ sein Bier aufploppen.

Weder Shrek noch der Rentenversicherungstussi gegenüber war das fair gewesen. Shrek war erst drei Monate hier, und sogar für Mo war er anfangs ein echter Gegner gewesen. Der Wallach witterte jedes Anzeichen von Schwäche wie ein Drogenspürhund Marihuana. Und wenn er sich überlegen fühlte, wurde er aggro. Ein Anfängerpferd würde er nie werden, aber ihn auf die Büromaus loszulassen war unverantwortlich gewesen. Das hätte richtig gefährlich werden können. Auch wenn Disneys Dalmatiner-Entführerin sympathischer war als Jentsch, hatte er die Verantwortung für sie.

Sie ein bisschen auf den Boden der Tatsachen zu holen war eine Sache, zu riskieren, dass sie verletzt wurde, ging gar nicht.

Was für ein frustrierter Wichser war er, dass er es nötig hatte, sich auf ihre Kosten ein bisschen besser zu fühlen, wenn sie mit ihren Designerjeans im Dreck saß? Nur, damit er sich einreden konnte, dass er ihr zumindest im Umgang mit Pferden überlegen war? Etwas, was er seit Jahrzehnten übte, während sie keinerlei Erfahrung und einen natürlichen Respekt besaß.

Stöhnend kniff Mo sich in die Nasenwurzel.

War das sein Ernst, dass er in solche abgefuckten Verhaltensmuster zurückfiel? Daran gab es kaum was zu beschönigen: Er war ein Macho, der sich persönlich angepisst fühlte von einer erfolgreichen Frau, die mehr Geld für ein Paar Schuhe ausgeben konnte als er für die Weihnachtsgeschenke seines Sohnes.

Verdammt bereitwillig hatte er die Vorurteile übernommen, mit denen ihr Chef sie angekündigt hatte.

Sie ist … nun ja, ziemlich von sich selbst überzeugt. Von ihrem hohen Ross muss sie runterkommen, bevor ich sie auf die Leute loslasse. Da ist ein pferdegestütztes Coaching doch genau das Richtige, oder?

Er hatte sie für eine Zicke gehalten, die sich ohne Skrupel in die Chefetagen rempelte. Oder fickte.

Und als Jentsch Shrek tatsächlich in den Griff zu kriegen schien, hatte er sie mit einer blöden Bemerkung abgelenkt. Er hatte nicht nur riskiert, dass Shrek seinen dominanten Dickschädel durchsetzte und die Arbeit von Wochen im Arsch war, sondern in Kauf genommen, dass sie womöglich verletzt wurde.

Dass Jentsch aufgab, hatte Mo allerdings nicht vorhergesehen. Und ausgerechnet er wollte anderen beibringen, wie sie mit ihren Untergebenen umzugehen hatten. Kein Wunder, dass alle Chefs Arschlöcher waren.

Er leerte sein Bier auf ex.

Lana hatte sich auch nicht gemeldet. Was dann wohl bedeutete, dass sie heute nicht mehr auftauchen würde.

Scheiße, er hatte Lust, sich so richtig zulaufen zu lassen. Aber nicht mal das war drin, denn morgen früh musste er ja die Pferde füttern.

MIEKE

Du machst mal was aus deinem Leben. Mehr als ich auf jeden Fall.

Mit dem schmutzverklebten Ärmel des nach Pferd stinkenden Pullovers wischte sie die Tränen weg. Wieder tauchte die leere Wohnzimmerwand auf, die bewies, dass Paps sich geirrt hatte.

Es kam ihr vor, als würde sie ihre Wohnung zum ersten Mal sehen. Altbau. Stadtmitte. Hohe Fenster, großzügige Aufteilung. Parkettboden. Je eine hellgraue Wand pro Raum. Ihre Möbel waren alle weiß, das Bücherregal mit Ordnern und Fachlektüre vollgestopft. In den Ecken standen Deko-Äste auf Füßen, die sie mal im

Möbelhaus gekauft hatte, weil ihr das Zimmer zu leer vorgekommen war.

Und die Couch. Besonders oft saß sie nicht darauf. Abends, um noch eine halbe Stunde fernzusehen. Und am Wochenende zockte sie schon mal an der Playstation. Deutlich mehr Zeit hatte sie an ihrem Schreibtisch am Fenster verbracht. Das verriet sogar ihr Sofa. Es war ebenfalls weiß und hatte keinen einzigen Fleck.

Sie rutschte ein Stück zur Seite, um sich zu vergewissern, dass sie nicht irgendetwas übersah, aber es stimmte: Die Polster sahen aus, als hätte sie nie draufgesessen.

Ihre Wohnung war steril. Leer. Erbärmlich.

Genau wie ihr Leben.

Plötzlich war ihr kalt, und sie rollte sich fester in die Wolldecke ein. Über ihr altes Bettsofa hatte Jess mehr als einmal Rotwein gekippt, damals, als sie aus ihren Kinderzimmern ausgezogen waren und sich gemeinsam ihre erste Wohnung gemietet hatten. Die Armlehnen der Couch waren irgendwann so abgewetzt gewesen, dass Jess Flicken aus einer alten Jeans draufgenäht hatte.

Als Mieke zu Erik gezogen war, hatte Jess die Couch behalten. Sie könnte schwören, sie stand immer noch im Gästezimmer oder so. Eine völlig irrationale Sehnsucht nach dem Sperrmüll erfasste sie.

Nach der Trennung von Tom hatte Mieke nur ihre Unterlagen mitgenommen. Sie hatte einfach nur weggewollt. Aus dem langweiligen Job bei der Krankenkasse. Und aus dem langweiligen Leben mit Tom, das eigentlich nur aus drei gemeinsamen Restaurantbesuchen pro Woche bestanden hatte und trotzdem unaufhaltsam auf eine Ehe mit ein bis zwei Kindern zugesteuert war.

Mieke hatte in Bochum neu starten und endlich die Karriere machen wollen, die Paps sich für sie erträumt hatte.

Und jetzt saß sie in einer Wohnung, die aussah, als wäre sie gerade eingezogen, auf einer fleckenfreien Couch, und starrte eine Wand an, an der kein einziges Bild hing. Irgendwie hatte sie so krampfhaft versucht, Erfolg zu haben, dass sie vergessen hatte weiterzuleben.

Nur um nun, als sie tatsächlich die Chance bekam, ein Milliardenprojekt abzuwickeln, festzustellen, dass Paps sich geirrt hatte.

Sie *wollte* diese Art von Erfolg gar nicht.

Sie war nicht die Richtige für diesen Job.

MARVA

»Wow! Sieh dir den Garten an!«, juchzte Emeli.

Arya rannte quietschend über den Rasen.

Marva trat an die Terrassentür und blickte auf die gigantische Eiche, deren ausladende Äste beinahe den gesamten Garten beschatteten. Darin hing ein verwittertes Baumhaus, von dem aus eine Rutsche in einen Sandkasten hinunterführte. Emeli rannte zu Arya, die bereits die ersten Sprossen der Leiter erklomm.

Es fühlte sich immer noch unwirklich an, die beiden so unbeschwert spielen zu sehen. Als wäre die ganze Situation nicht echt.

»Frederike hat Ihre Betreuung abgegeben, aber WomenForWomen wird Sie weiterhin unterstützen.« Die Blonde schob die Tür zu und legte den Hebel um, sodass sie allein im leeren Wohnbereich waren.

Marvas Nackenmuskeln spannten sich an. Ihr war klar, dass sie der Frau alles verdankte. Frederike hätte sie anzeigen können. Ein Fingerschnippen von ihr hätte sie ihren Job gekostet, ihre ganze Existenz vernichtet. Stattdessen hatte sie ihr Versprechen gehalten und Arya und Emeli hergeholt.

Trotzdem hatte Marva … Respekt.

Mehr als das.

»Gefällt Ihnen das Haus?«

Das Einfamilienhaus lag überraschend ländlich im Stadtteil Querenburg. Ein kleines Fachwerkgebäude, renoviert, mit vier Zimmern, zwei Bädern, Terrasse und altem Baumbestand im Garten.

»Warum zeigen Sie es mir?«, wollte Marva wissen.

»Zu dritt können Sie nicht in Ihrer Zwei-Zimmer-Wohnung

bleiben. Das Haus steht zum Verkauf. Eine Kindertagesstätte ist gleich um die Ecke.«

Ihr Lächeln ließ Marva frösteln. Sie stand in ihrer Schuld. Und es gefiel ihr nicht, bei irgendwem in der Schuld zu stehen.

»Sie wissen genau, dass ich mir kein Haus kaufen kann«, entgegnete sie kühl.

»Sie haben eine Festanstellung«, widersprach die Blonde. »Ich helfe Ihnen mit dem Kredit, und wenn Sie wollen, können Sie noch was dazuverdienen. Sie arbeiten professionell und selbstständig, das ist heutzutage selten. Eine Ausbildungsstelle für Ihre Schwester zu finden dürfte kein Problem sein. Emeli würde gern eine Lehre als Elektrotechnikerin machen, sagt Frederike.«

Die Frau sah durch die Scheibe der Tür in den Garten. Draußen tauchte die Frühlingssonne die Terrasse in goldenes Licht, während der mächtige Baum Schatten spendete. Arya stürzte sich kreischend die Rutsche hinunter, Emeli fing sie auf.

Ein Paradies. Unwillkürlich suchte Marva den Himmel nach den schwarzen Wolken ab, die diesen Traum innerhalb von Sekundenbruchteilen in einen Alptraum verwandeln würden.

»Ihre Kleine scheint sich hier wohlzufühlen.«

Mieke

Sie starrte auf den Bildschirm ihres PCs, der seit Minuten das Sperrbild zeigte.

Es war Montagmorgen. Schorsch war seit einer Woche tot. Und sie müsste heute konsequenterweise in das Büro des Geschäftsführers marschieren und um einen Auflösungsvertrag bitten. Wenn sie blieb, musste das zur Kündigung führen. Und die würde in ihrem Lebenslauf sehr viel schlechter aussehen als ein Verlassen des Betriebes in gegenseitigem Einvernehmen.

Andererseits würde van Hoorn einfach den nächsten übermotivierten Betriebswirtschaftler einstellen, sobald sie weg war. Den nächsten Streber, der gerade sein Studium absolviert hatte und sich den Arsch aufreißen würde, um den Deal seines Lebens abwickeln zu können.

Wenn Mieke hinschmiss, war sie raus. Dann hatte sie keinen Einfluss mehr darauf, wie es für die Leute weiterging. Die Leute, deren »Chefin« sie jetzt war. Für die sie die Verantwortung trug.

Sie schob die drei Zettel neben der Tastatur so zurecht, dass sie parallel zur Tischkante lagen. Sie hatte sie heute Nacht vollgekritzelt, nachdem sie stundenlang vergeblich versucht hatte zu schlafen.

Das hier war beruflicher Suizid.

Trotzdem griff sie nach dem Telefon.

»Haben Sie herausgefunden, wo meine Mutter wohnt?«, meldete sich Berthold ohne Begrüßung. Offenbar erkannte sie Miekes Nummer mittlerweile.

»Passen Sie auf, dass ich nicht hinter Ihnen stehe«, antwortete Mieke.

»Lassen Sie das, Jentsch«, fauchte Berthold.

»Haben Sie sich etwa umgedreht?« Mieke musste lachen.

»Was wollen Sie?«

Mieke tippte mit ihrem Kugelschreiber auf den ersten Zettel. »Auch wenn Sie politisch gegen eine Privatisierung vorgehen wollen, sollte das Marketingkonzept weiterverfolgt werden«, erklärte Mieke. »Die Belegung der Kliniken muss in jedem Fall gesichert werden. Selbst wenn wir den Verkauf verhindern können, werden in Zukunft die Patienten die Klinik auswählen. Und wenn sie sich nicht für unsere Kliniken entscheiden, können leere Rehazentren nicht von Rentengeldern unterhalten werden, die die Versicherten ihr Leben lang eingezahlt haben.«

Berthold schwieg.

»Mein Marketingkonzept steht.« Miekes Blick wanderte zu den zwei prall gefüllten Ordnern – ihre Arbeit der letzten Jahre –, die van Hoorn mit einem Fingerschnippen in den Müll gewischt hatte.

Ich erwarte, dass Sie als Referatsleitung die Entscheidungen von Geschäftsführung und Vorstand mittragen, Frau Jentsch!

»Wenn die Gewerkschaft den Klinikverkauf verhindern könnte,

bis die Gesetzesänderung in Kraft tritt, und wir gleichzeitig dafür sorgen, dass weiterhin Patienten in unsere Rehazentren kommen … dann wären der Verkauf und die damit verbundene Verschlechterung der Arbeitsbedingungen für Tausende von Beschäftigten nicht zu rechtfertigen.«

Berthold schien einen Moment darüber nachzudenken. »Sie handeln sich Ärger ein«, stellte sie fest.

»Sie sich auch.«

»Ich treffe mich nachher mit Bernie und Nina Goosewind, der Landesvorsitzenden der Gewerkschaft. Kommen Sie doch dazu.«

Sanna

Sie hatte versagt.

Sie war gewählt worden, um die Interessen der Beschäftigten zu vertreten. Aber als Blumental und Jentsch den Aufbau einer Marketingstrategie gefordert hatten, hatte sie genauso konservativ und unflexibel reagiert wie die Klinikleitung: Sie hatte eine Festanstellung im öffentlichen Dienst für einen Job auf Lebenszeit gehalten.

Dass die Käfer die Sache ernsthafter geprüft hatte als Sanna selbst, war ziemlich peinlich. Unvoreingenommen betrachtet, klang Jentschs Marketingkonzept arbeitsintensiv, aber sinnvoll.

Ein bisschen lag das wahrscheinlich auch daran, dass Jentsch die PowerPoint-Präsentation mit den zweiundvierzig Unterpunkten mit deutlich mehr Begeisterung präsentierte als Blumental. Sorry, aber der war ja beinahe bei seinem eigenen Vortrag eingeschlafen.

Neben Messebesuchen, Social-Media-Marketing und Trailern waren einige von Jentschs Ideen moralisch nicht ganz unbedenklich. Zum Beispiel der Kauf von positiven Rezensionen auf Onlineportalen, der Erwerb von Zertifikaten und Reha-Gütesiegeln und das organisierte Verschicken von Weihnachtspräsenten an Hausärzte, die ihr Rehazentrum regelmäßig empfahlen. Aber Jentsch verstand etwas von ihrem Job. Gut, dass Sanna sie nicht im Affekt gekillt hatte.

»Es ist sehr hilfreich, dass ein so ausgereiftes Konzept existiert. Dadurch wird es schwierig, überzeugend für den Verkauf zu argumentieren«, sagte Nina Goosewind. Die Landesvorsitzende der Gewerkschaft trug Grün, kombiniert mit einem Halstuch mit Sonnenblumenaufdruck. »Das Konzept ließe sich sogar leicht auf die Kliniken der anderen Rentenversicherungen übertragen. Die sind ja genauso von der Gesetzesänderung betroffen, auch wenn sie das womöglich noch gar nicht mitbekommen haben. Wären Sie bereit, Ihr Konzept auf einer bundesweiten Personalrätetagung zu präsentieren, Frau Jentsch?«

Jentsch sah überfordert aus.

»Außerdem habe ich morgen einen Termin beim Ministerpräsidenten wegen der Medica-Streiks«, fuhr Nina fort, ohne auf eine Antwort zu warten. »Einerseits ist es als Arbeitnehmervertretung natürlich unser Anliegen, die miserablen Arbeitsbedingungen im Gesundheitswesen zu verbessern. Andererseits müssen wir die wenigen Bereiche schützen, in denen vernünftige Arbeitsbedingungen herrschen – wie die Rehakliniken der öffentlichen Träger. Der Termin beim Ministerpräsidenten wäre also eine gute Gelegenheit, die Politik auf Landesebene auf die Privatisierungsgefahr aufmerksam zu machen. Bernadette und Susanna werden dabei sein. Ich würde mich freuen, wenn Sie uns ebenfalls begleiten können. Leider haftet öffentlichen Einrichtungen das Vorurteil an, wenig innovativ zu sein. Obwohl das Phänomen in der Politik ähnlich verbreitet ist, würde ich das Argument gern mit Hilfe Ihres Konzeptes entkräften.«

Zugegebenermaßen hatte Nina mit ihrer gewinnenden Art das gewisse Etwas, das Leute dazu bewegte, sich zu engagieren.

»Ähm … soweit ich weiß, habe ich keinen Termin im Kalender«, antwortete Jentsch, anscheinend überrumpelt.

»Perfekt. Wir treffen uns um neun vor der Staatskanzlei in Düsseldorf.« Nina hielt Jentsch die Hand hin.

»Sind Sie eigentlich Gewerkschaftsmitglied?«, erkundigte sie sich.

Beinahe hätte Sanna losgeprustet. Wahrscheinlich gab es eine interne Dienstanweisung, die Führungskräften die Gewerkschaftsarbeit verbot.

Wie zu erwarten war, schüttelte Jentsch den Kopf.

Prompt zog Nina einen Zettel aus der Tasche. »Dann wird es höchste Zeit. Wenn wir politisch was bewegen wollen, brauchen wir so viele Mitglieder wie möglich in den Kliniken. Außerdem können Sie als Gewerkschaftsmitglied unseren Arbeitsrechtsschutz nutzen. An Ihrer Stelle würde ich das gleich ausfüllen und abschicken.«

Jentsch starrte den Zettel noch an, als hätte Nina ihr eine Mäuseleiche in die Hand gedrückt, als die Gewerkschaftsvorsitzende und Bernadette schon lange rausgerauscht waren.

»Also dann«, Jentsch sah von dem Papier zu Sanna auf, »sehen wir uns morgen, Frau Berthold?«

»Sanna«, korrigierte Sanna.

»Wie bitte?«

»Unter Gewerkschaftsmitgliedern ist das kollegiale Du üblich.« Sanna hielt der Blonden die Hand hin. Jentschs Händedruck wirkte wenig überzeugt.

»Mikaela, richtig?«, erkundigte sich Sanna, weil Jentsch keine Anstalten machte, auf das angebotene »Du« einzugehen. Wenn Sanna das richtig in Erinnerung hatte, wurde der Vorname der Referatsleiterin nicht wie üblich mit »ch« geschrieben.

»Mieke«, korrigierte Jentsch rasch. »Meine Mutter ist ein wenig extravagant. Und sie war damals Fan von Bata Illic.«

Ganz kurz huschte ein echtes Grinsen über ihr Gesicht. Beinahe süß. Wer hätte das gedacht?

BILLE

Dr. Alexandra Danilowa war eine schmale junge Frau mit Pferdeschwanz, großen grünen Augen hinter runden Brillengläsern und einer miserablen Haltung. Mit hochgezogenen Schultern saß sie vor Billes Schreibtisch und wusste nicht so recht, wohin mit ihren Händen. Sie wirkte wie eine Studentin. Oder wie ein Teenager. Jedenfalls deutlich jünger als achtundzwanzig. Und viel zu jung, um als Assistenzärztin zu arbeiten.

Der Eindruck täuschte.

Danilowas Blick flitzte durch den Raum, gehetzt, als hätte sie Angst. Wahrscheinlich hatte sie Angst. Dass sie nicht ewig vom Dienst freigestellt bleiben und weiter ihr Gehalt kassieren würde, konnte sie sich ausrechnen.

Die kleine Idiotin hatte ihre ganze Existenz aufs Spiel gesetzt. Nachdem Marva Kosh FamilyTogether auf das Problem aufmerksam gemacht hatte, musste Medica reagieren.

Bille legte die Fingerspitzen aneinander und beobachtete die nervöse Frau schweigend.

Danilowa war es wichtiger, die Angst zu betäuben, als ihre wacklige kleine Existenz aufrechtzuerhalten. Aber Ocean lag nun mal eine Menge daran, dass sie erfolgreich integriert wurde. Und Bille schätzte ihre Arbeit. Deshalb saß Danilowa nicht vor Klaus-Dieter Pollund, dem Verwaltungsleiter des Lindenhospitals, der für menschliches Fehlverhalten in etwa so viel Verständnis hatte wie ein Schachcomputer.

Glück für die Kleine.

Oder Pech, Interpretationssache.

»Was denken Sie, warum wir uns heute schon wieder treffen, Dr. Danilowa?«, brach Bille das Schweigen.

Die kleine Ärztin fuhr zusammen, obwohl sie damit gerechnet haben musste, dass Bille irgendwann etwas sagen würde. Ihre Haut glänzte, der Schweißfilm ließ ihre Brille Richtung Nasenspitze rutschen.

Sie zuckte die Achseln. Ihr rechter Fuß wippte. Ohne Zweifel waren ihre Nerven zum Zerreißen gespannt.

Eine Sekunde lang überlegte Bille, ob sie ihre Aktentasche in greifbare Nähe stellen sollte. Im Geheimfach unter dem Boden steckte der kurzläufige kleine Trommelrevolver der Marke Smith &

Wesson. Für Notfälle. Nach dem Tod ihres Vaters hatte Bille ihn aus dessen Waffensammlung retten können, bevor ihr chronisch verschuldeter Bruder alles verramscht hatte. Die Waffe war etwas altmodisch, aber handlich und zuverlässig.

Sie wischte den Gedanken beiseite. Ihr war zwar bewusst, dass sie nicht sonderlich viele Fans hatte, doch Danilowa war keine Gegnerin, und Furcht zählte nun wirklich nicht zu Billes hervorstechenden Charaktereigenschaften.

»Dann werde ich Ihnen weiterhelfen: Sie haben verschreibungspflichtige Medikamente entwendet, um damit Ihren Drogenkonsum zu finanzieren.«

Panik flackerte in Danilowas unstetem Blick. »Aber ich habe –«

»Ihre Suchterkrankung macht Sie für das Krankenhaus untragbar, was sehr schade ist. Sie sind eine talentierte Medizinerin, ich hätte mindestens eine Oberärztin aus Ihnen gemacht.«

Danilowa fuhr sich mit der Zunge über die Lippen. »Sie haben doch gesagt, wenn ich –« Sie verstummte, ohne den Einwand zu Ende zu bringen.

Bille faltete die Hände. »Ich habe gesagt, dass ich Ihnen helfen möchte. Dazu stehe ich nach wie vor. Sie sind nicht die Erste, die in einer Stresssituation zu Drogen greift. Es wäre schade um all die Zeit und das Geld, das Sie in Ihre Ausbildung investiert haben. Nach wie vor biete ich Ihnen Unterstützung an, anstatt die Polizei einzuschalten.«

Danilowas Blick zuckte hoch.

»Im Krankenhaus kann ich Sie allerdings nicht einsetzen, solange Sie keinen Entzug machen«, stellte Bille klar.

Mieke

Das Auffälligste an Herbert Tenwegen war sein an den Enden nach oben gezwirbelter Schnurrbart. Ansonsten war der Dreiundsechzigjährige eher unscheinbar: kleiner als Mieke, schmächtig, mit einer zu leisen Stimme. Das Genuschel hinter dem Bart war im Fernsehen durch die Mikrofone besser zu verstehen, als wenn man dem Ministerpräsidenten persönlich gegenübersaß.

Miekes Gedanken kreisten noch um den Besuch in der Staatskanzlei, als sie bei der Rentenversicherung eintraf.

Wahrscheinlich hätten Sanna, Bernadette und Nina Goosewind genauso gut mit Mickey Mouse über die Kommerzialisierungsfolgen im Gesundheitswesen sprechen können. Das hätte sicher genauso viel gebracht, wäre aber lustiger gewesen.

»Haben die Medica-Kliniken nicht einen ganz guten Ruf?«, hatte Tenwegen sich irgendwann erkundigt. »Die sorgen doch für jede Menge Arbeitsplätze.«

Mit bewundernswerter Selbstbeherrschung hatte Sanna auf die aktuellen Streiks hingewiesen, Bernadette hatte aus dem Alltag einer Krankenpflegerin in einem Medica-Hospital berichtet, und Mieke hatte den Ministerpräsidenten darauf aufmerksam gemacht, dass auch der Reha die Kommerzialisierung drohte, und ihr Marketingkonzept vorgestellt.

Zum Schluss hatte Tenwegen lethargisch erklärt, dass er das Thema auf seine Liste setzen würde. Mehr konnte man wohl nicht erwarten.

»Frau Jentsch!« Maria Meiers Bürotür ging direkt neben Mieke auf. »Herr van Hoorn hat Sie gesucht.«

Miekes Herz stolperte, ihr Mund wurde trocken. Sie fühlte sich ertappt.

Das war bescheuert. Van Hoorn konnte unmöglich wissen, dass sie gerade in der Staatskanzlei gewesen war.

Oder?

Van Hoorn konnte eine ganze Menge herausfinden. Er konnte nachsehen, wann sie zum Dienst erschien, vielleicht sogar, wann sie welche Tür innerhalb des Gebäudes öffnete. Er hatte Schorsch beauftragt, Notizen über ihr Verhalten anzufertigen. Vielleicht hatte das jetzt Maria Meier übernommen.

Mieke musterte die Sekretärin misstrauisch.

Van Hoorn wusste auch, mit wem sie geschlafen hatte. Möglicherweise sogar noch intimere Details, wenn er eine Weile mit Raffael im Auto unterwegs gewesen war.

Ihr wurde übel bei dem Gedanken.

Moment. Konnte er ihr Diensthandy per GPS orten?

Cool bleiben. Ihre Nerven gingen ihr durch. Sie war es nicht gewohnt, Anordnungen ihres Chefs zu missachten. Und zu sabotieren schon gar nicht.

»Ich hatte einen Außentermin«, sagte sie zu Meier. Sie merkte selbst, wie kleinlaut sie klang.

»Er hat sich schon dreimal nach Ihnen erkundigt. Am besten gehen Sie gleich hoch«, erwiderte Meier.

Mieke unterdrückte ein Stöhnen.

Dann ärgerte sie sich über sich selbst. Blümel hätte in diesem Moment spöttisch die Augenbraue gehoben, weil gerade ihre Sekretärin entschied, was gemacht wurde. Seinen absurden Theorien nach wäre Meier sogar im Recht, denn ohne Zweifel signalisierten weder Miekes Körpersprache noch ihre piepsige Stimme, dass sie die Lage im Griff hatte und selbst wusste, was zu tun war. Während Maria Meier das Geschehen souverän lenkte – Worte, Körpersprache und Denken harmonierten prächtig, Meier zweifelte keine Sekunde daran, dass Mieke tun würde, was sie sagte.

Sogar ihre Sekretärin besaß mehr Führungspersönlichkeit als Mieke selbst. Großartig.

Sie fuhr sich mit beiden Händen durch die Haare und begriff zu spät, dass sie damit ihre Frisur vernichtet hatte. Ihr durchgestufter Bob wirkte jetzt garantiert nicht mehr perfekt unperfekt, sondern ließ vermuten, dass sie die Kontrolle über ihr Erscheinungsbild verloren hatte.

Was stimmte.

Sie gehorchte der Anweisung ihrer Sekretärin und ging zurück zum Fahrstuhl.

Sie machte sich in die Hose, weil sie zum Chef musste. Sie war wirklich eine Spitzen-Referatsleiterin.

Die Fahrstuhltür öffnete sich mit einem melodischen Ping in der Teppichetage. Hier herrschte ehrfurchtsvolle Stille.

Lautlos kam die Fledermaus aus ihrem Büro geschwebt. Irene Höller – wieder komplett in farbenfrohes Schwarz gewandet – wirkte noch ein wenig gruseliger als sonst. Sie hob beide Hände, als wäre sie bereit, Mieke zurückzuschubsen, wenn sie Anstalten machte, das Büro des Geschäftsführers mit Gewalt zu erstürmen.

»Einen kleinen Moment, Frau Jentsch«, erklärte sie mit ernster Stimme. »Herr van Hoorn ist gerade in einem Gespräch.«

Das bekannte Spiel. Das mulmige Gefühl in Miekes Magen wurde zu einem ängstlichen Flattern. Die Fledermaus wandte sich ab, ohne eine Miene zu verziehen.

Mieke fragte sich, ob Sekretärinnen in ihrer Ausbildung lernten, wie man Mitarbeiter an den Rand eines Nervenzusammenbruchs brachte.

Ruhe bewahren! Sie durfte sich nicht anmerken lassen, dass sie den Klinikverkauf torpedierte. So bald wie möglich musste sie einen Termin beim Vorstand vereinbaren und das Führungsgremium überzeugen, dass die Kliniken am Markt bestehen konnten. Der Vorstand konnte die Verkaufsentscheidung revidieren.

»Frau Jentsch.« Van Hoorn marschierte an ihr vorbei, ohne sie eines Blickes zu würdigen.

Miekes Puls schoss in die Höhe.

Der Geschäftsführer verschwand in seinem Büro, ließ die Tür aber offen.

Mieke straffte die Schultern und folgte ihm, so souverän das mit wackelnden Knien möglich war.

Van Hoorn saß bereits hinter seinem Schreibtisch. Ein einzelner Stuhl stand davor. Vorsichtig drückte sie die Tür hinter sich zu. Selbstsicher ging anders. Sie nahm vor dem riesigen Schreibtisch Platz und fühlte sich sofort verloren.

»Sie waren heute Vormittag eingestempelt, aber nicht im Haus.« Van Hoorn sah sie über seine Brille hinweg an.

Er konnte herausfinden, wann sie zum Dienst erschien. Und er hatte offenbar nachgesehen.

»Ich hatte einen Außentermin.« Ihre Stimme klang, als würde sie mit so viel Abstand wie möglich ein Pferd bürsten.

»Geht's ein bisschen genauer?«

Scheiße. Sie konnte sich nicht erinnern, dass Schorsch sich je hatte rechtfertigen müssen. Oder hatte sie es nur nicht mitbekommen?

»Es handelte sich um einen Termin im Zuge des Klinikverkaufs.«

»Ach ja?« Van Hoorn ließ sie nicht aus den Augen.

»Ja.« Miekes Wangen glühten. Sie schwieg, weil sie sonst hätte lügen müssen.

Van Hoorn senkte den Blick auf seine Schreibtischunterlage. Er zog ein paar Zettel darunter hervor und reichte sie Mieke.

Verwirrt nahm sie sie entgegen. Es war eine Liste mit Nummern. Drei davon waren mit einem grünen Textmarker gekennzeichnet. Die Zahlen hatten zehn oder zwölf Ziffern, aber irgendwie … kamen sie Mieke bekannt vor.

Es dauerte einen Moment, bis sie erkannte, dass es sich bei den ersten Zahlen häufig um die Bochumer Vorwahl handelte.

»Telefonnummern?«, begriff sie, und noch ehe ihr Gehirn irgendwelche Schlüsse ziehen konnte, drehte sich ihr der Magen um. Er konnte auch herausfinden, mit wem sie telefonierte.

»Das sind die Anrufe, die in der letzten Woche von Ihrem Dienstapparat geführt wurden«, klärte van Hoorn sie auf. Seine Worte hallten durch die Leere in ihrem Kopf.

»Sie haben mein Telefon überprüft?«

»Die Telefonate werden standardmäßig gelistet, das wissen Sie doch. Als Dienstherr kann ich prüfen, ob die Apparate für private Gespräche missbraucht werden. Genauso, wie ich Ihre E-Mails mitlesen darf.«

Van Hoorns Worte schnürten ihr die Kehle zu.

»Darf ich fragen, was es mit der Personalratsvorsitzenden des Rehazentrums im Ruhrtal in den letzten Tagen zu besprechen gab?«

»Sie wirkte beim Klinikbesuch von Sybille Sauer mit«, stammelte Mieke.

»Ungewöhnlich, dass Sie den Klinikverkauf mit der Personalratsvorsitzenden planen.« Van Hoorn faltete seine Hände auf der

Schreibtischunterlage. »Oder haben Sie vielleicht Ihren heutigen Besuch beim Ministerpräsidenten geplant?«

Mieke versteinerte. Sie war gerade erst zurückgekehrt. Sie hatte mit absolut niemandem gesprochen. Woher –?

Van Hoorns Blick ließ die Luft gefrieren.

Natürlich hatte Mieke keine Ahnung, mit wem Sanna, Bernadette oder Nina Goosewind gesprochen hatten. Aber Bernadette und Goosewind kannten van Hoorn doch gar nicht?

Sanna? Wenn Sanna mit Chefärztin Bösingfeld oder Verwaltungsleiterin Käfer gesprochen hatte, konnten die van Hoorn informiert haben.

»Haben Sie irgendeine Erklärung dafür, dass Sie entgegen meiner Anordnung versuchen, den Klinikverkauf zu verhindern?«

Mieke schluckte. »Ich halte es für realistisch, unsere Rehazentren weiterhin unter dem Dach der deutschen Rentenversicherung zu betreiben. Als öffentliche Einrichtungen. Mit dem Ziel, die Menschen wieder fit zu machen. Nicht, um Profit zu erwirtschaften«, wiederholte sie die Worte, die sie mittlerweile mehrmals aufgesagt hatte. Dieses Mal überzeugte sie nicht mal sich selbst.

Van Hoorn erhob sich, stützte die Hände auf den Schreibtisch und beugte sich weit zu ihr hinüber. »Die Kliniken als öffentliche Einrichtungen weiterzubetreiben liegt aber nicht im Interesse Ihres Arbeitgebers, Frau Jentsch«, zischte van Hoorn. »Sie handeln wissentlich gegen die Interessen der Rentenversicherung Ruhr. Sie werden unverzüglich Ihr Büro räumen. Bis auf Weiteres sind Sie vom Dienst freigestellt. Ich gehe davon aus, dass aufgrund des erschütterten Vertrauens eine fristlose Kündigung möglich ist. Sie hören von unseren Juristen, sobald wir das geprüft haben. Bis dahin haben Sie Hausverbot. Geben Sie Ihre Schlüsselkarte beim Verlassen des Gebäudes ab, die Zugangsberechtigungen werden Ihnen mit sofortiger Wirkung entzogen. Sollten Sie persönliche Gegenstände in Ihrem Büro haben, empfehle ich Ihnen, diese gleich mitzunehmen.«

Fristlose Kündigung.

Juristen.

Ein schriller Piepton breitete sich in Miekes Kopf aus.

Sie hatte gewusst, dass das passieren würde. Sie hätte einfach kündigen und sich einen anderen Job suchen können, sie war keine Gewerkschafterin. Sie kannte die Leute in den Kliniken nicht einmal.

Ohne es wirklich zu merken, wanderte ihre Hand in die Tasche ihres Jacketts. Der Zettel, den ihr Nina Goosewind in die Hand gedrückt hatte, steckte noch darin. Die Beitrittserklärung zur Gewerkschaft.

Außerdem können Sie als Gewerkschaftsmitglied unseren Arbeitsrechtsschutz nutzen.

Sie hatte das Formular nicht ausgefüllt.

»Sie können jetzt gehen, Frau Jentsch.«

OCEAN

»Das ist längst erledigt. Ich habe doch gesagt, ich kümmere mich drum.« Der gereizte Unterton in Billes Stimme war selbst am Telefon nicht zu überhören. Oceans Puls beschleunigte sich, sie reagierte allergisch auf so was.

»Hast du sie rausgeschmissen?«, hakte sie trotzdem nach

»Sie ist immer noch suspendiert. Ein Junkie ist im Patientenkontakt untragbar.«

Ocean atmete scharf ein.

»Ich bezahle sie weiter und lasse sie was anderes machen, okay?«

Bille war definitiv angespannt. Dabei blieb sie normalerweise in absolut jeder Situation cool.

Zumindest hielt sie Wort und würde Alexandra Danilowa nicht anzeigen. Bille hatte Ocean versprochen, die Ärztin weiterzubeschäftigen, sie Rasen mähen oder Wände streichen zu lassen, bis sie in einen Entzug einwilligte.

»Um vierzehn Uhr habe ich den Banktermin, Ocean«, knurrte Bille. »Das ist in zehn Minuten.«

Was heißen sollte, dass ihr Anruf ungelegen kam und sie ihn

beenden wollte. Das Bille sich keine Zeit für sie nahm, versetzte Ocean einen Stich.

»Deine Geschäfte sind also wichtiger, als einem Menschen zu helfen?«, fauchte sie.

»Ohne ›meine Geschäfte‹ könntest du niemandem helfen, dann wärst du nämlich schon lange pleite!«, explodierte Bille ohne Vorwarnung. »Ich arbeite seit zehn Jahren an dieser Sache, Ocean.«

Ocean zuckte vom Smartphone weg. Tränen schossen ihr in die Augen. Sie hatte nicht damit gerechnet, von Bille angeschrien zu werden. Bille wurde ihr gegenüber niemals laut.

»Wir sprechen heute Abend weiter.« Bille beendete das Telefonat, ohne auf Oceans Antwort zu warten.

MIEKE

Fühlte sich an, als würde sich der Flurboden bewegen. Als würde die gesamte Behörde wackeln. Als würde ihr ganzes Leben auseinanderbrechen.

Gefeuert.

Schluss. Aus. Vorbei.

Ihr Leben war im Arsch.

Wie in Trance sank Mieke hinter ihren Schreibtisch. Genau eine Woche hatte es gedauert, bis van Hoorn ihr den Chefsessel unter dem Hintern wegzog. Sie hatte es nicht mal geschafft, in Schorschs Büro umzuziehen.

Und mit dem Job brach ihre ganze Karriere auseinander. Wie die vom Blitz getroffene Burgruine von Ronja Räubertochter. Sie hatte den Deal ihres Lebens vergeigt.

Du machst mal was aus deinem Leben. Mehr als ich auf jeden Fall.

Irrtum. Ihre Berufswahl, ihr ganzes Studium war ein einziger Irrtum gewesen.

Auf dem Kalender neben dem PC-Monitor sah sie, dass übermorgen der nächste Termin mit Sybille Sauer gewesen wäre. Die Klinikbesichtigung im Rehazentrum Emscherau. Der für Organisatorisches zuständige Bereich ihres Hirns meldete sich zurück. Musste sie irgendwelche Termine absagen, bevor sie ging? Irgendwem Bescheid geben?

Schwachsinn, das konnte die Meier übernehmen.

Ihr Blick wanderte zur Bürotür. Sie war einen Spalt breit geöffnet. Auf der anderen Flurseite stand die Tür des Sekretariats neben Schorschs Büro ebenfalls offen.

Zufällig? Sie würde wetten, dass die Meier längst Bescheid wusste und lauschte.

Moment, eine Person gab es tatsächlich, von der Mieke sich verabschieden musste. Sie schloss die Tür und griff nach dem Telefon.

»Zentrale des Klinikrettungsprojektes«, meldete sich Sanna prompt. Offensichtlich hatte sie wieder Miekes Nummer erkannt.

»In Zukunft wird sich jemand anderes unter dieser Nummer melden. Du solltest eine konventionellere Begrüßung benutzen.«

Sanna stutzte. »Das heißt …?«, erkundigte sie sich dann vorsichtig.

»Van Hoorn hat mich rausgeschmissen.«

Hastig nahm Mieke das Telefon vom Ohr, als Sanna explodierte. Ihre Flüche verstand sie trotzdem problemlos.

»Mit Morddrohungen wäre ich an deiner Stelle vorsichtig«, bemerkte sie dann. »Immerhin hat dich die Kripo gerade erst verhört, und die Leitungen hier sind alles andere als sicher.«

Sanna verstummte abrupt. »Wieso?«, fragte sie dann.

»Bösingfeld oder Käfer haben anscheinend gepetzt, dass wir in der Staatskanzlei waren«, vermutete Mieke.

»So ein Mist! Wie haben die das denn mitgekriegt?«, fluchte Sanna.

Ähm …?

»Hast du nicht mit ihnen gesprochen?«, entgegnete Mieke verwirrt.

»Ich bin doch nicht bescheuert. Die quatschen jeden Tag mit van Hoorn.«

Was? Mieke rieb sich die Schläfen, um ihr Gehirn irgendwie wieder in Betrieb zu kriegen. »Wie soll van Hoorn denn sonst rausgefunden haben, dass wir mit dem Ministerpräsidenten gesprochen haben? Nina und Bernadette kennen ihn doch gar nicht. Und sonst wusste niemand davon.«

Am Ende doch per GPS-Überwachung ihres Diensthandys?

»Doch«, sagte Sanna in dem Moment. Plötzlich klang sie heiser. »Es war noch jemand dabei.«

Noch jemand? Sanna, Bernie, Nina, Mieke und …?

Oh. Mieke sank gegen die wippende Lehne ihres ergonomischen Bürostuhls.

Tut mir leid, aber du darfst niemandem trauen, sagte eine weit entfernte Stimme in ihrer Erinnerung.

War das alles ein Alptraum? Aber seit wann träumte sie dann? Seit van Hoorn sie gefeuert hatte? Oder schon seit Schorsch tot war? Oder bereits seit sie den Job bei der Rentenversicherung Ruhr angetreten hatte? War alles womöglich nur ein Resultat einer Panikattacke? Ein verdrängtes Kindheitstrauma? Lag sie vielleicht im Koma oder so?

Würde sie irgendwann einfach aufwachen – in Toms Bett in Hamburg? – und alles vergessen haben?

Sie verlor den Verstand. Sie musste hier raus. Sie ließ das Telefon fallen, wollte aufstehen, erinnerte sich an van Hoorns Worte und zog die Schreibtischschubladen auf.

Sollten Sie persönliche Gegenstände in Ihrem Büro haben, empfehle ich Ihnen, diese gleich mitzunehmen.

Aber sie hatte keine persönlichen Sachen in ihrem Büro. Ha! Nicht mal in ihrer Wohnung gab es persönliche Dinge.

In der obersten Schublade lagen Stifte, Tackernadeln, Büroklammern. Im zweiten Fach das Register mit den Kontaktdaten der Kliniken. Und ein paar Müsliriegel. Okay, das waren ihre. Sie stopfte die Dinger in ihre Handtasche.

Moment.

Was war das denn?

Sie fischte ein kleines Metallteil zwischen den Müsliriegeln hervor. Es war rechteckig und fingerlang. Ein USB-Stick. Definitiv nicht ihrer.

Das Ding dürfte auch gar nicht hier sein, denn es war verboten, mobile Datenträger an Computer der Rentenversicherung anzuschließen. Die Gefahr, ein Virus einzuschleppen, war zu groß.

Maria Meier legte ihr natürlich Akten auf den Schreibtisch, aber die würde kaum einen Stick mit Urlaubsfotos oder Nacktbildern in ihrer Schublade deponieren. Und jemand anderes war nicht in ihrem Büro –

Oh …

Ihre Hand begann zu zittern.

Sie atmet durch, gibt sich einen Ruck und drückt die angelehnte Tür auf.

Schorsch zuckt zusammen.

Etwas klappt leise zu. Der Bärtige rückt hastig ein paar Papiere in ihrer Ablage zurecht. Die Beschwerdemappe des Rehazentrums Emscherau lag da allerdings schon länger.

Schorsch war an ihrem Schreibtisch gewesen. Kurz vor seinem Tod. Sekundenlang starrte Mieke den Stick an, als hätte er sich in ihren Fingern in eine Stange Dynamit mit brennender Lunte verwandelt. Dann warf sie das Ding zu den Müsliriegeln in ihre Handtasche und nahm ihre Jacke.

Auf dem Weg zur Tür streifte ihr Blick die zwei Ordner auf dem Sideboard, in denen sich ihr Marketingkonzept befand. Ihre Arbeit der letzten zwei Jahre.

Sie hielt inne. Van Hoorn hatte mehr als deutlich gemacht, dass er das Konzept nicht mehr benötigte. Aber Sanna, Bernadette und Nina würden wahrscheinlich etwas damit anfangen können …

OCEAN

Sie hatte immer gedacht, dass sie irgendwann noch mal ans Meer kommen würde. Ihr Leben lang hatte sie vom Meer geträumt.

Nicht von der Ostsee, wo sie als Kind mit ihrer Mutter zur Kur gewesen war. Und nicht von der Adria, wo Gerald sie hingeschleppt hatte – sondern vom Pazifischen Ozean.

Wegen ihrem Dad. Weil ihr Dad angeblich eine Tauchschule auf Hawaii besaß. Jedenfalls hatte ihre Mutter das immer behauptet. Und sie hatte von riesigen Korallenriffen erzählt, von schillernd bunten Fischen, Delphinen und Meerjungfrauen.

Als Tatti meinte, sie bräuchte einen Künstlernamen, hatte sie sich Ocean genannt. Und Dads Nachnamen benutzt.

Ocean O'Donn – mit dem Namen hätte er sie geliebt. Er hätte sie einfach lieben müssen. Wenn sie vorher schon so einen Namen gehabt hätte, wäre er nicht weggegangen. Dann hätte er sie nie bei ihrer Mutter und Olaf, dem Arschloch, gelassen ...

Die sanft geschwungene Damastklinge war so scharf, dass das Eigengewicht des Stahls ausreichte, um in die Haut einzudringen. Mit zwei Fingern über die Innenseite des Unterarms gezogen, hinterließ sie feine rote Linien. Der Schmerz kam erst später, der Schnitt selbst war nicht zu spüren.

Dunkelrote Rinnsale liefen über das Tattoo. Auf ihrer dunklen Haut fiel das Motiv kaum auf, sie hatte sich so sehr daran gewöhnt, dass sie es gar nicht mehr sah. Doch jetzt hielt sie inne.

Auch wenn uns das Leben in alle Himmelsrichtungen zerstreut, wir lassen einander nicht allein. Niemals. Egal, was passiert. Wir sind immer für dich da, Ocean.

Von wegen.

Präzise ließ sie die Klinge von Nordwest nach Südost über das Motiv gleiten und beobachtete, wie sich der Schnitt mit Blut füllte.

Fick dich, Bille.

MIEKE

Sie starrte an der acht Stockwerke hohen Betonfassade hinauf. Der Verwaltungsapparat starrte mit spiegelnden Scheiben zurück. Ob van Hoorn hinter einem der Fenster stand und sich vergewisserte, dass sie auch wirklich verschwand?

Ein Hupen riss sie aus ihren Gedanken. Ein grüner SUV mit einem Rammschutz am Kühler stand hinter ihr. In der engen Durchfahrt zwischen den Autoreihen auf dem Parkplatz versperrte sie ihm den Weg.

Sie wandte den Blick ab und lenkte ihren Mini auf die Straße. Aber sie hatte keine Ahnung, wo sie hinwollte.

Auf keinen Fall konnte sie die blöden Bemerkungen ihrer Mutter ertragen. *Ich habe immer gesagt, du sollst endlich heiraten. Jetzt ist der Zug abgefahren.*

Und Jess hatte mit den Kindern zu tun, die wollte sie mit Sicherheit nicht heulend auf der Couch liegen haben. Vom gottgleichen Kindsvater mal ganz zu schweigen.

Sie würde sich unter ihrer Bettdecke verkriechen und einen Job in einer möglichst weit entfernten Stadt suchen, um hier so bald wie möglich zu verschwinden.

Okay. Das war dann wohl der Plan.

Vor ihr leuchteten Bremslichter auf. Der verbeulte Sprinter eines Paketdienstes war ausgeschert und quetschte sich rücksichtslos auf die Überholspur. Sie trat auf die Bremse, das ABS ratterte. Ihre Handtasche und die zwei Ordner auf dem Beifahrersitz polterten in den Fußraum.

Erschrocken zuckte ihr Blick in den Rückspiegel. Der Rammschutz an der Front des Geländewagens hinter ihr kam ihrer Heckscheibe bedrohlich nah. Reifen quietschten. Sie spannte sich an in Erwartung des Aufpralls. Versuchte, den Wagen in der Spur zu halten.

Der Knall blieb aus. Zum Glück hatte der Fahrer schnell reagiert.

Ihr Puls raste. Im Spiegel sah sie, wie sich der Wagen wieder entfernte. Ein Geländewagen. Grün.

Erstaunt sah sie noch mal hin. Sie war bereits auf der A 43, kurz vor Witten. War ihr der Wagen vom Parkplatz der Rentenversicherung bis hierher gefolgt?

Quatsch. Es gab Hunderte davon, jeder fuhr heute einen SUV.

Der Fahrer hatte gut reagiert. Hätte er sie gerammt, hätten sie jetzt die Polizei rufen können. Dann wäre sie erst in ein, zwei Stunden zu Hause gewesen. Das hätte sie nicht mehr geschafft.

Sie hätte es heute einfach nicht mehr geschafft. Ohne Vorwarnung füllten Tränen ihre Augen. Sie wollte sich nur noch verkriechen. Zum Glück würde sie in zehn Minuten zu Hause sein.

Die Abfahrt verlief leicht erhöht auf einem Wall. Gras und Büsche wucherten auf dem ein paar Meter tiefer liegenden Brachland. Mieke setzte den Blinker und zog gleichzeitig auf die rechte Fahrbahn hinüber. Ein dröhnendes Hupen ließ sie zusammenfahren.

Verdammt, da war noch ein Auto im toten Winkel gewesen! Als sie über ihre Schulter sah, war der bullige grüne Wagen direkt neben ihr! Viel zu nah!

Im nächsten Moment krachte es.

Sie schrie auf. Das Heck ihres Wagens wurde herumgeschleudert, sie riss am Lenkrad, verlor die Kontrolle.

Da war die Leitplanke! Und dann kippte die Welt um. Ihr Kopf knallte gegen die Seitenscheibe, als die Airbags explodierten.

Grelle Blitze zuckten vor ihren Augen, das Krachen war ohrenbetäubend, ihre Rippen knackten, als der Gurt in ihre Brust schnitt, während sie wie eine Puppe herumgeschleudert wurde.

Dann war alles dunkel. Und still.

Nur ein monotones Brummen war zu hören.

Und ein … Zischen.

Etwas Warmes rann über ihr Gesicht. Der Druck auf ihrer Brust hinderte sie am Atmen. Alles drehte sich. Sie konnte nichts sehen.

Sie blinzelte. Versuchte, die Augen zu öffnen. Ihre Lider schienen verklebt. Schließlich nahm sie verschwommene Umrisse wahr. Konnte nichts erkennen.

Doch.

Eine Scheibe … mit einem Riss … blutverschmiert.

Davor … hing Gras herunter.

Ein Turnschuh. Im Gras. Falsch rum, irgendwie. Das Hosenbein einer Jeans …

Ein Knie im Gras. Eine Hand daneben.

Plötzlich war da ein Gesicht, direkt an der kaputten Scheibe.

Über Kopf. Nur Zentimeter von ihr entfernt.

Ein Mädchen. Mit Brille. Und Pferdeschwanz.

Wickelte eine Jacke um ihren Arm.

Klirren.

Scheibe eingeschlagen. Mit dem Ellenbogen.

Schlanke Hände. In weißen Einmalhandschuhen.

Schlossen sich um ihre Kehle.

Keine Luft. Nur Druck auf der Brust, der ihre Lungen zusammenpresste.

Panik.

Mieke wollte sich wehren, schlagen, treten. Konnte sich nicht bewegen.

Die Finger an ihrem Hals drückten schnell und konsequent zu. Die Welt verschwamm und wurde schwarz.

BILLE

Da war ein dumpfer Druck in ihrem Magen. Als hätte es in der Krankenhauskantine statt matschiger Nudeln Pflastersteine gegeben.

Aber natürlich lag es nicht am Krankenhausfraß. Der Tag war der blanke Wahnsinn gewesen.

Das Kreditgespräch bei der Bank hatte sie vergeigt. Ocean war es gelungen, sie mit einem Zwei-Minuten-Telefonat völlig aus dem Konzept zu bringen. In dem Moment, in dem sie Ocean abgewürgt hatte, hatte sie bereits gewusst, dass es Ärger geben würde. Danach hatte sie es nicht mehr geschafft, sich auf das Bankgespräch zu fokussieren, ihre Antworten waren nicht prompt genug gekommen.

Unfassbar, wie komplett abhängig sie von Oceans Laune war. Was zur Folge hatte, dass die Bank nun jede Menge Papierkram forderte, um ihre Sicherheiten zu prüfen. Dadurch verzögerte sich das Geschäft völlig unnötig.

Sie hatte den ganzen Nachmittag in der Bank verbracht. Jetzt war es nach sieben, und ihr fehlte einfach die Kraft, Ocean noch zu trösten.

Verdammt, sie war auch nur ein Mensch! Sie arbeitete seit zehn Jahren auf dieses Ziel hin, sie hatte heute Himmel und Hölle in Bewegung gesetzt, um den Deal endlich einzutüten – und dann flennte Ocean rum, weil sie sich im Ton vergriffen hatte?

Bille blieb vor der Wohnung stehen und lehnte ihre Stirn gegen die Tür.

Am liebsten würde sie sich umdrehen und wieder gehen. Eine Sekunde lang stellte sie sich vor, die Treppe wieder hinunterzuschleichen, in ihre eigene Wohnung zu fahren und einfach ins Bett zu fallen.

Ging nicht. Sie hatte Ocean verletzt. Sie musste das wieder in Ordnung bringen.

Bille holte tief Luft und schloss die Wohnung auf.

Der Fernseher lief. Schlechtes Zeichen. Wenn Ocean gut drauf war, las sie Bücher, wenn es ihr schlecht ging, dröhnte sie sich mit Trash-TV zu.

Bille zog ihre Schuhe aus und bewegte ihre schmerzenden Füße, bevor sie auf Socken an den Eingang des Wohnzimmers trat. Durch die offen stehende Tür sah sie Kühe auf grünen Almwiesen grasen. »Bauer sucht Frau«. Mist.

Sie drückte die Tür auf.

Ocean lag unter einer Wolldecke zusammengerollt auf der Couch. Auf den ersten Blick sah es aus, als würde sie schlafen. Dann entdeckte Bille ihre rechte Hand, die über die Sofakante hing. Blut tropfte von ihren Fingern, verfärbte den hellen Teppich.

Billes Körper gefror und bekam Risse, als sie auf dem Boden vor der Couch das Messer entdeckte.

Mieke

Das Dröhnen in ihrem Kopf war unerträglich. Fühlte sich an wie Schlagbohrungen an den Innenseiten ihres Schädels. Etwas Pelziges steckte in ihrem Mund, klebte an ihrem Gaumen. Und jeder Atemzug füllte ihre Lunge mit Schmerz.

Eine Weile lag sie bewegungslos da und wartete darauf, dass das Hämmern in ihrem Kopf aufhörte.

»... Glück ...«

»... bald ...«

Worte.

Das waren keine Schlagbohrungen. Es waren Worte. Sie war nicht allein. Irgendjemand war mit ihr im Raum. Zwei Personen. Mindestens. Sie unterhielten sich mit gedämpften Stimmen. Eine war männlich.

Ganz kurz blitzte ein Bild in dem Krach in ihrem Hirn auf.

Ein Mädchen.

Pferdeschwanz.

Hände in Einmalhandschuhen.

Sie riss die Augen auf. Grellweißes Licht blendete sie.

Plötzlich in Panik, schlug ihr Herz hart und schnell, brachte den Schmerz in ihrem Brustkorb zum Pulsieren.

Was war passiert? Wo war sie? Sie sah nur verschwommenes Weiß, alles drehte sich, ihr wurde übel.

»Oje!«, hämmerte eine Stimme in ihrem Kopf.

Plötzlich war da eine nierenförmige Pappschale, als sie sich erbrach.

»... Gehirnerschütterung ...«

»... Ruhe ...«

Männerstimme. Weißes T-Shirt.

»... Krankenhaus ...«

Krankenhaus.

Der Mann drückte sie zurück in die Kissen. Die Umrisse wurden schärfer. Sie sah einen Griff über sich, an dem ein Infusionsbeutel baumelte. Und ein Kabel mit einem Notruftaster. Neben ihr stand ein vergilbter Nachttisch. Und dahinter ein Bett. Eine ältere Dame beobachtete sie über ihre Brille hinweg, statt in ihrem Buch zu lesen.

»... Unfall ...«

»... ausruhen ...«

Okay, sie war nicht in einem grellweißen Jenseits, in dem die anderen Seelen rücksichtslos herumlärmten. Offenbar war sie in einer Klinik. Ihr Herzschlag beruhigte sich allmählich, der Schmerz in ihrer Brust ließ etwas nach. Sie versuchte, flach zu atmen.

»Trinken Sie.«

Statt der Kotzschale hielt ihr der Typ jetzt ein Glas Wasser an die Lippen. Das pelzige Ding in ihrem Mund pappte an ihrem Gaumen. Sie trank. Versuchte auszuspucken. Es dauerte eine Weile, bis sie merkte, dass das klebrige Teil ihre Zunge war.

Die war ja riesig geworden.

Der Mann ließ sie noch einmal am Wasser nippen, auf seinem T-Shirt war das Logo des Krankenhauses aufgedruckt. Lindenhospital. Na toll.

»Du hast eine Gehirnerschütterung, sagt der Arzt.«

Mama? Tatsächlich rückte ihre Mutter einen Stuhl in ihr Sichtfeld. Die Stuhlbeine schrammten laut über den Fußboden, verursachten ein Kreischen in Miekes Schädel.

Mama war hier? Sie war aus Berlin hergekommen? Verdammt, sie musste ziemlich lange bewusstlos gewesen sein.

Mieke sah aus dem Fenster. Draußen war es dunkel.

Sie erinnerte sich an Blut in ihrem Gesicht und tastete mit der rechten Hand nach ihrem Kopf. Da war ein Verband.

»Und der Gurt hat dir beim Aufprall drei Rippen gebrochen«, informierte Mama sie weiter.

Der Weißgekleidete rumste das Glas auf den Nachttisch. Das Geräusch krachte gegen ihre Schädelwände, sie zuckte zusammen.

»Vorsicht!«, fauchte Mama ihn an. Wahrscheinlich war er nicht der Arzt, von dem sie gerade gesprochen hatte, denn vor Ärzten hatte sie einen völlig übertriebenen Respekt.

Miekes Mutter schien direkt von der Boutique aus zum Bahnhof gefahren und in den nächsten Zug gestiegen zu sein, sie sah aus wie eine englische Prinzessin beim Staatsempfang. Zu einem meergrünen Kaschmirpulli mit U-Boot-Ausschnitt trug sie einen knielangen Bleistiftrock und ein Halstuch in einem helleren Blauton. Ihr Make-up mit Lippenstift, Smokey Eyes und ein bisschen Glitzer hätte auch den Ansprüchen einer Abendveranstaltung genügt. Auf alle Fälle verriet es, dass sie nicht geweint hatte, denn das hätte die Kriegsbemalung nicht überstanden.

Im Krankenhaus wirkte Karen Jentsch so fehl am Platz wie die Queen. Sie legte ihre perfekt manikürten Finger auf Miekes linke Hand. Es tat weh.

Als Mieke den Blick senkte, entdeckte sie die Nadel der Infusion, die in ihrem blutunterlaufenen Handrücken steckte.

»Du hast Glück, dass du noch am Leben bist«, seufzte Mama.

Natürlich war da ein unterschwelliger Vorwurf in ihrer Stimme. Weil Mieke nicht besser aufgepasst hatte. Weil sie sie für eine miserable Autofahrerin hielt. Und weil das nicht passiert wäre, wenn sie in Berlin geblieben wäre.

Doch es stimmte, oder? Sie hatte wirklich Glück gehabt. Schwerfällig hob sie die Hand. Sie tastete nach ihrem Hals.

Er war noch da. Natürlich.

Waren das blaue Flecken? Oder tat ihr Hals nur weh, weil ihr alles andere auch wehtat? Wieso glaubte sie, sich daran zu erinnern, dass sie gewürgt worden war? Hatte sie sich das eingebildet? War das Mädchen in den Turnschuhen in Wirklichkeit jemand gewesen, der ihr geholfen hatte? War sie überhaupt da gewesen?

»Du wirst ein paar Tage im Krankenhaus bleiben müssen, aber wenigstens bist du wieder aufgewacht.« Mama klang, als wäre sie unzufrieden damit, als hätte sie mehr erwartet. Mehr Leistung, mehr Widerstandsfähigkeit. Sie hasste Krankheiten tatsächlich. Sie selbst war nie krank, nicht mal erkältet.

»Ich fahre morgen früh mit dem ersten Zug zurück«, erklärte sie. Natürlich. Auch wenn Mama ständig predigte, die einzige Karrieremöglichkeit für eine Frau sei eine lukrative Heirat, legte sie großen Wert auf ihre Position als Filialleiterin einer angesagten

Berliner Boutique. Einen Tag im Laden zu fehlen, nur weil ihre Tochter im Krankenhaus lag, kam nicht in Frage.

»Aber Jess kann dich übermorgen besuchen.«

Mieke schüttelte den Kopf. Sofort wurde ihr wieder schlecht.

»Nicht … nötig, Mama.« Klang, als würde sie lallen. Weil ihre Riesenzunge im Weg war. Außerdem schmerzte das Ding beim Sprechen. »Jess braucht nicht … extra …«

»Ist auch kein Vergnügen, mit zwei Kleinkindern Bahn zu fahren«, nickte ihre Mutter. »Ich komme Sonntag wieder, wenn du so lange bleiben musst. Ansonsten können wir ja telefonieren.«

Sie tätschelte Miekes Wange.

»Schlafen Sie weiter«, lenkte der Krankenpfleger Mieke ab. Er reckte sich nach dem Infusionsbeutel, fummelte daran herum. »Wenn Sie morgen wach werden, geht es Ihnen schon besser.«

Als sie das nächste Mal aufwachte, war ihre Mutter weg. Die Frau im Nebenbett strickte. Und draußen dämmerte es.

Weil aus dem Hämmern in ihrem Kopf ein dumpfes Pochen geworden war, schlussfolgerte sie, dass entweder ein Tag oder eine Nacht vergangen sein musste.

Der Schmerz war auszuhalten, solange sie versuchte, in den Bauch zu atmen wie beim Yoga. Dann bewegten sich ihr Brustkorb und die gebrochenen Rippen kaum.

Auf dem Nachttisch stand ein mit Wasser gefülltes Glas neben ihrer Handtasche. Anscheinend hatte jemand daran gedacht, sie nach dem Unfall mitzunehmen.

Der Unfall …

Das Denken klappte wieder besser, und die Erinnerungen an die letzten Tage setzten sich in ihrem Kopf zu einem düsteren Wimmelbild zusammen.

Schorsch war tot. Mieke hatte den Job ihres Lebens vermasselt und war gefeuert worden. Und hatte einen Unfall verursacht.

Wie hatte sich ihr Leben innerhalb weniger Tage in so einen Trümmerhaufen verwandeln können?

Sie hatte ihr Studium mit Einser-Schnitt abgeschlossen, hatte ihr

Privatleben immer zurückgestellt. Um jetzt erkennen zu müssen, dass sie nicht die Eier hatte, ein wirklich großes Geschäft durchzuziehen. Ihre Karriere war gelaufen. Kein Arbeitgeber würde sie jetzt noch einstellen.

Das Hämmern in ihrem Schädel wurde wieder lauter, obwohl es, abgesehen von den klappernden Stricknadeln der Oma im Nebenbett, ruhig war.

Und ihr Auto war auch Schrott.

Wieder stiegen ihr Tränen in die Augen.

Das grelle Krankenhausweiß wurde grau. Wäre einfacher gewesen, sie wäre gar nicht erst wieder aufgewacht.

SANNA

Ich erkläre Ihnen gern mal unter vier Augen, warum die Qualität unserer Kliniken regelmäßig ausgezeichnet wird.

Sanna drehte das Pappkärtchen mit dem Medica-Logo zwischen den Fingern. Ihr war bewusst, dass ihr Blick schon wieder in Richtung Parkhaus gewandert war.

Seit Sybille Sauer ihr die Visitenkarte mit ihrer persönlichen Handynummer in die Hand gedrückt hatte, hielt sie jeden Nachmittag, wenn sie am Gewerkschaftsstand vor dem Lindenhospital stand, Ausschau nach der Geschäftsführerin.

Allerdings vergeblich. Heute war bereits Donnerstag, Sauer war die ganze Woche noch nicht aufgetaucht.

Sanna hatte gehofft, sie abfangen zu können. Wenn das nicht klappte, würde sie sie tatsächlich anrufen müssen. Denn dass ihr die Medica-Chefin einen persönlichen Gesprächstermin angeboten hatte, war eine Chance, die sie sich unmöglich entgehen lassen konnte. Immerhin war es Ziel ihrer Gewerkschaftsarbeit, bessere Konditionen für die Beschäftigten auszuhandeln, dafür war das Gespräch unvermeidbar.

Außerdem war Sybille Sauer höllisch heiß.

Oh mein Gott. Hatte sie das wirklich gerade gedacht?

Sanna hielt inne. Sie erkannte Sauer in der Sekunde, in der sie aus dem Parkhaus trat. An der Art, wie sie, den Blazer locker zurückgeschlagen, eine Hand in der Hosentasche ließ, während sie in der anderen ihren Aktenkoffer hielt.

Hastig füllte Sanna einen Kaffeebecher.

Obwohl ... irgendwas war heute anders. Sauer steuerte auf den Klinikeingang zu, kein einziges Mal sah sie in Sannas Richtung. Absichtlich? Während die Geschäftsführerin normalerweise die Lage mit wachem Blick scannte, wirkte sie heute abwesend.

Sannas Mut sank. Ihre Gedanken kreisten seit Tagen immer wieder um ihre kurze Begegnung am Gewerkschaftsstand. Sauer hingegen schien sie längst vergessen zu haben.

Eine Sekunde lang war sie verunsichert.

Ach was, Arschlecken. Sollte sie ihr Gesprächsangebot vergessen haben, würde Sanna sie eben dran erinnern. Sie schnappte sich den Pappbecher, trat vor den Haupteingang des Krankenhauses und stellte sich Sauer in den Weg. »Kaffee?«

Die Managerin blieb stehen. Einen Augenblick lang starrte sie den dampfenden Becher in Sannas Hand an, dann hob sie den Blick.

Sanna schluckte. Sauers Miene war versteinert, ihre stahlgrauen Augen zeigten keine Regung.

Sanna drückte den Rücken durch und atmete ein.

»Sie wollten mir erklären, warum die Qualität Ihrer Kliniken regelmäßig ausgezeichnet wird, erinnern Sie sich?« Sie hielt Sauer ihre eigene Visitenkarte unter die Nase. »Ich würde Sie gern zum Mittagessen in die Kantine Ihres Krankenhauses einladen. Dann können Sie mir in Ruhe erläutern, welche Vorteile es hat, das Essen für gesundheitlich angeschlagene Patienten von einer Großküche liefern zu lassen, die einen Euro und achtzig Cent pro Mahlzeit berechnet und das Essen stundenlang warm halten muss, weil sie aus Mülheim anliefert.«

Sauer zuckte mit keiner Wimper – doch in ihren Augen blitzte etwas auf, das die Luft zum Knistern brachte. Sanna glaubte, das Prickeln winziger Stromschläge auf ihrem Dekolleté zu spüren.

Pah! Das beeindruckte sie kein bisschen. Sie hob herausfordernd die Nase – und bemerkte, wie sich die Fältchen in Sauers Augenwinkeln verstärkten.

»Der Krankenhausfraß ist ungenießbar«, winkte die Medica-Chefin ab. »Wie wär's mit Pizza?«

Mo

Die Rentenversicherungstussi tauchte nicht auf. Eine wirkliche Überraschung war das nicht.

Er hockte mit einer Tasse Kaffee in der Hand an der Bierzeltgarnitur unter dem Vordach. Teddy stand ein paar Meter entfernt, den Kopf in einer Futterschüssel versenkt.

Die Hüftknochen staken aus dem braunen Fell des Wallachs.

Teddy war Mos Geheimwaffe, wenn es darum ging, Reitschülern die Angst zu nehmen. Allerdings würde es Teddy nach Jentschs letztem Training nicht leicht haben.

Sah aber nicht aus, als würde sie sich noch blicken lassen. Mittlerweile war es zwanzig nach neun, und dass Jentsch unpünktlich war, war mehr als unwahrscheinlich.

Er hatte es vergeigt. Er hatte letzten Samstag bereits geahnt, dass er sie vergrault hatte.

Er rieb sich die Stirn. Klar konnte er sich Schöneres vorstellen, als seinen Samstag mit der Streberin zu verbringen, aber die Rentenversicherungsjobs zu verlieren, konnte er sich eigentlich nicht leisten.

Außerdem … na schön, vielleicht hatte er auch ein schlechtes Gewissen. Er hatte sich wie ein Arschloch benommen.

Er blätterte in seinem Terminkalender nach Jentschs Nummer und zog sein Smartphone aus der Tasche.

Marva

Blonde Strähnchen. Fingernägel, die mehr kosteten, als Marva im Monat für Lebensmittel ausgab. Und eine Armani-Handtasche auf dem Nachttisch.

Während sie Desinfektionsmittel auf dem Waschbecken deponierte, beobachtete sie unauffällig die Frau im Krankenbett.

Zwar hatte sie jetzt einen Verband um die Stirn, verfilzte Haare und einen Bluterguss, der bis unter ihr Auge reichte. Trotzdem war offensichtlich, dass sie Wert auf ihr Äußeres legte. Garantiert besaß sie ein teures Auto, eine schicke Wohnung und trank Rotwein, während die Abendnachrichten über Kriege und Hungersnöte berichteten.

Marva merkte ja selbst, wie einfach das war. Wie abartig bequem.

Dass die Tussi sich schämte, weil sie Tod und Elend wie eine Tüte Chips konsumierte, konnte Marva sich nicht vorstellen. Frauen wie sie berührte nicht, dass sie ihre Privilegien nur dem Ort verdankten, an dem sie zufällig zur Welt gekommen waren. Es interessierte sie nicht mal. Wahrscheinlich zappte die Tussi im Notfall weg, um sich den Feierabend nicht verderben zu lassen.

Sie zu hassen war kein Problem.

Plötzlich wankte Marva wie ein Zombie durch diese heile, saubere Welt. Ihre Wunden fraßen immer größere Löcher in ihren Körper. Komisch, dass das niemand merkte.

Sie bückte sich nach einer heruntergefallenen Pappschale. Ruhig bleiben. Eine Kurzschlussreaktion konnte sie sich nicht leisten. Denn auch sie selbst wollte ja eine heile, saubere Welt, möglichst weit vom Elend entfernt. Für Arya.

Außerdem musterte die Oma im Nebenbett sie über ihre Brille hinweg. Hatte die Alte gemerkt, dass Marva ihre Zimmergenossin beobachtete?

Ruckartig richtete sie sich auf und stellte das nierenförmige Schälchen auf den Tisch.

»Kann ich helfen?« Sie ging zu der Blonden hinüber.

»Jentsch, M., #451«, stand auf dem Plastikschild am Fußende des Bettes.

Marva griff mit dem linken Arm um die Schultern der Frau und mit dem rechten unter ihre Füße. Sie registrierte das Pflaster auf dem Rücken der rechten Hand. Der venöse Zugang war bereits entfernt worden. Sie würde bald entlassen werden.

»Jentsch, M.« biss die Zähne zusammen, als Marva sie auf die Bettkante drehte.

Als sie endlich saß, presste sie eine Hand an ihre Seite und lächelte hilflos. »Danke.«

Marva erwiderte das Lächeln.

MIEKE

Ihr Magen zog sich zusammen, sie hatte das Gefühl, sich übergeben zu müssen.

Der Uniformierte auf dem Stuhl an ihrem Krankenbett notierte seelenruhig in sein Heft. Er hatte die beiden Ordner mit ihrem Marketingkonzept mitgebracht, die beim Unfall in ihrem Auto gewesen waren.

»Grün«, sagte er und nickte langsam. »Passt. Wir haben Lackspuren am Wrack ihres Wagens gefunden, die auf eine Kollision hindeuten.«

»Wurde jemand verletzt?« Mieke versuchte, sich an dem über ihrem Bett baumelnden Griff hochzuziehen. Am liebsten hätte sie den lethargischen Beamten geschüttelt, damit er ihre Fragen beantwortete. Doch sie schaffte es noch nicht einmal, sich hinzusetzen.

»Kann ich Ihnen nicht sagen.«

Was? Sie ignorierte den Schmerz in ihren Rippen und zog sich mit einem Ruck hoch.

»Eine Zeugin glaubt, sich an einen grünen Geländewagen am Unfallort zu erinnern«, fuhr der Mann dann doch fort. »Als wir eingetroffen sind, war er allerdings verschwunden. Sieht nach Fahrerflucht aus.« Der Beamte zuckte die Achseln. »Sicher, dass *Sie* den Unfall verursacht haben?«

Mieke suchte in den Fragmenten ihrer auseinandergesprengten Erinnerung. »Ich dachte, ich habe den Wagen beim Abfahren übersehen.«

»Dann würde eine Fahrerflucht aber keinen Sinn ergeben«, murrte der Polizist unzufrieden.

Miekes Hand wanderte an ihren Hals. Sie hatte einen ordentlichen Schlag gegen den Kopf bekommen, war bewusstlos gewesen und hatte eine Gehirnerschütterung. War das Mädchen an ihrem Auto Einbildung gewesen? Sie konnte sich an kein Gesicht erinnern, nur an das Gefühl von Händen an ihrem Hals.

Der Polizist erhob sich. »Wir fahnden nach dem Geländewagen, aber um ehrlich zu sein, fahren ziemlich viele von den Dingern herum. Wenn wir ihn nicht finden, werden sich die genauen Unfallumstände wohl nicht klären lassen.«

Er steckte seinen winzigen Notizblock ein und schlurfte zur Tür. Mieke blieb sitzen, weil das Zurücklehnen gegen das aufgestellte Kopfteil des Bettes wieder wehgetan hätte.

Sie zog den Kragen ihres Langarmshirts vor und betrachtete den streifenförmigen Bluterguss, den der Gurt quer über ihre Brust hinterlassen hatte.

Zum Glück hatte Mama ihr nicht das schickste Büro-Outfit mitgebracht, sondern eine weite Yogahose und ein bequemes Stretchshirt. Was ihr garantiert schwergefallen war.

Der Krankenpfleger hatte erklärt, dass der Arzt die Befragung durch die Polizei erlaubt hatte. Angeblich sollte gleich die Abschlussvisite stattfinden, danach dürfe sie gehen.

Sie hatte keine Ahnung, ob sie überhaupt gehen konnte. Aber etwas anderes würde ihr nicht übrig bleiben, denn ein Auto besaß sie ja nicht mehr.

Ihre Mutter musste samstags arbeiten, und ihr Neffe Calvin hatte Geburtstag, sonst wäre Jess gekommen, um sie abzuholen. Natürlich hatte Mieke versichert, dass sie allein klarkam.

Sie würde mit einem Taxi oder der U-Bahn nach Hause fahren müssen, weil niemand sie abholte. Ihr war einfach nur zum Heulen zumute.

»Ihr Handy klingelt«, sagte ihre Mitbewohnerin.

Mieke hob den Kopf. Die alte Frau deutete auf ihre Handtasche, die auf ihrem Nachttisch summte.

Sie seufzte. Wahrscheinlich wollte Mama wissen, ob sie schon zu Hause war. Sie zog die Tasche auf ihren Schoß und kramte ihr Smartphone heraus. Dabei geriet ihr ein kleiner Metallstift zwischen die Finger. Der USB-Stick aus ihrem Schreibtisch.

Kurz hielt sie inne.

Dann klappte sie die Handyhülle auf – die Nummer kannte sie nicht. Ihre Handinnenflächen wurden schwitzig.

Das sind die Anrufe, die in der letzten Woche von ihrem Dienstapparat aus geführt wurden.

Cool bleiben. Van Hoorn hatte ihren Dienstapparat überprüft. Aber das hier war ihr privates Smartphone. Außerdem hatte er sie ja schon gefeuert, schlimmer konnte es kaum noch kommen. Außer er verklagte sie.

Ihr Herz klopfte nervös gegen ihre gebrochenen Rippen, als sie den Anruf entgegennahm.

»Ja?«

»Blümel. Frau Jentsch?«

Blümel? Eine Schrecksekunde lang schaffte Mieke es nicht, den Namen einzuordnen.

»Wir hatten vor einer Stunde einen Termin zum Führungskräftetraining«, half ihr der Mann auf die Sprünge, und sie atmete erleichtert auf.

Der Cowboy mit den Ponys. Klar, heute wäre der letzte Termin des Personal Coachings gewesen.

»Herrje, tut mir leid«, log sie. »Ich hatte einen Unfall und liege im Krankenhaus. Aus dem Coaching wird heute nichts.«

»Oh.« In der Stimme des Mannes veränderte sich etwas. »Geht es Ihnen gut?«

Zu Miekes Erstaunen gelang es ihm tatsächlich, betroffen zu

klingen, obwohl er sich garantiert gerade die Hände rieb, weil er freihatte und trotzdem bezahlt wurde.

»Schon besser«, sagte sie. »Ich werde wohl gleich entlassen.« Und fahre mit der U-Bahn in meine leere Wohnung, ergänzte sie in Gedanken. Das Zimmer verdunkelte sich.

»Okay …«, murmelte Blümel.

Dann herrschte Schweigen in der Leitung. Mieke wartete darauf, dass er sich verabschiedete, damit sie die plötzlich aufsteigenden Tränen abwischen konnte. Doch Blümel schwieg weiter, und sie selbst befürchtete, dass man den Kloß in ihrem Hals hören würde, wenn sie etwas sagte.

»Unser letztes Coaching lief nicht besonders gut«, meinte Blümel schließlich. »Ich fürchte, ich habe das falsche Pferd eingesetzt. Ich würde den Termin gern nachholen, wenn Sie wieder fit sind.«

Sollte das ein Scherz sein? Da lag sie ja lieber mit einer Gehirnerschütterung im Krankenhaus.

»Da ich keine Führungsposition mehr habe, können wir uns das Theater sparen.« Mieke biss sich auf die Zunge, doch der Satz war ihr schon herausgerutscht. Und das Schluchzen war deutlich zu hören gewesen.

»Was heißt, Sie haben keine Führungsposition mehr?«, hakte Blümel nach, obwohl er ihre Worte ja offensichtlich genau verstanden hatte.

»Das überrascht Sie doch wohl nicht, nachdem wir festgestellt haben, dass sogar Ihre Ponys besser für den Job geeignet wären als ich.« Mieke fauchte, um nicht noch mal zu schluchzen. »Vielleicht kriegt ja eins Ihrer Pferde die Stelle.«

»Sie haben Ihren Job verloren?«, vergewisserte sich Blümel.

Hatte Sie das nicht gerade gesagt?

Miekes Brust schmerzte bei dem Versuch, den Heulkrampf zu unterdrücken. Ihre Rippen pochten. Ihre Bettnachbarin hatte aufgehört zu stricken und verfolgte interessiert ihr Telefonat.

In der Leitung herrschte wieder Stille, und Mieke hielt das Telefon von sich weg, damit Blümel ihren unregelmäßigen Atem nicht bemerkte.

»Klingt ziemlich beschissen«, meinte Blümel dann. »Kann ich was für Sie tun? Haben Sie alles, was Sie brauchen, wenn Sie nach Hause kommen? Oder soll ich Ihnen irgendwas besorgen?«

Wie bitte? »Sie wollen für mich einkaufen?«, schniefte Mieke.

»Ihre Ex-Firma bezahlt mich ziemlich gut dafür, dass ich mich heute um Sie kümmere«, witzelte der Cowboy.

Mieke zögerte.

»Sind Sie noch dran?«, wollte Blümel wissen.

»Sie können tatsächlich was für mich tun«, sagte Mieke.

Marva

Unauffällig ließ Marva die aufgezogene Spritze in der Tasche ihres Kasacks verschwinden. Die Sache war zu riskant, die Alte im Nebenbett passte auf wie ein Luchs.

Und eben war auch noch ein Typ aufgetaucht. Groß, lange Haare. Er hinkte, wirkte sonst aber sportlich. Marva dachte automatisch an einen verwundeten Soldaten, obwohl das nicht sehr wahrscheinlich war.

Trotzdem warnte ihr Instinkt sie. Das Risiko, dass sich die neugierige Alte oder der Typ an sie erinnerten, war groß. Und sie hatte nicht vor, ihr sauberes neues Leben zu gefährden.

Die Sache war gelaufen.

Vorerst …

Mieke

»Wow. Sie sehen echt beschissen aus.«

Mieke hob eine Braue, denn Blümels Stall-Style machte ihn auch nicht gerade zum funkelnden Stern am Firmament des Modehimmels.

Der Möchtegern-Cowboy nickte ihrer strickenden Bettnachbarin zu. Im Sterilweiß des Krankenhauses wirkte er genauso fehl am Platz wie ihre Mutter. Die Hände in den Hosentaschen lehnte er in der Tür. Im grellen Neonlicht schienen sich die grauen Strähnen in seinen braunen Locken zu vermehren, und weil die Falten um seine Augen herum und von den Nasenflügeln zu den Mundwinkeln Schatten warfen, wirkte er älter, als er wahrscheinlich war. Mieke schätzte ihn auf etwa fünfzig. Um seine Ranch zu verlassen, hatte er lediglich die Gummistiefel gegen klobige Outdoorboots getauscht. Okay, vielleicht hatte er sich auch gekämmt. Und seine Jeans hatte zwar Löcher an den Knien, die keinem Modetrend zu verdanken waren, aber sie war sauber.

Außerdem war ihr sein Gammellook völlig egal. Sie war dem Idioten unglaublich dankbar, dass er sich bereit erklärt hatte, sie nach Hause zu bringen.

»Können wir?«, wollte Blümel wissen.

Mieke ließ die Beine über die Kante gleiten und ignorierte ihre protestierenden Rippen. Blümel registrierte trotzdem, dass ihr das Aufstehen nicht leichtfiel. Er trat einen Schritt auf sie zu, wusste dann aber offenbar nicht, was er machen sollte, und blieb hilflos stehen.

»Schaffen Sie es überhaupt bis zum Fahrstuhl?«, erkundigte er sich.

»Wenn Sie mein Gepäck nehmen.« Mieke deutete auf ihre Handtasche und die leichte Reisetasche, in der ihr Nachthemd, eine Zahnbürste und die beiden Ordner steckten.

Blümel hängte sich ihre Handtasche über die Schulter. Mit der linken Hand griff er ihre Reisetasche und mit der rechten ihren Oberarm.

Mieke war in ihre Stiefeletten geschlüpft und schaffte es mit Blümels Hilfe aufzustehen. Sein Griff überraschte sie, er schien unsicher, trotzdem vermittelte er ihr das Gefühl, dass er sie festhalten würde, sollte sie das Gleichgewicht verlieren. Durch den Stoff ihres Langarmshirts spürte sie die Wärme seiner Hand.

»Gute Besserung«, rief ihre Bettnachbarin ihr nach.

Weil Mieke jeder schnellere Schritt schmerzhaft durchzuckte, dauerte es eine Weile, bis sie den Aufzug erreichten.

»Kann ich aus der Tatsache, dass Sie niemand abholt, schlussfolgern, dass Sie allein leben?«, erkundigte sich Blümel, als sie endlich vor der Fahrstuhltür standen.

»Brillant kombiniert, Sherlock«, murrte Mieke.

Blümel musterte sie von der Seite. »Verwandte in der Nähe? Irgendwer, der bei Ihnen vorbeischaut?«

Wie auf Kommando schwoll wieder der Kloß in Miekes Kehle an, den sie gerade erst heruntergewürgt hatte. Konnte der nicht einfach die Fresse halten?

»Geht Sie nichts an.«

»Also nein«, ätzte Blümel.

Zu Miekes Glück öffnete sich in diesem Moment die Fahrstuhltür. Sie ließ ihn stehen und humpelte hinein.

Er folgte ihr und lehnte sich schweigend an die Wand gegenüber.

Mieke blinzelte ihre Sicht wieder klar und stützte sich mit beiden Händen am Handlauf ab. Der Ruck, mit dem der Aufzug stoppte, ließ sie zischend ausatmen.

»Ich nehme Sie mit zu mir«, sagte Blümel, als sie das Parkhaus vorm Haupteingang erreichten.

»Wie bitte?«

»Ich habe zehn Gästezimmer.« Blümel zuckte die Achseln. »Ist ein Witz, dass die Sie schon entlassen. In zwei, drei Tagen geht es Ihnen bestimmt besser, aber in diesem Zustand können Sie unmöglich allein in Ihrer Wohnung bleiben.«

»Das lassen Sie mal meine Sorge sein.« Mieke registrierte erleichtert, dass Blümel nicht auf die Treppe zusteuerte. Er schien im Erdgeschoss geparkt zu haben.

»Ich formuliere es mal anders«, sagte Blümel. »*Ich* lasse Sie in diesem Zustand nicht allein in Ihrer Wohnung.«

»Zum Glück haben *Sie* das nicht zu entscheiden«, entgegnete Mieke prompt.

Blümel trat neben einen unbeschreiblich schmutzigen Kombi. Wahrscheinlich hätte das japanische Fabrikat noch schlimmer ausgesehen, wenn es nicht in unempfindlichem Goldbraun lackiert gewesen wäre. Die Rückbank war umgeklappt, damit auf der vergrößerten Ladefläche – Mieke blinzelte – eine *Schubkarre* Platz fand?

Blümel öffnete die Tür und warf Miekes Handtasche auf den Beifahrersitz. Sein Auto roch nach Pferd.

»Zum Glück bin ich derjenige, der in der Lage ist zu fahren«, stellte er fest. »Entweder kommen Sie mit zu mir, oder Sie humpeln zur nächsten U-Bahn-Station.«

»Nicht Ihr Ernst!«, fauchte Mieke und musste prompt ihre Hand gegen ihre Rippen pressen.

»Wetten?« Blümel verschränkte die Arme vor der Brust. Sekundenlang standen sie sich im Halbdunkel des Parkdecks gegenüber. Dann musste Mieke sich am Wagen abstützen.

»Steigen Sie endlich ein«, murrte Blümel. »Ich verspreche, dass ich … kein psychopathischer Serienmörder bin. Sie werden ein paar Tage in meinem Gästezimmer voraussichtlich überleben.«

»Sie haben gezögert bei Ihrem Versprechen«, konterte Mieke.

Blümel hob spöttisch eine Braue. »Weil ich Ihnen vielleicht doch zutraue, mich so sehr zu nerven, dass ich Sie im Affekt kille.«

Mo

Er hatte es verbockt.

Er hatte Mist gebaut, dabei hätte ausgerechnet er es erkennen können. Müssen. Von Anfang an. Wenn nicht er, wer dann? Es konnte doch nicht sein, dass er noch immer so fahrlässig unsensibel war.

Seine Hände klebten am Plastiklenkrad seines alten Forester fest, und er konnte spüren, wie der kalte Schweiß die Haare in seinem Nacken kräuselte.

Im Krankenzimmer hatte er die düstere Aura sofort bemerkt, die wie eine Gewitterwolke über Jentschs Bett gehangen hatte. Er wusste, was mit ihr los war – und er hatte mächtig Schiss davor.

Aber noch mehr Schiss hatte er, sie in diesem Zustand allein in ihrer Wohnung zu lassen. Denn eine Depression war weitaus gefährlicher als ein paar gebrochene Rippen.

Warum hatte er das bei ihrem ersten Treffen nicht bemerkt? War es wirklich noch nicht da gewesen? Oder hatte sie es so gut hinter ihrer Karrierefrauen-Fassade versteckt, dass es ihm nicht aufgefallen war?

Schwachsinn! Offensichtlich war er schlicht und einfach immer noch ein Vollidiot. Die Ponys hatten allesamt sofort gecheckt, dass sie längst nicht so selbstsicher, erfolgreich und arrogant war, wie sie vorgab. Er selbst hatte es ihr unter die Nase gerieben – und trotzdem das dominanteste Pferd ausgesucht, um sich dran aufzugeilen, wie sie im Dreck landete.

Er hatte sich als Coach aufgespielt und erst geschnallt, was mit ihr los war, als sie in einem Krankenhausbett lag.

Am liebsten hätte er seine Stirn auf das Lenkrad gerumst. Jetzt vibrierten alle seine Antennen.

War es eine gute Idee, sie mitzunehmen?

Was, wenn sie …

Er warf der Frau auf dem Beifahrersitz einen Seitenblick zu. Sie sah aus dem Fenster. Ihre blonden Haare waren verstrubbelt und an den Spitzen noch nass vom Duschen. Der Bluterguss hatte ihre linke Gesichtsseite dunkel gefärbt, sie hatte schwarze Ringe unter den Augen, und in ihrem bleichen, ungeschminkten Gesicht wirkten ihre blauen Augen riesig. Die Verzweiflung umgab sie wie schwarzer Nebel.

Was, wenn sie über Suizid nachdachte?

Weil sie den Job verloren hatte? Und weil sie niemand aus dem Krankenhaus abholte? Vielleicht auch wegen des Unfalls?

Wieso nicht? Es gab Leute, die weniger verkrafteten.

Was, wenn er der Sache nicht gewachsen war?

»Waren Sie schuld?«, versuchte er herauszufinden, womit er es zu tun hatte. »Am Unfall, meine ich.«

»Wahrscheinlich.«

Mist.

»Kamen noch andere Leute … zu Schaden?«

Jentschs Blick kreuzte seinen. Sie zögerte, bevor sie den Kopf schüttelte.

»Aber?«, hakte er nach, als sie nicht weitersprach.

Sie zuckte die Achseln. »Bin mir nicht sicher«, murmelte sie.

»Sie erinnern sich nicht? Gibt es keine polizeiliche Untersuchung?«

»Da war noch ein Geländewagen. Anscheinend war er beteiligt. Aber der Fahrer konnte nicht befragt werden.«

Mo brauchte einen Moment, bis er eins und eins zusammengezählt hatte. Mann, er war echt aus der Übung. Da sie gerade gesagt hatte, niemand außer ihr sei verletzt worden, blieb nur eine Möglichkeit.

»Fahrerflucht?« Mo bremste abrupt an der roten Ampel an der Castroper Straße.

»Jemand hat den Wagen gesehen«, antwortete Jentsch. »Aber als die Polizei kam, war er weg.«

»Wieso sollte jemand Fahrerflucht begehen, wenn *Sie* den Unfall verursacht haben?« Die Ampel war immer noch rot, er sah sie an.

Jentsch biss sich auf ihre Unterlippe. Als wäre sie nicht sicher, ob sie die Worte, die ihr auf der Zunge lagen, wirklich aussprechen sollte.

»Vielleicht … also es kann sein, dass mir der Wagen gefolgt ist«, sagte sie dann.

»Was?«

»Wahrscheinlich bilde ich mir das ein«, ruderte sie zurück. »Ich glaube nur, ich habe ein ähnliches Auto vorher auf dem Parkplatz der Rentenversicherung gesehen.«

»Hey, ich bin kein Polizist und nehme keine Zeugenaussage auf.« Mo ließ das Lenkrad los und hob die Hände. »Sie können vermuten, was immer Sie wollen.«

Jentsch schluckte. »Der Wagen war dunkelgrün. Mit so einem Rammschutz am Kühler. Wie Jäger ihn manchmal fahren. Den hatte der SUV beim Unfall auch.«

Sie glaubte, sie war verfolgt worden?

Hinter Mo ertönte ungeduldiges Hupen, die Ampel war längst auf Grün umgesprungen.

Als er anfuhr, scannte er reflexartig die Fahrzeuge, die sich neben und hinter ihm in den Verkehr einreihten.

Mieke

Blümel kurbelte den Kombi durch den Torbogen seiner Ranch. In Schlangenlinien fuhr er bis vor das Haupthaus. Es dauerte einen Moment, bis Mieke begriff, dass er um die Schlaglöcher herumlenkte. Das war aufmerksam von ihm, die Erschütterungen hätten ihre Rippen garantiert übel genommen.

Schließlich parkte er vor der Haustür, Mieke konnte direkt vor den flachen Stufen aussteigen, die zum Eingang führten.

Bevor sie den Sicherheitsgurt gelöst hatte, öffnete Blümel bereits die Beifahrertür und hielt ihr seine Hand hin.

Mieke gab es auf zu schmollen, weil er sie genötigt hatte mitzukommen. Ehrlich gesagt war sie ziemlich erleichtert, nicht allein in ihrer Wohnung zu sitzen und darüber nachgrübeln zu müssen, wie sie ihr Leben derartig an die Wand hatte fahren können.

Blümel verlagerte sein Gewicht nach rechts, sein linkes Bein war definitiv irgendwie verletzt. Trotzdem konnte er sie problemlos auf die Füße ziehen und half ihr die Stufen hinauf.

Hinter der Eingangstür lag ein schmaler, düsterer Flur. Es roch nach altem Mauerwerk. Rechts und links führten Türen in die Zimmer, deren Fenster im Erdgeschoss zum Hof rausgingen. In der dunklen Nische unter einer steilen Holztreppe mit gedrechseltem Geländer hingen ein paar Jacken an einer Garderobe. Darunter stand eine mit Pferdebürsten gefüllte Tasche, aus der eine große Raspel, eine Zange und ein Hufauskratzer ragten. Und eine Reihe Schuhe auf Zeitungspapier.

Das waren mindestens zwanzig Paar. Entweder hatte Blümel einen Schuhtick, oder er wohnte hier nicht allein.

Neben schlammverkrusteten Gummistiefeln entdeckte Mieke Sneakers, ein paar Sandalen und – schwarze High Heels?

Ihre Augen wanderten zurück zu den Jacken an der Flurwand. Die karierten Holzfällermodelle gehörten zu Blümels Cowboykostüm, außerdem gab es ein paar Regenjacken. Eine war dunkel mit pinkfarbenem Innenfutter. Das war garantiert nicht seine.

Blümel öffnete eine Tür ganz am Ende des Flures. Mieke folgte ihm in einen unerwartet großen Raum an der Rückfront des Gebäudes. Eine Art Wohn-Küche-Esszimmer.

Sie stand neben einer durchgesessenen Sofaecke mit bunten Kissen. Ein Laptop lag unter Bechern und Chipstüten auf dem Billigcouchtisch eines skandinavischen Möbeldiscounters. Auf dem Sideboard an der gegenüberliegenden Wand standen Fernseher und Playstation. Rechts hinter dem Sofa teilte ein verglastes Fachwerk einen übertrieben großen Essbereich von der Wohnküche ab. Dort standen zwei Bierzelttische samt Bänken, an denen locker zwanzig Leute Platz hätten.

Ich habe zehn Gästezimmer.

Bekam er ernsthaft irgendwann mal so viel Besuch?

Im Augenblick offenbar nicht, denn er schien den vorderen Tisch als Bügelbrett zu nutzen. Neben einem Bügeleisen türmte sich ein Wäscheberg. Die Glastür zum Essbereich war geschlossen, und am Fachwerk lehnte ein altes Türblatt. Miekes Blick blieb daran hängen. Der Umriss eines menschlichen Körpers war daraufgemalt. Das war … strange.

Blümel trat in die in die Jahre gekommene Küche links vom Eingang. Es gab nicht nur Herd und Kühlschrank, sondern auch Waschmaschine und Trockner. Draußen auf der Weide fraßen Pferde Heu aus einer großen Raufe. Unterm Küchenfenster stand ein Tisch, an dem eine Frau an einem Laptop saß.

Was die High Heels erklärte.

Sofort fühlte Mieke sich unwohl. Auch im Gästezimmer würde sie stören. Dass Blümel sie einfach mitgebracht hatte, würde seiner Frau-Freundin-was-auch-immer wohl kaum gefallen.

Oder war sie seine Schwester?

Ihr Style machte es schwierig, ihr Alter zu schätzen. Sie trug ein Tanktop zu einer ausgebeulten Jogginghose, hatte einen nackten Fuß auf die Sitzfläche ihres Stuhls gestellt und das Kinn auf ihr Knie gelegt. Das enge Oberteil versteckte ihre Kurven ebenso wenig wie die Tattoos, die ihren gesamten linken Arm hinauf bis zur Schulter rankten. Ihre schwarzen Haare hatte sie an der linken Seite kurz rasiert, sodass eine Menge glitzernder Ohrstecker und -ringe zu sehen waren. In ihrer Stupsnase steckte ein weiteres Piercing, und die große Brille betonte ihre klugen Augen, in deren Winkeln sich Fältchen abzeichneten. Mieke schätzte sie älter, als ihr Kleidungstil vermuten ließ.

Sie musterte Mieke über den Bildschirm ihres Laptops hinweg.

»Lana, das ist …« Blümel zögerte kurz. »… Mikaela Jentsch«, sagte er dann. »Sie bleibt ein paar Tage.«

Die Frau hob eine Braue über den silbernen Rahmen ihrer Brille.

»Frau Jentsch, das ist meine Freundin Alana Simon. Sie wohnt hier, wenn sie da ist.«

Sie wohnt hier, wenn sie da ist? Was sollte das denn heißen? Arbeitete sie in einer anderen Stadt? Führten sie eine Wochenendbeziehung?

Ging sie das irgendwas an?

Die Frau erhob sich, zog ihre schlabberige Jogginghose hoch und tappte mit nackten Füßen auf Mieke zu, um ihr die Hand hinzuhalten. Sie war einen halben Kopf kleiner.

»Nennen Sie mich Lana«, sagte sie, als wäre es völlig normal, dass ihr Freund eine fremde Frau mit nach Hause brachte.

»Mieke«, sagte Mieke und wunderte sich über Lanas kräftigen Händedruck.

»Mikaela Jentsch?«, wiederholte Blümels Freundin ihren Namen, während sie mit unangenehm klarem Blick den Bluterguss in Miekes Gesicht betrachtete. Zwischen den dunklen Brauen der Frau bildete sich eine kleine Falte. »Sie sind die Managerin, oder? Die von der Rentenversicherung. Sie hatten heute den Termin zum Personal Coaching. Gab es Probleme?« Alarmiert zuckten ihre Augen zu Blümel. Der hob abwehrend die Hände, als wollte er ihr versichern, dass er nicht für Miekes blaues Auge verantwortlich war.

»Ich hatte einen Autounfall«, klärte Mieke sie auf. »Vor ein paar Tagen schon. Eigentlich wollte ich nicht … ich will Sie auf keinen Fall stören …«

Lanas Blick wanderte zwischen Blümel und Mieke hin und her, und Mieke beschlich das unangenehme Gefühl, dass sie völlig falsche Schlüsse zog.

»Ich kann wirklich genauso gut nach Hause –« Sie merkte, dass sie stammelte.

»Sie stören nicht«, erklärte Lana knapp. »Die Bude ist groß genug, und ich mache jetzt sowieso einen Ausritt.« Sie klappte mit Schwung den Laptop zu, klemmte ihn unter den Arm und schlurfte aus dem Zimmer, nicht ohne Blümel einen abschätzenden Blick zuzuwerfen.

»Setzen Sie sich.« Blümel schob sie zum Sofa. »Essen dauert noch, ich kann Ihnen einen Kaffee machen. Oder lieber Tee? Lana hat Beruhigungstee, Entspannungstee, Detox mit Brennnessel …«

»Beruhigungstee klingt gut.« Mieke konnte sich nicht erinnern, dass sie das jemals zuvor gedacht hatte. Im Büro leerte sie eine Kanne Kaffee am Tag. Blümel schob die verknoteten Decken auf die andere Couchseite und warf drei dicke Kissen darüber. So konnte Mieke die Küche sehen, wenn sie sich daran anlehnte. Lana hatte die Zimmertür beim Rausgehen geschlossen, die seltsame Tür mit der daraufgepinselten Silhouette stand hinter der Couch am verglasten Fachwerk. Auf den zweiten Blick fiel Mieke auf, dass das Ding Löcher hatte. War das eine Zielscheibe?

»Schuhe aus.«

Mieke bemerkte, dass Blümel seine Outdoorboots längst ausgezogen hatte. Seine Socken hatten Löcher. Sie streifte die Stiefeletten ab, und er griff ihre Beine, um sie vorsichtig auf die Couch zu legen. Mieke unterdrückte ein Ächzen, als sie in die Kissen sank.

Blümel ging in den Küchenbereich hinüber und holte ein paar Töpfe aus dem Schrank.

»Ist Gemüsebolognese in Ordnung für Sie?«, erkundigte er sich.

»Sie brauchen nicht für mich zu kochen«, sagte Mieke eilig.

»Weil mein Sohn, Lana und ich nicht hungern wollen, werde ich sowieso was machen. Sie sind eingeladen, solange Sie keine Sterneküche erwarten.«

Einen Sohn hatte er auch.

»Was ist das?« Mieke deutete über ihre Schulter zu der merkwürdigen Tür.

Blümel kratzte sich an der Nase. »Manchmal machen wir Cowboyfeste für die Reitkinder. Mit Ponyspielen, Lassowerfen, Lagerfeuer. Und Messerwerfen.«

»Sie üben Messerwerfen mit Kindern? Haben Sie nicht vorhin behauptet, Sie wären kein Psychopath?«

Ganz kurz sah es aus, als würde er grinsen. »Wir üben nur ganz selten mit an die Tür gefesselten Frauen«, konterte er. Er kramte ein Gemüsemesser aus der Schublade – allerdings nur, um damit Möhren zu schälen.

»Gibt's einen Anhaltspunkt dafür, dass der Geländewagen, mit dem Sie kollidiert sind, der sein könnte, den Sie an der Rentenversicherung gesehen haben?«, erkundigte er sich, während er Gemüse schnippelte. »Irgendwelche besonderen Kennzeichen?«

Mieke zögerte. Sollte sie ihm erzählen, dass sie glaubte, jemand hätte sie gewürgt?

Nee.

»Vermutlich spielen mir meine Nerven, nach allem, was passiert ist, einen Streich.«

Blümel stellte eine dampfende Tasse, auf die ein verblasstes Minecraft-Männchen gedruckt war, neben sie auf den Couchtisch. »Und was ist alles passiert?«

Auch wenn Blümel nur Small Talk machte, damit sie sich nicht anschwiegen, während er Spaghetti kochte, half Mieke der chronologische Bericht, das Chaos in ihrem Kopf zu ordnen. Sie erzählte der Reihe nach. Von den störrischen Klinikleitungen, von van Hoorn, der sie zum Führungskräftetraining verdonnert hatte, von Schorschs Suizid auf dem Parkplatz.

»Was?« Blümel hatte aufgehört, Tomaten zu schnippeln. »Hat

er einen Abschiedsbrief hinterlassen? Irgendeinen Hinweis, dass er seinem Arbeitgeber die Schuld an seinen persönlichen Problemen gegeben hat?«

»Davon hat der Kommissar nichts gesagt.«

Blümel rieb sich sein unrasiertes Kinn, bevor er die Tomaten in den Soßentopf schob. »Und nachdem Schorschi seine Stelle vorzeitig frei gemacht hat, hat Ihr Boss Sie rausgeschmissen?«

Mieke schüttelte den Kopf. »Der Arbeitsauftrag hat sich geändert.«

Während Blümel in der Soße rührte, berichtete Mieke, dass sie den Verkauf der Kliniken, den sie abwickeln sollte, sabotiert hatte. Dass sie deshalb auf die fristlose Kündigung wartete. Und nach kurzem Zögern erzählte sie auch, dass sie glaubte, der Ministerpräsident persönlich könnte sie an van Hoorn verpfiffen haben.

Blümel runzelte die Stirn.

»Klingt paranoid, hm?«, seufzte Mieke.

»Nicht zwingend«, überlegte Blümel laut. »Vielleicht sind Tenwegen und van Hoorn ja Mitglieder im gleichen Golfclub.«

Echt?

»Oder Stammgäste im gleichen Bordell«, mutmaßte Blümel weiter. Unerwartet stiegen Mieke Tränen in die Augen, nur weil er sie nicht für verrückt hielt. Sie war echt mit den Nerven am Ende.

»Sami! Essen!«, brüllte Blümel so laut, dass Mieke zusammenfuhr. Er rumste das dampfende Nudelsieb neben die Pfanne mit der Soße auf den Tisch.

»Bleiben Sie liegen«, befahl er Mieke. »Sie dürfen auf dem Sofa essen – ausnahmsweise.«

Dass das keine Ausnahme war, verrieten schon die Chipstüten auf dem Couchtisch.

Ein schlaksiger Teenager polterte herein, als Blümel den Nudelteller zu Mieke hinüberbalancierte. Der Junge hatte den Blick auf das Smartphone in seiner Hand gesenkt und trug die Kapuze seines Hoodies so tief in die Stirn gezogen, dass er Blümel zu spät bemerkte und beinahe mit ihm zusammengestoßen wäre.

Als er den Teller in der Hand seines Vaters bemerkte, hob er erstaunt den Kopf, schob die Kapuze ein Stück zurück und entdeckte Mieke auf dem Sofa.

Der Junge war fast so groß wie sie selbst, und als Blümel ihm die Kapuze vom Kopf zupfte, quollen schulterlange kastanienfarbene Locken hervor.

»Wir haben einen Gast. Sag Hallo.« Blümel stellte Mieke den warmen Teller auf den Schoß.

»Hallo«, brummte der Junge.

»Mein Sohn Samuel«, ergänzte Blümel.

Mieke hob eine Hand. »Ich bin Mieke.«

Samuel nickte nur und schlurfte zum Esstisch, als wäre es nichts Besonderes, dass eine fremde Frau auf dem Sofa lag.

Dass er Blümels Sohn war, war offensichtlich. Seine aufsehenerregenden Locken ließen vermuten, dass er öfter duschte als sein Vater. Trotz seiner Pubertätspickel war Mieke überzeugt, dass ihn die Mädchen in der Schule anhimmelten.

Im Vorbeigehen schnappte Blümel Samuel das Handy weg.

»Alter, ich war mitten in der Runde!«, beschwerte sich der Teenager prompt.

»Davon wird die Welt nicht untergehen. Warst du heute schon mal draußen?«

»Was soll ich draußen?«

Mieke rollte Nudeln auf ihre Gabel, die überraschend gut schmeckten. Neben Möhren, Erbsen und Tomaten enthielt die vegetarische Bolognese Körner. Und Walnüsse?

Das Geplänkel zwischen Blümel und Blümel junior lenkte sie von ihrem düsteren Leben ab. Sie fühlte sich ein bisschen besser.

Plötzlich fiel ihr noch etwas ein. Sie stellte den Teller auf den Couchtisch und angelte nach ihrer Handtasche, die neben dem Sofa stand. Sie fischte den USB-Stick heraus, den sie zwischen den Müsliriegeln in ihrem Schreibtisch gefunden hatte.

»Kann ich mal Ihren Laptop benutzen?«, fragte sie Blümel.

Ocean

Sie will die Tür zuschieben, doch sie wankt, kippt gegen die Flurwand. Er hat schon den Fuß im Spalt, drängt sich mit in ihr Zimmer, drückt die Tür hinter sich zu.

Panik erfasst sie, sie sind allein. Sie weicht zurück. Taumelt.

Er folgt ihr. Rückwärts stößt sie mit den Kniekehlen gegen das Bett, fällt in die Kissen. Alles dreht sich, der Alkohol steigt sauer in ihrer Kehle hoch.

Plötzlich sitzt er auf ihr, seine Hose hängt bereits auf seinen Knien. Er zerrt ihre Arme an den Handgelenken über ihren Kopf. Sie will sich wehren, schafft es nicht. Sie ist zu betrunken, und er ist stärker.

»Hör auf, dich anzustellen«, zischt er dicht an ihrem Ohr. »Du willst es doch.«

Sie wimmert.

»Denkst du, du kannst mich erst scharfmachen und dann abblitzen lassen?«, fährt er sie an. Sein Atem riecht nach Whisky-Cola. Wie der von Olaf, dem Arschloch.

Hastig schüttelt sie den Kopf.

»Genau, das läuft nicht!« Sein vor Wut verzerrtes Gesicht dreht sich über ihr. »Das Zeug, dass du dir von mir hast bezahlen lassen, hieß ja nicht umsonst Leg Spreader.«

Er stemmt ein Knie zwischen ihre Oberschenkel, hebelt ihre Beine mühelos auseinander. Sie erstarrt vor Angst, als er seine Hand unter ihren Rock schiebt, sie seine Finger in ihrem Slip spürt.

Panik packt sie an der Kehle. Sie will schreien, kann nicht, ist gelähmt vor Angst. Tränen füllen ihre Augen.

Sie hat keine Chance. Weil er stärker ist, weil er wütend ist, weil er getrunken hat. Weil er zuschlagen wird, wenn sie wagt zu widersprechen. Wie Olaf, das Arschloch.

Die Welt verschwimmt.

Sie beißt in ihre Unterlippe und gibt keinen Laut von sich, als er sich in sie hineinrammt und der Schmerz sie zerreißt.

Schreiend fuhr Ocean hoch.

Ihr Flanellpyjama war verschwitzt, Tränen rannen über ihre Wangen, sie zitterte am ganzen Körper. Es dauerte ewige Sekunden, bis sie begriff, dass es draußen hell war. Tageslicht fiel durch die zugezogenen Gardinen. Sie war auf der Couch eingeschlafen.

Ihr Blick flitzte durch die Wohnung.

Erst als sie die Mullverbände an ihren Handgelenken bemerkte, fiel ihr wieder ein, dass Bille nicht da war. Sie war ziemlich fertig gewesen deswegen. Beinahe hätte sie sie ins Krankenhaus gebracht, zum Glück hatte Tatti das verhindert. Aber jetzt hatte Bille sich den ganzen Tag nicht gemeldet.

Ocean hatte keine Ahnung, ob sie heute noch auftauchen würde. Bille ließ sie allein – und Ocean hatte das Gefühl durchzudrehen.

Sie griff nach ihrem Handy. Eine Nachricht leuchtete im Display.

Bille. Gott sei Dank. Erleichtert tippte Ocean die SMS an.

Kann heute nicht. Geschäftsessen. Tatti sieht nach dir.

Oh nein! War das die Wahrheit? Oder war Bille sauer? Heute Morgen hatte sie kein Wort gesprochen. War das Geschäftsessen eine Ausrede, damit sie Ruhe vor ihr hatte?

Mieke

»Und Sie sind sicher, dass der Stick nicht die ganze Zeit über in Ihrem Schreibtisch lag? Also in meinen Schubladen sammelt sich jede Menge Schrott an …«

Blümel hatte sich neben sie auf die Couch gesetzt, um den Laptop zu entsperren. Jetzt hielt er ihr den Computer hin.

Samuel hatte seine Nudeln längst in sich hineingeschaufelt, sein Handy zurückgefordert und sich dann wieder verzogen.

»Ich sammele keinen Schrott.« Mieke schob die Becher auf dem Couchtisch ineinander und stellte sie auf die leeren Chipstüten. Ein paar Zettel legte sie parallel zur Tischkante, einen Kugelschreiber gerade daneben.

Blümel beobachtete belustigt ihren Versuch, Ordnung in seinem

Chaos zu schaffen, dachte aber nicht daran, aufzustehen und den Müll zu entsorgen.

Mieke gelang es, zumindest genug Platz zu schaffen, um den Computer abzustellen. Als sie den Stick in den USB-Port schob, rutschte Blümel neugierig näher heran.

Sein Notebook war ein ziemlich betagtes Modell, der Lüfter surrte bedenklich. Es dauerte eine Weile, bis der Desktop erschien. Das Hintergrundbild zeigte ein schwarz-weißes Pferd. Mieke meinte, den Goblin zu erkennen, der ihr bei ihrer ersten Trainingseinheit seinen Huf nicht gegeben hatte.

Einen ganz kurzen Seitenblick konnte sie sich nicht verkneifen. Was sagte es über den Typen aus, dass das Hintergrundbild seines Desktops sein Pferd und nicht seine Freundin zeigte?

Sie rief den Stick auf. Es waren eine ganze Reihe von Dateien gespeichert, die meisten waren Fotos.

Mieke klickte wahllos eines an. Ein Motorrad. Eine Harley mit viel Schwarz und Chrom.

»Der Stick gehört Schorsch«, schlussfolgerte sie prompt.

»Ihrem toten Vorgesetzten?«, bewies Blümel, dass er tatsächlich zugehört und sich Georg Blumentals Spitznamen gemerkt hatte. »Ich denke, in 'ner Behörde arbeiten nur Spießer?«

Mieke warf ihm einen finsteren Blick zu. »Nicht alle von uns gehen Golfen oder ins Bordell.«

»Ach nein?«, konterte Blümel amüsiert. »Und welches außergewöhnliche Hobby betreiben Sie so?«

Mieke biss sich auf ihre Unterlippe. Für ein Hobby war in ihrem armseligen Leben gar kein Platz gewesen. In der letzten Zeit war sie nicht mal mehr joggen gegangen. Dabei war sie als Kind durchaus sportlich gewesen, sie hatte ziemlich schnell rennen können. Wäre die DDR nicht zerbröselt, wäre sie vielleicht in die Begabtenförderung gekommen. Zum Studium wäre sie wegen der Halstuch-Sache ziemlich sicher nicht zugelassen worden.

Statt auf Blümels blöde Frage zu antworten, änderte sie die Ansicht, sodass der Computer Miniaturausgaben der Fotos zeigte. Sie entdeckte ein Motorrad mit Fahrer und klickte das Bild an.

Schorsch erschien auf seiner Harley sitzend, in Lederhose und Achselshirt, mit Sonnenbrille, den Rauschebart zu kleinen Zöpfen geflochten.

»Shit.« Blümel pfiff durch die Zähne. »Ihr toter Boss war eine coole Socke.«

Unerwartet griff die Trauer Mieke mit klammen Fingern in die Brust.

»Die Fotos sind schon älter.« Sie ließ das Bild wieder verschwinden und checkte stattdessen das Datum, an dem die Datei entstanden war. Alle Bilder waren im letzten Sommer gemacht worden. Eine einzige Datei war erst vor Kurzem hinzugefügt worden. Mieke blinzelte. »Das hier ist erst zwei Wochen alt.« Es war kein Bild, sondern eine Audiodatei. Dreieinhalb Minuten lang.

»Worauf warten Sie?«, drängelte Blümel. »Öffnen Sie das Ding.«

Es dauerte einen Moment, bis eine Männerstimme zu sprechen begann. Mitten im Satz.

»... Sorgen. Ich fürchte, der Referatsleiter geht mit einem gewissen Überengagement an die Sache heran ... er ist seit über zwanzig Jahren für die Kliniken verantwortlich, kennt viele Beschäftigte persönlich, und sein Cousin sitzt im Vorstand ...«

Mieke stoppte die Aufzeichnung. »Das ist die Stimme von Luuk van Hoorn, dem Geschäftsführer der Rentenversicherung Ruhr«, informierte sie Blümel. »Ich glaube, er spricht über Schorsch. Der war zweiundzwanzig Jahre lang Leiter des Referates Kliniken. Und fünfunddreißig Jahre bei der Rentenversicherung Ruhr tätig.«

Schorsch hatte einen Cousin im Vorstand?

»Klingt, als würde er telefonieren«, meinte Blümel.

Mieke ließ die Aufnahme weiterlaufen.

»... natürlich gilt unsere Abmachung«, versicherte van Hoorn seinem Gesprächspartner. »Ich bitte lediglich um Geduld ...« Klang, als versuchte er, sich zu rechtfertigen. Dabei musste er sich doch nur vor dem Vorstand rechtfertigen. Sprach er mit der Vorsitzenden?

»In zwei Jahren geht er in Rente. Dann löst sich das Problem von selbst«, fuhr van Hoorn fort. »Seine Nachfolgerin steht bereits fest. Sie wird keine Schwierigkeiten machen, das garantiere ich.«

Was?

»Die Jentsch ist ein Fleißbienchen«, sagte van Hoorns Stimme, und Mieke erstarrte. »Aus dem ehemaligen Osten, verstehen Sie? Die haben noch gelernt, sich ins System einzufügen und auch unbequeme Anweisungen auszuführen. Ich sorge dafür, dass sie weiß, wo ihr Platz ist …«

Der Satz traf sie wie eine Peitsche in den Nacken.

Dass sie weiß, wo ihr Platz ist? Die Worte hatte sie schon mal gehört.

»Dieses intrigante Arschloch!«, platzte sie heraus. Von wegen: *Mittlerweile zweifle ich allerdings daran, dass Sie den nötigen Biss haben* – van Hoorn hatte versucht, sie fertigzumachen, indem er ihre Position in Frage stellte? Damit sie brav tat, was er wollte?

»Einen Verkauf dieser Größenordnung abzuwickeln ist genau das, was der Jentsch im Lebenslauf fehlt«, sagte van Hoorn. »Aber an Blumental kommen wir derzeit nicht vorbei, Frau Mattheisen … ich tue, was ich kann, aber Sie werden verstehen, dass ich sicher sein muss, dass Sie – Moment mal. Was zum Teufel –?«

Ein Rascheln war zu hören, dann brach die Aufnahme ab. Sekundenlang konnte Mieke den Blick nicht von der Datei auf dem Bildschirm lösen. Das Rauschen in ihrem Kopf kehrte zurück.

Blümel ließ sich in die Polster der Couch sinken, streckte sein linkes Bein unter seinem zerschrammten Couchtisch aus und fuhr sich mit beiden Händen über die Bartstoppeln in seinem Gesicht. Es machte ein kratziges Geräusch.

»Definitiv hat dieser van Hoorn das Gespräch nicht von Blumental aufzeichnen lassen, damit der später ein Protokoll tippen konnte«, sagte er schließlich. »Blumental hat unterm Schreibtisch oder im Schrank gesessen – denn das sollte er garantiert nicht hören.«

Van Hoorns Worte verursachten ein Echo in Miekes Kopf.

Die Jentsch ist ein Fleißbienchen … Ein Verkauf dieser Größenordnung ist genau das, was der im Lebenslauf fehlt.

Sie presste ihre Finger gegen ihre Stirn.

Fleißbienchen.

Ich sorge dafür, dass sie weiß, wo ihr Platz ist.

Sie war die ganze Zeit eine Figur in van Hoorns Klinikmonopoly gewesen. Er hatte sie zum Führungskräftetraining geschickt, um sie zu verunsichern. Damit sie seine Anordnungen ausführte. Wozu Schorsch offenbar nicht bereit gewesen war.

Sie presste ihre Fäuste gegen die Schläfen.

»Schorsch wollte die Kliniken nicht verkaufen«, stöhnte sie.

»Genau wie Sie«, sagte Blümel.

Mieke hob den Kopf. Blümel fuhr sich mit der Zunge über die Unterlippe.

»Und jetzt ist Schorsch tot«, sagte er dann. »Und Sie liegen in nicht unbedingt bester Verfassung auf meiner Couch.«

Mieke starrte ihn an.

»Interessanter Zufall, oder?«, fand Blümel. »Ist die Polizei wirklich sicher, dass Ihr Kollege Suizid begangen hat? Für mich klingt das nämlich, als wäre sein Tod Ihrem Chef ganz gelegen gekommen.«

Mieke merkte, wie sie blass wurde.

»Wissen Sie, wer diese Frau Mattheisen ist, mit der er telefoniert hat?«, fragte Blümel nach kurzem Überlegen.

Mieke schüttelte den Kopf.

Blümel griff nach dem Kugelschreiber, den sie parallel zur Tischkante gelegt hatte, und nach einem Zettel. Eine Rechnung der Tierarztpraxis Gruber.

Blümel drehte das Blatt um. »Frau Mattheisen –?«, kritzelte er auf die Rückseite. Mit der Kugelschreiberspitze tippte er nachdenklich auf den Namen.

Dann schrieb er darunter:

»Van Hoorn – Geschäftsführer Rentenversicherung

Jentsch – Leiterin Referat Kliniken

Georg Blumental – Boss von Jentsch/Klinikchef«.

Hinter Schorschs Namen zeichnete Blümel ein Kreuz. Als Symbol für seinen Tod. Und ein Ausrufezeichen.

»Natürlich greife ich Sie an. Sie sind vermutlich privat versichert, aber ein normaler Mensch wartet mittlerweile Monate auf einen Facharzttermin oder eine MRT-Untersuchung. Im Krankenhaus bekommt man nicht mal mehr was Vernünftiges zu essen. Und wer nachts aufs Klo muss, muss schon mal eine halbe Stunde durchhalten, bis eine Pflegerin Zeit hat.«

»Die Top-Bewertungen unserer Kliniken sagen etwas anderes«, konterte Bille gelassen.

Berthold schnaufte verächtlich. »Die haben Sie doch gekauft.«

Bille knirschte mit den Zähnen. Natürlich investierte Medica viel Geld in Rezensionen. Dadurch entstanden sogar Arbeitsplätze. In der Marketingabteilung, in der extra jemand eingestellt worden war, um schlechte Beurteilungen im Internet ausfindig zu machen und entfernen zu lassen. Oder so viele gute Bewertungen zu kaufen, dass die schlechten nicht mehr ins Gewicht fielen.

Dumm war Berthold nicht.

Billes Wangen glühten. Fühlte sich an, als hätte sie Fieber.

Lag das am Wein?

Die runden Wangen ihres Gegenübers waren von ihrer hitzigen Diskussion ebenfalls gerötet. Wenn Susanna Berthold lachte, nahmen ihre Augen die Form von auf die Seite gekippten Halbmonden an. Sie hatte lange Wimpern und markante Brauen, und wenn sie sich ärgerte, entstand eine steile kleine Falte über ihrer Stupsnase.

Berthold gab sich auch überhaupt keine Mühe, ihre Gefühle zu kaschieren. Skepsis, Zorn, Empathie und Neugier spiegelten sich ungefiltert auf ihrem Gesicht.

»Und die OP-Quote? Erzählen Sie mir nicht, dass es die nicht gibt. Sie versuchen, die Operationssäle möglichst rund um die Uhr auszulasten, um die Anschaffungskosten der Geräte wieder reinzuwirtschaften. Da wird schon mal operiert, wenn es gar nicht nötig wäre. Im Lindenhospital werden heute doppelt so viele Endoprothesen eingesetzt wie vor der Übernahme durch Medica. Mal ganz zu schweigen von den lebenserhaltenden Maßnahmen. Jeder

Tag, den Sie einen unrettbaren Patienten länger am Leben erhalten, bringt Ihnen ein Vermögen ein. Da geht Ihnen das Patientenwohl am Arsch vorbei.«

Hatte sie gerade »am Arsch vorbei« gesagt?

»Wir haben ein umfangreiches Beschwerdemanagement, wir gehen jeder Anregung nach, das können Sie mir glauben«, parierte Bille den Angriff routiniert. »Bei uns stehen die Kunden im Mittelpunkt.«

»Die ›Kunden‹ können sich heutzutage schon glücklich schätzen, wenn sie zum überflüssigen Hüftersatz nicht auch noch einen multiresistenten Krankenhauskeim dazubekommen«, widersprach Berthold. »Denn an der Hygiene kann man ja auch eine Menge einsparen. Die Gebäudereinigung ist doch immer das Erste, was an einen Billiganbieter outgesourct wird.«

Es machte Spaß, mit ihr zu streiten. Mit Berthold war das so … einfach. Bille brauchte nicht jedes Wort dreimal hin- und herzudrehen und auf eventuelle Spitzen und Kanten zu überprüfen.

Während Ocean mit einem Suizidversuch reagierte, wenn sie sich mal im Ton vergriff. Am liebsten würde Bille das Schneckenhaus, in dem Ocean sich verkroch, einfach zertreten. Doch das war nicht möglich, das würde die Lage nur wieder eskalieren lassen. Diese Hilflosigkeit hatte Bille seit Tagen unglaublich müde gemacht.

Sanna Berthold hingegen wirkte nicht sonderlich verletzlich. Und sie hatte absolut kein Interesse daran, Bille in den Arsch zu kriechen. Seit einer Ewigkeit hatte sie kein so unverkrampftes Gespräch mehr geführt.

Je länger sie mit Berthold sprach, umso mehr verwandelte sich der Schock über Oceans Selbstmordversuch in … Zorn. Seit Jahrzehnten nahm sie Rücksicht. Beim Telefonat vorm Banktermin hatte sie ein klitzekleines bisschen die Nerven verloren – aber musste Ocean gleich derart überreagieren? Himmel, es war nur ein abgewürgtes Telefonat gewesen, konnte Ocean nicht einfach auch mal etwas Verständnis für sie aufbringen?

Eine braune Strähne, die sich aus Bertholds Zopf gelöst hatte, lenkte Bille ab. Sie fiel ihr in die Stirn, unbewusst pustete sie dagegen.

In Billes Fingern kribbelte es, als sie sich vorstellte, über das Windlicht, die Weingläser und die Pizza zu Berthold hinüberzulangen und ihr die widerspenstige Locke hinter das Ohr zu streichen.

Fuck. Wem machte sie etwas vor? Berthold war süß. Sie brachte etwas ganz anderes als Wut in ihrer Brust zum Glimmen. Und die ungewohnte Wärme ließ ihren zu Stein erstarrten Körper schmelzen.

Damit hatte sie nicht gerechnet. Ihr Blick hing an Bertholds kirschroter Unterlippe. Sie hatte Lippenstift benutzt. Etwa extra für sie?

Bille stellte sich vor, ihre kirschroten Lippen zu küssen und dabei die Hände in ihr Dekolleté zu schieben und die Finger zwischen ihren Wahnsinnsbrüsten zu vergraben.

Einen Moment lang wurde Bille übel von dieser Phantasie. Das fühlte sich wie Verrat an. Seit dreißig Jahren war sie Ocean treu – mal abgesehen von ein paar seltenen One-Night-Stands. Hinterher hatte sie immer ein schlechtes Gewissen, trotzdem behielt sie ihre eigene Wohnung. Ab und zu brauchte sie diese kleinen Freiheiten, sie war auch nur ein Mensch. Dabei gab es – objektiv betrachtet – gar keinen Grund, treu zu sein.

»Ihr Personal streikt seit Wochen«, riss Berthold sie aus ihren Gedanken. »Sie sollten anfangen, mit Ihnen zu sprechen, bevor alle weg sind. Dann können Sie Ihren ›Kunden‹ nämlich selbst aufs Klo helfen.«

Bille sah Berthold direkt an. Sie hielt ihrem Blick stand, ihre Augen leuchteten. Garantiert spürte sie das Knistern zwischen ihnen auch.

Eigentlich konnte ein gutes Verhältnis zur Personalvertretung der Ruhrtalklinik nur von Vorteil sein. Insofern hatte sie nicht mal gelogen, als sie ihr Treffen Ocean gegenüber als Geschäftsessen bezeichnet hatte.

Bille gab dem Impuls nach und beugte sich vor. Berthold verstummte verblüfft, als sie ihr die vorwitzige Strähne hinters Ohr strich.

Mieke

»Moment!« Sie legte die Hand auf Blümels Unterarm, damit er aufhörte, durch die Fotos zu scrollen, die die Suchmaschine anzeigte. Erst als sie seine Muskeln warm unter ihren Fingern spürte, registrierte sie die Berührung.

Sie senkte den Blick. Auf seiner sonnengebräunten, von dunklen Haaren und Sommersprossen übersäten Haut wirkten ihre Finger dünn und weiß.

Verdammt, sie hatte ihn nicht anfassen wollen. Schnell zog sie die Hand zurück.

»Was?« Blümel schien nichts bemerkt zu haben. Er saß neben ihr auf dem Sofa, die langen Beine auf dem Couchtisch, wobei er das linke mit den Händen hinaufgehoben hatte.

Um auf den Bildschirm sehen zu können, war Mieke näher an ihn herangerutscht. So unauffällig wie möglich ging sie wieder auf Abstand, ihre Rippen beschwerten sich darüber.

»Scrollen Sie noch mal ein Stück nach oben«, bat sie.

Mattheisen war kein sonderlich seltener Name. Immerhin hatten Mieke und Blümel recht schnell herausgefunden, dass es sich um keine der drei Frauen handelte, die im zwölfköpfigen Vorstand der Rentenversicherung Ruhr saßen.

Jetzt scrollte Blümel langsamer durch Bilder, die das Internet ausspuckte, wenn man »Frau Mattheisen« googelte. Die meisten zeigten eine fünfundzwanzigjährige Schauspielerin, die eine Hauptrolle in einer Vorabendserie eines privaten Fernsehsenders innehatte.

»Stopp.« Da war das Foto wieder, das Mieke aufgefallen war. Mehrere Frauen in Abendgarderobe auf einem roten Teppich waren zu sehen. Ein Bild aus einer Illustrierten, »Starke Frauen«, stand darunter.

Sie spürte Blümels Blick auf ihrer Wange, als sie auf das Foto deutete. Er klickte es an, und es ploppte groß auf.

Blümel beugte sich ein Stück nach vorn und betrachtete die Aufnahme mit gerunzelter Stirn.

Die zweite Frau von links war eine kräftige Blonde mit markantem Gesicht, die – eine Hand in der Hosentasche – den Blazer ihres dunklen Hosenanzugs offen trug. Zwischen den anderen Frauen mit ihren bunten Abendroben wirkte sie maskulin.

»Das ist Sybille Sauer«, erklärte Mieke. »Sie will die Rehazentren der Rentenversicherung für den Medica-Konzern kaufen.«

»Nicht nur sie«, murmelte Blümel. Er deutete auf die vierte Frau von links. »Sie offenbar auch.«

Die schlanke Blondine im hochgeschlitzten Glitzerkleid sah glamourös aus. Wie ein Filmstar oder ein ehemaliges Model mit einer aufsehenerregenden Hochsteckfrisur und einem glitzernden Collier um den schlanken Hals.

Sie auch? Wieso?

Mieke entdeckte den Text unter dem Bild, den Blümel offenbar schon gelesen hatte.

Starke Frauen setzen sich für die Opfer von Gewaltverbrechen ein: v.l. Gastgeberin Ocean O'Donn mit »Geschäftsfrau des Jahres« Dr. Sybille Sauer, EU-Präsidentin Sophie von Bitterfeld-Berlinghof, Schönheitsimperium-Erbin Nathalia Mattheisen und die Spendenkönigin des Abends, Wendy Korittke.

Nathalia Mattheisen also.

Blümel hatte den Namen bereits in der Suchleiste eingegeben, als Lana in die Wohnküche polterte.

Als Blümels Freundin Mieke und ihn nebeneinander auf dem Sofa sitzen sah, hielt sie inne.

Oje. Automatisch nahm Mieke noch mehr Abstand von Blümel, als Lana sie musterte. Blümels Freundin trug eine unglaublich kaputte Hose zu einem T-Shirt, auf dem »Ja, ich rieche nach

Pferd – Nein, das ist kein Problem« stand, und sie hatte Heu in den Haaren.

»Essen ist im Kühlschrank«, sagte Blümel, ohne hochzusehen. Im selben Moment erschienen unzählige Hochglanzfotos der aufgedonnerten Blondine auf dem Bildschirm.

»Wow.« Mieke pfiff durch die Zähne. »Die Erbin des Schönheitsimperiums ist keine Unbekannte.«

Blümel rieb sich die Nase.

»Was für ein Schönheitsimperium?« Lana trat neben ihn und warf einen Blick auf den Monitor.

»SanaBene.« Blümel deutete auf ein Foto, das die Frau im strahlend weißen Kittel vor einem strahlend weißen Gebäude zeigte, über dessen Eingang »SanaBene – Plastische Chirurgie« stand.

»Die Rentenversicherung Ruhr will zwölf Rehakliniken verkaufen«, informierte Blümel seine Freundin nachdenklich. »Und es sieht aus, als würde der Geschäftsführer versuchen, ein ordentliches Stück vom Kuchen in seine eigene Tupperdose zu packen.« Seine Augen waren schmal geworden, während er die Erbin des Schönheitsimperiums betrachtete.

»Echt?« Lana ließ sich auf Blümels anderer Seite nieder, während der den Wikipedia-Eintrag anklickte.

Eine Porträtaufnahme war eingefügt, auf der Mattheisen das goldblonde Haar hochgesteckt trug, sodass ihr glitzernder Ohrschmuck und ein dezentes Tattoo an ihrer linken Halsseite zu erkennen waren. Mattheisen war keine zwanzig mehr, aber ihr Gesicht hatte keine einzige Falte. Wenn sie ein Schönheitsimperium besaß, nahm sie dessen Dienste garantiert selbst in Anspruch.

Nathalia Isabella Leonora Mattheisen ist die Tochter von Professor Dr. Nikolaus Jonathan Mattheisen und Dr. Dr. Anastassja Mattheisen, geb. Stopowa. Nathalia Mattheisen ist Vorstandsvorsitzende und Hauptaktionärin des von ihrem Vater gegründeten Konzerns SanaBene. Aktuell betreibt SanaBene europaweit vierzehn Schönheitskliniken, achtunddreißig Krankenhäuser und sechsundzwanzig

Rehakliniken. Ursprünglich war der Konzern unter Leitung von Professor Dr. Nikolaus Mattheisen auf plastisch-ästhetische Chirurgie spezialisiert und betrieb Schönheitskliniken in Deutschland und der Schweiz.
Bereits unter der Führung ihres Vaters übernahm das Unternehmen ab 1995 die Trägerschaft zahlreicher deutscher Kliniken. Seit dem Tod ihres Vaters 2001 führt Nathalia Mattheisen den Konzern. 2007 ging das Unternehmen an die Börse.

Hatte van Hoorn tatsächlich mit *dieser* Frau Mattheisen telefoniert?

Und: Wieso überhaupt?

»Aber van Hoorn will doch an Medica verkaufen«, erinnerte Mieke Blümel. »Warum sollte er dann mit der Chefin von SanaBene telefonieren? Mit der Konkurrenz?«

Blümels Freundin drehte den Laptop in ihre Richtung und überflog interessiert den Text, während er sein linkes Bein vom Tisch hob.

»Im Telefonat klingt es, als hätten van Hoorn und Mattheisen bereits einen Deal.« Er kratzte sich in den wirren Locken. »Vielleicht führt er Fake-Verhandlungen mit Medica, um zu vertuschen, dass er SanaBene den Deal zuschiebt? Oder … er wusste, dass er belauscht wird und hat einen falschen Namen genannt?«

Er zückte den Stift, notierte »Nathalia Mattheisen – Erbin SanaBene« und »Sybille Sauer – Geschäftsführerin Medica« auf der Rückseite der Tierarztrechnung und betrachtete den Zettel schweigend.

»Das wäre Korruption.« Lana klang aufgeregt. »Als öffentlicher Träger hat die Rentenversicherung eine Ausschreibungspflicht. Vielleicht hat der Typ mit beiden verhandelt, um den Preis in die Höhe zu treiben?«

Lana zog die Füße unter den Po, um mit Blümel auf Augenhöhe zu sein. »Beim Verkauf hat dieser Geschäftsführer Zugang zu den Angeboten. Er könnte einem der Konzerne einen Tipp geben, wie hoch das Angebot sein muss, um den Zuschlag zu erhalten«, spekulierte sie. »Dem, der ihm am meisten dafür bezahlt.«

»Das wäre Betrug«, flüsterte Mieke.

»Und offensichtlich ist Georg Blumental dahintergekommen.« Blümel deutete auf den Datenstick. »Was für ein Glück für van Hoorn, dass er nicht mehr dazu gekommen ist, ihn anzuzeigen.«

»Wer ist Georg Blumental?« Hinter ihrer großen, runden Brille flitzten Lanas Augen von Blümel zu Mieke.

»Mein ehemaliger Chef.«

»Er ist tot?«

»Geht dich nichts an«, ging Blümel dazwischen.

Lana beachtete ihn nicht. »Das riecht nach einer Story. Und zufällig habe ich die Reportage aus der Wohnungslosenunterkunft heute Morgen abgegeben.«

Reportage? Sie war Journalistin, begriff Mieke. Deshalb war sie beruflich so oft unterwegs.

»Das ist keine *Story*, sondern Sache der Polizei«, knurrte Blümel.

»Bleib mal locker, Mo.« Lana verschränkte die Arme. Mieke saß hinter Blümel, den Lana Mo nannte, deshalb konnte sie sehen, wie sich seine Schultern anspannten. »Ich schätze, das kann ich besser beurteilen als du, sobald ich ein paar Fakten recherchiert habe«, wies Lana ihn unbeeindruckt zurecht. »Zum Glück habe ich eine Informantin mit Insiderwissen.« Sie zwinkerte Mieke zu.

»Leck mich.« Blümel stand ruckartig auf. »Die Polizei sollte sich das ansehen.« An Mieke gewandt deutete er auf den USB-Stick. Sein Tonfall ließ keinen Zweifel daran, dass er sauer war.

»Wo wollen Sie hin?«, wollte Mieke wissen.

»Pferde füttern.« Er hinkte aus dem Wohnzimmer.

Miekes Blick wanderte zu Lana, die direkt neben ihr saß, nachdem Blümel zwischen ihnen verschwunden war.

Lana faltete ihre Beine zum Schneidersitz zusammen. »Erzähl mir die Story mal ganz von vorn.«

Sanna

Sie entdeckte Bille in dem Moment, als sie aus dem Parkhaus trat. Ihre Blicke trafen sich sofort.

Sannas Herz begann zu hüpfen. Sie hatte gehofft, dass sie kam, sie hatte ihr nämlich gestern Abend erzählt, dass sie heute ab zehn wieder vor dem Lindenhospital stehen würde. Dass die Geschäftsführerin am Sonntagmorgen auftauchte, war alles andere als üblich.

Doch sie war da.

Die Diskussionen der Streikenden und Bernadette, die Sanna von der Reha ihrer Mutter erzählte, traten in den Hintergrund. Die anderen Leute verblassten, als Bille auf Sanna zukam.

Ihren hellblauen Blazer trug sie wieder offen, eine Hand in der Hosentasche, verdammt lässig.

Sannas Puls stolperte, als Bille nicht auf den Haupteingang, sondern eindeutig auf den Gewerkschaftsstand daneben zusteuerte.

Bis kurz vor zehn hatten sie beim Italiener gesessen, Wein getrunken und diskutiert. Bille hatte das Taxi bezahlt und Sanna nach Hause gebracht. Der Abschied an ihrer Wohnungstür blitzte in ihrer Erinnerung auf.

Billes vom Wein gerötete Wangen. Ihre stahlgrauen Augen. Der Geruch ihres Parfüms – Boss Bottled. Ihre Hände an ihrer Brust, die sie gegen die Flurwand pressen. Der Geschmack ihrer Lippen nach Rotwein und Koriander.

Bernadette verstummte, als Bille an den Gewerkschaftsstand trat.

»Guten Morgen.« Bille grinste Sanna über den Bierzelttisch hinweg an. »Spendierst du dem Feind einen Kaffee?«

Sanna konnte sich ein Schmunzeln nicht verkneifen, als sie einen Becher füllte.

Fuck, Bernie musste ihr ansehen, was los war.

»›Feind‹ ist die falsche Einstellung«, konterte sie prompt. »Die Beschäftigten demonstrieren, weil sie ihren Job mögen und ihn gut machen wollen. Die aktuellen Arbeitsbedingungen lassen das nur nicht zu.«

Als sie Bille den Becher reichte, berührten sich ihre Finger. Absichtlich.

Billes faszinierende Augen funkelten. »Darüber können wir gern noch mal diskutieren.« Mit dem Kaffee in der Hand schlenderte sie ins Gebäude.

»Frechheit, dass die dich einfach duzt«, maulte Bernadette. Allerdings erst, als Bille im Krankenhaus verschwunden war und sie ganz sicher nicht mehr hören konnte.

Mo

»Im Blut von Herrn Blumental wurde Alkohol nachgewiesen, seine familiäre Situation war sehr belastend, und die Tötungsmethode deutet auf eine laienhaft durchgeführte Selbsttötung nach dem Vorbild eines japanischen Seppuku hin.« Sommer betrachtete den USB-Stick, als hätte Jentsch ihm einen Haufen Pferdemist auf den Schreibtisch gelegt, mit der Bitte, diesen zu analysieren.

Mo war an der Tür stehen geblieben. Mit verschränkten Armen lehnte er sich gegen den Rahmen.

Der Schönling war nicht begeistert. Mo konnte es nachvollziehen. Blumentals Tod auf dem Parkplatz der Behörde hatte für Schlagzeilen gesorgt, doch die Indizien hatten ein wunderbar logisches Bild ergeben. Sommer hatte den Fall in Rekordzeit als gelöst zu den Akten legen können.

Dass der Stick aufgetaucht war, war ärgerlich, denn wenn Sommer professionell vorgehen wollte, musste er sein eigenes Ermittlungsergebnis anzweifeln, den Fall noch mal aufrollen und sich womöglich unterstellen lassen, nicht sorgfältig genug gearbeitet zu haben.

Vermutlich hatte die Presse ein Foto von ihm abgedruckt, denn der Typ sah aus wie ein Model für Designerjeans. Und sein Chef hatte ihm garantiert das Köpfchen getätschelt.

Sommer schürzte unzufrieden die Lippen. »Sind Sie sicher, dass der Stick Georg Blumental gehörte?«, wollte er von Jentsch wissen.

Pffft. Er stellte den Stick als Beweismittel in Frage. Gut, dass Jentsch eine Kopie der Dateien auf seinem Laptop gespeichert hatte.

»Es sind Fotos von ihm drauf«, wiederholte Jentsch. »Und ich bin sicher, dass ich gesehen habe, wie er ihn in meinem Schreibtisch versteckt hat.«

Widerwillig nahm der Beamte den Stick entgegen.

Nachdem Jentsch das Wochenende auf Mos Couch verbracht hatte, war sie heute wieder auf den Beinen. Mo hatte ihr noch eine Jeans von Leo gegeben, weil Jentsch im Süden der Stadt wohnte und sie eine Dreiviertelstunde hätten fahren müssen, nur damit sie nicht in Yogahosen im Polizeipräsidium aufkreuzte.

»Haben Sie den Stick in Blumentals Hand gesehen?«, hakte der Bulle nach.

Jentsch sah aus, als würde sie Sommer gern würgen. Dann schüttelte sie den Kopf. »Aber das aufgezeichnete Telefonat führt der Geschäftsführer der Rentenversicherung Ruhr, Luuk van Hoorn. Und er erwähnt Blumental.«

»Das sollte eine Stimmenanalyse zweifelsfrei klären«, mischte Mo sich jetzt doch ein. »Alles deutet darauf hin, dass Georg Blumental durch Zufall ein Telefonat mitgehört hat, in dem es anscheinend um eine illegale Absprache zwischen dem Geschäftsführer und der Inhaberin eines Klinikkonzerns ging. Beim Verkauf von zwölf Kliniken reden wir über Millionen. Mindestens.«

Sommers braune Augen wanderten zu Mo, als würde er ihn erst jetzt bemerken.

»Und Sie sind …?«, erkundigte er sich.

Vergiss es, du Haargel-Junkie. In diese Sache würde er sich garantiert nicht reinziehen lassen.

»Moritz Blümel, der Reitlehrer von Frau Jentsch.«

»Der Reitlehrer.« Sommer lachte auf und fuhr sich mit einer Geste gespielter Verzweiflung durch die schwarzen Haare. »Na schön, ich lasse den Stick von der KTU prüfen.«

Bille

Sie würde nicht um Verhandlungen mit der Gewerkschaft herumkommen. Anders ließen sich die Streiks nicht beenden.

Sie hatte geglaubt, die Sache aussitzen zu können, doch die Gewerkschaft zahlte seit Wochen Streikgeld. Und weil alle ihre Kliniken betroffen waren und die kompletten Belegschaften protestierten, konnte sie die Störenfriede nicht einfach entlassen.

Sah aus, als würde ihr nichts anderes übrig bleiben, als sich auf die Tarifverhandlungen einzulassen. Zumindest würde sie damit Medicas Ruf aufpolieren.

Zugegeben, der Gedanke, Tarifverhandlungen zu führen, reizte sie plötzlich sogar. Sie würde Sanna als Verhandlungspartnerin verlangen. Die Vorstellung, wochenlang mit ihr diskutieren zu können, erregte sie.

Fast genau so sehr wie die Vorstellung, mit ihr zu schlafen. Allerdings würde sie damit nicht wochenlang warten. Wenn sie schon gezwungen war, einen Tarif auszuhandeln, dann mit jemand, mit der sie ins Bett ging …

Mo

Zum Glück gab es einen Fahrstuhl in dem Wohnkomplex, in dem Jentsch lebte. Ihre Wohnung lag im vierten Stock, und die Treppe hätte sie wohl nicht geschafft. Nach dem an den Nerven zerrenden Vormittag auf dem Polizeirevier wirkte sie blass und erschöpft. Am liebsten hätte Mo sie wieder mit auf die Ranch genommen.

Das Gebäude war eines der teuren Sorte. Altbau, topsaniert. Wahrscheinlich gab es eine Sauna und ein Schwimmbad im Keller. Vor den Eingängen der Wohnungen lagen Fußmatten mit Willkommensgrüßen, und an den Türen baumelte Deko.

Der Eingang, vor dem Jentsch im obersten Stockwerk stehen blieb, war im Vergleich zu den anderen schlicht. Es gab weder selbst gebastelte Papierschmetterlinge an der Tür noch Stoffblumen. Lediglich die stylishe Fußmatte in Rostoptik, die garantiert noch nie jemand benutzt hatte, um Schmutz von Schuhen zu entfernen, verriet jedem Einbrecher, dass hier was zu holen war. Das Ding war zwei Zentimeter dick, flauschig und zweifellos ein Designerteil.

Jentsch angelte einen klimpernden Schlüsselbund aus ihrer Handtasche. Sie senkte den Kopf, und weil ihre Haare im Nacken kurz rasiert und ihr Langarmshirt großzügig ausgeschnitten war, wanderte Mos Blick über die von hellen Härchen überzogenen Erhebungen, mit denen sich die Halswirbel unter ihrer Haut abzeichneten.

Jentsch drehte sich um. Ihre Augen waren müde und blau. Er fand sie gar nicht mehr arrogant. Verdammt, es störte ihn, dass er sie hierlassen musste.

»Rufen Sie mich an, wenn Lana wirklich irgendwas rausfindet?«, bat sie.

Mo knirschte mit den Zähnen. Dass Lana in der Rentenversicherung rumschnüffeln wollte, gefiel ihm gar nicht. Aber er kannte sie gut genug, um zu wissen, dass er sie von nichts abhalten konnte. »Klar«, versprach er Jentsch. »Ihre Nummer habe ich ja.«

»Danke.« Der Schlüsselbund klimperte erneut, weil sie ihn durch die Finger gleiten ließ, um den Wohnungsschlüssel zu ertasten.

Sie wollte sich abwenden.

»Ich hoffe allerdings immer noch, dass wir nächstes Wochenende unser Coaching nachholen«, hielt Mo sie zurück.

Was Jentsch von diesem Vorschlag hielt, konnte er an ihrem Gesicht ablesen.

»Durch Ihren Unfall steht noch ein Termin aus«, blieb Mo hartnäckig.

»Das macht überhaupt nichts.« Jentsch schüttelte entschieden den Kopf. Sie hatte Schiss vor Pferden. Was sein Verdienst war. Herzlichen Glückwunsch, du Arsch.

»Kommen Sie, Mieke.« Er senkte den Kopf und sah sie von unten herauf an. Dackelblick. Zumindest Lana konnte ihm nichts abschlagen, wenn er bettelte. »Das letzte Mal waren Sie schon richtig gut. Sie werden doch nicht aufgeben?«

Jentsch öffnete die Wohnungstür. Sah aus, als wollte sie flüchten. Sein Charme war echt eingerostet.

»Sorry, lieber koche ich als Sekretärin den Kaffee, als dass ich mich noch mal von einem Pferd umrennen lasse.«

Mos Blick fiel in einen unerwartet unordentlichen Flur, der schnell in ein weitläufiges Wohnzimmer mündete.

Jentsch schob ihre Handtasche, ohne hinzusehen, auf ein Sideboard, auf dem eine weitere Tasche umgekippt war. Ein Notizblock, Taschentücher, Kaugummis und eine Haarbürste waren herausgerutscht, Stifte und Schminksachen auf das Parkett gerollt, auf dem auch eine leichte Sommerjacke lag. Hatte die Frau, die Kugelschreiber parallel zur Tischkante anordnete, ernsthaft eine Jacke auf den Boden geworfen, statt sie aufzuhängen?

»Danke für Ihre Hilfe«, ließ Jentsch ihn höflich abblitzen. »Wenn ich mich revanchieren kann, lassen Sie es mich wissen. Pferde führen ist nicht mein Ding, aber im Erledigen der Steuererklärung bin ich ziemlich gut.«

Mo blinzelte verblüfft. Klar, sie war Betriebswirtin. Mit dem ganzen Verwaltungs- und Finanzkram kannte sie sich aus. Okay, darauf würde er sie festnageln und noch mal auf die Ranch locken. Und dann musste Teddy die Mitleidsnummer abziehen.

»Ich komme drauf zurück«, warnte er sie.

Jentsch lächelte, bevor sie rückwärts in die Wohnung zurückwich und die Tür zudrückte.

Mo blieb im Flur stehen.

Fuck. Am liebsten hätte er gleich noch mal geklopft.

Er könnte was Geistreiches sagen wie »Kommen Sie doch gleich vorbei und werfen Sie einen Blick auf meine Finanzen. Vielleicht haben Sie eine geniale Idee, wie ich von der halben Million Euro Schulden runterkomme, die mir am Arsch klebt«.

Er kniff sich in die Nasenwurzel und wandte sich ab, bevor er tatsächlich eine solche Dummheit beging.

MIEKE

Hatte sie wirklich gerade darüber nachgedacht, sich noch mal mit Blümels Ponys herumzuschlagen?

Sie schloss die Augen und lehnte sich mit dem Rücken gegen die Wohnungstür. Ihre Knie zitterten, und sie presste automatisch eine Hand an ihre Rippen. Dabei war von dem Schmerz nur noch ein leichtes Ziehen übrig geblieben.

Oder waren es gar nicht die Rippen, die zogen? War es das Gefühl, wieder allein zu sein? In ihrer leeren Wohnung, ohne Job, ohne Familie? Sie hatte nicht mal eine Katze, die interessierte, ob sie nach Hause kam. Wäre sie bei dem Unfall gestorben, hätte es wohl eine ganze Weile niemand bemerkt.

Würde sie sich umbringen wollen, müsste sie es auch medienwirksam auf dem Parkplatz der Rentenversicherung tun, wenn überhaupt irgendjemand Notiz davon nehmen sollte.

Ihre Augen füllten sich mit Tränen.

Vielleicht war es Schorsch ähnlich gegangen. Vielleicht war das der simple Grund dafür, dass er in seinem Auto gestorben war.

Sie wollte nur noch ins Bett, die Decke über den Kopf ziehen, das Handy ausschalten. Heulen.

Sie drückte sich von der Tür ab und – trat auf etwas Rundes. Es knackte.

Die Tränen verschleierten ihre Sicht. Sie wischte sich über die Augen und erkannte den Lippenstift, dessen Plastikkappe zerplatzt war. Rosa Farbe klebte an ihrem Schuh und schmierte übers Parkett.

Sie schlüpfte aus den Sneakers, hatte aber keine Lust, die Schminke wegzuwischen. Sie bückte sich ächzend nach den Schuhen und entdeckte den Kugelschreiber auf dem Boden. Neben ihrer Sportjacke.

Was …? Sie hob den Kopf und sah sich um. Ihre schwarze Handtasche, die zu ihrem anthrazitfarbenen Hosenanzug gehörte, war auf dem Sideboard umgekippt. Der Inhalt hatte sich auf dem Schränkchen und dem Fußboden verteilt.

Die oberste Schublade stand offen. Darin herrschte ein durchwühltes Durcheinander aus Haargummis, Kämmen, Klammern und Haarnadeln.

Mieke hob den Blick und bemerkte die Polster der Couch auf dem Wohnzimmerboden.

Sie machte zwei Schritte vorwärts und sah das ganze Ausmaß des Chaos. Die Couch war auseinandergerissen worden, die Schubladen ihres Schreibtisches standen offen. Ihr Laptop, der eigentlich immer auf dem Couchtisch stand, fehlte.

Verdammt! Hier war eingebrochen worden!

Sie musste die Polizei rufen.

Im selben Moment hörte sie das Geräusch in der Küche. Ein Rumpeln.

Ihr stockte der Atem.

War sie nicht allein? War noch jemand in der Wohnung?

Sie musste hier raus! Sie ignorierte den Schmerz in ihrer Brust, rannte los. Ahnte die schnelle Bewegung neben sich, sah aus dem Augenwinkel eine Gestalt, die aus der Küche auf sie zustürzte. Nach ihr griff.

Sie wich zur Seite aus, prallte gegen die Flurwand.

Schmerz!

Die Person war kleiner als sie. Schwarz gekleidet. Sturmhaube.

Scheiße! Sie musste die Tür erreichen. Blümel – war er noch da?

Sie sprang vorwärts, trat auf den Kugelschreiber, rutschte aus, schrie auf, als sie an den Schultern gepackt und von der Wohnungstür weggerissen wurde.

»Mo!« Sie krachte mit dem Rücken gegen die Wand, der Schmerz nahm ihr den Atem, ließ sie Sterne sehen. Ihre Beine sackten weg, sie landete auf den Knien, hob die Arme vors Gesicht.

Eine Hand packte sie an den Haaren, zerrte sie hoch, schlug ihren Hinterkopf gegen die Tapete.

Eine Sekunde lang starrte Mieke durch eine runde Brille in zwei riesige Pupillen. Dann sah sie das Messer.

Rechts von ihr flog die Wohnungstür auf – genau in dem Augenblick, in dem sie die Klinge am Hals spürte.

Der Angreifer zuckte herum.

»Das Messer weg!«

Mieke riss den Unterarm hoch und schlug die Stichwaffe zur Seite!

Kreischend vor Wut riss der Einbrecher die Klinge hoch und – es ploppte.

Blut spritzte aus der Schläfe des Vermummten. Mieke stieß ihm mit aller Kraft beide Hände vor die Brust. Das Messer noch immer in der Faust, kippte er nach hinten, schlug mit einem dumpfen Geräusch auf und blieb reglos liegen.

Mieke presste den Rücken steif gegen die Wand und war darauf gefasst, dass er wieder aufspringen würde, um ihr die Kehle durchzuschneiden.

Erst als er sich nicht rührte, wagte sie den Blick zur Tür.

Mo stand neben ihr. Er hielt die Pistole mit beiden Händen, die Arme gestreckt, noch immer auf den Angreifer gerichtet. Mit zwei schnellen Schritten war er neben der leblosen Person, zielte weiter auf deren Kopf, während er die Sturmhaube wegzog.

Mieke erstarrte.

Eine Frau? Mit einem schmalen Gesicht und einem rotblonden Pferdeschwanz. Die Brille hatte Mo ihr zusammen mit der Sturmhaube vom Kopf gezupft.

Sie sah erschreckend jung aus.

Das kleine Loch in ihrer linken Schläfe begann zu bluten.

Die Erinnerung schob sich in Miekes Bewusstsein.

Ein Pferdeschwanz.

Eine Brille.

Eine Hand an ihrem Hals.

»Fuck«, flüsterte Mo tonlos. Dann wanderte sein Blick zu ihr, die Pistole hatte er noch immer in der Hand. »Bist du okay?«

War sie okay? Mieke griff sich an den Hals. Warmes, klebriges Blut lief bis auf ihr Schlüsselbein herunter. Sie betrachtete ihre Finger. Sie waren dunkelrot verfärbt.

Mo fiel neben ihr auf die Knie. »Lass mich sehen.«

Ein Zittern durchlief Mieke, als er ihre Hand behutsam zur Seite zog. Ihre Arme und Beine fingen unkontrolliert an zu schlottern, sie konnte nichts dagegen tun.

»Schon gut.« Mo klang bemüht ruhig. »Sie hat dich nur an der rechten Seite erwischt.«

Wäre er einen Augenblick später reingekommen, hätte das Mädchen sie umgebracht. Sie hatte sie töten wollen, hatte nicht mal gezögert. Dabei war sie ein Teenager, oder?

Das Zittern verstärkte sich.

Mieke spürte, wie Mo einen Arm unter ihre Knie und einen unter ihren Rücken schob, die Waffe noch immer in der Hand. Im nächsten Moment kippte er sie zur Seite, gegen seine Brust, und hob sie hoch.

Sein verletztes Bein knickte weg, er musste sich gegen die Flurwand lehnen, presste Mieke so fest an sich, dass die schmerzenden Rippen sie ächzen ließen.

»Sorry!« Hastig lockerte er seinen Griff. Er roch irgendwie beruhigend nach Pferd und Heu, registrierte Mieke, während er einen Schritt über das tote Mädchen hinweg machte, sie ins Wohnzimmer trug und vorsichtig auf dem Sofa absetzte.

Erst jetzt schien Mo zu bemerken, dass er die Pistole noch immer in der Hand hielt. Einen Augenblick lang betrachtete er die Waffe, dann legte er sie auf der Glasplatte von Miekes Couchtisch ab.

Eine Schusswaffe auf ihrem Couchtisch. Das war surreal. Sie weigerte sich einfach zu akzeptieren, dass das gerade passiert war, und versuchte, die Pistole wegzublinzeln.

Klappte nicht.

Mo zog unterdessen sein Handy aus der Hosentasche.

»Eine Pistole?«, flüsterte Mieke. »Wieso zum Teufel hast du eine Pistole?«

Ruckartig hob sie den Kopf und sah ihn an.

Er ließ das Handy sinken.

»Hattest du die die ganze Zeit in der Tasche? Wie Lucky Luke? Falls mal eine Einbrecherin erschossen werden muss?« Sie musste lachen. Klang schrill. Fühlte sich an, als würde sie den Verstand verlieren.

Mo fuhr mit der Zunge über seine Unterlippe. »Nicht die ganze Zeit«, antwortete er dann. »Erst seit ich glaube, dass dein Kollege vielleicht doch nicht Selbstmord begangen hat. Und du möglicherweise verfolgt wurdest, bevor du verunglückt bist.«

»Und die Waffe besitzt du, um mit den Reitschülern Cowboy zu spielen?« Miekes Stimme kippte.

Mo musterte sie nachdenklich. »Den Waffenschein besitze ich, weil ich Polizist war, bevor ich angefangen habe, Cowboy zu spielen«, sagte er dann.

Mo

»Sie waren mal Polizist? Und wieso zum Teufel sagen Sie mir das nicht?« Kriminalkommissar Sommer gab sich keine Mühe, höflich zu bleiben.

Mo hatte keine Kraft für diese Diskussion. Die Welt um ihn herum drehte sich weiter, während seine eigene Zeit stehen geblieben war. Doch Sommers ärgerlich vorgeschobenes Kinn ließ ihn ahnen, dass er um das Gespräch nicht herumkam.

»War nicht relevant«, entgegnete er.

Der Kommissar konnte sich nicht verkneifen, seinen Blick an ihm herunter- und wieder hinaufwandern zu lassen.

Sommer war zwanzig Jahre jünger als Mo, bereits Einsatzleiter im KK 11 und sah aus, als würde er in seiner Freizeit modeln.

Mo konnte sich vorstellen, was er von ihm hielt: ein abgewrackter Ex-Cop, der es nicht geregelt bekam, sich neue Klamotten zu kaufen oder seine Haare regelmäßig zu kämmen. Mit ein bisschen Glück hatte er gleich ein Strafverfahren am Hals. Weil er einen Teenager erschossen hatte.

»Welche Information relevant ist, überlassen Sie mal mir. Warum sind Sie aus dem Dienst ausgeschieden?«

»Meine Frau hat die Arbeit auf unserem Hof nicht allein geschafft.«

»Und wieso haben Sie Ihren Waffenschein nicht abgegeben?«

Mo zuckte die Achseln. »Habe ich wohl vergessen.«

Lieber ließ er Sommer in dem Glauben, dass er ein Möchtegern-Macho mit Minderwertigkeitskomplex war und die Waffe als Schwanzverlängerung benutzte, als dass er dem arroganten Arschloch verriet, warum er wirklich bis heute zwei Pistolen im Tresor hatte.

»Laufen Sie öfter mit einer Schusswaffe herum?«

»Nein.«

»Sie haben also rein zufällig eine Pistole dabei, als Frau Jentsch eine Einbrecherin in ihrer Wohnung überrascht?« Sommer wurde so laut, dass Mieke stirnrunzelnd zu ihnen herübersah.

Sie saß immer noch auf dem Sofa, die Sanitäter kontrollierten ihren Blutdruck, der Notarzt schien den Schnitt an ihrem Hals zu nähen. Die Wunde hatte heftig geblutet, war aber nur wenige Zentimeter lang und seitlich, direkt unterm Ohr.

Offenbar hatte Mieke sich etwas beruhigt. Mo wünschte sich trotzdem, wieder mit ihr auf dem Sofa sitzen und sie hin- und herwiegen zu können. Weil es ihn selbst ebenfalls beruhigt hatte. Er hatte nicht damit gerechnet, noch mal auf jemanden schießen zu müssen. Und schon gar nicht hatte er damit gerechnet, jemanden zu töten.

Also jemand anderen als sich selbst.

In zehn Jahren Polizeidienst war er nie in eine solche Situation gekommen.

»Nachdem ich den Mitschnitt des Telefonats gehört habe, habe ich befürchtet, dass Mieke, also Frau Jentsch, nach Blumentals Tod auch in Gefahr sein könnte«, beantwortete Mo die Frage des Kommissars gereizt.

»Sie laufen mit einer Waffe in der Öffentlichkeit herum und erschießen ein Mädchen. Damit kommen Sie nicht durch«, knurrte Sommer. »Hatten Sie vor Ihrer Kündigung Probleme im Dienst?«

»Nein. Und meine Pflichtstunden im Schützenverein hab ich auch vorschriftsmäßig absolviert.«

»Ihnen ist klar, dass ich Ihre Akte anfordern werde?«

»Wirklich?« Mo merkte, wie er die Nerven verlor und ebenfalls laut wurde. »Na, dann werde ich meine Aussage lieber noch mal ändern.«

»Hören Sie auf!«, fauchte Mieke Sommer an. Sie machte einen Schritt auf den Kommissar zu, während ein übergewichtiger Sanitäter noch ein Pflaster auf die genähte Wunde klebte. »Hätte er nicht geschossen, wäre ich jetzt tot.«

Eine junge Frau, von der Mo nur das stark geschminkte Gesicht erkennen konnte, weil sie im weißen Ganzkörperkondom der KTU steckte, winkte Sommer zur Seite.

»Wir sind noch nicht fertig«, drohte der Kommissar, bevor er sich abwandte.

»Danke für die Rückendeckung«, flüsterte Mo Mieke zu.

Das Blut an ihrem Hals und in ihrem Gesicht hatten die Sanitäter abgewischt, doch der Ausschnitt ihres Pullovers war am rechten Schlüsselbein durchtränkt.

Obwohl er ziemlich sicher in Schwierigkeiten steckte, durchrieselte Mo grenzenlose Erleichterung. Eine Sekunde lang hatte er geglaubt, die Einbrecherin hätte Mieke das Messer über den Hals gezogen, bevor er abgedrückt hatte. Er hatte sie schon mit durchtrennter Kehle zusammenbrechen sehen.

»Halt lieber Abstand zu Sommer«, riet ihm Mieke.

Besser wäre das vermutlich. Allerdings würde er dann nicht erfahren, was die Spurensicherung herausgefunden hatte.

»Besuch mich mal im Knast, wenn er mich verhaftet.« Er schob die Hände in die Hosentaschen, um das Zittern seiner Finger zu verbergen, und schlüpfte aus dem Wohnzimmer.

Sommer stand mit der Kriminaltechnikerin im Flur, mit dem Rücken zu Mo. Kleine gelbe Pyramiden markierten auf dem Boden die Stellen, an denen sich das Hirn des Mädchens auf dem Parkett verteilt hatte.

Er schloss die Augen und atmete einmal durch, bevor er hinter den Kommissar trat. Die Rechtsmedizinerin kniete neben der Leiche. Weil sie ebenfalls einen Plastikoverall trug, war nur ihr von Sommersprossen gesprenkeltes Gesicht mit der Brille auf der gepiercten Nase zu sehen. Sie hatte die Ärmel des schwarzen Hoodies der Toten hochgeschoben. Die Ellenbeugen des Mädchens waren vernarbt von Einstichen.

Ein Junkie.

»Wir haben auch Einstiche im Leistenbereich.« Die Rechtsmedizinerin setzte sich mit gerötetem Gesicht auf. »Die Größe der Pupillen lässt auf verminderte Pupillenreflexe schließen.«

»Und ein Laptop und ein Tablet steckten in einem Rucksack, den wir in der Küche gefunden haben«, mischte sich die Kriminaltechnikerin ein. »Das Zeug wollte sie wohl mitgehen lassen.«

Sommer nickte nachdenklich. »Sieht nach Beschaffungskriminalität aus. Woher hat sie gewusst, dass Jentsch nicht da ist?«

»Ich schätze, sie wusste zumindest, dass Frau Jentsch im Lindenhospital behandelt wurde.« Das Mädchen mit dem grellen Make-up bückte sich und nahm eine Plastiktüte aus einer Kiste der KTU. Darin steckte eine aufgeklappte Brieftasche. »Sie hat nämlich dort gearbeitet.«

Sie hielt Sommer die Tüte hin. Mo trat kurzerhand hinter den kleineren Polizisten und sah ihm über die Schulter. Neben der Brieftasche steckte eine laminierte Identifikationskarte mit dem Krankenhauslogo.

Sommer schnalzte mit der Zunge. »Bernd, krieg mal raus, ob sie auf der Station gearbeitet hat, auf der Frau Jentsch gelegen hat. Als Pflegerin, Putzfrau, was auch immer.«

»Sie war Ärztin«, half Mo Sommer weiter. Klar, sah die Tote aus wie ein Teenager, schwer vorstellbar, dass sie bereits ein Medizinstudium hinter sich haben sollte. Trotzdem war es irgendwie beunruhigend, dass Mo den verantwortlichen Ermittler auf das Offensichtliche hinweisen musste.

Sommer fuhr zu ihm herum und reckte sich, um größer zu wirken. »Und woher wissen Sie das? Noch ein *Zufall*?«

Mo deutete auf die Identifikationskarte, die mit einem Clip an der Kleidung befestigt werden konnte. »Dr. A. Danilowa – Assistenzärztin Gynäkologie«, stand gut lesbar unter dem Foto der Frau, auf dem sie unter dem offenen Arztkittel einen Strickpullunder trug.

Mo meinte, Sommers Zähne knirschen zu hören.

»Na schön«, knurrte er schließlich. »Check mal die Patienten von Dr. Danilowa, Bernd. Vielleicht ist bei weiteren Leuten während eines Krankenhausaufenthaltes die Wohnung ausgeräumt worden.«

Mo kratzte sich am Kopf. »Eine Ärztin, die ihre Patienten beklaut? Verdient die nicht genug, um ihre Sucht zu finanzieren?«

Sommer fuhr herum, um ihn zum Schweigen zu bringen, verstummte aber, als Mieke neben Mo trat. Sie hatte die Arme um den Körper geschlungen, als würde sie frieren.

»Ich glaube, ich kenne die Frau«, sagte sie.

Wenn die KTU seine Glock nicht einkassiert und in Plastik verpackt hätte, hätte Mo Pascal Sommer möglicherweise im Affekt erschossen.

»Wenn ich Sie richtig verstanden habe, waren Sie halb bewusstlos und hatten eine Gehirnerschütterung. Sie wissen nicht mal mit Sicherheit, ob wirklich jemand an Ihrem Auto war«, fasste Sommer zusammen.

»Ich erinnere mich nur an Bruchstücke. Ihre Frisur. Einen Turnschuh«, wiederholte Mieke.

»Würden Sie bitte mit Ja oder Nein antworten?«

Mieke funkelte den Polizisten wütend an. »Nein, ich weiß es nicht mit Sicherheit.«

»Danke. Wenn tatsächlich jemand an Ihrem Fahrzeug gewesen sein sollte, dann eine Turnschuhträgerin mit Pferdeschwanz. Ob es sich um Dr. Danilowa handelte, können Sie nicht zweifelsfrei sagen.«

Mieke starrte Sommer feindselig an. »Nein.«

Die Idee vom Raubüberfall durch einen Junkie gefiel Sommer offenbar recht gut. Der sah sich schon den nächsten schlagzeilenträchtigen Todesfall in Rekordzeit aufklären.

»Eine Verbindung zu Georg Blumentals Tod sehen Sie nicht?« Mo konnte sich die Frage nicht verkneifen, obwohl Sommer ihn bereits zweimal aufgefordert hatte, den Tatort zu verlassen.

Der Kommissar drehte sich genervt zu ihm um. »Vor nicht mal zwei Stunden haben Sie noch den Geschäftsführer der Rentenversicherung Ruhr des Mordes an Herrn Blumental verdächtigt, Herr Blümel. Ich versichere Ihnen, dass wir auch dies prüfen werden. Trotzdem werden wir naheliegendere Erklärungen nicht außer Acht lassen. Ihre Aussage ist protokolliert, Sie können nach Hause fahren. Würden Sie Herrn Blümel bitte helfen, die Wohnung zu verlassen, ohne wichtige Spuren zu vernichten, Frau Mölling?«

Die bunt geschminkte Kriminaltechnikerin winkte Mo zu. Als er an den Türrahmen gelehnt stehen blieb, griff sie seinen Arm. Widerwillig ließ er sich rauswerfen.

Mehrere Uniformierte standen im Flur und sorgten wohl dafür, dass die neugierigen Nachbarn ihre Nasen nicht aus den Wohnungen streckten.

»Die Presse ist schon da«, erklärte Mölling und schob sich ein Kaugummi in den Mund. »Der Haupteingang ist zwar abgesperrt, aber wenn Sie nicht in der Zeitung landen wollen, fahren Sie besser mit dem Fahrstuhl in den Keller. Die Kollegen lassen Sie hinten raus.«

MIEKE

An der Kellertreppe zögerte sie. Es dämmerte bereits, es musste nach sechs sein.

Der Polizist, der sie zum Ausgang geführt hatte, hatte erklärt, dass der Polizeisprecher der Presse gerade ein erstes Statement abgab und die Gelegenheit günstig sei, um ungesehen zu verschwinden.

In ihrer Wohnung konnte sie natürlich nicht bleiben. Wenn die Spurensicherung fertig war, würden die Beamten sie versiegeln. Sommer hatte ihr geraten, sich ein Hotel zu suchen. Jetzt stand sie mit ihrer Handtasche in der Hand auf der Straße.

Ohne Job.

Ohne Auto.

Ohne Wohnung.

Auch wenn das Mädchen, das ihr um ein Haar die Kehle durchgeschnitten hätte, in einen Plastiksack verpackt auf dem Weg in die Rechtsmedizin war, brach ihr kalter Schweiß aus bei dem Gedanken, durch die halbe Stadt zu laufen, um sich ein Hotel zu suchen.

Wie oft hatte sie sich über Jess' Angst im Dunkeln lustig gemacht? Jetzt würde sie selbst gern irgendwen anrufen können, um sich abholen zu lassen. Mo war längst weg. Und es war erbärmlich, dass ein Führungskräftecoach, bei dem sie zufällig ein Seminar belegt hatte, der Einzige war, der ihr einfiel.

Na ja, im Kellereingang würde sie jedenfalls nicht übernachten können. Ihre Rippen schmerzten bei jedem Atemzug, und ihre Füße fühlten sich an, als wären sie aus Blei, während sie müde die Treppe hinaufstieg.

Sie trat seitlich am Gebäude auf die Rasenfläche an den Mülltonnen. Vorn am Haupteingang war die Universitätsstraße hell erleuchtet, der Bulli der Spurensicherung parkte an der Hausecke, das Blaulicht eines Streifenwagens zuckte über die Fassaden. Mieke würde die Seitenstraße überqueren, um auf der gegenüberliegenden Straßenseite abseits des Trubels ungesehen Richtung Innenstadt zu verschwinden.

Unwillkürlich sah sie sich um und schrak zusammen, als sie die Gestalt bemerkte, die an der Straße an einem Auto lehnte.

»Ich dachte schon, Sommer hätte dir eine kostengünstige Übernachtungsmöglichkeit in einer Ausnüchterungszelle angeboten.« Mo hielt ihr die Beifahrertür seines schmutzverkrusteten Wagens auf. »Zufällig habe ich ein paar Gästezimmer frei.«

Sekundenschnell schwoll ein Kloß in Miekes Hals an. Er hatte auf sie gewartet. Am liebsten hätte sie noch mal in seinen Pullover geheult. Aber natürlich konnte sie sich nicht wieder bei ihm einquartieren.

»Kann ich nicht annehmen«, erklärte sie. »Aber es wäre toll, wenn du mich an einem Hotel am Bahnhof absetzen könntest.«

»Auf keinen Fall lasse ich dich in einem Hotel übernachten«, erklärte Mo bestimmt. »Von mir aus kannst du die Zimmermiete abarbeiten, aber das können wir morgen klären. Im Moment will ich einfach nur duschen.«

Liebend gerne würde Mieke seinen Stall ausmisten, wenn sie die Nacht nicht allein in einem Hotel verbringen musste. Sie gab sich geschlagen und stieg ins Auto.

Mo warf die Tür hinter ihr zu.

Mo

Was für ein Mist. Er hatte einen Menschen erschossen, das würde er nicht wegstecken. Er hatte eine richtig beschissene Nacht vor sich.

Mieke allerdings auch. Deshalb hatte er sie gleich im ersten Gästezimmer an der Treppe einquartiert, direkt über seinem Schlafzimmer. Er würde seine Tür offen lassen.

Am liebsten hätte er sie wieder auf die Couch gelegt. Er wollte sie noch mal in den Arm nehmen und sie festhalten. Oder sich selbst an ihr festhalten?

Er fluchte innerlich. Sich was vorzumachen war idiotisch. Er stand unter der Treppe im Flur und lauschte auf das Rauschen der Dusche im ersten Stock.

Er hatte fucking Schmetterlinge im Bauch. War das das Resultat der Gefahrensituation? Die aufputschende Wirkung des Adrenalins? Oder ein Verdrängungsmechanismus, weil er sich, solange er sich um Mieke kümmerte, nicht um sich selbst kümmern musste?

Oder litt er einfach am Helfersyndrom? Denn auch wenn Mieke Jentsch auf den ersten Blick das komplette Gegenteil von Leo zu sein schien, hatte er schon im Krankenhaus ihre Verzweiflung gewittert.

Machten ihn verzweifelte Frauen etwa an? Obwohl ihn das schon mal in den Abgrund gerissen hatte? Ging es ihm darum, den Helden zu spielen? Obwohl er längst begriffen hatte, dass er kein Held war?

Oder am Ende doch um Überlegenheit?

Scheiße, nein! Er wischte die wirren Gedanken beiseite und öffnete die Brettertür unter der Treppe. Auch wenn es ihn mächtig anpisste, eine geladene Schusswaffe im Haus zu haben, waren möglicherweise zwei Anschläge auf Mieke verübt worden. Und den Zeitpunkt, an dem er hätte verhindern können, in die Sache hineingezogen zu werden, hatte er ja wohl eindeutig verpasst.

Die von der Decke baumelnde Glühbirne flammte auf. Der Lichtschalter und die Kabel waren direkt auf altem Backstein montiert, Spinnweben überzogen die Wände, und die uralte Holztreppe war so steil, dass Mo wegen seines Beins rückwärts hinuntersteigen musste.

Der Kriechkeller unter dem zweihundert Jahre alten Gutshof war einfach in den Lehmboden gegraben worden. Hier unten war es zu jeder Jahreszeit kalt, und es roch nach feuchter Erde. In dem etwa vier mal fünf Meter großen Raum unter der Küche des Haupthauses standen Metallregale und Kartoffelkisten.

Mo benutzte lediglich das breite Regal auf der rechten Seite, in dessen niedrigen Gitterfächern die Äpfel der Streuobstwiese gelagert werden konnten.

Und den Tresor.

Er zog die linke Kartoffelkiste zur Seite. Dahinter hatte er den kleinen Waffenschrank in die Lehmwand eingesetzt. Sein schwerstpubertierender, ballerspielsüchtiger Sohn brauchte nicht unbedingt zu wissen, dass sich funktionstüchtige Schusswaffen im Haus befanden.

Er gab die Zahlenkombination ein.

Sein Mund wurde trocken, und seine Finger zitterten, als er nach der Walther P99 griff. Die Glock lag besser in der Hand, aber die würde die Kriminaltechnik nicht so schnell wieder rausrücken. Egal, wenn er die Pflichtstunden im Schützenverein absolvierte, benutzte er immer beide Waffen.

Er klickte das Magazin aus dem Griff und füllte es mit den Patronen aus der Hosentasche seiner Jogginghose. Die Munition bewahrte er im zweiten Tresor im obersten Fach seines Kleiderschranks auf, unter dem Familienstammbuch und Samis Impfpass.

Auf das Durchladen durch das Zurückziehen des Schlittens, durch das die erste Kugel in den Lauf rutschte und die Waffe scharf wurde, verzichtete er. Es war nur eine Vorsichtsmaßnahme. Er würde wohl nicht noch mal auf jemanden schießen müssen.

Er ließ die Pistole in der Bauchtasche seines Hoodies verschwinden und überlegte, ob das alles nur ein grotesker Alptraum sein könnte. Aber nein, das Alptraumgefühl kannte er seit Jahren. Aufgewacht war er noch nie.

»Ach, tauchst du doch noch mal auf?«

Als er in die Küche kam, sah Lana von ihrem Notebook hoch. »Ich dachte schon, du wärst mit der Managerin durchgebrannt und lässt mich mit zwanzig Pferden und einem Teenager sitzen.«

»Morgen vielleicht«, brummte Mo. »Erfolg gehabt?«

Lana schürzte die Lippen. »In die Rentenversicherung selbst kommt man nicht so leicht rein. Für Praktika muss man sich offiziell bewerben. Aber ich war im Lindenhospital und kann gleich ab morgen ein unbezahltes Praktikum in der Pflege starten. Außerdem habe ich Susanna Berthold getroffen, am Gewerkschaftsstand. Sie hat versucht, mich als Mitglied anzuwerben.« Sie winkte mit einem Flyer. »Jetzt bin ich über die Kommerzialisierung im Gesundheitswesen informiert und morgen zur Demo eingeladen. Und einen Interviewtermin bei Luuk van Hoorn habe ich auch angefragt.«

Luuk van Hoorn. Toll. Dass Lana sich bereits in die Story verbissen hatte, überraschte ihn nicht. Er registrierte die leeren Pizzakartons auf der Spüle. Margherita und Salami. Sie hatte Sami gefüttert.

»Danke fürs Kochen.« Er humpelte zum Kühlschrank.

»Einmal Pizza Veggie steht noch im Backofen«, sagte Lana. »Du solltest übrigens echt mal wieder zur Physiotherapie gehen.«

Mo knurrte, statt zu antworten.

»Wie war's denn bei der Polizei?«

Mist. Lana witterte, dass mit ihm etwas nicht stimmte. Wollte er darüber sprechen? Durfte er ihr überhaupt verschweigen, was passiert war? Sie recherchierte bereits zum Klinikverkauf.

Er kniff die Augen zu.

Morgen. Wenn er selbst wieder klarkam.

»Nehmen die Bullen diesen van Hoorn noch mal unter die Lupe?« Lana ließ nicht locker.

Mo zuckte die Achseln. Sekundenlang stand er vor dem offenen Kühlschrank. Die Bierflaschen im Gemüsefach zogen seine Hand an, als wären sie magnetisch. Aber besoffen mit einer Waffe herumzulaufen war unverantwortlich. Schließlich griff er nach der Milch. »Mieke duscht übrigens gerade.«

Lana horchte auf. »Sie ist noch da? Wolltest du sie nicht nach dem Besuch bei den Ex-Kollegen nach Hause bringen?«

»Hab's mir anders überlegt.« Sein Ton warnte Lana ausdrücklich davor weiterzubohren.

Fassungslosigkeit flackerte über ihr Gesicht.

Er trank die Milch direkt aus der Tüte.

Ohne das Programm zu beenden, klappte Lana ihr Notebook zu und stand auf. »Du solltest deinem Sohn wenigstens mal Hallo sagen«, fauchte sie und knallte die Tür hinter sich zu.

Mo stellte die Milch zurück in den Kühlschrank und griff nach einer Bierflasche.

MIEKE

Mit klopfendem Herzen lag sie in dem schmalen Bett direkt neben der Tür. In dem Zimmer gab es drei Schlafplätze, aber von diesem aus hatte sie das Fenster im Blick, hinter dem längst rabenschwarze Nacht herrschte. Bis auf eine einzelne Lampe unten im Hof, am Torbogen der Ranch, war es draußen völlig finster.

Sie hatte geduscht, bis das heiße Wasser aus dem altmodischen Boiler im Gemeinschaftsbad auf dem Flur verbraucht und ihre Haut feuerrot gewesen war.

Jetzt fühlte sich die Schnittwunde an ihrem Hals warm an und pochte im Rhythmus ihres Herzschlags.

Mittlerweile zeigte ihr Handy dreiundzwanzig Uhr zwei an, und sie schrak jedes Mal zusammen, wenn sich der Zweig des Baumes bewegte, der die Lampe am Torbogen verdeckte und Schatten auf die Wände warf. Definitiv würde sie heute Nacht nicht schlafen können.

Ein lautes Rumpeln ließ sie hochfahren. Stocksteif saß sie im Bett und lauschte. Da war irgendwas umgefallen.

Sie ahnt die schnelle Bewegung neben sich, sieht aus dem Augenwinkel eine Gestalt, die aus der Küche auf sie zustürzt! Nach ihr greift!

Sofort war das Zittern wieder da. Sie stand auf, schlich zur Zimmertür, öffnete sie einen Spalt. Unten in der Wohnküche brannte Licht. Es fiel durch die Glasscheibe der Tür in den Flur. Sie huschte an die Treppe, bückte sich auf der obersten Stufe, um durchs Geländer zu spähen.

»Papa? Alles okay?«, hörte sie Samuel von irgendwoher rufen.

»Wieso schläfst du noch nicht?«, kam Mos Antwort aus der Küche.

Mieke atmete auf. Mo war noch wach. Schien alles in Ordnung zu sein. Trotzdem trat sie ein paar Stufen hinunter. Im Wohnbereich flimmerte der Fernseher.

Barfuß tappte sie durch den Flur, die Küchentür stand halb offen. Mo versuchte, einen Stuhl aufzustellen, der offensichtlich umgefallen war. Er trug eine ausgeleierte Jogginghose und genau wie Mieke selbst keine Schuhe.

Weil er seine Hand an der Hose abwischte, als er sich selbst und den Stuhl aufgerichtet hatte, fiel Mieke auf, dass die altmodischen Fliesen nass waren. Mos Bein knickte weg, er musste sich am Tisch abstützen. Scherben lagen im ganzen Raum verteilt.

Oje. Mieke schob die Tür auf. »Warte!«

Mo fuhr herum.

»Pass auf die Scherben auf.« Mieke konnte riechen, was für eine Flasche zerplatzt war.

»Sorry. Ich wollte dich nicht wecken.« Mo hob entschuldigend die Achseln.

»Hab nicht geschlafen«, winkte Mieke ab.

»Kannst du die Tür zumachen? Sami muss nicht unbedingt mitkriegen, dass ich mich besoffen auf die Fresse lege.«

Mieke schloss leise die Tür und trat vorsichtig zwischen die Scherben. Das Bier klebte ihre Füße an die Fliesen.

»Setz dich hin, bis ich gewischt habe.«

Mo ließ sich gehorsam auf den Stuhl sinken, den er gerade hingestellt hatte. »Da in der Ecke steht ein Eimer.« Er deutete auf die deckenhohe Kühl-Gefrier-Kombination. In der Ecke zwischen ihr und dem Fenster, vor einer schmalen Stahltür, entdeckte Mieke Eimer und Schrubber. Auf dem Weg durch die Küche sammelte sie die größten Scherben ein. Es gelang ihr zu wischen, ohne sich selbst die Füße aufzuschlitzen.

Dann wandte sie sich Mo zu. Der hatte die Stirn auf den Tisch sinken lassen.

»Soll ich dich aufs Sofa legen oder ins Bett bringen?«, erkundigte sie sich.

»Die Antwort darauf willst du nicht hören«, brummte er, ohne den Kopf zu heben.

»Wie viel hast du getrunken?«

»Zu viel, um mit 'ner Knarre rumzulaufen.«

Mieke erstarrte.

Dann ging sie neben Mo auf die Knie und tastete vorsichtig seinen Pulli ab. Der Stoff war klitschnass vom Bier. In der Bauchtasche fühlte sie die Pistole.

»Okay, rüber aufs Sofa.« Sie griff seinen Arm. Sein linkes Bein wackelte unkontrolliert, als er sich hochstemmte, doch dann stand er glücklicherweise recht stabil und schwankte kaum, während sie ihn zur Couch dirigierte.

Seine Jogginghose hatte ebenfalls Bierflecken.

»Her mit der Knarre!« Mieke hätte nicht gedacht, dass sie so was mal sagen würde.

Mo senkte den Kopf und sah Mieke direkt an. Weil sie seinen Oberarm festhielt, für den Fall, dass er das Gleichgewicht verlor, stand sie dicht neben ihm. Er roch nach Leder, Shampoo und Bier, und aus der Nähe betrachtet glitzerten in seinen braunen Augen goldene Sprenkel.

Ein warmer Schauer kroch ihre Wirbelsäule hinauf und wieder hinunter, und es gelang ihr nicht, den Blickkontakt zu unterbrechen, als er mit der rechten Hand in seinen Pulli griff und die Waffe hervorzog.

»Steck sie einfach in die Schublade unter der Couch.« Er drehte sie in der Hand, sodass der Lauf Richtung Boden zeigte und Mieke sie am Griff fassen konnte, dann ließ er sich in die Polster fallen.

Mieke betrachtete die Waffe, die sie wie eine tote Ratte mit zwei Fingern hielt, und ließ sie dann unter dem Sofa verschwinden. Dann musterte sie Mo, der sich mit beiden Händen in die Haare gegriffen hatte, möglicherweise um seinen Kopf festzuhalten.

»Du solltest den Pulli ausziehen. Der riecht, als hättest du mit Bier geduscht.«

Er griff den Saum und zog sich den Hoodie über den Kopf. Darunter trug er ein ausgewaschenes T-Shirt. Sie spürte seinen Blick auf ihrer Wange, ihre ganze Gesichtsseite begann zu glühen. Bildete sie sich das nur ein? Reagierte ihr Körper über, weil er ihr das Leben gerettet hatte? Oder spürte er das auch?

Sie traute sich nicht, ihn anzusehen, um es herauszufinden. Er hatte Frau und Kind, verdammt!

Zum Glück ließ er sich in dem Moment stöhnend auf die Seite kippen und versuchte erfolglos, seine Beine auf die Couch zu heben.

Mieke packte seine Füße und half ihm, sich auszustrecken. Das rechte Hosenbein war ebenfalls klitschnass.

»Die Hose muss auch aus.« Sie zupfte am bierdurchtränkten Stoff. »Komm schon, ich helfe dir.«

»Geht nicht.« Mo schüttelte den Kopf.

Mieke runzelte die Stirn. »Keine Panik, du bist nicht der erste besoffene Typ, den ich ins Bett bringe. Von meiner Schwester mal ganz zu schweigen. Oder trägst du etwa Unterhosen mit Bart-Simpson-Aufdruck?«

Sie biss sich auf die Zunge. Das war ihr rausgerutscht, weil Tom

Fan gewesen war. Eigentlich wollte sie nicht wirklich mit Mo über seinen Unterhosengeschmack sprechen. Obwohl …

»Was? Quatsch!«

Na ja, immerhin hatte sie ihn aus seiner Schockstarre gerissen. Seine Laune besserte sich spürbar. Er ließ die Beine wieder von der Couch rutschen und versuchte, sich aufzusetzen.

»Dann hast du gar nix drunter?«, stichelte Mieke weiter.

»Das hättest du wohl gern«, konterte er, als er endlich neben ihr saß.

»Also doch Bart Simpson«, grinste sie. »Dann lass die Hose eben an, du wirst es überleben, schätze ich.«

Sie wollte aufstehen, als Mo sie am Arm zurückhielt. Die Berührung durchzuckte sie wie ein Stromschlag. Ihre Blicke kreuzten sich. Ein paar graubraune Locken hingen ihm in die Augen. Er rieb sich die Stirn.

»Okay«, sagte er dann, mehr zu sich selbst.

Erst als er nach seinem linken Hosenbein griff, fiel Mieke auf, dass er das Bein wie immer von sich gestreckt hielt. Es war nicht seine Unterwäsche, die er nicht zeigen wollte, begriff sie.

Das Bündchen seiner Jogginghose war so ausgeleiert, dass Mo den Stoff mühelos über Wade und Knie hochziehen konnte.

Eine eiskalte Hand schob sich in Miekes Brustkorb, umgriff ihr Herz und drückte es zusammen.

Mos Unterschenkel schien nur aus einem mit Haut überzogenen Knochen zu bestehen. Die Wade war einfach weg. Stattdessen fraß sich eine grausige Narbe an der Außenseite seines Beines in den Knochen, eine zweite lief über sein Knie, eine dritte teilte als tiefe, schräg verlaufende Kerbe seine Oberschenkelmuskulatur.

Mieke konnte sich nicht vorstellen, was für eine Verletzung solche Narben hinterlassen hatte. Aber dass es ein Wunder war, dass er überhaupt laufen konnte, war offensichtlich.

Mo beobachtete ihre Reaktion.

Sie schluckte. »Tut mir leid.« Ihre Stimme versagte.

»Du kannst nichts dafür«, fauchte er sie an. Anscheinend war das die falsche Reaktion gewesen.

Sie riss den Blick von seinem verkrüppelten Bein los und sah ihn an. Plötzlich war die Feindseligkeit, mit der er ihr bei ihrem ersten Zusammentreffen auf der Ranch begegnet war, wieder da.

»Wie …?«, begann sie und wusste nicht weiter. »Was …?« Verdammt, ihr fehlten die Worte.

»Bei dem Unfall, bei dem Samis Mutter starb, saß ich mit im Wagen«, sagte Mo. Er schien mit einem Mal wieder nüchtern zu sein.

Oh Gott. Mieke wurde klar, dass sie fragen musste, obwohl sie die Antwort vielleicht nicht wissen wollte. »Bist du gefahren?«

Mo musterte sie nachdenklich. Dann schüttelte er den Kopf und senkte den Blick auf sein Bein.

»Eine Weile hat es ausgesehen, als müssten die Ärzte das Bein abnehmen. Ab Mitte Oberschenkel war nicht mehr viel davon übrig.« Mit der Handkante deutete er den Schnitt an. »Dafür funktioniert es eigentlich wieder ziemlich gut.«

Mieke nickte. Auch wenn ihr sein Hinken aufgefallen war, hatte sie mit einer Verletzung dieses Ausmaßes keine Sekunde gerechnet.

»Trotzdem bist du die erste Frau, die das zu Gesicht kriegt«, fügte Mo hinzu.

Ernsthaft?

»Liegt am Bier. Schätze, morgen früh werde ich es tierisch bereuen.«

»Außer Lana«, erinnerte ihn Mieke daran, dass was hier gerade zwischen ihnen lief, nicht in Ordnung war.

»Was?«

»Deine Freundin wird dein Bein gesehen haben, oder?«

Mo hob eine Braue. »Wie kommst du darauf, dass sie meine Freundin ist?«

»Na ja, du hast sie mir als deine Freundin vorgestellt.« Mieke runzelte die Stirn. »Und sie lebt hier mit dir.«

»Oh.« Mo schnitt eine Grimasse. »Okay …«

Moment, das wollte Mieke jetzt doch genauer wissen. »Also was jetzt? Ist sie deine Freundin oder nicht?«

Mo schnalzte mit der Zunge. »Ist das denn wichtig?«

Sein Grinsen traf Mieke mit Wucht in den Bauch. Definitiv spürte er das Knistern auch. Na warte.

»Nö.« Sie winkte ab. »Euer Beziehungsstatus geht mich nichts an. Klärt das unter euch.«

Sie stand auf.

»Lana ist Leos beste Freundin gewesen. Und Samis Patentante«, sagte Mo, als sie die Tür erreichte.

Na also. Mieke blieb stehen.

»Nach Leos Tod hatte sie das Gefühl, sich … na ja, sich um uns kümmern zu müssen oder so. Dass sie hier wohnt, wenn sie nicht für eine Story recherchiert, hat es für uns beide irgendwie einfacher gemacht.«

Verdammt, Mieke brannte darauf, mehr zu erfahren. Sie wandte sich wieder um. »Du willst mir erzählen, ihr seid beide allein, lebt zusammen, aber es läuft nichts zwischen euch?«

»Sie hat es tatsächlich mal fertiggebracht, mir Trostsex anzubieten, aber so nötig habe ich es dann doch nicht. Dass *sie* allein ist, habe ich nicht gesagt. Ehrlich gesagt ist ihr Liebesleben ein bisschen zu … abwechslungsreich für mich. Also nein: Ich schlafe nicht mit Lana und habe auch nicht vor, was dran zu ändern.«

Miekes Herz schlug Purzelbäume in ihrer Brust.

»Könntest du dir unter diesen Umständen vorstellen, noch ein bisschen mit mir fernzusehen?«, erkundigte sich Mo.

OCEAN

Bille hatte gute Laune. Das konnte nur bedeuten, dass sie mit der Klinikübernahme planmäßig vorankam, denn nur ein richtig gutes Geschäft brachte Bille dazu, ein Lied vor sich hin zu summen.

Ocean zupfte die langen Ärmel ihres Oversizehoodies über ihre Hände, damit die Verbände an ihren Unterarmen Billes Laune nicht wieder vermiesten.

Gestern hatte sie sie wirklich über Nacht allein gelassen. Das wollte Ocean auf keinen Fall noch mal riskieren.

Mieke

Ein sanftes Klingeln ließ sie blinzeln.

Ein Handywecker.

Als sie eine Bewegung an ihrem Rücken spürte, erstarrte sie. Im nächsten Moment verstummte das Geräusch. Sie sah geradeaus, aus dem altmodischen Sprossenfenster in die Dunkelheit. Sie lag auf Mos Couch, auf der sie bereits die letzten Nächte verbracht hatte. Aber sie konnte sich nicht rühren, denn sein Arm lag schwer auf ihrer Seite, sie spürte seinen Körper warm an ihrem Rücken. Löffelchenstellung.

Sie wagte nicht, sich zu bewegen.

Sie erinnerte sich an das Bier auf den Fliesen, an die grausigen Narben an Mos Bein … und an einen Film, den irgendein Sender um Mitternacht wiederholt hatte und in dem Arnold Schwarzenegger schwanger gewesen war. Sie hatten einen Film geguckt, in dem Arnold Schwarzenegger schwanger gewesen war?

Im nächsten Moment explodierten die Erinnerungen. Die Frau in ihrer Wohnung, das Messer an ihrem Hals, der Schuss, die Polizei.

Sie hatte mit Mo zusammen einen Film geguckt, in dem Arnold Schwarzenegger schwanger gewesen war, nachdem er die Einbrecherin erschossen hatte, die sie töten wollte.

Hatten sie etwa auch …?

Leise rutschte Mo hinter ihr weg, offensichtlich darauf bedacht, sie nicht zu wecken.

Mieke fröstelte, als sein warmer Körper verschwand. Im nächsten Moment spürte sie, wie er die Wolldecke behutsam wieder über ihre Schulter zog, damit sie nicht fror.

Oh verdammt, fühlte sich das gut an.

Sie schüttelte den Gedanken ab, tastete unauffällig über ihre Hüfte und atmete auf, als sie den Stoff der Yogahose spürte. Ihr Shirt hatte sie ebenfalls an.

Anscheinend war sie nur mit Mo zusammen auf der Couch eingeschlafen. Und er versuchte gerade zu verhindern, dass sie das merkte. Erstaunlich, dass er gestern noch dran gedacht hatte, einen Wecker zu stellen.

Ihr Blick wanderte wieder nach draußen. Es war noch dunkel, konnte höchstens halb sieben sein. Wo wollte er hin?

Mo kletterte hinter ihr weg, ohne sie zu berühren.

Sie öffnete ein Auge, als sich seine Schritte entfernten. Im Licht der digitalen Zeitanzeige des Herds beobachtete sie, wie er an seinem T-Shirt roch und es sich dann über den Kopf zog. Seine Haare fielen auf seinen nackten Rücken. Im Schulterbereich war seine Wirbelsäule gekrümmt, doch die Stallarbeit sorgte für einige Muskeln.

Er ließ das T-Shirt auf den Wäschehaufen vor der Waschmaschine fallen und zog ein anderes heraus. Die Jogginghose tauschte er gegen eine Jeans. Gestern Abend musste der Alkohol seine Koordination ziemlich beeinträchtigt haben, denn heute bewegte er sich im Dunkeln völlig lautlos durch die Küche.

Mieke klappte ihr Auge wieder zu, als er an der Flurtür innehielt und sich nach ihr umsah. Dann schlüpfte er hinaus.

Sie lauschte. Leise fiel die Haustür zu.

Mieke sprang auf und registrierte, dass ihre gebrochenen Rippen kaum protestierten. Die Schnittwunde an ihrem Hals ziepte, wenn sie den Kopf bewegte. Sie schlich in den leeren Flur, wäre in der Dunkelheit beinahe über die im Weg stehende Tasche mit dem Hufschneidewerkzeug gestolpert, erreichte das Fenster und schob die altmodische Gardine zur Seite.

Gegenüber in den Stallungen ging Licht an.

In der Schuhreihe fand Mieke die rosa Gummistiefel, die Mo ihr bei ihrem allerersten Führungskräftetraining geliehen hatte.

Ihr Herz klopfte, als sie zum Stall hinüberhuschte. Das alte Holztor stand offen.

Die Pferde drängelten sich hinter einem quer durch den Raum

gebauten Metallzaun. Große und kleine Tiere in allen Farben, dicke und dünne – ein großer Brauner sah ziemlich abgemagert aus. Es war eine ganze Herde, und allesamt waren unbeschreiblich schmutzig. Ein haariger Schecke, von dem Mieke glaubte, dass es sich um Goblin handelte, stieß ein brummendes Wiehern aus. Weiter hinten biss ein großes Pferd einem Pony in den Hintern. Ein anderes Tier scharrte ungeduldig mit dem Vorderhuf.

Mo pikte mit einer Mistgabel einen Heubund aus einem Stapel an der Wand. Mieke vermutete, dass die Pferde unruhig waren, weil es Futter gab.

Mit Schwung warf Mo das Heupaket vor die Abtrennung – entdeckte Mieke am Scheunentor und hielt inne.

Ihr wurde bewusst, dass sie nicht in den Spiegel geschaut hatte. Noch vor zwei Wochen wäre das unmöglich gewesen. Morgens war ihr kinnlanger durchgestufter Bob eine ziemlich wilde Angelegenheit.

Einen Moment lang hatte sie das Gefühl, rot zu werden – bis sich ihr Verstand einschaltete und sie darauf hinwies, dass Mo sich prinzipiell nicht kämmte. Außerdem hatte sie ihn gestern besoffen ins Bett bringen müssen.

»Leg dich wieder hin.« Mo stützte sich auf die Mistgabel und verlagerte sein Gewicht nach rechts. »Frühstück gibt's erst, wenn die Pferde gefüttert sind.«

Mieke stemmte die Hände in die Seiten. »Ich dachte, ich kann die Zimmermiete abarbeiten?«

Lana musterte Mieke mit zusammengekniffenen Augen, als sie eine Stunde später durchgeschwitzt und nach Pferd riechend am Küchentisch saß.

Zu Miekes Erstaunen war es erst halb sieben. Mo musste irre früh aufgestanden sein. Um halb sechs oder so.

Die Stallarbeit war abenteuerlich gewesen. Als Mo mit dem Heu in den Auslauf gestiegen war, hatten die Ponys angefangen, sich zu prügeln. Die reinste Raubtierfütterung. Aber Mo bewegte sich zwischen ihnen hindurch, als wären sie gar nicht da.

Als die Pferde fraßen, hatte er den abgemagerten Braunen aus dem Gatter gelassen. Davor hatte eine einzelne Futterschüssel auf dem Boden gestanden.

»Teddy ist siebenundzwanzig. Er kann das Heu nicht mehr richtig kauen. Deshalb bekommt er zweimal am Tag eingeweichtes Kraftfutter«, hatte er ihr erklärt.

Solange die Monster fraßen, hatten Mieke und Mo die Pferdeäpfel im mit Gummimatten ausgelegten Stall aufgesammelt. Fast eine Stunde hatte das gedauert. Ohne Miekes Hilfe wäre Mo noch lange nicht fertig.

»Sam! Raus aus dem Bett!«, brüllte Mo in den Flur.

In der Küche roch es nach Kaffee, Aufbackbrötchen und Rührei, und Mo stellte Lana und Mieke zwei dampfende Becher hin. Lanas kluger Blick flitzte ein paarmal zwischen Mo und ihr hin und her.

»Ich treffe mich heute mit Susanna Berthold«, sagte sie dann zu Miekes Überraschung. »Sie sagt, der Arbeitskampf bei Medica wird spannend. Die Geschäftsführerin ist anscheinend zu Verhandlungen bereit, angeblich wird sie sich heute dazu äußern. Meine Schicht endet um halb zwei, danach geh ich zur Demo und hör mir das mal an.«

»Die Geschäftsführerin? Sybille Sauer?«

Lana nickte. »Berthold hält sie für eine gute Geschäftsfrau, die weiß, wann ein Kompromiss die beste Lösung ist.«

Mieke verschluckte sich an ihrem Kaffee. Sanna Berthold hielt die »Heuschrecke« für eine »gute Geschäftsfrau«? Seit wann? »Nicht dein Ernst!«

Lana sah sie erstaunt an. »Doch. Berthold hält eine Einigung mit Medica für realistisch.«

»Die müssen sie unter Druck gesetzt haben.« Wenn sich sogar Sanna Berthold einschüchtern ließ, würden die Kliniken verkauft werden. Wer sollte es dann noch verhindern?

»Wann geht die Veranstaltung los?«, erkundigte sie sich.

»Sauer spricht gegen fünfzehn Uhr. Ich habe mit der Redaktion telefoniert, ich kann einen Bericht machen. Vielleicht kann ich die Sauer ein bisschen in die Zange nehmen.«

»Ich komme hin«, beschloss Mieke. »Ich muss mit Sanna sprechen.«

Marva

Das Chaos vor dem Haupteingang ging ihr auf die Nerven. Sie war auch in die Gewerkschaft eingetreten, weil die Kolleginnen nicht lockergelassen hatten. Verständnis für die Forderungen hatte sie nicht. Sie hatte auf Krankenstationen gearbeitet, auf denen es nicht mal Desinfektionsmittel gegeben hatte.

Das Zombiegefühl wurde wieder stärker, als sie sich zwischen den Streikenden hindurchbewegte.

Einfach weitergehen, nicht hinhören. Sie wollte dieses Leben für Arya und Emeli.

»Seit Jahrzehnten arbeiten die Angestellten in den Medica-Kliniken ohne Tarifvertrag. Befristete Arbeitsverhältnisse, Outsourcing und unbezahlte Überstunden sind an der Tagesordnung«, erklärte die Rednerin.

»Ausbeuter!«, brüllte jemand. Ein Raunen ging durch die Menschenmenge, und Marva blieb doch stehen.

Heute war wieder eine kleine Bühne vor dem Haupteingang aufgebaut. Hinter dem Rednerpult stand eine dicke Frau mit einem Gewerkschaftskäppi über dem braunen Pferdeschwanz. Dass die zu denen gehörte, die die Kontrolle über ihr Konsumverhalten komplett verloren hatten, war auf den ersten Blick klar.

»Gesundheit ist kein Profitgeschäft, wird aber – nicht nur von Medica – zur Billigware gemacht«, fuhr die Gewerkschafterin mit ihrer Einleitung fort. »Klinikpersonal, das für das Leben von Menschen verantwortlich ist, verdient nur einen Bruchteil von dem, was die Metallindustrie für das Herstellen von Schrauben zahlt. Dies ist auch ein Frauenproblem. Traditionell arbeiten mehr Frauen im Gesundheitssektor, mehr Männer in der Industrie. Sind Männer eher bereit, sich gewerkschaftlich zu organisieren und ihre Rechte einzufordern, während Frauen sich mit weniger zufriedengeben? Sozialwissenschaftlerin Miriam Moor beschäftigt sich seit Jahren mit der Gender-Pay-Gap. Ist es denkbar, dass die Bezahlung in medizinischen Berufen je an die in klassischen Männerjobs angeglichen wird, Frau Moor?«

Applaus wurde laut, als eine schlanke Rothaarige mit einem strengen Haarknoten zu der dicken Gewerkschafterin auf die Bühne stieg.

Marva spürte ihre Wut brodeln. Diese Leute hatten nichts Besseres zu tun, als Dr. Sauer zu beschimpfen, die ihr regelmäßiges Einkommen sicherte.

Sie wollte sich abwenden, als ihr Blick an einem großen Mann hängen blieb, der ein paar Meter vor ihr entfernt stand. Sie sah ihn nur von hinten, doch seine im Nacken zusammengebundenen graubraunen Locken und die trainierten Schultern unter dem ausgewaschenen Pulli ließen sie stutzen. War das nicht …?

Die Frau stand direkt neben ihm. Sie war schlicht gekleidet, trug Jeans, Turnschuhe und einen Kapuzenpullover mit Pferdeaufdruck. Sie wäre Marva nicht aufgefallen, wenn sie nicht so dicht neben dem Typen gestanden hätte.

Unauffällig schob sie sich weiter nach vorne, auf die Rednerbühne zu, um das Gesicht der Frau sehen zu können.

Sie war es tatsächlich.

Marva erstarrte. Kalter Schweiß brach ihr aus. Sie hatte nicht damit gerechnet, ihr über den Weg zu laufen. War nicht vorbereitet. Wäre es denkbar zu improvisieren?

Hier? In der Menschenmenge wäre es lächerlich einfach, sich unbemerkt von hinten zu nähern. Blitzschnell scannte sie die Lage.

Weil Dr. Sauer sprechen wollte und die Presse anwesend war, hatte die Gewerkschaft besonders viele Demonstranten mobilisiert. Hunderte von Menschen hatten sich vor dem Lindenhospital versammelt, mehrere Leute hielten Handys hoch und filmten das Statement der Sozialwissenschaftlerin. Ein Mann machte ein Mikrofon mit dem Logo eines lokalen Fernsehsenders startklar. Und eine Krankenschwester mit vielen Piercings stand auf der Mauer der Blumenrabatten und fotografierte in die Menge.

Problematisch.

Allerdings würden alle Blicke auf Dr. Sauer gerichtet sein, sobald sie sprach. Eine bessere Ablenkung konnte es gar nicht geben.

Trotzdem war das Risiko hoch, eine unbemerkte Aktion unmöglich. Und nach wie vor war die Reaktionsfähigkeit ihres Freundes schlecht einschätzbar. Der Typ ließ immer noch Marvas Alarmglocken klingeln.

Außerdem hatte sie keine Waffe …

Sanna

»Was zum Teufel ist los mit dir?«

Wow, Mieke sah beschissen aus. Im ersten Moment hätte Sanna sie beinahe nicht erkannt, in einem Kapuzenpullover mit Pferdeaufdruck, Jeans und Turnschuhen, kreidebleich, mit einem fetten Bluterguss unter dem linken Auge und einem Pflaster am Hals.

Und sie war beeindruckend wütend.

Sanna hob abwehrend die Hände.

»Seit wann hältst du die Sauer für eine ›gute Geschäftsfrau, die weiß, wann ein Kompromiss die beste Lösung ist‹?« Mieke fuchtelte mit ihrem Zeigefinger unter Sannas Nase herum. »Ich denke, die ist eine geldgierige ›Heuschrecke‹?«

Sanna schielte auf Miekes ausgestreckten Finger, auf dessen Nagel der zartrosa Lack blätterte. Konnte es sein, dass sie durchdrehte? Vorsichtshalber wich Sanna ein Stück zurück.

»Sorry, aber *ich* weiß auch, wann ein Kompromiss die beste Lösung ist.«

Mieke starrte sie ungläubig an.

»Ein einheitlicher Tarif für alle Medica-Kliniken wäre ein irrer Erfolg«, erklärte ihr Sanna.

»Aber im Falle der Rehazentren kämpft die Gewerkschaft noch darum, sie als öffentliche Einrichtungen weiterzubetreiben?«, wollte Mieke wissen.

Sanna zögerte einen Moment. Sie würde Mieke nichts vormachen können, Bille würde gleich auf der Bühne stehen. »Sollte das nicht klappen, wird ein Konzern, der eine tarifliche Absicherung bietet, die beste Lösung sein, die wir kriegen können«, sagte sie.

Einen Augenblick lang sah es aus, als würde Mieke auf sie losgehen.

»Wer setzt dich unter Druck?«, zischte sie dann.

»Ich glaube wirklich, dass man mit Bille Sauer reden kann«, versicherte Sanna. Sie merkte, dass sie rot wurde. Aber dass sie mit Bille ausging, hatte überhaupt nichts damit zu tun, dass sie Medica eine Chance einräumte. Sie kämpften auf verlorenem Posten, im Krankenhausbetrieb ließ sich die Entwicklung zur kommerzialisierten Medizin seit Jahrzehnten nicht aufhalten. Medica war einfach das kleinste Übel. Vor allem, wenn sie wirklich einen vernünftigen Tarif aushandeln konnten, denn innovativ und sozial engagiert war das Unternehmen ja durchaus.

»Dr. Sauer ist bereit zu verhandeln. Sie hat signalisiert, heute einen Schritt auf die Beschäftigten zugehen zu wollen. Das wäre eine Sensation.« Zu der Sanna maßgeblich beigetragen hätte.

Mieke musterte sie skeptisch. Sanna spürte, dass ihr Gesicht glühte.

»Und was wäre, wenn die Rentenversicherung Ruhr mit einem anderen Konzern ins Geschäft käme?« Der Typ, der neben Mieke stand, mischte sich ein. Er war groß, um die fünfzig vielleicht, der Frisur nach ein Öko. »Unseren Informationen nach steht die Rentenversicherung mit SanaBene in Kontakt«, behauptete er.

»Was?« Das konnte nicht sein. Bille hatte gesagt, der Vertrag wäre so gut wie unterschrieben.

»Wir freuen uns, dass Medica-Chefin Dr. Sybille Sauer heute endlich Stellung zu den Forderungen ihrer Beschäftigten nehmen will.« Bernadettes Überleitung lenkte Sanna ab. Sanna hatte sie gebeten, die Anmoderation von Bille zu übernehmen. Mit Bille zusammen auf der Bühne zu stehen hätte Sanna überfordert. Allein die Ankündigung sorgte für ein aufgeregtes Kribbeln in ihrem Magen.

Bernadette sprach wie immer zu leise.

»Moment.« Sanna gab dem Tontechniker ein Handzeichen. Der regelte die Lautstärke des Mikrofons hoch, und Bernadette begann noch mal von vorn.

»Wir freuen uns, dass Medica-Chefin Sybille Sauer endlich das Gespräch mit ihren Beschäftigten sucht.«

Sannas Herz hüpfte, als Bille auf die Bühne trat. Sie war total cool, obwohl von Hunderten von Zuschauern wohl kein Einziger auf ihrer Seite war.

»Dr. Sauer, deutschlandweit demonstrieren heute wieder Tausende von Beschäftigten gegen die Arbeitsbedingungen bei Medica«, ging Bernadette sofort auf Konfrontationskurs. »Ihre Mitarbeitenden bauen keine Autos, sie versorgen Menschen und verlangen dafür einen einheitlichen Tarifvertrag, mehr Personal, angemessene Bezahlung. Sind das wirklich so unverschämte Forderungen, dass einer der größten Medizinkonzerne Deutschlands seit Wochen jedes Gespräch verweigern muss?«

Bille schob eine Hand in die Hosentasche, während sie mit der anderen das Mikro entgegennahm. Sanna fuhr total auf ihre Lässigkeit ab. Natürlich war Bille knallhart, aber genau deshalb bestand ihr Großkonzern seit Jahrzehnten am Markt. So verachtenswert, wie Sanna immer gedacht hatte, war das gar nicht.

»Seit Tagen führe ich intensive Gespräche …« Billes Blick kreuzte den von Sanna, und ihr wurde warm. »… um eine Lösung zu finden, Frau Marquart.«

Kurz blieb Billes Blick an dem Typ mit dem Pferdeschwanz hängen. Ihre Brauen rückten zusammen, und Sanna erinnerte sich daran, dass er immer noch auf eine Antwort von ihr wartete.

Als sie sich umdrehte, hatte er die Arme vor der Brust verschränkt und beobachtete sie nachdenklich.

Mieke war weg.

Na toll.

LANA

Okay, neben der Managerin dieses Krankenhauskonzerns wirkte die dünne grauhaarige Gewerkschafterin wie eine Spitzmaus neben einem Tiger.

Sie schoss zwei geile Fotos, als Dr. Sauer Bernadette Marquart das Mikrofon aus der Hand nahm, im Hintergrund das Gewerkschaftsbanner vor dem Haupteingang des Lindenhospitals. Kurz prüfte sie, ob die Gesichter auch scharf zu erkennen waren.

Jep. Das Bild für den Artikel war im Kasten. Jetzt fehlten noch ein paar knackige Statements, dann wäre der Bericht online, während Sauer noch auf der Bühne …

Lana hielt inne. Hinter Sauer brachte eine dunkelhaarige Krankenschwester Mieke in die Klinik.

Sie ließ ihr Handy sinken. Das war Mieke, oder? Klar, der Hoodie mit dem ausgewaschenen Lucky-Pony-Logo gehörte Mo. War irgendwas nicht in Ordnung? Irgendwie sah es aus, als müsste die Pflegerin Mieke stützen. Ging es ihr nicht gut?

Lanas Blick flitzte zu Mo. Der diskutierte ein paar Meter entfernt mit Susanna Berthold am Gewerkschaftsstand.

Was war los mit Mieke? Die Pflegerin ging dicht neben ihr, hatte ihren Arm untergehakt. Vielleicht war sie nur eine Freundin, die Mieke zufällig getroffen hatte, und sie wollten drinnen in Ruhe quatschen?

Durchaus möglich, wäre da nicht das leise Kribbeln, das Lana die Nackenhaare aufstellte. Ihr journalistischer Instinkt sagte ihr, dass irgendwas nicht stimmte.

Miekes steife Haltung. Die passte irgendwie nicht zu der vertrauten Nähe der Pflegerin.

»Ich denke, niemand von uns zweifelt ernsthaft am Wert der Arbeit, die das Klinikpersonal täglich leistet«, lenkte Sybille Sauer Lana ab. Die Geschäftsführerin hatte eine angenehm warme Stimme, und weil sie deutlich lauter sprach als die unscheinbare Gewerkschafterin, übertönte sie das Murmeln des Publikums mühelos.

»Allerdings sprechen wir im Falle von Medica über round about zwanzigtausend Beschäftigte. Bei Gehaltserhöhungen geht es um Millionenbeträge. So was kann einen ganzen Konzern in Schieflage bringen ...«

Mist, es wurde spannend! Lana filmte reflexartig mit dem Handy.

»Ihre Kollegin Susanna Berthold konnte mich jedoch überzeugen, dass ein Tarifvertrag heute einen echten Wettbewerbsvorteil im Kampf um qualifizierte Arbeitskräfte darstellt.«

Sauer schien wirklich gesprächsbereit. Allein das war eine Sensation. Dass sie mit der Pleite drohte, war klar. Das war Taktik. Anders konnte sie die wochenlange Verweigerung von Gesprächen kaum rechtfertigen. Aber es klang, als würde die Gewerkschaft Medica an den Verhandlungstisch kriegen.

Das war eine Story, die Lana hundert Zeilen im Lokalteil und das Gleiche noch mal online bringen würde. Vielleicht sogar überregional. Mal abgesehen von der Reportage über die Auswirkungen der Kommerzialisierung im Gesundheitswesen, die in der Wochenendausgabe erscheinen sollte.

Lana musste Sauers Statement hören, sonst platzte ihre Story. Auch wenn ihr Instinkt sie mit aller Macht drängte, Mieke zu folgen.

Ihr Blick wanderte noch einmal zur gläsernen Eingangstür.

Mieke verschwand mit der Krankenschwester im Treppenhaus ...

MIEKE

In ihrem Kopf herrschte Leere. Sie spürte nur die Spitze, die sich durch ihren Pullover in ihren Rücken bohrte.

Ein Messer? Schon wieder? Das konnte doch nicht sein!

Sie hatte gar nicht begriffen, was passierte, als die Pflegerin sie zur Seite genommen und gefragt hatte, ob sie sie kurz sprechen könne. Im nächsten Moment hatte sie die Klinge im Rücken gehabt, und ihr Gehirn hatte auf Pause geschaltet.

Wahrscheinlich hätte sie sofort reagieren müssen. Sich wehren, schreien, sich losreißen. Zwischen all den Menschen draußen vor dem Eingang hätte sie sie doch nicht niedergestochen!

Jetzt waren sie allein im Treppenhaus.

Mieke wagte einen kurzen Seitenblick. Der Ausdruck im Gesicht der Fremden war beängstigend entschlossen. Ganz fremd war sie allerdings nicht. Ziemlich sicher hatte Mieke sie schon mal gesehen. Sie trug einen hellblauen Krankenpflegerinnen-Kasack mit Medica-Logo, anscheinend arbeitete sie hier.

Krampfhaft begann Mieke, ihr Gedächtnis zu durchwühlen. Waren sie sich begegnet, als sie hier behandelt worden war? Hatte sie was Falsches gesagt, sie irgendwie verletzt oder beleidigt? Oder …

Eine Verbindung zu Georg Blumentals Tod sehen Sie nicht?

Ihr Blick zuckte erneut in das Gesicht ihrer Geiselnehmerin. Die Frau war kleiner als sie, schlank, aber ziemlich kräftig. Mit ihrer linken Hand hatte sie ihren rechten Arm gepackt und hielt sie so fest, dass es einen blauen Fleck geben würde. Mit der rechten presste sie die Waffe unsichtbar unter ihren ineinander verschränkten Armen in Miekes Rücken. Selbst wenn ihnen jemand entgegenkam, sah er nur eine Krankenschwester, die jemandem die Treppe hinaufhalf. Die Frau hatte eine leicht gebogene Nase, schöne große Augen und schwarze Haare.

»Was wollen Sie von mir?«

Die Pflegerin schob sie weiter die Treppe hinauf.

»Vielleicht hasse ich dich einfach«, zischte sie in akzentfreiem Deutsch. Sie drückte Mieke die Klinge so fest in die Seite, dass sie den Rücken durchbiegen musste, um der Waffe auszuweichen.

»Vielleicht kann ich nicht ertragen, dass deine größte Sorge ist, ob deine Frisur sitzt. Es interessiert dich einen Scheiß, dass eure Regierung die Leute in meinem Land einfach im Stich gelassen hat. Leute, mit denen ihr jahrelang zusammengearbeitet habt, die sich drauf verlassen haben, dass ihr ihnen helft.«

Was?

»Weißt du überhaupt, was der Truppenabzug für die Frauen in meiner Heimat bedeutet?«, zischte die Fremde. »Oder interessiert dich das gar nicht? Ist ja weit weg, und du kannst es sowieso nicht ändern, hm? Schaltest du um, wenn die Nachrichten laufen, damit sie dir nicht den Feierabend verderben?«

Truppenabzug. Rollback für die Frauen. Natürlich hatte Mieke das mitbekommen, vor ein paar Monaten hatten die Medien berichtet. Sie erinnerte sich an Bilder von Männern mit Bärten und Gewehren. Wo war das noch mal gewesen? Im Iran?

Schnelle Schritte näherten sich. Ein junges Mädchen in hellblauer Krankenhauskleidung kam die Treppe herunter. Auf sie zu.

Ihr Herz machte einen Satz, das war ihre Chance! Sie warf sich zur Seite, versuchte, sich loszureißen.

Ihre Entführerin hatte damit gerechnet, hielt sie eisern fest! Sie gerieten beide ins Straucheln.

»Oje!« Das junge Mädchen griff Miekes freien linken Arm und half ihr auf.

»Alles in Ordnung?«

»Nein, ich –« Mieke verstummte, als sich die Klinge in ihren Körper schob. Ihr wurde heiß. Kalt. Schwindelig.

»Wir sind gleich da, Frau Jentsch.«

Frau Jentsch? Sie kannte ihren Namen? Das bedeutete, sie hatte sie nicht zufällig ausgesucht! Die Treppe unter ihren Füßen schwankte.

»Bleiben. Sie. Ruhig«, presste die Verrückte hervor, während sich ihre Finger schmerzhaft in Miekes Oberarm krallten. Warmes Blut lief in ihre Hose.

»Kleine Kreislaufschwäche, wir kommen zurecht«, hörte Mieke ihre Entführerin sagen. »Der Doktor wartet schon auf uns.«

»Okay …« Langsam entfernte sich das Mädchen die Treppe hinunter.

Mo

»Susanna Berthold verfügt über fundiertes Wissen und hohes gewerkschaftliches Engagement.« Sybille Sauer nickte Berthold zu, die mit Mo am Gewerkschaftstisch neben der Bühne stand. »Deshalb kann ich mir vorstellen, mit ihr als Arbeitnehmervertretung eine für Unternehmen und Beschäftigte annehmbare Lösung zu erarbeiten.«

Mo sah die Dicke überrascht an. Sauer verlangte Berthold als Gesprächspartnerin für die Tarifverhandlungen? Das war eine große Sache, oder?

Susanna Bertholds Wangen glühten.

Mieke

»Noch eine falsche Bewegung, und ich entnehme dir bei vollem Bewusstsein eine Niere, du Schlampe!«

Die Frau schubste sie durch eine Tür, über der ein Notausgangsschild hing – und plötzlich standen sie auf dem Krankenhausdach. Wind pfiff über das Flachdach, zerrte an ihren Haaren. Die Metalltür fiel hinter ihr zu.

»Oder ein Auge.« Mit einem Ruck zog sie die Klinge aus Miekes Seite, riss ihr den Arm auf den Rücken, umgriff sie von hinten und richtete die blutverschmierte Waffe auf ihr Gesicht. »Soll ich dir ein Auge entfernen?«

Mieke konnte nicht antworten.

Die Faust der Fremden ballte sich fest um die blutige Waffe. An einem dünnen Metallgriff war eine etwa fünf Zentimeter lange Klinge befestigt. Das war ein Skalpell. Ein echtes, mit dem Ärzte Operationen durchführten. Die Spitze spürte sie an ihrem Unterlid.

»Bitte«, flüsterte Mieke. »Ich mache, was Sie sagen.«

»Das würde dir jede Menge Unannehmlichkeiten ersparen.« Sie riss Mieke herum, presste ihr das Skalpell wieder in den Rücken und dirigierte sie zur Dachkante.

Miekes Körper versteifte sich, sträubte sich dagegen, sich der kniehohen Brüstung zu nähern. Zehn Stockwerke ging es vor ihr in die Tiefe. Unten standen Rettungswagen vor dem Eingang der Notaufnahme.

»Sie haben recht!«, schrie sie schrill. Irgendwas musste sie sagen, irgendwas tun. Zeit gewinnen.

Zu ihrer Überraschung hielt die Frau inne.

Miekes Herz raste. Blut rann ihren Rücken hinunter. Körperlich war ihr die Pflegerin nicht unbedingt überlegen. Wenn es ihr gelang, das Skalpell wegzuschlagen, könnte sie sich wehren.

»Sie haben recht«, wiederholte sie hastig.

»Womit?«

Womit?

»Ich … hab mir wirklich viele Gedanken um meine Frisur gemacht – und um meine Karriere. Und ich habe tatsächlich nicht mitbekommen, was in … in Ihrem Land passiert ist.« Welches Land auch immer das war.

Die Verrückte schnalzte mit der Zunge.

»Aber jetzt ist meine Karriere im Arsch, mein Job weg«, fuhr Mieke schnell fort. »Und ich werde das in Zukunft anders machen! Versprochen!«

»Sie *hätten* es in Zukunft anders machen können, wären Sie nicht aus Frust über Ihr oberflächliches Leben vom Dach gesprungen«, korrigierte die Frau.

Der Satz traf Mieke wie ein Tritt in den Magen. Sie hatte wirklich vor, sie zu töten? Und würden nicht wirklich alle denken, sie hätte sich umgebracht, weil sie ihr Leben vor die Wand gefahren hatte?

»Hast du Kinder?«, fragte die Frau plötzlich.

Mieke schluckte. Dann hatte sie zu viel Zeit verstreichen lassen, um noch glaubhaft lügen zu können. Sie schüttelte den Kopf.

Der Frau gelang es nicht, ihre ausdruckslose Miene zu bewahren. Sie atmete auf. Sie war erleichtert über Miekes Antwort. Hätte sie Skrupel gehabt, einem Kind die Mutter zu nehmen?

»Wird überhaupt jemand um dich weinen, wenn du tot bist?«, wollte die Fremde wissen.

Irgendetwas in Miekes Brust zerbrach. Ihre Mutter weinte nie. Und Jess hatte keine Zeit dazu. Und sonst war da nur noch ein Typ, der sie aus Mitleid auf seiner Couch schlafen ließ.

Tränen füllten ihre Augen, die erste löste sich beinahe sofort und rann über ihre Wange. Das schöne Lächeln der verrückten Frau verschwamm. Beinahe sanft schob sie Mieke auf den Abgrund zu.

Mieke taumelte an die Betonbrüstung, stützte sich mit der freien Hand und den Knien daran ab, um sich gegen den Stoß in den Rücken zu wappnen.

»Was zum Teufel tun Sie da? Lassen Sie sie sofort los!«, schrie in dem Moment jemand hinter ihr.

Die Krankenschwester wirbelte herum.

Plötzlich war Mieke frei. Sie sprang zur Seite, außer Reichweite – doch die Frau setzte ihr gar nicht nach.

Wieso nicht? Als Mieke sich umsah, stürzte sie sich mit einem wütenden Kreischen auf Lana!

Gelähmt vor Entsetzen sah Mieke, wie die Frau Lana das Skalpell in den Bauch rammte!

Nein!

Lana keuchte, taumelte rückwärts. Die Angreiferin stieß sie mit dem Rücken gegen die Tür zum Treppenhaus. Ohne zu zögern, stach sie noch mal zu! Von der Seite in die Brust. Holte wieder aus!

»Nein!« Diesmal schrie Mieke. Das durfte nicht passieren! Sie durfte das nicht zulassen! Sie musste Lana helfen! Irgendwie! Statt zitternd vor Angst zuzusehen, wie die Irre sie umbrachte.

Endlich löste sich ihre Starre, sie sprang auf die Angreiferin zu, packte sie von hinten an ihrem hellblauen Oberteil und riss sie von Lana weg.

Die Frau machte ein Geräusch, das am ehesten wie ein Fauchen klang. Wie von Sinnen fuchtelte sie mit dem Skalpell, stach blind hinter ihren Rücken, um Mieke zu erwischen.

Mieke wich aus, krallte die Finger gleichzeitig mit aller Kraft in das Rückenteil der Krankenpflegeuniform, weil sie sich so nicht zu ihr umdrehen konnte. In einem taumelnden Tanz mit der Fremden stolperte sie über das Dach, auf die Brüstung zu.

Die Brüstung.

Mit aller Kraft schleuderte Mieke die Irre über die Dachkante. Das blutige Skalpell klapperte zu Boden, als die Pflegerin versuchte, sich festzuhalten. Sie erwischte die Kante nicht, ihre Fingernägel kratzten über den Beton. Dann stürzte sie kopfüber vom Dach.

Mieke schaffte es gerade noch rechtzeitig, ihre in den Stoff gekrampften Finger zu lösen. Bäuchlings landete sie auf der Brüstung über dem Abgrund.

Einen Moment lang hing die Frau mit den Armen rudernd unter ihr in der Luft. Der Knall, mit dem sie auf dem Dach eines Rettungswagens aufschlug, durchzuckte Miekes Wirbelsäule.

Im nächsten Moment ließ ein Ächzen sie herumfahren.

Lana brach zusammen. Vor der Tür zum Treppenhaus. Die Hände hielt sie auf den Bauch gepresst, unter ihren Fingern quoll Blut hervor. Eine rote Pfütze breitete sich auf dem Beton aus.

Mo

Mieke hatte recht, irgendwas war da faul.

Die Sauer hatte es quasi zur Voraussetzung für ihre Einwilligung in die Verhandlungen gemacht, dass Susanna Berthold dabei die Arbeitnehmerseite vertrat. Sie hatte Berthold kurzerhand zu sich auf die Bühne gewunken und sie damit gezwungen, vor laufenden Kameras einzuwilligen.

Sauer wollte Berthold als Verhandlungspartnerin. Weil sie sie unter Druck setzen konnte? Hatte Sauer Berthold mit irgendwas in der Hand?

Oder …?

»Medica hat großes Interesse daran, einen für alle Seiten zufriedenstellenden Kompromiss auszuhandeln.«

Sauer hielt Berthold das Mikro hin.

Als Berthold es entgegennahm, berührten sich ihre Finger. Länger als nötig. Das konnte doch nicht …

Sein Blick flitzte von Berthold zu Sauer, wieder zurück zu Berthold.

»Und die Beschäftigten möchten ihre Arbeitsplätze bei Medica sichern und sich bestmöglich um die Patienten kümmern. Wenn beide Seiten aufeinander zugehen, wird eine Einigung möglich sein«, erklärte Berthold.

Mo drehte sich zu Mieke um. »Halt mich für bescheuert, aber –«

Er verstummte. Mieke war nicht mehr da. Verwirrt suchte er die Menschenmenge nach ihr ab, konnte sie aber nirgends entdecken.

Mieke

»Lassen Sie los.«

Jemand griff sie an den Schultern, wollte sie rückwärts von Lana wegziehen. Sie schüttelte die Hand ab, presste Mos Pulli auf Lanas Bauch, weil deren dünnes Shirt längst vom Blut durchtränkt war. Der Schnitt im rechten Oberbauch blutete stark.

Es konnte nicht sein, dass Lana starb. Verdammt, sie waren in – *auf* einem Krankenhaus! Wo waren die ganzen Ärzte? Die konnten doch nicht alle streiken?

Als die Krankenschwester mit den roten Haaren Miekes Hilferufe gehört hatte, war Lana noch bei Bewusstsein gewesen. Doch sie hatte Blut gehustet, ihr Atem hatte schrecklich gerasselt.

Die Pflegerin war hektisch geworden, hatte mit Hilfe ihres mobilen Telefons ein Rettungsteam alarmiert und Mieke angewiesen, den Pullover weiter fest auf die Wunden zu drücken. Lanas Augen hatten sich unter den Lidern weggedreht. Es hatte eine Ewigkeit gedauert, bis die Sanitäter aufgetaucht waren.

»Sie verblutet, verdammt!«, schrie Mieke einen Mann in orangeroter Uniform an, der wie ein Bodybuilder aussah. »Machen Sie was!«

»Ganz ruhig. Wir übernehmen.« Sanft, aber entschieden zog er sie von Lana weg. »Sie sind ebenfalls verletzt.«

»Mir geht's gut«, fauchte Mieke.

Doch der Mann, dessen weißes Shirt sich unter der neonfarbenen Jacke stramm über seiner Brust spannte, hielt sie fest. Weitere Sanitäter drängten sich um Lana. Mieke sah, wie sie ihr Shirt aufschnitten, eine Blutdruckmanschette anlegten, eine Kanüle in ihren Arm schoben. Überall war Blut.

Das Dach fing an, sich um Mieke zu drehen wie ein Karussell, in dessen Mitte sie stand.

Ihr Handy vibrierte in der Hosentasche.

Lanas Gesicht hatte sich grau verfärbt, ihre Brille war verrutscht, die roten Fingerspuren auf ihrer Wange und an ihrem Hals stammten wahrscheinlich von Mieke. Da war endlich eine Frau in einem weißen Kittel. Beugte sich über Lana. Versperrte Mieke die Sicht.

»Das muss genäht werden.« Mieke hatte kaum wahrgenommen, dass der Sanitäter ihren Rücken betrachtete. »Ich bringe Sie in die Notaufnahme.«

»Fassen Sie mich nicht an!« Sie riss ihm ihren Arm weg. Sie würde nirgendwohin gehen. Sie musste wissen, was mit Lana passierte.

»Herzfrequenz?«, fragte die Ärztin.

»Hundertfünfzig«, antwortete irgendwer.

»Blutdruck?«

»Sechzig zu null.«

»So ein Mist. Was ist passiert?«

»Offenbar handelt es sich um Stichverletzungen«, antwortete die rothaarige Krankenschwester, die zuerst auf dem Dach gewesen war und Mieke bereits das Gleiche gefragt hatte.

Die Ärztin hob den Kopf und sah Mieke an.

»Schwester Judith, sagen Sie im OP Bescheid«, sagte sie, ohne den Blickkontakt mit Mieke zu unterbrechen. »Innere Verletzungen. Starker Blutverlust. Verdacht auf Perforation der Leber und Pneumothorax. Und rufen Sie die Polizei.«

Mieke spürte, wie ihr Blut in ihrem Körper nach unten sackte. Dunkle Punkte breiteten sich um sie herum aus, hüllten das Dach in schwarzen Nebel.

Sie ging in die Hocke und ließ sich mit dem Rücken gegen die Brüstung sinken. Der Muskelmann blieb neben ihr stehen.

Wieso hatte sie nicht schneller reagiert?

Sie spürte den Beton kalt auf ihrer nackten Haut, und ihr wurde bewusst, dass sie nur einen BH trug, weil sie mit Mos Pullover versucht hatte, die Blutung zu stoppen. Ihre Arme waren rot verschmiert. Die rechte Seite ihres unteren Rückens fühlte sich wund und klebrig an. Und ein paar Meter links von ihr lag das Skalpell. Das Skalpell, das die irre Amokläuferin hatte fallen lassen, als Mieke sie vom Dach geschubst hatte. Viel zu spät.

Die Welt drehte sich schneller.

Irgendwann merkte sie, dass in ihrer Hosentasche ihr Handy noch immer vibrierte. Mechanisch zog sie es hervor.

»M. Blümel – Personal Coaching«, stand auf dem Display.

Sie schloss die Augen. Wie sollte sie ihm das erklären?

Sie nahm den Anruf an.

»Hey.« Mo atmete hörbar auf. »Eigentlich neige ich nicht zu Telefonstalking, aber ich hätte mir beinahe Sorgen gemacht. Wo steckst du?«

Mieke starrte auf den Rücken der über Lana gebeugten Ärztin.

»Mieke? Hörst du mich?«

Sie schluckte. »Auf dem Dach.«

»Was?« Mo klang irritiert.

»Ich bin auf dem Dach«, wiederholte Mieke tonlos.

Mo schwieg einen Moment lang. Dann brach die Verbindung ab.

»Eins – zwei – und drei!« Gleichzeitig hoben die Sanitäter Lana auf eine Trage hinüber, die plötzlich neben ihr lag. Die rothaarige Krankenschwester hielt den Infusionsbeutel in die Höhe.

»OP Nummer drei!«, rief irgendwer.

»Tempo!«, sagte die Ärztin.

Jemand hielt die Tür auf, die Sanitäter verschwanden mit der Trage. Mieke hörte Stimmen. Ein paar knappe Wortwechsel. Dann standen zwei uniformierte Polizisten in der Tür zum Treppenhaus. Der breitschultrige Sanitäter trat auf sie zu und begann zu reden.

Seine Worte verschwammen in Miekes Kopf zu einem Geräuschbrei.

Schließlich ging die junge Beamtin mit dem blonden Flechtzopf neben Mieke in die Knie.

»Sie sind verletzt«, sagte sie zu ihrer Überraschung. »Darf ich mir das mal ansehen?«

Mieke versuchte, sich etwas zur Seite zu drehen. Es ging, aber sie musste sich mit den Händen abstützen.

»Stichverletzung«, sagte die Polizistin zu ihrem Kollegen, der hinter sie getreten war.

Der Uniformierte notierte.

»Die Bewusstlose hat anscheinend ebenfalls Verletzungen durch eine Stichwaffe davongetragen ...«

Mieke deutete auf das Skalpell, das keine drei Meter neben ihr an der Brüstung lag.

»Wir brauchen die KTU.« Die junge Frau wechselte einen besorgten Blick mit ihrem Kollegen.

Mo stand mit kreidebleichem Gesicht hinter den Uniformierten.

»Hat es eine Auseinandersetzung zwischen Ihnen und der bewusstlosen Person gegeben?«, hakte die Beamtin nach.

Mieke schüttelte den Kopf. Sie versuchte, den Schwindel zu ignorieren, sie musste erklären, was passiert war.

»Eine Frau hat mich bedroht. Als Lana aufgetaucht ist, ist sie auf sie losgegangen. Ich ...« Ihr Blick streifte Mo, der reglos in der Tür stand. Sie wagte nicht, ihn anzusehen. Ihre Augen brannten. »Ich habe viel zu spät versucht, sie aufzuhalten. Tut mir so leid.«

Mo reagierte nicht.

Die Polizistin kratzte sich am Kopf. »Sie wollen also sagen, dass noch eine dritte Person auf dem Dach war?«, hakte die Beamtin skeptisch nach.

»Die große Unbekannte?«, rutschte es ihrem Kollegen heraus.

»Das müssten die Fingerabdrücke an der Tatwaffe klären können«, mischte sich Mo ein. Er klang heiser.

Die Polizisten schienen ihn erst jetzt zu bemerken, die Blonde runzelte missbilligend die Stirn. Bevor sie ihn wegschicken konnte, deutete Mieke mit der Hand auf die Dachbrüstung, an der sie lehnte.

»Sehen Sie nach unten.«

Mo

Die Ellenbogen auf die Knie gestützt, die Haare im Gesicht, saß er auf einem Plastikstuhl mit orangefarbener Sitzfläche in der Notaufnahme des Lindenhospitals. Sein Bein zitterte, er schaffte es nicht, es ruhig zu halten.

Lana wurde seit einer Ewigkeit notoperiert. Er wollte nicht darüber nachdenken, was passierte, wenn er sie verlor. Wenn er sie auch noch verlor. Die letzte Verbindung zu seinem echten Leben.

Sein Handy summte in der Hosentasche. Das war garantiert Sami, dem er nur »Lana ist im Krankenhaus, komme später« gesimst hatte.

Mo presste seine Faust auf den linken Oberschenkel, um den Fuß fest auf den Boden zu drücken. Seine Wade krampfte. Von dem ursprünglich dreiteiligen Wadenmuskel war nur noch ein verkümmerter Rest erhalten. Den Oberschenkel hatten die Ärzte irgendwie zusammengeflickt. Beide Muskeln hatten eine Restfunktion von etwa dreißig Kilo, sie ermöglichten ihm zwar, das Bein zu bewegen, waren aber nicht in der Lage, sein Körpergewicht zu stabilisieren. Oder die Impulse seiner zum Zerreißen gespannten Nerven zu verarbeiten.

Weil die Polizisten den Plastikvorhang vor der Behandlungsliege nicht zugezogen hatten, hatte Mo zusehen können, wie der Typ von der KTU Miekes Verletzung fotografierte, bevor ein Arzt mit osteuropäischem Akzent die Stichwunde genäht hatte.

Mos Bein zitterte stärker. Erst der Autounfall, dann die Einbrecherin, dann eine Krankenschwester. Was zum Teufel lief hier?

»Die Fäden kann Ihr Hausarzt in acht bis zehn Tagen entfernen«, erklärte der Arzt Mieke gerade. Sie zog sich ein rosafarbenes

Langarmshirt mit Glitzeraufdruck über, das ihr eine Pflegerin aus dem Krankenhausfundus besorgt hatte.

»Vermeiden Sie Anstrengung und Sport und kleben Sie die Narbe zum Duschen hiermit ab.« Er drückte ihr ein Plastikpflaster in die Hand und verschwand hinter dem nächsten Vorhang.

Mieke strich sich mit zitternden Fingern die Haare hinter die Ohren. Dann hob sie den Kopf, und ihr Blick traf den von Mo. Sie rutschte von der Behandlungsliege, zog das Shirt lang, kam auf ihn zu und setzte sich auf den grünen Stuhl neben ihm.

»Hast du was von Lana gehört?«, fragte sie leise.

Es fiel Mo unglaublich schwer, den Kopf zu schütteln. Fühlte sich an, als würden auch seine Nackenmuskeln krampfen.

Mieke sank in sich zusammen. »Das ist alles meine Schuld. Hätte ich schneller reagiert … Hätte ich ihr nicht von dem Klinikverkauf erzählt … Hätte ich dich damals nicht gebeten, mich aus dem Krankenhaus abzuholen …«

Mo runzelte die Stirn. Er kannte solche absurden Argumentationen, er führte sie jeden Tag mit sich selbst. *Wäre ich selbst gefahren … Hätten wir den Hof nicht gekauft … Hätten wir kein Kind bekommen …*

»Fuck!« Er sprang auf und schlug beide Fäuste mit aller Kraft gegen die Wand! Diesen Gedanken hatte er sich verboten! Er hatte sich geschworen, Sami nie in Frage zu stellen.

Der Plastikstuhl polterte zu Boden, weil Mieke erschrocken zur Seite gesprungen war. Sie verlor das Gleichgewicht und landete auf dem Hintern.

Ein Vorhang flog hoch, der Arzt streckte seinen Kopf heraus, auf der anderen Seite eine Krankenschwester. »Alles in Ordnung?«

»Nix passiert«, antwortete Mieke.

»Sorry!« Hastig half Mo ihr auf die Füße. Ihr Blick wanderte auf ihre Hände, die sich in seinen anfühlten, als wären sie elektrisch aufgeladen. Dann bemerkte er das Blut, das über seinen rechten Handrücken lief, seine Fingerknöchel waren bei seinem Ausraster aufgeplatzt. Er ließ Miekes Hand los und lutschte das Blut ab.

Hinter ihm räusperte sich jemand. Als Mo sich umsah, stand

Kommissar Sommer in der Glastür, die in den Empfangsbereich führte.

»Ich würde gern mit Ihnen sprechen, Frau Jentsch. Vorausgesetzt, dass Sie in der Lage sind, eine Aussage zu machen.«

Mieke nickte, dann wandte sie sich wieder Mo zu. Ihre rechte Hand lag noch immer elektrisch knisternd in seiner linken. Doch ihre Kiefermuskeln traten jetzt als harte Wölbungen aus den Wangen hervor.

»Ich hätte Lana und dich da nie mit reinziehen dürfen«, wiederholte sie heiser. »Rufst du mich trotzdem an, wenn du weißt, wie die OP verlaufen ist?«

»Nein.«

»Nein?«

»Ich komme mit.« Mo ließ seinen Blick zu Sommer wandern. »Ich will wissen, warum eine Krankenschwester meine Freundin niedersticht.«

»Vergessen Sie es, Blümel«, winkte der Kommissar ab.

Mo machte zwei Schritte auf Sommer zu, bis er so dicht vor dem Polizisten stand, dass der zu ihm hochsehen musste. »Entweder begleite ich Frau Jentsch, und Sie verraten mir, was Sie bisher rausgefunden haben, oder ich bitte Lanas Kollegen von der WAZ, mir bei den Recherchen zu helfen.«

Sommers schöne Augen verengten sich.

»Ein toter Rentenversicherungsmanager, ein Autounfall mit Fahrerflucht, ein Einbruch von einem Junkie und die Messerattacke einer Krankenschwester. An Zufall glaubt niemand mehr außer Ihnen, Sommer«, erklärte Mo.

Sommers Oberlippe zuckte, als wollte er knurren. »Ein Wort zur Presse, und Sie haben eine Anzeige wegen Behinderung der Polizeiarbeit am Hals, Blümel«, presste er zwischen den Zähnen hervor. Dann wandte er sich ruckartig ab und stieß die Tür auf. »Kommen Sie endlich.«

Mieke

»Und Sie sind sicher, dass Sie keinen Streit mit Alana Simon hatten – obwohl Sie beide die letzten Tage mit Herrn Blümel verbracht haben?«

Aus dem Augenwinkel sah sie Mo hinter sich aufstehen. Sommer griff nach seiner Dienstwaffe, die er demonstrativ vor sich auf den Tisch gelegt hatte.

Mo ließ sich auf den Stuhl am Ausgang zurückfallen und verschränkte die Arme.

Der Kriminalkommissar legte die Waffe wieder zur Seite und sah Mieke erwartungsvoll an.

»An meiner Antwort hat sich nichts geändert, seit Sie mich das letzte Mal gefragt haben«, erklärte Mieke. »Ich hatte keinen Streit mit Lana. Und weder sie noch ich waren mit Mo im Bett, falls es das ist, was Sie unbedingt wissen wollen.«

Der Polizist trommelte unzufrieden mit den Fingern auf den Tisch. Dann schaltete er das Diktiergerät aus. Mo hatte er zuerst befragt und sich dann von Sanna Berthold sein Alibi bestätigen lassen. Dann hatte er ihn neben die Tür der kleinen Krankenhauskapelle gesetzt und gedroht, ihn zu erschießen, wenn er Miekes Zeugenaussage zu beeinflussen versuchte, was vermutlich nicht die übliche Vorgehensweise war.

Schließlich winkte er Mo heran.

Mittlerweile erkannte Mieke das unregelmäßige Geräusch seiner Schritte. Ihr Herzschlag beschleunigte sich, als er näher kam. Allein das Gefühl, dass er hinter ihr stand, wärmte sie.

Dabei war es ihre Schuld, dass sein Leben gerade genauso auseinanderbrach wie ihres. Dass seine beste Freundin im OP um ihr Leben kämpfte.

»Was haben Sie bisher?«, erkundigte sich Mo.

Sommer knirschte mit den Zähnen. »Ich will Sie nicht als Hilfssheriff einstellen, Blümel. Ich will nur wissen, wo Sie eine Verbindung zwischen dem Tod von Georg Blumental, dem Unfall von Frau Jentsch, dem Einbruch und dem Angriff von Marva Kosh sehen.«

Ein Schauer kroch Miekes Rücken hoch und wieder hinunter. Die frisch genähte Wunde an ihrer Seite pochte. War die Verbindung nicht offensichtlich?

Mo zog sich einen Stuhl neben Mieke an den schlichten Holztisch, der unter dem Kreuz gestanden hatte und normalerweise wohl als Altar in der Kapelle diente.

»Wie die Anschläge auf Mieke mit Georg Blumentals Tod zusammenhängen können, haben wir Ihnen gestern Morgen bereits erklärt«, erinnerte er den Kommissar. »Wenn Sie das vergessen haben, sollten Sie jemand anderes ermitteln und sich mal auf Demenz untersuchen lassen.«

Sommer verdrehte die Augen. »Sie können sicher sein, dass wir den Korruptionsverdacht gegen Luuk van Hoorn prüfen«, überging er Mos Unverschämtheit. »Wir haben Verbindungsnachweise von der Rentenversicherung angefordert, alle Unterlagen beschlagnahmt und checken seine Kontobewegungen. Außer dem Stick gibt es bisher keine belastbaren Beweise für ihren Verdacht. Wenn ich richtig informiert bin, wurde van Hoorn trotzdem bis zur Klärung des Sachverhaltes vom Dienst suspendiert.«

Mieke horchte auf. Van Hoorn wurde suspendiert?

»Eine Verbindung zwischen van Hoorn und Alexandra Danilowa konnten wir bisher nicht finden. Ehrlich gesagt halte ich es für mehr als unwahrscheinlich, dass sie sich kannten. Das Gleiche gilt für Marva Kosh.«

Mo griff nach einem der Plastiktütchen, die vor Sommer auf dem Tisch lagen. Darin steckte ein Namensschild mit dem Logo des Lindenhospitals.

»Marva Kosh war tatsächlich hier angestellt, seit sie vor knapp einem halben Jahr aus Afghanistan geflohen ist«, sprach Sommer widerwillig weiter. »Laut ihrer Personalakte ist sie ausgebildete Gesundheits- und Krankenpflegerin und hat in ihrer Heimat als Sanitäterin für die Bundeswehr gearbeitet. Frau Jentschs Aussage deckt sich mit den Informationen aus den Dienstplänen der Klinik. Marva Kosh hatte während Frau Jentschs Aufenthalt nach dem Autounfall Dienst auf ihrer Station. Zusammen mit dem Hass, den sie offenbar auf erfolgreiche deutsche Frauen entwickelt hat, klingt das nach einem politischen Motiv.«

Mieke betrachtete die anderen Plastikbeutel, in denen die Spurensicherung den Inhalt von Marva Koshs Hosentaschen verpackt hatte. Daneben lag eines der mobilen Kliniktelefone. Ein paar Kugelschreiber. Ein Schlüsselbund. Ein Portemonnaie. Und das Skalpell. Unwillkürlich wich Mieke dem Schmerz in ihrer rechten Seite aus.

Mo hatte ein in Plastik verpacktes Foto in Passbildgröße in der Hand. Es zeigte eine junge Frau, die ihre Haare unter einem bunten Kopftuch verbarg. Sie küsste ein kleines Mädchen mit krausem Wuschelkopf auf die Wange.

Hast du Kinder? Die Worte hallten wie ein Echo durch Miekes Kopf. Ein Kloß schwoll in ihrer Kehle an, hinderte sie am Atmen. Sie hatte geahnt, dass Marva Kosh Mutter gewesen war. Schon auf dem Dach. Sie hatte die Mutter eines kleinen Mädchens getötet.

Wird überhaupt jemand weinen, wenn du tot bist? Mieke ballte die Fäuste. Wäre sie statt Marva Kosh gestorben, wäre Lana nicht verletzt worden. Und das Mädchen hätte seine Mutter nicht verloren.

»Was ist das für eine Visitenkarte?« Mo deutete auf ein Kärtchen, das zusammen mit dem Foto in der Tüte steckte.

»Frederike Kerstendorff ist Koshs Integrationshelferin, ich habe bereits mit ihr telefoniert«, beantwortete Sommer seine Frage tatsächlich. »Als die deutschen Truppen aus Afghanistan abgerückt sind, drohten Kosh als ehemaliger Helferin der ausländischen Kräfte Gefängnis und Folter. Dank der Beziehungen ihres deutschen Vaters konnte sie fliehen. Die Hilfsorganisation, für die Frederike Kerstendorff arbeitet, heißt FamilyTogether. Kerstendorff hat ihr den Job im Lindenhospital vermittelt.«

Mieke nahm Mo die in Plastik verpackte Karte aus der Hand.

»Kriegserfahrungen können psychische Erkrankungen verursachen«, sagte Sommer. »Eine Verbindung zwischen Kosh und der drogenabhängigen Ärztin konnten wir bisher ebenfalls nicht herstellen.«

Mieke betrachtete das FamilyTogether-Logo aus mehreren sich umarmenden Strichmännchen.

»Außer dass sie im selben Krankenhaus gearbeitet haben und mit Messern auf Menschen losgehen«, entgegnete Mo ironisch.

Sommer räusperte sich. »Und der Tatsache, dass auch Alexandra Danilowa über FamilyTogether ans Lindenhospital vermittelt wurde«, fügte er dann hinzu.

Was? Mieke hob den Kopf.

Mo ließ verblüfft die Schultern sinken.

Sommer zuckte die Achseln. »Der Verein vermittelt regelmäßig Arbeitskräfte an das Lindenhospital, zurzeit sind neun von Kerstendorffs Schützlingen hier beschäftigt, darunter vier Ärzte. Wir überprüfen natürlich alle, aber die Organisation scheint seriös zu sein. Es ist nicht unwahrscheinlich, dass Danilowa und Kosh unabhängig voneinander auf Sie aufmerksam geworden sind, Frau Jentsch.«

Er zögerte einen Moment. »Alexandra Danilowa war drogenabhängig. Die bisherigen Ermittlungsergebnisse deuten darauf hin, dass es sich bei dem Einbruch in Ihre Wohnung um Beschaffungskriminalität handelt. Möglicherweise hatten Sie in letzter Zeit einfach eine Menge Pech.«

MO

Kälte kroch in ihm hoch. Wie immer wurde zuerst sein linkes Bein kalt. Weil es einige Venen schlicht nicht mehr gab, ließ die Durchblutung zu wünschen übrig. Solange er sich bewegte, funktionierte alles einigermaßen, doch ihm fehlte die Kraft, aufzustehen und die notwendigen Schritte zu machen.

Außerdem würde Mieke dann aufwachen, und er wollte sie nicht wecken, denn als sie eingeschlafen war, war ihr Kopf gegen seine Schulter gesunken, und nun drängte ihre Wärme durch seinen Pulli hindurch immer wieder die aufsteigende Kälte zurück.

Er betrachtete ihre schmutzigen Haare von oben. Sie trug nur dieses rosafarbene Glitzershirt aus dem Krankenhausfundus, und er hätte gern den Arm um sie gelegt, um sie zu wärmen. Oder sich selbst.

Doch er traute sich nicht, ließ lediglich die Wange auf ihren Kopf sinken und atmete den Geruch ihrer Haare ein, um nicht darüber nachdenken zu müssen, ob Lana noch immer operiert wurde oder die Krankenschwestern lediglich vergessen hatten, ihnen Bescheid zu geben.

Die zweite Möglichkeit wäre ihm die liebste. Er würde hier gern bis morgen früh sitzen und frieren, wenn sie einfach nur vergaßen, ihm Bescheid zu geben. Wenn Lana wieder gesund wurde.

Ihr Gesicht blitzte in seiner Erinnerung auf. *Wie sie ihm die gepiercte Zunge herausstreckt. Wie sie Sami im Schneidersitz auf der Couch gegenübersitzt und ihn Vokabeln abfragt. Wie sie in T-Shirt und Shorts auf Tink in die Ruhr reitet.*

Ganz kurz hatte er Lana auf der Trage liegen sehen. Die Sanitäter waren ihm entgegengekommen, als er die Treppe hochgerannt war. Ihr Gesicht war seltsam grau gewesen, ihr Shirt blutdurchtränkt. Und die dunkelrote Pfütze auf dem Dach war so verdammt groß gewesen …

Die Kälte kroch in seine Brust. Er würde es nicht überleben, wenn er Lana auch noch verlor. Er würde die junge Krankenschwester am Empfang nicht fragen, wie die OP verlaufen war. Er würde einfach hier sitzen bleiben und hoffen, dass sie ihn vergessen hatten.

MIEKE

Sie blinzelte verwirrt. Einen Moment lang wusste sie nicht, wo sie war. Das grelle Licht und die weißen Flurwände blendeten sie, irgendwo wimmerte ein Kind. Im Krankenhaus, begriff sie. Immer noch. Auf einem Stuhl im Flur der Notaufnahme war sie eingeschlafen. Mit dem Kopf an Mos Schulter.

Doch jetzt gerade erhob der sich hastig. Ein junger Arzt mit Musketierbärtchen stand vor ihm.

Schlagartig erinnerte sich Mieke an den Polizeieinsatz auf dem Dach, an Kommissar Sommers Fragen. An das Skalpell.

An Lana.

Der sie nicht geholfen hatte.

Und an das Blut.

Sie beeilte sich aufzustehen. Der Mediziner musterte Mo mit gerunzelter Stirn. »M. Rogers, Arzt i. P.«, stand auf dem in Plastik eingeschweißten Namensschild.

»Sie sind der Bruder von Frau Simon?«, erkundigte sich Rogers verwirrt.

»Halbbruder«, log Mo, ohne zu zögern. Mieke begriff, dass er sonst vermutlich keine Auskunft bekommen würde.

»Wie geht es ihr?«

Der junge Arzt verzog das Gesicht, als hätte er Schmerzen.

Mo neigte den Kopf zur Seite.

Miekes Magen verknotete sich.

Und dann schienen plötzlich alle Krankenhausgeräusche zu verstummen, eiskaltes Entsetzen breitete sich aus, fraß sich den Flur entlang, an den Wänden hinauf, Mieke hatte das Gefühl, die Mauern müssten jeden Moment Risse bekommen, das gesamte Gebäude über ihnen zusammenfallen.

Mo fing an, den Kopf zu schütteln.

»Tut mir leid«, murmelte der Arzt. »Eine der Schnittverletzungen hat die Leber perforiert. Es ist uns nicht gelungen, die Blutung zu stoppen.«

Nein. Das konnte nicht sein. Auf dem Dach war Lana doch noch bei Bewusstsein gewesen. Sie waren in einem verdammten Krankenhaus! Schneller hätten die Ärzte doch gar nicht da sein können!

Aber die Erkenntnis bohrte sich unaufhaltsam in Miekes Bewusstsein. Lana war tot. Wegen ihr.

Der Boden begann, sich unter ihren Füßen zu bewegen. Zu schwanken. Sie hatte das Gefühl, sich festhalten zu müssen, hätte sich wahrscheinlich gegen die Wand gelehnt – wenn Mo nicht zusammengebrochen wäre.

Der Arzt im Praktikum wich erschrocken einen Schritt zurück, als Mo sich an die Stirn griff und zusammensackte.

Scheiße.

Das Gesicht in den Händen verborgen, landete er auf den Knien. Also eher auf dem rechten Knie. Weil sich das linke Bein wohl nicht weit genug anwinkeln ließ, drohte er umzukippen. Hastig ging Mieke neben ihm ihn die Hocke, versuchte, ihn festzuhalten, musste sich mit ihrem vollen Gewicht gegen ihn lehnen. Er gab nur ein leises Stöhnen von sich, doch Mieke konnte den Krampf spüren, der seinen Körper zittern ließ.

Hilfesuchend sah sie hoch.

Der Arzt wich einen weiteren Schritt zurück, offensichtlich überforderte ihn die Situation. Die Mutter und das Kleinkind, die ihnen gegenüber im Wartebereich gesessen hatten, starrten Mo an. Hinter zwei Vorhängen der Behandlungskabinen waren neugierige Köpfe erschienen. Die junge Krankenschwester sprang hinter dem Empfangstresen hervor.

»Geben Sie ihm was zur Beruhigung«, fauchte die Pflegerin den Arzt an, worauf sich dessen Schockstarre löste. Eilig wandte er sich ab. Die Schwester ging an Mos linker Seite in die Knie und umfasste seinen Arm. »Weiteratmen, kommen Sie!«, kommandierte sie ruppig.

Mo gehorchte, rang hörbar nach Luft.

»Gut so. Herr Blümel, richtig?« Die Frage war an Mieke gerichtet. Sie nickte.

»Okay, weiteratmen, Herr Blümel.« Sie rieb energisch über Mos Rücken. »Herr Rogers gibt Ihnen gleich was zur Beruhigung. Schaffen Sie es auf die Behandlungsliege, oder soll ich eine Trage besorgen?«

Mo machte ein Geräusch, das am ehesten ein Schluchzen war.

Die Schwester sah Mieke stirnrunzelnd an. »Wir versuchen, ihn auf die Füße zu stellen«, entschied sie dann. »Aufstehen, Herr Blümel! Helfen Sie mit, ja?«

Mo war nicht gerade leicht, sein linkes Bein funktionierte nicht richtig, und die Krankenschwester war kleiner als Mieke. Mieke legte sich seinen rechten Arm um die Schultern und stemmte sich unter seine Achsel, um ihn festhalten zu können, falls er wieder kippte.

Irgendwie schafften sie es, ihn auf die Füße zu kriegen, doch Mieke keuchte unter seinem Gewicht. Als sie zu Mo hochsah, kreuzten sich ihre Blicke. Der Schmerz in seinen Augen war tiefschwarz.

Das war alles ihre Schuld. Hätte sie Lana schneller geholfen, wäre sie noch da.

»Okay, es sind nur ein paar Schritte«, kommandierte die Krankenschwester laut. »Gleich die erste Behandlungsliege ist frei.«

Statt sich zu bewegen, wand Mo sich aus dem Griff der Pflegerin und zog Mieke an sich. Plötzlich lastete sein volles Gewicht auf ihren Schultern, er schlang die Arme um sie, ihr Kopf landete auf seiner Brust. Sein Herz schlug rasend schnell an ihrem Ohr. Mo legte sein Kinn auf ihre Haare. Mieke versuchte, nicht zu taumeln.

»Nicht erschrecken, Herr Blümel, das piekst jetzt kurz«, hörte sie die Krankenschwester sagen.

Der Arzt war wieder aufgetaucht. Er schob den Ärmel von Mos Pulli hoch und rammte ihm eine Spritze in den Oberarm. Mo schien es nicht zu bemerken.

»Wir behalten Sie heute Nacht zur Beobachtung hier«, erklärte der Arzt. »Sie haben offensichtlich einen Schock erlitten.«

Der Druck auf Miekes Schultern ließ abrupt nach.

»Ich sage auf Station Bescheid.« Die Pflegerin wandte sich ab.

»Geht nicht.« Mo hob den Kopf. Sein Griff lockerte sich, als er sich aufrichtete. »Muss die Pferde füttern«, murmelte er, als wäre ihm das gerade erst eingefallen.

»Das wird heute dann wohl jemand anders übernehmen«, meinte der Mediziner.

Mo ließ Mieke los. Er schwankte leicht, stand aber wieder. Mieke blieb dicht neben ihm.

»Das haben Sie nicht zu entscheiden«, stellte er fest.

Der Arzt schob trotzig den Unterkiefer vor. »Sie stehen unter Schock. Ich werde nicht die Verantwortung dafür übernehmen, Sie in diesem Zustand nach Hause gehen zu lassen.«

»Die Verantwortung übernehme ich schon selbst«, entgegnete Mo. »Wo soll ich unterschreiben?«

Ocean

»Du willst einen Tarifvertrag abschließen?«

»Ich sehe keine andere Möglichkeit, die Streiks zu beenden.« Bille biss von der Pizza ab. Ein mit Käse überzogenes, vor Fett triefendes Stück Teig. Bille hatte für sich allein bestellt, weil Ocean keinen Hunger gehabt und abgelehnt hatte.

Ocean konnte sich nicht erinnern, dass Bille schon mal nur für sich allein etwas zu essen bestellt hatte. Normalerweise verzichtete sie ebenfalls, wenn Ocean nicht aß.

Allein von dem Pizzageruch wurde ihr schlecht. Eigentlich nahm Bille immer Salat – wie sie, nur mit zusätzlichen Putenbruststreifen drauf.

»Aber du hast doch gesagt, Medica kann sich keinen Tarif leisten, wegen der Übernahme der Rehakliniken?«

»Mach dir mal keine Sorgen.« Bille klang genervt.

Ocean spürte, wie sie wütend wurde. Sie hasste es, wenn Bille sie wie ein kleines Kind behandelte.

»Du hast auch gesagt, ein Tarif wäre Luxus, und die Mitarbeiter wären gierig. Es wäre viel wichtiger, Menschen zu unterstützen, die wirklich bedürftig sind.«

»Hab meine Meinung geändert.«

»Seit wann änderst du deine Meinung?«

»Herrgott, Ocean! Ich achte schon drauf, dass deine Hilfsorganisationen nicht pleitegehen, okay? Kann ich jetzt meine Pizza essen? Ich hatte einen verflucht harten Tag.«

Ocean stiegen Tränen in die Augen. Wieso war Bille so genervt von ihr?

Mieke

Zwei Bullis der Spurensicherung standen noch vor der Notaufnahme, als Mieke und Mo das Krankenhaus verließen. Weil es bereits stockdunkel war, beleuchteten die Flutlichtstrahler an den Wagen den Parkplatz. Das Areal war abgesperrt. Sichtschutzwände standen um den Rettungswagen herum, auf dem Marva Koshs Leiche gelegen hatte.

Mieke brauchte eine Weile, um sich zu erinnern, wo Mo den Forester heute Mittag geparkt hatte. Das Denken fiel ihr schwer, die Gewissheit, dass Lana tot war, hatte ihr Gehirn lahmgelegt.

Kommissar Sommer glaubte anscheinend immer noch an tragische Zufälle. Ein lebensmüder Vorgesetzter, eine drogenabhängige Ärztin, eine psychisch kranke Pflegerin. Dabei war der Zusammenhang offensichtlich: Sie selbst war die Verbindung zwischen all den Vorfällen. Keine Ahnung, warum. Sie musste es herausfinden. Aber dabei durfte sie auf keinen Fall weitere Menschen in Gefahr bringen.

»Ich fahr dich nach Hause und helfe dir bei den Pferden«, sagte sie zu Mo. »Dann nehme ich mir ein Hotelzimmer.«

»Nur über meine Leiche«, brummte Mo.

Miekes Herz machte einen unangebrachten Hüpfer. Sie schüttelte den Kopf. »Wenn Kommissar Sommer sich irrt, wenn Alexandra Danilowa und Marva Kosh mich nicht zufällig angegriffen haben –«

»Er irrt sich.«

»Was?«

Mo blieb stehen. »Du glaubst doch nicht im Ernst, dass du *zufällig* drei Mal in zwei Wochen beinahe umgebracht wurdest? Irgendwer ist hinter dir her. Und nimmt in Kauf, dass Unschuldige wie Lana dabei draufgehen. Ich tippe immer noch auf deinen Chef. Van Hoorn.«

Mieke wurde übel, dabei sprach Mo nur aus, worüber sie selbst die ganze Zeit schon nachdachte.

»Dann bringe ich dich und Sami in Gefahr, wenn ich auf der Ranch bleibe.« Sie hörte selbst, dass ihre Stimme wackelte. »Wäre ich nicht –«

Mo trat dicht vor Mieke. Die Dunkelheit in seinem Blick ließ sie schaudern. »Sami bringe ich morgen früh zu seinen Großeltern. Und dann finde ich heraus, warum Lana tot ist. Wenn van Hoorn damit zu tun hat, bezahlt er dafür.«

Mieke bezweifelte, dass er zurechnungsfähig war.

»Lass uns das zusammen machen«, sagte Mo. »Du brauchst Rückendeckung, und ich komme allein nicht an Infos aus der Rentenversicherung ran. Dich lassen sie aber vielleicht wieder rein.«

Mieke stutzte.

Mo hielt ihr die Hand hin. »Partner?«

Partner … Mieke stiegen Tränen in die Augen. Sie war so verdammt froh, dass er sie nicht allein ließ.

Sie schlug ein.

Einen Augenblick lang betrachtete Mo ihre Hand in seiner. Fühlte sich an, als würden Tausende von Ameisen ihren Arm hinaufkrabbeln.

Schließlich ließ er sie los und wankte an ihr vorbei auf sein Auto zu. Er stützte sich am Dach ab, während er versuchte, die Fahrertür aufzuschließen. Es klappte nicht. Seine Finger zitterten zu stark. Der Schlüssel fiel ihm aus der Hand und klimperte zu Boden.

Mieke hob ihn auf. »Ich denke, ich sollte fahren«, sagte sie.

»Ich denke nicht.« Mo hielt die Hand auf.

Geht's noch?

»Du bist grade mit Tranquilizern zugedröhnt worden, erinnerst du dich? Natürlich fahre ich.«

»Nee.« Mo lehnte sich gegen die Fahrertür. »Gib mir den Schlüssel.«

Mieke musterte ihn stirnrunzelnd. Er war kreidebleich, seine

Hände und sein linkes Bein zitterten unkontrolliert, sah aus, als könnte er jeden Moment wieder umkippen. Trotzdem wollte er sie nicht ans Steuer lassen?

»Ich fahre seit zwanzig Jahren unfallfrei.«

»Bis letzte Woche«, erinnerte Mo.

Du Arsch!

»Probleme mit Frauen am Steuer, oder was?«, schnappte sie zurück, irritiert, weil sie plötzlich stritten.

»Stell dir vor«, knurrte Mo.

Mieke runzelte ungläubig die Stirn. »Nicht dein Ernst!«

»Aber so was von. Und jetzt gibt mir endlich den Schlüssel.«

»Das kannst du vergessen.« Mieke schüttelte entschieden den Kopf. »Du fährst definitiv nicht.«

Mo machte einen schnellen Schritt auf sie zu, zweifellos, um ihr den Schlüssel wegzunehmen. Kam nicht in Frage! Mieke wich zurück, Mos linkes Bein knickte unter ihm weg wie ein Strohhalm, und im nächsten Moment landete er auf Händen und Knien auf dem Asphalt.

»Scheiße!«, brüllte er. »So eine verfluchte Scheiße!«

Die Polizisten sahen interessiert herüber. Mieke wartete ab, bis er sich schwer atmend beruhigte. Dann berührte sie ihn sacht an der Schulter.

Mo hob den Kopf.

Mieke hielt ihm eine Hand hin. Er seufzte und ließ sich von ihr auf die Füße ziehen. Finster funkelte er sie an, dann hinkte er am Auto abgestützt zur Beifahrertür.

MO

Zu einem anderen Zeitpunkt wäre es ihm vielleicht gelungen, cool zu bleiben. Einfach ins Auto zu steigen und so zu tun, als ob nichts wäre.

Heute nicht.

Er war nicht in der Lage zu denken. Der Schmerz flutete seinen Körper noch immer in Wellen, die Medikamente dämpften ihn nicht spürbar. Am liebsten hätte er sich die Fäuste auf die Brust gepresst und geschrien. Oder das Armaturenbrett kurz und klein geschlagen. Doch das Wissen, dass er gleich Sami irgendwie erklären musste, was passiert war, lähmte ihn vollständig. Kalter Schweiß klebte ihm seine Haare an den Nacken, stocksteif drückte er den Rücken in das Polster des Beifahrersitzes.

Mieke kurbelte den Forester um eine Kurve. Mos Schüssel war doppelt so lang wie ihr Mini, die alte Servolenkung durch den Allradantrieb schwergängig, die abgenudelte Kupplung griff extrem früh.

Mieke hatte sich noch nicht dran gewöhnt, der Wagen ruckte, als sie schaltete. Mo spürte, wie die Räder wegrutschten, der schwere Kombi zu schwimmen begann. Alles drehte sich. Seine Finger krampften sich in die Polster, sein Bein wippte, er hatte keine Kontrolle darüber.

Er spürte Miekes Seitenblick. Erst auf seinem Bein, dann auf seinem zweifellos kreidebleichen Gesicht.

»Guck auf die Straße!«, schnauzte er sie an.

Sie zuckte zusammen.

Er konnte es ihr jetzt nicht erklären, er musste sich darauf konzentrieren, nicht zu kotzen.

BILLE

Frustriert warf sie die Pizza auf ihren Teller.

Sie ballte die Fäuste, um die Wut zu beherrschen, die sich unkontrolliert in ihr ausbreitete. Verdammt, sie würde Ocean gern schlagen. Sie würde sie wirklich gern am Kragen packen und ihr eine schallende Ohrfeige verpassen, damit sie endlich aufhörte zu heulen.

Sie hatte einen aberwitzigen Tag hinter sich. Das Zugeständnis an die Gewerkschaft, der abrupte Abbruch der Veranstaltung, der Polizeieinsatz im Lindenhospital …

Jetzt wollte sie einfach nur ihre Pizza essen.

Vier Käse. Wie gestern …

Sie hatte Hunger. Und sie wollte sich ein paar Minuten lang an Sannas Augen erinnern, die halbmondförmig wurden, wenn sie lachte. Und daran, dass Sanna mit vollem Mund weiterdiskutierte. Und daran, wie weich sich ihr Körper anfühlte, wenn Bille sie gegen die Wand drückte und küsste.

Aber Ocean hörte nicht auf, ihr eine Szene zu machen. Bille beobachtete ihre Freundin, die sich schluchzend auf der Couch zusammengerollt hatte. Zum ersten Mal tat ihr der Anblick nicht weh.

Im Gegenteil, sie wurde nur noch genervter. Ocean löste den brutalen Impuls in ihr aus, sie zum Schweigen zu bringen. Sofort.

Das war … beunruhigend. Sie sollte die Situation verlassen, bevor sie die Nerven verlor.

War sie wirklich zu grob gewesen? Oder reagierte Ocean schon wieder über? Angsterkrankung hin oder her, war es fair, dass sie zusammenbrach, weil Bille ihr nicht ihre volle Aufmerksamkeit schenkte? War es fair, dass Bille keine andere Wahl hatte, als sich zu entschuldigen und Ocean zu trösten?

Bille neigte den Kopf zur Seite. Natürlich hatte sie eine Wahl. Die Frage war nur, ob sie einen weiteren Suizidversuch riskieren wollte.

Ruckartig stand sie auf, warf die Pizza in den Müll und griff nach ihrer Jacke. Sie ließ sich nicht erpressen. Von niemandem.

Ocean wimmerte lauter.

Bille knallte die Wohnungstür hinter sich zu.

MIEKE

Die Scheinwerfer streiften die Stallungen, als sie Mos Kombi auf den Hof der Lucky Pony Ranch rumpelte.

Sekundenlang blieb sie sitzen, als sie den Motor direkt vor dem Eingang des Haupthauses abstellte. Ihre rechte Rückenseite brannte. Ihre Hände hatten sich um das Lenkrad gekrampft, klebrig vom Schweiß.

Das lag nicht daran, dass der klapprige Diesel die Manövrierfähigkeit eines alten Traktors besaß, daran hatte sie sich nach einer Weile gewöhnt.

Aber Mo sah aus, als würde er jeden Moment wieder zusammenklappen. Er war kalkweiß, sein Schweiß kringelte die Locken an seinen Schläfen und bildete nasse Flecken auf seinem Pulli, und er krallte sich mit beiden Händen am Sitz fest, als säße er in einer Achterbahn.

Er hatte echte Angst und garantiert nicht, weil er ein Problem mit Frauen am Steuer hatte. Mieke hatte viel zu lange gebraucht, um das zu schnallen. Dabei hatte er ihr selbst erzählt, was los war.

Bei dem Unfall, bei dem Samis Mutter starb, saß ich mit im Wagen.

Und sie war gefahren.

Egal, sie waren da. Jetzt musste sie ihn irgendwie ins Haus kriegen. Als sie die Beifahrertür öffnete, löste Mo seine in den Sitz gekrampften Finger und bewegte die Schultern, als müsste er seine Muskeln erst wieder in Gang bringen. Dann stieg er geschmeidiger aus dem Wagen, als sie es erwartet hatte. Das lag daran, dass er sich vom Beifahrersitz mit dem rechten Bein hochdrücken konnte und das linke nur nachziehen musste, begriff sie.

Sein Blick zuckte zur Haustür. Rechts davon waren mehrere Fenster erleuchtet. Mieke fluchte leise, als sie begriff, dass die Autofahrt längst nicht das Einzige war, wovor Mo sich fürchtete.

Mo richtete sich auf, atmete tief ein und zögerte dann doch, bevor er die Haustür öffnete.

»Papa?« Sami riss eine Tür auf, die vom Flur aus nach rechts abging. Irgendwo dort musste sich sein Zimmer befinden. Warmes Licht fiel in den dunklen Durchgang. Die kastanienbraunen Locken des Jungen standen wirr vom Kopf ab, seine Augen und seine Nase waren rot. Er hatte geweint.

»Wieso meldest du dich nicht, wenn ich dich anrufe? Was ist mit Lana?«, platzte Sami heraus. »Hatte sie einen Unfall? Ist sie noch im Krankenhaus?«

Im nächsten Moment flitzte sein Blick an Mo herunter, wieder hoch, zu Mieke, wieder zurück ins Gesicht seines Vaters, und er prallte zurück, als hätte Mo ihm eine gescheuert.

»Nein«, flüsterte er, drehte sich um und schlug die Tür wieder zu.

Oje.

Eine Ewigkeit starrte Mo die Tür an. Es schien ihm unendlich schwerzufallen, seinen Arm zu heben, um nach der Klinke zu greifen.

Weil er wusste, was jetzt kam, begriff Mieke. Weil er seinem Sohn schon mal hatte erklären müssen, dass seine Mutter nicht mehr nach Hause kam. Hilflos blieb sie im Flur stehen, als Mo Sami folgte. Weil er die Tür nicht hinter sich schloss, konnte sie in ein Zimmer sehen, in dem Mangas über einem Schreibtisch hingen. Vor dem PC stand ein cooler Gamersessel. Die Tür zum dahinterliegenden Zimmer krachte zu.

»Hau ab!«, schrie Samuel.

Wieder zögerte Mo, bevor er die Klinke herunterdrückte. Doch die Tür ließ sich nicht öffnen, Sami hatte abgeschlossen.

»Sam …«

»Hau ab, habe ich gesagt!« Die Stimme des Jungen überschlug sich. »Ich will nicht mit dir reden!«

»Sami …«

Etwas flog mit einem Knall gegen die Tür. »Halt's Maul! Hau ab! Lass mich in Ruhe!«

Mo ließ die Stirn gegen die Wand sinken.

Mieke kam es falsch vor, dass sie noch immer im Flur stand und mithörte. Sie ging nach hinten, in die Wohnküche. Die blinkende Zeitanzeige am Herd verriet ihr, dass es mittlerweile nach acht war. Sie legte eine Hand an ihre rechte Lende, die sich heiß anfühlte und im Takt ihres Herzschlages pulsierte.

»Es liegt an dir! Du bist verflucht! Alles ist deine Schuld!«, hörte sie Sami brüllen. Mo erwiderte irgendwas. Wieder knallte es, ein lautes Rumpeln folgte.

Mieke kehrte in den Flur zurück, blieb unschlüssig stehen. Es fühlte sich an, als müsste sie irgendwie helfen, aber sie wusste nicht, wie. Ihr Blick blieb an den Gummistiefeln hängen.

Muss die Pferde füttern, hatte Mo gesagt. Auch das noch. Sami klang nicht, als würde er sich schnell beruhigen. Und Mo war bereits völlig am Ende.

Mieke griff nach den rosa Stiefeln.

Mo

Den Rücken an die Wand von Samis Zockerzimmer gelehnt, ließ er sich auf den Fußboden rutschen.

Ohne Lana schaffte er es nicht. Sie war immer diejenige gewesen, die zwischen Sami und ihm vermittelt hatte. Sinnlos, sich was vorzumachen: Ohne sie kam er nicht an seinen Sohn ran. Sami und er lebten schon viel zu lange nebeneinanderher. Mo war nie sonderlich gesprächig gewesen, aber seit Leos Tod fühlte es sich an, als wäre da eine Panzerglaswand zwischen ihm und der Welt. Und auch zwischen ihm und Sami.

Sami kam nach ihm, sprach wie er nur das Nötigste und machte sein Ding.

Nur dass sein Ding nicht die Pferde waren. Wenn er nicht mit seinen Kumpeln Rico und Raffi unterwegs war, hockte er vor dem Computer. Mo ärgerte sich darüber. Er hätte es besser gefunden, er hätte sich mal einen Sport gesucht. Er selbst hatte in Samis Alter den ganzen Tag auf dem Basketballplatz verbracht.

Vermutlich hielt er das Sami so oft vor, weil er ein schlechtes Gewissen hatte, dass er nicht mit ihm Basketball spielte und ihn stattdessen vor dem Computer hocken ließ. Meist hatte er abends nicht einmal mehr die Kraft nachzusehen, ob Sami den Rechner wirklich ausgeschaltet hatte und ins Bett gegangen war.

Mo ließ den Kopf auf die Knie sinken. Als Vater hatte er völlig versagt. Genau wie als Mann.

Schon wieder kamen die Tränen. Scheißegal. Er hatte keine Kraft, dagegen anzukämpfen, und irgendwie war Heulen ja auch die einzig angemessene Reaktion auf diesen Tag.

Mo hatte keine Ahnung, wie lange er mit dem Kopf auf den Knien vor Samis Schlafzimmertür geweint hatte, als eine Hand seine Schulter berührte.

MIEKE

Sie musterte das magere Pferd misstrauisch, das in der Scheune an dem Zaun zwischen Pferdebereich und Futterlager stand.

Als sie den Stall betreten hatte, hatten die Pferde bereits gewartet und sie mit einem lauten Wiehern begrüßt.

Weil Mieke auf keinen Fall einfach mit dem Heu zwischen ihnen hindurchspazieren konnte, wie Mo das machte, hatte sie auf der sicheren Zaunseite die Strohbänder von einem Futterpaket entfernt. Es war in sieben zusammengepresste Scheiben aus getrocknetem Gras zerfallen, und Mieke hatte die Dinger mit so viel Schwung wie möglich über den Zaun geworfen.

Wie Geier hatten sich die Tiere auf das Futter gestürzt, hier und da hatte es ein paar Schlägereien gegeben, doch die hungrige Meute hatte sich planmäßig vom Zaun entfernt.

Mieke hatte all ihren Mut zusammengenommen, vier weitere Heuballen hinübergewuchtet und sich dann selbst zwischen den Metallstreben hindurchgequetscht. Das Tor zu öffnen hatte sie nicht gewagt.

Sie hatte einen großen Bogen um die fressenden Tiere gemacht, doch die waren mit den verteilt liegenden Heuspalten beschäftigt gewesen, sodass sie ungehindert die Netze und die Raufe draußen auf der Weide hatte füllen können. Mit einem Schlauch hatte sie Wasser in zwei am Zaun stehende Badewannen laufen lassen.

Das alles hatte eineinhalb Stunden gedauert, weil sich die Strohbänder nicht so leicht entfernen ließen und Mieke immer wieder hinter den Zaun geflüchtet war, wenn sich ein Pferd neugierig genähert hatte.

Doch schließlich mampften alle zufrieden. Nur der abgemagerte Braune stand noch am Zaun. Mieke wusste, warum. Das war Teddy, der eine Extraration Futter bekam, weil er das Heu nicht kauen konnte. Er wartete darauf, dass sie ihn rausließ. Hm. Wenn sie sich richtig erinnerte, hatte Mo das Futter aus einer blauen Tonne neben dem Heustapel geholt.

Mieke öffnete den Deckel des Behälters. Der Duft von Kräutern stieg ihr in die Nase. Eine rosafarbene Futterschüssel lag in der Tonne. An der Innenseite entdeckte sie ein Klebeband, auf dem »Teddy« stand. Sie füllte die Schüssel bis zur Markierung. Sah richtig aus.

Als sie die Mahlzeit auf ihrer Seite des Zauns auf den Boden stellte, wieherte der Braune leise. Ein grummelndes Geräusch, das beinahe zärtlich klang.

Erstaunt sah Mieke ihn an. Gefährlich wirkte er nicht unbedingt. Und die Scheunentür war zu. Wenn sie das Vieh nicht wieder zurück ins Gatter bekam, konnte es zumindest nicht weglaufen. Zur Not musste Mo ihn später wieder einsperren.

Seufzend öffnete sie das Gatter. Der große Braune trottete zielstrebig auf die am Boden stehende Schüssel zu. Mieke schloss das Tor hastig wieder und atmete auf.

Geschafft. Erleichtert und auch ein bisschen stolz, dass sie die Pferde allein versorgt hatte, lehnte sie sich gegen den Zaun. Das mahlende Geräusch der Pferdezähne erfüllte den Raum. Es roch nach Heu und dem Kräuterfutter, und irgendwie beruhigte sie das alles.

Sie beobachtete Teddy beim Fressen. Weil sie schräg hinter dem Pferd stand, konnte sie sein Auge unter der langen dunklen Mähne sehen.

Irritiert hielt sie inne. Dann näherte sie sich vorsichtig. Das Pferd beachtete sie nicht.

»Ähm, bleib ganz locker, ja?«, sagte sie, um sicherzugehen, dass er sie überhaupt bemerkt hatte. Vorsichtig legte sie ihre Hand an seine Schulter. Sein Fell war glatt, warm und seidig. Als Teddy gelassen weiterfraß, ging sie neben seinem Kopf in die Hocke und strich ihm vorsichtig die Mähne aus der Stirn. Das darunter verborgene Auge kam zum Vorschein. Es war milchig weiß.

Mieke hatte richtig gesehen: Das Pferd war blind.

»Er ist auf die Hinterbeine gestiegen, wenn sein Vorbesitzer zu grob am Zügel gerissen hat. Um ihn wieder auf alle viere zu kriegen, hat er ihm mit der Reitgerte auf den Kopf geschlagen. Und nicht besonders gut gezielt. Nachdem er ihm auch das zweite Auge kaputt geschlagen hatte, wollte er ihn einschläfern lassen.«

Unter Teddys Bauch hindurch konnte Mieke Mo sehen. Er lehnte am Heustapel.

»Ein paar Umrisse erkennt er wahrscheinlich noch, in bekannter Umgebung kommt er zurecht. Aber es hat Wochen gedauert, bis ich seinen Kopf berühren durfte.«

Mieke erhob sich und hielt Sicherheitsabstand zum Pferd. »Wie geht es Sami?«

»Er schläft in meinem Bett. Ich wollte noch füttern.« Sein Blick wanderte zu den zufrieden fressenden Ponys. Dann trat er von der anderen Seite auf Teddy zu, stützte die Ellenbogen auf den Rücken des Pferdes und sah Mieke darüber hinweg an.

»Ich habe dir von dem Unfall erzählt, bei dem Samis Mutter gestorben ist«, sagte er.

Der Themenwechsel kam nicht völlig überraschend.

»Sie ist damals gefahren«, nickte Mieke. »Deshalb wolltest du mich nicht ans Steuer lassen. Hätte ich eher schnallen können.«

Mo musterte sie nachdenklich. »Das ist die Kurzfassung«, sagte er dann. »Willst du die ganze Geschichte hören?«

Mieke nickte erneut.

»Sie hat aber kein Happy End«, warnte Mo.

»Hab ich irgendwie schon geahnt.« Mieke machte wieder einen Schritt an das Pferd heran.

»Leo war Journalistin wie Lana«, begann Mo. »Aber geträumt

hat sie immer von einem Pferdehof. Mit artgerechter Offenstallhaltung, Reitunterricht.« Er deutete auf die Ponys hinter dem Zaun. »Sie hatte eine Reitlehrerausbildung gemacht und das Businesskonzept seit Jahren in der Schublade. Aber sie hat sich nie getraut, es umzusetzen. Dabei war sie unfassbar gut, die bösartigsten Viecher liefen ihr nach wie Schoßhündchen. Als wir den Resthof samt vier Hektar Weideland im Internet entdeckt haben, habe ich gedacht, sie würde es ihr Leben lang bereuen, wenn sie es nicht versucht. Also haben wir den Hof gekauft und die Lucky Pony Ranch draus gemacht.«

Mo schien nicht zu merken, dass er Teddys Mähne kraulte.

»Als immer mehr Pensionspferde dazukamen, habe ich gekündigt und ebenfalls eine Reitlehrerausbildung gemacht. Und dann kam Sami. Ich habe ihn so unfassbar geliebt, vom ersten Moment an. Und ich hab nicht geschnallt, wieso es Leonie nicht genauso ging. Sie bekam eine postnatale Depression und konnte sich nicht richtig um ihn kümmern. Im Nachhinein glaube ich, es war alles viel zu viel. Die Ranch, die viele Arbeit, die Verantwortung für die Pferde, die Schulden und dann noch ein Kind. Damals habe ich absolut nichts kapiert.« Mos Stimme versagte.

Mieke hielt den Atem an.

Er räusperte sich, bevor er fortfuhr. »Sie hat den Wagen in den Gegenverkehr gelenkt. Wenn es ihr gelungen wäre, den Sattelschlepper frontal zu rammen, hätte keiner von uns überlebt. Ich habe ihr ins Steuer gegriffen, deshalb ist das Auto stattdessen gegen den Baum geprallt. Von der Front war nicht viel übrig, aber Sami hat hinten zum Glück nichts abgekriegt.«

Miekes Magen verknotete sich. »Sami war im Wagen?«, flüsterte sie tonlos.

Mo legte die Hände aneinander, stützte die Daumen ans Kinn und ließ die Stirn auf die Fingerspitzen sinken. »Erweiterter Suizid«, murmelte er, ohne Mieke anzusehen. »Leo wollte uns alle drei umbringen.«

Oh Gott.

»Vorhin habe ich das erste Mal seit dem Unfall wieder auf dem

Beifahrersitz gesessen.« Mo ließ die Hände sinken und sah Mieke über den Pferderücken hinweg an, als würde er eine Antwort erwarten.

Mieke wusste nicht, was sie sagen sollte.

»Das soll eine Entschuldigung sein«, half er ihr auf die Sprünge. Er verschränkte die Unterarme auf Teddys Rücken und legte sein Kinn darauf, um sie von unten herauf anzusehen. »Ich bin ganz schön ausgeflippt, weil du mich nicht hast fahren lassen.«

Für einen Moment sah er Sami verblüffend ähnlich. Er hatte einen schrecklichen Tag hinter sich, und plötzlich wollte Mieke ihm am liebsten über die unrasierten Wangen streicheln, um ihn irgendwie zu trösten. Ihre Fingerspitzen kribbelten bei der Vorstellung. Und dann dachte sie auf einmal, dass er unverschämt attraktiv gewesen sein musste, bevor er aufgehört hatte, sich zu waschen.

»Das ist eine ziemlich gute Entschuldigung«, sagte sie und deutete auf das Pferd, auf dem er sich abstützte. »Kannst du den wieder da reinbringen?«

Mos Blick wanderte über die fressenden Pferde zu den mit Wasser gefüllten Badewannen. »Krass, dass du die Raubtiere gefüttert hast«, stellte er fest.

»Ich habe fünf Bund Heu verteilt«, informierte ihn Mieke. »Eins auf dem Boden, eins in die Raufe und den Rest in die Netze. Ob ich die richtig festgeknotet habe, weiß ich nicht.«

»Ich wette mein rechtes Bein, dass keins abfällt.« Mo unterbrach den Blickkontakt nicht, als er das Gatter öffnete. Ganz von allein trottete Teddy zu seinen Kumpeln in den Paddock.

Mieke hätte irgendwas antworten müssen. Oder zumindest wegsehen. Klappte nicht.

Sie hatte dreifach geknotet.

In der Ruhe im Stall, die nur durch das mahlende Geräusch der fressenden Pferde und ein gelegentliches zufriedenes Schnauben unterbrochen wurde, klopfte ihr Herz plötzlich überlaut.

Mo sah Mieke weiter an, während er den Riegel des Gatters zuschob. Ihr Atem beschleunigte sich mit jedem Schritt, den er auf sie zukam. Auf einmal kribbelte ihr ganzer Körper, als stünde sie unter Strom. Eine Armlänge von ihr entfernt blieb Mo stehen.

Sie bräuchte nur die Hand auszustrecken, um ihm die Locken aus der Stirn zu streichen. Um ihre Fingerspitzen über seine unrasierte Wange gleiten zu lassen, seinen Hals hinunter. Auf seine Brust, an die Stelle, an der im Krankenhaus ihr Kopf gelegen hatte.

Mieke spürte ihren Herzschlag in der Kehle. Sie hatte sich noch nie so sehr gewünscht, jemanden in den Arm nehmen und trösten zu können.

Mo trat noch einen Schritt dichter an sie heran. So dicht, dass sie die goldenen Punkte und die schwarzen Linien in den Iriden seiner kastanienfarbenen Augen erkennen konnte. So dicht, dass sie seine Wärme auf ihren Wangen, ihrer Brust und ihren Armen spürte. Zu dicht. Eindeutig viel zu dicht. Fühlte sich an, als wäre er magnetisch, als würde er sie unaufhaltsam an sich ziehen, obwohl er sie gar nicht berührte.

»Hältst du mich noch mal fest?«, bat er. »Nur ganz kurz?«

Sie würde platzen, wenn sie ihn nicht sofort anfasste. Wie von selbst hob sich ihr Arm, ein Kribbeln wanderte zu ihrer Schulter hinauf und über ihren Rücken wieder hinunter, als sie ihm die Haare aus der Stirn strich. Ihre zweite Hand legte sich ganz automatisch an seine Wange, sodass sie sein Gesicht in den Händen hielt. Ihr Herz schien sich in ihrer Brust umzudrehen, ihr wurde beinahe übel davon, doch Mo atmete hörbar ein, als sie ihre Finger in seinen Nacken gleiten ließ.

Sie stellte sich auf die Zehenspitzen und küsste ihn so behutsam und zärtlich, wie sie noch nie jemanden geküsst hatte. Er schmeckte salzig, nach Schweiß und Tränen. Seine Lippen gaben sofort nach, wurden weich.

Mieke spürte die Wärme an ihren Seiten, schon eine Sekunde bevor sich seine Hände ganz sacht auf ihre Hüften legten. Vorsichtig zog er sie an sich.

Sie keuchte, als ihre Brust seine berührte. Wie von selbst glitt ihre Zunge zwischen seine Lippen.

Mo gab ein Geräusch von sich, das wie ein Knurren klang, und erwiderte ihren Kuss prompt. Glühende Hitze stieß hinunter in ihren Magen, ihren Unterleib, bis zwischen ihre Beine.

Wow. Ganz kurz musste sie sich an seinen Nacken klammern, weil ihre Knie nachgaben. Mo merkte es, griff mit beiden Händen ihren Hintern, diesmal kräftiger. Er zog sie so fest an sich, dass Mieke seine Erregung durch den Stoff der Jeans fühlte. Als er den Druck verstärkte, flutete Hitze ihr Becken, und sie erwiderte die Bewegung reflexartig, schmiegte sich an ihn. Ihre Finger gruben sich in seine Haare, seinen Nacken, strichen an seiner Kehle hinunter, über seine Brust, seinen Bauch – und landeten ganz automatisch unter seinem Pulli.

Mo atmete scharf ein, als ihre Hände über seine Bauchmuskeln wanderten. Er hatte Bauchmuskeln? Sie tastete sich weiter nach oben. Seine Brust war erwartungsgemäß behaart und unerwartet trainiert.

Ein Schmerz durchzuckte sie, als Mos Hand die frische Naht an ihrer rechten Rückenseite streifte.

Erschrocken ließ er sie los, stolperte einen Schritt rückwärts.

So abrupt nicht mehr in seinen Armen zu liegen kam Mieke vor, als hätte ihr jemand die warme Bettdecke weggerissen.

Mo griff sich verwirrt in die zerwühlten Haare.

»Sorry«, stammelte er, »eine Sekunde lang habe ich es echt vergessen …«

Mieke war schwindelig. Im Takt ihres Herzschlags pulsierte Hitze durch ihren Körper. Um ein Haar hätte sie ebenfalls vergessen, dass Lana tot war – und hätte sich gegen einen Stapel Heuballen vögeln lassen. Sie konnte sich nicht erinnern, schon mal so auf einen Mann reagiert zu haben. Auf Tom definitiv nicht. Offenbar konnte sie nach dem Irrsinn der letzten Tage nicht mehr klar denken.

»Du solltest nach Sami sehen, oder?«, bemerkte sie heiser.

Mo griff sich in den Nacken. »Sollte ich wohl.«

BILLE

Fühlte sich schon wieder an, als hätte sie Fieber.

Außerdem konnte sie ihren Herzschlag hören. Und spüren. In der Kehle. Und in den Fingerspitzen. Er war viel zu schnell. Unregelmäßig auch. Vielleicht ein Infarkt. Wäre kein Wunder, sie arbeitete ja praktisch seit dreißig Jahren ohne Pause.

Wahrscheinlich sollte sie lieber ins Krankenhaus fahren.

Allerdings hatte sie noch nie gehört, dass sich Sterben anfühlte, als wäre man high. Also nicht dass sie jemals high gewesen wäre und das wirklich beurteilen könnte.

Aber sie war eindeutig süchtig. Anders war nicht zu erklären, dass sie Ocean auf der Couch zurückgelassen hatte. Anders war nicht zu erklären, dass sie zu Jogginghose und Achselshirt einen dunklen Blazer übergeworfen und ihre Aktentasche gegriffen hatte.

Anders war nicht zu erklären, dass sie gerade nicht nur ihren Job, ihr Lebenswerk, ihre komplette Karriere aufs Spiel setzte, sondern auch ihre Würde.

Verdammt, sie nahm in Kauf, dass Ocean einen weiteren Selbstmordversuch unternahm. Und dass sie womöglich Erfolg hatte, wenn sie heute Abend nicht mehr zu ihr zurückkehrte.

Der Flur begann sich zu drehen.

Wollte sie wirklich Oceans Leben riskieren, nur um jetzt hier zu sein?

Scheiße, ja!

Trotzig hob Bille den Kopf. Seit Jahrzehnten funktionierte ihre Beziehung zu Ocean nach dem gleichen Muster: Ocean hatte eine Weltverbesserer-Vision, Bille machte sie möglich. Ocean hatte ein Problem, Bille löste es. Ocean hatte Angst, Bille beschützte sie. Ocean fiel, Bille fing sie auf.

Doch seit sie Sanna kannte, war da dieses vage Gefühl, dass eine Beziehung auch ganz anders funktionieren könnte. Leidenschaftlich.

Unkompliziert.

Lustig?

Sanna gab Bille das Gefühl, stark genug zu sein, um sie aufzufangen.

Und verdammt, ja! Sie wollte wissen, wie sich das anfühlte. Jetzt.

Sie holte tief Luft. Wenn Ocean meinte, sich umbringen zu müssen, weil sie gegangen war, dann war das so. Dann würde Billes Leben, wie sie es kannte, heute enden.

Sie stellte die Aktentasche auf den Boden und legte ihren Blazer darüber, um nicht zu lächerlich zu wirken. Ihre Haare strich sie zurück, lehnte sich an den Rahmen der Wohnungstür und klopfte an.

Wie spät war es? Schon nach zehn?

Heiße und kalte Schauer zischten über ihren Rücken, ihr Herzschlag drohte ihren Brustkorb zu sprengen, ihre Kehle war plötzlich trocken, als wäre sie seit Wochen in der Wüste unterwegs.

Cool bleiben. Hand in die Hosentasche.

Die Tür öffnete sich einen Spalt – schwang dann weiter auf.

Sanna trug eine Leggins zu einem figurbetonten Flauschpulli. Braune Strähnen hatten sich aus ihrem Zopf gelöst und kringelten sich um ihr Gesicht.

Bille versuchte, den rasenden Herzschlag in ihrer Kehle zu ignorieren und lässig zu wirken.

»Kann ich reinkommen?«

MIEKE

Während Mo gestern Abend zu Sami ins Bett verschwunden war, war sie mit einer Tasse Tee auf dem Sofa sitzen geblieben. Weil sie nicht schlafen konnte, hatte sie versucht, sich abzulenken, indem sie diese Hilfsorganisation googelte. Doch sie hatte sich nicht konzentrieren können. Der Skalpellstich in ihrem Rücken pochte.

Und Lana spukte durch ihren Kopf. Lana, die wegen ihr gestorben war. Ohne die sie nicht mehr am Leben wäre.

Und Marva Kosh, deren Tochter keine Mutter mehr hatte.

Und Mo, der sein Leben nach dem Suizid seiner Frau notdürftig wieder zusammengeflickt hatte und jetzt erneut vor einem Scherbenhaufen stand. Nur weil van Hoorn ausgerechnet bei ihm ein Führungskräftetraining gebucht hatte.

Und Sami …

Im Flur ging Licht an.

Miekes Herz machte einen Satz. Ihr Blick huschte zur Zeitanzeige auf ihrem Handydisplay. Zwei Uhr fünfundfünfzig. Durch die milchige Scheibe der Tür ahnte sie eine Bewegung. Ein grausiger Schauer kroch ihr in den Nacken. Wahrscheinlich konnte Mo ebenfalls nicht schlafen, versuchte sie sich zu beruhigen. Trotzdem tastete ihre Hand in der Sofaritze nach dem großen Küchenmesser, das sie von der Magnetleiste über der Arbeitsplatte genommen hatte.

Die Türklinke bewegte sich nach unten, und die Tür wurde lautlos geöffnet. Ein kastanienfarbener Lockenkopf schob sich herein.

Sami. Sie zog die Hand aus der Sofaritze.

Mos Sohn entdeckte sie auf der Couch. Mieke wurde klar, dass sie Sami anstarrte, als wäre er ein kopfloser Geist.

Der Junge schob sich herein, er drückte leise die Tür hinter sich zu und blieb dann stehen. Seine dünnen Beine ragten aus der Boxershorts, zu der er ein T-Shirt mit Fortnite-Aufdruck trug. Seine Wangen waren blass, seine Augen aufgequollen und rot.

Mieke richtete sich auf. Was sagte man zu einem Kind, das gerade zum zweiten Mal eine Mutter verloren hatte?

»Hi.« Völlig idiotisch. »Tut mir leid.« Sie stammelte. »Wegen Lana, meine ich.«

Sami blieb mit dem Rücken an der Tür stehen, legte nur den Kopf schräg. Seine Augen kamen ihr riesig vor.

Verdammt, sie kannte sich nicht aus mit Kindern. Selbst mit ihren Neffen fühlte sie sich unwohl, sobald Jess den Raum verließ. Und die waren nicht traumatisiert.

»Papa will rausfinden, warum sie tot ist.« Samis Stimme klang heller als sonst.

»Das will ich auch«, sagte Mieke.

»Aber das ist gefährlich.« Samis Stimme zitterte. »Deshalb soll ich morgen zu Oma ins Sauerland fahren, obwohl Schule ist. Stimmt doch, oder?«

Er hatte recht. Dreimal wäre sie beinahe gestorben. Und nur weil sie hier war, waren auch Mo und Sami in Gefahr.

»Papa darf nichts passieren, ich hab doch niemanden außer ihm«, flüsterte Sami.

Oje.

»Dein Papa passt schon auf sich auf«, antwortete Mieke bestürzt. Sie merkte selbst, dass sie nicht überzeugt klang.

»Klar. Weil das so gut klappt, fehlt ihm auch ein Bein«, fauchte Sami sie an. Er sah aus, als wollte er Mieke am Kragen packen und schütteln, damit sie das kapierte.

Dann blieb er hilflos stehen. »Passt *du* auf ihn auf?«, fragte er.

Verblüfft sah Mieke ihn an.

»Versprich mir, dass Papa nichts passiert«, bat Sami.

Mieke schluckte. Was sollte sie denn darauf antworten? Wären Mo und Lana nicht gewesen, wäre sie längst tot.

»Geh wieder ins Bett, ja?«, versuchte sie das Gespräch zu beenden.

Samis Augen füllten sich mit Tränen. »Bitte, Mieke.«

Weil Mieke nicht wusste, was sie sonst tun sollte, nickte sie.

MO

Er wachte mit dem Gefühl auf, zusammengeschlagen worden zu sein. Sein Gesicht kam ihm aufgedunsen vor, sein Magen schmerzte, als hätte er mehr als einen Faustschlag abbekommen, und er konnte sich nicht rühren. Als würde ihn eine bleierne Decke auf die Matratze pressen.

Er blinzelte. Draußen war es noch dunkel, nur die Lampe im Innenhof sorgte für etwas Licht.

Sami lag neben ihm. Als er den wirren Wuschelkopf seines Sohnes erkannte, traf ihn die Erinnerung wie ein Tritt in den Bauch.

Lana.

Lana war nicht mehr da.

Tot. Minuten vorher hatte sie noch Fotos vom Streik geschossen. Dann hatte er nur kurz mit der Gewerkschafterin gesprochen, und plötzlich waren Mieke und Lana verschwunden gewesen. Er erinnerte sich, wie ihm die Sanitäter im Treppenhaus entgegengekommen waren. An den Moment, in dem er Lana auf der Trage erkannt hatte. An den Wartebereich der Notaufnahme.

Dann verschwammen die Bilder. Er wusste nur noch, dass Mieke ihn festgehalten hatte. Dass er sie angebrüllt hatte. Dass sie ihn geküsst hatte.

Oh.

Hatten sie echt im Stall geknutscht?

Er starrte an die Zimmerdecke. Okay. Das war eine Kurzschlussreaktion gewesen. Wahrscheinlich so was Ähnliches wie der Trostsex, den Lana ihm nach Leos Tod angeboten hatte. Aus Mitleid, weil er so offensichtlich nicht nur körperlich, sondern auch psychisch verkrüppelt war.

Lana hatte sich nichts dabei gedacht, sie hatte Sex konsumiert wie Coffee to go. Mit Männern und Frauen, zu zweit, zu dritt oder im Rudel. Aber Mo hatte sich durch ihr Angebot einfach zum Kotzen gefühlt.

Hatte Mieke ihn aus demselben Grund geküsst? Weil er gestern so komplett zusammengeklappt war und sie ihm mit ein bisschen körperlicher Nähe helfen wollte?

Er schluckte. Das war mehr als wahrscheinlich. Auch wenn sie in den letzten Tagen krasse Dinge zusammen erlebt hatten, war Mieke Jentsch immer noch eine perfektionistische, hochgebildete, gut verdienende und verdammt attraktive Karrierefrau. Mehr als Mitleid mit einem abgewrackten Ex-Cop mit einer Schwerbehinderung und einer halben Million Euro Schulden am Arsch war nicht drin. So dämlich, sich mehr einzubilden, war er nicht.

Allerdings war die Vorstellung, dass Mieke ihn noch mal aus Mitleid küssen könnte, sehr viel weniger abartig als bei Lana. Im Gegenteil. Der Gedanke hob die bleischwere graue Decke, die ihn auf die Matratze drückte, etwas an.

Mo schaffte es, sich aufzusetzen, obwohl er wusste, dass Sami und er Leos Tod nie verkraftet hatten und auch Lana nun tiefschwarze Leere hinterließ. Es gelang ihm aufzustehen, auch wenn er gleich seinen unter Schock stehenden dreizehnjährigen Sohn bei seinen Eltern abliefern würde, weil er Angst hatte, dass auch ihm etwas zustoßen könnte.

Es war die vage Hoffnung, dass Mieke ihn noch mal in den Arm nehmen könnte, die ihn aus dem Zimmer schlüpfen und barfuß durch den Flur tappen ließ. Ehrlich gesagt war ihm völlig egal, ob sie das aus Mitleid tat oder weil sie sich die Schuld an Lanas Tod gab.

Als er vor der Küchentür stand, bemerkte er seine Erektion.

War das sein Ernst? Lana war tot. Sami würde eine Psychotherapie brauchen. Auf Mieke waren Mordanschläge verübt worden. Und er dachte ans Ficken?

Tja, er dachte nicht nur daran, er war sich sogar ziemlich sicher, dass ihn diesmal kein Rest Selbstachtung davon abhalten würde, sich trösten zu lassen.

Mann, er war echt ein Arschloch.

Okay, vielleicht war das ja nur eine Art Schutzreflex seines Gehirns. Eine Art Überlebensinstinkt. Immerhin war er handlungsfähig, obwohl ihn Trauer und Depression um ein Haar am Aufstehen gehindert hätten. Diese Erklärung gefiel ihm jedenfalls deutlich besser, als dass er nach dem Tod seiner besten Freundin nur Miekes Hintern im Kopf hatte.

Wenn es so war, funktionierten seine Überlebensinstinkte jedenfalls verblüffend gut.

Leise öffnete er die Küchentür.

Sanna

Verstohlen warf sie einen Blick über die Schulter.

Das musste ein Traum sein. Es konnte nicht sein, dass diese unverschämt attraktive Frau in ihrer Küche saß.

Aber sie war da. An ihrem Küchentisch. Unter dem verschnörkelten Wandtattoo mit dem Spruch »Kein Kaffee ist auch keine Lösung«.

Bille hatte ihre blonden Haare glatt zurückgekämmt, sodass Sanna die vier Stecker in ihrem linken Ohr sehen konnte. Und das dunkle Achselshirt versteckte auch das Tattoo an ihrem linken Oberarm nicht. Sanna biss sich auf die Unterlippe. Oh mein Gott, war sie heiß.

Sie schob eine dampfende Tasse vor Bille auf den Tisch. »Magst du Omelette?«

Bille sah sie so ungläubig an, als hätte sie gefragt, ob sie nackt Samba tanzen wolle. »*Du* willst *mir* Omelette machen? Ist das dein Ernst?«

Was war daran falsch?

»Ach so«, schaltete sie reichlich spät. »Du musst bestimmt zur Arbeit, oder?«

Sie selbst hatte Spätdienst.

Bille starrte Sanna an. »Ich habe heute frei«, sagte sie dann langsam. »Und Omelette klingt fabelhaft.«

Mieke

Sie hatte sich die Decke bis unters Kinn gezogen, von ihrem Herzrasen wurde ihr übel, und ihre Faust umklammerte das Küchenmesser in der Sofaritze, als die Tür leise aufgeschoben wurde.

Sie atmete auf, als Mo hereinkam.

Er hob eine Braue, als er sie mit dem Notebook auf den Knien auf der Couch entdeckte. Das Licht des Bildschirms beleuchtete ihr Gesicht, draußen war es noch stockfinster. Die Zeitanzeige des Computers zeigte fünf Uhr fünfundvierzig an.

Mo schaltete das Licht ein.

»Du warst die ganze Nacht wach«, schlussfolgerte er prompt. Seine Locken hingen ihm auf die Schultern, zu seiner ausgebeulten Jogginghose trug er ein schlabberiges T-Shirt. Was die Jogginghose versteckte, wusste Mieke ja mittlerweile. Seit gestern Abend ahnte sie auch, was er unter seinem Shirt verbarg.

Mo wartete auf ihre Antwort.

Sie zuckte die Schultern. Außer Sami waren auch die Pferde nachts vor dem Fenster herumgegeistert. Außerdem gab es hier Mäuse. Mehrmals hatte sie das leise Trippeln winziger Füße auf dem Fliesenboden aufgeschreckt. Fühlte sich an, als wären ihre Sinne überreizt. Jedes Knacken der alten Fachwerkbalken, jedes Gluckern der Heizung hatte ihr Herz aussetzen lassen. Sie glaubte nicht, dass sie irgendwann noch mal schlafen würde.

»Vielleicht kannst du im Auto pennen, wenn wir Sami zu meinen Eltern bringen.« Mo tappte barfuß in den Küchenbereich und drückte den Wasserkocher an.

Mieke schob die Decke weg und stellte das Notebook auf den Tisch.

»Ich brauche nur einen Kaffee, dann versorge ich die Pferde.« Mo deutete mit einer Handbewegung an, dass Mieke sitzen bleiben sollte. »Und den Reitunterricht muss ich noch canceln.«

»Eigentlich wollte ich diese Frederike Kerstendorff von FamilyTogether besuchen, solange du Sami wegbringst«, erklärte Mieke. Der Computerbildschirm zeigte das Foto einer etwa Siebzigjährigen mit karottenrot gefärbten Pippi-Langstrumpf-Zöpfen auf der Kontaktseite von FamilyTogether. »Das Büro der Hilfsorganisation liegt an der Castroper Straße und hat ab neun Uhr geöffnet«, informierte sie Mo, während sie aufstand und zum Küchentisch hinüberging.

Weil sie sowieso nicht hatte schlafen können, kannte sie den Internetauftritt von FamilyTogether jetzt auswendig. Wie Kommissar Sommer schon festgestellt hatte, machte die Organisation einen seriösen Eindruck. Seit fünfzehn Jahren kümmerte sich der eingetragene Verein um verschiedene Integrationsprojekte. Prominente engagierten sich als Werbegesichter.

Es gab Adoptivgroßeltern, die bei der Kinderbetreuung halfen, wenn die Eltern eine Ausbildung machten. Und über Kooperationen mit verschiedenen Betrieben im Ruhrgebiet wurden Geflüchtete in den Arbeitsmarkt integriert. In der Liste der zahlreichen Unternehmen waren neben dem Lindenhospital weitere Medica-Kliniken aufgeführt, allerdings auch Kliniken der Konzerne Median, Asklepios, Vita und SanaBene.

Laut der Website hatte Frederike Kerstendorff früher Schulen im Senegal aufgebaut. Anscheinend hatte sie sich im Ruhestand gelangweilt und deshalb vor acht Jahren die Leitung von Family-Together übernommen.

Mo hatte den ersten Kaffee aufgebrüht und hielt ihn Mieke hin. »Lass uns zusammenbleiben, solange wir nicht wissen, was hier vor sich geht«, sagte er.

Mieke biss sich auf die Unterlippe. »Ich hab dich schon viel zu tief mit reingezogen«, murmelte sie.

»Gerade deshalb sollten wir aufeinander aufpassen.«

Versprich mir, dass Papa nichts passiert.

Scheiße, bei Lana hatte sie auch versagt, war vor Angst erstarrt, hatte zu lange gezögert. Und auf ihren eigenen Vater hatte sie auch nicht aufgepasst. Sie konnte niemanden beschützen. Tränen füllten ihre Augen.

»Ich will dich da nicht allein hingehen lassen. Wir bringen Sami zusammen zu meinen Eltern und fahren danach gemeinsam zu Kerstendorff, okay?« Mo ließ nicht locker. »Lass uns zusammenbleiben – *Partner.*« Das letzte Wort fügte er nach einer kleinen Pause hinzu.

Partner … Irgendwie wärmte sie der Ausdruck, gleichzeitig machte er Angst. Sie hatte sich so lange ausschließlich in den Hierarchien der Behörde bewegt, dass sie beinahe vergessen hatte, dass nicht alle Menschen ihr Zusammenleben durch die Kategorien »vorgesetzt« und »untergeben« organisierten.

Versprich mir, dass Papa nichts passiert.

Mit ihrem Versprechen Sami gegenüber hatte sie ja quasi schon die Verantwortung für Mo übernommen.

Sie nickte langsam. »Dann füttern wir aber auch die Pferde zusammen, *Partner*.«

»Ich will wissen, was los ist, Moritz.«

»Sobald ich es rausgefunden habe, erfährst du es, Mama.«

Mos Mutter stemmte unzufrieden die Hände in die Hüften. Die stämmige Frau trug eine Schürze über einem bodenlangen Rock und hatte die Ärmel ihrer Bluse hochgekrempelt, als wäre sie gerade dabei gewesen, im Stall Kühe zu melken.

Mo hatte sie Mieke als Margit Berger vorgestellt.

Dass Falten das Gesicht von Mos Mutter zerknitterten, überraschte Mieke nicht. Wenn er um die fünfzig war, musste seine Mutter mindestens siebzig sein. Doch von den Nasenflügeln der Frau aus hatten sich tiefe Furchen in ihre sonnengegerbte Haut zu den heruntergebogenen Mundwinkeln gegraben. Margit Berger lachte nicht oft. Ihre kurz geschnittenen Locken waren vielleicht mal kastanienbraun gewesen, bevor sie ergraut war.

Sie hatte Mo kurz und Sami lange umarmt und musterte nun Mieke missmutig, während hinter ihr ein hochgewachsener, hagerer Mann aus der Tür des Fachwerkhäuschen trat, das sich an einen Berghang am Rande von Arnsberg schmiegte.

Neben der Tür hing eine Schieferplatte, auf der ein Baum skizziert war. Daneben stand in verschnörkelter Schrift: »Hier wohnen Norbert und Margit Berger.«

Mos Eltern hatten nicht den gleichen Nachnamen wie Sami und er?, wunderte sich Mieke. War der alte Mann, der mit winzigen Schritten auf Mo zutrippelte und ihn steif umarmte, nicht sein leiblicher Vater? Hatte seine Mutter Mo mit in die Ehe gebracht und dann den Namen ihres Mannes angenommen?

»Hallo, Pa.« Mo drückte den Mann vorsichtig an sich. Sein spärliches Haar und die buschigen Brauen waren weiß, sein schmales Gesicht irgendwie ausdruckslos. Zu einer Bundfaltenhose trug er einen schwarzen Pullunder, aus dem ein steifer weißer Kragen ragte. Auf seiner Brust baumelte ein silbernes Kreuz.

»Ich hatte ja immer Bedenken wegen dieser Araberin«, murrte seine Mutter.

»Lana ist keine Araberin, sie hat einen libanesischen Großvater«, korrigierte Mo genervt.

»Und kaum ist sie tot, reißt du die nächste Schlampe auf?«

Mo zuckte zusammen.

Seine Mutter musterte Mieke verächtlich. Hatte die sie wirklich gerade eine Schlampe genannt, obwohl sie direkt neben Mo stand?

»Hör auf damit.« Mo ballte die Fäuste.

»Schlampe sagt man nicht, Oma«, erklärte Sami zu Miekes Erstaunen. »Das ist frauenverachtend. Frauen können so viele Freunde haben, wie sie wollen.«

Oha. Ein kleiner Feminist? Gute Erziehung, Herr Blümel.

Margit Berger tätschelte ihrem Enkel nachsichtig die Wange. »Du bist zu jung, um das zu verstehen, Samuel. Glaub mir einfach, wenn ich dir sage, dass dein Vater sich *die* nicht leisten kann. Aber der kriegt es fertig und verschuldet sich noch mehr, um dem nächsten Weibsbild ihr kostspieliges Hobby zu finanzieren. Na ja, kommt eh nicht mehr drauf an, hm?«

»Hör. Endlich. Auf.« Mo sah aus, als würde er seine Mutter gern würgen, um sie am Sprechen zu hindern.

»Verkauf die Bruchbude und komm nach Hause«, empfahl diese ihm. »Dann bist du vor der Rente mit der Insolvenz durch.«

»Die Ranch ist unser Zuhause, Oma!«, quiekte Sami entsetzt.

»Die ›Ranch‹ ist eine Ruine, mein Kind«, entgegnete seine Großmutter spöttisch.

Mo legte seinem Sohn die Hände auf die Schultern. »Keine Panik. Wir verkaufen gar nichts«, beruhigte er ihn. »In ein paar Tagen hole ich dich wieder nach Hause, okay?«

»Wann?« Sami klang weinerlich. »Ich muss ja auch in die Schule.« Offensichtlich hatte er keine Lust auf Urlaub bei Oma und Opa.

»So schnell wie möglich.«

»Am Wochenende?«

»Ja.«

»Samstag?«

»Okay, Samstag.«

»Samstagvormittag?«

Mo seufzte. »Allerspätestens Samstagvormittag. Sei lieb, lass dir von Rico die Hausaufgaben schicken und zock einfach Zelda, bis ich wieder da bin, okay?«

Er umarmte Sami. Der klammerte sich fest, als wollte er ihn am Davonfahren hindern. Schließlich machte Mo sich los.

»Danke, Mama. Pa.« Er nickte seinen Eltern zu, während er schon rückwärts in Richtung seines Kombis flüchtete.

Mieke wollte ihm folgen, als Sami sie plötzlich ebenfalls umarmte. Überrumpelt hielt sie still.

»Du hast mir versprochen aufzupassen«, flüsterte der Junge an ihrem Ohr, ließ sie hastig wieder los und sah sie an.

Mieke nickte. »Hab's nicht vergessen.«

Gleich darauf sprang sie neben Mo auf den Beifahrersitz und zog die Tür hinter sich zu, als wäre ihr Godzilla auf den Fersen. Mo drückte knackend den Gang rein und ließ den Forester auf die Straße springen.

»Dein Vater ist Pfarrer?«, platzte Mieke heraus.

»Ich dachte, das solltest du wissen, bevor du aus Versehen noch mal mit mir knutschst.« Ganz kurz flitzte Mos Blick von der kurvenreichen Sauerlandstraße zu ihr herüber.

»Das ist 'n echter Schock«, witzelte Mieke.

Mos Mundwinkel zuckte. »Wenigstens sind sie evangelisch – auch wenn mir das als Kind das Leben umzingelt von Katholiken nicht unbedingt leichter gemacht hat.«

Dass er den Hof auf keinen Fall verkaufen und mit Sami bei seinen Eltern einziehen wollte, konnte Mieke gut verstehen. Die Bemerkung seiner Mutter über die Insolvenz hatte sie allerdings aufhorchen lassen. Sie musterte Mo verstohlen von der Seite. Ob er sie mal einen Blick auf seine Buchführung werfen ließ?

»Deine Eltern heißen nicht Blümel?«

Mo zögerte merklich. »Hab bei der Hochzeit Leos Namen angenommen«, erklärte er dann doch.

»Wirklich?«, staunte Mieke.

Er hob eine Braue. »Tatsächlich habe ich irgendwann kapiert, dass ich meine Frau nicht mit dem Lasso einfangen und ihr ein Brandzeichen verpassen kann«, bemerkte er ironisch. Nachdem Sami seiner Großmutter gerade respektvollen Sprachgebrauch gegenüber Frauen erläutert hatte, wunderte sie das eigentlich gar nicht so sehr.

»Irgendwie ist mittlerweile Samis und mein Name draus geworden.« Mo zuckte die Achseln.

»Und deine Eltern waren begeistert von deiner modernen Einstellung?«, hakte Mieke nach.

»Es ist dir vielleicht nicht aufgefallen, aber eine zeitgemäße Einstellung zählt nicht gerade zu den Stärken meiner Mutter.« Mos Mundwinkel zuckte wieder. »Was ist mit deiner Familie? Gibt's da auch Überraschungen? Pastoren? Anwälte? Mafiabosse?«

Er war neugierig? Nach seiner tiefschwarzen Verzweiflung gestern ließ sie das aufatmen. Nachdem er ihr Einblick in sein Leben gewährt hatte, wäre sie bereit, ihm von ihrer Familie zu erzählen. Nicht alles, aber ein bisschen. Wenn sie ihn damit von düsteren Gedanken ablenken konnte, wäre es das wert.

»Ich bin in Ost-Berlin geboren.« Ihre Familie war nicht gerade ihr Lieblingsthema.

»Hat dein korrupter Chef in dem abgehörten Telefonat erwähnt«, nickte Mo.

Ach ja.

Fleißbienchen. Aus dem ehemaligen Osten. Die haben noch gelernt, sich ins System einzufügen …

Mo hatte aufgepasst. Mist. Sogar die Erinnerung an van Hoorns Worte tat weh. Weil er recht hatte.

»Als die Mauer fiel, saß mein Vater im Gefängnis«, fuhr sie fort.

Mo hielt den Blick starr auf die Straße gerichtet. Allerdings vergaß er, Gas zu geben, sodass der Forester immer langsamer wurde.

»Er war nicht unbedingt ein Freund des Systems. Nach der Wende kam er raus, fand aber keinen Job mehr. Er hat den Frust mit Alkohol betäubt. Meine Mutter war praktisch auf sich allein gestellt, musste als Verkäuferin Geld verdienen und sich gleichzeitig irgendwie um uns Kinder kümmern. Als ich zweiundzwanzig war, machte Paps' Leber dann nicht mehr mit.«

Wegen ihr. Auch ihr Vater war wegen ihr gestorben. Aber über diese Schuld konnte sie nicht reden. Sie hatte es nie erzählt, niemandem. Nicht mal Jess. Sie schämte sich zu sehr. Bis heute.

Der Schmerz kam verlässlich. Dieses Mal jedoch eher stumpf, überlagert von dem grellroten Entsetzen über Lanas Tod. Sie presste den Rücken in den Sitz und zwang sich zu atmen.

»Scheiße.« Mo schwieg einen Moment. »Geschwister?«, fragte er dann.

Geschwister. Mieke zwang ihre Gedanken weiter.

»Eine Schwester«, nickte sie. Der Schmerz ebbte langsam ab.

»Jess ist zwei Jahre jünger als ich. Sie wohnt in der gleichen Straße wie meine Mutter, hat einen netten Mann, der teure Autos verkauft, und sie hat zwei wohlgeratene Enkel produziert.« Sie konnte sich den sarkastischen Unterton nicht verkneifen, obwohl Jess den überhaupt nicht verdient hatte.

»Keine Anwälte also.« Mo wischte sich nicht vorhandenen Schweiß von der Stirn und erinnerte sich endlich daran, das Gaspedal wieder zu benutzen.

MO

»Mikaela Jentsch, Referat Kliniken. Ich möchte Luuk van Hoorn sprechen.« Automatisch wechselte Mieke in einen professionell-geschäftlichen Tonfall. Dass sie in Jeans und einem seiner Ranch-Hoodies wie eine Managerin auf Geschäftsreise klingen konnte, war irritierend.

Und verdammt sexy.

»Ach so? Dann verbinden Sie mich bitte mit Frau Riese.«

Mieke warf Mo einen Blick zu, während sie verbunden wurde.

»Guten Morgen, Frau Riese, hier ist Mikaela Jentsch, Referatsleitung Kliniken. Herr van Hoorn hatte mich kürzlich meiner Meinung nach völlig unbegründet vom Dienst freigestellt. Ich würde gern an meinen Arbeitsplatz zurückkehren. Konnte der Sachverhalt inzwischen geklärt werden?«

Mieke hörte der Stimme am anderen Ende der Leitung eine Weile zu. »Das freut mich sehr. Vielen Dank«, sagte sie dann und legte auf.

»Und?«, fragte Mo gespannt.

»Van Hoorns Stellvertreterin Saskia Riese leitet die Geschäfte kommissarisch. Man munkelt, van Hoorn verlässt die Rentenversicherung. Anscheinend hat er keinerlei Informationen an Riese weitergegeben. Sie sieht keinen Grund, meine Suspendierung länger aufrechtzuerhalten, und leitet alles in die Wege, damit ich den Dienst wieder aufnehmen kann.«

Ohne Vorwarnung rauschte Adrenalin in seinen Körper.

Van Hoorn versuchte, sich zu verpissen? Das war so gut wie ein Schuldeingeständnis. Jede Wette, dass er versucht hatte, Mieke zum Schweigen zu bringen. Und Lana war zum Kollateralschaden geworden.

Damit würde er das Arschloch nicht davonkommen lassen.

Mieke

»Schon mal was von Datenschutz gehört?« Frederike Kerstendorff stemmte die Hände in die Taille. Die ehemalige Schuldirektorin war kleiner als gedacht, doch ihre Aura aus leuchtend bunter Energie ließ das winzige Büro summen. Kerstendorffs möhrenfarbenes Haar umwehte ihren Kopf, sie war geschminkt und trug eine Nickelbrille und ein afrikanisch aussehendes Wickelkleid.

»Marva Kosh und Alexandra Danilowa haben Menschen angegriffen«, erinnerte Mo gereizt.

»Selbstverständlich unterstützen wir die Ermittlungen der Polizei, so gut wir können«, entgegnete Kerstendorff derart prompt, dass klar war, dass sie auf dieses Gespräch vorbereitet war. »Sie sind keine Polizisten. Ich bin nicht befugt, Ihnen Auskunft zu erteilen.«

Die Geschäftsstelle von FamilyTogether war ein schlicht möbliertes Büro in einem ehemaligen Ladengeschäft neben der Redaktion des Straßenmagazins. Im Schaufenster waren die Bilder von Leih-Omis und die Nummer des Spendenkontos auf einem Pappaufsteller zu sehen. Großformatige Fotos dazwischen zeigten Kerstendorff am Krankenbett eines jungen Mädchens mit bandagiertem Gesicht.

Miekes Blick blieb daran hängen. Zusammen mit Kerstendorff war eine dunkelhäutige Schönheit abgebildet, die wie Halle Berry aussah. Die Frau kam Mieke bekannt vor. Weil sie prominent war? Das war aber doch nicht wirklich Halle Berry?

»WomenForWomen.de«, stand auf Halle Berrys T-Shirt.

»Sie sind nicht befugt?« Mo ließ nicht locker. »Kosh und Danilowa sind tot, die werden Sie kaum wegen der Verletzung ihrer Persönlichkeitsrechte verklagen.«

»Das Vorgehen in einem solchen Fall ist klar geregelt«, entgegnete Kerstendorff stur.

»Von Ihnen selbst. Sie sind doch hier die Chefin.«

Kerstendorff verschränkte bockig die Arme. »Ich leite die Organisation ehrenamtlich, sie gehört mir nicht.«

»Ach nein? Wem gehört sie denn dann?« Mieke konnte hören, dass Mo ungeduldig wurde, während Kerstendorff die Gelassenheit einer Schuldirektorin besaß, die gewohnt war, ein paar hundert Teenager zu dressieren.

Mieke zog ihr Handy hervor. Gleich das erste Bild, dass ihr die Suchmaschine zeigte, ließ sie stutzen. Ihr Blick wanderte zu den Fotos an der Wand.

»Ocean O'Donn«, beantwortete sie seine Frage. Wieso kam ihr der Name bekannt vor?

Mo zuckte die Schultern. »Dann rufen Sie diese Frau O'Donn

an, damit sie das ›Vorgehen in einem solchen Fall‹ ändert«, verlangte er von Kerstendorff.

Deren linkes Auge zuckte. »Das ist nicht so einfach. Sie lebt sehr zurückgezogen und ist telefonisch nicht erreichbar.«

»Zwei Frauen, die von Ihrer Organisation betreut werden, laufen Amok. Sie dürfen nicht darüber sprechen, und Ihre Chefin, die die Verantwortung trägt, ist nicht erreichbar?« Mos mühsam beherrschter Zorn sorgte für einen grollenden Unterton in seiner Stimme.

»Leider«, nickte Kerstendorff knapp.

»Haben Sie wenigstens eine Postanschrift? Irgendeine Adresse, an die Sie sich in Notfällen wenden können?«

Ocean

Der Nagel ihres rechten Daumens hatte eine scharfe Kante. Sie versuchte, sie abzubeißen, aber das Horn war bereits bis aufs Nagelbett abgekaut. Würde Bille in den nächsten Wochen noch mal ihre Hilfe für eine PR-Aktion benötigen, müsste sie wieder eine Fünf-Stunden-Sitzung bei einer Nail-Designerin über sich ergehen lassen.

Allein bei dem Gedanken, zum stundenlangen Small Talk mit einer Frau gezwungen zu sein, deren größte Leidenschaft die Farbe von Fingernägeln war, brach Ocean der kalte Schweiß aus. Sie riss den Nagelrest ab.

Es blutete. Sie steckte den Daumen in den Mund und überlegte, ob sie Bille anrufen sollte.

Nachdem sie gestern Abend ohne ein Wort abgehauen war, hatte Ocean per SMS gefragt, ob sie wiederkommen und bei ihr übernachten wolle. Sie hatte geantwortet, sie sei krank. Ocean konnte sich nicht erinnern, dass Bille in den letzten zwanzig Jahren mal krank gewesen war. Sie war sich sogar ziemlich sicher, dass Bille noch nie krank gewesen war.

Sie wurde das beunruhigende Gefühl nicht los, dass es mit ihrem Streit zusammenhing. So oft wie in den letzten Tagen hatten sie noch nie gestritten. Ocean wusste nicht mal, warum.

Aber Bille war ihre beste Freundin. Da konnte sie sie doch anrufen und sich erkundigen, wie es ihr ging, oder?

Eigentlich müsste sie jetzt im Büro sein. Natürlich war sie im Büro, undenkbar, dass sie nicht im Büro war. Aber was, wenn gerade eine wichtige Konferenz stattfand? Was, wenn Bille an einem Projekt arbeitete und nicht gestört werden durfte? Was, wenn sie gelogen hatte und gar nicht krank gewesen war? Sondern einfach nur etwas anderes vorgehabt hatte?

Etwas anderes, als bei ihr zu übernachten? Ein kalter Schauer lief ihr den Rücken hinunter.

Bille würde sie niemals im Stich lassen. Sie übernachtete immer bei ihr, wenn es ihr schlecht ging. Manchmal tauchte sie erst nach elf auf, aber sie hatte noch nie abgesagt, wenn Ocean sie gebeten hatte zu kommen. Sie war aber auch noch nie abgehauen, wenn sie weinte.

Ocean lutschte an ihrem blutenden Daumen. Wie ein Kleinkind. Das alles war so lächerlich.

Dass ihr die verdammte soziale Phobie alle möglichen Horrorszenarien vorgaukelte, um einen simplen Telefonanruf zu vermeiden, kannte sie schon. Aber die Telefonangst hatte noch nie Bille betroffen.

Und jetzt schaffte sie es nicht, Bille anzurufen und sich zu erkundigen, ob es ihr besser ging?

Feindselig starrte sie ihr Handy an, das zusammen mit dem kabellosen Festnetztelefon und dem Diensttelefon auf dem Couchtisch lag.

Was war nur los mit ihr?

Ocean griff nicht nach dem Telefon. Sie rollte sich auf dem Sofa zusammen, den Daumen noch immer im Mund.

Mieke

Der Halle-Berry-Vergleich war passend.

Während Mo den Forester durch die Innenstadt lenkte, überflog Mieke, was das Internet über Frederike Kerstendorffs Chefin mit dem extravaganten Namen wusste.

Angeblich handelte es sich um einen Künstlernamen. Mit Anfang zwanzig hatte O'Donn als Model Karriere gemacht. Ganz dem Klischee entsprechend hatte sie einen deutlich älteren Millionär geheiratet. Nach seinem Tod hatte sie planmäßig ein Vermögen geerbt und gleich drei Hilfsorganisationen gegründet. Neben FamilyTogether und WomenForWomen engagierte sie sich mit ihrem dritten Verein NoVictim auch noch für Gewaltopfer.

Auch heute noch war O'Donn extrem fotogen. Sogar wenn sie ungeschminkt in WomenForWomen-T-Shirts Krankenhäuser besuchte. Wenn sie in Abendroben Spendengalas organisierte, um Geld für ihre Hilfsprojekte zu sammeln, war sie spektakulär.

Der Forester rumpelte halb auf den Gehweg. Mo beugte sich über das Lenkrad nach vorn, um an den Fassaden hochzusehen.

»Ein Villenviertel ist das nicht grade«, brummte er.

Sie waren mitten in der Innenstadt, mehrstöckige, mit Graffiti beschmierte Mietshäuser säumten die enge Straße.

»Wetten, dass die Millionärserbin so zurückgezogen leben kann, weil sie Kerstendorff eine falsche Adresse gegeben hat?«

Mieke hatte sich durch die neuesten Fotos von O'Donn gescrollt, die die Hilfsorganisationschefin mit »Tatort«-Kommissarinnen, Fußballspielerinnen, Umweltaktivistinnen und sogar mit der Altkanzlerin zeigten.

Dann atmete sie scharf ein. Eines der Bilder hatte sie schon mal gesehen. Und plötzlich wusste sie wieder, wieso der seltsame Name ihr so bekannt vorkam.

»Sieh dir das an«, flüsterte sie Mo zu.

Mo drehte ihre Hand samt Handy, sodass er das Display besser sehen konnte. Miekes Haut begann unter seiner Berührung zu prickeln.

Wie die meisten anderen war das Foto bei einer Spendengala vor wenigen Wochen entstanden. Anlass für das Bild war vermutlich die Anwesenheit von EU-Präsidentin Sophie von Bitterfeld-Berlinghof, dem mit Abstand bekanntesten Gesicht. Mieke war schon einmal auf genau diese Aufnahme gestoßen – deshalb wusste sie, dass Sybille Sauer darauf abgebildet war.

Offenbar war Sauer Gast auf O'Donns Spendengala gewesen.

Mo zoomte das Gesicht der dunkelhäutigen Frau heran, es wurde unscharf und verpixelt. Er runzelte die Stirn.

»Zufall?«, fragte Mieke. »Treffen sich alle reichen Leute regelmäßig auf solchen Events?«

»Oder die Scheiße, in der wir stecken, ist ein paar Meter tiefer als gedacht«, murmelte er. »Kennst du O'Donn?«

Mieke schüttelte den Kopf. »Höchstens aus der Zeitung.«

Mo nickte nachdenklich. »Aber offensichtlich kennt ihr beide Sybille Sauer.« Er wühlte in seiner Hosentasche und zog ein zerknicktes Blatt hervor. Als er es auseinanderfaltete, erkannte Mieke die Tierarztrechnung. Auf der Rückseite hatte er inzwischen mehr Namen notiert.

Ganz oben stand immer noch »Frau Nathalia Mattheisen – SanaBene-Erbin«.

Es folgten »Van Hoorn – Geschäftsführer«, »Jentsch – Leiterin Referat Kliniken«, »Georg Blumental – Boss von Jentsch/Klinikchef«.

Und darunter waren »Susanna Berthold – Personalrat Rehazentrum im Ruhrtal/Gewerkschaft«, »Sybille Sauer – Medica-Chefin«, »Dr. Alexandra Danilowa – Assistenzärztin Lindenhospital« und »Marva Kosh – Pflege Lindenhospital« dazugekommen.

Und rechts standen »Mo – Personal Coaching« und »Lana – WAZ«.

Schorschs, Danilowas und Koshs Namen waren mit Kreuzen gekennzeichnet. Bei Lana hatte er das Todessymbol weggelassen.

Jetzt kritzelte Mo noch »Frederike Kerstendorff – FamilyTogether« und »Ocean O'Donn – FamilyTogether/WomenForWomen/NoVictim« daneben. Der Zettel war schon ziemlich voll.

Mo verband Ocean O'Donn per Strich mit Marva Koshs und Alexandra Danilowas Namen. Sybille Sauer verband er mit van Hoorn und Mieke.

Und dann verband er Sybille Sauer mit O'Donn.

Da war sie, die Verbindung. Plötzlich hing alles irgendwie zusammen.

Mo neigte den Kopf zur Seite. »Van Hoorn ist nicht der Einzige, dem du ein Riesengeschäft versauen willst«, murmelte er. »Und er ist nicht derjenige, bei dem die Fäden zusammenlaufen.«

Mieke meinte, jede Menge Zahnräder in ihrem Kopf klickern zu hören, als ihr Blick über die mit Strichen verbundenen Namen auf Mos Zettel flitzte. »Sybille Sauer?«

Mo nickte langsam. »Sybille Sauer hat sich Chancen auf den Milliardendeal mit der Rentenversicherung ausgerechnet. Wenn van Hoorn andere Pläne mit SanaBene verfolgt hat, wird er ihr das kaum verraten haben. Sie könnte also denken, dass du ihr Geschäft sabotiert hast.«

Mieke starrte Mo an.

»Und wenn Sauer O'Donn kennt, dann könnte es theoretisch eine Verbindung zu Kosh und Danilowa geben.« Er tippte den Kugelschreiber auf O'Donns Namen.

»Du glaubst, Ocean O'Donn hat Schützlinge ihrer Hilfsorganisationen als Killer an ihre Freundin ausgeliehen?«

Mo zuckte die Achseln. »Ich glaube, dass wir sie das unbedingt persönlich fragen sollten.«

MO

Da war ein Summen in seinem Magen. Ein unangenehmes Gefühl, ähnlich wie in einem Horrorfilm, in dem die Handlung mit einem so tiefen Ton unterlegt war, dass er sich beinahe außerhalb der menschlichen Wahrnehmung befand und einem trotzdem die Nackenhaare aufstellte.

Das unscharfe Internetfoto, auf dem Sybille Sauer mit der Charity-Lady zu sehen war, hatte das Summen hinterlassen. Irgendwas stimmte hier nicht.

Die Adresse, die Frederike Kerstendorff ihnen gegeben hatte, war definitiv falsch. In dem heruntergekommenen vierstöckigen Mietshaus im Bochumer Stadtteil Stahlhausen lebte garantiert keine glamouröse Millionärin. Die Fassade war mit Graffiti beschmiert, die Gehwegplatten hatten Risse, und in den Beeten am Sockel wuchs Unkraut.

Laut der Klatschspalten war O'Donn dafür bekannt, sehr menschenscheu zu sein. Anscheinend hatte sie sogar Kerstendorff eine Fake-Anschrift hinterlassen.

Obwohl … Die Haustür ließ Mo stutzen. Sie war neu. Hochsicherheitsmodell. Schweineteures Teil. Er näherte sich dem Eingang und entdeckte oben rechts in der Ecke eine Kamera. Es gab eine Sprechanlage und acht Klingelknöpfe – von denen kein einziger beschriftet war. »Vielleicht sind wir doch richtig«, sagte er zu Mieke.

»Es steht kein Name dran«, bemerkte sie.

»Mit Absicht, schätze ich.« Mo drückte sämtliche Klingeln von oben nach unten durch. Sein Blick wanderte zur Kamera, und ihm wurde klar, dass sie nicht hereingelassen werden würden.

Er machte einen Schritt in die Rabatten und betrachtete das Fenster rechts neben der Tür. Doppelt verglast. Sicherheitsglas. Dahinter erschwerten Gardinen und Zimmerpflanzen den Blick in ein spärlich möbliertes Zimmer.

Mieke zuckte die Schultern, als er zum Eingang zurückkehrte.

Erneut drückte er alle Klingeln. Nichts rührte sich. Auch die Sprechanlage blieb stumm. Er legte sein Ohr an den Lautsprecher und überlegte, ob er sich das leise Rauschen nur einbildete. Schwer zu sagen, ohne Zweifel war das Ding hochwertig.

Einen Versuch war es wert.

»Ich glaube, dass Sie mich hören können, Frau O'Donn«, sagte er. »Mein Name ist Blümel, Frederike Kerstendorff hat uns an Sie verwiesen. Wir sind hier, weil Ihre Organisation Family Together zwei Personen betreut hat, die meine Partnerin Frau Jentsch angegriffen haben.«

Miekes Blick wanderte zur Kamera.

»Eine Freundin von uns wurde tödlich verletzt, Frau O'Donn«, sagte sie in Richtung Sprechanlage. »Deswegen möchten wir uns gern mit Ihnen unterhalten.«

Der Lautsprecher blieb still. Allerdings kam die Stille Mo irgendwie angespannt vor.

»Wir sind nicht von der Polizei. Wir möchten lediglich die Beweggründe der Täterinnen verstehen«, versicherte er dem Gerät. »Aber wenn Sie als Betreiberin der Hilfsorganisationen keine Verantwortung übernehmen, werden wir Anzeige erstatten müssen. Dann sollte dringend geprüft werden, ob Ihre Vereine überhaupt für die Arbeit mit traumatisierten Menschen geeignet sind.«

Das Zucken von Miekes Mundwinkel löste ein warmes Kribbeln in Mos Magen aus.

Konzentration jetzt. Er zählte in Gedanken.

Eine Sekunde verging.

Zwei.

Drei.

Vier.

Fünf.

»Tut mir leid«, sagte eine unsichere Mädchenstimme, als er schon nicht mehr damit rechnete. »Leider ... kann ich heute nicht mit Ihnen sprechen, meine ... Beraterinnen sind nicht da.«

Die Stimme irritierte Mo. Das klang, als wäre ein Kind allein zu Haus. »Wir wollen nicht mit Ihren Beraterinnen sprechen, sondern mit Ihnen«, entgegnete er.

»Das ...« Die Stimme wurde immer leiser. »... das geht nicht.«

»Wir werden Sie wirklich nicht lange aufhalten.«

»Es geht nicht.« Sie klang so verzweifelt, dass er ein schlechtes Gewissen bekam, weil er sie unter Druck setzte. Wenn es sich um die zehnjährige Tochter von Ocean O'Donn handelte, wäre eine Entschuldigung fällig.

»Sprechen Sie mit Frau Kerstendorff«, schlug die Frau vor. »Sie hilft Ihnen weiter.«

»Frau Kerstendorff hat auf den Datenschutz und die von Ihnen erstellten Vorschriften verwiesen«, wiederholte Mo. »Sie darf uns nicht weiterhelfen, deshalb sind wir hier. Aber Kommissar Sommer wird Sie sicher auch zu einer offiziellen Befragung aufs Präsidium einladen.«

Er wandte sich ab und signalisierte Mieke mit einer Kopfbewegung, dass sie ihm folgen sollte. Sie kehrten auf dem kurzen Weg über die Rasenfläche des Vorgartens zur Straße zurück.

»Warten Sie!« Die Stimme aus dem Lautsprecher klang schrill.

Mo schnalzte mit der Zunge. Mieke wollte zur Tür eilen, doch er hielt sie am Arm außerhalb des videoüberwachten Eingangsbereiches zurück.

»Hallo?«, piepste die Stimme aus dem Lautsprecher. »Sind Sie noch da?«

Mo zwinkerte Mieke zu.

»Gangster«, flüsterte sie. Dass sie beeindruckt klang, ließ die Schmetterlinge in seinem Bauch mit den Flügeln flattern. Er konnte sich nicht erinnern, wann er das letzte Mal versucht hatte, cool zu wirken, um einem Mädchen zu imponieren.

Als Pastorensohn im Sauerland hatte er natürlich hin und wieder Scheiße bauen müssen, um den Heiligenschein loszuwerden. Damals waren ihm die Typen, die sich wie Gockel aufplusterten, um irgendwelche Tussis aufzureißen, tierisch auf den Geist gegangen. Trotzdem hatte er es genauso gemacht, nachdem er gemerkt hatte, dass er ein gewisses Talent besaß und ihn seine Kumpel dafür feierten.

Er verdrängte den Gedanken. Zum Glück himmelten seine Reitschülerinnen im Teenageralter inzwischen lieber Sami an. Und deren Mütter hatte er seit Leos Tod gar nicht mehr wahrgenommen.

Miekes anerkennender Blick hingegen fühlte sich verdammt gut an. Er hatte das ewige Mitleid so satt.

Sonderlich beeindrucken würde er sie allerdings nicht, denn höchstwahrscheinlich sprachen sie gar nicht mit Ocean O'Donn.

Eine stinkreiche Society-Lady würde sich garantiert nicht unter Druck setzen lassen wie eine Zwölfjährige, die beim Klauen eines Lippenstifts erwischt worden war.

Ohne Eile kehrte er zurück in den Eingangsbereich und damit in das Sichtfeld der Überwachungskamera.

»Hallo? Hatten Sie noch etwas gesagt?«, erkundigte er sich.

»Warten Sie!«, antwortete die Frau prompt. »Ich komme runter.«

Ocean

Oh Gott. Was jetzt?

In Wollsocken und ihrer total verfilzten Kuscheljacke stolperte Ocean die fünf Stockwerke hinunter.

Tatti war in der Schweiz.

Und Bille traute sie sich nicht anzurufen.

Sie war eine Idiotin! Einfach nicht lebensfähig! Sie schlitterte über den Marmor unten im Eingangsbereich – und blieb mit rasendem Herzschlag vor der geschlossenen Eingangstür stehen wie vor dem Tor zur Hölle. Ihr Blut rauschte in ihren Ohren, ihr Kopf drohte zu platzen.

Sie will die Tür zuschieben, doch sie wankt, kippt gegen die Flurwand. Er hat schon den Fuß im Spalt, drängt sich mit in ihr Zimmer, drückt die Tür hinter sich zu.

Panik erfasst sie, sie sind allein. Sie weicht zurück.

Ihre Finger krallten sich um ihren Kettenanhänger, Tattis Schutzengel.

Jetzt nur nicht durchdrehen. Sie durfte den Typen auf keinen Fall reinlassen. Selbst wenn seine Begleiterin dabei war, konnte sie ihn unmöglich ins Haus lassen. Aber ein Imageschaden für FamilyTogether oder eine Einladung ins Polizeipräsidium wäre die absolute Katastrophe.

Kalter Schweiß ließ ihre Achseln und ihren Nacken feucht

werden. Sie spürte die Tränen aufsteigen, wollte sich am liebsten wieder zusammenrollen und heulen. Aber sie musste die Panik in den Griff kriegen, obwohl sie das Gefühl hatte, jeden Moment zu kollabieren.

Hör auf, dich anzustellen, zischt er dicht an ihrem Ohr. Du willst es doch.

Wenn Bille hier wäre, hätte sie Ocean beschützt und die Situation innerhalb von Sekunden geregelt.

Aber Bille hatte sie im Stich gelassen.

Ocean war auf sich allein gestellt.

MIEKE

Die Haustür klackte. Rasselte. Klimperte.

Sicherheitsketten.

Ein Schlüssel drehte sich im Schloss. Einmal. Zweimal. Dreimal. Die Haustür des mit Graffiti beschmierten Mehrfamilienhauses war gesichert wie der Tresorraum einer Bank.

Sie registrierte, dass Mos rechte Hand in der Bauchtasche seines Hoodies verschwand. Hatte er etwa wieder eine Waffe dabei?

Im gleichen Moment ging die Tür auf, und – er ließ die Hand verblüfft wieder sinken.

Mit der Frau, die ihnen gegenüberstand, stimmte etwas nicht. Sie zitterte sichtbar, obwohl sie viel zu warm gekleidet schien. Über einer dunklen Leggings trug sie einen Oversizepulli, eine graue Strickjacke mit Fellkragen, die ihr bis an die Knie reichte, und geringelte Wollsocken. Ihre Hände verschwanden in den Ärmeln.

Trotz der unförmigen Kleidung wirkte sie klein und schmal – ein Eindruck, der täuschte, denn tatsächlich war sie genauso groß wie Mo –, ihren eingefallenen Wangen und dem Umfang der Waden nach allerdings krankhaft dünn. Ihr kurzes schwarzes Haar stand in Kringellöckchen vom Kopf ab, sie war ungeschminkt, ihre dunkle Haut war an den Wangen fleckig, und ihre Augen wirkten riesig in dem schmalen Gesicht. Sie starrte Mo an, als stünde ein Dämon mit zwei Köpfen vor ihrer Tür. Dann wich sie hastig zurück in den Flur, stolperte beinahe.

Plötzlich ergab die Hochsicherheitshaustür einen Sinn: Sie hatte Angst.

Offensichtlich nicht vor Mieke, sie schien sie gar nicht wahrzunehmen. Mieke erinnerte sich, dass eine ihrer Hilfsorganisationen NoVictim hieß.

Mo hatte ihre Panik ebenfalls registriert, er machte keine Anstalten, das Haus zu betreten. Mit gerunzelter Stirn sah er der Frau nach. Sie verschwand nach links.

»Besser, ich spreche mit ihr«, begriff Mieke. Als Frau wirkte sie auf O'Donn möglicherweise weniger bedrohlich.

Sie schob sich an Mo vorbei in den geräumigen weiß gestrichenen Flur mit hellem Marmorboden. An der Wand stand ein Schuhregal unter einer langen Reihe von Garderobenhaken. Das war ungewöhnlich. Im Flur des Mehrfamilienhauses, in dem Mieke bis vor ein paar Tagen gewohnt hatte, zog niemand die Schuhe beim Betreten des Treppenhauses aus. Außerdem standen hier die Türen zu den Wohnungen im Erdgeschoss offen.

»Warte!« Mo stand noch immer vor der Türschwelle wie ein Vampir, der das Haus nicht betreten durfte, wenn er nicht hereingebeten wurde. Er klang alarmiert, zögerte aber. Gut möglich, dass O'Donn sich in die Enge getrieben fühlen würde, sie flüchtete ja regelrecht vor ihnen.

»Ich schau mal nach ihr«, murmelte Mieke und folgte der Frau vorsichtig in die Wohnung auf der linken Flurseite, in der sie verschwunden war.

Hinter sich hörte sie Mo fluchen.

Der Raum, in den Mieke trat, war fast leer. Die Wände waren weiß, es gab keine Deko, keine Bilder. Lediglich ein Tisch mit vier Stühlen stand mitten im Zimmer.

O'Donn drückte sich verloren an die Verbindungstür zur angrenzenden Küche.

»Keine Angst.« Mieke hob die Hände, ein Reflex, als müsste

sie zeigen, dass sie kein Messer gezogen hatte. »Ich möchte Ihnen nur ein paar Fragen stellen.« Behutsam näherte sie sich der Frau.

»Okay …« O'Donn knetete ihre Finger, ihr Blick flitzte zur Tür. Dann schien ihr selbst aufzufallen, dass sie sich merkwürdig verhielt. »Ähm, nehmen Sie Platz«, stammelte sie. »Möchten Sie etwas trinken? Wasser?«

Sie verschwand im Nebenraum, ohne auf eine Antwort zu warten. Mieke erkannte eine Küchenzeile mit dunkelgrauen Fronten und Edelstahlgeräten, die völlig unbenutzt aussah.

»Ich komme runter«, hatte O'Donn vorhin über die Sprechanlage gesagt. Offenbar wohnte sie in einer der oberen Etagen. Der Rest des Hauses stand anscheinend leer. Das alles hier war Fake – Tarnung –, damit niemand auf die Idee kam, dass hier eine der reichsten Frauen Bochums leben könnte. Clever.

O'Donn kehrte zurück und stellte Mieke ein Glas Leitungswasser hin.

Leitungswasser?

»Entschuldigung, ich habe nicht oft Gäste.« O'Donn sah erneut zur Tür.

Mieke registrierte, dass Mo im Flur stand. Doch wieder betrat er den Raum nicht, lehnte sich nur an den Türrahmen. Seine erhobenen Hände signalisierten der verängstigten Frau, dass er nicht vorhatte, ihr näher zu kommen.

Nervös fummelte O'Donn am Anhänger ihrer Halskette herum. Ihr Blick flitzte hektisch zwischen Mieke und Mo hin und her. Eindeutig hatte Ocean O'Donn Angst vor Männern. Was zum Teufel war ihr zugestoßen?

Als Mo auf Abstand blieb, ließ sie sich schließlich Mieke gegenüber auf die Kante eines der Stühle sinken.

Wow. Selbst im Stay-at-home-Outfit war die Frau eine verdammte Erscheinung. Mieke meinte, gelesen zu haben, dass sie Anfang fünfzig sein sollte. Aber sie wirkte krass kindlich und verletzlich, als sie zusammengesunken, mit zusammengepressten Knien und schützend um den Körper geschlungenen Armen auf dem Stuhl hockte. Ocean O'Donns Anblick traf Mieke in die Brust und berührte ihr Herz. Kein Wunder, dass ihr die Leute Geld hinterherwarfen. Und garantiert weckte sie selbst beim größten Arschloch das Bedürfnis, sie zu beschützen.

Mos Beschützerinstinkt war nicht gerade schwach ausgeprägt. Berührte O'Donn ihn ebenso unmittelbar wie Mieke? Der Gedanke versetzte ihr einen deutlichen Stich.

O'Donn schien ruhiger zu werden, und Mieke erinnerte sich an den Grund ihres Besuchs.

»Kannten Sie Alexandra Danilowa und Marva Kosh?«, begann sie vorsichtig das Gespräch.

O'Donn schüttelte unmerklich den Kopf. »Tut mir leid. Ich kümmere mich nur um die Öffentlichkeitsarbeit. Und ich finanziere die Organisationen, wenn die Spenden nicht ausreichen, damit das Einkommen der Mitarbeiterinnen gesichert ist. Das Tagesgeschäft überlasse ich meinen Leuten. Sie genießen mein volles Vertrauen.« Ihre Stimme zitterte, wodurch es klang, als würde sie ihren Worten selbst widersprechen. »Aber wer arbeitet, macht Fehler. Sollten bei FamilyTogether Fehler passiert sein, werde ich selbstverständlich dafür geradestehen.«

»Alexandra Danilowa war drogenabhängig. Trotzdem hat sie als Ärztin im Lindenhospital gearbeitet«, hakte Mieke nach.

»Stimmt nicht«, widersprach O'Donn.

»Die Polizei geht aber davon aus, dass Danilowa durch einen Krankenhausaufenthalt auf mich aufmerksam geworden ist und meine Adresse aus der Krankenakte kannte.«

»Dann sollte die Polizei die Dienstpläne überprüfen. Alex war schon eine ganze Weile suspendiert.«

Tatsächlich?

»Frederike hat mich umgehend informiert, nachdem ihr Drogenproblem bekannt wurde«, fuhr O'Donn fort. »Bille hat ihr sofort Hausverbot erteilt. Es gab mehrere Gespräche, um sie von einer Reha-Maßnahme zu überzeugen. Das ist alles dokumentiert.«

Moment.

Bille?

»Sybille Sauer? Sybille Sauer hat persönlich mit Alexandra Danilowa gesprochen?«

O'Donn nickte zögernd. »Alex war Mitarbeiterin von Medica. Bille also ihre Chefin. Bille hat sich gekümmert. Sie bringt immer alles in Ordnung.« Plötzlich klang O'Donn wie ein Kleinkind.

Miekes Gedanken schlugen einen Salto. Bille Sauer kannte O'Donn. Und sie kannte auch Alexandra Danilowa. Sie hatten tatsächlich die Verbindung gefunden, nach der sie gesucht hatten, oder?

Aber was war mit O'Donn los? War das eine Behinderung? War die Millionärin geistig zurückgeblieben?

»Sybille Sauer kümmert sich persönlich um eine Reha für eine Assistenzärztin?«, wunderte sie sich. »Hat sie nichts Wichtigeres zu tun?«

O'Donns schöne Augen wurden schmal.

»Was halten Sie denn für wichtiger, als jemandem in Not zu helfen, Frau Jentsch?« Plötzlich klang ihre Stimme scharf. Anscheinend sprach jetzt die Kämpferin für die Schwachen und Hilfsbedürftigen.

»Hat Sybille Sauer auch Marva Kosh geholfen?«, fragte sie.

Hinter Mieke schnalzte Mo mit der Zunge.

O'Donns Augen weiteten sich ungläubig.

MO

Ocean O'Donn …

Er presste die Tierarztrechnung auf seinen Oberschenkel, die Namen tanzten vor seinen Augen. Mittlerweile waren alle durch Striche miteinander verbunden.

Marva Kosh und Alexandra Danilowa über O'Donn mit Sybille Sauer. Und Sauer war verbunden mit Mieke, Georg Blumental und Luuk van Hoorn. Und der wiederum mit Nathalia Mattheisen …

»Du hattest recht«, riss Mieke ihn aus seinen Gedanken, als

sie sich neben ihm auf den Beifahrersitz fallen ließ. »Sybille Sauer scheint ziemlich viele Fäden in der Hand zu halten. Und definitiv kannte sie sowohl Danilowa als auch Kosh persönlich. Das ist doch die Verbindung, nach der Sommer gesucht hat.«

Sie nahm ihm den Zettel aus der Hand. Aus der Ablage zwischen den Autositzen angelte sie einen Kugelschreiber und verband Sybille Sauer direkt mit Marva Kosh und Alexandra Danilowa.

Auf den ersten Blick war jetzt zu sehen, dass Sybille Sauer wie eine fette Spinne im Mittelpunkt des Netzes von Linien hockte. Mieke war ihr beim Klinikdeal in die Quere gekommen. Genau wie ihr Vorgänger.

Mo blinzelte. Mieke hatte recht. Offensichtlich war Sauer die Verbindung, O'Donn hatte das bestätigt. Er fokussierte seine Gedanken auf den Namen.

»Sommer muss die Sauer durchleuchten«, nickte er. »Und diese Gesprächsprotokolle von der Kerstendorff anfordern. Ich glaube nicht, dass O'Donn was damit zu tun hat.«

Mieke neigte den Kopf zur Seite. Mo spürte ihren Blick auf seiner Wange.

»Sie ist ziemlich beeindruckend, hm?«, sagte sie. Der Unterton in ihrer Stimme ließ ihn stutzen.

Unerwartet kam Bewegung in die Schmetterlinge. Versuchte sie etwa herauszufinden, ob er auf verhaltensgestörte Millionärinnen abfuhr? Bist du etwa eifersüchtig, Frau Jentsch?

Schwachsinn! Sein eigener Gedanke traf ihn wie eine Ohrfeige. Er musste aufhören, sich solche absurden Hoffnungen zu machen! Er ritt sich damit nur immer weiter in die Scheiße – wenn das überhaupt noch möglich war.

Es war höchste Zeit, mal wieder in einen Spiegel zu gucken. Er war genau das Gegenteil eines fucking Traumprinzen. Und ein verdammter Pflegefall. Mieke hatte Mitleid. Mehr war nicht drin.

»Beeindruckend verhaltensauffällig«, beantwortete er reichlich verzögert ihre Frage. »Ich kann mir nicht vorstellen, dass sie Sybille Sauer traumatisierte Killer vermittelt, weil ich nicht glaube, dass sie überhaupt ihr Haus verlässt. Und normalerweise lässt sie auch niemanden rein, wetten? Sie braucht selbst Hilfe.«

Sie hatte ihn angestarrt, als hätte Jack the Ripper ihr Haus betreten.

Mieke kaute nachdenklich auf ihrer Unterlippe. Ihre Nähe ließ seine komplette rechte Körperseite kribbeln. Das war der Grund, aus dem er sich immer weiter in einen wirren Mordfall verstrickte, obwohl in seinem Hinterkopf ein kreischender Alarm dazu aufforderte, einen Luftschutzbunker aufzusuchen.

Er war am Arsch.

»Allerdings ist mein Bauchgefühl alles andere als zuverlässig«, seufzte er. »Was denkst du?«

Mieke rieb sich die Nase. »Ich glaube, dass O'Donn Kerstendorffs Gesprächsprotokolle, ohne mit der Wimper zu zucken, verschwinden lassen wird, um den Ruf ihrer Hilfsorganisationen zu schützen«, sagte sie.

Ocean

Tränen liefen über ihr Gesicht. Alles verschwamm, sie konnte nicht mehr klar sehen. Sie rannte die Treppe hinauf, rutschte mit ihren Puschen auf dem glatten Marmor aus, schlug mit den Knien gegen die Stufen.

»Scheiße!« Sie sprang wieder auf, stolperte weiter die Treppe hoch, erreichte keuchend ihre Wohnung und knallte die Tür zu.

Auch die Haustür hatte sie nur zugeschlagen, nachdem sie endlich verschwunden waren. Die Sicherheitsketten und Riegel hatte sie nicht vorgelegt. Aber auf gar keinen Fall konnte sie noch mal hinuntergehen! Sie sank auf die Knie, zerrte ihre Strickjacke fest um ihren Körper und heulte.

Mo

»Hören Sie auf, sich in meinen Job einzumischen, Blümel.« Kriminalkommissar Sommer überflog die Notizen auf der Tierarztrechnung.

»Haben Sie die Akten der Hilfsorganisation beschlagnahmt?« Mo überging Sommers Worte, als hätte er sie nicht gehört.

»Selbstverständlich«, fauchte Sommer.

»Dann wissen Sie, dass Sybille Sauer zu beiden Frauen Kontakt hatte?«

Der Polizist drehte den Zettel um, überflog den Briefkopf der Tierarztpraxis und verdrehte die Augen. »Ob die Hinweise ausreichen, um Anschuldigungen gegen Sauer zu erheben, müssen Sie schon mir überlassen.«

Mo ließ sich auf dem Stuhl in Sommers Büro im Kriminalkommissariat 11 zurücksinken und verschränkte die Arme vor der Brust. »Die Hinweise reichen Ihnen nicht? Die Spuren sind so deutlich, als wäre ein Traktor bei Regen über einen englischen Rasen gepflügt.«

»Aber ein Korruptionsverdacht in einer Behörde ist ein sensibles Thema«, entgegnete Sommer. »Und Medica ist einer der größten Arbeitgeber Nordrhein-Westfalens.«

What the f…? Er konnte es nicht fassen. Lana war tot, und Mieke war eindeutig Ziel von Mordanschlägen. Sie schwebte in Lebensgefahr. Aber Sommer traute sich nicht, der Rentenversicherung und Medica ans Bein zu pinkeln?

»Wer hat Sie an die Leine gelegt?«, erkundigte sich Mo.

»Ich ermittele lediglich mit der gebotenen Sorgfalt«, zischte Sommer gereizt.

Mo hob eine Braue.

»Dass der Polizeipräsident bei so einer Sache auf wasserdichte Beweise besteht, ist verständlich«, knurrte Sommer.

Der Polizeipräsident?

»Anscheinend hat der Ministerpräsident ihn darauf aufmerksam gemacht, dass Medica eines der wichtigsten Wirtschaftsunternehmen im Gesundheitswesen ist und durch falsche Anschuldigungen einen beträchtlichen Imageschaden davontragen könnte.«

Aus dem Augenwinkel registrierte Mo, dass Mieke sich aufrichtete. »Der Ministerpräsident?«, wiederholte sie. »Herbert Tenwegen?«

Sommers Aufmerksamkeit richtete sich auf sie.

Mieke kratzte mit dem Daumennagel an ihren unteren Schneidezähnen. »Ich glaube, der Ministerpräsident hat Luuk van Hoorn verraten, dass ich den Klinikdeal verhindern will. Daraufhin hat van Hoorn mich suspendiert.«

»Oh, na klar. Der Ministerpräsident hängt auch noch mit drin.« Sommer atmete tief ein. »Gibt es *dafür* irgendwelche Beweise?«

Mieke schüttelte den Kopf.

»Wäre schön, wenn Sie das rausfinden.« Mo musste sich beherrschen, um nicht laut zu werden. »Und dann nehmen Sie die Sauer in U-Haft, bevor sie die nächste Killerin anheuert.«

»Dafür brauche ich etwas mehr als eine Verschwörungstheorie auf einer Tierarztrechnung.« Sommer knallte den Zettel auf seinen Schreibtisch. »Außerdem hat Ihre Idee Schönheitsfehler, Blümel: Es gibt noch immer keinen Hinweis darauf, dass van Hoorn die Kliniken wirklich an Sybille Sauer verkaufen wollte. Sie selbst haben noch vor ein paar Tagen versucht, mich mit Hilfe des Telefonatmitschnitts davon zu überzeugen, dass er sich von der Chefin von SanaBene hat bestechen lassen.«

Sommer stellte einen Zeigefinger auf den ersten Namen auf der Liste. Mo brauchte nicht hinzusehen, um zu wissen, dass er Nathalia Mattheisen meinte.

»Zu dieser Theorie würde sogar passen, dass Luuk van Hoorn neuerdings als Bereichsleiter Ost für SanaBene tätig ist.«

Mo zuckte zusammen.

»Damit fehlt allerdings Sybille Sauer das Motiv, denn mehr als eine unverbindliche Klinikbesichtigung hatte sie mit van Hoorn bisher anscheinend nicht vereinbart. Ich verstehe, dass der Tod von Alana Simon Sie mitnimmt, Blümel«, fuhr Sommer sanfter fort. »Aber deshalb können Sie die Fakten noch lange nicht hin-

und herdrehen, bis alles zu der Story passt, die Sie sich ausgedacht haben.«

Mo starrte ihn an. Zu gern wäre er über den Schreibtisch gesprungen und hätte Sommer am Kragen gepackt und geschüttelt.

Ging leider nicht.

Der Lackaffe hatte nämlich recht.

Ohne ein weiteres Wort stand er auf und ging.

Mieke

»Sommer macht sich in die Hose, weil ihn der Polizeipräsident angerufen hat.« Mo ließ sich gegen die Kopfstütze des Fahrersitzes sinken und zerrte an seinen Haaren. »Der traut sich nicht mal, die Sauer zur Befragung vorzuladen. Wetten?«

Mieke strich die Tierarztrechnung glatt und betrachtete die daraufgekritzelten Namen. Ihre Gedanken schlugen dreifache Saltos.

Luuk van Hoorn arbeitete jetzt für SanaBene. Das bedeutete, dass er wirklich einen Deal mit Mattheisen vereinbart hatte. Der Handel war geplatzt, van Hoorn rausgeflogen, aber Mattheisen hatte ihn offenbar aufgefangen.

»Nathalia Mattheisen – SanaBene-Erbin«, stand ganz oben auf Mos Liste.

Sie war mit einem Kugelschreiberstrich mit »Van Hoorn – Geschäftsführer Rentenversicherung« verbunden. Die Verbindung war das Telefonat, das »Georg Blumental – Boss von Jentsch/Klinikchef« zufällig aufgenommen hatte. Das Telefonat deutete ebenfalls darauf hin, dass van Hoorn eine Absprache mit Mattheisen getroffen hatte.

Hatte er die Verhandlungen mit Sybille Sauer nur zum Schein geführt? Und Sauer war darauf hereingefallen, gierig geworden und über Leichen gegangen, um den Zuschlag zu erhalten?

Sybille Sauer war mit beinahe allen anderen Namen auf dem Papier verbunden.

Mo nahm ihr den Zettel aus der Hand. Lange betrachtete er die Namen. Dann tastete er nach dem Kugelschreiber in der Ablage auf dem Armaturenbrett.

»Okay …« Er holte tief Luft. »Was wäre, wenn …«

Auf seinem Oberschenkel zog er einen krakeligen Strich zwischen O'Donn und Mattheisen.

In Miekes Hinterkopf ging eine Lampe an. Sie beleuchtete ein Foto. Von Frauen in Abendgarderobe.

»Was wäre, wenn es da noch eine Verbindung gäbe, von der wir nichts wissen?«, fragte Mo.

»Es gibt eine«, flüsterte Mieke.

Konnte das wirklich sein? Wieso hatte sie nicht eher daran gedacht? Sie wurschtelte ihr Smartphone aus der Tasche und gab Nathalia Mattheisens Namen in die Suchmaschine ein. Sofort tauchten Bilder der alterslosen Schönheitsimperium-Erbin auf. Mieke scrollte, bis die Aufnahme, die sie gesucht hatte, auf dem Display erschien.

»Du bist ein Genie«, sagte sie staunend zu Mo.

Das Foto zeigte mehrere Frauen auf der Spendengala von Ocean O'Donn. Neben O'Donn stand Sybille Sauer. Nathalia Mattheisen war die Zweite von rechts. Dass Sauer und Mattheisen beide O'Donns Spendengala besucht hatten, war Mo und ihr schon aufgefallen, als sie das Foto zum ersten Mal betrachtet hatten. Sie hatten dem nur keine Bedeutung beigemessen.

»Mattheisen und Sauer kennen sich also anscheinend auch«, stellte Mo fest.

Sekundenlang starrte Mieke das Bild an. Fühlte sich an, als würde ihr Gehirn bei dem Versuch, die Bedeutung zu erfassen, einen Krampf bekommen. Deshalb dauerte es eine Weile, bis sie das Foto bemerkte, das ihr der Suchverlauf oberhalb anzeigte, sodass auf dem Display nur die untere Hälfte zu erkennen war. Sie scrollte hoch, bis das Foto komplett dargestellt wurde. Darauf war ebenfalls Mattheisen abgebildet. Ein Porträt im weißen Kittel. Weil sie ihre goldblonden Haare hochgesteckt hatte, war ihr schlanker Hals zu sehen, um den ein Stethoskop baumelte. Darüber, dicht unter ihrem linken Ohr, war ein dezentes rundes Tattoo zu erkennen.

Mieke wurde schwindelig.

MO

Das konnte nicht sein!

Er hatte dieses Foto die ganze Zeit unter der Nase gehabt und nicht gecheckt, dass Sauer, O'Donn und Mattheisen zusammen darauf abgebildet waren?

Er selbst hatte Mattheisen auf dem Bild identifiziert, damals, als er mit Mieke auf dem Sofa gesessen und herauszufinden versucht hatte, wer die Frau Mattheisen war, deren Telefonat mit Luuk van Hoorn Georg Blumental belauscht hatte. Aber damals hatte er nicht gewusst, wer O'Donn war und dass sie ebenfalls eine Rolle spielte.

Mo überflog den Text, den er ebenfalls schon mal gelesen hatte:

Starke Frauen setzen sich für die Opfer von Gewaltverbrechen ein: v.l. Gastgeberin Ocean O'Donn mit »Geschäftsfrau des Jahres« Dr. Sybille Sauer, EU-Präsidentin Sophie von Bitterfeld-Berlinghof, Schönheitsimperium-Erbin Nathalia Mattheisen und die Spendenkönigin …

Mieke hatte sich an das Bild erinnert und verstanden, was es bedeutete. Das war verdammt clever. Und dass sie so clever war, machte ihn ziemlich an.

Die Schmetterlinge flatterten schon wieder.

Hör auf, dir was vorzumachen, Blümel. Du hast dich verknallt. Nicht dein Ernst, oder? Es war völlig unmöglich, was mit ihr anzufangen. Er war so was von am Arsch.

Mieke hatte unterdessen ein anderes Foto von Mattheisen vergrößert. Es zeigte sie im Arztkittel und mit Stethoskop um den Hals auf der SanaBene-Homepage.

»Ich schätze, Sauer und Mattheisen kennen sich sehr viel besser, als wir ahnen«, murmelte sie.

»Wieso?« Er konnte ihr nicht folgen.

Sie zoomte das Bild so nah heran, dass nicht mehr Mattheisens ganzes Gesicht zu sehen war, sondern nur noch das Tattoo unter ihrem Ohr. Mo sah genauer hin. Eine Uhr? Oder ein Stern?

Nee, ein Kompass.

»Sybille Sauer trägt das gleiche Tattoo«, sagte Mieke. »Am linken Oberarm.«

Mo blinzelte. »Genau das gleiche? Sicher?«

Mieke vergrößerte das Foto noch etwas mehr. »Ziemlich sicher. Die Nadel zeigt nach Osten.«

Verblüfft ließ Mo die Schultern sinken. Das war der Beweis, dass Sauer und Mattheisen sich nicht nur zufällig auf der Spendengala begegnet und zusammen auf ein Foto geraten waren. Sie kannten sich. Gut. Sie waren befreundet. Oder …?

Mo versuchte, die Sirenen in seinem Kopf zu ignorieren und zu erfassen, was das bedeutete.

Der Moment, in dem Sauer Susanna Berthold auf der Gewerkschaftsbühne das Mikro übergeben hatte, tauchte in seiner Erinnerung auf. Er hatte den Eindruck gehabt, ihre Hände würden sich einen Moment zu lange berühren … Und Sybille Sauer vermittelte nicht den Eindruck, als würde sie Wert auf männliche Aufmerksamkeit legen.

Sein Gehirn schlug einen Haken.

Sauer und Mattheisen?

Wieso nicht? Der Grund, aus dem sich zwei Frauen das gleiche Tattoo stechen ließen, musste schon ein intimer sein. Und obwohl er hätte schwören können, dass Sauer mit Berthold geflirtet hatte, konnte Mattheisen ihre Ex sein. Oder sie führten eine offene Beziehung. Oder sie liebte mehrere Menschen gleichzeitig. Wie Lana …

»Ich würde Sauer gern fragen, wie es dazu gekommen ist«, sagte er grimmig.

Auch wenn das natürlich Sommers Aufgabe war und er sich raushalten sollte. Er müsste den Kommissar anrufen. Aber dem hatte man eine Maulsperre verpasst, nie im Leben würde der sich mit Medica anlegen.

Sommer würde Mieke nicht schützen …

Sein Blick wanderte zu ihr hinüber. Sie knabberte an ihrer Unterlippe. Mo stellte sich vor, sie würde das mit seiner Unterlippe machen.

So was von am Arsch.

Sie tippte auf ihr Handy, die Fotos von Mattheisen verschwanden, stattdessen tauchte die Liste ihrer Kontakte auf. Es dauerte einen Moment, bis Mo sich auf das konzentrieren konnte, was er da sah.

»Dr. Sybille Sauer, Geschäftsführung Medica«, stand da.

»Mal sehen, ob ich einen Termin bei Dr. Sauer bekomme«, grinste Mieke.

»Du hast ihre Telefonnummer?«

»Sie wollte ein paar Kliniken von mir kaufen, erinnerst du dich? Und bald bin ich ja wieder offiziell im Geschäft.«

Sie lehnte sich zurück und nahm das Handy ans Ohr.

»Mikaela Jentsch, Referat Kliniken, Rentenversicherung Ruhr«, meldete sie sich im nächsten Moment. »Würden Sie mich bitte mit Dr. Sauer verbinden? Es geht um die Termine für die Klinikbesichtigungen.«

Wieso noch mal war ihm ihr Karrierefrauen-Auftreten auf die Nerven gegangen? Keine Ahnung, inzwischen fuhr er echt drauf ab.

»Schade, ich hatte den Eindruck, Dr. Sauer hätte großes Interesse an dem Geschäft mit uns.«

Sauer schien nicht da zu sein.

»Haben Sie vielleicht eine Adresse oder eine andere Nummer, unter der ich sie erreichen kann?«, ließ Mieke nicht locker.

Mo sah sie gespannt an.

»Tja, dann müssen wir wohl so verbleiben.«

Mieke beendete das Gespräch und zuckte die Achseln. »Sauer ist angeblich krank. Sie hat eine Rufumleitung in ihr Sekretariat eingestellt. Leider können wir nicht nachprüfen, ob sie wirklich mit einer Grippe im Bett liegt, der Wachhund im Sekretariat hat natürlich keine Adresse rausgerückt.«

Krank? Auf der Gewerkschaftsbühne war Sauer noch fit genug gewesen, um mit Susanna Berthold zu flirten. War das wirklich erst gestern gewesen? Mo erinnerte sich nur verschwommen an ihren Auftritt. Gleich danach war Lana gestorben. Wenn Sauer wirklich etwas mit Koshs Angriff zu tun hätte, dann hätte sie sich ein geniales Alibi verschafft.

Vernünftig wäre, die Sache Sommer zu überlassen …

»Möglicherweise weiß ich, wer uns verraten kann, wo wir Sauer finden«, hörte er sich selbst sagen.

BILLE

Unglaublich, aber es fühlte sich vollkommen richtig an, nachmittags um vier barfuß in Sannas Küche zu sitzen und Kaffee zu trinken.

Sanna hatte ebenfalls ihren Dienst geschwänzt, und sie waren nach dem Frühstück einfach wieder ins Bett gegangen. Wie ein Blitz war Sanna in ihr Leben eingeschlagen, das Ausmaß der Verwüstung, das sie angerichtet hatte, war nicht überschaubar.

Bille wollte einfach hierbleiben, in Sannas gemütlicher kleiner Drei-Zimmer-Wohnung, nie wieder rausgehen. Dabei war ihre Beziehung zum Scheitern verurteilt, bevor sie überhaupt begonnen hatte.

Wenn sie sich eher getroffen hätten …

Schwachsinn. Wie viel eher hätte das denn bitte sein sollen? Zwanzig Jahre hätten es schon sein müssen. Eher dreißig. Wenn sie Sanna statt Ocean begegnet wäre, dann hätte ihr Leben vielleicht anders laufen können … Jetzt war da nichts mehr zu retten.

Bille rieb über ihren linken Oberarm. Ihr Leben war mit dem von Ocean verschmolzen, bevor sie überhaupt begriffen hatte, dass es auch weniger gestörte Möglichkeiten gab, eine Beziehung zu führen.

Sie fuhr zusammen, als es an der Tür klingelte.

Der nächste Selbstmordversuch, war das Erste, was ihr durch den Kopf schoss. Es dauerte einen Moment, bis sie begriff, dass niemand wusste, wo sie war. Niemand konnte sie hier informieren. Wenn Ocean sich etwas angetan hatte, würde Bille erst davon erfahren, wenn sie Sannas Wohnung verließ. Hier drin war sie sicher. Sie würde bleiben. Nie wieder rausgehen. Sie wollte einfach vergessen, was gewesen war.

Seufzend stellte Sanna Bille den Kaffee hin und verschwand im Flur.

MIEKE

»Du?«

»Entschuldige die Störung. Im Rehazentrum hieß es, du wärst krank.« Aber als Leiterin des Klinikreferats hatte Mieke Sannas Adresse natürlich von der Personalabteilung erhalten.

Krank sah Sanna definitiv nicht aus. Im Gegenteil. Ihre Wangen waren leicht gerötet, weiche braune Locken hatten sich aus ihrem Pferdeschwanz gelöst, und sie trug einen dieser figurbetonten Flauschpullis, der ihre Kurven in Szene setzte.

»Migräne. Hab ’ne Tablette genommen.« Sannas Blick flitzte von Mieke zu Mo, der hinter ihr stand. Zwischen ihren Brauen bildete sich eine steile Falte. Sanna war nicht besonders gut darin, vor anderen zu verstecken, was sie dachte.

Pascal Sommer trat neben Mo, und Sannas Brauen rückten enger zusammen.

Das Tattoo hatte den Polizisten aufhorchen lassen. Überraschenderweise hatte er vorgeschlagen, dass Mieke mit Sanna sprechen solle, während er sich im Hintergrund halten würde.

Sannas Miene verriet jedoch, dass die Anwesenheit der Polizei für sie kein Grund zur Freude war. »Kripo?«, erkundigte sie sich misstrauisch.

Sommer zuckte mit einem entwaffnenden Lächeln die Schultern. »Frau Jentsch und Herr Blümel haben ein paar Fragen an Sie, deren Antworten mich zufällig auch interessieren.«

Mit gerunzelter Stirn musterte Sanna Mieke. »Bernadette hat mir erzählt, dass dich eine Krankenschwester im Lindenhospital angegriffen hat«, sagte sie dann. »Beim Streik habe ich nicht mitbekommen, was passiert ist. Die Polizei hat die Veranstaltung abgebrochen. Kurz darauf haben Sie mich angerufen und gefragt, ob ich mit ihm gesprochen habe.« Sie deutete auf Mo.

Der nickte ihr zu.

»Wie geht es dir?«, erkundigte sie sich bei Mieke. Sie klang ehrlich besorgt. Die Tür hielt sie allerdings herangezogen, sodass Mieke nicht in die Wohnung sehen konnte. Offensichtlich hatte sie nicht vor, sie hereinzubitten.

»Ging schon besser«, gab Mieke zu.

»Zumindest hast du van Hoorns Chefsessel in einen Schleudersitz verwandelt. Man munkelt, er hätte um einen Auflösungsvertrag gebeten.«

»Dabei haben mittlerweile nicht mal mehr die Gewerkschaften und die Personalvertretungen was gegen die Klinikübernahme durch Medica einzuwenden, oder?«, erkundigte sich Mieke spitz.

Weil das Dekolleté von Sannas beigefarbenem Pulli weit ausgeschnitten war, rutschte der Stoff ihr über eine Schulter, der breite Träger eines schwarzen Sport-BHs war zu sehen. Und die roten Flecken, die sich an ihrem Hals bildeten.

»Aufgrund der Tarifbereitschaft von Medica ist das, wie gesagt, nicht die schlechteste Option für uns.«

»Die Sauer hat dich gekauft«, stellte Mieke fest. »Du darfst den Tarif verhandeln und kommst ihr dafür bei den Forderungen entgegen. Das war abgesprochen, stimmt's?«

Schon beim Streik hatte Mieke das Gefühl gehabt, dass Sannas Antiprivatisierungshaltung aufgeweicht war wie ein Keks in heißem Kaffee.

»Sie hat mich nicht gekauft, ich habe meine Meinung geändert!« Sanna wurde laut, ihre Stimme hallte durch das Treppenhaus, ihr Blick flitzte gehetzt zu Sommer. »Du weißt genau, dass unsere

Kliniken auch mit deinem Marketingkonzept nicht laufen werden. Ich glaube wirklich, dass die Übernahme durch Medica in unserer Situation das kleinste Übel wäre. Bille ist ernsthaft verhandlungsbereit – und ein Verkauf mit Tarif ist besser als einer ohne. Was also ist so schlimm daran?«

Bille. Hatte Mo tatsächlich recht? Lief mehr zwischen Sanna und der Sauer als die Tarifverhandlungen?

»Die Sauer geht mit dir ins Bett, damit sie die Kliniken kriegt?«, platzte Mieke heraus. »Und du fällst drauf rein?«

»Das brauche ich mir nicht anhören!« Sanna wollte empört die Tür zuknallen, doch Mo hatte schon einen Fuß dazwischen.

»Zufällig sind wir auf der Suche nach Sybille Sauer«, sagte er. »Und ich glaube, Sie könnten wissen, wie wir sie erreichen, Frau Berthold.«

Sanna funkelte ihn wütend an. »Ach ja? Und wie kommen Sie darauf, Herr ...?«

»Blümel«, half Mo ihr weiter. »Wir haben ein paar Fragen zum Integrationsprojekt, das Medica zusammen mit FamilyTogether betreibt. An den Antworten ist auch die Polizei interessiert.«

Sanna zuckte die Schultern. »Dann lassen Sie sich am besten einen Termin geben. Du hast doch die Nummer ihres Sekretariats, Mieke.«

Sanna war wirklich zum Feind übergelaufen?

»Wir wissen, dass Sybille Sauer persönlich Leute aus dem Integrationsprojekt ihrer Freundin Ocean O'Donn betreut«, fuhr Mieke fort. »Sie hatte sowohl zu der Einbrecherin Kontakt, die in meiner Wohnung auf mich losgegangen ist, als auch zu Marva Kosh, die Alana Simon auf dem Dach des Lindenhospitals erstochen hat. Wir würden gern Dr. Sauers Erklärung dafür hören.«

»Das ist doch absurd?«, fauchte Sanna – allerdings klang der Satz eher wie eine Frage. »Sie glauben doch nicht wirklich, dass Bille was damit zu tun hat?«

»Haben Sie denn irgendwelche Beweise, Frau Jentsch?«, mischte sich eine Stimme hinter Sanna ein.

Mieke erkannte sie sofort. Mo hatte ins Schwarze getroffen.

So daneben, wie er behauptete, war sein Bauchgefühl definitiv nicht.

Als Sanna die Tür öffnete, stand Sybille Sauer barfuß in einer ausgebeulten Jogginghose und einem schwarzen Achselshirt hinter ihr im Flur. Ihre blonden Haare hatte die Geschäftsführerin glatt hinter ihre Ohren zurückgestrichen.

Auch in Jogginghose gelang es ihr mühelos, allein durch ihren Tonfall klarzumachen, dass ihre Anwälte Mieke bei lebendigem Leib fressen würden, wenn sie die Anschuldigung nicht belegen konnte.

Ihr Boss hat Sie ziemlich sicher nicht wegen Ihrer stylishen Outfits befördert, erinnerte sie sich an Mos Worte beim Führungskräftetraining. Sybille Sauer wäre ohne Zweifel auch in rosa Gummistiefeln furchteinflößend.

»Wir haben die Aussage von Frederike Kerstendorff und Ocean O'Donn«, antwortete Mo, weil Mieke erstarrt war wie eine Maus vor einer Kobra.

Als er O'Donns Namen erwähnte, zuckte Sauers Oberlippe. Ihre betonfarbenen Augen blitzten auf, während sie sich auf Mo richteten.

»Außerdem haben Sie Alexandra Danilowas Gehalt weitergezahlt, obwohl sie wegen ihrer Drogensucht suspendiert war«, kam ihm Sommer unerwartet zu Hilfe. »Und Sie haben Marva Kosh bei der Hausfinanzierung unterstützt.«

Tatsächlich?

Sekundenlang starrte Sauer Sommer und Mo an.

»Ich beantworte Ihre Fragen«, erklärte die Geschäftsführerin dann und hielt ihnen die Tür auf.

BILLE

Ihre Gedanken überschlugen sich.

Der Typ war am Lindenhospital gewesen. Sie hatte gesehen, wie er mit Sanna gesprochen hatte, kurz bevor die Gewerkschaftsveranstaltung wegen des Polizeieinsatzes abgebrochen worden war. In dem Durcheinander hatte sie die Begegnung allerdings sofort wieder vergessen. Ein Fehler, denn jetzt folgte er ihr zusammen mit Sanna, Jentsch und dem Polizisten in die Küche.

Fieberhaft ging sie ihre Möglichkeiten durch.

Ihr Aktenkoffer lag noch geöffnet auf dem Tisch.

Sie zog die Hand aus der Tasche ihrer Jogginghose, in der sie das Metall überdeutlich, kalt und schwer an ihrem Oberschenkel spürte.

Um Zeit zu gewinnen, klappte sie bedächtig das Geheimfach unter dem doppelten Boden zu, schloss sorgfältig den Deckel und stellte den Aktenkoffer unter den Küchentisch.

MIEKE

»Kein Kaffee ist auch keine Lösung«, stand in verschnörkelter Schrift an der Tapete von Sannas Küche. Reste eines Frühstücks waren auf dem Tisch verteilt, obwohl es schon Nachmittag war, und es roch nach Kaffee. Der Tisch war massiv und liebevoll dekoriert, irgendwo zwischen Landhaus und Starbucks. Die Arbeitsfläche war vollgestellt mit einer Heißluftfritteuse, einem Eierkocher, einem Kaffeevollautomaten, einem Messerblock und einer Brotschneidemaschine. Darüber hingen Gewürzregale und eine Stange, an der Suppenkellen, Schneebesen, Kochlöffel, Küchenscheren, karierte Topflappen und Kartoffelstampfer baumelten.

Sauer setzte sich an den Tisch, schob lässig eine Hand in die Tasche ihrer Jogginghose und zog einen ihrer nackten Füße unter ihren Hintern. Die ungezwungene Sitzhaltung passte nicht zu der knallharten Managerin. Überhaupt wirkte Sauer in Sanna Bertholds netter Küche wie eine außerirdische Lebensform.

Sanna und die Sauer.

Wow.

Mieke zögerte. Sich zu Sauer an den Tisch zu setzen kam nicht in Frage. Selbst barfuß umgab die Frau eine Aura von Macht wie ein Schutzschild. Wie eine fette Spinne im Netz saß sie mitten in dem tödlichen Beziehungsgeflecht, in dem Mieke sich wie eine blöde Fliege verheddert hatte. Und Lana und Schorsch gestorben waren.

War Sybille Sauer dafür verantwortlich?

Mo tauschte einen kurzen Blick mit Mieke und Sommer. Sommer zuckte die Achseln und blieb an der Tür stehen. Mieke schluckte trocken.

Mo musterte Sauer abschätzend.

Deren Augen verengten sich zu glitzernden Schlitzen. Sie hob das Kinn einen Zentimeter. Die winzige Bewegung forderte Mo unmissverständlich heraus – *leg dich mit mir an, und ich fress dich.*

Mo zog einen Stuhl vom Tisch und setzte sich ihr gegenüber. Er streckte das linke Bein aus, sodass Sauer ihren nackten Fuß zurückziehen musste.

Machte er das absichtlich? Wenn ja, hatte er dieses Rangordnungsspielchen echt drauf.

Sauer taxierte ihn. »Sie haben mit Ocean gesprochen?«, erkundigte sich die Medica-Chefin dann.

»So sieht es aus«, nickte Mo.

»Halten Sie das für klug?«

Mo stutzte irritiert. Mieke sah sein Bein unter dem Tisch zurückzucken. Sofort schob Sauer ihren nackten Fuß wieder vor.

Sekundenlang fixierten sich die beiden schweigend.

Mieke war raus. Sie hatte keine Chance, dem Machtgeplänkel zu folgen, bei dem Worte offenbar nebensächlich waren.

»Ähm – Kaffee?« Sanna räusperte sich.

Sauer und Mo antworteten nicht. Vermutlich mussten sie sich aufs Starren konzentrieren. Wie bei einem Pony, das einem in den Hintern schnappte, sobald man einen Moment unaufmerksam war.

»Gern«, sagte stattdessen Kommissar Sommer, und Sanna drückte den Knopf des Vollautomaten. Das Gerät röhrte los.

Weil Mieke nicht wusste, wo sie hinsollte, lehnte sie sich neben Sanna an die Küchenzeile. Vor ein paar Tagen hätte sie sie beinahe für eine Freundin gehalten. Wie zum Teufel hatte Sanna ausgerechnet mit der Heuschrecke im Bett landen können?

»Dass ich Dr. Danilowa vom Dienst suspendiert und Marva Kosh bei der Wohnungssuche unterstützt habe, ist kein Verbrechen«, brach Sauer schließlich das Schweigen.

»Aber Ihre Position als Medica-Chefin hat Ihnen die Möglichkeit verschafft, Druck auf beide Frauen auszuüben«, konterte Mo prompt.

»Indem ich mit der Kündigung drohe?«, entgegnete Sauer spöttisch. »Ist das nicht eine etwas gewagte These?«

»Dr. Danilowa hätte ihre Drogensucht die Karriere gekostet.« Plötzlich hüpfte das Gespräch wie ein Tischtennisball über den mit Krümeln übersäten Tisch hin und her. Dass Mo nicht zum ersten Mal jemanden befragte, war offensichtlich. Sauer schien das kapiert zu haben und war wachsam.

»Sie haben auf eine Anzeige verzichtet. Dafür sollte Danilowa Mieke aus dem Weg räumen, die Ihnen bei der Klinikübernahme in die Quere gekommen ist«, konfrontierte Mo sie mit ihrem Verdacht.

»Absurd«, meinte Sauer.

»Bürgen Sie denn bei jeder Ihrer Krankenschwestern für einen Hauskredit wie bei Marva Kosh?«, mischte sich Sommer jetzt doch ein. »Außerdem werden wir schnell klären können, wie Marva Kosh an vierzigtausend Euro Eigenkapital gekommen ist.«

Mieke konnte sich einen Seitenblick nicht verkneifen. Half Sommer Mo etwa?

»Wie war noch mal Ihr Name?«, brachte Sauer den Polizisten zum Schweigen. Dem Kommissar gelang es nicht ganz, sein Pokerface zu wahren, seine Kaumuskulatur zeichnete sich an den Wangen ab, als er die Kiefer aufeinanderpresste.

»Erzählen Sie uns etwas über Ihre Freundin Nathalia Mattheisen«, lenkte Mo Sauers Aufmerksamkeit wieder ab.

Sauer entglitt ihre Miene.

»Frau Berthold interessiert vielleicht auch, wieso Sie und Mattheisen das gleiche Tattoo tragen.« Mit einer Kopfbewegung deutete er auf Sauers linken Oberarm. Der Kompass war deutlich größer als Mattheisens dezentes Motiv am Hals.

Sanna runzelte die Stirn. Sie wartete auf Sauers Antwort.

»Ich habe es während des Studiums machen lassen«, knurrte Sauer. »Wir waren zusammen an der Ruhr-Uni.«

Mieke wunderte sich, dass ihr stechender Blick Mo nicht durchbohrte und ihn tot vom Stuhl kippen ließ.

»Waren Sie damals ein Paar?«, erkundigte er sich. »Hat Mattheisen Luuk van Hoorn aus alter Verbundenheit bestochen, um Ihnen den Klinikdeal zuzuschieben? Oder sind Sie immer noch zusammen?«

Sauers Blick flitzte zu Sanna.

»Wir waren nie zusammen«, knirschte sie. »Wir haben lediglich im selben Wohnheim gewohnt.«

Sie rechtfertigte sich? Sie wollte nicht, dass Sanna glaubte, sie hätte eine Beziehung mit Mattheisen?

»Aber Sie haben bis heute Kontakt«, bohrte Mo nach. »Zum Beispiel bei der letzten Spendengala von Ocean O'Donn.«

»Daraus zu schlussfolgern, dass Nathalia für mich van Hoorn bestochen hat, ist etwas abwegig, finden Sie nicht?«

Mo rieb sich das Kinn. Seine Bartstoppeln machten ein kratziges Geräusch.

»Ehrlich gesagt wäre es ziemlich clever«, sagte er. »Nathalia Mattheisen verschafft van Hoorn einen gut bezahlten Posten bei SanaBene. Dafür verkauft die Rentenversicherung ihre zwölf Kliniken an Medica. Es gibt keine Verbindung, die Korruption ist praktisch nicht nachzuweisen.«

»Heißt im Klartext: Ihre Theorien sind reine Spekulationen«, zischte Sauer.

Mo lehnte sich vor. »*Zufällig* hatten Sie die Möglichkeit, beide Personen, die Mieke angegriffen haben, unter Druck zu setzen. *Zufällig* haben Sie ein Motiv, Mieke aus dem Weg zu räumen, weil sie Ihren Klinikdeal torpediert. *Zufällig* kennen Sie die Frau, die dem Geschäftsführer der Rentenversicherung einen Spitzenposten anbietet, nicht nur seit dem Studium, Sie tragen auch noch das gleiche Tattoo wie sie. Und *zufällig* schlafen Sie mit der Gewerkschafterin, die den Klinikverkauf ebenfalls verhindern will.«

Sannas Kaffeetasse zerplatzte mit einem Knall auf den Fliesen.

»Hören Sie auf mit dem Bullshit!«, fuhr Sauer Mo an.

»Ich denke, sogar für Kommissar Sommer sind das genug Zufälle, um Ihre Verbindungen zu Mattheisen, Kosh und Danilowa ganz genau unter die Lupe zu nehmen.«

Sekundenlang blieb Sauer regungslos sitzen. Ihr Gesicht versteinerte, sie verzog keine Miene.

»Hast du nur mit mir geschlafen, um an die Kliniken zu kommen?«, fragte Sanna in die gespannte Stille hinein.

»Herrgott, nein!«, blaffte Sauer sie an.

»Aber du hast versucht, Mieke zu töten?«

Sauer starrte Sanna an. Dann wanderte ihr Blick zur Küchentür, als würde sie nach einem Fluchtweg suchen. Pascal Sommer lehnte lässig im Rahmen.

»Jetzt sag endlich, dass du es nicht getan hast!«, schrie Sanna sie an.

»Sorry.« Sauer nahm ihre rechte Hand aus der Hosentasche, in der sie die ganze Zeit verborgen gewesen war. Einen Sekundenbruchteil lang weigerte sich Miekes Gehirn zu akzeptieren, dass Sybille Sauer einen altmodischen Trommelrevolver aus ihrer Jogginghose zog.

Mo hingegen reagierte sofort, sprang vom Tisch zurück, griff in die Bauchtasche seines Pullovers. Sein Stuhl polterte zu Boden.

Versprich mir, dass Papa nichts passiert.

Sanna fing an zu kreischen.

Und die Welt stand plötzlich still. Einen Augenblick lang standen sich Sybille Sauer und Mo gegenüber wie zwei Revolverhelden beim Duell.

Doch es war bereits klar, dass Mo verlieren würde. Sauer zielte schon auf seinen Kopf, während er seine Waffe zog.

Versprich mir, dass Papa nichts passiert.

Mieke sprang hinter Mo und trat ihm in die rechte Kniekehle.

Sein linkes Bein konnte sein Körpergewicht nicht halten. Er

brach zusammen, seine Waffe schlitterte zur Seite – und Mieke stand Sauer an seiner Stelle gegenüber.

Im selben Moment krachte der Schuss. Der Knall war ohrenbetäubend, zerriss die Luft. Hinter Mieke splitterte es. Ein Gewürzgläschen im Regal zerplatzte, die Scherben prasselten in die Spüle. Sauer hatte sie verfehlt!

Mo griff ein Tischbein, riss den kompletten Frühstückstisch hoch. Geschirr, Marmeladengläser, Besteck, der Brötchenkorb und eine Kaffeekanne prasselten auf Sauers nackte Füße.

Sauer wich zurück.

Mo ging hinter dem Tisch in Deckung.

Mieke duckte sich zur Seite weg und entdeckte Mos Pistole neben Sannas Füßen auf dem Laminat.

Mit einem schnellen Schritt trat Sauer an den umgekippten Tisch, Scherben knackten unter ihren nackten Füßen. Mo zerrte das Möbel rückwärts von ihr weg, um dahinter in Deckung zu bleiben, stieß gegen die Wand.

Sauer folgte ihm, richtete den kurzen Lauf ihres Revolvers wieder auf seine Stirn.

»Waffe weg!«, befahl Pascal Sommer.

Sanna verstummte abrupt, und auf einmal war es still. Sauer zielte auf Mo, Sommer zielte auf Sauer.

Scheiße!

Sauer reagierte nicht auf Sommers Befehl.

Sommer musste schießen – schneller als Sauer. Warum drückte er nicht ab?

»Bille?«, flüsterte Sanna. »Was tust du da?«

Tatsächlich hielt Sauer inne.

Warum unternahm Sommer nichts?

Ganz kurz sah Sauer Sanna an.

»Tut mir leid«, sagte sie. »Ich wünschte, wir hätten mehr Zeit gehabt, Süße.«

Mehr Zeit? Ein Gedanke blitzte auf – und Mieke blieb keine Zeit abzuwägen. Sie bückte sich nach Mos Pistole und riss sie hoch.

»Waffe weg, oder sie ist tot!«, schrie sie und zielte auf Sanna.

Ihre Hände wackelten. Verdammt, sie hatte noch nie geschossen. Müsste sie das Ding nicht irgendwie entsichern?

»Lassen Sie sie da raus, Jentsch!«, brüllte Sauer sie an.

Mieke machte einen Schritt auf Sanna zu, presste die Pistole gegen ihren Hals. Sanna sah sie fassungslos an.

»Pass mit dem Abzug auf«, warnte Mo Mieke. »Den Finger ganz locker halten.«

Mieke brach kalter Schweiß aus. Er hatte recht, ihre Finger krampften sich um den Griff.

»Legen Sie ganz langsam die Waffe weg, Frau Dr. Sauer«, wiederholte Pascal Sommer. »Dann klären wir alles in Ruhe auf dem Präsidium. Sie haben das Recht zu schweigen und können einen Anwalt anrufen. Noch ist niemand zu Schaden gekommen.«

Sauer rührte sich nicht, den kleinen Revolver unverwandt auf Mos Kopf gerichtet. Vier Sekunden vergingen. Fünf. Sechs. Zehn.

»Okay«, nickte sie schließlich.

Okay? Was sollte das heißen?

»Ihr habt gewonnen, Glückwunsch. Ich erzähle euch, was wirklich gelaufen ist.« Sie wandte sich an Mieke. »Den Finger ganz locker halten, damit ihr hübsches Gesicht keinen Kratzer abkriegt, klar?« Und dann zu Mo: »Hol dein Handy raus, Arschloch. Langsam.«

Mo gehorchte und zog sein Smartphone aus der Hosentasche.

»Mach eine Aufnahme, Sprachnachricht oder so. Aber mach es richtig, ich werde das nicht wiederholen.«

Langsam und gut sichtbar tippte Mo auf das Display und drehte das Gerät zu Sauer.

»Na schön.« Sauer holte tief Luft. »Nathalia Mattheisen hat mit der Sache nichts zu tun. Sie wusste von nichts, sie hat mir lediglich einen Gefallen getan und van Hoorn auf meinen Wunsch hin einen gut bezahlten Job gegeben.«

Mieke blinzelte. Hatte Sauer gerade zugegeben, van Hoorn mit einer Stelle bei Mattheisen bestochen zu haben?

»Ocean O'Donn hat ebenfalls keine Ahnung, dass ich ihr Integrationsprojekt benutze, um Menschen zu finden, die verzweifelt genug sind, sich erpressen zu lassen. Ich habe Alexandra Danilowa gezwungen, Georg Blumental zum Schweigen zu bringen, bevor er dem Rentenversicherungsvorstand einreden konnte, dass die Kliniken um jeden Preis gehalten werden müssen.«

Schorsch. Mieke wurde schlecht.

»Weil Blumental behauptet hat, Jentsch wüsste Bescheid und hätte Beweise, sollte Danilowa sie ebenfalls ausschalten. Aber die Sache mit dem Unfall hat nicht geklappt, Frau Jentsch landete im Lindenhospital. Weil Danilowa zu dem Zeitpunkt bereits wegen ihrer Drogenprobleme Hausverbot hatte, habe ich Marva Kosh kurzfristig auf sie angesetzt. Ich dachte, die Sache ließe sich noch im Krankenhaus unauffällig erledigen. Aber die Gelegenheit ergab sich nicht. Alana Simon sollte natürlich nicht zu Schaden kommen, das war ein Unglück und tut mir sehr leid.«

Mieke hatte das Gefühl, der Boden würde schwanken.

»Aber …« Sauers Blick wanderte von dem Handy in Mos Hand zu Sanna. »… aber ich habe *nicht* mit Sanna Berthold geschlafen, um die Gewerkschaft ruhigzustellen. Das war lediglich ein netter Nebeneffekt.«

Sanna starrte Sauer an.

»Ich wünschte, wir hätten eine Chance, Süße. Aber ich hab's vergeigt.« Den Revolver in der Hand, zuckte Sauer die Schultern. »In einem anderen Leben hätten wir am Strand geheiratet.«

Langsam hob sie die Waffe, sodass die Mündung nicht länger auf Mo gerichtet war. Die linke hob sie ebenfalls. Eine eindeutige Geste: Sie kapitulierte.

Mieke atmete auf.

Mo sank zur Seite, um sein linkes Knie zu entlasten.

Pascal Sommer zielte mit seiner Dienstwaffe weiter auf Sybille Sauer, während er sich langsam näherte.

Sauer wirkte einen Sekundenbruchteil lang beinahe hilflos. Dann steckte sie sich den kurzen Lauf ihres Revolvers in den Mund.

Mo

»Noch eine Pistole, Blümel? Im Ernst?«

Er musste zu Pascal Sommer hochsehen, weil er immer noch auf dem Fußboden saß, mit dem Rücken an die Wand angelehnt, hinter Sanna Bertholds umgestürztem Küchentisch. Er hatte nicht vor, sich die Blöße zu geben und Sommer um Hilfe beim Aufstehen zu bitten. Also blieb er sitzen.

Die Tischplatte ragte wie eine Trennwand zwischen ihm und Sybille Sauers Leiche auf, die auf der anderen Seite in den Trümmern der Frühstücksgedecke lag. Mo konnte ihre nackten Füße sehen, von denen das Blut tropfte, weil Sauer durch die Scherben gelaufen war.

Sanna Berthold hatten die Sanitäter mitgenommen.

Sommer machte einen Schritt auf Mo zu und baute sich vor ihm auf. Mo ließ den Hinterkopf gegen die Wand sinken. Er hatte keine Kraft mehr für Stress mit der Polizei. Stechende Schmerzen rasten sein linkes Bein hoch und runter und bohrten sich durch seine Hüfte, und wenn er die Augen schloss, sah er in die Mündung von Sybille Sauers Waffe.

Er registrierte, dass Sommer ihm die Hand hinhielt. Um ihm auf die Füße zu helfen?

Skeptisch hob Mo eine Braue.

»Glückwunsch«, sagte Sommer. »Sie haben die Hintergründe von Alana Simons Tod aufgeklärt.« Er hob den Plastikbeutel, in dem Mos Handy steckte. »Und den Mord an Georg Blumental und die Anschläge auf Frau Jentsch ebenfalls. Gute Arbeit.«

Mo griff seine Hand.

Sommer packte seinen Arm fester, als er merkte, dass Mo wirklich Schwierigkeiten hatte, auf die Füße zu kommen. Er zog ihn hoch. Mo stützte sich an der Wand ab, sein Knie fühlte sich an wie ein mit kochendem Wasser gefüllter Luftballon. Die Hose spannte, was bedeutete, dass es bereits angeschwollen war.

»Sind Sie verletzt?«

»Nur ein altes Knieproblem«, winkte Mo ab. Probehalber belastete er das Bein. Es klappte nicht sonderlich gut. Er zitterte noch immer. Am liebsten würde er sich von Mieke festhalten lassen, bis auch sein Körper endlich begriff, dass er noch am Leben war.

Als Mieke ihm das rechte Bein weggetreten hatte, war das linke unter seinem Gewicht eingeknickt. Er war auf die Knie gefallen, das steife Gelenk war knackend über die Grenze von achtzig Grad gebeugt worden.

Und zweifellos hatte Mieke ihm damit das Leben gerettet. Sein Blick wanderte zu ihr hinüber. Sie steckte seine P99 gerade in den Plastikbeutel, den ihr eine Erkennungsdienstlerin hinhielt.

Mieke hatte ihm das Leben gerettet. Sommer nicht. Mo musterte den Kommissar abschätzend.

»Der Notarzt soll sich das ansehen.« Sommer deutete auf Mos Bein.

»Nicht nötig«, bremste Mo ihn entschieden. Nur über seine Leiche würden Sommer oder der Notarzt oder sonst irgendwer sein Bein zu Gesicht bekommen.

»Wie Sie wollen.« Sommer zuckte die Achseln. »Dann schicke ich Ihnen mal einen Kollegen, der Ihre Aussage aufnimmt.«

»Sie hätten Sybille Sauer erschießen können, als sie die Waffe gezogen hat«, sagte Mo.

Sommer hielt inne.

»Aber Sie haben abgewartet.«

Sommer hätte Sauer erschießen können, als sie auf Mo gezielt hatte. Niemand hatte in der Schusslinie gestanden. Aber er hatte gepokert – und gewonnen, denn statt Mo zu erschießen, hatte Sauer gestanden. Dummerweise war Sommers Einsatz Mos Leben gewesen.

»Ich habe mich im Hintergrund gehalten«, entgegnete Sommer gelassen. »Wie besprochen.«

»Sie haben den Fall gelöst, ohne sich über die Anweisungen des Polizeipräsidenten hinwegsetzen zu müssen«, korrigierte Mo.

»Und der Papierkram, den mir eine Kugel aus meiner Dienstwaffe in Sybille Sauers Kopf eingebracht hätte, bleibt mir auch erspart«, ergänzte der Kommissar.

»Wow«, staunte Mo.

»Nichts für ungut, Blümel.« Sommer klopfte ihm auf die Schulter. »Ich bin wirklich froh, dass Sie noch am Leben sind.« Er wandte sich ab.

»Sie sind echt ein Arschloch«, rief Mo ihm hinterher.

Mieke

»Die Pistole …« Sie fühlte sich wie unter Wasser. »War die gesichert, oder hätte ich Sanna wirklich erschießen können?«

Es war beinahe sieben, als die Polizei sie endlich gehen ließ.

Sanna war längst im Rettungswagen abtransportiert worden. Die Rechtsmedizinerin verpackte Sybille Sauers Leiche in einen Plastikbeutel.

»Du hättest durchladen müssen, damit die erste Kugel aus dem Magazin im Lauf landet.« Mo stützte sich an der Flurwand ab. »Ist nicht das neueste Modell.«

Mieke blinzelte. »Du meinst, selbst wenn ich den Abzug gedrückt hätte, wäre nichts passiert?«

Mo kratzte sich am Kopf. »Dann hätte sich Sauer wohl nicht mehr von dir verunsichern lassen.«

Mieke starrte ihn an.

Pass mit dem Abzug auf. Den Finger ganz locker halten. Seine Warnung war ein Bluff gewesen. »Du hast die Sauer verarscht?«, begriff sie.

Mo zuckte die Schultern. »Ich hab versucht, dir zu helfen, meinen Hals zu retten. Sommer hatte das ja offensichtlich nicht vor.«

Ihre Blicke verhakten sich. Er machte einen Schritt auf sie zu – und knickte weg, als er das linke Bein belastete. Offenbar konnte er nicht auftreten.

»Bist du verletzt?«

Er winkte ab. »Das Knie beschwert sich. Ich leg das Bein hoch, wenn ich die Pferde fertig habe.«

Im Kniebereich saß seine Hose stramm. Als würde ein Ball im linken Hosenbein feststecken. War das Knie so stark angeschwollen?

»Lass mich mal sehen.« Mieke ging vor ihm in die Hocke und betrachtete sein Knie.

Mo seufzte. »Können wir erst nach Hause fahren?«

Doch Mieke hatte bereits die Hände an die Innen- und Außenseite von Mos Bein gelegt. Durch die Hose hindurch konnte sie spüren, dass sich das Gelenk heiß und schwammig anfühlte. Rasch tastete sie sein rechtes Knie ab. Auf der Seite schlug die Hose Falten, sie konnte die Konturen der Knochen deutlich spüren. Der Unterschied war alarmierend.

»Du musst ins Krankenhaus.« Sie sah zu Mo hoch.

Der schüttelte den Kopf. »Ich muss die Pferde versorgen. Und Sami nach Hause holen. Das Bein reparieren können die Medizinmänner eh nicht. Das beruhigt sich in ein paar Tagen von selbst. Lass uns einfach hier abhauen, okay?«

Auf einmal wirkte er furchtbar müde.

Hinter Mo trat die Kriminaltechnikerin aus Sanna Bertholds Wohnung in den abgesperrten Flurbereich. Sie blieb stehen, als sie Mieke vor Mo auf dem Boden knien sah. Nicht schwer zu erraten, was sie dachte. Der Reißverschluss von Mos Jeans befand sich direkt auf ihrer Augenhöhe.

»Okay.« Mieke erhob sich eilig. Sie spürte, wie sich ihre Wangen verfärbten.

Als sie Mos linken Arm griff und ihn um ihre Schulter legte, rieselte das Kribbeln der Berührung von ihrem Nacken aus durch ihren ganzen Körper. Sie stemmte sich unter seine Achsel, sodass er sein Gewicht auf sie statt auf das Bein stützen konnte, und spürte, wie er sie an sich zog.

»Danke«, murmelte er in ihre Haare.

Ganz kurz legte Mieke ihre Wange an seine Brust.

»Dir ist schon klar, dass ich fahren werde?«, erkundigte sie sich dann.

Tatsächlich ließ sich Mo auf den Beifahrersitz sacken und rutschte mit ihm nach hinten, um sein Bein ausstrecken zu können. Dann drehte er die Rückenlehne zurück und schloss die Augen.

Während Mieke den Forester durch Bochum kurbelte, hielt er sich am Sitz fest und öffnete die Augen kein einziges Mal. Nur sein Gesicht wurde immer blasser. Mieke hoffte, dass das bloß an der Autofahrt lag und nicht an den Schmerzen.

Als sie vor dem Wohnhaus ausstiegen, wieherten die Pferde im Stall.

Mo war leichenbleich, schaffte es aber bis zum Sofa in der Wohnküche.

»Schuhe aus!«, kommandierte Mieke.

Mo trat mit der rechten Fußspitze gegen die Ferse seines linken Schuhs. Doch es gelang ihm nicht, ihn vom Fuß zu schieben.

Mieke ging in die Knie, öffnete die Schnürbänder und zog ihm behutsam die Schuhe aus.

»Die Hose auch.«

Mo ließ sich nach hinten in die Polster sinken und betrachtete die stramm um sein Knie gespannte Jeans.

»Schneid sie einfach auf«, schlug er vor. »In der Schublade neben dem Herd müsste eine Schere liegen.«

Mieke fand eine große Küchenschere und trennte das linke Hosenbein seitlich der Länge nach auf. Zwischen dem von Narben überzogenen Oberschenkel und dem dünnen Unterschenkel wirkte das Knie übergroß. Es war gerötet, warm und angeschwollen, die Kniescheibe war kaum noch zu erkennen. Sah nicht gut aus.

»Locker bleiben.« Mo hatte ihren Schreck bemerkt. »Das passiert immer, wenn ich das Bein zu weit beuge. Wenn ich es schone und kühle, beruhigt es sich nach ein paar Tagen.«

»Sorry«, murmelte sie. »Ich hätte dran denken müssen.«

Er war auf den Knien gelandet, als sie ihm das gesunde Bein weggetreten hatte, um ihn aus Bille Sauers Schusslinie zu kriegen.

»Soll ich dir ein Geheimnis verraten? Ein dickes Knie ist mir sehr viel lieber als eine Kugel im Kopf.«

Ihre Blicke verhakten sich erneut. Auf einmal fielen Mieke wieder die goldenen Sprenkel in seinen Augen auf, und ihr Herz klopfte plötzlich bis zum Hals.

»Hast du irgendwas zum Kühlen da?« Etwas zu schnell stand sie auf.

»Tiefkühlerbsen im Eisfach.« Mo deutete auf die deckenhohe Kühl-Gefrier-Kombination in der Küche.

»Erbsen?«

Er hob die Schultern.

Tatsächlich fand Mieke gleich drei Beutel Erbsen. Sie nahm einen heraus. Mo hob sein linkes Bein mit den Händen aufs Sofa, baute sich eine Lehne aus Kissen, wie er sie für Mieke schon mal gemacht hatte, und streckte sich ganz langsam aus.

»Gib mir eine halbe Stunde, dann bin ich wieder fit«, sagte er, als Mieke mit dem Erbsenbeutel zum Sofa zurückkehrte.

Das glaubte er doch selbst nicht.

»Vergiss es, Superman.« Sie tippte ihm einen Zeigefinger auf die Brust und drückte ihn nach hinten in die Kissen. »Du bleibst schön liegen.«

Er senkte den Blick auf ihren Finger auf seinem Shirt, unter dem es im gleichen Moment zu knistern begann. Mieke ignorierte es.

Sie ging neben der Couch in die Hocke und legte behutsam den kalten Gemüsebeutel auf das Gelenk. Dabei berührte sie die Narbe, die von der Knieinnenseite aus schräg nach oben zur Hüfte seinen Oberschenkelmuskel zerteilte.

Mo atmete hörbar ein.

»'tschuldige.« Miekes Blick zuckte in sein Gesicht. »Tut der Oberschenkel auch weh?«

Mo verfolgte, wie sie sacht über das zerfetzte Gewebe strich. »Der Oberschenkel ist seit dem Unfall taub. Da spüre ich gar nichts.«

»Gar nichts?« Mieke legte probehalber die Hand auf sein Bein.

Mo schüttelte den Kopf, ohne den Blick von ihrer Berührung abzuwenden. Behutsam fuhr sie mit den Fingern an der Narbe entlang. Der Muskel hatte eine so tiefe Kerbe, dass es sich anfühlte, als würde sie in sein Bein hineingreifen. Irre. Das Narbengewebe in der Tiefe war hart und verknotet.

»Okay, ›gar nichts‹ ist gelogen«, gab er zu. »Ich spüre es sogar ziemlich gut. Nur nicht direkt an der Stelle.«

Seine Augen fingen Miekes Blick auf und hielten ihn fest. Ein Schmunzeln huschte über sein Gesicht. Welche Stelle er meinte, war nicht schwer zu erraten.

Miekes Herz machte einen Hüpfer. Es fühlte sich verdammt gut an, bei ihm zu sein. Ihn anzufassen. Ihn zu küssen.

Küssen?

Jep. Ihn zu küssen fühlte sich mächtig gut an …

Ganz langsam ließ sie ihre Hand höherwandern.

Mo atmete schneller, als sie an die Reste seiner zerschnittenen Hose stieß. Die Wölbung darunter war nicht zu übersehen. Dass er nichts gegen Noch-mal-Küssen einzuwenden hätte, war offensichtlich.

Mieke gab dem Gedanken nach, sie beugte sich vor und legte ihre Lippen auf seine. Ganz leicht strich sie mit der Zungenspitze an seiner Unterlippe entlang.

Mo reagierte sofort. Mit beiden Händen umgriff er ihren Nacken, zog sie zu sich aufs Sofa und erwiderte den Kuss. Mieke verlor das Gleichgewicht, lag plötzlich quer auf ihm, spürte nur noch seinen Herzschlag hart und schnell an ihrer Brust, seine Zunge süß und salzig zugleich. Mit der Linken schob Mo sie ganz auf seinen Schoß, ohne ihren Nacken loszulassen.

Auf einmal saß Mieke rittlings auf ihm, durch den Stoff der kaputten Jeans spürte sie seine Erregung zwischen ihren Beinen. Sie krallte die Finger in seine Haare, ließ ihre Zunge in seinen Mund gleiten –

Das Paket Tiefkühlerbsen rauschte zu Boden.

Erschrocken kam Mieke zur Besinnung. Er war verletzt, hatte Schmerzen. Kein guter Zeitpunkt, um auf ihm zu sitzen.

»Oh, sorry!« Sie stützte sich auf Mos Brust ab, um von ihm herunterzusteigen. Schnell packte er ihre Oberschenkel, hielt sie fest. Die Wärme strömte aus seinen Handinnenflächen direkt in ihren Schoß.

»Lass uns das Bein einfach vergessen, ja? Nur fünf Minuten«, bat er.

Mieke schüttelte den Kopf. »Kommt nicht in Frage.«

Mo starrte sie an. Dann ließ er ihre Oberschenkel los und fuhr sich mit beiden Händen durchs Gesicht.

»Okay, schon kapiert«, knurrte er frustriert. »Vielleicht finde ich in Ocean O'Donns Wohltätigkeitsorganisationen jemanden mit Helfersyndrom, der aus Mitleid mit Behinderten schläft.«

Was?

»Halt die Klappe, du Idiot.« Mieke stieg von ihm herunter und schob ein Kissen unter Mos verletztes Bein. Jetzt war das Knie leicht angewinkelt. Das sah besser aus, irgendwie entspannter. Als sie ihre Lippen auf die Narbe legte, zuckte Mo wieder zusammen. Völlig ohne Gefühl war das Bein also keineswegs.

Mo hob eine Hand vom Gesicht und beobachtete sie.

»Du entspannst dich einfach, und wenn ich dir wehtue, sagst du es, verstanden?«

Er nickte.

Mieke küsste sich seinen Oberschenkel hinauf bis zum Rest der Hose. Die Hose war allerdings ein Problem. Kurz entschlossen griff sie nach der Schere und schob die Klinge unter den harten Bund der Jeans. War gar nicht so einfach, den umgenähten Stoff durchzuschneiden. Sie säbelte ein paarmal in den Saum, bevor dieser nachgab.

Jetzt steckte nur noch Mos gesundes rechtes Bein in der Hose, an der entscheidenden Stelle konnte Mieke den Stoff zur Seite klappen.

Mo kratzte sich grinsend am Kopf. »Schätze, die Unterhose muss auch dran glauben.«

Mieke durchtrennte den dünnen Stoff von Mos Boxershorts mit einem einzigen Schnitt.

Mo biss sich auf die Unterlippe. Es erregte ihn. Und ja, sie fand es auch verdammt aufregend, ihm die Klamotten vom Körper zu schneiden. Ihr Blick wanderte zu seinem Shirt.

»Neugierig?« Mo hob herausfordernd eine Braue. »Keine Sorge, nachdem du das Bein gesehen hast, wird dich der Rest wahrscheinlich nicht erschrecken.«

Mo hielt den Atem an, als sie auch seinen Pulli von unten nach oben aufschnitt. Doch er sah sie unverwandt an und hielt still. Eine Linie aus dunklen Haaren kam zum Vorschein. Sie zog sich zwischen seinen Bauchmuskeln hinauf und verbreiterte sich auf seiner Brust zu einem kräftigen Haarwuchs, der an seiner Kehle in die Bartstoppeln überging.

Mo war weder fünfundzwanzig, noch besaß er aufgepumpte Deko-Muckis wie Raffael. Dass für die Stallarbeit Kraft nötig war, hatte Mieke allerdings schon geahnt, als sie beim Kuss in der Scheune unter sein T-Shirt gegriffen hatte. Doch selbst wenn unter seinem Pulli ähnlich grausige Narben wie an seinem Bein zum Vorschein gekommen wären, hätte das an ihrem Herzklopfen nichts geändert.

Die Schere rutschte ihr aus der Hand und polterte neben dem Sofa zu Boden.

Mo

Seine Finger krallten sich in das Sofa, während sein Gewissen ihn anbrüllte, es sein zu lassen. Das konnte nur schiefgehen, Mieke und er hatten keine Chance auf eine Zukunft.

Doch er war bereits steinhart, als Mieke den schwarzen BH von den Schultern streifte und ihre runden Brüste mit den hellen Warzen zum Vorschein kamen.

Jetzt stand sie, nur noch mit dem schwarzen Slip bekleidet, vor dem Sofa, keine Armlänge von ihm entfernt, und sein Schwanz brachte sein Gewissen mit einem Schlag in die Fresse zum Schweigen.

Dass Mieke nackt war, konnte nur ein abgefahrener Traum sein. Vielleicht hatte ihn Sybille Sauer ja doch erschossen. Vielleicht war er tot, und das hier war sein ganz persönlicher Himmel.

Das war die einzige Erklärung dafür, dass Mieke auch den Slip noch abstreifte, »Bleib einfach liegen, ich mach das schon« sagte und zu ihm aufs Sofa stieg.

Und wenn das hier der Himmel wäre, bräuchte er sich auch gar keine Gedanken über ein Danach zu machen.

Er hatte das Gefühl, heulen zu müssen, als sie erneut seine Narben küsste. Außer seinem Arzt und seinem Physiotherapeuten hatte noch nie jemand sein Bein berührt. Er hatte sich sogar selbst dabei erwischt, dass er beim Duschen nur das rechte Bein wusch und das linke einfach vergaß. Als wäre es ein Holzbein, das gar nicht mehr zu ihm gehörte.

Mieke hingegen hielt nichts davon, das Bein zu vergessen, wie er es vorgeschlagen hatte. Er spürte die Berührung nicht wirklich, aber allein in Miekes Augen zu sehen, während sie mit der Zunge die Narbe an seinem Oberschenkel nachfuhr, ließ ihn nach Luft ringen.

Ihr Lächeln fuhr ihm wie ein elektrischer Schlag zwischen die Beine. Eine Sekunde lang stellte er sich vor, wie er Mieke in die Augen sah, während er ihr seine Erektion in den Mund schob. Seine Eier zogen sich zusammen, und ihn ergriff Panik.

Er würde abspritzen, bevor überhaupt irgendwas passierte! Wie ein Teenager beim Pornogucken. Wieso zum Teufel hatte er sich seit Tagen keinen mehr runtergeholt?

Mieke neigte den Kopf zur Seite und runzelte die Stirn.

»Tu ich dir weh?«

Ja, verdammt!, brüllte die Stimme seiner Vernunft in seinem Kopf. Sag ja! Brich das ab, wenn du nicht willst, dass sie vor Lachen von der Couch fällt.

»Mo? Du bist nicht gerade entspannt.«

Mo ließ den Kopf nach hinten in den Nacken fallen.

»Du wärst auch nicht entspannt, wenn du seit zehn Jahren keinen Sex gehabt hättest.«

Toll gemacht, du Loser!, resignierte nach seinem Gewissen auch seine Vernunft. Sie rollt sich gleich ab vor Lachen.

»Keine Schmerzen?«, vergewisserte sich Mieke.

Er hob den Kopf wieder. »Ich fliege auf rosa Wolken. Ich komme vermutlich schon, wenn du mich noch zwei Sekunden lang so ansiehst.«

Einen Augenblick schien Mieke zu überlegen, ob er das ernst meinte.

»Gut«, grinste sie dann. Sie ließ die Hand an der Innenseite seines Oberschenkels hinaufgleiten, was er spüren konnte, weil das Empfindungsvermögen innen und an der Beinrückseite funktionierte. Sie schob die Reste seiner Jeans zur Seite, und seine Erektion klappte auf wie ein Springmesser.

Sie schnalzte mit der Zunge. »Das ist sogar sehr gut.« Sie legte beide Hände auf seine Leisten und senkte den Kopf zwischen seine Beine. Mo atmete scharf ein. Im nächsten Moment berührte ihn ihre Zungenspitze. Er krallte die Finger ins Polster und kämpfte gegen das übermächtige Verlangen an, ihre Haare zu packen und sich tief in ihren Mund zu schieben.

»Das ist echt fiese Folter«, stöhnte er.

Mieke kicherte leise, und das Geräusch kribbelte in seinem Unterleib.

Dann öffnete sie ihre Lippen, senkte den Kopf und nahm ihn in den Mund.

Mo verlor die Kontrolle. Das Becken zu heben war ein Reflex, ein heißer Schmerz zuckte sein linkes Bein hinauf in seine Leiste und explodierte in dem Orgasmus, der ihm die Kehle zudrückte, die Orientierung nahm, der ihn sekundenlang nur noch das rhythmische Zucken spüren ließ, mit dem sich sein aufgestautes Verlangen entlud.

Das Rauschen des Wasserhahns ließ ihn wieder zur Besinnung kommen. Er blinzelte und sah Mieke nackt an der Spüle in der Küche stehen. Sie spülte ihren Mund aus, wusch sich das Gesicht.

Hatte sie ihn wirklich gerade mit einem Ein-Sekunden-Blowjob ins Nirwana gevögelt? Das war unfassbar peinlich.

Was, wenn das doch eine Mitleidsnummer gewesen war?

Was anderes konnte es ja gar nicht gewesen sein, er hatte nicht mal geahnt, wie viele Nummern zu groß sie für ihn war. Nicht nur im Job, beim Kontostand und weil sie keine Behinderung hatte. Er konnte sich ja nicht mal mehr erinnern, wie es ihm früher gelungen war, sich so lange zurückzuhalten, bis Leo auf ihre Kosten gekommen war.

Mieke drehte das Wasser ab und richtete sich auf. Ihr Arsch war der Hammer. Als sie sich zu ihm umwandte, schloss Mo rasch die Augen – und registrierte, dass er beim Gedanken an ihren Hintern schon wieder hart wurde.

Mieke näherte sich leise, kletterte behutsam über ihn hinweg, ließ sich zwischen ihn und die Lehne der Couch sinken, schmiegte sich warm und weich an ihn und legte ihr Ohr auf seine Brust.

Dumpf schlug sein Herz gegen das Gewicht ihres Kopfes. Dann spürte er ihre Fingerspitzen, die durch seine Brusthaare kraulten. Als sie seine Brustwarze streifte, zog sie sich sofort hart zusammen. Und als wäre sein Nippel direkt mit seinem Schwanz verbunden, passierte dort dasselbe.

Verdammt, er wollte das hier so sehr. Er wollte mit ihr schlafen. Scheißegal, was hinterher war. Scheißegal, ob er ihre Erwartungen nicht erfüllte oder hinterher eine Woche nicht laufen konnte.

»Du schläfst doch nicht, oder?«, erkundigte sich Mieke.

Er öffnete ein Auge.

Mieke stemmte sich hoch und neigte den Kopf zur Seite. Eine feuchte blonde Strähne fiel ihr in die Stirn.

»Glaubst du, ich kann pennen, wenn du nackt auf mir liegst?«

Mit Mieke lief es anders als mit Leo. Anders als mit allen Frauen, mit denen er zusammen gewesen war. Alle hatten erwartet, dass er die Initiative ergriff. Leo hatte ihn zum Schluss gar nicht mehr berührt. Könnte mit der Depression zusammengehangen haben, war im Nachhinein schwer zu sagen. Auf jeden Fall hatte er aufgehört, mit ihr zu schlafen, als er nicht mehr sicher war, ob sie es überhaupt wollte. Er hatte gehofft, Leo würde ihm irgendwann zeigen, dass sie Lust auf ihn hatte. Aber das war nie passiert. Vor ihrem Tod hatten sie über ein Jahr lang keinen Sex mehr gehabt.

Nach ihrem Tod hatte ihn die Frage gequält, ob alles anders

ausgegangen wäre, wenn sie miteinander gesprochen hätten. Eine Paartherapie gemacht hätten. Vielleicht wäre Leo weniger verzweifelt gewesen, wenn wenigstens ihre Ehe in Ordnung gewesen wäre.

Miekes Fingerspitzen strichen über seine Leiste, und er drängte Leo aus seinem Kopf.

Was Mieke wollte, war nicht schwer zu kapieren. Und – verdammt – er wollte sie auch, wenigstens dieses eine Mal. Er gab sich einen Ruck.

»Hatte ich schon erwähnt, dass ich seit zehn Jahren mit keiner Frau mehr geschlafen habe? Hast du nicht vielleicht doch ein klitzekleines bisschen Mitleid und wärst bereit, diesen Zustand zu beenden?«

Mieke begann zu grinsen.

Ocean

Mittlerweile war es nach acht, aber Bille tauchte nicht auf.

Sie hatte sich den ganzen Tag nicht gemeldet, und Ocean war wimmernd vor ihrer Wohnungstür liegen geblieben, in der Hoffnung, dass sie irgendwann hereinkam. Dass sie ihr aufhelfen und sie fragen würde, was passiert sei.

Weil sie sich nicht traute, sie anzurufen und es zu erzählen.

Weil ein bedrohliches Gefühl in der Magengegend sie ahnen ließ, dass Bille wütend war. Keine Ahnung, warum. Ocean hatte nichts getan, es war Bille gewesen, die sie angeschrien hatte und abgehauen war.

Eigentlich hatte Ocean damit gerechnet, dass sie anrief und sich entschuldigte. Stattdessen herrschte seit der kurzen SMS heute Morgen, mit der sie sich weiter krankgemeldet hatte, Funkstille.

Ocean hatte gehofft, dass sie irgendwann einfach auftauchte, als wäre nichts gewesen. Gut, es war erst zwanzig Uhr. Bille arbeitete oft länger. Aber normalerweise sagte sie dann Bescheid. War sie vielleicht wirklich krank? Ging es ihr womöglich so schlecht, dass sie Hilfe brauchte?

Der Gedanke ließ Ocean zusammenzucken. Daran hatte sie noch gar nicht gedacht! Dass Bille Hilfe benötigen könnte, klang absurd. Bille war nie krank. Bille war diejenige, die anderen half.

Ocean spürte, wie sie zu zittern begann. War die SMS eine Bitte um Hilfe gewesen? Ging es Bille so schlecht, dass sie nicht anrufen *konnte*?

Und sie hatte einfach nicht reagiert. Ihr Leben lang war Bille immer für sie da gewesen – hatte Ocean sie etwa im Stich gelassen, in dem Moment, in dem Bille mal ihre Hilfe brauchte?

Hastig griff Ocean nach dem Telefon, tippte mit bebenden Fingern Billes Nummer an.

Das Freizeichen tutete.

Oceans Hände wurden schwitzig, ihr wurde übel. Was, wenn Bille doch sauer war? Was, wenn sie sie störte? Ihr Mund wurde trocken, ihr Kopf war wie leer gefegt. Was sollte sie sagen?

Okay, cool bleiben. Es war Bille. Bille, verdammt, ihre älteste und engste Freundin.

Wie wäre es mit: »Hi. Geht es dir besser?«

Das Freizeichen erklang immer noch. Was, wenn Bille nicht dranging? Sollte Ocean etwa nach ihr suchen? Im Büro? In Billes Wohnung? Die Vorstellung, sich allein auf die Suche machen zu müssen, ließ die Panik wieder auflodern. Das schaffte sie nicht. Sie schaffte das einfach nicht.

Tränen füllten ihre Augen. Sie würde Tatti anrufen. Tatti musste ihr helfen.

»Ja, bitte?«, meldete sich unvermittelt eine Männerstimme.

Ocean fuhr zusammen, reflexartig drückte sie den Anruf weg.

Shit. Was war das denn jetzt? Ein Mann? Hatte Bille sich krankgemeldet, um sich mit einem Mann zu treffen? Mit einem *Mann*?

Der Gedanke ließ die Wände wanken.

Bille traf sich mit *niemandem*. Zumindest hatte Ocean nie etwas davon mitbekommen. Eine Beziehung hatte Bille definitiv nie gehabt, das hätte sie bemerkt, sie waren ja beinahe immer zusammen gewesen.

Aber hatte sie wirklich keinen … Sex? Seit Jahrzehnten? Es war das erste Mal, dass Ocean darüber nachdachte. Normalerweise vermied sie es, an Sex zu denken, sie wollte die Flashbacks nicht provozieren. Aber konnte es wirklich sein, dass Bille niemals Sex hatte? Auf einmal kam ihr das sehr unwahrscheinlich vor …

Ocean zuckte zusammen, als ihr Smartphone summte. Anonyme Nummer. Mit zitternden Fingern griff sie nach dem Apparat. »Ja?«

»Sie haben gerade versucht, Sybille Sauer anzurufen«, meldete sich die Männerstimme erneut.

Ocean nahm all ihren Mut zusammen. »Mit … mit wem spreche ich bitte?«

»Pascal Sommer, Kripo Bochum.«

Mo

Sybille Sauer war tot.

Der Tod von Miekes Vorgesetztem Blumental und Lana war aufgeklärt, Mieke drohte keine Gefahr mehr. Es wäre bescheuert, wenn sie noch länger blieb. Sie hatten keine Chance.

Um Haaresbreite wäre gestern schon alles in einem riesigen Desaster geendet. Je eher er es beendete, umso mehr Schmerz ersparte er sich selbst. Und ganz vielleicht auch ihr, wenn die letzte Nacht keine schauspielerische Meisterleistung gewesen sein sollte.

Wenn es sich nur nicht so verdammt richtig angefühlt hätte, neben ihr aufzuwachen.

Mo vergrub die Hände in seinen Haaren, die dampfende Kaffeetasse verschwamm vor seinen Augen. Am liebsten hätte er sie gegen die Wand gepfeffert.

MIEKE

Im Halbschlaf tastete sie nach Mo.

Unfassbar, wie gut es sich anfühlte, nachts aufzuwachen und festzustellen, dass er sie festhielt. Dass er bei ihr war. Dass er lebte.

Als sie hinter sich nur die zerwühlte Bettdecke spürte, wurde sie schlagartig wach. Er war nicht da.

Ihr Blick streifte die aufgerissenen Kondompackungen auf dem Nachttisch, als sie zum Fenster sah. Der Spalt zwischen den Stoffgardinen verriet ihr, dass es draußen bereits hell wurde.

Na toll, er hatte es geschafft, sich rauszuschleichen. Wahrscheinlich versorgte er schon die Pferde. Dabei hatte er es gestern Abend nur mit Hilfe von zwei Krücken vom Sofa ins Schlafzimmer geschafft.

Mieke musste lächeln, als sie sich in dem erwartungsgemäß unaufgeräumten Raum umsah. Mos Bett war gefühlt hundert Jahre alt, der Lattenrost bestand aus Stahlfedern, die bei jeder Bewegung quietschten. Das Ding hatte er auf dem Speicher des Gutshofs gefunden, hatte er ihr erzählt. Nach dem Tod seiner Frau hatte er nicht mehr im Ehebett schlafen können.

Sie stand auf und sammelte einen seiner Lucky-Pony-Pullis vom Fußboden auf, weil ihre eigenen Sachen alle noch vor der Couch in der Wohnküche lagen.

Barfuß tappte sie in den Flur. Mos Schlafzimmer befand sich im Erdgeschoss, gegenüber von Samis Tür. In der Küche brannte Licht. Mieke stieg über die im Flur stehende Tasche, aus der Pferdebürsten, Hufauskratzer, eine lange Zange und eine große Raspel ragten.

Es roch nach Kaffee. Hatte sie so lange geschlafen, dass er den Stall bereits fertig hatte?

Vorsichtig drückte sie die Tür auf und entdeckte Mo am Esstisch. Er hatte die Ellenbogen rechts und links seines Kaffeebechers auf den Tisch gestützt und das Gesicht in den Händen vergraben. Die Krücken lehnten neben ihm an der Kante.

Als Mieke hereinkam, hob er den Kopf. Seine Locken hingen wirr auf seine Schultern. Seine Augen waren gerötet.

Sie blieb stehen.

Hatte er … geweint?

Vorsichtig näherte sie sich dem Tisch. »Was ist los?«

Sein Blick wanderte an seinem zu großen Pulli und ihren nackten Beinen herunter und blieb an ihren Füßen hängen.

»Alles in Ordnung, schätze ich«, sagte er, ohne sie anzusehen. Er griff nach den Krücken und stand auf. Statt auf Mieke zuzugehen, wandte er sich der Küche zu, hüpfte auf einem Bein Richtung Spüle.

»Bille Sauer wird dir keine Killer mehr auf den Hals hetzen. Van Hoorn arbeitet jetzt für SanaBene. Du kannst in deinen Job zurückkehren.«

»Sieht so aus«, murmelte sie verwirrt. Sie hatten heute Nacht dreimal miteinander geschlafen, wieso ging er auf Abstand?

»Kaffee?«, fragte Mo, ohne sich nach ihr umzusehen.

Mieke wurde eiskalt. Hielt er die letzte Nacht für einen Fehler? Machte er gerade Schluss mit ihr? War Schlussmachen überhaupt nötig nach nur einer Nacht?

»Willst du, dass ich gehe?«, fragte sie leise.

Er drehte sich um und sah sie an. Seine Augen schimmerten verräterisch, sein linkes Bein zitterte.

»Bevor es zu spät ist«, nickte er heiser.

Ocean

Sie hatte keine Tränen mehr.

Sie hatte nicht gegessen.

Nicht getrunken.

War nicht mal aufgestanden und aufs Klo gegangen.

Sie würde nie wieder vom Sofa aufstehen.

Sie würde einfach liegen bleiben und verhungern.

Mieke

»*Bevor es zu spät ist* – was zum Teufel bedeutet das?«, schniefte sie.

Jess hielt ihr ein weiteres Taschentuch hin. Ihre Schwester saß neben ihr auf der alten WG-Couch mit den Rotweinflecken und den geflickten Armlehnen, die jetzt in ihrem Gästezimmer stand. Mieke putzte ihre Nase, die sofort weiterlief.

»Das bedeutet, dass er Schluss macht, bevor er sich ernsthaft verliebt«, mutmaßte Jess eifrig. »Weil er nicht glaubt, dass ihr eine Zukunft habt.«

Mieke zerrte an ihren Haaren. Genau das hatte Mo gesagt, als sie gegangen war. *Wir haben keine Chance, tut mir leid.*

Gruseligerweise hatte er dabei wie Sybille Sauer geklungen, kurz bevor sie sich eine Pistole in den Mund gesteckt hatte.

Oh Gott!

Mieke erstarrte. Das würde er nicht tun, oder? Nein, Schwachsinn, das würde er nicht tun. Er hatte auch gar keine Waffe mehr, oder?

»Er weiß, dass eine Trennung noch mehr wehtun würde, wenn ihr erst richtig zusammen wärt und sich sein Sohn womöglich an dich gewöhnt hätte.« Jess streichelte ihren Rücken. »Mit einem Kind geht man so ein Risiko nicht ein, wenn absehbar ist, dass es schiefgeht.«

Sami. Mieke sah ihre Schwester erstaunt an. Jess' rosafarbenes Shirt hatte Flecken, ihre blonden Haare hatte sie auf ihrem Kopf zu einem wild aussehenden Knoten zusammengezurrt, ihre Jeans war zwei Nummern zu eng. Als Mutter dachte sie natürlich zuerst an das Kind.

Mieke hörte auf zu schluchzen. Hatte Jess recht? Wollte Mo keine Beziehung, um Sami eine Trennung zu ersparen?

Dass Mo ein Problem mit seiner Behinderung hatte, war offensichtlich. Und seine Mutter hatte von Schulden gesprochen. Glaubte er, sie würde ihn deswegen früher oder später verlassen?

Nachdem sie die ganze Zugfahrt über in den Ärmel seines Lucky-Pony-Pullis geheult hatte, fing jetzt plötzlich Wut in ihrer Brust an zu brodeln.

»Und woher will er wissen, dass es schiefgeht?«, knurrte sie.

Jess musterte sie nachdenklich. »Gestern hätte ich gedacht, er hat einfach geschnallt, dass du mit deinem Job verheiratet bist«, sagte sie.

Autsch.

»Allerdings stehst du das erste Mal wegen eines Typen heulend vor meiner Tür …«, sprach Jess nach kurzem Überlegen weiter. »Vielleicht solltest du noch mal mit ihm reden.«

Ocean

Sie musste Tatti anrufen. Die würde wissen, was zu tun war.

Aber sie war immer noch nicht in der Lage aufzustehen. Oder auch nur den Kopf zu drehen. Oder einen Arm zu heben. Das fühlte sich wie ein Wachkoma an. Oder wie ein Drogencocktail. Als wäre sie gefangen in ihrem Körper, ohne Möglichkeit, Kontakt zur Außenwelt aufzunehmen.

Natürlich war das die Panik, durch Billes Tod hatte sie jede Kontrolle über die Angst verloren.

Bille war immer da gewesen. Bille hatte immer alles wieder in Ordnung gebracht. Immer. Bille hatte ihre Ideen unterstützt, egal, was sie kosteten.

Bille hatte sie beschützt. Der Schmerz bohrte seine Krallen in ihr Herz und riss es auseinander. Ocean schluchzte auf.

Bille hatte ihr mehr als einmal das Leben gerettet.

Ohne Bille würde Ocean nicht überleben.

Mo

»Na endlich!« Sami riss die Haustür auf. Wie immer quollen seine Locken unter der Kapuze seines Hoodies hervor. Einen Augenblick lang sah es beinahe aus, als wollte er Mo anspringen, vor Erleichterung darüber, dass er ihn abholte.

Mo konnte sich nicht erinnern, wann sein Sohn sich das letzte Mal gefreut hatte, ihn zu sehen.

Sein Gewissen verpasste ihm einen Schlag in den Magen.

Es war Freitag. Nachdem Mieke am Donnerstagmorgen gegangen war, war er ins Bett gegangen und hatte es nicht mehr geschafft aufzustehen. Zum ersten Mal seit zehn Jahren hatte er die Pferde nicht gefüttert. Und das lag nicht an seinem geschwollenen Knie.

Der einzige Grund, aus dem er sie nicht angerufen und angebettelt hatte zurückzukommen, war, dass sein Smartphone mit ihrer eingespeicherten Nummer als Beweismittel von der Kripo einkassiert worden war. Und wenn er die Augen schloss, sah er Sybille Sauers Pistole vor seinem Gesicht.

Weil er Sami aber nicht ewig bei seinen Eltern lassen konnte, hatte er sich heute Morgen ins Auto gezwungen.

Als Sami seine Unterarmgehstützen bemerkte, prallte er zurück. »Was ist passiert?«

»Kleiner Unfall, nichts Dramatisches.« Mo ließ die Stützen fallen, um zu demonstrieren, dass er sie gar nicht brauchte. Solange er auf dem rechten Bein stand, brauchte er sie tatsächlich nicht. Nur gehen konnte er ohne die Dinger keinen Schritt. Die Entzündung im Knie würde heute hoffentlich ihren Höhepunkt erreichen, ab morgen müsste es besser werden.

Mo zog seinen Sohn an sich und musste schlucken, als Sami es zuließ. Sami konnte nicht nur locker sein Kinn auf seine Schulter legen, sondern fühlte sich unter dem Hoodie auch überraschend kräftig an. Überhaupt, wann waren seine Schultern breiter geworden? Trainierte er etwa heimlich? Oder auch nicht heimlich? Mo bekam ja nicht mal mit, was er den ganzen Tag trieb. Der Gedanke verursachte Übelkeit.

Sami machte sich los. »Wieso hat Mieke nicht aufgepasst?«

»Was?«

»Sie hat mir versprochen, dass dir nichts passiert«, fauchte Sami.

Er wirbelte zum Auto herum, entdeckte den leeren Beifahrersitz und verstummte.

Mo runzelte die Stirn. Offenbar gab es Abmachungen zwischen Sami und Mieke, von denen er nichts wusste.

»Sie ist weg, oder?«, flüsterte Sami.

Es brach Mo das Herz, dass Sami offensichtlich damit rechnete, dass Frauen einfach aus seinem Leben verschwanden.

MIEKE

»Schön, dass Sie wieder an Bord sind, Frau Jentsch.« Die Beine übereinandergeschlagen, saß Saskia Riese hinter van Hoorns Schreibtisch im weitläufigen Geschäftsführungsbüro, als hätte sie nie etwas anderes gemacht. Dabei hatte bis vor wenigen Tagen alles darauf hingedeutet, dass sie die ewige Stellvertreterin bleiben würde, denn van Hoorn war eine Ecke jünger als sie.

Mieke zögerte kurz, bevor sie sich ihr gegenüber niederließ. Natürlich kannte sie die Riesin, doch bisher hatten sie nicht viel miteinander zu tun gehabt. Und sie war wachsam.

Immerhin hatte ihre neue Chefin schnell reagiert, als Mieke sie gestern von Jess' Couch in Berlin aus angerufen und erklärt hatte, dass sie ihren Dienst endlich wieder aufnehmen wolle. Sie hatte sie gleich heute zum Gespräch eingeladen. Freitagnachmittag. Sehr wahrscheinlich wäre sie jetzt normalerweise bereits im Wochenende gewesen. Das war ein unmissverständliches Entgegenkommen.

Also war Mieke nach einer Nacht auf Jess' Sofa heute Morgen wieder in den Zug gestiegen und nach Bochum zurückgekehrt. Nach allem, was passiert war, war sie nicht bereit aufzugeben.

Sie würde sich von Mo nicht einfach abservieren lassen.

Wir haben keine Chance. Tut mir leid. – Vergiss es! Sie hatte eine bessere Erklärung verdient als seinen Minderwertigkeitskomplex. Und sie hatte auch schon eine Idee, wie sie die bekommen würde.

Sobald sie wieder in ihrem Büro saß.

Die Riesin, die einen halben Kopf kleiner war als Mieke, hatte ihr kupferrotes Haar mit einem Kamm im Nacken hochgesteckt. Ihr Stil war hauptsächlich professionell und nur ein ganz kleines bisschen weiblich, so wie auch Mieke es bis vor Kurzem bevorzugt hatte. Wahrscheinlich trainierte Riese, jedenfalls konnte sie einen Anzug tragen, der ihre Figur betonte. Ihr Make-up war dezent, ihr Gesicht ernst und ihre Pumps hoch genug, um den Größenunterschied auszugleichen.

Vor Kurzem hätte Mieke sich sofort gewünscht, in fünfzehn Jahren genauso auszusehen.

Heute trug sie flache Schuhe.

»Danke«, sagte Mieke. Sie kam gleich zur Sache. »Als Leiterin des Referats Kliniken möchte ich zeitnah einen Termin mit Vorstand und Geschäftsführung vereinbaren«, erklärte sie Riese. »Ich möchte mein Marketingkonzept zur Sicherung der Klinikbelegung vorstellen.«

Denn wenn sie Montagmorgen offiziell wieder ihren Dienst antrat, würde der Kampf um die Kliniken auch ohne Sybille Sauer weitergehen. »Ich denke, es kann gelingen, die Vollbelegung auch nach Inkrafttreten der Gesetzesänderung zu erreichen. Es ist Aufgabe der Rentenversicherung, Reha-Medizin ohne Profitgedanken zu erhalten. Und das ist meiner Meinung nach nur möglich, wenn die Kliniken in öffentlicher Hand bleiben.«

Riese nickte. »Gern.«

Mieke stutzte. Wie bitte? So einfach sollte das sein?

»Dass mein Vorgänger bei den Verkaufsverhandlungen zu seinem eigenen Vorteil gehandelt hat, ist nicht akzeptabel. Wir werden alle Möglichkeiten sachgerecht prüfen und hundertprozentig korrekt vorgehen.« Riese legte die Fingerspitzen aneinander. »Allerdings sind die Untersuchungen, die einen Belegungsrückgang prognostizieren, belastbar. Sie können versuchen, den Vorstand von Ihrem Konzept zu überzeugen. Ich denke jedoch, dass Luuk in diesem Punkt recht hatte: Wirtschaftlich gesehen ist ein Verkauf der Kliniken der richtige Schritt. Ihr Marketingkonzept verursacht Kosten und ist personalintensiv, eine Garantie dafür, dass es funktioniert, gibt es nicht. Es besteht die Gefahr, Rentengelder zu investieren und zu verlieren. Ein Klinikverkauf hingegen bringt sicheres Geld in die Kassen und spart die Kosten für Klinikpersonal und Gebäudeinstandhaltung ein. Ob die Rehazentren belegt werden, ist dann Sache der neuen Betreiber.«

Okay. Da war der Haken. Auch die Riesin wollte kein Risiko eingehen.

»Ich werde einen Termin mit dem Vorstand vereinbaren«, versprach die Geschäftsführerin, »bitte Sie aber, parallel dazu das Verkaufsportfolio fertigzustellen, um die Kliniken möglichen Käufern präsentieren zu können. Versuchen Sie, den Kontakt mit Medica wieder aufzunehmen und herauszufinden, ob das Interesse noch besteht.«

Die Panik packte Mieke wie eine kalte Hand im Nacken.

Ruhig bleiben. Sybille Sauer war tot.

»Außerdem hat inzwischen auch die Vita GmbH Interesse signalisiert. Die Kontaktdaten der Geschäftsführerin finden Sie in Ihrem E-Mail-Postfach. Natürlich werden wir allen Interessenten die Möglichkeit einer Angebotsabgabe einräumen.«

Verdammt.

»Ihre Aufgabe ist es, alle Möglichkeiten objektiv zu prüfen«, erklärte Riese sachlich. »Ich bin gespannt auf Ihre Ergebnisse. Was ich bisher von Ihrer Arbeit gesehen habe, war überzeugend.«

Ähm … »Danke?«

Die Riesin lächelte schmal. »Als Geschäftsführerin werde ich eine Vertretung benötigen. Ich würde mich freuen, wenn Sie zeitnah eine Bewerbung einreichen, Frau Jentsch.«

Ocean

Tatti war da.

Ocean hatte keine Idee, ob es eine Stunde oder einen Tag gedauert hatte, bis sie aufgetaucht war, nachdem sie sie endlich angerufen hatte.

Sie hatte versprochen herauszufinden, was passiert war. Sich um die Beerdigung zu kümmern. Sie hatte Essen mitgebracht.

Ocean registrierte, dass Tatti Schwarz trug.

MIEKE

Mieke atmete ein paarmal tief durch, als sie wieder im Flur der Teppichetage stand.

Ihr Kopf summte. Immerhin räumte Riese ihr die Chance ein, den Vorstand zu überzeugen. Trotzdem klang es, als hätte sie sich bereits entschieden.

Egal, darum konnte sie sich ab Montag kümmern. Heute hatte sie sich lediglich in der Personalabteilung zurückgemeldet, ihre Schlüsselkarte mit den Zugangsberechtigungen abgeholt und die Ordner mit ihrem Marketingkonzept in Schorschs Büro gebracht, in das sie am Montag offiziell einziehen würde.

Dass Maria Meier sie begrüßt hatte, als wäre sie nie weg gewesen, war gruselig. Als sie jetzt in Schorschs leeres Büro zurückkehrte, vergewisserte sie sich, dass die Verbindungstür zu Meiers Sekretariat wirklich geschlossen war.

Einen Moment lang blieb sie mit dem Rücken an die Tür gelehnt stehen und bildete sich ein, Schorsch in dem ergonomisch geformten Bürostuhl hinter dem Computer sitzen zu sehen. Mit Kuchenkrümeln im Bart und SpongeBob-Krawatte.

Dann ging sie langsam um den Schreibtisch herum. Auf Schorschs Chefsessel Platz zu nehmen traute sie sich nicht. Es fühlte sich falsch an.

Vielleicht sollte sie das Ding austauschen.

Sie nahm das Telefon aus der Ladestation und trat damit ans Fenster. Mit ihrem Smartphone googelte sie die Lucky Pony Ranch.

Aus marketingstrategischer Sicht war Mos Website eine Katastrophe. Sie zeigte lediglich ein paar Pferdefotos und die Kontaktdaten. Aber die Telefonnummer schien die eines Festnetzanschlusses zu sein, denn Mos Handy hatte ja Sommer.

Miekes Herzschlag beschleunigte sich, ihre Hände wurden feucht. Sie räusperte sich, um dafür zu sorgen, dass ihre Stimme nicht versagte. Sie durfte ihm keine Zeit zum Auflegen lassen.

Dann tippte sie die Zahlen ein.

Freizeichen.

Sie sah auf die Uhr über dem Schreibtisch. Kurz nach zwei. Wenn er Sami gestern aus dem Sauerland abgeholt hatte und er heute in der Schule gewesen war, aßen sie vielleicht gerade Mittag.

Es klackte in der Leitung.

»Lucky Pony Ranch, Moritz Blümel«, meldete sich Mo förmlich. Er klang erschöpft, seine Stimme rau.

»Hi«, flüsterte Mieke.

Das war nicht, was sie hatte sagen wollen. Mo schwieg. Verdammt, er durfte nicht auflegen.

»Das ist eine Rentenversicherungsnummer, hm?«, begriff er, plötzlich hörbar wacher.

Mieke fand den Faden wieder.

»Das ist ja auch ein Rentenversicherungsanruf«, erklärte sie betont förmlich. »Unser letzter Termin vom Führungskräftetraining steht noch aus, ich würde ihn gerne nachholen.«

Mo antwortete nicht. Aber er legte auch nicht auf.

»Passt es dir morgen?«, fragte Mieke.

Mos Reaktion klang beinahe wie ein Lachen. »Ist das dein Ernst?«

»Aber so was von«, knurrte sie.

»Shrek wird sich freuen, dich zu sehen«, warnte er sie.

Ein warmer Schauer wanderte über ihren Rücken. Er machte Witze. Scheiße, du freust dich doch, dass ich anrufe. Was zum Teufel stimmt mit dir nicht?

»Passt Shrek neun Uhr?«, erkundigte sie sich.

Stille.

»Er wird die ganze Nacht nicht schlafen können«, antwortete Mo schließlich leise.

SANNA

Die Tür klappte.

Sie rührte sich nicht, blieb auf dem Rücken liegen und starrte die weiße Zimmerdecke an, ohne die hinter einem Schutzgitter verborgene Deckenlampe zu sehen.

Das Bett drehte sich. Oder das Zimmer.

Sie dachte an Bille, die aus ihrem Wagen stieg und sie ausdruckslos musterte. Die, eine Hand lässig in der Hosentasche, einen Kaffeebecher entgegennahm. Die mit geröteten Wangen diskutierte. Die sie gegen die Wand drückte und küsste. Deren stahlgraue Augen ins Leere starrten, während sich eine Blutlache um ihren Kopf herum ausbreitete.

In einem anderen Leben hätten wir am Strand geheiratet.

Sanna stöhnte auf vor Schmerzen. Bille hatte getötet, um ihre Ziele zu erreichen, verdammt. Sie war eine Mörderin. Trotzdem hatte Sanna noch nie etwas so wehgetan.

»Ich gebe Ihnen noch etwas zur Beruhigung, Frau Berthold.« Das Lächeln einer Ärztin schob sich in Sannas Sichtfeld. Sie trug Kittel, Stethoskop und eine schulterlange dunkle Ponyfrisur.

Sanna reagierte nicht, als sie ein weiteres Medikament in den venösen Zugang an ihrem Handrücken drückte. Hauptsache, der Schmerz hörte auf.

Die Frau beugte sich über sie und tastete an Sannas Hals nach einem Puls. Sie war schön. Ziemlich düster geschminkt. Ihr linker Mundwinkel hing herunter, vielleicht durch einen Schlaganfall verursacht.

»Gleich geht's besser.« Die Medizinerin streichelte ihre Wange.

Das Medikament begann zu wirken, eine bleierne Schwere legte sich wie eine Decke über sie. Die Ärztin leuchtete ihr mit einer winzigen Taschenlampe in die Augen. Blendend helle Flecken blieben zurück.

Das Bett drehte sich immer noch.

Im nächsten Moment fraß sich ein schneidender Schmerz in ihren linken Unterarm und riss Sanna brutal aus ihrer Trance. Sie drehte doch den Kopf – und wollte schreien, als sie das Frühstücksmesser entdeckte, dessen Klinge bis zur Hälfte in ihrem Arm steckte. Sie hatte keine Kontrolle über ihre Zunge, konnte nur lallen.

Die Ärztin bewegte das Messer kräftig Richtung Handgelenk.

Sanna spürte, wie ihr Fleisch zerriss, wie warme Flüssigkeit über ihren Arm lief. Ein nasser roter Fleck breitete sich auf ihrer Bettdecke aus. Blut spritzte auf den weißen Kittel. Sannas Blut.

Die Frau trug Handschuhe.

»Was …?«

»Keine Sorge, ich helfe Ihnen«, sagte die schöne Ärztin sanft. »Sie müssen mir nur verraten, was mit Bille Sauer passiert ist. Sie waren dabei, richtig? Sie ist in Ihrer Wohnung gestorben?«

Sanna starrte sie an.

»Nicken reicht.«

Schwarze Punkte tanzten um die Frau herum. Sanna nickte schwerfällig.

»An dem Tag waren zwei Leute auf der Suche nach Bille. Moritz Blümel und eine Mikaela Jentsch. Waren die da?«

Tränen traten Sanna in die Augen.

»Haben Moritz Blümel und Mikaela Jentsch Bille unter Druck gesetzt?«

Sanna blinzelte.

»Der Typ ist groß, er trägt einen braunen Pferdeschwanz und hinkt auffällig. War er da, als Bille starb?«

Die Ärztin verschwamm. Sie trat um das Bett herum. Die Absätze ihrer Schuhe klackerten auf dem PVC-Boden.

Im nächsten Moment bohrte sich der Schmerz in ihren anderen Arm. In die Ellenbeuge. Mit einer kräftigen Bewegung schnitt die Ärztin die Innenseite ihres Unterarms komplett auf. Muskeln, Sehnen, Blutgefäße rissen.

Ja, verdammt. Sanna wollte schreien. Ja, die waren da.
Sie schaffte nur ein Nicken.
Spürte die warme Feuchtigkeit an ihren Händen.
»Ganz ruhig«, flüsterte die Ärztin. »Bleiben Sie einfach liegen, es ist gleich vorbei.«

Mo

Ein Motorengeräusch näherte sich.
Sein Herzschlag beschleunigte sich, er fuhr herum.
Sami blickte ebenfalls von seinem Handy auf. Seit einer Viertelstunde lungerte er an dem Bierzelttisch vor der Reithalle herum. Mo war das Aufleuchten seiner Augen nicht entgangen, als er ihm beim Frühstück erzählt hatte, dass Mieke heute zum Führungskräftetraining kam.
Eine schwarze Limousine rollte am Torbogen vorbei.
Nee, so eine Schüssel fuhr Mieke nicht. Nicht mal als Leihwagen.
Aus dem Augenwinkel beobachtete Mo, wie Sami den Kopf wieder senkte. Er wartete ebenfalls auf sie. Sie bedeutete ihm längst etwas. Wie auch immer das passiert war. Er würde sie nicht wieder wegschicken können, wenn sie wirklich auftauchte. Wenn sie nicht nur kam, um ihm eine reinzuhauen.
Wem machte er etwas vor? Er wollte sie zurück. Egal, ob für eine Nacht oder eine Woche. Scheiß auf die Konsequenzen.
Aber dazu müsste er ehrlich sein, zumindest ein bisschen. Und dann würde sie nach dem Führungskräftetraining wohl von selbst gehen.
Er wandte sich wieder Teddy zu, der unter dem Vordach der Reithalle den Kopf in seine Futterschüssel versenkt hatte, während Mo ihn, auf eine Unterarmgehstütze gelehnt, bürstete. Natürlich würde er nicht Shrek nehmen.
Neben ihm sprang Sami auf.

Als Mo sich umdrehte, stand Mieke unter dem Torbogen auf dem Hof. Mo ließ Teddy stehen, doch mit der Krücke hatte er keine Chance, Mieke vor Sami zu erreichen.

»Ich … ich wollte dir nur sagen, dass ich nicht sauer bin. Wegen der Sache mit seinem Knie, meine ich.« Sami war verlegen vor Mieke stehen geblieben. Jetzt deutete er auf Mo, der hinter ihn trat.

»Tut mir leid«, murmelte Mieke zerknirscht.

»Hauptsache, er lebt noch«, meinte Sami.

Okay …?

»Und schön, dass du wieder da bist.« Sami grinste schief und flüchtete dann hastig Richtung Haus.

Mieke sah Mo an. Sie trug seinen viel zu großen Pulli, Jeans und ihre braunen Stiefeletten. Unsicher strich sie sich die Haare hinter die Ohren.

»Hi«, sagte sie.

Mos Herz geriet augenblicklich ins Stolpern. »Führungskräftetraining, hm?«, sagte er. »Willst du es wirklich durchziehen?«

Sie hob trotzig die Nase. »Verlass dich drauf.«

Die Schmetterlinge flatterten hoch.

Er war am Arsch.

»Na ja, immerhin tauchst du nicht in Pumps auf.«

MIEKE

Mo hatte nicht Shrek aus dem Stall geholt, sondern Teddy. Obwohl das blinde Pferd ziemlich groß war, war Mieke ein bisschen erleichtert, denn beim Füttern hatte er ihr zumindest nicht nach dem Leben getrachtet.

Doch sobald er ihre Unsicherheit witterte, würde auch er anfangen, sie zu terrorisieren.

Vorsichtig strich sie mit der weichen Bürste, die Mo ihr gegeben hatte, über das glänzende Fell. Teddy pustete in seine leere Futterschüssel. Mieke wich zurück und stieß gegen Mo, der hinter ihr stand.

»Locker bleiben.« Mo taumelte, ließ seine Krücke in den Kies fallen und schlang stattdessen seine linke Hand um ihren Bauch, um sich festzuhalten.

Die Berührung durchzuckte sie, und als sie im nächsten Moment seinen Körper an ihrem Rücken spürte, wurde ihr schwindelig.

»Du willst ihm das Gefühl vermitteln, dass du die Lage im Griff hast und er bei dir sicher ist, erinnerst du dich?«, sagte Mo neben ihrem Ohr.

Bevor sie richtig begriff, was passierte, schob er sie so dicht an das Pferd heran, dass ihre Nase beinahe Teddys Fell berührte. Sanft griff er ihre rechte Hand und führte die Bürste in kräftigen Strichen über den Pferderücken.

»Behalt den Kopf im Blick. Wenn er versucht, sich zu dir umzugucken, legst du ihm die Hand an die Wange.« Mo löste seine Linke von Miekes Bauch, griff auch ihr anderes Handgelenk und deutete die Bewegung an.

Eine Sekunde lang spürte Mieke nur noch seinen Griff pochend an ihrem Unterarm. Seine Nähe brannte wie Feuer an ihrem Rücken. Der Wunsch, nach hinten zu sinken und sich an ihn zu lehnen, war übermächtig.

»Aber vorsichtig.« Mo ließ sie los. »Teddy musst du nicht überzeugen wie Shrek.«

Mieke wollte, dass er sie weiter festhielt, doch er sammelte seine Stütze wieder auf und trat einen Schritt zurück.

Sie brauchte einen Moment, um ihren Kopf klarzukriegen und sich zu erinnern, was sie überhaupt tun sollte. Dann näherte sie sich dem Pferd erneut, um sein Fell zu bürsten. Diesmal mit langen, festen Strichen, wie Mo es ihr gezeigt hatte.

Sie sah Teddys Kopf leicht in ihre Richtung schwenken. Ihre Hand zuckte an seine Wange. Zu schnell. Zu grob.

»Gut«, kommentierte Mo trotzdem.

Zu Miekes Erstaunen versuchte der Braune kein weiteres Mal, sich umzudrehen.

Fünf Minuten später hatte sie auch seine Hufe ausgekratzt. Das war ganz leicht: Noch bevor Mieke sich bückte, hielt Teddy sein Bein bereits in die Luft.

Warum zum Teufel war das bei Gobi und Shrek so schwierig gewesen? Es dauerte tatsächlich ein paar Sekunden, bis sie begriff, was das bedeutete.

Fassungslos drehte sie sich zu Mo um. »Du hast mich mit Pferden trainieren lassen, von denen du wusstest, dass sie mir nicht gehorchen würden?«

Mo senkte den Kopf. »Tut mir leid.«

»Es tut dir leid?« Mieke hörte ihre Stimme schrill werden. »Es tut dir leid, dass du mir eingeredet hast, dass ich eine komplette Fehlbesetzung für meinen Job bin? Absichtlich?«

Mo nickte, ohne sie anzusehen.

»Aber wieso?« Mieke griff sich an die Stirn. »Wieso hast du das getan?«

Mo holte tief Luft. »Van Hoorn hat mich angerufen und dich angemeldet. Er hat gesagt, er würde mir eine überehrgeizige Karrierezicke schicken, die jemand von ihrem hohen Ross holen muss, bevor er sie auf die Angestellten loslassen kann.«

Karrierezicke?

»Ich hatte mir mein Urteil gebildet, lange bevor du in deinem Victoria-Beckham-Kostümchen vor der Tür gestanden hast.« Mos linkes Bein begann zu wippen. »Luuk und ich kennen uns aus dem Studium«, fuhr er fort. »Ab und zu kam er mit solchen ›Spezialaufträgen‹ zu mir. Für die hat er ziemlich gut bezahlt.«

Der Boden brach unter Miekes Füßen weg, einen Moment lang glaubte sie, in ein schwarzes Loch zu stürzen.

»Spezialaufträge?«, wiederholte sie ungläubig.

Mo hielt ihrem Blick stand. »Verunsicherte Mitarbeiter mucken weniger auf.«

Der Hufauskratzer rutschte Mieke aus der Hand und klapperte neben ihren Füßen in den Kies. »Du hast mich in van Hoorns Auftrag fertiggemacht?«

»Dass du in Schwierigkeiten steckst, habe ich erst geschnallt, als du im Krankenhaus lagst. Ich hätte es dir längst sagen müssen. Bevor wir im Bett gelandet sind.«

Mos linkes Bein wippte so stark, dass er sein Gewicht auf die Krücke verlagern musste, um nicht umzukippen.

»Ich verstehe, wenn du jetzt wieder gehst.« Tränen füllten seine Augen.

Wie gestern Morgen in der Küche. Sie hatte eine bessere Erklärung hören wollen als ein kryptisches »Bevor es zu spät ist«. Nun, das gerade war wohl eine gewesen.

»Deine Körpersprache ist nicht im Einklang mit deinen Worten«, stellte Mieke fest.

Mo schüttelte den Kopf. »Nein. Ist sie nicht.«

Tatti

Lucky Pony Ranch war ein geradezu lächerlicher Name für den baufälligen Resthof irgendwo im ländlichen Bochumer Norden zwischen den Stadtteilen Gerthe und Hiltrop.

Die Straße war eher ein Feldweg. Eine Fahrbahnmarkierung gab es nicht. Die Weide, die den Hof umgab, war mit weißem Elektrodraht eingezäunt und kahl gefressen. Ein paar Ponys dösten unter Apfelbäumen, ansonsten war das Gelände übersichtlich.

Sie ließ den Wagen weiterrollen. Das Nachbargrundstück war verwildert. Aus Gebüsch und Brennnesseln ragte die Ruine einer stillgelegten Lagerhalle. Ein rostiger Maschendraht umgab das Gelände, doch der Zaun hatte Löcher, stellenweise waren ganze Elemente umgekippt, das Tor fehlte.

Das Gras in der gepflasterten Einfahrt wuchs kniehoch, doch der Zuweg war passierbar, und hinter dem Gebäude wäre der Wagen nicht zu sehen …

Mo

»Guck dahin, wo du hinwillst. Drehst du den Kopf, drehst du automatisch die Wirbelsäule mit und verlagerst minimal dein Gewicht. Das reicht ihm, um dich zu verstehen.«

Er musste nicht laut sprechen, denn in der Reithalle herrschte konzentrierte Stille. Nur das Geräusch von Teddys Hufen im Sägemehl und ein gelegentliches zufriedenes Schnauben waren zu hören.

Er liebte diese intime Atmosphäre, den magischen Augenblick, in dem Pferd und Reiter einander mit Hilfe feinster Signale verstanden und er plötzlich keine Kommandos mehr zu geben brauchte.

Er liebte es sowieso, aber heute hallte sein Herzklopfen überlaut durch die Stille. Mieke war nicht gegangen. Sie hatte mit dem Führungskräftetraining weitermachen wollen. Und sie hatte beinahe sofort begriffen, wie sie Teddy anhielt, losritt und lenkte.

Teddy war eine Lebensversicherung. Er trottete gemächlich in die Runde, und auf ein »Brrrr« von Mo würde er sofort stehen bleiben. In den Kinderreitstunden war das manchmal notwendig, wenn die Reitschüler zu spät reagierten und Teddy gegen die Hallenwand zu laufen drohte, weil er sie nicht sah.

Aber Mieke ritt vorausschauend und konzentriert. Und Teddy lauschte, die Ohren nach hinten gerichtet, auf das winzigste Signal von ihr. Nachdem sie sich an den Rhythmus des Pferdes gewöhnt hatte, saß sie fast lässig im Sattel – und sah mächtig heiß dabei aus.

Mo beobachtete an die Holzbande gelehnt, wie Mieke auch die nächsten beiden Ecken sauber ausritt. Als sie Teddy die lange Seite hinunterlenkte, trafen sich ihre Blicke. Mos Herz hüpfte prompt.

Mieke sah ihn unverwandt an, während Teddy auf ihn zutrottete. Dann wanderte ihr Blick über seinen Kopf hinweg, und sie grinste, bevor sie sich auf die nächste Ecke fokussierte, damit Teddy nicht neben Mo stehen blieb.

»Cool, Mieke«, sagte Sami. »Bald können wir ausreiten.«

Mo zuckte zusammen, er hatte ihn nicht bemerkt. Und er konnte sich nicht erinnern, wann Sami das letzte Mal zur Halle rübergekommen war, um beim Reitunterricht zuzusehen. Geschweige denn auf ein Pferd steigen wollte.

Dass sein Sohn Mieke anscheinend genug mochte, um sich ihre erste Reitstunde anzusehen, sorgte für ein sprudelndes Glücksgefühl in Mos Brust. Es war so ungewohnt, dass ihm beinahe schwindelig davon wurde.

Mieke ritt die nächste Ecke ebenfalls sauber aus, dann drehte sie langsam den Kopf in Mos Richtung. Teddy schwenkte gemächlich herum und kam auf ihn zu.

Direkt vor ihm hielt Mieke an. Ihre Wangen waren gerötet vor Freude. Liebevoll strich sie Teddy über den Hals. »Das hat er toll gemacht.«

Mo hüpfte auf eine Gehhilfe gestützt auf sie zu und hielt sich an Teddys Mähne fest. »Weil du abgeliefert hast.«

Sie runzelte die Stirn. Dass sie ihm das nicht abkaufte, war kein Wunder.

»Er ist blind«, erinnerte Mo sie. »Er hätte sich keinen Meter bewegt, wenn er geglaubt hätte, dass du ihn gegen die nächste Wand laufen lässt. Und wenn du keine klaren Signale gegeben hättest, hätte er nicht verstanden, was er machen soll.«

»Ihn muss ich aber auch nicht mit einem Wutanfall davon überzeugen, dass ich das Sagen haben«, bemerkte Mieke. Sie schwang ein Bein über Teddys Hals und rutschte vom Pferd. Mo machte einen Schritt vorwärts, um sie auffangen zu können, falls sie bei der Landung stolperte. Sie stolperte nicht, sondern landete dicht vor ihm, hob den Kopf und sah ihn an.

»Womit wir bei der letzten und wichtigsten Lektion des Coachings angekommen wären«, sagte er leise, ohne wieder auf Abstand zu gehen.

»Ach ja?« Mieke verschränkte die Arme. »Und die wäre …?«

Mo lehnte sich an Teddy an, der geduldig stehen blieb.

»Menschen sind keine Pferde.«

»Echt jetzt?« Mieke musste grinsen.

»Jep.« Er zuckte die Achseln. »Pferde denken instinktiv in Rangordnungen, weil Pferdeherden nun mal so funktionieren.

Du bist entweder ranghoch oder rangniedrig – Chefin oder die, die den Kaffee kocht – für Teddy gibt es nichts dazwischen.«

Er wuschelte dem Braunen durch die Mähne. »Das Sagen hat der Durchsetzungsstärkste, also der, der am wütendsten wird. Aber auch wenn Firmen und Behörden gern auf das evolutionäre Relikt der Hierarchie zurückgreifen, um sich zu strukturieren, müssen wir Menschen unsere Konflikte glücklicherweise nicht mehr auf emotionaler Ebene klären. Wir können nämlich ...« Er machte eine bedeutungsvolle Pause. »... sprechen.«

Mieke musste lachen, und Mos Herz hüpfte prompt noch mal.

»Wir können uns austauschen und in Teamarbeit die beste Lösung finden. Fokussiertes Denken und eine klare Körpersprache können die Verständlichkeit verbessern, ein Tobsuchtsanfall ist meiner Meinung nach aber kein Zeichen von Durchsetzungsstärke, sondern von einer Kommunikationsfähigkeit auf Hunderudel-Niveau.«

Mieke sah ihn ungläubig an. »Dein Ernst?«, vergewisserte sie sich. »Du lässt mich tagelang mit deinen ungezogenen Ponys zanken, um mir am Ende zu sagen, dass ich alles wieder vergessen soll?«

»Mein voller Ernst.« Im letzten Moment bemerkte Mo, dass er eine Hand gehoben hatte, um Mieke eine verschwitzte blonde Strähne aus der Stirn zu streichen. Schnell ließ er den Arm wieder sinken.

Scheiße, sie durfte nicht wieder gehen.

»In deinem Job kommst du an Alphatierchen, die sich wie schlecht gelaunte Oger benehmen, wahrscheinlich nicht vorbei.« Er hörte selbst, wie rau seine Stimme klang. »Da kann es hilfreich sein, die Kommunikationsmechanismen zu durchschauen. Privat ...«

Mieke sah ihn gespannt an.

Die Schmetterlinge in seiner Brust wurden hektisch. »... privat kann ich auf Rangordnungen verzichten. Da möchte ich eine Partnerschaft auf Augenhöhe.«

Das Wort ließ Mieke zusammenzucken.

»Aber mit mir willst du nicht zusammen sein, weil …«, begann sie langsam, zögerte dann.

Mos Hand krampfte sich in Teddys Mähne.

»… weil du glaubst, dass ich dich früher oder später verlassen werde? Weil du behindert bist? Schulden hast?«

»Weil ich ein Arschloch bin«, erinnerte er an den wichtigsten Punkt.

Mieke nickte langsam. Sie hatte es verstanden. Sie senkte den Kopf.

»Aber …« Weitersprechen. Jetzt oder nie. Er musste es einfach versuchen. »… ich schätze, ich will das Risiko eingehen.«

Die Schmetterlinge bekamen Panik.

»Es ist *deine* Entscheidung, ob du jetzt gehst oder in einer Woche oder in einem Jahr. Nicht meine.«

Miekes Kopf zuckte hoch.

»In einem Jahr?«, hakte sie nach.

»Ich will, dass du bleibst«, flüsterte Mo. »So lange wie möglich. Ist mir scheißegal, was danach kommt.«

Mieke biss in ihre Unterlippe, plötzlich schienen ihre Augen dunkel zu werden, dann sammelten sich Tränen darin.

Okay, sie würde gehen, begriff Mo. Natürlich würde sie gehen. Wie konnte er sich einbilden, dass sie so was wie eine Beziehung mit ihm ernsthaft in Erwägung zog? Es war schon unmöglich gewesen, als sie noch nicht geahnt hatte, was für ein Wichser er war.

»Du hattest recht, damals. Und van Hoorn auch«, sagte Mieke.

Hä? Mo versuchte, ihren Gedankensprung nachzuvollziehen, schaffte es aber nicht.

»Ich war eine Zicke in einem Fünfhundert-Euro-Outfit und wäre durchaus über ein paar Leichen gegangen, um den Klinikverkauf abwickeln zu dürfen.«

Was? Angestrengt versuchte Mo zu erfassen, worauf sie hinauswollte. Sie konnte sich doch nicht ernsthaft die Schuld daran geben, dass er ihr Selbstbewusstsein systematisch in Einzelteile zerlegt hatte?

»Dann hätte Dr. Sauer dich nicht aus dem Weg räumen müssen«, erinnerte er. »Du hast deinen Job aufs Spiel gesetzt, um den Verkauf zu verhindern, schon vergessen?«

»Weil Sanna mir gesagt hat, dass ich Mist baue«, gestand sie. »Selbst wäre ich nie im Leben auf die Idee gekommen, mich einer dienstlichen Anordnung zu widersetzen. Weil ich ein *Fleißbienchen* bin, *das noch gelernt hat, sich ins System einzufügen*«, wiederholte sie van Hoorns Worte mit bitterem Unterton.

Mo runzelte die Stirn. Er wusste noch immer nicht, was sie ihm sagen wollte, aber es fiel ihr offensichtlich schwer weiterzusprechen. Auf die Stütze gelehnt, wartete er ab.

»Ich bin im real existierenden Sozialismus geboren, aber meine Eltern waren … na ja, keine Fans des Systems.« Mieke senkte den Blick. »Natürlich war ich bei den Jungpionieren, aber weil sich mein Vater darüber geärgert hat, habe ich das Halstuch nicht oft getragen.« Auch wenn ihre Mutter das heute anders beurteilte.

»Das Halstuch?«, hakte Mo nach.

»Das zehnte Gebot lautet: Wir Jungpioniere tragen mit Stolz unser blaues Halstuch«, zitierte Mieke.

»Gebot?« Mo kratzte sich am Kopf. Seine eigenen Erfahrungen mit Geboten waren nicht die besten, aber er vermutete, dass Mieke etwas anderes meinte als er. »Wir sprechen nicht über die Kirche, oder?«

»Das Halstuch war das Erkennungszeichen der Jungpioniere«, erklärte Mieke. »Die anderen Kinder haben es auch in der Schule getragen. Mein Vater nannte die Pioniere eine Hirnwäsche, mit der der Staat uns zu Befehlsbefolgern ranzog. Irgendwann …« Sie sprach so leise, dass er sie kaum noch verstehen konnte. »… irgendwann hat mich meine beste Freundin mal gefragt, warum ich das Tuch nicht trage.«

Eine Träne löste sich aus ihrem Augenwinkel und rann über ihre Wange. Und plötzlich ergaben die scheinbar zusammenhanglosen Worte Sinn.

»Du hast es erzählt«, begriff er. Mieke schluchzte auf. Ohne zu überlegen, zog Mo sie an sich und hielt sie fest.

»Ich schäme mich so.«

Ich schäme mich so. Ihre Worte schlugen ihm wie eine Faust in den Bauch. *Ich schäme mich so.*

Ich mich auch. Jeden Tag.

Behutsam begann er, sie hin- und herzuwiegen. Mieke verbarg das Gesicht in seinem T-Shirt. Ihre Nähe durchströmte ihn warm.

»Wie alt warst du?«, fragte er heiser. Ihre Tränen durchnässten sein Shirt.

»Sieben. Am nächsten Tag ist Paps verhaftet worden. Als er nach dem Fall der Mauer aus dem Gefängnis kam, hat er angefangen zu trinken. Er hat sich nie davon erholt.«

Sie ballte die Fäuste in sein Shirt. »Es ist meine Schuld, dass er tot ist. Ich hab nicht aufgepasst, einen Moment lang nicht nachgedacht. Ich wünschte, ich könnte es rückgängig machen, aber das geht nicht.«

Meine Schuld.

Ich wünschte, ich könnte es rückgängig machen.

»Seitdem habe ich versucht, immer alles hundertprozentig richtig zu machen.«

Er zwang sich, Luft zu holen, dann legte er sein Kinn auf ihren Kopf.

»Du warst ein Kind in einem Überwachungsstaat«, murmelte er. »Nichts davon ist deine Schuld.«

Was er von sich selbst nicht behaupten konnte.

TATTI

Knackend und rumpelnd schob sich der schwere Wagen ins Gebüsch. Äste kratzten über den Lack.

Egal.

Sie machte den Motor aus. Als die Scheinwerfer verlöschten, war es plötzlich stockfinster.

Sie zog die schwarze Skimaske, die nur ihre Augen frei ließ, über ihre Glatze. Das hier war eine der wenigen Gelegenheiten, bei denen es von Vorteil war, wie Frankensteins Monster auszusehen. Sie würde zumindest keine Haarbüschel hinterlassen, anhand derer man sie identifizieren könnte.

MO

»Mann, Papa, du Lusche. Du hast nicht einen einzigen Elfmeter reingemacht.« Sami rempelte Mo mit der Schulter an.

Mo fluchte nicht überzeugend. Ihm war nach Lachen und Heulen zugleich zumute. Sobald sein Blick zum Küchentisch hinüberwanderte, fiel ihm ein, dass Lana dort nie wieder wie besessen auf ihr Notebook einhämmern würde. Niemals würde er sich an ihren leeren Platz gewöhnen.

Andererseits saß Sami so dicht neben ihm, dass sich ihre Oberschenkel berührten. Sein Sohn war fast so groß wie er, und seine Stimme kam ihm ungewohnt tief vor. Er war wohl kaum während der zwei Tage bei seinen Eltern in den Stimmbruch gekommen. Hatten sie in den letzten Monaten so wenig miteinander gesprochen, dass Mo die Veränderung nicht aufgefallen war?

Er konnte sich nicht erinnern, wann Sami und er das letzte Mal zusammen gezockt hatten. Seit er ihn nach Hause geholt hatte, fiel ihm nichts anderes ein, um irgendwie mit ihm in Kontakt zu bleiben. Der Gedanke, Sami könnte allein in seinem Zimmer verschwinden, versetzte ihn in Panik. Er wollte ihn im Blick haben, auf ihn aufpassen.

Dabei war er als Vater eine Katastrophe. In den letzten Monaten – vielleicht auch seit Jahren – hatte er nur gemeckert, weil Sami sich in seinem Zimmer verkroch, statt im Stall zu helfen. Dabei hatten ihn Computerspiele genauso wenig interessiert wie Sami Pferde. Es wäre seine Aufgabe gewesen, auf seinen Sohn zuzugehen. Nicht umgekehrt.

Doch seit Leos Tod hatte er alle Kraft gebraucht, um den Hof am Laufen zu halten. Oder hatte er lieber gearbeitet, statt nachzudenken? Hatte er lieber geschwiegen, statt zu reden? Weil ihm immer noch die Worte fehlten? Weil er keinen Spaß haben wollte? Durfte?

Er konnte sich nicht erinnern, dass er seit Leos Tod gelacht hatte. Hatte er zehn Jahre lang seinen Sohn großgezogen, ohne zu lachen? War er womöglich selbst depressiv? Ohne es zu merken?

Mieke stoppte seine rabenschwarzen Gedanken, indem sie ihre Füße bewegte. Sie saß links von ihm, mit dem Rücken an einem Kissenstapel an der Seitenlehne des Sofas, seinen Laptop auf dem Schoß. Die Fußspitzen hatte sie unter seinen Hintern geschoben, und er spürte jede ihrer Bewegungen überdeutlich.

Sie war nicht gegangen.

Noch nicht.

Seit über zwei Stunden studierte sie seine Buchführung. Das fühlte sich schon wieder an, als würde er sich nackt vor ihr ausziehen und hoffen, dass sie ihn nicht einfach irgendwo am Straßenrand zurückließ.

»Ja!« Sami sprang auf und boxte in die Luft. »Tor! Schon wieder verkackt, Papa. Wenn du weiter so grottig spielst, zieh ich dich zweistellig ab.«

MIEKE

»Deine Einnahmen sind relativ stabil. Sogar während der Pandemie, obwohl da doch gar kein Reitunterricht stattfinden konnte.« Über den Bildschirm des Notebooks hinweg musterte sie Mo.

Sie hatte seine Buchhaltung nur überflogen, aber sofort erkannt, dass seine Bilanz besser als erwartet aussah. Fünf Pferde gehörten tatsächlich ihm, für die anderen fünfzehn zahlten deren Besitzer Stallmiete. Das waren garantierte Einnahmen von viertausendfünfhundert Euro im Monat. Der tägliche Reitunterricht brachte noch mal etwa viertausend Euro ein. Und durchschnittlich zweimal pro Monat spülten Führungskräftetrainings, Personal Coachings oder Seminare wie »Bodenarbeit« oder »Horsemanship« bis zu fünftausend Euro in die Kasse. Die Rentenversicherung buchte ihn zu Miekes Erleichterung nur selten.

Dafür zahlten während der Schulferien sogenannte »Ferienkinder« sechshundert Euro pro Woche. Bis zu zehn Kinder nahmen regelmäßig an den Reiterferien teil.

Mo kratzte sich am Hinterkopf. »Die Reitschüler sind allein geritten, hab nur zugeguckt. Oder wir sind ausgeritten, mit Abstand natürlich – die Pferde mussten ja bewegt werden. Dafür haben viele einen freiwilligen Unkostenbeitrag beigesteuert.«

Hieß wohl im Klartext, er hatte sich um das Beschäftigungsverbot herumgeschummelt.

»Tor!« Sami sprang auf.

Mo warf in gespielter Verzweiflung die Arme in die Luft. Auf dem Fernseher schlug ein virtueller Fußballspieler einen Salto.

Hm … Obwohl in der Pandemie die Kinderferien und Seminare weggefallen waren, hatte er seine Kreditraten nicht aussetzen müssen.

Unfassbar, aber in Ferienzeiten machte die Lucky Pony Ranch Umsätze von fast zwanzigtausend Euro im Monat.

Natürlich mussten davon Steuern, Versicherungen, Instandhaltungsarbeiten am Hof und Ausgaben wie Heu, Wasser, Strom, Tierarzt und Hufschmied bezahlt werden. Trotzdem wäre die »Bruchbude«, wie seine Mutter den Hof nannte, eine fucking Goldgrube – wäre da nicht der Schuldenberg, der etwa so überschaubar war wie der Mount Everest. Siebenhunderttausend Euro hatten Mo und seine Frau aufgenommen – weil sie die Reithalle hatten anbauen lassen. Davon waren nach fünfzehn Jahren noch etwa vierhundertfünfzigtausend Euro übrig. Wenn Mo die Kredite im aktuellen Tempo weiter abbezahlte, wäre er mit ungefähr zweiundachtzig Jahren schuldenfrei.

Im Ernst, Herr Blümel?

Anscheinend schon, da er nicht in die Rentenkasse einzahlte, plante er offenbar keinen Ruhestand.

Das Problem war offensichtlich: Seit dem Tod seiner Frau

machte Mo allein die Arbeit, die eigentlich zwei Leute hätten erledigen sollen. Eher drei, denn Sami war ja auch noch da gewesen, und wie Mieke das bei Jess mitbekam, war Kinderbetreuung ein Vollzeitjob.

Seine Personalplanung war eine Katastrophe. Kein Wunder, dass er keine Zeit hatte, sich zu waschen.

Allerdings ließe sich die Personalsituation entspannen. Und auch die Schulden stellten kein unlösbares Problem dar …

Auf dem Bildschirm jubelte wieder ein Fußballspieler, und Mo schleuderte seinen Controller in ein Kissen.

Mieke musste lächeln, als Sami den Freudentanz des Torschützen nachahmte. Sie schloss die Tabellen. Das würde sie noch mal in Ruhe durchrechnen. Nächste Woche. Oder nächstes Jahr.

Aus dem Augenwinkel nahm sie die Bewegung wahr. Den Bruchteil einer Sekunde lang meinte sie vor dem Fenster eine Silhouette zu erkennen.

Ein Pferd? Oder ein Mensch? Als sie direkt auf die Stelle starrte, herrschte hinter der spiegelnden Scheibe Finsternis.

Ihr Körper reagierte mit blanker Panik. Ihre Muskeln versteiften sich, ihr Herzschlag dröhnte überlaut in ihren Ohren.

Die Erinnerung an die Einbrecherin in ihrer Wohnung flackerte auf. *Die schwarze Silhouette. Das von der Sturmhaube verhüllte Gesicht. Das Messer.*

Stocksteif saß sie auf der Couch.

»Du hast mich gefoult«, beschwerte sich Mo.

Okay. Ruhig bleiben. Es war zweiundzwanzig Uhr. Rein physikalisch war es unmöglich hinauszusehen. Draußen war es stockfinster, und hier drinnen spendete die Stehlampe hinter Mieke warmes Licht, das Videospiel flackerte bunt. Es musste eine Spiegelung in der Scheibe gewesen sein. Samis Dancemoves wahrscheinlich.

Nach allem, was passiert war, war sie mit den Nerven am Ende. Aber es drohte definitiv keine Gefahr mehr.

So beiläufig wie möglich zog sie ihre Füße unter Mos Hintern weg, stellte das Notebook mit wackelnden Händen auf den

Couchtisch und erhob sich. Ihr Herz raste, einen Moment lang befürchtete sie umzukippen.

Reiß dich zusammen!

Sie trat ans Fenster und durchforschte angespannt die Dunkelheit. Doch sie sah nur ihr verschwommenes Spiegelbild in der Scheibe. Selbst wenn dort draußen wirklich jemand stünde, wäre er für sie unsichtbar.

»Alles okay?«

Mieke zuckte zusammen, als Mo plötzlich hinter ihr stand. Sein Blick wanderte in ihr Gesicht, dann zum Fenster. Offenbar war ihr Schweigen Antwort genug, denn mit zwei Schritten war er an der schmalen Stahltür in der Ecke neben dem Kühlschrank. Er stieg über den im Weg stehenden Putzeimer hinweg, verschwand in einem kleinen Raum, in dem die Gastherme der Heizung hing, und riss eine weitere Tür auf, die anscheinend nach draußen führte.

Mieke folgte ihm hastig. Durch den Heizungsraum gelangte sie auf die Weide. Schemenhaft erkannte sie die Umrisse einiger Bäume, mehrere Pferde hatten sich ein Stück entfernt versammelt, sie erahnte Shreks helles Fell und die gescheckten Ponys. Der Verkehrslärm war weit entfernt, nur ab und zu war ein Schnauben zu hören.

Im nächsten Moment flammte eine Wandlampe auf. Der Lichtschein erleuchtete den Wiesenbereich vor dem Ausgang. Mieke erkannte die Heuraufe, in der die Pferde ihre Köpfe versenkt hatten. Mo hinkte bereits auf Teddy zu. Der Braune stand etwas abseits, gerade noch sichtbar im beleuchteten Bereich. Im Gegensatz zu den anderen hielt er den Kopf hoch erhoben und lauschte in die Nacht.

Als Mo »Hoho« murmelte, entspannte er sich sichtlich. Mo verschwand in der Richtung, in die Teddy gelauscht hatte, in der Dunkelheit.

Mieke wurde schlecht.

TATTI

Mist, der Wichser war schneller, als sie erwartet hatte.

Brennnesseln und Zweige streiften ihre Beine. Sie presste ihren Rücken gegen den Baum, hielt den Atem an, als sich seine unregelmäßigen Schritte näherten.

Scheiße, Bille war tot, und Ocean hatte erzählt, dass die Tussi und er sie unter Druck gesetzt hatten, um sich Zutritt zu ihrem Haus zu verschaffen.

Jetzt war er nur wenige Meter entfernt, auf der anderen Seite des Zaunes, wo die Pferde das Gras bis auf den blanken Boden abgefressen hatten.

Sie hätte ihre Beretta mitnehmen sollen. Zum Glück hatte er keine Taschenlampe. Sie konnte nur hoffen, dass das Dickicht auf dem verwilderten Grundstück sie schützte und er keine Lust hatte, sich durch die Brennnesseln zu kämpfen.

Wie bescheuert war sie überhaupt, vorm Fenster rumzustehen und zu glotzen?

Sekundenlang war alles still.

War er noch da? Sie widerstand dem Impuls nachzusehen. Auf keinen Fall durfte sie versehentlich ein Geräusch verursachen. Ein knackender Ast oder raschelnde Blätter würden sie verraten. Reglos verharrte sie hinter dem Baum.

Dann hörte sie die Schritte plötzlich wieder. In unmittelbarer Nähe!

Aber das Knacken und Rascheln, das ihr verraten hätte, dass er das verwilderte Grundstück betrat, blieb aus. Klang, als würde er sich entfernen.

Vorsichtig lehnte sie sich zur Seite und spähte um den Stamm herum. Kurz darauf trat er wieder in den Lichtkegel am Hintereingang.

Sie atmete auf.

»Lass das Gemüse mal schön auf eurer Seite. Dafür kannst du mir die Salami geben.« Mit der Gabel schob Sami Tomaten, Paprika, Mais und Brokkoli auf die linke Hälfte der Pizza.

Mo verdrehte die Augen und füllte den entstandenen Platz mit Wurst. Jetzt bildete das Gemüse auf der einen Seite des Backblechs einen Berg, die andere Hälfte war mit Tomatenmark, Salami und Käse übersichtlich belegt.

Sonntagnachmittag mit Sami und Mieke Pizza zu machen fühlte sich unwirklich an. Zu gut. Bedrohlich gut.

Gestern Abend, in der Dunkelheit auf der Weide, war das Summen in seinem Magen so heftig gewesen, dass er beinahe gekotzt hätte. Er war drauf und dran gewesen, Sami wieder zu seinen Eltern zu bringen und Mieke gleich noch mal rauszuschmeißen.

Hatte er aber nicht.

Stattdessen hatte er mit ihr geschlafen und danach geheult, weil sie wieder da war.

In der Nacht hatte er die Kontrolle über die Paranoia verloren und bei offener Flurtür gelauscht, ob Einbrecher durchs Haus schlichen. Drei Mal war er aufgestanden und hatte nach Sami gesehen. Nach allem, was geschehen war, liefen seine Alarmsysteme Amok.

In diesem Moment krachte der Klopfer gegen die Haustür. Mo schrak zusammen, und seine Gedanken schlugen einen Salto. Er erwartete definitiv keinen Besuch! Es war Sonntag, der Reitunterricht begann erst morgen wieder. Er würde die Tür nicht öffnen.

Komm mal runter, befahl er sich selbst. Das ist lächerlich. Wahrscheinlich war es nur Anne, die den Hufschmied für Hexe dahatte. Kira und Anton waren vorhin mit Tink und Chacko weggeritten, die konnten aber eigentlich noch nicht zurück sein.

»Ich geh schon«, seufzte Sami und verschwand im Flur.

»Nein!« Mo fuhr so heftig herum, dass Mieke verwundert von der Pizza hochsah. »Ich mach auf.«

Aber Sami war an der Tür, bevor Mo fluchend seine Stütze gegriffen hatte.

»Papa?«, hörte er ihn rufen. Sein Herz setzte aus. Er sprang zur Wohnzimmertür, doch in dem Moment polterte Sami schon wieder herein. »Der sagt, er ist von der Polizei?«

Was?

Hinter Sami schob sich Pascal Sommer in die Küche. Interessiert betrachtete der Kommissar Mos Gehhilfe, dann Mieke, dann den Gemüseberg auf der Pizza, die von den Zockersessions der letzten Tage verwüstete Couch, den Wäscheberg im Esszimmer. An der Tür, mit der Mo Messerwerfen trainierte, blieb sein Blick hängen.

»Was gibt's?«, erkundigte sich Mo ohne Begrüßung. Höflichkeit konnte Sommer nicht mehr ernsthaft von ihm erwarten.

Der Kommissar zog einen durchsichtigen Plastikbeutel aus der Tasche und legte ihn auf den Küchentisch. Darin befand sich Mos Handy. »Die Kriminaltechnik ist mit der Spurensicherung durch.«

Deswegen tauchte er extra hier auf? Sonntags?

Mo nahm das Smartphone aus dem Beutel und tippte das Display an. Akku leer. Er ließ es in seiner Hosentasche verschwinden.

»Was noch?«, erkundigte er sich dann, weil Sommer weiter mit gerunzelter Stirn in seiner Küche stand.

Sommers Blick wanderte zu Sami.

Mo stutzte. Sommer wollte ihm etwas mitteilen, was nicht für die Ohren eines Dreizehnjährigen bestimmt war?

»Guck mal eben, ob der Schmied schon fertig ist«, sagte er zu Sami. »Ich muss noch einen Termin mit ihm machen.«

Sein Sohn warf ihm einen finsteren Blick zu, natürlich schnallte er sofort, dass er nicht mithören sollte. Er knallte die Flurtür hinter sich zu, die Milchglasscheibe wackelte.

Mo verschränkte abwartend die Arme.

»Susanna Berthold hat sich Freitagabend in der akutpsychiatrischen Abteilung der AKA das Leben genommen«, sagte der Kommissar. »Ich dachte, das sollten Sie beide erfahren.«

Mieke sank auf den Küchenstuhl.

MIEKE

Ratlos sah sie sich in Schorschs Büro um, das ab heute ihr Büro sein sollte. Neben dem großen Schreibtisch und einem kleinen Besprechungstisch mit vier Stühlen gab es eine Leinwand für den Beamer und zwei deckenhohe mit Akten gefüllte Schränke.

Rechts neben dem PC lagen ihre Ordner mit dem Marketingkonzept bereit, links das Verkaufsportfolio der Rehazentren.

Mieke zog Schorschs ergonomischen Chefsessel hinter dem Schreibtisch hervor und schob ihn in die Ecke. Dann rückte sie einen der Stühle vom Besprechungstisch an seine Stelle.

Nachdenklich betrachtete sie ihren Arbeitsplatz, der sich einfach nicht wie ihrer anfühlen wollte. Schließlich wuchtete sie das Portfolio und das Marketingkonzept vom Schreibtisch auf den Besprechungstisch hinüber.

Wieder in der Behörde zu sein fühlte sich surreal an. Als wäre sie nach einem Alptraum einfach wieder in ihrem normalen Leben aufgewacht.

Aber das stimmte nicht. Sie war in Mos Bett aufgewacht. Sie war Leiterin des Klinikreferats und für Tausende von Menschen verantwortlich. Die Riesin hatte ihr den Posten als stellvertretende Geschäftsführerin in Aussicht gestellt. Und Schorsch und Sanna würden nie wieder zur Tür hereinkommen.

Niemand außer ihr hatte noch Interesse daran, die Rehazentren zu halten. Und ihre Gründe, den Verkauf zu verhindern, waren rein idealistisch, wirtschaftlich völlig widersinnig. Davon war sie zu Beginn ja selbst überzeugt gewesen.

Die Kliniken als öffentliche Einrichtungen weiterzubetreiben hatte nur soziale Vorteile: Nicht der Gewinn würde Ziel der Reha sein, sondern die Gesundheit der Patienten. Ein öffentlicher Arbeitgeber garantierte gute Arbeitsbedingungen, mehr Personal und tarifliche Bezahlung in den chronisch schlecht vergüteten Gesundheitsberufen.

Sie würde einen ganzen Bereich des Medizinwesens vor der prekären Beschäftigung bewahren.

Aber sie riskierte, riesige Verluste einzufahren. Die sie zu verantworten hätte.

Ironie des Schicksals, dass der Klinikdeal mit Sybille Sauer wohl wirklich die beste Lösung für die Angestellten gewesen wäre. Immerhin war Medica zu Tarifverhandlungen bereit gewesen und konnte durchaus als sozial engagiert bezeichnet werden.

Mieke griff nach dem Telefon und drückte die automatische Durchwahl zu Maria Meier.

»Ja, bitte?«, meldete sich ihre Sekretärin prompt.

»Finden Sie bitte heraus, ob es bei Medica eine neue Geschäftsführung gibt.«

»Habe ich bereits angefragt«, entgegnete Meier triumphierend. »Offenbar gibt es personelle Veränderungen.«

Mieke biss sich auf die Unterlippe. Davon war auszugehen.

»Es wird ein paar Tage dauern, bis man mir einen neuen Ansprechpartner nennen kann. Aber die Inhaberin persönlich hat meine Mail beantwortet und versichert, dass das Kaufinteresse bestehen bleibt.«

»Haben Sie eine Telefonnummer von ihr?«

»Leider nein. Die E-Mail wurde über den Account von Sybille Sauer versandt. Von einer gewissen …«

Kurz war zu hören, wie Meier auf der Tastatur ihres Computers herumhämmerte.

»… Ocean O'Donn«, sagte sie dann. Statt des Namens hätte sie Mieke auch einen Hammer vor die Stirn schmettern können.

»Ocean O'Donn?«, wiederholte sie ungläubig.

»Ich habe mich auch über den Namen gewundert«, sagte Meier.

O'Donn gehörte Medica?

Wieso …?

Wie …?

»Gute Arbeit, Frau Meier. Danke«, murmelte Mieke verwirrt und beendete das Gespräch.

Ocean O'Donn.

Sie griff nach ihrem Smartphone und fütterte die Suchmaschine mit den richtigen Begriffen. Prompt wurde ihr ein Gewerberegister angezeigt, in dem O'Donn tatsächlich als Inhaberin von Medica auftauchte. Allerdings trat sie anscheinend nie öffentlich als Konzerninhaberin in Erscheinung. In Zeitungsberichten wurde sie immer nur in Zusammenhang mit ihren Wohltätigkeitsprojekten erwähnt.

Was nach kurzem Überlegen Sinn zu ergeben schien.

Das Tagesgeschäft überlasse ich meinen Leuten. Sie genießen mein vollstes Vertrauen.

Sybille Sauer hatte Medica gemanagt, als gehörte ihr der Konzern, während O'Donn sich in ihrem Hochsicherheitsbunker in Bochum Stahlhausen vor der Welt verkroch.

Doch als Mieke jetzt nach den richtigen Begriffen suchte, spuckte das World Wide Web gleich mehrere alte Zeitungsartikel aus.

Mit Anfang zwanzig hatte O'Donn offenbar ein Medizinstudium abgebrochen, weil ihre Modelkarriere in Schwung gekommen war. Mit vierundzwanzig hatte sie den vierunddreißig Jahre älteren Medica-Gründer Gerald Meyerding geheiratet und sich komplett aus der Öffentlichkeit zurückgezogen. Erst Jahre später, als Meyerding beim morgendlichen Schwimmen im Pool seines Anwesens am Chiemsee ertrunken war, rückte O'Donn noch mal in den Fokus der Öffentlichkeit: Sie erbte den Konzern.

Meyerdings erste Frau, die das Unternehmen bis dahin geleitet hatte, hatte O'Donn der Erbschleicherei bezichtigt und geklagt. Doch die rechtliche Lage war eindeutig. Auch die Unterstellung, O'Donn könne mit dem Tod ihres Ehemannes in Verbindung stehen, schloss die Polizei schnell aus. Zum Todeszeitpunkt war O'Donn wegen psychischer Probleme in einer Schweizer Klinik in Behandlung gewesen.

Sybille Sauer übernahm damals die Unternehmensführung, und O'Donn verschwand wieder.

O'Donn hatte Sauer zur Alleinherrscherin gemacht, um sich nicht mit der Geschäftsführung auseinandersetzen zu müssen. Und Sauer war nicht vor kriminellen Methoden zurückgeschreckt, um an immer mehr Macht und Geld zu gelangen. Mieke würde wetten, dass ein nicht zu kleiner Teil der Gewinne in Sauers eigene Taschen gewandert war.

Vermutlich hatte O'Donn in diesem Moment keine Ahnung, wie sie Medica ohne Sauer am Laufen halten sollte. Und mit der Wohltätigkeitsfanatikerin wäre es wahrscheinlich leichter, vernünftige Arbeitsbedingungen auszuhandeln, als mit der »Heuschrecke«.

Wenn es Mieke gelänge, mitarbeiterfreundlich und lukrativ an O'Donn zu verkaufen, stünden ihre Chancen, danach zur stellvertretenden Geschäftsführerin befördert zu werden, mehr als gut. In ein paar Jahren könnte sie sogar die Nachfolgerin der Riesin werden. Und nach Feierabend würde sie zu Sami und Mo nach Hause fahren. Sie könnte ihr Leben wieder in den Griff kriegen.

Jetzt.

Die siebenjährige Mieke, die noch immer irgendwo in ihr steckte, wollte unbedingt alles richtig machen und den Arbeitsauftrag zur Zufriedenheit ihrer Vorgesetzten erledigen.

Die erwachsene Mieke griff nach dem Telefon und rief die Gewerkschaftsvorsitzende Nina Goosewind an.

MO

»Guck nicht mich an, Lina. Guck dahin, wo du hinwillst.«

Längst zu spät. Gobi schwenkte nach innen. Statt dem ausgelatschten Pfad in die Ecke der Reithalle zu folgen, kürzte er großzügig den Weg ab.

Die Elfjährige sah Mo hilfesuchend an.

»Konzentrier dich auf die nächste Ecke. Jetzt wird er auf alle Fälle noch mal abkürzen. Gewicht verlagern, Schenkel ran, zur Not den Zügel benutzen. Wenn er das noch mal schafft, hält er dich für einen Lappen und steht gleich hier bei mir in der Mitte.«

Lina gehorchte – und sah sich dann nach Mo um, um sich zu vergewissern, dass sie alles richtig machte. Prompt kürzte Gobi wieder ab.

Mo seufzte. Zumindest hatten Laurenz und Nikita Teddy und Tink im Griff, sonst wäre längst Chaos ausgebrochen. So war es nur Gobi, der die Arbeit einstellte und vor Mo in der Mitte der Reithalle zum Stehen kam. Mo biss sich auf die Zunge, um nicht zu schmunzeln. Gobi sah ihn treuherzig an.

Nee, Kumpel, dafür gab es mit Sicherheit keine Belohnung.

Sein Handy summte in seiner Hosentasche.

Mo ignorierte es. Während des Unterrichts ging er aus Prinzip nicht dran.

Obwohl ... vielleicht war es Mieke.

Das unterschwellige Summen breitete sich prompt wieder in seinem Magen aus. Heute Morgen hatte er sie angerufen, um sich zu erkundigen, wie ihr erster Arbeitstag lief. Der Gedanke, dass sie sich wieder in der Rentenversicherung aufhielt, gefiel ihm nicht.

»Laurenz, Nikita, Mitte der Seite anhalten.«

Die Pferde kamen zum Stehen, und Mo zog sein Smartphone heraus. Die Nummer kannte er nicht.

»Hallo?«

»Sami?« Eine helle Jungenstimme. Nach kurzem Überlegen identifizierte er Samis Kumpel Rico.

»Nein, hier ist Mo, Papa von Sami. Was gibt's?«

»Mo? Aber ... das ist ja schön, dass es dir gut geht. Bist du noch im Krankenhaus? Samis Handy ist aus, ist er bei dir?«

Hä? Mo konnte Rico nicht folgen. »Wieso sollte ich im Krankenhaus sein?« Er stützte sich mit dem Arm auf Gobis buschiger Mähne ab.

Am anderen Ende der Leitung herrschte kurz Schweigen.

»Die Ärztin hat doch gesagt, du hattest einen Unfall?«

»Davon weiß ich bisher nichts.« Er verstand nicht, worum es ging. »Welche Ärztin?«

»Na, die, die Sami von der Schule abgeholt hat.«

Von der Schule abgeholt?

Eine Ärztin?

Wieso zum Teufel ...?

Während Mo noch versuchte, die Infos zusammenzukriegen, klickte es in seinem Hinterkopf.

Aber … nein.

»Ich wollte nur sagen, dass ich Samis Schul-iPad eingesteckt habe. Meins muss in seiner Tasche sein. Wenn es dir gut geht, können wir ja noch tauschen. Ich brauche meine Bio-Präsentation für die Hausaufgaben.«

Das unheilvolle Summen schwoll in Sekunden zum Grollen an, ließ den Boden vibrieren.

»Sami ist nicht bei dir?« Mos Stimme krächzte, plötzlich fühlte sich seine Kehle wie zugeschnürt an. Sami hatte doch gesagt, dass er nach der Schule mit Rico diese Präsentation machen wollte, oder? Dass er erst abends mit dem Bus kommen würde.

»Nee?« Rico klang verwirrt. »Die Ärztin hat ihn doch abgeholt? Wegen des Unfalls?«

Konnte das Mieke gewesen sein, und Rico hatte irgendwas falsch verstanden? »Wie sah die Frau aus?«

»Ähm, gut.« Rico geriet ins Stottern. »Ziemlich groß, also größer als Sami auf alle Fälle. Schwarze Haare, so bis zur Schulter.«

Nicht Mieke. Kälte durchrieselte Mo.

Okay, vielleicht gab es eine ganz simple Erklärung. Vielleicht ging es um ein Mädchen. Sami war dreizehn – hatte er ein Date, von dem er weder Mo noch Rico erzählen wollte?

»Wie alt war die Frau, Rico?«

»Keine Ahnung. Sie war ziemlich geschminkt. So vierzig oder fünfzig?«

Vielleicht die Mutter der Flamme? Während Mos Hirn noch nach einer plausiblen Erklärung suchte, legte sein Unterbewusstsein klackend einen Schalter um.

»Okay. Versuch, dich genau zu erinnern, Rico«, bat er reflexartig. »War sie dick oder dünn? Welche Hautfarbe hatte sie? Was hatte sie an? Ist dir irgendwas Besonderes an ihr aufgefallen? Hast du ihr Auto gesehen?«

Mo wühlte in seinen Taschen nach einem Zettel, einem Taschentuch, irgendwas, worauf er schreiben konnte. Er fand die zerknickte Tierarztrechnung, auf deren Rückseite er die Namen notiert hatte. Auf der Vorderseite neben der Kostenaufstellung war noch Platz.

Kugelschreiber. Er hatte die Reitstunde auf den Zehnerkarten abgehakt. Er notierte auf Gobis Hintern.

»Frau, 40–50 Jahre, >1,70 m, schlank, hellhäutig, dunkle, schulterlange Haare, stark geschminkt, attraktiv, weißer Kittel, schwarze Stiefel mit Absatz, Sonnenbrille. Schwarzer Mercedes, neues Modell, S-Klasse«.

Mit Autos kannte Rico sich aus. Verdammt, war ihm so eine Luxusschüssel nicht erst vor Kurzem irgendwo aufgefallen?

»Ihr Gesicht war schief«, fiel Rico noch ein.

Schief?

»Und sie hatte ein Tattoo. Unterm Ohr. Eine Uhr oder so was.«

Mos Gehirn schaltete auf Pause.

Er ließ den Zettel sinken.

»Ich kann verstehen, dass Sie nach allem, was passiert ist, Angst haben, aber die meisten vermissten Teenager tauchen nach ein paar Stunden wieder auf.«

Mo stützte die Ellenbogen auf den Klapptisch, das Telefon ans Ohr gepresst.

»*Ich* kann verstehen, dass Sie mich nicht ausstehen können«, knirschte er. »Aber es geht um meinen Sohn.«

»Ihr Sohn soll erst um sechs Uhr zu Hause sein, wenn ich Sie richtig verstanden habe«, erklärte ihm Pascal Sommer noch mal. »Es kann sein, dass er etwas vorhat, von dem Sie nichts wissen sollen.«

»Es ist keine Woche her, seit eine Irre Killer auf meine Freundin angesetzt hat, Sommer«, murmelte Mo tonlos. Er war auf die Hilfe des Kerls angewiesen. Ausgerechnet.

Der Wichser hatte eiskalt mit seinem Leben gepokert. Er hatte einfach abgewartet, ob Sybille Sauer ihn tatsächlich umbrachte. Hätte sie abgedrückt, hätte Sommer sie ebenfalls erschossen – und wäre auf der sicheren Seite gewesen, denn die Notwehrsituation hätte außer Frage gestanden.

Nur hätte Mo das nicht mehr geholfen. War er wirklich gezwungen, ausgerechnet Sommer anzubetteln?

»Bitte«, flüsterte er. »Bitte, suchen Sie nach meinem Sohn.«

Die ersten Eltern der Kids, die er einfach in der Reithalle hatte stehen lassen, betraten den Hof. Mo stand auf und ging mit dem Handy am Ohr ins Haus.

»Völlig verständlich, dass Ihnen die Nerven durchgehen, aber Sybille Sauer stellt keine Gefahr mehr dar.«

»Hören Sie mir nicht zu?« Mo verlor die Kontrolle. »Bei der Frau, die Samis Freund beschrieben hat, handelt es sich wahrscheinlich um Nathalia Mattheisen. Aus irgendeinem Grund trägt Mattheisen das gleiche Tattoo wie Sybille Sauer. Sie ist mindestens am Rande in den Fall verwickelt und könnte Sauer viel nähergestanden haben, als wir ahnen. Und sie ist Ärztin.«

Seine Stimme versagte. Der Gedanke, dass Nathalia Mattheisen Sami in ihre Gewalt gebracht haben könnte, schnürte ihm die Kehle zu. Fühlte sich wie Ersticken an.

Die Küchentür ging auf.

Mieke kam rein. Sie prallte zurück, als ihr Blick auf Mos Gesicht fiel. Offenbar sah er aus, wie er sich fühlte.

Er schaltete den Lautsprecher seines Handys ein.

»Wir haben Mattheisen bereits gecheckt, als wir den Mitschnitt des Telefonates von van Hoorn überprüft haben«, erklärte ihm Sommer.

Mo hatte nicht damit gerechnet, Auskunft über die Ermittlungen zu bekommen, doch der Kommissar sprach weiter. »Auf der Aufnahme ist ihre Stimme nicht zu hören, deswegen ist die Beweislage dünn. Sie ist nur als Zeugin mal vor dreißig Jahren in Erscheinung getreten, ihr Führungszeugnis ist blütenweiß. Und sie ist millionenschwer. Dass ausgerechnet sie Ihren Sohn entführt hat, ist mehr als unwahrscheinlich.«

Mo schlug die Fäuste auf den Tisch. Der Mistkerl würde nicht mehr tun als nötig. Genug, damit man ihm nichts vorwerfen konnte. Aber mehr auch nicht.

Nicht freiwillig.

»Na schön, ich schicke die Kollegen zu Mattheisen und lasse das Handy Ihres Sohnes orten«, gab Sommer nach.

Gott sei Dank.

»Außerdem habe ich die Beschreibung der Frau und des Wagens aufgenommen. Wenn Ihr Sohn nicht wie abgemacht um sechs nach Hause kommt, geht die Fahndung sofort raus, in Ordnung?«

Mieke wurde kreidebleich.

»In Ordnung«, wiederholte Mo tonlos. »Danke.«

»Und melden Sie sich, sobald Sie etwas von Samuel hören«, fügte Sommer noch hinzu.

MIEKE

Das Handy zitterte in ihren Händen.

»Der Teilnehmer ist zurzeit nicht erreichbar …« Auch der fünfte Versuch, Sami anzurufen, scheiterte. Ihre Gedanken überschlugen sich, ein Gefühl wie in einem von der Straße abgekommenen Wagen.

Sami durfte nichts passiert sein.

Und wieso überhaupt? Sybille Sauer hatte gestanden, verdammt! Sie hatte ihnen die Aufklärung des Falls als Audiodatei geliefert. Sauer war tot, die von ihr angeheuerten Killer ebenfalls, Mieke hatte geglaubt, alles sei überstanden. Und jetzt mutierte die nächste Millionärin zur Verbrecherin?

Sie kaute auf ihrem Daumennagel.

Mo hatte seit dem Telefonat mit Sommer kein Wort mehr gesagt.

»Glaubst du wirklich, Nathalia Mattheisen hat Sami entführt?«

Er nickte stumm.

»Sie hat mit Sauer studiert und trägt das gleiche Tattoo …«, bemühte sich Mieke, ihre Gedanken zu ordnen. »Und sie ist reich. Ich … ich glaube nicht, dass sie Lösegeld fordern wird.«

»Nein«, flüsterte Mo tonlos. »Das wird sie nicht.«

Mattheisen wollte ihre Freundin rächen.

»Und ich habe nicht mal eine Knarre«, murmelte Mo. Ruckartig stand er auf, hinkte zur Spüle und begann, in einer Schublade zu wühlen.

Ein Schauer kroch Mieke über den Rücken, als er ein Messer hervorzog. Eine Art Klappmesser anscheinend, jedenfalls sah es nicht wie ein Küchenwerkzeug aus. Er wog es abschätzend in der Hand. Klackend ließ er die Klinge auf- und wieder zuschnappen, als müsse er die Bewegung üben. Dann wandte er sich um, und im nächsten Augenblick steckte das Messer federnd in der Holztür, die an dem verglasten Fachwerk hinter der Couch lehnte.

Mieke fuhr verspätet zusammen, es dauerte eine Sekunde, bis sie begriff, dass er geworfen hatte. Ihr stellten sich die Nackenhaare auf, als sie bemerkte, dass Mo die auf die Tür gepinselte Silhouette mitten in die Brust getroffen hatte.

Er humpelte zur Zielscheibe, zog das Messer aus dem Holz, klappte die Klinge ein und ließ es in der Hosentasche verschwinden.

Dann drehte er sich zu Mieke um. »Ich wünschte, wir hätten mehr Zeit gehabt«, sagte er.

Was? Was sollte das heißen? Und wieso zum Teufel benutzte er die gleichen Worte wie Sybille Sauer?

»Du musst verschwinden. Sofort!«

Mieke schnappte nach Luft. Fing er schon wieder damit an? »Vergiss es!«, fauchte sie. »Wir sind Partner, schon wieder vergessen?«

Mo starrte sie an, ohne zu antworten.

In dem Moment summte sein Handy auf dem Esstisch.

Miekes Blick zuckte auf das Gerät. Anonymer Anruf. Unterdrückte Rufnummer.

Mos Bein knickte weg, weil er mit einem Satz an den Tisch sprang. Er schaffte es, sich mit beiden Armen abzustützen, warf einen kurzen Blick auf das Display. Seine Haare fielen vor sein Gesicht.

»Aufzeichnen«, befahl er Mieke. »Mit deinem Handy.«

Ja. Klar. Hektisch wühlte sie ihr Smartphone aus der Tasche, als Mo auf den Lautsprecher drückte.

»Papa?«

»Sami?« Mos Arme fingen an zu zittern. »Wo bist du? Ich kann dich nicht erreichen, Rico sagt …?«

Mieke drückte den Aufnahmeknopf der Audio-App, vergewisserte sich, dass die Aufnahme wirklich lief, nickte Mo zu.

»Sie hat gesagt, du hättest einen Unfall gehabt, es würde dir sehr schlecht gehen, und ich müsste sofort mit ins Krankenhaus kommen«, stammelte Sami. »Ich weiß, dass ich nicht mit fremden Leuten mitfahren soll, aber sie hat gesagt, sie ist Ärztin. Ich hatte so Angst, dass –« Sami verstummte.

»Hey, Moritz«, sagte eine raue Frauenstimme.

Mo schloss die Augen.

»Ocean hat mir erzählt, dass du sie besucht hast«, sagte die Frau. »Ich dachte, sie sieht Gespenster, bis die dicke Krankenschwester es bestätigt hat. Warum bist du nicht tot?«

Miekes Gehirn schaltete auf Pause. Hätte die Frau Brasilianisch gesprochen, hätte sie die Worte genauso wenig verstanden.

»Wäre wohl zu einfach gewesen«, ächzte Mo.

»Jedenfalls warst du clever genug, von der Bildfläche zu verschwinden und deinen Namen zu ändern.«

»Ich habe geheiratet und den Namen meiner Frau angenommen.«

Samis Entführerin kicherte. Sie kicherte tatsächlich.

»Klar, du warst ja schon immer ein militanter Feminist.«

Warum zum Teufel sprach sie mit Mo, als würden sie sich kennen?

»Na gut. Du hast länger gelebt, als du es verdient hast. Schön blöd, dem Rentenversicherungsmäuschen zu helfen, sich ausgerechnet mit Bille anzulegen. Wegen euch ist meine beste Freundin tot. Dir ist klar, dass du dafür bezahlen wirst?«

Bezahlen?

»Ja.«

»Gut. Wir treffen uns in einer halben Stunde im Parkhaus am Lindenhospital, Deck 5, ganz hinten, rechts. Keine Tricks und keine Polizei. Und bring deine kleine Freundin mit.«

Mos Blick wanderte zu Mieke, die ihn fassungslos anstarrte.

»Sie ist nicht meine Freundin. Und ich hab keine Ahnung, wo sie steckt«, antwortete er heiser.

»Hör auf, mich zu verarschen!«, schrie die Frau ihn an. »Du sitzt mit ihr auf der Couch, als wärt ihr eine ganz normale Familie. Du fickst sie. Tauchst du ohne sie auf, ist dein Bengel tot.«

Es klackte in der Leitung. Das Besetztzeichen tutete.

Aufgelegt.

Miekes Gehirn weigerte sich zu reagieren.

Mo rührte sich nicht, starrte nur auf das zwischen seinen Händen liegende Smartphone, die Haare im Gesicht. Als er langsam den Blick hob, waren seine Pupillen riesig, seine Augen sahen wie leere schwarze Löcher aus.

»Hau ab«, flüsterte er. »Bevor ich nicht mehr klar denken kann.«

Was bedeutete das? Was zum Teufel ging hier vor sich? Was war da gerade passiert? Mieke hatte keine Ahnung – aber Mo wusste es ganz offensichtlich.

»Wieso kennt ihr euch?«, platzte sie heraus. »Warum glaubt sie, du wärst tot? Worüber habt ihr da gerade gesprochen, verdammt noch mal?« Mieke merkte, wie ihre Stimme immer schriller wurde, sie konnte nichts dagegen tun.

Mo rührte sich nicht. »Kann ich nicht sagen«, presste er hervor.

»Du kannst es nicht sagen?« Miekes Stimme kippte. Sie erhob sich, ohne es zu merken, stützte sich ebenfalls auf den Tisch, um mit ihm auf Augenhöhe zu sein. »Was soll das heißen? Dass du es weißt? Dann *willst* du es mir nicht sagen, denn mit deiner Zunge ist ja alles in Ordnung!«

Sie konnte es nicht fassen!

»Dein Sohn ist entführt worden! Eine Irre droht, ihn zu töten! Sie verlangt, dass *ich* da hinfahre! Und du willst mir nicht sagen, was los ist?«

Mo schüttelte unmerklich den Kopf, seine Arme wackelten unter seinem Gewicht. »Ich mache das allein«, flüsterte er tonlos.

»Hast du nicht gehört, was sie gesagt hat? Sie droht, Sami was anzutun, wenn du ohne mich auftauchst! Es geht um *Sami*, verdammt!« Jetzt schrie Mieke ihn wirklich an.

Mos linker Arm gab nach, er sackte zusammen, landete auf dem Küchenstuhl.

»Ich will wissen, was los ist!«

Mos Gesicht war leichenbleich, als er zu ihr hochsah.

»Und ich lasse garantiert nicht zu, dass du Samis Leben riskierst«, fauchte Mieke.

Schweiß perlte auf seiner Stirn, sein linkes Bein wippte unkontrolliert. Er nickte, presste seine Hände auf seinen Oberschenkel, um die Bewegung zu stoppen, fuhr sich mit der Zunge über die Lippen.

»Vor dreißig Jahren hat mich Nathalia Mattheisen angezeigt«, sagte er dann.

Was?

»Wegen Vergewaltigung ihrer Freundin Olga Biernoth.«

»Was?« Das Wort traf Mieke mit voller Wucht in den Bauch. *Vergewaltigung?* Sie taumelte zurück, weg vom Tisch, bis sie mit dem Rücken gegen das Fachwerk stieß.

»Olga nennt sich mittlerweile Ocean O'Donn.«

WAS?

Mieke hatte das Gefühl, schreien zu müssen, bekam keinen Ton heraus, presste sich die Handballen gegen die Schläfen.

»Du kanntest sie?«, stieß sie hervor. »Die ganze Zeit?«

Mo nickte stumm.

Mieke musste ihren Kopf festhalten, ihre Gedanken zischten durch ihren Schädel, krachten gegen seine Wände, explodierten einer nach dem anderen grellrot, bis nur noch die entscheidende Frage übrig blieb.

Vergewaltigung?

Vergewaltigung?

»Hast du's getan?«

Mo starrte sie an. Sein Bein zitterte unter dem Druck seiner Hände.

»Antworte mir!«, schrie sie ihn an. »Hast du es getan?«

Er nickte.

Mieke drehte sich um. Sie prallte mit der Schulter gegen das

Fachwerk, rannte aus der Küche und schlug die Tür hinter sich zu. Die Milchglasscheibe zerplatzte krachend, die Scherben prasselten auf die Fliesen.

Mo

Unfähig, sich zu rühren, starrte er auf das Loch in der Tür.

Mieke

Vor dreißig Jahren hat mich Nathalia Mattheisen angezeigt.

Hast du's getan?

Nein!

Dich muss wirklich mal einer bewusstlos bumsen, damit du wieder weißt, wo dein Platz ist. Raffael schiebt seine Finger so grob in ihr nach oben, dass sie aufschreit.

Der Flur verschwamm, Mieke stolperte, stützte sich an der Wand ab, rannte weiter, auf die Haustür zu. Ihr Fuß prallte gegen etwas Hartes, verhakte sich, und sie landete auf allen vieren auf den ausgelatschten Fliesen. Der Schmerz durchzuckte ihre Handgelenke.

Dir ist klar, dass du dafür bezahlen wirst?

»Scheiße!«, schrie sie. Ihre Stiefelette hatte sich in dem Riemen der Tasche mit den Pferdebürsten verfangen. Keuchend setzte sie sich auf den Boden, lehnte sich an die klamme Wand. Ihr Blick fiel auf die schwere stählerne Hufraspel und die lange Zange, die aus der Tasche ragten, während sie ihren Fuß losmachte.

Tauchst du ohne sie auf, ist dein Bengel tot!

Sie schluckte. Das hier war wieder so ein Moment, begriff sie. So ein Moment, auf den es ankam.

Es geht um Sami, verdammt!

Nicht um Mo. Nicht um was auch immer er getan hatte.

Es ging um Samis Leben. Und um sie. Wenn Sami etwas passierte, wäre sie verantwortlich dafür.

Mann, Papa, du Lusche! Du hast nicht einen einzigen Elfmeter reingemacht.

Sami war dreizehn. Ein Kind. Wenn sie jetzt einen Fehler machte, wenn sie nur zögerte wie bei Lana, würde sie es nicht mehr rückgängig machen können.

Und mit *dieser* Schuld würde sie nicht leben können.

Der Entschluss fiel wie eine Klappe.

Mit einem Satz sprang sie wieder auf die Füße.

TATTI

Sie packt ihn im Nacken, kaum dass sie im Wohnheim sind. Er drängt sie gegen die Wand, drückt ihre Beine mit seinem Knie auseinander und steckt ihr die Zunge in den Hals.

Und – Fuck! – der Kuss, der schon eine halbe Vergewaltigung ist, jagt eine heiße Welle der Erregung durch ihren Körper.

Er lehnt sich auf sie und ruckt sein Knie zwischen ihren gespreizten Beinen hoch, und für einen Moment droht ihr die Lust die Sinne zu nehmen.

Scheiße! So war das nicht geplant.

Sie muss die Kontrolle behalten. Sie greift ihm fest zwischen die Beine.

Lass uns hochgehen.

Irre. Seine Stimme hatte die Erinnerung aus der finstersten Ecke ihres Gehirns zurück ans Licht geholt.

Sie schiebt seinen Ärmel hoch und würde gern die Fingerspitzen über seinen Bizeps gleiten lassen, wenn das nicht seltsam wirken würde. Also zerrt sie den Kabelbinder so fest, dass er tief einschneidet.

Dann klopft sie auf die anschwellenden Venen in seiner Ellenbeuge, bevor sie die Spritze setzt.

Nicht dass es ihr leidgetan hätte, ihn zu töten. Sie hätte sich nur gern ein bisschen mehr Zeit gelassen, damals.

Er hört auf, sich zu wehren, seine Muskeln erschlaffen. Sein Kopf kippt zur Seite, und sein Blick gleitet ab ins Leere. Sie prüft noch mal seinen Puls. Er ist kaum zu fühlen, schwach, viel zu schnell, unregelmäßig.

Ein Wunder, dass er überlebt hatte.

Würde nicht noch mal vorkommen. Und dieses Mal konnte sie sich so viel Zeit lassen, wie sie wollte.

Er saß in der Falle.

MO

Die Küchentür flog auf, krachte gegen die Couch. Er sah Reste der zerschmetterten Scheibe über die Fliesen spritzen, doch das Klirren hörte er kaum.

Wie unter Wasser.

Mieke stand vor ihm. Kreidebleich, mit aufgerissenen Augen und seiner Hufraspel in der Hand.

Wieso war sie wieder da? Um ihn mit der Hufraspel zu erschlagen? Durchaus nachvollziehbare Reaktion.

»Worauf wartest du?«, schrie Mieke ihn so laut an, dass er zusammenfuhr. Das Unter-Wasser-Gefühl verschwand.

»Steh auf!« Mit beiden Händen packte sie seinen Pulli. Die Raspel traf ihn gegen die Brust. Sie zerrte ihn auf die Füße. »Wir müssen los! Bis zum Lindenhospital sind es mindestens zwanzig Minuten!«

Was?

Mieke zog ihn zur Tür. »Wir holen Sami zurück. Das willst du ja wohl nicht Sommer überlassen!«

Als sein Gehirn allmählich wieder anfing, die Informationen, die seine Augen und Ohren lieferten, weiterzuverarbeiten, saß er bereits auf dem Beifahrersitz des Forester.

Miekes Hände krampften sich so fest um das Lenkrad, dass ihre

Knöchel weiß hervortraten, während der Wagen über die schmale Straße rumpelte. Seine eigene Hand war dabei, sein Smartphone zu zerquetschen.

Wir holen Sami zurück!

Tauchst du ohne sie auf, ist dein Bengel tot!

Sami.

Oh Gott.

Hatten sie heute Morgen beim Frühstück überhaupt miteinander gesprochen?

Neunzig Prozent der Entführungsopfer in Deutschland kommen lebend frei, wenn die Polizei eingeschaltet wird, spuckte sein Hirn einen einzelnen Gedanken aus. Eine Info aus dem Studium.

Allerdings überleben nur fünfzig Prozent, wenn es sich bei dem Opfer um ein Kind handelt.

Fuck.

Sommer würde gar nichts tun. Das LKA musste eingeschaltet werden. Das BKA. Die hatten Leute, die für solche Fälle ausgebildet waren.

Aber die Polizei würde *ihn* niemals zum Treffpunkt fahren lassen. Mieke natürlich erst recht nicht. Sobald er die Entführung meldete, war er raus. Dann musste er sich darauf verlassen, dass Pascal Sommer Sami rettete.

Sein Magen krampfte.

Sommer, der Wichser, würde strikt die Regeln befolgen und versuchen, den Personenschaden so gering wie möglich zu halten. Ohne mit der Wimper zu zucken, würde er Sami opfern, damit man ihm hinterher kein Fehlverhalten vorwerfen konnte.

Aber Mattheisen würde sowieso kein Interesse haben, mit der Polizei zu verhandeln. Wenn sie merkte, dass Mo nicht tat, was sie wollte, konnte sie ihn viel schmerzhafter treffen, indem sie ihm Sami für immer wegnahm.

Mo schob das Handy in seine Hosentasche.

Mieke

Hast du's getan?
Hast du's getan?
Hast du's getan?
Was zum Teufel hast du getan?
Ihr Herz hämmerte, ihre Augen brannten. Wollte sie das wirklich wissen?

Mo

»Erzähl's mir«, verlangte Mieke tonlos.

Er konnte nicht. Er hatte nie darüber gesprochen. Mit niemandem. Hatte sich verflucht große Mühe gegeben, nicht mal dran zu denken.

»Sag verdammt noch mal endlich die Wahrheit«, fauchte Mieke ihn an, als er zögerte.

Endlich die Wahrheit. Wahrscheinlich hatte sie die verdient. Schon weil sie offenbar entschlossen war, seinen Sohn zu retten. Trotz allem, was sie gerade erfahren hatte.

Und zu verlieren gab es sowieso nichts mehr.

»1994. Studentenparty. Ruhr-Uni.« Die Worte schmerzten in seiner Kehle, erstickten seine Stimme. Er räusperte sich, um sich in den Griff zu kriegen. Seine Brust schmerzte.

»Sie hatte mich schon bis zu ihrem Zimmer mitgenommen. Wir hatten den ganzen Abend geflirtet, aber als es ernst wurde, wollte sie plötzlich nicht mehr. Ich bin sauer geworden, hab rumgebrüllt. Ich war ziemlich besoffen, ich schätze, sie hatte Angst, dass ich total ausraste, jedenfalls hat sie –«

Er presste eine Faust auf seine Brust, weil es sich anfühlte, als würde sein Herz krampfen und nicht mehr ausreichend Blut in seinen Kreislauf pumpen. Als versuchte sein Körper zu streiken, um zu verhindern, dass Mieke die Wahrheit erfuhr.

Feigling.

»Sie hat sich dann doch ficken lassen. Mit Sex hatte das nichts zu tun, sie hat einfach nur dagelegen und an die Decke gestarrt. Und …«

Die Wahrheit, endlich.

»… ich hab nicht mal geschnallt, was ich gemacht habe. Ich hab sie flachgelegt, bin nach Hause und hab am nächsten Abend die Nächste aufgerissen.«

Ficken. Flachgelegt. Aufgerissen. Mieke zuckte bei jedem Begriff zusammen, als hätte er sie geschlagen. Aber erträgliche Worte dafür gab es nun mal nicht. Die Wahrheit war nicht erträglich. *Er* war nicht erträglich.

»War mein erstes Semester«, presste er heraus. »Ich hab nur gesoffen und rumgevögelt.«

Miekes Blick war zu ihm gewandert, statt auf der Straße zu bleiben. Der Forester geriet auf den Grünstreifen. Rumpelte. Sie riss das Lenkrad herum, der Wagen brach aus. Mo schloss die Augen.

Mit quietschenden Reifen kam der Kombi zum Stehen.

Er musste sich kurz sammeln, bevor er die Augen wieder öffnete. Der Forester stand am Fahrbahnrand, Mieke klammerte sich kreidebleich ans Lenkrad.

Weiter.

»Ich hab erst Wochen später erfahren, dass Olga und eine Freundin mit dem Namen Nathalia mich angezeigt hatten«, fuhr er fort. »Nathalia war auch auf der Party gewesen und hat bestätigt, dass Olga mit mir zusammen gegangen war.«

Mieke stellte den Motor aus. Plötzlich war es beängstigend still. »Warst du im Gefängnis?«, fragte sie mit zitternder Stimme.

Kopfschütteln.

Weitersprechen.

»Der Richter war der Meinung, ich hätte nicht wissen können, dass sie den Geschlechtsverkehr wirklich nicht wollte. Weil sie nicht deutlich genug Nein gesagt hat. Sie hat nicht geschrien, sich nicht gewehrt.«

Der nächste Krampf in der Brust.

»Natürlich völliger Bullshit. Sobald ich nur eine Sekunde drüber nachgedacht hatte, war mir klar, dass ich schuldig war. Aber ein paar Kumpel von mir haben bestätigt, dass ich ein ganz Netter bin. Einer davon war übrigens Luuk van Hoorn.«

Mieke starrte ihn an. Ein Wunder, dass sie immer noch zuhörte.

»Und Einspruch habe ich natürlich nicht eingelegt. Ich war heilfroh, ohne Vorstrafe aus der Sache rauszukommen. Olga ist zusammengebrochen, Nathalia hätte mich am liebsten gleich im Gericht gelyncht. Hat dann aber doch lieber einen unbeobachteten Moment abgewartet.«

»Was soll das heißen?«

»Sie hat mir eine Falle gestellt und mir eine Überdosis Heroin gespritzt.« Schon damals hatte sie ihre Rache eiskalt durchgezogen. Sie würde es wieder tun, kein Zweifel. Sie würde Sami töten.

Sami. Der nächste Krampf, er krallte die Finger in seinen Pullover.

»Ich habe überlebt, weil mein Zimmernachbar sich an meinem Kühlschrank bedienen wollte und mich gefunden hat«, zwang er sich weiterzusprechen. »Zwei Tage hab ich im Koma gelegen, danach bin ich nicht mehr an die Uni zurück, hab das Jurastudium abgebrochen und bin zur Polizei gegangen.«

Miekes Augen wurden schmal. »Du hast keine Anzeige erstattet?«

Mo hob die Brauen. »Die Sicherheitsketten an O'Donns Haustür sind wegen mir da«, erinnerte er. »Wegen mir traut sie sich nicht, ihr Haus zu verlassen. Nathalias Wut war berechtigt, denke ich.«

Mieke umklammerte das Lenkrad wie eine Ertrinkende einen Rettungsring.

»Und du wusstest von Anfang an, wer sie war?«, erfasste sie allmählich die Tragweite seines Geständnisses. »Und hast mir nichts gesagt?«

Mo löste die Finger aus seinem Pulli und hob die Hände, als würde es noch Sinn machen, sich gegen irgendwas zu verteidigen.

»Olga habe ich erst erkannt, als wir uns gegenüberstanden. Der

Name Ocean O'Donn hat mir nichts gesagt, und ich glaube, sie hat was an ihrem Gesicht machen lassen. Ihre Nase ist viel kleiner, und die Lücke zwischen ihren Schneidezähnen ist verschwunden. Außerdem hatte sie mit zwanzig sehr viel Haar. Aber ...«

Er seufzte.

»Aber ich wusste sofort, wer Nathalia war. Schon an dem Abend, als wir Schorschs Aufnahme abgehört und sie gegoogelt haben.«

»Du blödes Arschloch«, flüsterte Mieke.

»Jep. Ich dachte, wir liefern den Stick bei Sommer ab, und gut ist«, gestand Mo. »Als ich vor Olga stand, war klar, dass ich nicht mehr heil aus der Sache rauskomme. Anscheinend war sie aber so in Panik, dass sie nicht wusste, wie sie sich verhalten sollte. Ich kann mich nicht erinnern, Sybille Sauer je begegnet zu sein. Aber sie hat mich ziemlich sicher erkannt, vielleicht war sie damals im Gerichtssaal.«

Sie haben mit Ocean gesprochen?, hatte die Medica-Chefin ihn gefragt, als sie sich am Küchentisch von Sanna Berthold gegenübergesessen hatten. *Halten Sie das für klug?*

»Ich hab eine Weile überlegt, warum sie mich nicht hat auffliegen lassen. Ich schätze, sie wollte vermeiden, dass rauskommt, dass ihre Freundin Nathalia vor dreißig Jahren einen Mordversuch begangen hat. Und sie konnte ziemlich sicher sein, dass ich ebenfalls schweigen würde. Dann war Sauer tot, der Mordfall aufgeklärt, und ich ...«

Egal. Er zuckte die Achseln.

»... ich war verknallt. Aber O'Donn hatte mich definitiv erkannt. Früher oder später musste mich die Vergangenheit einholen.«

Mieke sah ihn lange an. »Deshalb hast du mit mir Schluss gemacht«, schlussfolgerte sie treffsicher. »*Bevor es zu spät ist* – damit meintest du: Bevor rauskommt, was damals passiert ist.«

Mo senkte den Kopf. »Meine Eltern wissen bis heute nichts von der Anzeige, sie glauben, ich hätte im Studium Drogenprobleme gehabt. Weder Leo noch Lana hab ich es erzählt. Und Sami erst recht nicht.«

Trotzdem hatte er sich immer geschämt. Dass er nach der Sache nie wieder mit einer Frau geschlafen hatte, wenn er nicht ganz sicher gewesen war, dass sie es wollte, änderte rein gar nichts an seiner Schuld.

Und jetzt, nachdem Mieke es wusste, wollte er sterben.

Mieke

Das Parkhaus am Lindenhospital war ein vierstöckiger Betonklotz mit niedrigen Decken. Nachmittags um fünf herrschte mäßiger Betrieb. Auf den unteren Ebenen waren Krankenhausbesucher unterwegs. In der obersten Etage standen nur wenige Autos, weil der Weg zum Ausgang von hier aus am weitesten war.

Durch die Betonwände, die die Parkabschnitte unterteilten, war der hintere Bereich schlecht einsehbar.

Weil statt Wänden Leitplanken verhinderten, dass die Fahrzeuge aus dem Gebäude sausten, wenn jemand den falschen Gang einlegte, konnte Mieke zum Eingang des Hospitals hinuntersehen. Besucher steuerten darauf zu, Demonstranten hatten sich heute nicht versammelt.

»Lass mich aussteigen und fahr wieder«, murmelte Mo zum dritten Mal.

Sie ignorierte ihn. Nicht deine Entscheidung.

Ihre Hände klebten am Lenkrad, als sie den Forester ganz nach hinten lenkte und auf der rechten Seite parkte, wie die Entführerin es verlangt hatte. Sie hielt mit etwas Abstand zu einem Bulli mit Krankenhauslogo und einem mit Blümchen beklebten Fiat.

Mos rechte Hand verschwand in seiner Hosentasche, bevor er ausstieg.

Mieke verkniff es sich, an ihre linke Wade zu greifen, wo Mos Hufraspel unter ihrer Jeans in ihrer Stiefelette steckte. Sie spürte das Gewicht des dreißig Zentimeter langen Metallstücks.

Sie öffnete die Fahrertür und stieg ebenfalls aus. Im Parkhaus roch es nach Benzin und Beton, der Motorenlärm war jedoch in die Ferne gerückt. Hier oben herrschte ziemliche Ruhe.

»Und nun?«, fragte sie leise.

»Nun legen Sie die Hände auf das Wagendach.« Eine hochgewachsene Frau mit einer dunklen Bobfrisur trat hinter dem Heck des Klinikbullis hervor. Sie war gertenschlank und extrem attraktiv. Ihre Lippen waren passend zur Frisur dunkel geschminkt, ihre schwarze Bluse so weit aufgeknöpft, dass ein Spitzen-BH hervorblitzte. Zu einem Minirock in Lederoptik trug sie eine Netzstrumpfhose und Overknees. Und Handschuhe. Die unauffällige kleine Schusswaffe in ihrer Rechten war ebenfalls schwarz.

Mieke wich zwischen den Autos zurück, obwohl es keinen Fluchtweg gab. Hinter der Balustrade aus Leitplanken ging es vier Stockwerke in die Tiefe.

Und sie konnte ja gar nicht fliehen.

Dass sie wirklich vor der blonden SanaBene-Chefin standen, deren Foto von der Firmenhomepage lächelte, erkannte Mieke nur, weil sie damit gerechnet hatte. Und wegen des Tattoos an ihrem Hals.

»Wo ist Sami?« Mo war an den Van getreten. Sein Blick zuckte zu der offen stehenden Seitentür mit dem Logo des Lindenhospitals.

Mieke konnte hineinsehen. Der Innenraum war leer.

»Hi, Moritz.« Mattheisens verraucht klingende Stimme bekam einen schnurrenden Unterton. »Wie findest du mein Outfit?«

Sie wickelte eine Haarsträhne um ihren linken Zeigefinger, während sie mit der Waffe in der rechten Hand auf ihn zielte.

Mo runzelte verständnislos die Stirn.

»Hab's extra für dich rausgekramt. Um der alten Zeiten willen. Ich weiß ja, dass du drauf abfährst.«

»Hör auf mit den Spielchen und gib mir meinen Sohn wieder, Nathalia.«

»Die Spielregeln mache ich, darüber müssen wir doch wohl nicht sprechen«, fauchte sie. »Hände aufs Dach.«

Mattheisen hob die Waffe.

Im gleichen Moment spürte Mieke etwas Hartes, Kaltes im Nacken. Aus dem Augenwinkel sah sie die Silhouette einer zweiten Person, die lautlos um die Motorhaube des Bullis herum hinter sie getreten war. Eine kräftig gebaute Gestalt in einem schwarzen Overall. Etwas kleiner als sie selbst. Ob es sich um einen Mann oder eine Frau handelte, war an der Statur nicht zu erkennen. Das Gesicht war von einer schwarzen Sturmhaube verhüllt wie das der Einbrecherin in ihrer Wohnung.

Mieke wurde übel. Noch jemand, der für seine Sucht, seine Familie oder einfach nur für eine Aufenthaltserlaubnis bereit war, einen Mord zu begehen. Der Schulterbreite nach handelte es sich eher um einen Mann, aber weil O'Donns Wohltätigkeitsorganisationen auf Frauen ausgerichtet waren, legte sich Mieke lieber nicht fest.

Wortlos tastete Mattheisens Komplize sie ab, holte ihr Handy aus ihrer Hosentasche und schleuderte es über die Brüstung in die Tiefe. Bei der Bewegung tickte die Waffe gegen ihre Schläfe, und ihr Herzschlag setzte aus.

Die Erinnerung an den Moment, in dem Sybille Sauer sich den Revolver in den Mund gesteckt und abgedrückt hatte, blitzte auf. Sie hatte nicht mal gezögert.

Unfassbar, dass sie das durchgezogen hatte.

Ein bisschen Nervosität von Mattheisens Komplize, ein verkrampfter Zeigefinger reichte aus, und Miekes Gehirn würde sich auf dem Lack des Wagens verteilen. Sie wünschte, sie wäre so furchtlos wie Sybille Sauer.

Mo legte seine geballten Fäuste aufs Wagendach.

Mattheisen lächelte irgendwie schief, als sie hinter ihn trat. »Letztes Mal haben dir meine Stiefel gefallen.«

»Mein Geschmack hat sich geändert«, erklärte Mo schroff.

Mattheisen schnalzte mit der Zunge. »Sag mir, was du beim letzten Mal gesagt hast, oder deine Freundin landet jetzt sofort mit einer Kugel im Kopf unten in den Rabatten.«

Zur Bekräftigung ihrer Worte drückte ihr Helfer Mieke grob die Waffe gegen die Schläfe.

»Wenn du in den Dingern rumläufst, bist du selbst schuld, wenn du grün und blau gefickt wirst«, sagte Mo schnell, den Blick starr aufs Wagendach gerichtet.

»Du weißt es noch.« Mattheisens rechter Mundwinkel hob sich. Der rechte nicht. »Ich bin gerührt.«

Sie trat dicht an ihn heran, tastete kurz seinen Rücken ab, dann schob sie die linke Hand unter seinen Pullover.

»Oha«, hauchte sie erstaunt. »Du bist besser in Form, als deine Frisur vermuten lässt.«

Mo starrte schweigend aufs Auto, als sie sich an ihn schmiegte, während sie ihn mit der freien Hand abtastete. Im nächsten Moment zog sie sein Messer hervor, betrachtete es kurz und schleuderte es dann ebenfalls über die Balustrade.

Verdammt.

Sein Handy folgte.

Kälte fraß sich von Miekes Füßen aus ihren Körper hinauf.

Dann nickte Mattheisen ihrem Helfer zu. Ein Knall traf Miekes Schläfe, und Dunkelheit explodierte in ihrem Kopf.

Mo

Er hatte die Orientierung verloren. Angestrengt hatte er versucht, die Kurven zu zählen, mit einem Stadtplan in seinem Kopf abzugleichen. Um herauszufinden, wohin Mattheisen sie brachte. Obwohl er sowieso kein Smartphone mehr hatte, um es irgendjemandem mitzuteilen.

Sie waren etwa zehn Minuten unterwegs. Oder fünfzehn? Oder noch länger? Sie konnten überall sein, noch in Bochum oder schon auf dem Weg nach Essen oder Dortmund.

Mattheisen saß neben ihm im Stauraum des Bullis. Ihr schwarz gekleideter Komplize lenkte den Wagen.

Mieke lag neben ihm auf dem Boden. Mo spürte ihren Körper an seinem rechten Fuß, den er so hielt, dass er sie berührte. Weil

Mattheisen ihm einen umweltfreundlichen Leinenbeutel über den Kopf gezogen hatte, wusste er nicht, ob Mieke wieder zu sich gekommen war, nachdem Mattheisens Helfer sie niedergeschlagen und mit Kabelbindern gefesselt hatte.

Seine Handgelenke schmerzten. Mattheisen hatte seine Hände hinter seinem Kopf an der Kopfstütze des Fahrersitzes befestigt. Er konnte sich nicht rühren, die Kabelbinder schnitten in seine Haut. Vielleicht könnte er die komplette Kopfstütze herunterreißen, wenn er es darauf anlegte. Doch das wäre kontraproduktiv, er hatte nicht vor, sich erschießen zu lassen, bevor er Sami gefunden hatte.

Wenn er ihn noch fand. Wieder überschwemmte ihn die Angst wie eine kalte Woge.

Kühl und hart spürte er Mattheisens Hand unter dem Hoodie auf seiner Brust. Ihre Finger fühlten sich seltsam starr an, wie aus Plastik. Mit Nägeln wie Krallen. Sie kratzte am Bogen seiner Rippen entlang, der durch seine hinter dem Kopf fixierten Arme hervortrat, kraulte die Haare auf seiner Brust, ertastete seine rechte Brustwarze und kniff hinein. Der Schmerz ihrer Nägel war schneidend. Er biss sich auf die Zunge und hielt still.

Drecksstück. Wut verdrängte die Angst. Gut.

»Ich habe immer bedauert, dass ich damals nicht dran gedacht habe, mehr Zeit für uns einzuplanen«, raunte Mattheisen dicht an seinem Ohr. »Wir beide hätten eine Menge Spaß miteinander haben können, meinst du nicht?«

Er erlaubte sich, die Augen zu schließen, weil Mattheisen das unter dem Einkaufsbeutel sowieso nicht sehen konnte, als sich ihre Fingernägel in seine Brust bohrten.

»Meinst du nicht?«, wiederholte sie drohend.

»Ja.« Boah, mach mich los, und ich ballere dir eine, du Schlampe!

»Ich verspreche dir, dass ich dieses Mal dran denke.« Sie öffnete den Reißverschluss seiner Jeans und schob ihre Hand hinein.

Mo lenkte seine Gedanken weg, aus dem Bulli heraus, zurück zur Ranch, zu seiner Couch, wo er mit Sami zockte, während Mieke ihre Füße unter seinen Hintern geschoben hatte …

Der Wagen kam mit einem unsanften Ruck zum Stehen.

Murrend nahm Mattheisen ihre Plastikfinger aus seiner Hose, bevor die Bullitür geöffnet wurde.

Der Druck von Miekes Körper an seinem Bein verschwand. Seine Arme fielen herunter. Überrascht bewegte er die Finger, die sich eingeschlafen anfühlten.

»Keine Dummheiten.« Mattheisen. Der Lauf der Pistole stieß gegen seinen Hals.

»Bleib locker«, knurrte er und ließ zu, dass sie seine Hände erneut mit Kabelbindern vor seinem Bauch zusammenband.

Seine Hose stand offen, als Mattheisen ihn aus dem Wagen zerrte.

Okay. Fokus jetzt. Egal, was passierte, er musste es überstehen. Um Sami wiederzubekommen.

Sein geschwollenes Knie explodierte, als er aus dem Bulli stieg. Das Bein knickte weg. Eine zweite Hand packte ihn auf der anderen Seite, hielt ihn auf den Füßen.

»Vorwärts!« Mattheisens Stimme hallte durch einen Raum, der ziemlich leer klang. Eine Garage oder ein Parkhaus? Was war mit Mieke?

»Mieke? Bist du da?«, fragte er schnell.

»Fresse!« Ein grober Stoß traf ihn in den Rücken, er stolperte, landete auf den Knien. Sein Bein löste sich in einem grellen Schmerz auf. Er ließ sich einfach nach vorn kippen, die Stirn im Discounterbeutel zu Boden sinken.

»Ja«, antwortete Mieke. Ein dumpfer Schlag folgte.

Schwarze Verzweiflung stieg in Mo auf. Er hätte niemals zulassen dürfen, dass sie sich in Gefahr brachte. Er hätte sie niederschlagen oder fesseln müssen, um es zu verhindern.

»Noch ein Wort, ohne dass ich dich gefragt habe, und ich schneide dafür deinem Sohn die Zunge raus«, zischte Mattheisen.

Dann töte ich dich, du Miststück. Sami kann nichts dafür, dass ich sein Vater bin. Krümmst du ihm nur ein Haar, töte ich dich.

Mit aller Kraft schob er die Verzweiflung zurück.

Mattheisen zerrte an seinem Arm, schaffte es nicht, ihn wieder auf die Füße zu stellen. Körperlich war er der Frau überlegen, die es ziemlich sicher strikten Diäten verdankte, dass sie immer noch in dreißig Jahre alte Klamotten passte. Mo ließ sich hochziehen.

Fünf Schritte bis zur Treppe. Eine Garage?

Ein glühender Schmerz raste in seinem Bein hinauf und hinab, er konnte nicht auftreten, musste hüpfen, was aber kein Nachteil war. Er bewegte sich so langsam wie möglich, um Zeit zu gewinnen. Für eine Idee, wie er Mieke hier rausbekam.

Aber er hatte keine Idee. Bevor er nicht wusste, wo Sami war, waren ihm die Hände auch ohne Fesseln gebunden.

Es dauerte eine Ewigkeit, bis sie die Treppen hinaufgestiegen waren. Drei Stockwerke, wenn er richtig gezählt hatte. Schlüssel klimperten. Steinboden.

Türen klackten.

Anderer Bodenbelag jetzt. Laminat oder Parkett.

»Du hast es geschafft!« Die helle Mädchenstimme ließ ihn zusammenzucken. Er erkannte sie sofort.

»Was macht der Junge hier oben?«, entgegnete Mattheisen rau.

Junge? Sami? War er hier? Mos Herz machte einen Satz. Um ein Haar hätte er Samis Namen gerufen, um sicher zu sein. Im letzten Moment erinnerte er sich an Mattheisens Drohung.

Etwas in Mattheisens Stimme veränderte sich. Plötzlich war da ein Unterton, der beinahe erschrocken klang.

»Das haben wir so nicht besprochen«, fauchte sie.

»Ich hab den Plan geändert«, entgegnete die Mädchenstimme ungerührt.

OCEAN

Irre. Die Angst war weg, seit sie den Jungen an den deckenhohen Rippenheizkörper neben dem Klo gefesselt hatte.

Als sie ihm den Sack vom Kopf gezogen hatte, hatte sie sich vor der Ähnlichkeit erschrocken. Die Locken, die Augen, das schmale Gesicht mit der markanten Unterkieferlinie. Natürlich war Moritz Berger damals älter gewesen. Doch sein Sohn war schon fast genauso groß. Wären seine Augen nicht vor Schreck geweitet, würden sie eine trügerische Wärme vortäuschen. Der Kleine war unverschämt hübsch. Wahrscheinlich hielt er sich bereits jetzt für unwiderstehlich.

Wie sein Vater.

Sie drehte sich um und starrte ihn an. Berger, der jetzt Blümel hieß, stand gefesselt und mit einem Beutel über dem Kopf vor ihr. Er würde bereuen, dass er sich ein zweites Mal Zutritt zu ihrem Leben verschafft hatte. Um Bille zu töten und wieder alles zu zerstören.

Diesmal würde sie selbst dafür sorgen, dass er nicht davonkam. Und sie würde dafür sorgen, dass er Angst hatte. Er würde betteln, damit sie aufhörte.

Würde er betteln?

Natürlich würde er, sie hatte seinen Sohn. Sie betrachtete den Jungen, der am ganzen Körper zitterte. Er hatte ebenfalls Angst. Vor ihr. Und seine Angst wirkte wie ein Rausch.

Vor dreißig Jahren hatte sein Vater ihr Leben zerstört. Jetzt konnte sie seines zerstören. Sie konnte ihm wegnehmen, was er liebte. Erst seine Freundin, dann sein Kind. Und dann konnte Tatti ihn haben und das, was noch von ihm übrig war, kaputtmachen.

Das ungewohnte Machtgefühl ließ Oceans gesamten Körper prickeln. Zum ersten Mal fühlte sie sich stark. Überlegen. Diesmal würde *sie* diejenige sein, die alles wieder in Ordnung brachte.

Gemeinsam mit Tatti zerrte sie Jentsch in die Dusche. Sie waren beide größer als die Frau und schafften es, sie etwas anzuheben und ihre gefesselten Hände über den stabilen Duschkopf zu schieben. So aufgehängt stand sie auf Zehenspitzen und hatte keine Chance, sich selbstständig zu befreien.

Tatti winkte Wen raus. Daran hatte Ocean gar nicht gedacht, aber natürlich war es besser, wenn sie verschwand.

Sie wartete, bis die Badezimmertür wieder zu war, bevor sie Jentsch den Jutebeutel vom Kopf zog. Das blonde Haar der Frau war an der Schläfe blutverklebt. Sie blinzelte verwirrt gegen die grelle Badezimmerbeleuchtung an und erstarrte, als sie Berger-Blümels Sohn entdeckte, der rechts von ihr an den Rippenheizkörper neben dem Klo gefesselt war.

Ocean wandte sich seinem Vater zu.

Sie hatte eine Scheißpanik gehabt, als er plötzlich vor ihr gestanden hatte. Dabei war er gar nicht so furchteinflößend.

Er schonte sein linkes Bein. Dass er hinkte, war ihr bei ihrem letzten Zusammentreffen bereits aufgefallen. Seine Hände waren gefesselt, und mit dem Sack über dem Kopf war er komplett wehrlos.

Sie konnte mit ihm machen, was sie wollte. Sie nahm Tatti die Waffe aus der Hand und richtete sie auf seinen Kopf.

Sie könnte ihn einfach erschießen. Jetzt sofort.

»Nein!«

»Hören Sie auf!«

Der Junge und die Frau schrien gleichzeitig auf. Berger kapierte, dass es um ihn ging, und verkrampfte sich. Das Triumphgefühl flutete kribbelnd Oceans Körper. Na also. Er hatte Schiss. Vor ihr. Der Typ, der sie ihr Leben lang in ihren Alpträumen verfolgt hatte, hatte Angst vor ihr.

Sie gab Tatti die Waffe zurück und deutete auf das Kind. Tatti trat neben den Bengel.

Oceans Herz klopfte nervös, als sie Berger die Tüte vom Kopf zog.

Er schien damit gerechnet zu haben, sie zu sehen. Sofort scannte sein Blick den Raum. Er entdeckte Jentsch, dann drehte er den Kopf und schluckte, als er die Pistole sah, die Tatti auf seinen Sohn gerichtet hatte.

Sein Blick kehrte zu Ocean zurück.

»Lass Sami und Mieke gehen, Olga«, sagte er. »Sie haben nichts damit zu tun.«

Ocean hätte jubeln können, weil seine Stimme vor Angst vibrierte.

MIEKE

»*Sie* hat nichts damit zu tun?« O'Donn fuchtelte mit der Hand in Miekes Richtung. »Wer ist denn hier aufgekreuzt und hat nach Bille gefragt? Deine kleine Freundin hat alles drangesetzt, unser Reha-Projekt zu sabotieren.«

Weil O'Donn mit dem Rücken zu Mieke stand, konnte sie ihr Gesicht nicht sehen. Doch der Klang ihrer Kinderstimme jagte ihr einen Schauer über den Rücken. Eine knielange Strickjacke verhüllte O'Donns klapperdürren Körper, ihre dünnen Beine steckten in Puschen, die wie Mäuse aussahen.

»Ihr beide habt Jagd auf Bille gemacht, ihr habt sie in die Enge getrieben, bis sie keinen Ausweg mehr wusste.«

Sami befand sich rechts von Mieke, Mattheisen neben ihm. Mos Haare klebten verschwitzt an seinem blassen Gesicht.

Mieke stellte sich auf Zehenspitzen, versuchte, ihre Hände zu bewegen. Klappte nicht. Der Duschkopf war zu hoch angebracht. Sosehr sie sich auch streckte, sie konnte sich nicht befreien. Ihr Gewicht hing in der Fessel, die tief in ihre Handgelenke schnitt.

Dass die Hufraspel noch an der Innenseite ihrer Wade in ihrem Stiefel steckte, konnte sie spüren. Anscheinend hatten sie sie nicht gründlich durchsucht. Doch das Ding half ihr jetzt auch nicht.

»Deine Freundin Bille hat den Tod von vier Menschen verursacht. Und Mieke wäre die Nächste gewesen«, entgegnete Mo.

Blitzschnell holte O'Donn aus und schlug ihm ins Gesicht.

»Sybille Sauer ist für Geld über Leichen gegangen«, ging Mieke hastig dazwischen. Um O'Donn von Mo abzulenken. Ein Reflex, den er kein bisschen verdiente.

O'Donn drehte sich zu ihr um. Mieke erstarrte. Die Wangen der Frau waren eingefallen, die geröteten Augen lagen tief in den schwarzen Höhlen, ihr Gesicht sah aus wie ein von dunkelgrauer Haut überspannter Totenschädel.

Weil Miekes über dem Kopf aufgehängte Arme ihren Brustkorb dehnten, spürte sie ihr Herz überdeutlich gegen ihre Rippen hämmern, als O'Donn näher kam. Trotzdem sprach sie schnell weiter. »Sauer hat Suchtkranke und Geflüchtete aus Ihren Integrationsprojekten unter Druck gesetzt. Sie hat sie gezwungen, meinen Vorgesetzten und mich zu töten, damit wir den Verkauf der Rehakliniken nicht verhindern.«

O'Donns Kiefermuskeln spannten sich. Unter der eingefallenen Haut ihrer Wangen waren die Stränge zu erkennen.

»Ihre Freundin hat verzweifelte Menschen für ihre Zwecke missbraucht«, beschwor Mieke sie. »*Sie* helfen Menschen. Machen Sie nicht kaputt, was Sie sich aufgebaut haben. Lassen Sie uns gehen.«

O'Donns Bewegungen wirkten ungelenk, eckig. Ihre viel zu weite Kleidung schlackerte um ihren Körper. Vor der Dusche blieb sie stehen.

»Ausgerechnet *Sie* wagen es, sich ein Urteil zu erlauben?«, erkundigte sie sich eisig. »Sie haben keine Ahnung, wovon Sie sprechen. Bille war für alle da, sie hat immer allen geholfen. Sie hat mehr Gutes getan, als *Sie* in Ihrem armseligen Leben noch zustande bringen werden.«

O'Donns Blick flackerte. »Ohne Bille hätte ich NoVictim, FamilyTogether und WomenForWomen nie umsetzen können. Ich hatte die Ideen, aber sie hat die Finanzierung auf die Beine gestellt. Egal, wie viel es gekostet hat. Auch mein Reha-Projekt wird Tausenden von Menschen zu einer besseren Behandlung verhelfen. Durch den Kauf der Rehakliniken wird Medica in der Lage sein, nach der Operation in einem unserer Krankenhäuser auch die Reha in einer unserer Kliniken durchzuführen. Die Behandlung kann Hand in Hand erfolgen, der Heilungsverlauf optimal abgestimmt und begleitet werden. Das wäre eine riesige Verbesserung für die Betroffenen.«

Mieke blinzelte.

Die Idee klang tatsächlich … innovativ.

»Seit zehn Jahren hat Bille die Positionierung von Medica am Reha-Markt vorbereitet.« O'Donn sprach leise und schnell. »Und dann versuchen Sie, meine Idee kaputtzumachen.«

»Zehn Jahre?« Mieke stutzte. »Der Klinikverkauf ist doch erst seit ein paar Monaten Thema. Wegen der Gesetzesänderung, die im Juli in Kraft tritt. Nur deshalb denkt der Vorstand überhaupt ernsthaft über einen Verkauf nach.«

Nicht dass das gerade irgendwie von Bedeutung wäre. Aber je länger sich O'Donn mit dem Reha-Projekt ablenken ließ, umso besser. Umso länger lenkte sie sie von Sami ab. Und von Mo ...

Vielleicht gelang es Sommer doch irgendwie, sie zu finden. Mieke klammerte sich an den Gedanken. Um achtzehn Uhr wollte er die Fahndung einleiten. Sie musste Zeit gewinnen, einfach weil es das Einzige war, was ihr einfiel.

»Vor acht Jahren haben wir den Europäischen Gerichtshof davon überzeugt, das Vergabeverfahren der Reha-Maßnahmen zu ändern«, sagte O'Donn. »Eine Milliardeninvestition ins Reha-Geschäft lohnt sich nur, wenn wir die Rentenversicherungen aus dem Markt drängen und deren Kunden übernehmen können.«

»*Sie* haben die EU dazu gebracht, das Vergabeverfahren zu modernisieren?«, wiederholte Mieke irritiert.

»SanaBene, Medica und Vita haben gemeinsam Beschwerde eingereicht.« O'Donn zuckte die Schultern. »Der Zeitpunkt war günstig, weil Sophie damals EU-Präsidentin wurde. Wir haben zusammen studiert. Ich hatte die Idee der Hand-in-Hand-Behandlung von OP bis Reha schon damals, und Bille spekulierte darauf, den Reha-Markt genauso zu privatisieren wie die Akutkrankenhäuser. Richtig aufgezogen wäre das ein Milliardengeschäft, hat sie gemeint. Mit der Übernahme der Rentenversicherungskliniken können wir schnell und günstig an eine Menge Kliniken mit guter Bausubstanz und Personal kommen und Medica am Markt positionieren, bevor die Konkurrenz überhaupt etwas davon mitkriegt. Bille hat Sophie erklärt, warum es sich um eine Benachteiligung von privaten Anbietern handelt, wenn die Rentenversicherung die Rehabilitation ihrer Versicherten selbst durchführt. Und die EU hat das Vergabeverfahren tatsächlich gekippt.«

Sauer und O'Donn hatten vor zehn Jahren die Gesetzesänderung selbst in die Wege geleitet? Vor der EU? Schon damals mit dem Ziel, die Rehazentren zu übernehmen?

»Krass.« Sie legte so viel Bewunderung wie möglich in ihre Stimme, um O'Donn zum Weitersprechen zu bringen.

O'Donns Augen glänzten fiebrig. »Seitdem arbeiten wir daran, die Landesregierungen und Rentenversicherungen von den Vorteilen einer privaten Reha zu überzeugen«, erklärte sie. »Wir haben viel Geld in die PR investiert und laden die Politikprominenz und die Verantwortlichen der Rentenversicherungen regelmäßig zu unseren Wohltätigkeitsveranstaltungen ein, um über unsere Integrations- und Opferhilfeprojekte zu informieren. Alles lief nach Plan, bis sich Ihr Vorgänger quergestellt hat und *Sie* dann auch noch die Gewerkschaften aufgehetzt haben, Frau Jentsch.«

Als sie das erste Mal geahnt hatte, dass beim Klinikdeal Korruption im Spiel sein könnte, hatte sie geglaubt, Luuk van Hoorn und womöglich sogar der Ministerpräsident Nordrhein-Westfalens könnten sich am Verkauf bereichern.

Doch offenbar hatten Sauer und O'Donn seit Jahren Verantwortliche der verschiedenen Rentenversicherungen korrumpiert. Ihre Beziehungen reichten bis ins EU-Parlament. Sie hatten gezielt versucht, Medicas Ansehen bei den Verantwortlichen zu steigern und so zu verhindern, dass ihnen bei der Übernahme Steine in den Weg gelegt wurden. Das klang nach sehr durchdachter Lobbyarbeit. Damals hatte wohl wirklich der Ministerpräsident van Hoorn darüber informiert, dass Mieke mit den Gewerkschaftsvertreterinnen in der Staatskanzlei gewesen war, um den Klinikverkauf zu torpedieren. Aber nicht, weil er mit van Hoorn zusammen ins Bordell ging. Sauer und O'Donn – und, wie es aussah, auch Mattheisen – hatten ihn längst überzeugt, dass eine Übernahme durch Medica nicht nur der Wirtschaftslage des Ruhrgebiets, sondern auch seinem eigenen Bankkonto und sogar dem Weltfrieden guttun würde.

»Sie haben versucht, meine Idee kaputtzumachen.« O'Donn wechselte zu ihrer Kinderstimme. »Aber das wird Ihnen nicht gelingen. Bille ist gestorben, um mein Projekt zu retten. Wir sind es ihr schuldig weiterzumachen.«

O'Donn sah sich nach Mattheisen um.

Die nickte.

SanaBene, Medica und Vita haben gemeinsam Beschwerde eingereicht, hatte O'Donn gesagt. Mattheisen besaß ebenfalls einen Klinikkonzern. Wenn SanaBene und Medica insgeheim eine Allianz bildeten, wäre das eines der größten Kartelle im deutschen Gesundheitswesen.

Langsam – wie eine Irre in einem Horrorfilm – wandte O'Donn sich wieder Mieke zu. »Sie werden uns nicht mehr aufhalten, Frau Jentsch.«

»So ein Quatsch!«, fuhr Mieke O'Donn an. »Sybille Sauer ist nicht gestorben, um Ihr Projekt zu retten. Sie hat sich in Sanna Berthold verliebt. Aber nachdem rausgekommen war, dass sie eine Mörderin ist, gab es keine Chance mehr auf eine Zukunft für die beiden.«

Ich wünschte, wir hätten eine Chance, Süße. Aber ich hab's vergeigt.

Unwillkürlich wanderte ihr Blick zu Mo. Der hob die rechte Schulter. Ein halbes Achselzucken, das Mieke einen harten Kloß in die Kehle drückte.

»Schwachsinn!«

Mieke fuhr zusammen, weil O'Donn plötzlich direkt vor der Dusche stand. Die Frau wackelte mit dem Kopf wie eine elektrische Puppe.

»Bille war nicht ›verliebt‹!« Sie spuckte das Wort aus wie saure Milch. »Bille war *niemals* verliebt.«

Plötzlich war rund um ihre grünbraunen Pupillen Weiß zu sehen. Als hätte sie sich erschrocken.

»Niemals?«, wunderte sich Mieke. »Sind Sie sicher?«

»Halt die Fresse!« O'Donn riss ein Messer aus der Tasche ihrer Strickjacke. Ein verdammt großes Messer! Mieke wollte zurückweichen, konnte nicht. Panik packte sie im Nacken.

»Komisch, sie hat von einer Hochzeit am Strand gesprochen«, ging Mo dazwischen.

O'Donn wirbelte herum.

Erleichtert atmete Mieke auf.

»Du lügst doch, Arschloch. *Mich* hat Bille geliebt, sonst niemanden, kapiert?« Ihre dünnen Finger krallten sich um den dunklen Holzgriff der Klinge.

»Immerhin hat Sanna Berthold sie dazu gebracht, in Tarifverhandlungen einzuwilligen«, gab Mo zu bedenken. »Ich glaube nicht, dass sie das getan hat, weil sie es für eine wirtschaftlich sinnvolle Entscheidung hielt.«

»Sei still!« O'Donn stürzte sich auf Mo. Sami schluchzte.

Versprich mir, dass Papa nichts passiert.

»Sie ist in Sannas Küche gestorben«, schrie Mieke. »Im Pyjama!«

O'Donn hielt inne. Ihr Blick irrlichterte zwischen Mieke und Mo hin und her.

»Sie hätte mich nie verraten«, fauchte sie, doch ihre Stimme wackelte. Tränen füllten ihre Augen. »Auch wenn uns das Leben in alle Himmelsrichtungen zerstreut, halten wir zusammen. Stimmt doch, Tatti?«

»Wir sind für dich da, Ocean«, versicherte Mattheisen.

Mit der um das Messer geballten Faust schob O'Donn den Ärmel ihrer Strickjacke hoch. An der Innenseite ihres linken Unterarms kam ein Tattoo zum Vorschein. *Das* Tattoo. Mieke erkannte einen blutverkrusteten Schnitt, der quer über den Kompass verlief und ihn in zwei Hälften teilte.

O'Donn betrachtete ihn, als müsste sie sich vergewissern, dass er da war. Dann hob sie den Blick und starrte Mieke mit geröteten Augen an. »Du versuchst ernsthaft, diesen Dreckskerl zu schützen?«

Mieke schluckte.

Mit einem lautlosen Schritt trat O'Donn in die Dusche und drückte die Messerspitze von unten an Miekes Kinn, in das weiche Gewebe ihres Mundbodens.

Mieke versuchte auszuweichen, legte den Kopf immer weiter in den Nacken, bis sie zur Decke starrte und das Kinn nicht mehr höher heben konnte. Bewegte O'Donn die Klinge weiter, würde sie von unten erst ihre Zunge, dann ihre Mundhöhle und ihren Gaumen durchstoßen. Miekes Körper begann unkontrolliert zu zittern.

»Hör auf!«, schrie Mo. »Um Mieke geht es dir doch gar nicht!«

Plötzlich war O'Donns Kinderstimme direkt an Miekes Ohr. »Wetten, du bereust gleich, dass du dem Dreckschwein geholfen hast?«

Der Druck des Messers verschwand. Mieke rannen Tränen über die Wangen. Als sie ihre Sicht wieder klargeblinzelt hatte, stand O'Donn vor Mo.

»Ich hab keine Angst mehr vor dir«, zischte sie.

»Mach mich los, und ich bringe dich um«, antwortete Mo.

»Glaube ich nicht.« O'Donn sah sich nach Mattheisen um. Die erinnerte sich an ihre Aufgabe, hob hastig die Pistole und zielte auf Sami.

O'Donn nickte. Dann schob sie das Messer zwischen Mos Hände und kappte mit einem Ruck den Kabelbinder. Seine Arme sprangen auseinander, verwirrt rieb er sich die Handgelenke.

Die Frau drehte das Messer in ihrer Hand und hielt es ihm hin. »Du wirst nicht mich umbringen, sondern sie.«

Sie deutete auf Mieke.

Miekes Herz stellte die Arbeit ein. Sie spürte, wie ihr Kreislauf versagte, ihr Blut nach unten sackte, ihr Gesicht jede Farbe verlor.

Mos Blick kreuzte ihren, dann wanderte er wieder auf das Messer, das O'Donn ihm hinhielt. Er schüttelte den Kopf.

»Hast *du* jetzt etwa Angst, Moritz?« O'Donn lächelte. »Vor mir? Hast du Angst, dass ich dir genauso wehtue, wie du mir wehgetan hast?«

»Lass Sami und Mieke gehen, Olga. Bitte«, sagte Mo.

»Wenn du es richtig machst, geht es ganz schnell«, antwortete O'Donn. »Die Klinge ist aus Damaststahl, schneidet Fleisch wie Butter. Übrigens ein Geschenk von Bille, irgendwie passend, oder?«

Sie hielt ihm das Messer noch immer hin, doch Mo schüttelte weiter den Kopf.

»Deine Entscheidung.« O'Donn zuckte die Achseln. »Wenn du es nicht tust, mache ich es. Dann wird es natürlich unangenehmer. Aber egal, die Fenster sind doppelt verglast, die Haustür einbruchssicher, und das Blut können wir hinterher einfach wegspülen.« Sie deutete auf die Dusche.

»Soll ich mit ihr machen, was du mit mir gemacht hast?«, erkundigte sie sich.

Panik kroch wie eisiger Frost in Mieke hoch.

»Hör auf«, zischte Mo.

»Was? Wäre doch lustig.« O'Donn kicherte. Dann hielt sie Mo das Messer noch einmal herausfordernd entgegen. Er sah Mieke an, während er langsam die Hand ausstreckte.

Dunkle Punkte tanzten durch den Raum. Mieke versuchte, sich loszureißen, hochzuspringen, um ihre tauben Arme über den Duschkopf zu zerren. Doch sie konnte sich nur winden, weil sie den Boden kaum berührte. Sie hatte das Gefühl, ohnmächtig zu werden.

O'Donn nahm Mattheisen ungeduldig die Pistole aus der Hand und schob sie zur Seite. Sie setzte Sami die Mündung auf die Stirn. »Mach schon.«

Sami schluchzte.

»Schon gut.« Mo senkte den Blick auf das Messer, prüfte mit dem Daumen die Schärfe der Klinge. Er klappte die Klinge ein, auf Knopfdruck sprang sie wieder auf, er klappte sie wieder ein, noch mal auf.

Ein.

Wieder auf.

Dann sah er Mieke an. Anders diesmal, entschlossen.

Miekes Angst löschte jeden Gedanken aus ihrem Kopf, sie konnte nicht atmen, nicht denken.

Sami fing an zu wimmern.

Mos Bewegungen wurden präziser, sein Hinken schwächer. Er schob sich zu Mieke in die Duschkabine.

Dunkle Flecken trübten ihr Bewusstsein, als er dicht vor ihr stand, das Messer in der geballten Faust zwischen ihren Körpern. Er war so nah, dass Mieke seine Wärme spürte, und sein vertrauter Geruch nach Heu und Pferd verursachte den irrationalen Wunsch, die Augen schließen und sich an seine Brust lehnen zu können.

»Bitte lass Sami nicht allein«, wisperte er so leise neben ihrem Ohr, dass sie die Worte eher fühlte als hörte. »Er kann nichts dafür, dass ich sein Vater bin.«

Was?

Der Stoß traf sie schnell und hart. Von unten in die Brust. Mit solcher Wucht, dass sie mit dem Rücken gegen die Wand prallte, an den Fliesen hochgeschoben wurde. Sie keuchte.

Mo wich zurück.

Miekes Kopf kippte nach vorn. Mit beiden Händen presste Mo das Messer in ihre Brust. Blut strömte über seine Finger, tropfte grellrot in die Duschwanne. Alles begann sich zu drehen.

Er hatte es getan. Ungläubig starrte sie ihn an.

Mo schob sich dicht an sie heran. Sanft zog er das Messer hervor, umschlang sie mit links, während er mit rechts den Kabelbinder durchtrennte, mit dem sie am Duschkopf aufgehängt worden war.

Ihre Arme fielen leblos herunter, Mieke sackte zusammen. Mo ließ sie behutsam zu Boden gleiten, presste seine Hand auf ihre Brust.

»Bleib einfach liegen«, hörte sie ihn flüstern. »Nicht bewegen.«

Komisch, dass Sterben gar nicht wehtat …

Mo

»Okay, Cowboy. Das war sexy.«

Schritte näherten sich. Absatzschuhe. Also Mattheisen. O'Donn trug Puschen, was sie gerade machte, konnte er nicht hören.

Mo blieb auf dem Boden neben Mieke hocken, den Kopf gesenkt, die Faust fest um das Messer geballt.

Als Mattheisen neben ihm stand, blickte er auf. Auch O'Donn hatte einen Schritt auf ihn zugemacht, um festzustellen, ob Mieke wirklich tot war.

Jetzt oder nie.

O'Donns schöne, irre Augen weiteten sich vor Schreck, als er ausholte. Doch er zögerte für den Bruchteil einer Sekunde. Nach allem, was er ihr bereits angetan hatte, konnte er sie nicht töten.

O'Donn wirbelte wieder zu Sami herum, riss die Waffe hoch.

Das Messer traf sie unterhalb ihres rechten Schlüsselbeins in die Brust. Das Ding war nicht nur schwer und scharf wie eine Rasierklinge, es war auch spitzenmäßig ausbalanciert. Die Klinge war so lang, dass sie O'Donns mageren Körper vermutlich komplett durchbohrt hatte.

Ihr Arm fiel herunter, die Pistole klapperte auf die Fliesen, aber tödlich getroffen hatte er sie nicht. Verdammt, er hatte die Nerven verloren. Das war die Chance gewesen, er hätte sie ausschalten müssen.

O'Donn taumelte rückwärts, prallte gegen die Wand, rutschte daran herunter, den ungläubigen Blick auf den aus ihrer Brust ragenden Messergriff gerichtet.

Mattheisen kreischte auf, wollte zu ihrer Freundin rennen. Mo erwischte ihren Stiefel, riss sie zurück. Die Frau krachte dumpf auf die Fliesen.

Er ignorierte den detonierenden Schmerz in seinem Bein, zerrte Mattheisen mit einem kräftigen Ruck am Unterschenkel zu sich heran, packte ihre Schultern und schlug ihren Kopf kräftig auf den Fußboden.

Es knackte, ihr Körper erschlaffte.

Sami hörte abrupt auf zu schreien. Plötzlich war es totenstill.

O'Donn war nur noch halb bei Bewusstsein. Sie starrte Mo hasserfüllt an, doch die Schusswaffe war aus ihrer Reichweite geschlittert. Offenbar war sie handlungsunfähig.

Er ließ Mattheisen los. Seine linke Hand hinterließ einen dunkelroten Abdruck auf ihrer Schulter. Die Perücke war von ihrem Kopf gerutscht, darunter kam eine Glatze zum Vorschein.

Dunkle Flecken ploppten um sie herum auf. Mo ließ sie liegen, kroch zu Sami hinüber und zog sich an den Rippen des Heizkörpers, an den er gefesselt war, auf die Füße. Das Blut an seinen Händen machte die Keramik schmierig. Als er stand, kam der Schwindel.

»Papa.«

Er riss sich zusammen, versuchte, die Kabelbinder an Samis Händen zu lösen, schaffte es nicht.

Er sah sich um und entdeckte O'Donn. Sie lag auf der Seite, kaum zwei Meter entfernt, und starrte ihn mit glitzernden Augen an. Er trat neben sie, bückte sich und zog langsam das Messer aus ihrer Brust. O'Donn ächzte, Blut quoll hervor, lief über die winzige Figur, die an ihrer Halskette baumelte.

Der Kopf der Frau sank zu Boden.

Mo durchtrennte den Kabelbinder, mit dem Samis Hände über seinem Kopf an die Heizung gefesselt waren. Sami sackte zusammen. Mo ließ das Messer fallen, versuchte, ihn aufzufangen, konnte ihn nicht halten, sie landeten beide auf den Knien. Das Adrenalin dämpfte den Schmerz im Bein.

»Papa …«, schluchzte Sami.

Mo presste ihn an sich, hielt ihn fest. Nur eine Sekunde.

Der Boden schwankte. Er sah Sterne. Okay, eigentlich hätte er eher damit gerechnet. Höchste Zeit, dass Sami und Mieke verschwanden.

Er ließ Sami los.

Im selben Moment spürte er den Lauf der Pistole zwischen seinen Schulterblättern.

MIEKE

»Papa …«, schluchzte Sami.

Sami.

Bitte lass Sami nicht allein.

Seltsam, sie war immer noch bei Bewusstsein.

Oder wieder?

Jedenfalls war sie definitiv nicht tot.

Und der Schwindel ließ nach. Ihre Arme kribbelten wie verrückt, doch Schmerzen hatte sie noch immer nicht. Dabei klebte ihr Shirt nass vom Blut an ihrem Bauch.

Sie blinzelte vorsichtig. Entdeckte Mo. Er kniete am Boden. Hielt Sami in den Armen.

Sami war ebenfalls am Leben, Mo hatte es geschafft, ihn zu befreien. Gott sei Dank.

Dann bemerkte sie Nathalia Mattheisen. Ohne Haare. Sie lag auf dem Bauch, nur wenige Meter links von Mieke. Und sie griff gerade nach einer Pistole.

Mieke tastete ihre Brust ab. Das Kribbeln ihrer Finger behinderte die Wahrnehmung. Blut durchtränkte ihr Shirt. Lauwarm nur.

Kein Schmerz? Sie hatte keine Zeit, darüber nachzudenken. Mattheisen erhob sich mit der Waffe in der Hand. Mieke rollte sich auf den Bauch.

»Hände hoch, Moritz. Ganz langsam.«

Mieke sah sich um. Sie brauchte eine Waffe, irgendwas – Moment …

Mo hob langsam die Arme. Blut tropfte von seinen Fingern, als er die Hände im Nacken verschränkte.

Sami krabbelte rückwärts von Mattheisen weg.

»Tut mir leid, Kleiner.« Die Frau zuckte die Schultern. »Ein Kind zu erschießen war echt nicht mein Plan. Ich überlege mir gleich, was ich mit dir mache. Aber erst kümmere ich mich um Papa.«

Leise drückte Mieke sich hoch.

Sami stieß gegen O'Donns Knie.

Die lag schwer atmend auf der Seite. Blutüberströmt. Sie starrte Mieke an, rührte sich aber nicht.

Sami stolperte gegen die Badewanne.

»Lass es einfach, Nathalia«, sagte Mo ruhig. »Lass uns gehen. Noch hast du niemanden getötet.«

»Das wissen wir doch beide besser«, tadelte ihn Mattheisen und strich über das Tattoo unter ihrem Ohr. »Das Tattoo ist entstanden, nachdem wir damals glaubten, mit dir fertig zu sein. Ich habe immer bedauert, dass wir beide uns nicht ein bisschen mehr Zeit gelassen haben. Bei Gerald haben wir das dann besser geplant.«

»Wer ist Gerald?«

»Oceans verblichener Ehemann. Ein gewalttätiger Wichser. Könnte glatt der Eindruck entstehen, dass Ocean einfach immer an die falschen Männer gerät. Aber vielleicht seid ihr auch einfach alle Arschlöcher.«

Mo schwieg.

»Ich verrate dir ein Geheimnis«, sprach Mattheisen weiter. »Es gibt kaum etwas, was eine Freundschaft so festigt wie ein gemeinsam begangener Mord. Und es gibt keine bessere Geschäftsgrundlage als eine belastbare Freundschaft.«

Mattheisen war abgelenkt. Mieke nutzte den Moment, um aufzustehen. Es klappte.

Sie war nicht verletzt, begriff sie.

Bitte lass Sami nicht allein. Er kann nichts dafür, dass ich sein Vater bin.

Mo hatte geblufft – und zwar so überzeugend, dass sie selbst darauf reingefallen war. Wie auch immer er das geschafft hatte, denn ihr Shirt war ja voller Blut. Offenbar war es nicht ihr eigenes.

Oh …

Ihr Blick wanderte zu Mos im Nacken verschränkten Händen. Die Finger seiner linken Hand waren blutüberströmt, es lief in seine Haare, über sein Shirt.

Und Sami saß links von ihr, mit dem Rücken an der Badewanne. Kreidebleich und zitternd. Er musste aus der Schusslinie. Mieke deutete auf die Wanne. Sami guckte, als wäre ihr Geist ihrer Leiche entstiegen und versuchte, Kontakt mit ihm aufzunehmen. Dann begriff er, was sie meinte, und nickte unmerklich.

»Ihr habt Olgas Mann umgebracht?«, hakte Mo nach. »Bille, Ocean und du?«

»Pffft, Ocean doch nicht. Ocean muss vor euch Wichsern beschützt werden.« Sie berührte die Kompassnadel an ihrem Hals. »Wir passen auf Ocean auf«, murmelte sie.

Klang wie ein Mantra.

Dann packte sie Mos Haare und bog seinen Kopf nach hinten, um von oben auf ihn hinunterzusehen. »Du kennst das ja: Vergewaltigt ein Kerl ein Mädchen, tätschelt ihm der Richter das Köpfchen und lässt ihn laufen. Verprügelt einer von euch seine Frau, attestiert ihr irgendein Kumpel einfach eine Psychose und sperrt sie weg.«

Mieke bückte sich zu ihrem rechten Stiefel und zog die Hufraspel hervor.

»Wir haben bloß von euch gelernt.« Mattheisen sah auf Mo hinab. »Nachdem du deine Strafe bekommen hattest, haben wir einen Pakt geschlossen: Selbst wenn uns das Leben in alle Himmelsrichtungen zerstreut, lassen wir einander niemals allein.«

Nicht mal, wenn eine von ihnen ein paar Morde in Auftrag gab. Leise trat Mieke hinter die Frau. Die Hufraspel lag rau und schwer in ihrer Hand. Das Metall war scharfkantig.

Ihr Blick sog sich an Mattheisens kahlem Schädel fest. Sie konnte bläuliche Blutgefäße unter ihrer hellen Haut erkennen.

Du versuchst ernsthaft, diesen Dreckskerl zu schützen?

»Wir helfen, fördern und unterstützen uns gegenseitig. Und wir passen aufeinander auf. Vor allem auf Ocean«, flüsterte Mattheisen.

Mieke musste eine Entscheidung treffen. Sofort.

Wir passen auch aufeinander auf, du Miststück!

Mo

Sein Kopf wurde zur Seite gerissen. Er hörte das grausige Knacken, das schmatzende Geräusch, als Mattheisen umkippte und ihn an den Haaren mitzerrte.

Einen Moment lang starrte er direkt in ihr Gesicht, über das Blut aus der Platzwunde auf der Stirn rann.

Alles drehte sich. Mit bebenden Händen befreite er seine Haare aus ihren zuckenden Fingern – und entdeckte die zentimetertiefe Kerbe in ihrem kahlen Schädel, die sich innerhalb von Sekunden mit dunklem Blut füllte.

Tot.

Schnell richtete er sich auf.

Ungünstig. Der Schwindel verstärkte sich, die blutverschmierten Fliesen stiegen um ihn herum in die Höhe und fingen an, ihn zu umkreisen.

Er erkannte noch seine rostige Hufraspel, die unkontrolliert in Miekes Hand zu zittern begann.

Mieke.

Gott sei Dank.

Er wusste ja, dass er die Klinge des Messers eingeklappt hatte, trotzdem war ihm heiß und kalt geworden, als sie zu Boden gesunken und liegen geblieben war.

Aber sie schien okay zu sein.

Sein linkes Bein jagte Schmerzwellen durch seinen Körper, die um ihn herumschwebenden Fliesen färbten sich dunkel. Das war's dann.

Er ging auf alle viere, versuchte, das Knie zu entlasten, verlor endgültig das Gleichgewicht.

»Papa!«

Die Welt kippte um.

»Mo!« Miekes Stimme. Sie packte ihn am Kragen, konnte ihn nicht halten, er sank zur Seite, doch sein Kopf landete weich. Auf ihrem Schoß.

Er spürte ihre Hände in seinem Gesicht, an seinem Hals, auf der Suche nach seinem Puls.

»Guck mich an. Bleib hier.«

Klang beinahe überzeugend. Vielleicht gab es eine winzig kleine Chance, dass sie bei ihm geblieben wäre. Trotz allem. Er erlaubte sich, daran zu glauben. Die Wahrheit würde er ja nicht mehr herausfinden.

MIEKE

Mos Pupillen drehten sich unter seinen Lidern weg. Wie bei Lana.

Sie ahnte, wieso. Sie griff seine rot verschmierte linke Hand und – atmete scharf ein: Sie war glitschig von warmem Blut, das aus dem tiefen Schnitt in der Handinnenfläche quoll.

Klar, irgendwo musste das viele Blut auf ihrem Pullover ja hergekommen sein.

Der obere Wundbereich verschwand in seinem Ärmel – Mieke schob den Stoff hoch und keuchte auf. Der Schnitt setzte sich am Unterarm fort, über die Innenseite seines Handgelenkes, dort, wo sich die Blutgefäße befanden, von denen jeder Teenager wusste, dass sie lebenswichtig waren. Seine Muskeln waren bis zur Hälfte des Unterarms durchtrennt und klafften auseinander. Die Wunde füllte sich im Rhythmus seines Herzschlages, nach wie vor verlor er jede Menge Blut.

Bitte lass Sami nicht allein. Er kann nichts dafür, dass ich sein Vater bin.

Er hatte sie nicht verletzt. Er hatte geblufft, in der Hoffnung, dass sich eine Gelegenheit zur Flucht ergab. Für Sami und sie. Dass er selbst überlebte, war offensichtlich nicht vorgesehen.

»Du Idiot!« Mieke schlug ihm die Faust auf die Brust, doch er reagierte nicht, er hatte das Bewusstsein verloren.

Kalte Angst umschloss ihren Brustkorb wie eine Stahlklaue. Ihre Krallen durchbohrten ihr Herz, Tränen schossen ihr in die Augen. »Das kannst du nicht bringen! Sami braucht dich, verdammt!«

Aus dem Augenwinkel sah sie Samis Kopf aus der Badewanne auftauchen. Mo hörte ihre Worte nicht mehr.

Das konnte er nicht machen.

Sie brauchte einen Rettungswagen.

Einen Verband.

Nein, sie musste den Arm abbinden, oder? Hatte sie das nicht irgendwann mal im Erste-Hilfe-Kurs gehört? Sie brauchte einen Gürtel, einen Kabelbinder, irgendwas.

Ihr Blick fiel auf das Kapuzenband von Mos Lucky-Pony-Pullover. Sie ergriff das Ende, zerrte es heraus. Okay, könnte klappen.

Mit zitternden Fingern legte sie das Band kurz unterhalb der Ellenbeuge um seinen Arm und zog es so fest, wie sie konnte.

Keine Ahnung, ob das richtig war.

Rettungswagen.

Sie fuhr herum und – starrte an Ocean O'Donn hoch, die direkt hinter ihr stand.

O'Donn sah aus wie ein Zombie – blutüberströmt, das Gesicht zur Fratze verzerrt, wankend. In der Hand hielt sie das Messer.

Im gleichen Moment knallte der Schuss!

Mieke duckte sich.

Hinter ihr in der Dusche zersplitterte eine Fliese. Einen Moment lang glaubte Mieke, der Schuss wäre ins Leere gegangen. Dann griff sich O'Donn an die Brust. Unter ihren Fingern färbte sich die Strickjacke dunkel.

Die Kugel hatte ihren mageren Körper durchschlagen, O'Donns Augen weiteten sich erstaunt.

Dann brach sie zusammen.

Mieke sah sich um. Sami hing über dem Badewannenrand. Er hielt Mattheisens Pistole mit beiden Händen umklammert.

EPILOG

Vier Wochen später

»Frau Jentsch?« Maria Meier steckte ihr rundes Gesicht durch Miekes Bürotür. »Frau Korittke ist jetzt da.«

»Ich habe die Präsentation in Besprechungsraum drei vorbereitet.« Mieke sah vom Bildschirm auf. »Bieten Sie ihr einen Kaffee an, ich brauche hier noch einen Moment.«

Meier nickte artig und verschwand.

Mieke sperrte den Bildschirm und ließ die Hände sinken. Ein nervöses Kribbeln breitete sich bei dem Gedanken an das bevorstehende Treffen in ihrem Magen aus. Es beunruhigte sie, der nächsten Geschäftsführerin eines Medizinkonzerns das Portfolio der zwölf Kliniken der Rentenversicherung vorzustellen.

Überall in Deutschland protestierte Klinikpersonal gegen die Kommerzialisierung im Gesundheitswesen. Öffentlichkeit, Presse und Politik schienen sich einig zu sein, dass die Arbeitsbedingungen dringend verbessert und die Löhne angehoben werden mussten, um das Personal in die Gesundheitsberufe zurückzuholen – während dem Reha-Bereich ironischerweise noch immer die Privatisierung drohte. Nach Inkrafttreten des Gesetzes garantierten die bereits Monate im Voraus einbestellten Patienten noch kurzzeitig eine relativ stabile Belegung. Rutschten die Bilanzen ins Minus, war der Verkauf unausweichlich. Die Klinikleitungen zeigten weiterhin wenig Elan, Miekes Marketingkonzept umzusetzen.

Mieke setzte auf unkonventionelle Lösungen, sie war jeden Tag in den Kliniken unterwegs und schulte interessierte Physiotherapeutinnen, Sekretärinnen und Azubis im Crashkurs im Social-Media-Marketing. Außerdem ließ sie den Internetauftritt überarbeiten, drehte Trailer und hatte Mitarbeiterinnen des Referats Kliniken abgestellt, um die Onlinerezensionen aufzupolieren.

Nachdem Medica und SanaBene durch das Ableben ihrer Chefinnen in Schieflage geraten waren, war die Vita GmbH aktuell der einzige Konzern, der Interesse an einer Klinikübernahme signalisierte.

Die Vita-Geschäftsführerin, Wendy Korittke, war eine kleine Frau mit quadratisch-kräftiger Statur und einer winzigen Nase zwischen runden Pausbacken. Zumindest den Homepagefotos nach war Korittke weder ein Alphatier wie Sybille Sauer noch eine perfektionierte Schönheit wie Mattheisen noch eine charismatische Psychopathin wie O'Donn.

Keine Ahnung, wie die unscheinbare Person es an die Spitze eines Großkonzerns geschafft hatte. Trotzdem machte das bevorstehende Treffen Mieke nervös.

Sie zwang sich, ruhig zu atmen, und ließ ihren Blick zu dem Foto wandern, das neben dem Monitor ihres PCs stand. Es war ein Selfie von Mo, Sami und ihr, das sie in Socken auf der Couch geschossen hatte.

Auf dem Bild war Mos Hand noch verbunden, mittlerweile ging er dreimal die Woche zur Physiotherapie, und es sah aus, als würde er sie wieder benutzen können. Was hauptsächlich daran lag, dass er seinen Unterarm und die Handinnenfläche in Längsrichtung aufgeschnitten hatte. Der Blutverlust war lebensbedrohlich gewesen, aber die meisten Sehnen waren intakt geblieben.

Wärme breitete sich in ihrer Brust aus, mit ein bisschen Übelkeit vermischt.

Sie liebte die beiden so sehr, dass es wehtat.

Obwohl es sich falsch anfühlte. Sie konnte sich nicht mal einreden, dass der Mo, den sie kannte, ein anderer war als der, der vor dreißig Jahren eine Frau vergewaltigt hatte. Er war geworden, wer er war, *weil* er es getan hatte.

Inzwischen lief der Reitunterricht wieder, und auch Mieke war in ihren Job zurückgekehrt – allerdings nicht, um mit einem Milliardendeal Karriere zu machen.

Sie hatte etwa die Hälfte ihrer Ersparnisse der letzten fünfzehn Jahre in die Ranch investiert. Weil sie immer gut verdient, aber kaum was ausgegeben hatte, hatte sie einiges zurückgelegt. Ihre Sonderzahlung hatte die Kreditlast spürbar reduziert.

Die Buchführung hatte sie längst übernommen, sich Mos Businessplan vorgeknöpft und Maja eingestellt.

Maja war neunzehn, nahm seit Jahren Reitunterricht bei Mo, konnte aufgrund einer Lernbehinderung nicht lesen und hatte bis vor zwei Wochen in einer Werkstatt für Menschen mit Handicap Pflaster in Schachteln verpackt. Mit Pferden kannte sie sich von Kindheit an aus und erledigte neuerdings die Stallarbeit. Und ihre Integration in den ersten Arbeitsmarkt wurde vom Amt bezuschusst.

Mieke hatte Sami ein neues Hochleistungssmartphone spendiert und ihn zu einem Wochenendseminar zur Websitegestaltung geschickt. Jetzt war die Ranch besser in den sozialen Netzwerken vertreten als die meisten Rehazentren. Zusammen bastelten Mo, Sami und Maja Postings und Videos mit sehr schmutzigen Ponys und Infos über artgerechte Haltung, Sozialverhalten von Pferden und Freizeitreiten. Eine Folge davon war, dass es nun Wartelisten für den Reitunterricht und die Kinderferien gab.

Und montags war jetzt Ruhetag.

Mieke ging davon aus, den Umsatz um zwanzig Prozent steigern zu können. Trotzdem hatte sie nicht vor, auf ihr sicheres Managerinnengehalt zu verzichten, denn ihr Job sicherte die Ranch ab.

Und ihre Familie.

Das Knacken, mit dem Nathalia Mattheisens Schädel unter der Hufraspel zerplatzt, durchzuckt ihre Arme.

Familie. Das Wort fühlte sich an, als hätte sie einen ähnlich verhängnisvollen Pakt geschlossen wie Sauer, O'Donn und Mattheisen. Ohne zu zögern, würde sie wieder für Sami und Mo töten. Jederzeit.

Sie atmete tief durch, ließ ihre Schultern kreisen und versuchte, sich auf ihre Aufgabe zu konzentrieren.

Heute blieb ihr nichts anderes übrig, als der Vita-Chefin das Portfolio der Kliniken zu präsentieren. Na ja, nicht alle Konzernchefinnen waren geisteskranke Mörderinnen.

Und selbst die geisteskranken Mörderinnen sollten sich überlegen, ob sie sich mit ihr anlegen wollten …

Korittke stellte ihre Kaffeetasse auf den Tisch und erhob sich, als Mieke den Besprechungsraum betrat.

Die Frau war um die fünfzig und eine Ecke kleiner als Mieke. Sie trug das graue Haar raspelkurz und platt am Kopf anliegend. Ihr Lächeln ließ ihre Nase beinahe zwischen ihren roten Pausbacken verschwinden. Sie trug einen mausgrauen Blazer mit Schulterpolstern.

Mieke stutzte.

Irgendwas klingelte in ihrem Kopf.

Sie hatte in den letzten Tagen einiges über Korittke und die Vita GmbH gelesen. War das der Grund, aus dem ihr die Frau bekannt vorkam?

Sie ergriff die Hand, die Korittke ihr hinhielt. Eine kleine, weiche Hand mit goldenen Ringen an den kurzen Fingern und …

Mieke hatte das Gefühl zu erfrieren, als ihr Blick auf das verblasste Tattoo auf Korittkes Handrücken fiel. Erschrocken sah sie auf, in das runde Gesicht mit den runden Wangen und der runden Brille.

Auf Wendy Korittkes Handrücken war ein Kompass tätowiert.

Der Kompass?

Wirklich *der* Kompass?

Selbst wenn uns das Leben in alle Himmelsrichtungen zerstreut, lassen wir einander nicht allein. Und wir passen aufeinander auf. Vor allem auf Ocean.

Mieke konnte nicht anders, als hinzustarren. Sie blinzelte, doch der Spuk verschwand nicht. Die Nadel des Tattoos zeigte nicht auf das N, sondern auf das O.

Wir passen aufeinander auf. Vor allem auf Ocean …

O wie Ocean.

Und N wie …

Mieke blinzelte noch einmal. Ihr Herz stellte den Dienst ein, als sie begriff, dass sie die ganze Zeit etwas Entscheidendes außer Acht gelassen hatten.

Wir passen auf Ocean auf.

Der Kompass zeigte auf das O. O wie Olga oder Ocean. Weil

Ocean O'Donns Vergewaltigung ursprünglich der Grund für den Pakt zwischen den Freundinnen gewesen war.

Es gibt kaum etwas, was eine Freundschaft so festigt wie ein gemeinsam begangener Mord. Und es gibt keine bessere Geschäftsgrundlage als eine belastbare Freundschaft.

Vor dreißig Jahren hatten Oceans Freundinnen gemeinsam versucht, Mo zu ermorden. Und danach ihr Bündnis mit dem Tattoo besiegelt.

O für Ocean O'Donn.

N stand für Nathalia Mattheisen.

S für Sybille Sauer.

Aber Mieke hatte sich nie gefragt, wofür das W stand. Ein Fehler.

Das Foto von der Charity-Gala tauchte aus ihrer Erinnerung auf. O'Donn, Sauer und Mattheisen waren darauf zu sehen, gemeinsam mit Sophie von Bitterfeld-Berlinghof, der EU-Präsidentin, die vor fast zehn Jahren die Gesetzesänderung eingeleitet hatte, die jetzt den Klinikkauf ermöglichte.

Aber es war noch eine Person auf dem Bild gewesen.

Und Mattheisens schwarz gekleideter Entführungshelfer war ähnlich groß und ähnlich breit gebaut gewesen wie Korritke.

Die Augen der Vita-Chefin blitzten hinter den Brillengläsern auf. Sie waren eisblau.

»Schön, Sie kennenzulernen, Frau Jentsch«, lächelte sie.

Zum Schluss noch ein paar Fakten

Das »Gesetz zur Verbesserung der Transparenz in der Alterssicherung und der Rehabilitation sowie zur Modernisierung der Sozialversicherungswahlen« – kurz »Trio« oder »Transparenzgesetz« – ist am 1. Juli 2023 in Kraft getreten.

Die Informationen zu Verhaltensweisen und Kommunikation von Pferden basieren auf den Erkenntnissen von Fred Rai, denen ich seit fünfundzwanzig Jahren ein entspanntes Zusammenleben mit meinen eigenen Pferden verdanke. Mos pferdegestütztes Führungskräfte-Coaching »Authentisches Führen« entspringt allerdings meiner Phantasie.

Lucie Flebbe

Dank

»Kommerzialisierung im Gesundheitswesen« ist ein hochaktuelles Thema – doch in einem Kriminalroman erwartet man nicht unbedingt, darüber zu stolpern. Damit aus einer solchen Geschichte ein Buch werden kann, braucht sie Menschen, die an sie glauben.

Deshalb gilt mein besonderer Dank meiner Agentin Julia Dösch und der Literarischen Agentur Kossack für ihre Unterstützung – und dem Team von Grafit und Emons für den Mut, ungewöhnlichen Geschichten eine Chance zu geben. Ganz herzlichen Dank auch an Lothar Strüh für das professionelle Lektorat und die konstruktive Zusammenarbeit.

Ein großes Dankeschön geht an Tom Kraus für die geniale Nachhilfe in Sachen Dramaturgie – und ein weiteres an Ulrike, ohne die meine Schreibe nicht die wäre, die sie ist.

Sigi Stenzel, Ingo Harms und Christina Domm haben einen prüfenden Blick auf die Schilderungen von Gewerkschaftsarbeit, Rentenversicherung und Transparenzgesetz geworfen – ich danke euch sehr!

Meiner Autorenkollegin S. H. Raven und Angela Hellwig danke ich ganz herzlich für die Infos zum Leben in Ost-Berlin zu DDR-Zeiten.

Vielen Dank an Jürgen Breckenkamp fürs Testlesen.

Meinem Mann Detlef und meiner Familie danke ich für ihre Unterstützung und das Verständnis.

Emmi, du glaubst an jede meiner Geschichten :-*

Außerdem möchte ich mich herzlich bei allen Leserinnen und Lesern bedanken, die Mieke durch dieses Abenteuer begleitet haben. Denn erst wenn eine Geschichte gelesen wird, wird sie lebendig – aber der Weg dahin kann verdammt lang sein. All die Kommentare, E-Mails und Rezensionen machen immer wieder Mut, weiterzuschreiben – auch wenn es, wie dieses Mal, fünf Jahre bis zur Veröffentlichung dauert.

Danke schön, dass ihr da seid.
Lucie

So geht es weiter – der 2. Teil der Trilogie

Lucie Flebbe

Jenseits von schwarz

ISBN 978-3-89425-590-9
Auch als E-Book erhältlich

Eine Suchtklinik wird zur Todesfalle

Securitymann Jo Rheinhart alias »Zombie« wird bei einer Schicht vor einer Suchtklinik überfallen und niedergeschlagen. Aber warum? Nichts wird gestohlen, niemand sonst kommt zu Schaden.
Am nächsten Abend wird Zombie an selber Stelle von zwei bewaffneten Männern angegriffen und tötet sie in Notwehr – behauptet er jedenfalls. Kommissarin Eddie Beelitz glaubt ihm, obwohl sie weiß, zu was Zombie fähig ist. Der taucht ausgerechnet in der Suchtklinik unter, während Eddie versucht herauszufinden, was in Wahrheit geschehen ist …

»Auch der zweite Teil der Reihe hat mich begeistert und überzeugt. Der Kriminalfall ist undurchsichtig und spannend, die Geschichte insgesamt fesselnd und unterhaltsam und es gibt viele Einblicke in das Privatleben der Protagonisten, was die Story rund macht. Ich freue mich auf den dritten und letzten Teil mit Eddie und Zombie!«
fanti2412.blogspot.com

»Kurz gesagt, es war ein wahrer Lesegenuss.«
mowala, lovelybooks.de

Das furiose Finale der Trilogie

Lucie Flebbe
Jenseits von tot
ISBN 978-3-89425-591-6
Auch als E-Book erhältlich

Die Vergangenheit holt jeden ein

Privat läuft es für Kriminalkommissarin Eddie Beelitz. Dem beruflichen Vorankommen allerdings steht ihre Teilzeitregelung im Weg. Das ändert sich schlagartig, als auf einem alten Zechengelände eine Leiche gefunden wird und die Staatsanwältin Eddie ausdrücklich ins Ermittlerteam beruft. Nachforschungen ergeben, dass die Tote, die in der Immobilienbranche arbeitete, etliche Feinde hatte. Zudem stößt Eddie auf eine Intensivpflege-Wohngemeinschaft, in der die Mutter der Ermordeten untergebracht werden sollte. Da die Polizei dort alles andere als willkommen ist, bittet Eddie ihren Freund Jo Rheinhart alias »Zombie« um Hilfe, der den Leiter der Einrichtung kennt. Als Zombie während der Ermittlungen auf einen alten Feind trifft, holt ihn sein dunkelstes Geheimnis ein. Wird ihm seine Vergangenheit zum Verhängnis?

»Gründliche Recherche, lässige Sprache und lockere Dialoge, all das zeichnet die Autorin aus.«
Michael Schulte, Westfälische Nachrichten

»Ein packendes Finale für eine großartige Trilogie! Absolut auf den Punkt, da sind keine weiteren Worte nötig! Fünf von fünf Sternen.«
Eva Hüppen, www.leser-welt.de

Die Lila-Ziegler-Krimis

Lucie Klassen (jetzt Flebbe)
Der 13. Brief

ISBN 978-3-89425-349-3
Der 1. Fall für Lila Ziegler
Auch als E-Book erhältlich

Die 20-jährige Lila pfeift auf das von ihren Eltern für sie geplante Jurastudium und erschleicht sich bei Privatdetektiv Danner erst einen Schlafplatz, dann einen Job. Unversehens landet sie wieder auf der Schulbank …

Lucie Flebbe (vormals Klassen)
Hämatom

ISBN 978-3-89425-367-7
Der 2. Fall für Lila Ziegler
Auch als E-Book erhältlich

Als Krankenhauspatientin wird Lila Ziegler Zeugin, wie eine junge Putzfrau an einem Herzinfarkt stirbt. War das tatsächlich ein natürlicher Tod?

Fliege machen

ISBN 978-3-89425-381-3
Der 3. Fall für Lila Ziegler
Auch als E-Book erhältlich

Ein Hund ist schuld, dass Lila Ziegler auf der Straße landet. Sie mischt sich unter die Obdachlosen und Straßenkids, um einen Mann namens »Fliege« zu finden – ein eiskalter Job!

77 Tage

ISBN 978-3-89425-411-7

Der 4. Fall für Lila Ziegler

Auch als E-Book erhältlich

Ungewöhnlich hohe Todesfallzahlen bei einem Pflegedienst, ein mysteriöser Blog und unerwarteter Besuch: Für Lila Ziegler kommt es knüppeldick …

Das fünfte Foto

ISBN 978-3-89425-417-9

Der 5. Fall für Lila Ziegler

Auch als E-Book erhältlich

Lila Ziegler und Ben Danner ermitteln unter Schrebergärtnern. Wo ist Sabine Kopelski? Hat ihr Mann sie unter dem Teich begraben?

Tödlicher Kick

ISBN 978-3-89425-435-3

Der 6. Fall für Lila Ziegler

Auch als E-Book erhältlich

Der Nachwuchsstürmer ist tot und eine ehemalige Prostituierte steht unter Verdacht: Detektivin Lila Ziegler und ihr Partner Ben Danner ermitteln in Kreisen, in denen echte Kerle noch was zählen.

Prinzenjagd

ISBN 978-3-89425-458-2

Der 7. Fall für Lila Ziegler

Auch als E-Book erhältlich

Zwei prominente Tote innerhalb kürzester Zeit auf dem Gelände des Allee-Hotels – ist dies der Beginn einer Mordserie? Lila Ziegler findet heraus, was sie so hat nicht wissen wollen …

Am Boden

ISBN 978-3-89425-475-9
Der 8. Fall für Lila Ziegler
Auch als E-Book erhältlich

Der Student Jonas steht in Verdacht, einem Freund einen tödlichen Stoß versetzt zu haben. Zugleich erklärt Lila Ziegler ihrem Vater den Krieg und zeigt ihn wegen häuslicher Gewalt an. Sie ahnt nicht, was sie damit auslöst …

Totalausfall

ISBN 978-3-89425-494-0
Der 9. Fall für Lila Ziegler
Auch als E-Book erhältlich

Lila Ziegler hat einen Selbstmordversuch knapp überlebt. In einer psychosomatischen Klinik soll sie sich nun erholen. Aber erst als eine Psychologin ermordet aufgefunden wird, beginnt Lila an etwas anderes zu denken, als ihrem Leben ein Ende zu setzen …

»Flebbe ist es gelungen, mit dieser Romanfigur dem deutschen Krimi ein neues, markantes Gesicht zu verleihen, die alten Kommissare und langweiligen Ermittlerduos sind nunmehr von gestern.«
Doreen Liebig, Ostthüringer Zeitung

»Die Lila-Ziegler-Serie, die geradzu mustergültig Unterhaltung und Gesellschaftsreportage miteinander verwebt, bleibt ein echter Markstein auf dem Feld des zeitgenössischen Krimis.«
Jens Dirksen, Westdeutsche Allgemeine Zeitung

grafit